Karl-Heinz Witzko
Blut der Götter

Karl-Heinz Witzko

Blut der Götter

Roman

PIPER
München Berlin Zürich

Entdecke die Welt der Piper Fantasy:

Piper ✦ Fantasy.de

MIX
Papier aus verantwor-
tungsvollen Quellen
FSC FSC® C083411
www.fsc.org

ISBN 978-3-492-70319-2
© Piper Verlag GmbH, München/Berlin 2016
Satz: Satz für Satz, Wangen im Allgäu
Gesetzt aus der Palatino
Druck und Bindung: CPI books GmbH, Leck
Printed in Germany

And did those feet in ancient time
Walk upon England's mountains green?
William Blake, Jerusalem

Inhalt

Mückentag: morgens

Blut war der Schlüssel, Blut war der Schlüssel zu allem! Unbemerkt ließ sich das Stechmückenweibchen von dem bemalten Deckenbalken fallen und flog klammheimlich mit leisem Sirren an der langen Wand des Thronsaals entlang. Die Platten aus poliertem, rotem Stein, mit denen die Wände bis zur halben Höhe verkleidet waren, erschienen dunkler, als sie eigentlich waren. Und das Gold, das die Fugen zwischen ihnen füllte und von geschickten Künstlerhänden zu Kletterpflanzen, Schilf oder zerbrechlichen Bäumchen geformt worden war, auf deren Ästen zahllose Vögelchen saßen, vielleicht trillerten, gewiss aber hin und wieder schnäbelten, glänzte nur matt.

An einem der schweren Vorhänge, deren Zweck es war, allzu laute Geräusche zu ersticken, unterbrach die Mücke ihren Flug. In den tiefen, verstaubten Falten fühlte sie sich sicher und zu Hause. Doch ihre Rast dauerte nicht lange.

Der Flug der Mücke kreuzte nun immer öfter leuchtende Korridore, die das Licht des frühen Vormittags in das Halbdunkel gestanzt hatte. Ganz hinten, am Ende des Saales, wartete ihre Beute, die nichts von dem Blutzoll ahnte, den die Mücke in wenigen Augenblicken zu erheben gedachte.

Blut war der Schlüssel, Blut war der Schlüssel zu allem! Das Mückenweibchen, das sich ungesehen auf den Schenkel des Prinzen setzte, hätte das Blut, das seinen Leib bereits von einer ersten Mahlzeit prall hatte anschwellen lassen, nicht benötigt, um sich zu ernähren. Wie den Männchen seiner Art hätte ihm hierfür süßer Pflanzensaft völlig ausgereicht. Tatsächlich war auch das Weibchen noch vor wenigen Wochen ganz zufrieden mit solch zahmer Kost gewesen. Doch die Paarung hatte manches verändert, jene wenigen Augenblicke, als Dutzende von Männchen gierig über das Weibchen hergefallen und mit ihm auf ein hartes Liebeslager gesunken waren, mitten auf einem steinigen Weg zwischen Arades und Piatra. Seither verspürte das Mückenweibchen diesen neuen Durst, der von seinen noch ungeschlüpften Kindern geweckt worden war. Sie verlangten nach einem Stoff, den ihnen keine Pflanze der Welt liefern konnte.

Blut war der Schlüssel!

Ohne Blut würden niemals Klumpen winziger Mückeneier auf einem trüben Tümpel treiben, würden niemals Larven aus diesen Eiern schlüpfen, würden niemals wieder Schwärme friedfertiger Männchen und blutrünstiger Weibchen im Abendwind tanzen.

Blut war der Schlüssel, Blut war der Schlüssel zum Leben.

Doch mitunter auch zum Tod, wie das Weibchen erfahren musste, als es der Prinz hoheitsvoll erschlug.

Prinz Katalin zerrieb die Überreste des Mückenkörpers zwischen den Fingern und betrachtete den roten Fleck auf den Fingerkuppen. Wessen Blut klebte da an seiner Hand? Das eines Bediensteten des Palastes, eines Angehörigen der Sippen oder eines Sippenlosen? Das Blut eines Mannes oder einer Frau? Womöglich gehörte es einem Mitglied der Fürstenfamilie, am Ende gar dem Herrscher selbst?

Er führte die besudelten Finger dicht vor die Augen, roch an den Spitzen, als könne er dadurch etwas über den einstigen Besitzer des roten Lebenssaftes erfahren, und widerstand der absurden Versuchung, den Finger in den Mund zu stecken und das Blut abzulecken. Stattdessen streckte er mit einem leisen Räuspern den Arm aus und wartete. Sofort trat Jonel zu ihm, um die verschmutzten Finger mit einem feuchten Tuch zu säubern. Nun erwies es sich als vorteilhaft, dass der Vater des Prinzen seinen beiden Leibdienern – dem großväterlichen Jonel und dem nur halb so alten Beryks – befohlen hatte, sich zu entfernen und zu seinem Sohn zu gesellen, als der Gelehrte den Saal betreten hatte.

Der Prinz hatte den etwas farblosen Mann zwar schon mehrmals gesehen und kannte sogar seinen Namen – Ionach, falls er sich nicht irrte. Worin der gebildete Besucher des Fürsten allerdings bewandert war, das wusste er nicht. Eigentlich konnte seine Anwesenheit nur mit einem von zwei Gründen zu tun haben: Der erste betraf die Ernte, die auch in diesem Jahr wieder schlechter ausfallen würde als erhofft. Und da das Volk unweigerlich seinem Fürsten die Schuld dafür geben würde, suchte dieser schon seit Tagen nach irgendetwas, womit er seine schon bald murrenden Untertanen auf andere Gedanken bringen konnte.

Der zweite mögliche Grund waren selbstverständlich die drei fremden Schiffe, die vor einigen Tagen in den Hafen eingelaufen waren und deren schiere Existenz die Welt erschütterte, da sie so vieles, was bislang als sicher gegolten hatte, auf den Kopf stellte!

Einen flüchtigen Augenblick lang fragte sich der Prinz, ob sein Vater auch ihm befohlen hätte, sich außer Hörweite zu begeben, als der Gelehrte den Saal betrat, so wie er es mit seinen beiden Dienern getan hatte. Gewundert hätte es ihn nicht, denn der Fürst liebte Geheimnisse und bewahrte sie oft sogar auch gegenüber dem Menschen, der ihm einst auf dem Thron folgen würde.

Erneut streckte Katalin den Arm aus, doch da sein Begehr dieses Mal nicht so offensichtlich war wie zuvor, ließ er sich zu einer Äußerung herab: »Das Fernrohr.«

Jonel brachte ihm das Verlangte. Katalin erhob sich aus dem Sessel, trat mit dem nicht ganz unterarmlangen Instrument ans Fenster und hielt es ans Auge. Einem festen Ritual folgend, das er sich selbst verordnet hatte – und das ihn zwang, seine Ungeduld zu beherrschen –, richtete er das Fernrohr wie immer zuerst auf das Vertraute und Wohlbekannte, um es dann langsam zum Neuen und Überraschenden wandern zu lassen. Er begann bei den vergoldeten Dächern der Palastgebäude mit ihren kleinen Ziertürmchen und schwenkte es dann zu den mit grauen Holzschindeln gedeckten Häusern der Stadt, die sich in der Form eines Halbmondes drei Meilen nach Norden und zwei nach Süden ans Meerufer schmiegte. Er ließ den Blick über die verwinkelten, zum Wasser hin abfallenden Gassen gleiten und verweilte kurz bei der breiten Schneise der erst kürzlich aus Gründen des Brandschutzes abgerissenen Häuser, an deren Stelle künftig eine bis zum Meer reichende Prachtstraße treten sollte. Von den Sippenhäusern mit ihren bunt bemalten Fassaden ließ er den runden Ausschnitt der Wirklichkeit, den ihm das Rohr darbot, zu den Tempeln von Sanz, Nethanz und Herkle springen, von denen jedoch nur der unscheinbare, oberirdische Teil zu sehen war. Diese scheinbar unentschlossene Suche unterbrach er auch an diesem Tag zum ersten Mal bei dem Platz unterhalb des Palasthügels. Um diese Tageszeit war er für gewöhnlich voller Menschen.

Für Katalin war sein Fernrohr ein Spielzeug, mit dessen Hilfe er für eine Weile am Leben der einfachen Leute teilnehmen konnte, ohne an dessen Widrigkeiten teilhaben zu müssen. Es gewährte ihm kleine Einblicke in ihr Dasein, ohne dass sie etwas davon mitbekamen. Manchmal erheiterte den Prinzen, was er sah, bisweilen erschien es ihm kurios und rätselhaft, manchmal berührte es ihn auch. Gerade Letzteres ließ ihn bisweilen in Tagträumen schwelgen, in denen er gleich einem allwissenden und gütigen Gott in das Leben dieser gebeutelten Menschlein eingriff und dafür sorgte, dass sich aus einem Grund, den sie nie verstehen würden, alles für sie zum Guten wendete.

Das Alter beugt deinen Rücken? Ich gebe dir Jugend! Krankheit zwingt dich zum Betteln? Ich schenke dir Gesundheit!

Das Fernrohr zeigte dem Prinzen eine Frau in Eile. Beide Arme hatte sie nach hinten ausgestreckt, und an jedem hing ein Kind, das mit dem mütterlichen Sturmschritt kaum mithalten konnte und sich daher mehr oder weniger hinterherschleifen ließ. Sie erinnerte den Prinzen frappierend an seine Hauptfrau Luminita, wenn sie mit ihren winzigen Kötern im Palastgarten spazieren ging.

Als Nächstes fing das Fernrohr zwei alte Männer ein, die beide in das typische Schwarz und Grau der Krummschnabelsippe gekleidet waren und gestenreich miteinander stritten. Der Prinz beobachtete sie eine Zeit lang und murmelte dann: »Langweilig.«

Doch schon fand das Fernrohr ein anderes und wesentlich ansprechenderes Paar! Einen Burschen und ein Mädchen, beide ungefähr im Alter des Prinzen. Wie hübsch die junge Frau herausgeputzt war! Wie angenehm es war, ihre Bewegungen zu verfolgen! Selbstverständlich machte ihr der junge Mann den Hof, und genauso selbstverständlich machte er sich dabei zum Narren!

Katalin war froh, dass er gegen solche Torheiten des Fleisches geschützt war. Gleich nach seinem achtzehnten Geburtstag war er mit der etwas älteren Luminita verehelicht worden, seiner Hauptfrau, die sorgfältig unter den Fürstenfamilien des Bundes für ihn ausgesucht worden war. Am selben Tag noch hatte er der Tradition entsprechend je eine Tochter der Sippen geheiratet, neun insgesamt. Auch sie waren mit Bedacht ausgesucht worden, allerdings nicht vom Fürstenhof. Alle neun waren noch Kinder und damals geradeso alt wie heutzutage der kleine Alexandru, Katalins bislang einziger Sohn. Was sich die Sippenältesten bei diesen Kinderbräuten gedacht hatten, war leicht zu durchschauen: Die Jahre würden vergehen, und Luminita würde ihre Jugend und Schönheit verlieren. Vielleicht wäre ihr Gemahl ihrer dann sogar überdrüssig. Für diesen Fall stünde wie eine gereifte Frucht eine neue Bewerberin um die Gunst des künftigen Herrschers bereit, mehr als zehn Jahre jünger als die Hauptfrau und ... sich ihrer Familienbande durchaus bewusst!

Ein wirklich schlauer Plan der Sippenführer, wenn nicht jeder Einzelne von ihnen haargenau denselben Einfall gehabt hätte!

Unzufrieden mit den heute wenig unterhaltsamen Stadtbewohnern, richtete Katalin das Fernrohr auf den Ort, mit dem er seine Beobachtungen üblicherweise abschloss – das unendliche Meer! Wie meistens befiel ihn bei seinem Anblick eine Mischung aus Fernweh und Grusel. Wie gerne wollte er reisen und ferne Orte besuchen! Bislang hatte Katalin dabei an die neun Städte des Bundes gedacht und vielleicht auch an die nördlichen Steppen oder die Reiche des Südens mit ihren Wundern. Neuerdings war das aber anders.

Die Schiffe des Bundes und auch jedes andere der bekannten Welt wagten sich nur so weit auf die See hinaus, wie sie das Land sehen konnten. In diesen küstennahen Gewässern fühlten sie sich sicher! Doch weiter draußen gehörte das Meer den großen Raubfischen, den Haien! Kleinere Vertreter ihrer Art, Jungtiere, wie es hieß, verirrten sich gelegentlich bis zur Küste, um Robben zu fressen oder unachtsame Fischer und Schwimmer.

Doch sie waren längst nicht der größte Schrecken des Meeres, denn jenseits des Reiches dieser gefräßigen und zahnstarrenden Fische wurde nach allgemeiner Ansicht das Meer von Kreaturen bevölkert, die sich ausschließlich von Haien ernährten, und zwar nicht von den jungen, sondern von den ausgewachsenen Tieren! Aber auch sie fanden ihre Meister in Gestalt von noch schrecklicheren Ungeheuern, die ihren Hunger ausschließlich mit diesen Haie zerfleischenden und verschlingenden Kreaturen stillten!

Denn neun Ströme des Verderbens umgaben das feste Land, und je weiter man ins Meer vordrang – oder vielmehr vorgedrungen wäre –, desto mörderischer wurden die in den blauen Tiefen lauernden Bestien, bis schließlich und endlich der Ort erreicht wäre, an den der Gottvogel Kakalith einstmals den Götterfresser Sartris verbannt hatte.

An dieser unumstößlichen Wahrheit hatte bis vor einigen Tagen niemand gezweifelt. Doch dann waren die Fremden mit ihren Schiffen im Hafen eingelaufen und hatten behauptet, von jenseits des Meeres zu kommen. Nicht von weit draußen, etwa von einer unbekannten Insel, sondern klipp und klar von *jenseits* des unendlichen Meeres!

Eine der Saaltüren wurde geräuschvoll geöffnet und bewog Katalin, das Fernrohr abzusetzen und sich nach dem Verursacher der Störung umzuwenden. Einen kurzen Augenblick lang erkannte er im Türspalt das lachende Gesicht seines Sohnes Alexandru, dann wurde die Tür wieder geschlossen, fast genauso laut, wie sie geöffnet worden war, und trappelnde Füße verrieten, dass der Kleine wegrannte. Doch nur wenig später öffnete sich die Tür erneut, und abermals erschien Alexandrus strahlendes Gesichtchen. Katalin zog eine alberne Grimasse und legte den Finger mahnend auf die Lippen, was jedoch nicht die erhoffte Stille zur Folge hatte, sondern ein fröhliches Quieken hervorrief. Erneut schob das Kind die Tür zu. Der Prinz grinste breit und warf einen Blick zum anderen Ende des Saales, wo der Fürst und sein Besucher an einem der Fenster standen. Der Gelehrte Ionach fuchtelte beim Reden mit den Händen und bestritt die Unterhaltung augenscheinlich ganz allein, während der Fürst schwieg und nur hin und wieder zum Fenster hinausblickte. Katalin schüttelte den Kopf. Der Gelehrte bedrängte den Fürsten. Wie ungeschickt! Der Herrscher von Arades ließ sich niemals von irgendjemandem zu etwas drängen! Auch Katalin hatte dies in seinen Kinderjahren schmerzhaft lernen müssen.

Zum dritten Mal öffnete sich die Tür, und erneut erwies sich Alexandru als der kleine Störenfried. Beim Anblick seines Vaters gab er ein paar fröhlich glucksende Laute von sich, die aber umgehend von der barschen Stimme des Fürsten übertönt wurden: »Jonel, sorg endlich für Ruhe!«

Der Kammerdiener schritt gehorsam zu dem Kind, nahm es bei der Hand und schloss nun die Tür geräuschlos von außen. Katalin fühlte, wie ihm das Blut in die Wangen schoss und richtete mit zittrigen Fingern das Fernrohr wieder auf das Leben außerhalb des Palastes. Ziellos ließ er es wandern, ohne wahrzunehmen, was es ihm zeigte. Der Fürst hatte ihn öffentlich getadelt! Er hatte nicht ihn aufgefordert, dafür zu sorgen, dass sich sein Sohn ruhig verhielte, sondern einen der Diener. Ebenso gut hätte er sagen können: Jonel, sorg für

Ruhe, wenn es schon mein Sohn nicht für nötig hält oder fertigbringt!

Diese Schmach brannte!

Plötzlich bemerkte der Prinz, dass er das Fernrohr schon geraume Zeit auf die Schiffe der Fremden gerichtet hielt. Er konnte sie leicht an ihrer größeren Anzahl an Masten von den einheimischen Schiffen unterscheiden, auch wenn man ihre riesigen, blauen Segel jetzt eingeholt hatte. Sie waren nämlich das auffälligste Merkmal dieser Schiffe. Eigentlich waren sie nicht durchgängig blau, sondern völlig wirr hell- und dunkelblau gescheckt. Angeblich war dieses farbliche Durcheinander dafür verantwortlich, dass sie erst so spät entdeckt worden waren. Sozusagen, als sie schon fast im Hafen einliefen. Katalin konnte nicht beurteilen, ob das stimmte. Vielleicht war das Ganze lediglich die Ausrede eines nachlässigen Ausgucks, denn sinnvoll erschien ihm eine solche Färbung nicht. Seines Wissens legten heimkehrende Seeleute doch gerade Wert darauf, frühzeitig gesichtet zu werden, damit ihre Familien Zeit hatten, sich am Kai zu versammeln und die Fracht unverzüglich gelöscht werden konnte.

Wie üblich herrschte bei den Fremden ein Kommen und Gehen zahlreicher Schaulustiger. Katalin hatte jedoch das Interesse verloren, noch weiter irgendjemanden durch das Fernrohr zu beobachten. Über die Fremden würde er auf diese Weise sowieso nicht mehr erfahren, als er bereits aus den Berichten der Spitzel wusste. Und bis zu dem Tag, an dem er endlich einem von ihnen von Angesicht zu Angesicht gegenüberstünde, würden noch über zwei Wochen vergehen. Diese Wartezeit auf eine Audienz war von den Beratern des Fürsten als angemessen und notwendig festgelegt worden, da die Fremden sich schließlich nicht zu wichtig nehmen sollten. Dazu hatte man ihnen weisgemacht, dass das höfische Protokoll von Arades sehr streng sei und leider keine Ausnahmen zulasse.

Dem Gelehrten Ionach war mitnichten entgangen, dass es um seine Angelegenheit nicht zum Besten stand, doch da er die

Stille fürchtete, die unweigerlich einträte, sobald er schwiege, sprach er immer weiter, den Kopf leicht gesenkt und den Blick fest auf das obere Drittel der Tunika des Fürsten gerichtet. Mit der Zeit fiel es ihm immer schwerer, neue Argumente zu finden. Zwar schien alles gesagt zu sein, aber war es auch genug gewesen? Er hob den Kopf und blickte nun unmittelbar in das runde Gesicht mit den weißen Bartstoppeln. In einem Anflug von Verzweiflung suchte er Zuflucht bei dem Versprechen, das er Fürst Alexandru fünf Jahre zuvor gegeben hatte, wenige Tage nach der Geburt von dessen gleichnamigem Enkelsohn: »Bedenket, mein Herrscher, welchen Ruhm und welche Macht Ihr auf Euch vereinigen werdet! Euer Name wird den eines jeden Gekrönten in den letzten tausend Jahren mühelos überstrahlen. Euer …«

Doch dieses Mal verfehlten die magischen Worte ihre Wirkung, denn der Fürst fiel dem Gelehrten ungeduldig ins Wort: »Ich bin zu der Ansicht gelangt, dass dein Vorhaben zu gefährlich ist und die Risiken die ungewisse Aussicht auf mehr Macht und mehr Ansehen nicht aufwiegen. Es ist ja keineswegs so, dass ich von beidem noch nichts besäße! Daher wirst du deine Arbeit umgehend beenden.«

Ionach war wie betäubt. Wie konnten die Götter zulassen, dass ihm etwas derart Schreckliches zustieß? Bevor er begriff, was er eigentlich tat, platzte es aus ihm heraus: »Ist es wegen der Ausgaben?«

»Selbstverständlich nicht!«, erwiderte der Fürst ungehalten. »Ich habe dir den Grund genannt, und du wirst handeln, wie ich es befohlen habe. Hörst du?«

Der Gelehrte nickte und ließ sich zitternd auf die Knie sinken. Schluss, Ende, alles war vorbei! Als ihm der Fürst die Hand entgegenstreckte, ergriff er sie und küsste jeden der vier Ringe an ihren Fingern. Alles ist vorbei, hallte es unablässig in seinen Gedanken wider.

»Damit wir uns richtig verstehen«, hörte er seinen Herrscher sagen. »Du wirst auch alle Aufzeichnungen vernichten und keine Abschriften übrig lassen. Verbrenn sie.«

Jäh warf Ionach den Kopf in den Nacken und sah zum Fürsten auf. »Doch was wird sein, wenn Ihr es Euch eines Tages anders überlegt?«

»Hältst du mich für wankelmütig?«, fragte Fürst Alexandru seltsam belustigt.

»Nein, natürlich nicht!«, quetschte der Gelehrte zwischen den Lippen heraus. »Verzeiht, Herr, verzeiht! So war es nicht gemeint.«

Als er sich aufrichtete, überkam ihn plötzlich eine große Schwäche. Bevor er jedoch stürzte, packte der Fürst seinen Arm mit überraschend festem Griff und stützte ihn. In freundlichem Ton suchte er den Gelehrten zu beruhigen: »Sorge dich nicht, Ionach. Du bist nicht in Ungnade gefallen. Ich habe nur einen neuen Entschluss gefasst. Nun gehe und verfahre, wie ich es angeordnet habe.«

Immer noch unsicher, begab sich Ionach zu einer der Türen und verließ den Saal. Im Gang davor brannten Leuchter, da erst nachmittags ausreichend Licht in ihn hineinfiel, um die Dunkelheit völlig zu vertreiben. Der Gelehrte ging einige Schritte, lehnte sich dann aber erschöpft gegen die Wand. Anders als die Wände im Saal war sie nicht mit Steinplatten verkleidet, sondern mit poliertem Holz von etwas dunklerer Farbe, in dem sich das gelbe Licht der Leuchter spiegelte. Die Wand darüber war mit Motiven aus der bewegten Vergangenheit der Stadt, des Fürstentums und des Bundes bemalt. Weiter entfernt hörte er ein Kind toben. Es gab viele Kinder im Palast.

Der Fürst sah dem scheidenden Gelehrten hinterher. Musste er sich seinetwegen Sorgen machen, überlegte er. Vermutlich nicht. Ionach war ihm ergeben. Zwar mochte ihm die Anweisung, die er erhalten hatte, große Seelenpein bereiten, aber er würde sie dennoch ausführen. Allerdings wäre es sträflicher Leichtsinn, nun alles als erledigt zu betrachten und sich keine weiteren Gedanken um die Zukunft zu machen!

Ein Blick zum anderen Saalende lehrte den Fürsten, dass sein Sohn nicht mehr mit seinem »Spielzeug« beschäftigt war und brachte ihm in Erinnerung, dass er an diesem Vormittag noch eine weitere wichtige Entscheidung treffen wollte. Dazu musste er allerdings zuerst mit dem Prinzen sprechen. Auf halbem Weg zu ihm gab er Beryks ein Zeichen. Der vierschrötige Mann, der so viel mehr war als nur ein Kammerdiener, eilte ihm entgegen, und der Fürst erklärte ihm leise: »Ich habe zwei Wünsche, Beryks. Beide betreffen den Gelehrten Ionach Blaufeder. Mein erster Wunsch ist, dass er bis auf Weiteres die Stadt nicht verlässt. Meines Wissens zieht es ihn zwar recht selten nach draußen, aber es kann nicht schaden, wenn jemand unauffällig darüber wacht, dass er keine weiten Reisen plant oder gar Umzugspläne in Angriff nimmt. Mein zweiter Wunsch ist, dass recht bald irgendeine neue Tätigkeit für ihn gefunden werden möge. Sie soll ihm ein Auskommen bescheren und ihn gut beschäftigt halten, sodass er nicht schädlichem Müßiggang und Grübelei anheimfällt. Das ist alles. Nun geh!«

Beryks nickte knapp und machte sich an die Ausführung seines Auftrags. Der Fürst war dankbar, dass er ihm nie erklären musste, mit wem er zu sprechen hatte. Beryks war ein guter Diener seines Herrn!

Katalin hatte inzwischen mitbekommen, dass sein Vater etwas von ihm wollte und erwartete ihn angespannt. Der Fürst eröffnete ihm nicht sofort, was ihm auf dem Herzen lag, sondern gönnte sich zunächst ebenfalls einen Blick durch das Fernrohr. Im Unterschied zu seinem Sohn richtete er es aber sofort auf den Ort, der ihn interessierte.

»Was hast du über unsere Besucher herausgefunden?«, fragte er, als er es wieder absetzte.

»Sie sind neugierig und stellen viele Fragen«, antwortete Katalin.

»Das ist völlig naheliegend«, erwiderte der Fürst. »Was wollen sie denn wissen?«

»Ein Teil ihrer Fragen betrifft den Handel. Welche Waren wir beziehen, woher sie kommen und über welche Entfernungen sie geliefert werden. Auch wie wir zu den anderen Städten des Bundes stehen.«

Der Fürst nickte. Das war ebenfalls nicht weltbewegend.

»Sie scheinen sehr angetan zu sein von den goldenen Dächern und wollen wissen, woher das Gold stammt. Ob wir es tauschen, in Minen abbauen oder aus Flüssen waschen.«

»Unser Gold?«, wiederholte der Fürst. »Was beschäftigt sie mehr? Die Pracht, die es Arades verleiht, oder sein Wert?«

Katalin schwieg und sortierte augenscheinlich im Geiste, was ihm zugetragen worden war. »Der Wert des Goldes, meine ich«, urteilte er schließlich.

Alexandru nickt erneut. »Fahr fort!«

»Pferde, seltsamerweise. Man könnte fast meinen, sie hätten noch nie zuvor welche gesehen, so angetan sind sie von ihnen! ... Sie stellen auch viele Fragen nach den Göttern, denen wir huldigen.«

»Nach den Göttern?«, staunte der Fürst. »Sind sie Priester?«

»Ich glaube nicht. Aber das ist ein Thema, das ihnen nie langweilig wird. Unweigerlich kommen sie darauf zu sprechen: Wie heißen eure Götter und wofür sind sie zuständig? Was ist ihr Ursprung? Haben sie einen Vater oder eine Mutter? Habt ihr je von anderen Göttern gehört? Welche Legenden und Mythen kennt ihr ... und so weiter und so fort.«

»Seltsam«, antwortete der Fürst. »Sehr seltsam. Wem huldigen sie?«

Darauf konnte ihm sein Sohn keine Antwort geben. »Diese Frage hat ihnen anscheinend niemand gestellt, sodass nicht einmal geklärt ist, ob sie überhaupt eigene Götter haben.«

Nun kam der Fürst zu seiner letzten Frage. »Mit wem reden sie? Was machen sie den ganzen Tag über?«

»Sie sprechen mit fast jedem. Teils mit gemeinem Volk, teils mit Handwerkern, Händlern, Geschichtenerzählern ...«

»Ich meinte ihre Anführer«, unterbrach ihn der Fürst.

»Sie führten Gespräche mit den bedeutenderen Kaufleuten sowie mit den Sippenräten und Sippenältesten der Blaufedern, der Rotschwänze, der Weißkehlen und der Kropfe. Wahrscheinlich werden sie sich auch noch an die fehlenden fünf Sippen wenden.«

Nachdenklich blickte der Fürst zum Hafen und beschloss, seinem Sohn und Nachfolger eine Unterweisung über die Kunst der Herrschaft zu geben.

»Man kann das alles auf zweierlei Art sehen, Katalin. Das sind Fremde, die gern mit uns Handel treiben würden. Sie wollen unsere Sitten und Gebräuche kennenlernen, um sie zu achten und zu ehren. Unser Verhältnis zu unseren Nachbarn ist deswegen von Belang für sie, weil sie niemandem auf die Füße treten wollen, und solange der Herrscher – also ich – sie nicht empfängt, stellen sie sich höflich den Sippenführern vor. Das sind zwar ehrenwerte Gründe, aber es ist eben nur eine mögliche Sichtweise. Doch merke dir, mein Sohn, es gibt stets noch eine zweite! Verlier das nie aus den Augen! Ebenso gut könnten unsere Besucher unseren Reichtum erkunden und ausloten, mit wem sie sich verbünden und wen sie gegeneinander ausspielen sollten. Welche Sichtweise entspricht nun der Wahrheit? Ich möchte mir morgen ein Bild von ihnen machen.«

Der Prinz war überrascht. »Schon morgen? So schnell? Was ist mit dem angeblichen Protokoll, das keinen früheren Empfang erlaubt? Werden sie sich nicht wundern? ... Gerade wenn dein Verdacht stimmt, mein Vater und Fürst ...«

Fürst Alexandru brachte ihn mit einer Handbewegung zum Schweigen. »Darüber habe ich mir bereits Gedanken gemacht, deren Umsetzung ich dir anvertrauen werde, Katalin. Wähle eine verlässliche Person aus und schicke sie zu den Fremden. Sie soll sich ihnen gegenüber als bestechlich ausgeben und behaupten, sie habe dein Ohr und könne dich – gegen eine glaubwürdige Entschädigung – dazu bringen, mich zu überreden, ihnen eine Audienz außer der Reihe zu gewähren. Das Ganze müsse allerdings morgen geschehen, weil ... vielleicht muss die Person ja dringend nach Bihorbis, und vielleicht ist diese Reise auch an ihrer Bestechlichkeit schuld ... dir wird schon etwas einfallen. Ich verlasse mich ganz auf dich, mein Sohn! Ich möchte die Fremden hier haben und ... ich möchte nicht, dass sie sich groß vorbereiten können.«

Dem Prinzen gefiel der Plan, allerdings hatte er noch Bedenken. »Was, wenn sie nicht auf das Angebot eingehen wollen?« »Das wäre doch aufschlussreich«, antwortete der Fürst. »Aber auch in diesem Fall gäbe es mindestens zwei Möglichkeiten einer Deutung.«

Der kleine Alexandru ließ sich von dem alten Mann, der noch viel älter war als sein Großvater, an der Hand zu dem Zimmer führen, wo seine Spielsachen lagen. Dort setzte er sich auf den Boden, griff nach den darauf verstreuten Figürchen aus Holz und Stein und stellte sie in einer Reihe auf. Sobald der alte Mann wieder gegangen war, erhob sich Alexandru, trat zur Tür und öffnete sie. Er war enttäuscht, als der alte Mann nicht davorstand. Diese Enttäuschung währte jedoch nicht lange, denn nun beschloss Alexandru, das zu tun, was ihm immer das Zweitliebste war, gleichgültig, was ihm kurz zuvor noch das Liebste gewesen sein mochte. Er quetschte sich durch den Türspalt und rannte juchzend durch die Gänge des Palastes. Nach einer Weile gelangte er auf einen Flur, der ihm noch unbekannt war. Türen gingen von ihm ab, und an seinem Ende führte eine Treppe zu den Stockwerken darüber und darunter. Unschlüssig blieb Alexandru stehen. Ein wenig unheimlich war ihm dieser fremde Gang. Andererseits gab es dort viele Türen, die er öffnen konnte. Was sollte er tun? Umkehren oder das Unbekannte erforschen?

Unschlüssig kratzte er sich am Arm, wo ihn eine gewisse Stelle schon länger juckte. Er warf einen Blick darauf und entdeckte eine leicht gerötete Erhebung auf der Haut. Missbilligend schüttelte Alexandru den Kopf: »Böse Stechmücke!«

Ionach Blaufeders Vermächtnis

Furchtlose Fürsten, die allegorische Ungeheuer bezwangen, berühmte Helden, die miteinander um Sieg und Ruhm wetteiferten, große Heere, die mit Schwertern und Lanzen bewaffnet einander gegenüberstanden. Sterbende Krieger mit bleichen Wangen, Scharen von Feinden, geknechtet und in Ketten geschlagen, unterworfene Aufständische, Verräter und Piraten, die recht abwechslungsreich gehenkt, gepfählt, gerädert, erwürgt, ersäuft oder lebendigen Leibes verbrannt wurden. Solche Szenen zeigten die Wandbilder in Schattierungen von Rostbraun.

Welche Ironie, dass ausgerechnet hier alles enden musste, dachte der Gelehrte Ionach unentwegt, während er auf die kriegerischen Darstellungen starrte. Als er sich einigermaßen gefangen hatte, machte er sich mit gebrochenem Herzen zu der Kammer auf, die ihm in den letzten Jahren zuerst als ein verschwiegenes Refugium für seine Studien, in neuerer Zeit aber auch als Labor gedient hatte. Wehmütig betrachtete er die seltenen Artefakte, die so schwer zu beschaffen gewesen waren, die vergilbten oder brüchigen Schriftrollen und ihre peinlich genauen Abschriften. Nach dem Willen des Fürsten würde er all dies vernichten müssen. Nichts durfte übrig bleiben! Mit eigener Hand sollte er sein gesamtes Lebenswerk auslöschen!

Ionach ging zu einem Regal und entnahm ihm einen Stapel der kostbaren Papiere. Er trug ihn zu der Liege, auf der er so manche Nacht verbracht hatte, wenn ihn seine Forschungen länger als beabsichtigt beschäftigt hatten, und schenkte sich einen Becher mit Schnaps ein, den er vorrätig hielt, um sich zu stärken, sich Mut zu machen, sich zu beruhigen oder mit sich selbst anzustoßen, falls es einen Grund zu feiern gab. Er setzte sich und überflog ein letztes Mal die vertrauten Zeilen. Bei vielen Abhandlungen erinnerte er sich noch lebhaft, wie er an sie gelangt war: Im Austausch mit anderen Gelehrten, denen er Lügengeschichten über den Gegenstand seiner Studien aufgetischt hatte, damit sie nicht herausbekämen, worum es ihm wirklich ging. Einige mochten ihn für einen ausgemachten Trottel gehalten haben, doch er hatte sich immer damit getröstet, dass sie eines Tages, wenn alles offenbar wurde, ihren Irrtum einsähen.

Oder wie er vor Jahren in Satumer mit einem gierigen Händler um einige Schriftstücke gefeilscht hatte. Der Mann hatte gar nicht geahnt, welche Schätze er besaß! Wie aufgeregt er damals gewesen war und wie er sich bemüht hatte vorzutäuschen, dass er eigentlich an etwas ganz anderem interessiert sei, nur um nicht den Preis hochzutreiben. Denn damals hatte er den Fürsten noch nicht als Geldgeber seiner Forschungen gewinnen können.

So verbrachte der Gelehrte Stunde um Stunde, bis sich zum wiederholten Male eine metallisch schimmernde Fliege auf dem Blatt niederließ, das er gerade las. Ionach verscheuchte sie wie zuvor, doch wieder nicht für lange! Schon einen Augenblick später hörte er sie an seinem Hinterkopf summen. Er legte das Schriftstück beiseite und fuhr sich mit beiden Händen wild durch die Haare. Doch das lästige Tier hatte schon wieder seinen Aufenthaltsort gewechselt. Erneut war es auf dem Papier gelandet. Ionach hob die Hand, bewegte sie ganz langsam zu dem Störenfried und schlug unvermittelt zu. Die Fliege war nicht sofort tot, sondern versuchte verkrüppelt und halb betäubt zu entkommen. Ionach gab ihr den Rest! Er zerquetschte sie mit dem Daumen und verrieb ihren Körper auf dem Schriftstück. Zuerst nur in kleinen Kreisen, dann verschmierte er die Überreste in ungezügelten Strichen auf dem ganzen Blatt. Eine finstere Lust lag in seinem Tun, denn er beging damit eine Schändung, die er noch am Vortag als unvorstellbares Sakrileg betrachtet hätte! Doch welche Bedeutung hatte das alles noch? Schon heute – nachher – würde er viel schlimmere Verbrechen begehen, wenn er nicht nur dieses eine unersetzliche Dokument verbrannte, sondern darüber hinaus noch viele, viele andere. Einzigartiges Wissen würde heute aus der Welt verschwinden!

Eine weitere schillernde Fliege hatte beschlossen, ihm zur Last zu fallen.

Woher kamen diese Viecher, dachte er, doch gleich darauf kannte er die Antwort: der Affe!

Der Gelehrte ging zu dem kleinen Affen, den er in der vergangenen Nacht getötet und seziert hatte. Wie er jetzt entdeckte, hatte er danach dummerweise vergessen, den Kadaver zu verhüllen. Nun lockte er Fliegen an! Vier prächtige Exemplare krabbelten auf ihm herum, ungefähr dreimal so viele lagen tot bei ihm in der Schale. Damit hatte Ionach nicht gerechnet! Das war eine bemerkenswerte Einzelheit! Leider würde mit dieser Erkenntnis niemand mehr etwas anfangen können.

Er zog ein paar dicke Lederhandschuhe an, wickelte den Affenkörper in einen der dafür vorgesehenen Lumpen und warf ihn in einen Eimer, von dem die ihm zugeteilten Mägde wussten, dass sie den Inhalt zu ihrem eigenen Wohl niemals anrühren durften. Danach entzündete er das Kohlebecken, ging wieder zu dem Regal und griff nach einem etwa zweihundert Jahre alten Brief, dessen Verlust noch am ehesten zu verschmerzen war. Er faltete ihn mehrmals und entzündete ihn wie einen Kienspan am Kohlebecken. Das Feuer nahm das Opfer begierig an. Als der Brief lichterloh brannte, öffnete Ionach die Finger und ließ ihn fallen.

Während sich das Papier in schwarze, kräuselnde Asche verwandelte, blickte Ionach grübelnd auf ein Fläschchen. Es war mit den Worten »Ätzende Lauge« beschriftet und mit Furcht einflößenden Symbolen bemalt für diejenigen, die des Lesens unkundig waren. Beides diente der Abschreckung, denn sein Inhalt war wesentlich gefährlicher. *Blutige Fee!* Ein romantischer Name für eines der tödlichsten Gifte, von denen Ionach je gehört hatte. Nicht einmal der Fürst wusste, dass sein Gelehrter sich diese Substanz beschafft hatte, deren Besitz streng verboten war. Irgendwann hätte Ionach ihm gewiss davon erzählt, denn die *Blutige Fee* war vielleicht der Schlüssel, der Schlüssel zu allem!

Doch dazu käme es jetzt nicht mehr. Was sollte er nun damit anfangen, fragte er sich. Vielleicht an einem ungefährlichen Ort weggießen?

Dann erinnerte sich Ionach daran, wie schwer dieses Gift zu beschaffen gewesen war und mit welchem zwielichtigen Volk er sich dazu hatte abgeben müssen. Wenn er es recht bedachte, fiel es nicht unter den Befehl des Fürsten, ausnahmslos alle Unterlagen zu vernichten. Wer konnte sagen, ob er es vielleicht doch noch irgendwann benötigte? Sein Leben würde schließlich nicht mit seinen Forschungen im Dienste des aradekischen Fürsten enden!

Der Gelehrte verbrannte noch einige weitere Schriftstücke, bis ihm hundeelend war. Um sich wiederaufzurichten, griff er erneut zum Schnaps. Der Alkohol verhüllte zwar den Schmerz, doch als sich Ionach später auf einer Liege niederließ, um vermeintlich nur kurz zu rasten, dachte er, dass die Welt kein schöner Ort mehr war.

Als der Mann in Braun am nächsten Vormittag in aller Frühe Ionachs Studierzimmer betrat, fand er einen übernächtigten Gelehrten vor, der in einem Kohlebecken planlos Papier verbrannte. Er nahm seinen Umhang ab, blickte sich in dem verwüsteten Zimmer um, in dem es aussah, als habe ein Wirbelsturm darin gewütet, und fragte spöttisch: »Machst du Hausputz?«

»Der Fürst wird meine Forschungen nicht mehr unterstützen«, sagte Ionach niedergeschlagen.

»Dann suchst du wohl einen neuen Gönner?«

»Dafür ist es zu spät. Er hat mir befohlen, alle Unterlagen zu vernichten.«

Der Mann in Braun ließ die Nachricht auf sich einwirken.
»Offenbar bist du gewillt, seinen Befehl zu erfüllen?«

»Er ist der Fürst! Was bleibt mir anderes übrig?«

»Er ist *ein* Fürst«, verbesserte ihn der Mann in Braun. »Ein anderer Fürst mag in dieser Sache andere Ansichten haben.«

Ionach verharrte erschrocken. »Wollt Ihr mir etwa raten, einem anderen Fürsten des Bundes meine Arbeit anzubieten? Das wäre Verrat!«

Der Mann in Braun schüttelte den Kopf. »Ich möchte damit nur sagen, dass Fürst Alexandru nicht für immer herrschen wird! Sein Sohn mag deiner Sache gewogener sein.«

»Aber der Sohn des Fürsten ist nicht der Fürst!«, antwortete Ionach aufgebracht. »Sein Vater ist es! Ihm haben wir zu gehorchen. Es steht uns nicht zu, uns auszusuchen, ob wir dem jetzigen oder dem vorletzten oder dem übernächsten Fürsten treu sein wollen. Der Fürst ist der Fürst! Ihm gebührt unser Gehorsam, ob es uns gefällt oder nicht.«

Der Mann in Braun schwieg, da ihm keine gescheite Antwort einfiel, und sah zu, wie Ionach seine Tätigkeit grimmig fortsetzte. Als dem Gelehrten ein Blatt entglitt, bückte er sich und hob es auf. Doch statt eines Dankeswortes griff Ionach so grob nach dem Blatt, dass es zerriss und bloß ein Fetzen von etwa einer Viertelseite zwischen seinen Fingern verblieb.

»Her damit!«, forderte der Gelehrte unfreundlich, als verdächtige er sein Gegenüber, den verbliebenen Fetzen als Beute behalten zu wollen. Da ihm die Übergabe nicht schnell genug ging, entwandt er dem Besucher das Stück Papier so grob, dass er ihm die Hand dabei blutig kratzte.

Das verärgerte den Gast. Er rieb die verletzte Stelle und sagte: »Du verspielst vielleicht die Zukunft von Arades oder sogar die des gesamten Bundes!«

»Ich will kein Wort mehr hören!«, antwortete Ionach. »Was ich tue, fällt mir schon schwer genug! Das Beste wird sein, wenn Ihr mich jetzt wieder allein lasst!«

Der Blick des Mannes in Braun fiel auf ein Buch mit fleckigem Ledereinband, von dem Ionach ein paarmal erwähnt hatte, dass es die Essenz seiner Forschung enthalte. Er griff danach und wandte sich zum Gehen.

»Ihr werdet das Buch sofort wieder hinlegen!«, verlangte Ionach.

Doch der Mann in Braun dachte nicht daran und schüttelte ablehnend den Kopf. »Du wirst mir dafür noch einmal dankbar sein.«

Gegenwärtig war seine Einschätzung jedoch noch falsch, da Ionach nicht bereit war, so einfach nachzugeben und ihn ziehen zu lassen. Nach einigen unfreundlichen Bemerkungen wurde er handgreiflich, und die beiden Männer rangen um das Buch. Eng umklammert taumelten sie durch das Studierzimmer, stießen schmerzhaft gegen Möbel und trampelten über unbeachtete Gegenstände, die während ihres Kampfes auf den Fußboden gefallen waren. Sie versuchten sich zu stoßen und zu schlagen und sich die Gliedmaßen zu verdrehen, was ihre enge Umarmung jedoch kaum zuließ. Der Mann in Braun wurde immer zorniger. Wie konnte er diese Klette nur loswerden, dachte er. Überdies musste er sich eingestehen, dass der Gelehrte wesentlich kräftiger war, als er ihm zugetraut hatte! Schließlich entwandt ihm Ionach das Buch. Polternd fiel es zu Boden. Er bückte sich sofort, um es aufzuheben.

Als er sich wieder aufrichtete, packte ihn sein Besucher an der Brust und schlug ihm einen Granitmörser gegen den Schädel, in dem Ionach sonst Pflanzenteile zerrieb. Der Schlag verschaffte dem Mann eine befremdliche Befriedigung. Also schlug er ein weiteres Mal zu! Erst als ihm Ionachs erschlaffender Körper zu schwer wurde und aus der Hand glitt, hörte er damit auf.

Keuchend stand der Mann in Braun über dem erschlagenen Gelehrten und murmelte: »Verdammt! Verdammt! So hätte das nicht enden sollen!«

In diesem Augenblick öffnete sich geräuschvoll die Tür und ein fröhliches Kindergesicht blickte verschmitzt lächelnd in das Zimmer.

»Wir machen nur Spaß! Ist alles nur Spaß!«, sagte der Mann in Braun schnell. Doch der Junge glaubte ihm nicht. Der fröhliche Entdeckerdurst in seinem Gesicht wich Angst, und er rannte weg! Der Mann in Braun wusste, dass er ihn nicht entkommen lassen durfte und setzte ihm nach. Schon nach wenigen Schritten hatte er ihn im Flur eingeholt. Er griff mit beiden Händen zu und hob ihn hoch. Als der Knabe schreien wollte, legte er ihm rasch die Hand auf den Mund. Doch nun geriet das Kind erst recht in Panik! Es wand sich und strampelte in seinen Armen, um freizukommen.

»Hör auf!«, zischte der Mann in Braun. Als der Junge nicht gehorchte, presste er ihm die Hand fester auf den Mund und drückte ihm mit Daumen und Zeigefinger die Nase zu.

»Schlaf ein! Gleich wird alles besser«, flüsterte er und trug ihn zu Ionachs Studierzimmer zurück. Bei der Tür bäumte sich das Kind unerwartet auf und rutschte aus seinen Armen. Die Jagd begann erneut!

Dieses Mal machte es ihm der Junge schwerer, denn sobald der Mann in Braun bei ihm war, schlug er einen Haken, sodass jener ins Leere griff. Es war fast wie ein Fangspiel – fast! – und ein zufälliger Beobachter hätte den Wettlauf der beiden auch fast damit verwechseln können. Fast! Doch der Mann in Braun wusste, dass er nicht mehr viel Zeit hatte. Schon als er den Palast betreten hatte, war ihm eine gewisse Unruhe aufgefallen. Sie schien seither noch zugenommen zu haben. Eine Wache, ein Dienstbote – über kurz oder lang würde jemand vorbeikommen!

Nun hatte der Junge eine Treppe erreicht. Wie es ihm beigebracht worden war, griff er nach dem Geländer, um dann langsam und vorsichtig Stufe für Stufe hinabzugehen. Als der Mann in Braun bei ihm war, nutzte er die Gelegenheit und stieß mit aller Kraft zu! Das Kind purzelte die Treppe hinab, überschlug sich dabei mehrfach und blieb an ihrem Fuß verrenkt liegen. Blut floss aus seiner Nase.

Für einen langen Augenblick kämpfte der Mann in Braun gegen den Drang, die Treppe hinunterzueilen, um sich zu vergewissern, dass der Junge auch wirklich tot war. Doch dann wurde ihm mit eisiger Kälte bewusst, was er getan hatte. Er hatte den Enkel des Fürsten getötet! Sollte man ihn je mit dieser Tat in Verbindung bringen, so wäre sein Leben nicht nur einfach verwirkt! Eigens für ihn würde man eine völlig neue Art der Hinrichtung erfinden. Eine, die an Grausamkeit alle bisherigen überträfe!

Er eilte zurück in Ioanchs Labor, um das Buch zu holen und den Palast dann schleunigst zu verlassen. Doch halt, so konnte das nicht gehen! Zwei Tote an einem Tag! Der Tod des Jungen mochte mit etwas Glück als Unfall durchgehen, aber der Gelehrte war offensichtlich als ein Mordopfer erkennbar. Viel zu leicht konnte jemandem der Verdacht kommen, dass auch der kleine Alexandru nicht durch eigenes Verschulden verunglückt war!

Der Mann in Braun setzte sich auf einen Stuhl, schaute sich im Zimmer um und dachte ruhig nach. Ein weiterer unseliger Unfall war wahrscheinlich das einfachste!

Er ging zu der Leiche, zerrte sie näher zu einem Regal und legte den Mörser und einige andere schwere Gegenstände um sie herum – alles Dinge, die aus dem Regal gefallen sein konnten. Zum Abschluss quetschte er Ionach noch ein paar Seiten eines Traktates zwischen die Finger, das ebenfalls den Flammen hätte übergeben werden sollen. Dann kippte er ganz vorsichtig das Regal um, sodass es auf dem Leichnam zu liegen kam.

Zufrieden betrachtete er sein Werk. So also war der arme Ionach Blaufeder umgekommen: Er hatte etwas aus dem Regal entnehmen wollen und es dabei irgendwie umgeworfen. Vielleicht weil er leichtsinnig daran hochgeklettert war? Dadurch war er erschlagen worden.

Dem Mann fiel noch eine kleine Verfeinerung ein. Er nahm einen der Schnapskrüge, die ihm schon bei seiner Ankunft aufgefallen waren, schüttete den verbliebenen Inhalt neben der Leiche aus und zerschlug ihn dann. Der arme Ionach! Offensichtlich war er nicht ganz nüchtern gewesen, als ihn sein Schicksal ereilt hatte!

Während er den Tatort neu gestaltete, hatte den Mann in Braun ein stechender Schmerz in der Seite geplagt. Das Umkippen des Regals hatte dies noch verstärkt. Als er nun die schmerzende Stelle in Augenschein nahm, entdeckte er einen langsam wachsenden Blutfleck, der sich um einen schmalen Schnitt in seinem Hemd herum ausbreitete.

Dieser verdammte Hund, dachte er. Der Gelehrte musste ihn während ihres Kampfes mit einem Messer oder etwas Ähnlichem gestochen haben!

Er nahm einen der Lumpen, die Ionach aus ihm unbekannten Gründen vorrätig liegen hatte, presste ihn fest gegen die Verletzung, warf den Umhang über, und zerrte alles so zurecht, dass das Blut nicht zu sehen war. Dann schlich er sich aus dem Palast. Heute herrschte tatsächlich eine auffällige Betriebsamkeit!

Als der Mann in Braun seine Wohnung im Hinterhaus einer Schneiderei erreichte, fühlte er sich ziemlich schwach. Der Lumpen aus Ionachs Labor war mit Blut vollgesogen, und auf seinem braunen Gewand mit den schmalen blauen Streifen hatte sich ein beunruhigend großer Fleck ausgebreitet. Er brauchte dringend einen Heiler, dachte er. Doch zuerst musste er ein vorübergehendes Versteck für das Buch finden!

Er ließ den durchnässten Lumpen fallen, griff nach einem alten Hemd und presste es gegen die noch immer blutende Wunde. Unsicher taumelte er durch das Zimmer zu dem Ort, den er für den geeignetsten hielt, um Ionachs Aufzeichnungen zu verbergen. Plötzlich strauchelte er, doch gerade noch rechtzeitig konnte er sich an der Wand abstützen. Ein Fleck blieb zurück, aber nun war es endgültig vollbracht! Jetzt konnte er auch unbesorgt den Schneider bitten, einen Heiler zu rufen! Doch vorher wollte er sich einen kurzen Augenblick hinlegen.

Es war angenehm, nicht mehr gegen Schmerz und Schwäche ankämpfen zu müssen. Es war befreiend, die Augen zu schließen und einfach alles loszulassen!

Ketzer vom Ende der Welt

Wegen der Kürze der Zeit hatten keine großartigen Vorbereitungen getroffen werden können. Also hatte man sich darauf beschränkt, den etwas düsteren Audienzsaal ausgiebig zu lüften und anschließend Dufthölzer abzubrennen. Jonel, der mit seinen siebenundsechzig Jahren schon manche Audienz miterlebt hatte, davon die meisten als Diener des jetzigen Fürsten, aber auch einige im Dienste seines Vorgängers, war sich sicher, dass die Zusammensetzung der Anwesenden in dem brechend vollen Raum keinerlei höfischem Protokoll entsprach. Aber – was Wunder! – ein Ereignis wie das heutige hatte auch niemand vorausgesehen.

Jonel machte zwei der fünf noch lebenden Frauen des Fürsten aus, denen heute jedoch keine offizielle Aufgabe zukam. Selbstverständlich war auch der Erbprinz anwesend, jedoch ohne Frauen. Als Zeichen seiner Würde trug er einen schlichten, goldenen Stirnreif. Er hatte bereits neben dem etwas erhöht stehenden – und augenblicklich noch verwaisten – Sessel des Fürsten Platz genommen. Auch einige Diener der Erdgötter waren zugegen. Der Priester des Sanz war leicht an der goldenen Vogelmaske zu erkennen, die sein ganzes Gesicht bedeckte. Nicht ganz so einfach war es bei den Priestern der Zwillingsgötter Karan und Vatres, deren rot-weiß gestreifte Gewänder sich lediglich durch die Breite der roten Streifen unterschieden. Auch sie trugen Vogelmasken, allerdings eiserne. Vervollständigt wurde die Versammlung durch zahlreiche Minister und Hofbeamte, drei Präfekten der Fürstengarde von Arades in ihren blitzenden Rüstungen sowie mehrere Sippenmagnaten. Dazu kamen noch viele, viele andere, die den Vormittag damit verbracht hatten, sich Gründe für ihre unverzichtbare Anwesenheit aus den Fingern zu saugen, alte Gefälligkeiten einzufordern oder sich zu neuen zu verpflichten, die erst in der Zukunft zu leisten wären. Alle zusammen waren sie für die schier unerträgliche Unruhe verantwortlich, die bereits seit Stunden im Palast herrschte!

Die Fremden waren als etwa zwanzigköpfige Schar erschienen, angeführt von ihren drei Kapitänen. Welche Aufgabe ihren restlichen Begleitern zufiel, das war bis auf einen einzigen unklar. Dieser eine stammte unübersehbar aus den nördlichen Steppen und hatte vermutlich als Gehilfe eines Bernsteinhändlers oder Pelztierjägers die Sprache des Bundes erlernt. Er sollte als Dolmetscher dienen – und das war auch unbedingt nötig! Jonel hatte die Fremden miteinander reden hören. Fraglos gab es keine Sprache, die der ihren auch nur entfernt ähnelte. In seinen Ohren klang sie, als stolperten die ungewohnten Besucher ständig über denselben Laut und kämen dabei überhaupt nicht von der Stelle: eine endlose Wiederholung von Silben wie *dschra, schlasch, trattasch*.

Die Fremden hatten allesamt einheitlich dunkles Haar und ihre Haut war stark von Wind und Sonne gebräunt. Die Kleidung ließ darauf schließen, dass in ihrer Heimat vergleichbare Witterungsverhältnisse herrschen mussten wie im Bund der Neun Städte. Ihre Hosen waren zwar nicht wadenlang wie im Bund üblich, sondern bedeckten das ganze Bein und waren an den Unterschenkeln mit Gamaschenbändern umwickelt, aber sehr weit und bauschig und aus einem dünnen Stoff geschneidert. Dazu trugen sie Hemden, die den heimischen Tuniken ähnelten und im Gegensatz zu dem Ocker und hellem Grün, das ihre restliche Kleidung bestimmte, verwirrend farbenfroh waren. Ihre dicken Jacken aus teilweise mit Pelz besetztem Stoff passten zwar nicht ganz zu Jonels Vermutung, allerdings hatte er bei zweien der Fremden Mottenlöcher entdeckt, sodass er annahm, dass die Jacken wohl nicht zur Alltagskleidung gehörten und nur zu feierlichen Anlässen getragen wurden. Hätte Fürst Alexandru seine Besucher nicht mit der inszenierten, kurzfristigen Einladung überrumpelt, so hätten sie wahrscheinlich Zeit gefunden, diese Schäden zu beheben.

Bei ihrer Ankunft im Palast hatten die Kapitäne noch kurze Schwerter an der Seite getragen. Als man sie belehrte, dass Waffen in Gesellschaft des Fürsten nicht gestattet seien, hatten sie zwar erklärt, dass es sich eigentlich nicht um Waffen handle, sondern um einen Teil ihrer Gewandung, der ihre Stellung ausdrücke, aber schnell nachgegeben und sie abgelegt. Da die drei Anführer die einzigen Bewaffneten waren, stimmte diese Angabe wahrscheinlich.

Auch wenn sich Jonel nichts anmerken ließ, so war er doch sehr gespannt auf den Verlauf der Audienz, denn auch dem Fürsten musste zu Ohren gekommen sein, wie unruhig das Volk wegen dieser Neuankömmlinge war.

Nun aber waltete der Zeremonienmeister seines Amtes! Mit lauter Stimme verkündete er: »Seine Hoheit Alexandru, Fürst von Arades, Verteidiger des Bundes, Vertrauter und Mund der Götter! Beugt eure Knie!«

Fast alles Anwesenden knieten sich umgehend nieder. Zufrieden nahm Jonel zur Kenntnis, dass die Fremden nicht der Dienste ihres Übersetzers bedurften, um es den anderen gleichzutun. Offenbar wusste man auch bei ihnen zu Hause, was gute Manieren waren! Er selber und Beryks genossen aus praktischen Erwägungen das Privileg, dem Einzug des Fürsten stehend beiwohnen zu dürfen, da sie ansonsten auf ihren Plätzen – beidseitig schräg hinter dem Sessel ihres Herrn – nicht mehr sichtbar und damit nutzlos für ihn geworden wären, sollte der unwahrscheinliche Fall eintreten, dass er genau in diesem Augenblick etwas von ihnen gewollt hätte. Bei anderen, wie dem Prinzen und den Priestern von Sanz, Karan und Vatres, war es eine Frage der Stellung.

Heute erschien der Fürst im vollen Ornat. Auf dem Kopf trug er die goldgefasste und über einen halben Schritt hohe Federkrone und über den Schultern den Federmantel, für den der Legende nach achttausend winzige Vögelchen freiwillig ihr Kleid geopfert hatten.

Der Rest seiner Gewandung entsprach im Wesentlichen der typischen Tracht eines aradekischen Mannes, nämlich einer Tunika, die bis zu den Schenkeln reichte, und Hosen mit wadenlangen Beinen, sowie Sandalen. Der Stoff war einfarbig und entsprach daher nicht den Gepflogenheiten irgendeiner Sippe. Selbstverständlich war die Kleidung des Fürsten deutlich edler als die seiner Untertanen! Die blendend weiße Tunika war mit Goldfäden durchwirkt und die ebenfalls weiße Hose mit Blattgold besetzt. Auch die Riemen seiner Sandalen bestanden nicht aus gewöhnlichem Leder, sondern aus geflochtenem Weißgold.

Der Herrscher von Arades schritt bis zu seinem Sessel und wandte sich dort zu der knienden Versammlung um, die nun die Erlaubnis erhielt, sich wieder zu erheben. Einen wohlüberlegten Augenblick lang blieb er stehen, damit jeder seine prachtvolle Erscheinung betrachten und von ihr beeindruckt sein konnte. Dann nahm er die Federkrone ab und gab sie Beryks, der sie weiterreichte. Gleichzeitig winkte Jonel zwei Pagen herbei, die dem Fürsten den Mantel abnahmen. Ihrer etwas verkrampften Haltung sah man an, dass sie im Augenblick nichts mehr fürchteten, als ihn versehentlich fallen zu lassen oder auf seinen Saum zu treten. Sie trugen ihn hinter den Thron, wo sie ihn jedoch weder ablegen noch über den Arm werfen durften, sondern ihn bis zum Ende des Empfangs gemeinsam halten mussten. Wie Jonel wusste, war diese Tätigkeit anstrengender, als man glauben mochte.

Nach einigen einleitenden Sätzen des Zeremonienmeisters erhielten die Fremden das Wort. Ihre Anführer stellten sich als Elimar, Kapitän der Niksch, Imanz, Kapitän der Pranasch und Dovidasch, Kapitän der Schkidra vor. Ihr Gefolge setzte sich zusammen aus Bootsleuten, einem Landvermesser, einem Zeichner, einem Sternkundigen und vielen, bei denen der Übersetzer nicht wusste, wie er ihre Stellung bezeichnen sollte, ohne sich in langen Erklärungen zu ergehen.

Der Fürst eröffnete die Audienz mit einer Frage: »Ist es bei euch üblich, euren Schiffen Namen zu geben?«

Kapitän Elimar bestätigte dies, doch der Fürst war damit nicht zufrieden. »Woher rührt dieser sonderbare Brauch? In den Gewässern des Bundes der Neun Städte segeln zahllose Schiffe. Dennoch geben wir ihnen genauso wenig einen Namen wie etwa einem Stuhl oder einem Tisch. Denn es zählt doch nicht, wie der Stuhl heißt, sondern wer auf ihm sitzt.« Dabei lehnte er sich so nachdrücklich in seinem Sessel zurück, dass klar wurde, welchen Stuhl er meinte.

»Schiffe sind bei uns sehr weitverbreitet«, fuhr er fort. »Verfügt euer Volk vielleicht nur über eine besonders geringe Anzahl, sodass sie etwas ganz Besonderes für euch sind?«

Elimar verneinte. »Wir nicht die einzigen Kapitäne, Fürst«, übersetzte der Dolmetscher. »Es geben viele und viele andere von uns, dennoch wir alle tragen einen Namen.«

Die Antwort sollte wahrscheinlich scherzhaft gemeint sein, doch auf einen erheblichen Teil der Versammelten wirkte sie hochmütig, wie an ihren Reaktionen abzulesen war. Danach stellte der Herrscher eine ganze Zeit lang keine weiteren Fragen mehr.

Nun ließen die Fremden ihren Dolmetscher über ihre Heimat berichten. Hierbei zeigte sich sehr rasch, dass er mit dieser Aufgabe heillos überfordert war. Er verstand oft nicht, was ihm seine drei Herren zu übersetzen auftrugen, oder wie er das Gesagte in der Sprache des Bundes ausdrücken sollte. Er behalf sich damit, dass er immer weniger übersetzte und immer größere Passagen frei erfand. Dadurch verwandelte sich die Heimat der Fremden, wie immer sie auch in Wirklichkeit aussehen mochte, überaus geschwind in eine Mischung aus seiner eigenen Heimat, dem, was er bisher vom Bund gesehen hatte, und einem nicht zu knappen Anteil dessen, was er im Laufe seines Lebens an Fantastischem über die angeblichen Errungenschaften und Bräuche des Bundes und der südlichen Reiche aufgeschnappt hatte. Das war nicht ganz ohne Humor! Daher wurde vermehrt gelacht und außerdem hagelte es spöttische Zwischenbemerkungen, die nicht immer freundlicher Natur waren.

Die Kapitäne ertrugen diese Groteske längere Zeit gelassen und mit unbewegten Gesichtern, als ginge der Grund der Heiterkeit völlig an ihnen vorbei, ja, als bemerkten sie den Stimmungswandel überhaupt nicht. Dass dieser Eindruck falsch war, sah Jonel an ihren Begleitern. Sie begriffen durchaus, dass sie verspottet wurden und mochten es nicht, auch wenn ihnen eigentlich bewusst sein musste, wer für die Häme verantwortlich war. Die Kapitäne hatten schließlich ein Einsehen und beendeten das Ganze, indem sie ihren Übersetzer veranlassten, sich für seine Unfähigkeit zu entschuldigen.

»Ich noch nicht lange sprechen diese Sprache!«, erklärte er reumütig. »Ich erst sie sprechen wenig und wenig.«

Der Fürst lehnte sich im Sessel vor und wandte sich direkt an diesen völlig unbedeutenden Barbaren aus den nördlichen Steppen. Ein Akt, der seinesgleichen suchte! »Wie lange lernst du ihre Sprache bereits?«

Der Übersetzer gab die Frage jedoch so weiter, als sei sie, wie alle bisherigen auch, nicht für ihn bestimmt gewesen. Kapitän Elimar wollte schon antworten, als ihn einer der beiden andern Kapitäne – Imanz – am Arm berührte, um seine Aufmerksamkeit zu erlangen. Kaum merklich bewegten sich seine Lippen in leisem Gemurmel. Elimar schwieg einen Herzschlag lang, bevor er sich erneut an den Übersetzer wandte, um ihm eine Antwort aufzutragen. Dieser antwortete schließlich dem Fürsten: »Können nicht sagen. Ich nicht weiß, wie soll ausdrücken. Entschuldigen vielmals und vielmals!«

Jonel stutzte. Diese Antwort roch nach einer Lüge, und zwar nach einer ganz unverblümten!

Sie wollen nicht, dass wir wissen, wann sie über das Meer gekommen sind, dachte er. Vor Wochen? Oder vor Monaten, gar Jahren? Plötzlich verspürte er ein nicht fassbares Gefühl des Verlustes. So wie an manchen Herbsttagen, wenn die Luft noch lau war, die Tage aber vor der Zeit zu enden schienen und scheinbar völlig vergessene Gesichter seine Gedanken bevölkerten. Lang zurückliegende Sommer und Herbste, die nur noch in seiner Erinnerung weiterlebten – kurz bevor die Winterstürme begannen.

Was verbargen die Fremden?

So plötzlich wie das Gefühl gekommen war, verschwand es auch wieder. Jonel schalt sich einen Narren! Wovor sollte sich denn einer wie er fürchten? Er war siebenundsechzig Jahre alt, und die einzige Familie, die er während der verstrichenen Jahrzehnte gekannt hatte, waren die Bediensteten des Palastes gewesen. Wenn er etwas fürchten musste, dann allenfalls den Tod des Fürsten, da sein Nachfolger sicher einen jüngeren Kammerdiener haben wollte. Und selbst dann wäre ihm das Gnadenbrot gewiss!

Dovidasch, der Kapitän der Schkidra, hatte inzwischen ein Pergament ausgerollt, das – wie sich gleich zeigte – eine Grußbotschaft seines Herrschers enthielt. Sie war ganz allgemein abgefasst, und offensichtlich war vorgesehen, dass der Vorlesende nach eigenem Ermessen den Namen des zu grüßenden Herrschers an gewissen Stellen einfügen sollte. Wahrscheinlich hatten zahlreiche kluge Gelehrte und erfahrene Höflinge lange über angemessenen Formulierungen gebrütet, ohne zu bedenken, dass schließlich einem halbgebildeten Steppenbewohner die Aufgabe zufiele, als Übersetzer über den endgültigen Wortlaut zu entscheiden.

»Wir, Hulimpe, der Gebieter im Reich der Schilves, grüßen unseren Bruder Alexandru, Fürst von Arades, und reichen ihm die Hand des Friedens ...«, begann er. Aber weiter kam er nicht, da ihn der Fürst unterbrach. »Von welchem Gott stammt euer Herrscher ab?«

Seine Frage löste einen kurzen Wortwechsel zwischen den Kapitänen und ihrem Übersetzer aus, da sie offenbar annahmen, er habe etwas falsch verstanden.

»Ihr Herrscher kein Gott und auch nicht mit einem Gott verwandt«, fasste jener ihre Worte zusammen. »Er ein Mensch, wenn auch ein mächtiger und mächtiger und mächtiger.«

»Die Fürstenlinie von Arades geht jedoch auf einen Gott zu-

rück«, belehrte der Fürst ihn und seine Besucher. »Sie ist also
göttlichen Ursprungs! Aber fahrt doch fort mit dem, was mir
mein ferner *Vetter* zu sagen hat.«

Diesen Gefallen taten ihm die Besucher jedoch nicht. Anscheinend war es ihnen wichtig klarzustellen, dass sie keinem unbedeutenden Herrn dienten. »Sie sagen, bei ihrem Volk
nicht üblich sein zu glauben, dass Herrscher von Göttern ab-
stammen. Doch wenn Ihr es glaubt, so wollen sie nicht wider-
sprechen.«

Einige Anwesende zischten empört, und auch der Fürst erwiderte schroff: »Wollt ihr damit ausdrücken, dass die Sterb-
liche, mit der einstens ein Gott den ersten Herrscher von
Arades zeugte, noch anderen beilag, nämlich gewöhnlichen
Männern?«

Jonel biss die Zähne zusammen. Offenbar hatte der Fürst beschlossen, sich heute einer seiner weniger versöhnlichen Stimmungen hinzugeben. Seine nahezu bezuglose Gegenfrage war
typisch dafür! Es überraschte den alten Diener jedoch, dass
die Fremden nicht winselnd in die Knie gingen, wie so viele
andere vor ihnen, denen der Fürst ähnliche Fangfragen ins
Gesicht geschleudert hatte. Immer noch ruhig und mit unge-
brochenem Stolz antwortete Kapitän Elimar durch den Mund
seines Übersetzers: »Fürst von Arades, wir Euch bitten, uns
zu entschuldigen. Wir bloß Seeleute. Auf dem Meer sind wir
kenntnisreich und geschickt. Im Gespräch mit einem edel Geborenen sind wir das nicht. Wir vielleicht sagen manchmal
Dinge, die nicht unserem Herzen entspringen oder im Sinne
unseres Gebieters sind, der Euer Freund sein will. Wir werden
ihn bei unserer Heimkehr bitten, Euch jemanden zu schicken,
der sich klüger und weiser ausdrücken kann als wir. Lasst uns
nun bitte mit der Botschaft unseres Herrn fortfahren ... er
streckt Euch, wie ich bereits sagte, die Hand des Friedens entgegen und ...«

Elimar gab seinem Kollegen ein Zeichen, und Dovidasch las
weiter: »Mögt Ihr sie – die Hand – ergreifen zu gegenseitigem
Nutzen, auf dass Handel zwischen unseren Völkern erblühe

und Wissen getauscht werde, aber auch in gegenseitigem Beistand, so es vonnöten sein sollte. Nur einen Wunsch habe ich an Euch, mein Bruder…«

»Wie heißen eure Götter?«, unterbrach ihn der Fürst.

»Wir haben nur einen«, warf Dovidasch kurz angebunden ein, offenbar nicht gewillt, sich erneut unterbrechen zu lassen. »Er heißt Ris.«

»Einen einzigen nur?«, fuhr der Fürst fort. »Er muss schrecklich beschäftigt sein, wenn er keine Hilfe hat! Wir kennen allein vier Götter, die sich ausschließlich um die Toten kümmern! Da ist Laint, Gott des gewöhnlichen Todes, Galunt, Bringer des vielfachen Todes, Vetis, der Zerstörer der Arten.«

Dovidasch wartete schweigend und machte keinerlei Anstalten, irgendetwas zu erwidern, da ihm keine offensichtliche Frage gestellt worden war. Nach einem lang gezogenen Augenblick der Stille gebot ihm der Fürst unwirsch, fortzufahren. Der Kapitän nickte höflich und las: »Nur einen Wunsch habe ich an Euch, Bruder, nämlich dass Ihr unseren Priestern gestattet, Euer Volk zu erleuchten und die Lehre des einzigen und wahren Gottes Ris unter ihm zu verbreiten.«

Ob dieser Ungeheuerlichkeit zischten nicht nur ein paar Anwesende, sondern so gut wie alle. Jonel hatte den Eindruck, dass selbst sein Herr zum ersten Mal nicht wusste, was er auf eine solche Frechheit erwidern sollte!

Eine kleine Unruhe an einer der Türen zog Jonels Aufmerksamkeit auf sich. Von dort bahnte sich ein Gardist entschlossen den Weg zum Platz des Fürsten. In seinem Schlepptau folgte ihm eines der Kindermädchen des kleinen Alexandru. Sie wirkte völlig aufgelöst. Das Ziel der beiden war allerdings nicht der Fürst, sondern sein Sohn Katalin. Drei Mal musste das Kindermädchen ansetzen, bis es sich ihm verständlich machen konnte. Der Prinz war zuerst wie vom Donner gerührt, dann schlug er sich mit der Hand gegen das Haupt und stieß gequält aus: »Wo hat man ihn gefunden?«

Er wollte sich erheben, doch der Fürst packte seinen Sohn am Arm und drückte ihn wieder in den Sessel zurück. Dabei sagte er etwas in scharfem Ton, wovon Jonel nur vier Wörter verstand: die Pflicht eines Herrschers! Aufgeregt gab der Prinz etwas zurück, doch der Fürst schüttelte ablehnend den Kopf und befahl, für Ruhe zu sorgen. Als es wieder einigermaßen still geworden war, wandte er sich erneut an seine Gäste.

»Das ist sehr aufschlussreich, was ihr sagt. Lasst mich jedoch etwas ergänzen! Wir kennen noch einen weiteren Totengott, wie ich bereits erwähnte. Doch dazu muss ich etwas ausholen. Nach unserem Verständnis ist das feste Land von neun Gewässern umgeben. An einen Ort jenseits davon verbannte einstmals Kakalith den vierten Totengott: Sartris, den Götterfresser. Ihr behauptet von jenseits dieser neun Gewässer zu stammen und einen Gott namens Ris zu verehren.«

Er breitete die Arme aus und bewegte die Hände wie Waagschalen. »Die Ähnlichkeit wird euch nicht entgehen: Ris … Sart-Ris. Um nicht lange um den Brei herumzureden: Seid ihr das Volk des verbannten Gottes? Seid ihr die Diener des Götterfeindes? Ist eure Heimat der Ort, den manche auch *Hölle* nennen?«

Das Zischen und Johlen übertraf alles Vorherige.

Nun war es allerdings auch mit dem Gleichmut der Besucher vorbei. Sie warteten, bis der Lärm nachließ, dann ergriff wieder Elimar das Wort. Es kostete ihn sichtlich Beherrschung, seine Stimme ruhig zu halten. »Ich verstehe, Fürst, dass Ihr die Hand von Frieden und Freundschaft nicht ergreifen wollt, die unser Gebieter Euch anbot. Das ist Euer gutes Recht. Wir bedauern das, und es stimmt uns traurig. Doch werden wir dem Obersten der Schilves unverzüglich davon berichten. Gestattet uns, dass wir Euren Hafen noch so lange in Anspruch nehmen, bis wir unsere Vorräte an Nahrung und Wasser aufgefüllt haben.«

Er fügte ein paar belanglose Artigkeiten hinzu, bis der Fürst ihn und seine Begleiter schließlich mit einer überdrüssigen Geste entließ. Gleich nachdem die Gesandtschaft den Saal verlassen hatte, befahl Fürst Alexandru seine Präfekten zu sich: »Die Fremden haben die Götter beleidigt und – wie ich soeben erfuhr – dadurch den Tod in den Palast gebracht. Wartet, bis sie das Palastgelände verlassen haben, dann nehmt sie unter der Anklage der Ketzerei in Haft.«

»Das sollte schnell und ohne großes Aufsehen zu machen sein, da nur die Kapitäne bewaffnet sind«, antwortete einer der Präfekten. Der Fürst nickte zustimmend. »Die Mannschaften ihrer Schiffe sind ebenfalls zu inhaftieren. Verfügt frei über alle Mittel, die ihr für diese Aufgabe benötigt.«

»Und wenn sie sich wehren?«, warf einer der Befehlshaber ein.

»Dann ist es allein ihr Schade«, erwiderte der Fürst grimmig. Erst danach gestattete er seinem Sohn, sich zu erheben und dem Kindermädchen zu folgen.

Kapitän Elimar und seine Begleiter hatten weder Augen für die zum Flanieren einladenden Wege, die sich durch den Palastgarten schlängelten, noch für die kleinen Pavillons, Blumenbeete und Zierbüsche, um die sich fast ein Dutzend Gärtner geschäftig kümmerten, sondern strebten mit weit ausholenden Schritten auf kürzestem Weg dem Eingangstor entgegen.

»Da kommt noch etwas auf uns zu«, warnte Kapitän Imanz. Dabei gab er sich keine Mühe, leise zu sprechen, da jeder, der ihn verstehen konnte, im gleichen Boot saß wie er selbst. »Schaut hoch zum Palast, linker Seiteneingang«, erklärte er, was zur Folge hatte, dass fast alle stehen blieben und sich umwandten.

Jedem war sogleich ersichtlich, was er meinte, denn vor einem der Nebenausgänge des Palastes hatten sich Bewaffnete gesammelt, die sich nun – da sie sich entdeckt sahen – einer nach dem anderen wieder in das Gebäude zurückzogen.

Imanz gab auch gleich eine Einschätzung ihrer Lage von sich: »Offenbar verbieten die hiesigen Sitten, die Gäste des Fürsten zu behelligen, solange sie sich noch in seinem Heim aufhalten. Das bedeutet, dass wir gegenwärtig noch einigermaßen sicher sind und uns erst dann Ärger droht, wenn wir das Palastgelände verlassen haben. Solange wir hierbleiben, kann uns wohl nichts geschehen.«

»Jedenfalls nicht sofort«, stimmte Dovidasch halbherzig zu. »Aber ich bezweifle, dass man uns auf dem Palastgelände friedlich die Nacht verbringen lassen wird.«

»Das sicher nicht.«

»Wir müssen sofort auslaufen können, sobald wir bei den Schiffen sind«, warf Kapitän Elimar ein. »Dazu müssen sie aber auch bereit sein! Mit anderen Worten: Wir sollten den Schiffsbesatzungen etwas Zeit verschaffen. Ich brauche ein Ablenkungsmanöver! Am besten wird es sein, wenn ihr unsere Leute unter euch aufteilt und euch gemeinsam mit ihnen verstreut. Sobald ich das Zeichen gebe, setzt ihr irgendetwas in Gang, womit ihr die Aufmerksamkeit der Wachen auf euch zieht. Ihr beiden« – dabei deutete er auf zwei der Seeleute – »bleibt bei mir. Für euch habe ich eine wichtige Aufgabe.«

Während sich alle anderen entfernten, erklärte Elimar den beiden, die bei ihm geblieben waren, was er von ihnen erwartete.

»Ich benötige zwei Läufer«, erklärte er ihnen, dann stutzte er.

Bis zu diesem Augenblick hatte der Kapitän geglaubt, auf der langen Reise jedes einzelne Mannschaftsmitglied der drei Schiffe kennengelernt zu haben. Auf den einen der beiden Seeleute traf das auch zu, zumal er zu seiner eigenen Mannschaft gehörte, doch bei dem zweiten, den er als Läufer auserkoren hatte, hätte Elimar beschwören können, ihm noch nie zuvor in seinem Leben begegnet zu sein! Aber das war Unsinn, denn entweder gehörte jemand zu den Einheimischen oder zu den Schiffsmannschaften. Etwas Drittes gab es nicht! ... Den leidigen Übersetzer und seine auf den Schiffen weilenden Gefährten einmal ausgenommen. Das waren dann aber alle!

»Wie heißt du?«, fragte er den ihm unbekannten Seemann, einen Burschen mit struppigem Haar, dessen eines Augenlid leicht herabhing.

»Ich bin Sayme von der Pranasch«, antwortete jener völlig

arglos. Unwillkürlich wandte sich Elimar zu Imanz um, dem Kapitän der Pranasch, der sich mit seinen Leuten angeregt über ein geeignetes Vorgehen beriet.

»Schon gut«, sagt Elimar zögernd. »Ihr beiden werdet auf kürzestem Weg zu unseren Schiffen eilen. Wahrscheinlich könnt ihr ganz gelassen durch das Haupttor gehen, da man dort noch nicht weiß, was sich im Palast zugetragen hat. Wir Restlichen kommen später nach. Zunächst aber werden wir unser Möglichstes tun, dass euer Weggang nicht auffällt. Unsere Schiffe sollen sich unverzüglich zum Auslaufen bereit machen. Wenn wir eintreffen, werden wir es wahrscheinlich äußerst eilig haben. Sollte dann irgendjemand nicht an Bord sein, so muss er hierbleiben. Irgendwelche Fragen?«

»Das war nicht so schwer zu verstehen, Kapitän«, erwiderte der Matrose aus Elimars Mannschaft. »Ich wünsche euch allen viel Glück!«

Kurz bevor die beiden Läufer aufbrachen, gab Elimar das Zeichen. Imanz fiel sofort über den Übersetzer her und brüllte ihn nach Strich und Faden zusammen. Dovidasch hingegen steuerte mit seiner Gruppe den nächsten Pavillon an. Auch Elimar hatte sich etwas ausgedacht. Er rief zuerst nach beiden Kapitänen und begab sich dann, scheinbar geschlagen, zum nächsten Gärtner, vorgeblich, um sich alles über die Gewächse des Palastgartens erklären zu lassen. Der Gärtner merkte zwar sofort, dass der wissbegierige Fremde kein Wort verstand, doch das störte ihn genauso wenig wie bei den Lupinien, Nachtkerzen und Mohnblumen, mit denen er sich sonst unterhielt.

Als sich später erneut Soldaten vor dem Palast sammelten und sich nicht mehr schamhaft zurückzogen, nachdem sie entdeckt worden waren, wussten die Kapitäne, dass ihre Zeit abgelaufen war und befahlen ihrem Gefolge: »Auf! Zu den Schiffen!«

Eine leise Stimme in Katalins Kopf ermahnte ihn, seine Zeit lieber am Lager seines sterbenden Sohnes zu verbringen. Doch er dachte nicht daran, auf sie zu hören, denn das hätte bedeutet, erneut das Gejammer und Wehklagen seiner zehn Frauen ertragen zu müssen, vor dem er gerade erst geflohen war. Zudem hatte ihm der Leibarzt versichert, dass sein kleiner Patient höchstwahrscheinlich ohnehin nicht mehr erwachen werde und bis zum Morgengrauen dem gesichtslosen Laint gegenübertreten würde.

Die Erinnerung an seine Worte machte Katalin wütend. Wie oft war Alexandru ermahnt worden, auf der Treppe Vorsicht walten zu lassen! Doch wieder einmal hatte er nicht hören wollen! Nun würde er deswegen sterben. Ein dummer, dummer Unfall! Katalin war so wütend und so verzweifelt.

Abermals stand der Prinz an einem Fenster und schaute durch sein Fernrohr aus der nicht mehr ganz so sicheren Welt im Innern des Palastes in die noch viel unsicherere außerhalb. Standhaft kämpfte er gegen den Sturm in seinem Innern an, indem er sich unablässig die Worte des Fürsten über die Bürde des Herrschers in Erinnerung rief, die nicht zuließe, dass er sich wie ein Sippenloser dem Schmerz und der Trauer hingebe. Doch das war leichter gesagt als getan!

Der Blick durch das Fernrohr lehrte Katalin, dass die Besucher mittlerweile eingesehen hatten, dass sie nicht für alle Zeit im Palastgarten bleiben konnten. An dieser Erkenntnis mochte der Trupp Gardisten, der vom Palast aus zu ihnen vorrückte, nicht ganz unbeteiligt gewesen sein. Sie marschierten nun so schnell zum Tor, dass man schon beinahe von *rennen* sprechen konnte. Wahrscheinlich wähnten sie sich sogar in Sicherheit, als sie das Tor durchschritten hatten, diese Narren!

Bei all dem Hochmut, mit dem sie von ihrem ach so mächtigen Herrscher gesprochen hatten, der dem Fürsten von Arades großzügig die Hand reichen wolle, war es verwunderlich, wie wenig sie von etwas so Einfachem wie der Jagd verstanden! Vor allem davon, dass Jägern und Treibern unterschiedliche Aufgaben zufielen. Dafür lernten sie es jetzt, als sie gewahr wurden, dass längst ein zweiter Trupp Bewaffneter außerhalb des Palastes Stellung bezogen hatte und sie erwartete.

Trotz des ungleichen Kräfteverhältnisses zückten die Kapitäne die Schwerter. Ihre Begleiter waren noch viel verrückter. Fünf versuchten mit bloßen Händen zwei Gardisten zu überwältigen und ihnen die Waffen zu entreißen! Sie gaben diesen Irrsinn erst auf, als sich drei von ihnen vielfach verletzt von den Streichen anderer Gardisten in ihrem Blut wälzten. Auch der Widerstand der Kapitäne dauerte nicht lange. Sie hatten nicht gelogen, als sie behaupteten, ihre Schwerter seien vorwiegend ein Teil ihrer Kleidung und Zeichen ihres Ranges, denn sie konnten kaum mit ihnen umgehen. Ihr Gefuchtel war erbärmlich! Trotzdem gaben sie erst auf, als auch einer von ihnen schwer am Kopf getroffen worden war.

Katalin missfiel der Kampf, denn der Fürst wollte die Fremden der Ketzerei anklagen, und dazu war es besser, wenn sie noch lebten! Daher verspürte er eine gewisse Erleichterung, als zwei aus der Mannschaft dem verwundeten Kapitän aufhalfen, ihm unter die Achseln griffen und ihn stützten.

Das war einfach gewesen, dachte der Prinz und richtete das Fernrohr auf den Hafen, wo inzwischen der zweite Schlag gegen die Fremden begonnen hatte. Überrascht stellte er fest, dass die fremden Schiffe die Segel aufgezogen hatten, so als hätte man an Bord vorausgeahnt, dass die Audienz einen unerfreulichen Verlauf nehmen werde. Auf dem Kai wurde gekämpft und sicherlich auch auf den Schiffen. Offenkundig war es doch nicht gelungen, sie im Handstreich einzunehmen!

Katalins Fernrohr verriet ihm nicht, warum bisweilen einer der Kämpfenden umfiel und liegen blieb oder sich wieder erhob. Es war zu schwach, um solche Einzelheiten wie Wunden zu zeigen. Daher erschienen ihm die Kämpfer wie bewegliche Ausgaben der Spielzeugfigürchen seines Sohnes. Als spielten Blut, Schmerz und Verzweiflung bei ihrem Streit keine Rolle.

Plötzlich fiel Katalin auf, dass sich der Umriss eines Schiffes veränderte und gegen die anderen verschob. Er benötigte einen winzigen Augenblick, um zu verstehen, was er sah. Und schon unterzog sich ein weiteres Schiff derselben Veränderung. Sie liefen aus! Zwei der fremden Schiffe liefen tatsächlich aus!

An Land entstand ein heilloses Durcheinander. Während ein Teil der kleinen Figürchen noch immer um den Besitz des dritten Schiffes focht, rannte der Rest ziellos am Ufer entlang. Einige sprangen beherzt in kleine Boote, brachten sie zum Kentern und mussten wieder aus dem Wasser gefischt werden. Andere hatten mehr Glück! Sie verfolgten die flüchtenden Schiffe so lange mit kräftigen Ruderschlägen, bis ihnen bewusst wurde, dass es für sie schlechterdings unmöglich sein würde, die hohen Bordwände zu erklimmen. Also kehrten sie geschlagen zurück, während die Verfolgten ungehindert auf die offene See zuhielten, wobei unentwegt ein Teil ihrer menschlichen Fracht als kleine, schwarze Pünktchen ins Meer regnete – unterlegene Gardisten, die über Bord geworfen wurden!

Unverhofft nahte Rettung! Irgendjemandem war es gelungen, eines der fürstlichen Großruderschiffe ausreichend zu bemannen, um sich mit Aussicht auf ein gutes Gelingen an eine Verfolgung wagen zu können. Es hielt auf eines der flüchtenden Schiffe zu, entweder um es mit seinem schweren Sporn zu rammen und ihm den Rumpf aufzureißen oder um es im Kampf Mann gegen Mann zu erobern. Sein Kapitän entschied sich für Letzteres. Näher und näher brachten die Ruderer sein Schiff zu der Beute! Schließlich schwamm es längsseits. Jetzt war es nur noch eine Frage von Augenblicken, bis die Enterbrücken beide Schiffsrümpfe verbinden und die Seegardisten das feindliche Schiff erstürmen würden. Katalin bedauerte, dass er diesen glorreichen Augenblick nicht aus der Nähe genießen konnte, sondern nur mit der unzureichenden Hilfe seines Fernrohrs.

Da ereignete sich etwas Unerwartetes! Flammenzungen rasten plötzlich die Takelage, die Masten und die Segel der Fremden empor! Dicker, schwarzer Rauch stieg auf. Ein Unfall? Eine unerwartete Hinterlist? Diese Frage konnte Katalin von seinem Fenster im Palast aus nicht beantworten. Während das fürstliche Ruderschiff auf Abstand von seiner eben noch beinahe sicher geglaubten und nun brennenden Beute ging, setzte Katalin das Fernrohr ab. Alles Weitere würde nun seinem vorgezeichneten Gang folgen. Ein fremdes Schiff hatte nicht mehr ablegen können, bevor es eingenommen worden war, und ein zweites war zerstört worden. Bestimmt wurde seine Besatzung in diesem Augenblick bereits aus dem Wasser gezogen. Das dritte Schiff war jedoch entkommen. Daran ließ sich nichts mehr ändern, denn selbst wenn sich noch Verfolger fänden, so würden sie umkehren müssen, sobald sie so weit draußen auf See waren, dass Gefahr bestand, das feste Land aus den Augen zu verlieren.

Ein seltsamer Gedanke kam Katalin. Wie würde der heutige Tag wohl in dreißig Jahren beurteilt werden? Würde er als Triumph über die gefangenen Ketzer in Erinnerung bleiben oder würde man ihn verfluchen als verspielte Gelegenheit, die Welt ein klein wenig besser zu verstehen? Oder wäre seine Bedeutung verblasst, sodass er nur ein beliebiger Tag wäre wie so viele vor und nach ihm? Mit einem Mal traf Katalin mit voller Wucht die Erkenntnis, warum er selbst diesen Tag bis an sein Lebensende nicht vergessen konnte Für ihn würde er für immer derjenige sein, an dem sein Erstgeborener gestorben war.

Nikolas unbeschwerte Kindheit

Nikola war zwischen zehn und zwölf Jahren alt. Genau wusste er das nicht, und es gab auch niemanden in Arades, den er hätte fragen können. Als er vor fast zwei Jahren in die Stadt gekommen war, hatte er als Erstes von den anderen Kindern gelernt, dass er sich nicht einzubilden brauche, dass sein Vater irgendwann zurückkehren werde, um ihn abzuholen. Sein Alter habe ihn nicht aus Versehen in der Stadt zurückgelassen, sondern ihn ausgesetzt, und mit diesem Schicksal stünde er auch nicht allein da. Es liege nun an ihm, ob er diese Tatsache als gegeben und nicht mehr umkehrbar hinnehmen wolle oder ... Nikola hatte in der ganzen Zeit nie danach gefragt, wie der Satz nach »oder« weiterginge, denn das kurze Wort hatte in seinen Ohren immer nach Prügel geklungen – von denen er sich zu Anfang wahrlich genug einfing – und nach gebrochenen Knochen. Nichts gegen gebrochene Knochen! Wenn sie einigermaßen krumm zusammenwuchsen und Mitleid erweckten, konnte man als verkrüppelter Bettler durchaus sein Auskommen haben. Aber man konnte sich ja nicht aussuchen, wie krumm sie verheilten! Ein bisschen zu krumm, und man war anschließend derjenige, der zwar tagsüber reichlich Almosen sammelte, aber deswegen Abend für Abend eine aufs Maul bekam, ohne etwas dagegen tun zu können, und zusehen musste, womit er seinen knurrenden Magen füllte. Von der Zeit zwischen dem Bruch und bis zu seiner Heilung gar nicht zu reden!

Seit damals behauptete Nikola jedenfalls, zwölf Jahre alt zu sein. In seinen Ohren klang das besser als neun, zehn oder elf, und vor allem nicht nach einem kleinen Jungen, der von seinem Vater ausgesetzt wurde, nachdem ihm die Frau weggestorben war, sondern nach einem fröhlichen jungen Burschen, einem beinahe schon Erwachsenen, der seinem Alten selbstbewusst den *Kringel* gezeigt und sich von ihm mit den Worten verabschiedet hatte: »Mach's gut, Vattern, auch wenn wir uns vielleicht nie wiedersehen!«

Als Zweites lernte Nikola, dass es besser war, mit anderen Kindern zusammen zu übernachten, denn so konnten sie sich alle aneinanderkuscheln wie junge Mäuse in ihrem Nest, hatten es warm und durften sich sicher fühlen.

Nikola wusste nicht, was Ketzerei bedeutete. Selbst an guten Tagen bekam er allenfalls von drei Göttern die Namen zusammen. Daher berührte es ihn überhaupt nicht, dass die Fremden wegen dieses Verbrechens zum Tode verurteilt worden waren. Götter waren sowieso nur etwas für Angehörige der Sippen und nichts für Menschen wie ihn. Das war eine der wenigen Lehren seines Vaters, an die sich Nikola erinnerte. Allerdings hatte er noch nie eine Hinrichtung miterlebt, und da ihm jeder erzählte, dass so etwas ein ganz großes Spektakel sei, wollte er sie sich nicht entgehen lassen.

Der Ort, an dem die Fremden für ihre Missetat bestraft werden sollten, lag im Süden der Stadt, wo gegenwärtig ein neues Viertel entstand. Damit die Stadt wachsen konnte, hatte man zuerst ihr Korsett weiter machen müssen. Dazu waren ein Teil der bisherigen Stadtmauer und einige Gebäude, die im Weg standen, abgerissen worden. Auf die Mauerreste hatte es Nikola abgesehen. Sie schienen wie geschaffen dafür, dass sich ein kleiner Kerl wie er daraufstellen und über die Menge hinweg bei der Hinrichtung zusehen konnte. Wie enttäuscht war er jedoch, als er sein Ziel erreichte und entdecken musste, dass sämtliches Gemäuer bereits besetzt war, und zwar nicht nur von Kindern, sondern von Zuschauern jeden Alters! Selbst auf dem Torbogen, der als einziges Vermächtnis eines ehemaligen Lagerhauses noch stand, saß jemand.

Davon ließ sich Nikola jedoch nicht entmutigen. Obwohl

das Unterfangen aussichtslos schien, zwängte er sich durch die Menge und ging jede ihm bekannte, halbwegs erhöhte Stelle ab in der Hoffnung, die einzige bisher von allen übersehene zu finden. Dabei benahm er sich nicht gerade rücksichtsvoll und machte ungehemmt von den Ellenbogen Gebrauch. Mitunter fing er sich ein Schimpfwort ein, und einmal verpasste ihm ein stark nach Minze riechender Grobian sogar eine Kopfnuss. Dann rief jemand seinen Namen. Nikola musste ihn noch zwei weitere Male hören, bevor er endlich herausgefunden hatte, wer es war, der ihn da rief.

Die Stimme kam von einer ehemaligen Bäckerei, deren obere, aus Holz erbaute Stockwerke schon vor Längerem einem Brand zum Opfer gefallen waren, sodass nur noch das gemauerte Erdgeschoss stand. Aus dem richtigen Blickwinkel betrachtet, wirkte es, abgesehen von Rußflecken, noch ganz gut erhalten. Bei einem Blick durch die Fensterhöhlen, aus denen die Stängel von Brennnesseln ragten, lernte man jedoch, dass auch vom Erdgeschoss nur noch ein Hufeisen aus zweieinhalb Wänden stehen geblieben war, abgedeckt von einem großen Stück Fußboden des ersten Stocks. Dort oben entdeckte Nikola Camilla und Andreea. Die beiden Mädchen standen ganz am Rand des verbliebenen Teils des Stockwerkes. Camilla hatte die Arme schützend um ihre kleine Schwester gelegt, die vor ihr stand, damit sie nicht hinunterfallen konnte. Sie waren ein ungleiches Paar: Camilla, hoch aufgeschossen, mit langem, glattem Haar, und Andreea, ein Lockenkopf, der ihr gerade bis zur Hüfte reichte. Nur ihre blassgrauen Augen waren dieselben.

»Komm hoch zu uns«, forderte Camilla Nikola auf. »Wir rücken zusammen, dann kannst du auch etwas sehen.«

Nikola kam ihrer Aufforderung nicht sofort nach, sondern vergewisserte sich zuerst, dass sich *die Qualle* nicht ebenfalls auf dem Dach aufhielt. Der Junge, der eigentlich Gogul hieß, aber allgemein unter jenem wenig schmeichelhaften Spitznamen bekannt war, schlich seit ein paar Wochen um Camilla herum und war ein ausgeprägter Streithammel. Als Nikola sah, dass die Luft rein war, kletterte er flink zu den Mädchen empor. Wie sich zeigte, war durch Zusammenrücken nicht mehr viel Platz zu gewinnen, da die beiden selbst kaum welchen hatten und achtgeben mussten, nicht versehentlich von dem Gebäudestumpf zu stürzen.

Nikola konnte jetzt zwar alles gut überblicken, stand aber so unbequem, dass er bei jeder anderen Gelegenheit seine Suche fortgesetzt hätte. Unter den gegenwärtigen Umständen verzichtete er darauf, da er nicht undankbar erscheinen wollte.

Camilla war ein klein wenig älter als die anderen Kinder. Der Altersunterschied bereitete ihr große Sorgen, da sie befürchtete, weniger Almosen zu bekommen, wenn sie nicht mehr als Kind durchginge. Ihre Ängste kleidete sie eines nachts vor dem Einschlafen in Worte: Vielleicht müsse sie irgendwann sogar den Rock hochheben, damit sie und Andreea nicht verhungerten! Nikola beantwortete ihre Befürchtung mit einem Scherz: Für ihn wäre es das Schlimmste, wenn er eines Tages in Mädchenkleidung herumlaufen müsse, aber das habe sie ja bereits zu erdulden. Camilla tadelte ihn darauf, dass er gar nicht wisse, wovon er rede. Und das stimmte auch. Andreea war ganz anders als ihre Schwester. Sie sprach so selten, dass Nikola während der ersten Zeit gedacht hatte, sie müsse stumm sein.

Nikola schnupperte. Von irgendwoher kam ein schwacher Geruch nach heißem Öl, der jedoch ausreichte, um seinen Magen knurren zu lassen. »Gibt's jetzt was zu essen?«, witzelte er.

»Es fängt an«, erklärte eine schwitzende, rotwangige Frau, die unter ihm dicht an der Hauswand lehnte, um möglichst viel von dem Schatten auszunützen, den diese warf. Sie hatte sich schlaugemacht und geizte nicht mit ihrem Wissen. »Die Verbrecher sollen doch gekocht werden, bis sie tot sind.«

Nikola und Camilla mussten lachen. Was die Frau sagte, klang zwar gruselig, hörte sich aber ähnlich übertrieben an wie die Schauergeschichten, die sich die Kinder manchmal vor dem Einschlafen gegenseitig erzählten.

»Das ist kein Scherz«, beharrte die Frau ernst. »Die Strafe für das Schmähen der Götter ist Sieden in heißem Öl.«

Nikola sah sich um. Die meisten Erwachsenen bestätigten ihre Worte, indem sie zustimmend nickten. Einer von ihnen streckte den Arm aus und zeigte auf etwas. »Ihr seht doch die große Wanne dort unten? Dort geschieht es.«

So lernte Nikola, dass das, was er bis eben noch für eine Tribüne gehalten hatte, von dem jetzt aber Arbeiter die Bretterabdeckung nahmen, einem ganz anderen Zweck diente, als er gedacht hatte.

»Alle?«, fragte Camilla mit großen Augen.

»Ach, i wo!«, erwiderte die Frau unter ihnen. »Nur die Wichtigsten werden auf diese Weise bestraft. Die meisten wurden gestern schon in die Käfige am Strand gesteckt und sind bei Flut längst ertrunken. Das würde sonst auch alles viel zu lange dauern!«

Beklommen musste Nikola an seine kleinen Diebereien denken. Er wusste zwar, dass Stehlen verboten war und man sich leicht eine Tracht Prügel einhandeln konnte, wenn man sich erwischen ließ, aber war das wirklich die einzige drohende Bestrafung? Angenommen, jemand bestahl ganz aus Versehen den Fürsten? Sicherlich würde dieser einen nicht selbst verhauen, wie es gewöhnliche Menschen taten. Womöglich erwartete dann den Dieb dasselbe Los wie die Verurteilten!

Unwillkürlich versetzte sich Nikola gedanklich in diese Lage. Wie es wohl wäre, so zu sterben? Würde man dann aussehen wie die Garnelen und kleinen Fischchen, die in den Pfannen der Garküchen brutzelten? Kämen wahllos Fremde vorbei, um sich ein Stück Arm oder Bein abzuschneiden und es aufzuessen, bis schließlich nichts mehr von einem übrig war? So abscheulich die Vorstellung, lebendig verzehrt zu werden, auch sein mochte, verstärkte sie doch Nikolas Hungergefühl.

Ein Fanfarenstoß erklang und machte auch dem letzten deutlich, dass das, weswegen alle gekommen waren, nun beginnen werde. Die Gefangenen wurden in einem geschlossenen Wagen hergebracht, der von Gardisten bewacht wurde. Zwölf von ihnen waren für diese Art der Bestrafung ausersehen worden. Man hatte ihnen die Hände gefesselt und nur so viel Kleidung gelassen, dass ihre Scham bedeckt war. Zweifellos, um sie zu demütigen, aber wohl auch, um ihr Ende zu beschleunigen. Einer von ihnen trug zusätzlich noch einen Verband um den Kopf. Angesichts der Menschenmenge drückten sich die Verurteilten eng zusammen.

Der Öffentliche Ankläger zählte zunächst die Verbrechen der Gefangenen auf und wurde dabei immer wieder von einem Mob unterbrochen, der rhythmisch »Anfangen! Anfangen!« brüllte. Als er zu dem Urteil gelangte, das über die Gefangenen verhängt worden war, gab er ihnen Gelegenheit zur Reue, indem er ihnen mehrmals langsam und deutlich die Frage stellte: »Wollt ihr Abstand nehmen von eurem Tun, Trachten und Denken?«

Die Gefangenen antworteten ihm nicht, sondern schwiegen verstockt. Am Ende rief einer von ihn doch noch etwas, allerdings in einer Sprache, die niemand verstand.

Jetzt begann die Arbeit der Henkersknechte. Jeweils zwei von ihnen sollten einen der Gefangenen zum Ölbecken führen und dort ein Treppchen hinauf zu einer kleinen Plattform. Oben mussten sie ihn an den Händen an einen Galgen hängen, der über das Becken geschwenkt werden konnte, um ihn dann sacht in das kochende Öl hinabzulassen. Nach einiger Zeit sollten sie seinen toten Körper wieder herausziehen. Auch diese Einzelheiten erfuhr Nikola von der rotgesichtigen Frau, die unter ihm stand.

»Wenn sie zu lange im Topf bleiben, zerfallen sie wie zu lang gegarter Fisch«, wusste sie anschaulich zu beschreiben.

Obwohl der Ölgeruch sicher nicht mehr zu ignorieren war, schienen die Verurteilten erst dann zu begreifen, welches grausame Schicksal ihnen zugedacht war, als der Erste von ihnen bereits auf der Plattform stand. Mit einem Mal hob er zu schreien an und wehrte sich wie ein Besessener. Da er die ganze Zeit über so fügsam erschienen war, traf er seine beiden Bewacher unvorbereitet. Mit vereinten Kräften versuchten sie, ihn an den Galgen zu hängen, als es ihm unerwartet gelang, sich ihnen zu entwinden! Doch bevor er etwas mit seiner wiedergewonnenen Freiheit anfangen konnte, glitt er aus und schlitterte in das Ölbecken!

Grauenhafte Schreie waren zu hören, in die die beiden Henkersknechte umgehend einstimmten, da die kochend heiße Flüssigkeit zu ihnen hochspritzte und sie verbrühte! Beide sprangen fluchend zurück. Während der eine vorsichtig in das Becken spähte, gab der zweite den anderen Henkersknechten ein Handzeichen und stieg dann das Treppchen hinab, um einen Haken zu besorgen, mit dessen Hilfe er den Gerichteten aus dem Becken fischen konnte, da er ja nun nicht wie vorgesehen an dem Galgen hing. Dieses Handzeichen, mit dem er augenscheinlich seinen Kameraden hatte bedeuten wollen, noch etwas zu warten, wurde von diesen aber gründlich missverstanden. Anstatt die Aufforderung zu befolgen, ergriffen sie den nächsten Gefangenen bei den Armen und schleppten ihn ebenfalls das Treppchen hoch.

Wegen des Öls, das der unerwartete Sturz des ersten Verurteilten aus dem Becken hatte spritzen lassen, schien es auf der Plattform glitschig geworden zu sein. Nikola sah, wie der Schritt der beiden neuen Henkersknechte unsicher wurde. Schon im nächsten Augenblick riss ihr Gefangener schwungvoll beide Beine hoch und rammte sie in den Leib des verbliebenen der beiden ersten Henkersknechte, der auf seinen Kameraden mit dem Haken wartete. Dadurch wurde der Mann rückwärts gegen den Galgenmasten geschleudert, der verhinderte, dass er von der Plattform fiel. Die anderen beiden Henkersknechte kamen weniger glimpflich davon, da sie von dem Gefangenen in das kochende Öl gerissen wurden.

Ein Aufheulen ging durch die Menge! Viele waren entsetzt, dass die Vollstreckung des Urteils eine derartig falsche Wendung genommen hatte, andere johlten begeistert, weil ihre Erwartungen an das Spektakel jetzt noch übertroffen wurden!

Während der verbliebene Henker nach einem Weg suchte, wenigstens einen seiner beiden Kollegen aus dem siedenden Öl zu retten, brach unter den restlichen Verurteilten ein verzweifelter Aufstand aus. Sie traktierten ihre Bewacher mit Tritten und Kopfstößen, einer grub sogar seine Zähne in einen ungeschützten Hals und war kaum wieder davon zu lösen. Dann hatte unversehens einer der Gefangenen freie Hände! Blitzschnell griff er nach dem Haupt eines Gardisten und brach ihm das Genick. Einen Herzschlag später hielt er dessen Schwert in Händen und machte sich daran, die Fesseln seiner Mitgefangenen zu durchtrennen!

Zwei Gardisten stürmten mit vorgestreckten Speeren auf ihn zu. Dem Ersten konnte der Gefangene noch mit einem flinken Schritt zur Seite ausweichen, dem Zweiten nicht mehr. Dieser trieb ihm die Waffe mit solcher Wucht in den Leib, dass ihre Spitze auf der anderen Seite wieder zum Vorschein kam. Als bedeute ihm diese Verletzung überhaupt nichts, schlug der Gefangene die Stange des Spießes mit einem Schwertstreich durch! Entschlossen und scheinbar unaufhaltsam trat er auf seinen Angreifer zu und stach ihm in den Hals. Diese ungeheuerliche Tat ließ jedoch seinen Lebensfunken erlöschen. Unmittelbar darauf brach er tot zusammen.

An eine ordentliche Hinrichtung dachte nun niemand mehr. Henkersknechte und Gardisten hatten nur noch das Bestreben, ihre widerspenstigen und unerwartet gefährlichen Gefangenen möglichst rasch zu töten. In ihrer Wut hackten sie sie regelrecht in Stücke!

Während das Gemetzel noch im Gange war, wurde den Zuschauern ein Albtraum ganz besonderer Art beschert. Aus dem heißen Öl sprang eine rot verbrühte Gestalt. Ihre Hände krallten sich in die Kleidung des Henkersknechtes, der noch immer auf der Plattform stand und zogen ihn ins Verderben hinab.

Plötzlich fühlte Nikola, wie sich der Boden unter ihm bewegte. Mehr ahnend als wissend, was geschah, sprang er von den überlasteten Mauern der ehemaligen Bäckerei, die kurz darauf einstürzten. Erschrockene Ausrufe und Schmerzensschreie ertönten aus der aufsteigenden Staubwolke. Einige Zuschauer wichen furchtsam zurück, andere drängten neugierig vor. Nikola blieb gerade noch so lange, bis er Camilla entdeckte.

Sie winkte, um zu zeigen, dass sie und Andreea mit heiler Haut davongekommen waren. Dann rannte er weg!

Er hatte jetzt nur noch ein Ziel, nämlich so schnell wie möglich von diesem schrecklichen Ort zu entkommen. Während er sich genauso rüde wie zuvor durch die Menschenmenge drängte, traten ihm Zornestränen in die Augen. Nikola dachte daran, dass es immer ein Festtag für ihn gewesen war, wenn ihm abends einer der Garköche die Überreste seiner Kochkünste geschenkt hatte. Jetzt fragte er sich, ob er jemals wieder etwas zu sich nehmen könne, das in Öl gesotten worden war? Ein Drang, irgendetwas zu zerstören oder jemandem wehzutun, bemächtigte sich seiner. Als ihm ein starker Geruch nach Minze in die Nase drang, kam ihm das gerade recht!

Er blieb stehen und sah zu dem kräftigen Mann auf, der ihm auf dem Herweg die Kopfnuss verpasst hatte. Er war besser gekleidet als die meisten Anwesenden. Ganz besonders fielen die Bernsteinknöpfe seiner offenen Jacke auf. Da der Mann ausreichend abgelenkt war, griff Nikola mit beiden Händen zu und riss zwei Knöpfe ab!

Als er meinte, einen ausreichend sicheren Abstand zwischen sich und das Opfer seines Raubs gebracht zu haben, blieb er stehen. Der Bestohlene hatte seinen Verlust inzwischen bemerkt und sah sich erbost um, wobei sich seine Lippen in unhörbaren Verwünschungen bewegten. Nikola war noch nicht fertig mit ihm. Ein Triumphgeheul ausstoßend, sprang er mit erhobenen Armen hoch, sodass der andere sehen konnte, wer an ihm Vergeltung geübt hatte. In der einen Hand hielt Nikola die erbeuteten Knöpfe, mit dem Zeigefinger und Daumen der anderen formte er einen Kringel.

Um den widerlichen Geruch von heißem Öl aus der Nase zu bekommen, beschloss Nikola schwimmen zu gehen. Da er nicht riskieren wollte, seine Diebesbeute genauso schnell wieder zu verlieren, wie er sie gewonnen hatte, mied er die beliebteren Plätze am Ufer und ging stattdessen zu der ungastlichsten Stelle, die ihm einfiel. Der Streifen zwischen Stadtmauer und Meer war hier schmal und felsig und mit schwarzem Geröll und flachen Mulden übersät, in denen das Wasser stand. Zudem fiel das Ufer ziemlich steil ab. Hier kamen selten Menschen vorbei! Er versteckte seine Kleidung und die Bernsteinknöpfe voneinander getrennt unter den Steinen, bevor er sich ins Wasser ließ und geradewegs in Richtung des offenen Meeres schwamm. Dabei bemühte er sich, an nichts zu denken, vor allem nicht an das, was er heute erlebt hatte.

Er war vielleicht hundert Schritt weit draußen, als er bemerkte, dass er einen Begleiter hatte – einen Kraken. Das Tier schwamm mit den ruckartigen Bewegungen seiner Art und zog die langen, beweglichen Arme hinter sich her. Es war nicht besonders groß. Ein erwachsener Mensch hätte keine Schwierigkeiten gehabt, den sackartigen Leib mit den Händen zu umfassen, und auch die acht Arme waren nicht viel länger als einen halben Schritt. Nikola entfernte sich so weit vom Ufer, wie er sich gerade noch traute. Er drehte sich auf den Rücken, schloss die Augen und genoss den Sonnenschein, während er sich treiben ließ. Als er sie wieder öffnete, hielt sich der kleine Krake noch immer in seiner Nähe auf. Wie eigenartig, dachte er und schwamm langsam auf seinen Begleiter zu. Wie erhofft flüchtete der Krake nicht, sondern beobachtete ihn ebenso neugierig mit einem etwas verschlafen wirkenden Blick aus seinen Höckeraugen.

Urplötzlich spürte Nikola eine sachte Berührung, die jedoch sofort abbrach, als er unwillkürlich zusammenzuckte. Der Krake, dachte er begeistert und wartete einen Augenblick lang, bevor er den Gruß erwiderte. Dieses Mal streckte er einen Arm aus, zog ihn aber – bevor er das Tier berührte – scheinbar genauso erschrocken wieder zurück wie zuvor der Krake. Nach einer Weile streckte er den Arm erneut aus, ohne jedoch etwas Weiteres zu unternehmen. Es dauerte gar nicht lange, bis Nikola fühlte, wie einer der Krakenarme ganz vorsichtig den seinen abtastete. Nikola duldete die Berührung und strich dann mit der freien Hand vorsichtig über den Krakenarm. So viel Nähe war dem Tier dann doch zu viel! Es ertrug die Menschenhand vielleicht zwei Herzschläge lang, dann suchte es das Weite.

Nikola war zuerst ein wenig enttäuscht, schließlich hatte er dem Tier nichts Böses gewollt. Doch dann dachte er zuversichtlich: Vielleicht ein anderes Mal! Möglichst bald, vielleicht schon morgen wollte er zu dieser Stelle zurückzukehren, um nach dem Kraken zu sehen.

Während er wieder zum Ufer zurückschwamm, schwelgte er in der Vorstellung, einen neuen Freund gefunden zu haben. Zwar keinen, mit dem man sich unterhalten könnte, aber das war nicht so schlimm. Natürlich müsste er ihm mit der Zeit beibringen, nicht ganz so schreckhaft zu sein und dass er nichts von ihm zu befürchten hatte. Nikola freute sich schon auf die Gesichter der anderen Kinder, wenn er ihnen in ein paar Tagen erzählte, dass er neuerdings auf Du und Du mit einem Meeresbewohner sei!

Seine Gedanken kreisten auch dann noch um den neuen Freund, als das Wasser zu seicht wurde, sodass er den restlichen Weg zum Ufer waten musste. Deswegen fiel ihm nicht gleich auf, dass er jetzt an einer ganz anderen Stelle war als der, wo er ins Wasser gegangen war. Blitzartig wurde er daran erinnert, was die Frau bei der ehemaligen Bäckerei über die restlichen hingerichteten Fremden erzählt hatte.

An den ersten Käfigen war Nikola noch vorbeigegangen, ohne sie zu bemerken. Damit war jetzt Schluss, denn plötzlich fand er sich von ihnen umgeben! Vor ihm, neben ihm, hinter ihm! Es waren etwa fünfzig. Sie standen auf kurzen Stelzen und schienen viel zu klein zu sein, um einem erwachsenen Menschen Platz zu bieten. Und doch enthielt jeder einzelne den zusammengekauerten Leichnam eines kürzlich ertrunkenen Seemannes. Grüne Seetangfäden hingen schleimig von ihnen herab, und ein ganzer Schwarm hungriger Möwen hatte sich auf ihnen niedergelassen. Das abfließende Wasser hatte einige der Käfige unterspült, sodass sie umgekippt waren. Diese waren bei den Vögeln besonders beliebt, aber auch heftig umstritten.

Nikola hielt ratlos inne. Sollte er umkehren und wieder ins Meer zurückgehen oder ganz schnell an den Käfigen vorbeirennen? Die Neugier siegte, und er ging zu einem hin.

Der Mann in dem Käfig trug einen Bart, der sein halbes Gesicht verbarg. Die ursprünglich schwarzen Haare waren von weißen Strähnen durchzogen. Seine Augen waren geschlossen. Er sah überhaupt nicht danach aus, als habe er gelitten und verzweifelt um sein Leben gekämpft, sondern als sei er ganz friedlich, ja sogar mit einem leisen Lächeln gestorben. Nikola wunderte sich. Was mochte der unbekannte Seemann im Augenblick seines Todes gesehen haben, dass er so unbeschwert der Welt der Lebenden den Rücken kehren konnte, wie es schien? Hatte vielleicht der gesichtslose Laint diesem Fremden etwas Tröstliches ins Ohr geflüstert, um ihm das Hinscheiden zu erleichtern? Hatte er gesagt: Hab keine Angst, mein Kind?

Aber das passte doch gar nicht! Deswegen waren der Fremde und alle seine Gefährten schließlich hingerichtet worden, weil sie die Götter gelästert hatten! Wieso sollte ihm dann ein Gott Trost spenden? Oder war Laint am Ende vielleicht verzeihender als die Menschen? Schließlich hatte er seit dem Anbeginn der Zeit jeden Einzelnen kennengelernt, der je gelebt hatte, die Starken und die Schwachen, die Fröhlichen und die Traurigen, die Sanften und die Zornigen. Niemand kannte das Menschengeschlecht besser als der Herr der Toten!

Doch war der Gesichtslose überhaupt für die Fremden zuständig? Womöglich hatten sie ihren eigenen Totengott, der genauso flugs herbeigeeilt war, um sich um seine eigenen Toten zu kümmern, wie die zahllosen Möwen, die in der Hoffnung auf eine Mahlzeit aufgeregt auf den Käfigen herumtrippelten? War es vielleicht so? Waren sie sein Eigentum und würde er eifersüchtig werden und zürnen, wenn man sie ihm stahl?

Auch wenn diese Erklärung noch am meisten Sinn ergab, erschien sie Nikola verwirrend und eher geeignet, Kopfschmerzen zu verursachen. Er war wirklich froh, dass er als Sippenloser nichts mit den Göttern am Hut haben musste!

Nun sah er sich um und schätzte ab, wie lange es dauern würde, zu der Stelle zu schwimmen, wo seine Kleidung lag. Entgegen einiger Bedenken, die mit seiner Nacktheit zu tun hatten, entschied er sich für den Landweg und brachte ihn so schnell wie möglich hinter sich! Als er wieder angekleidet war und erleichtert festgestellt hatte, dass die gestohlenen Bernsteinknöpfe noch immer in ihrem Versteck lagen, war es auch schon Zeit, sich um das Abendessen zu kümmern. Nacheinander suchte er die verschiedenen Orte in der Stadt auf, wo üblicherweise leicht etwas zu erbetteln war. Es war ein guter Tag, da ihm eine Frau zusätzlich zu ein paar Früchten eine noch ganz gut erhaltene Tunika schenkte. Zwar war sie zu groß für ihn, doch wie ihm seine Gönnerin versprach, würde er schon noch in sie hineinwachsen und hätte deswegen auch länger etwas von dem Kleidungsstück.

Während er zu dem Torweg schlenderte, in dem er und die anderen Kinder zuletzt übernachtet hatten, nahm er sich vor, einen der beiden erbeuteten Knöpfe Camilla zu überlassen. Womöglich war er wertvoll genug, dass sie sich lange Zeit keine Gedanken mehr über ihren Rock machen musste!

Nikola war gerade in eine blinde Gasse eingebogen, da der Weg über das Mäuerchen, das sie abschloss, eine Abkürzung darstellte, als ihn ein schmerzhafter Schlag in den Nacken vorwärtstaumeln ließ. Er wandte sich um und fing sich den nächsten Schlag ein, der ihn niederwarf. Eine große Gestalt beugte sich über ihn, ergriff ihn grob an der Brust, riss ihn hoch und presste ihn so brutal gegen eine Hauswand, dass ihm die Luft aus den Lungen pfiff.

»Man trifft sich eben immer zweimal im Leben, Bürschlein«, sagte eine zornige Stimme.

Üblicherweise hätte Nikola seine Unschuld beteuert. Doch in diesem Fall schwieg er, denn auch ohne Minzgeruch hätte er das Gesicht des Mannes erkannt, den er bestohlen und anschließend verhöhnt hatte.

»Gib schon her!«, befahl sein Angreifer. Nikola fummelte die beiden Knöpfe unter seiner Kleidung hervor und reichte sie seinem Gegenüber. Der Mann nahm sie ihm ab und schleuderte ihn auf den Boden.

»Das war jetzt alles?«, fragte er. »Das war jetzt alles?« Ein erbarmungsloser Tritt in den Leib ließ Nikola aufheulen.

»Geziefer wie du glaubt, es könne sich alles erlauben!«, fuhr der Mann keuchend vor Wut fort und trat ein weiteres Mal zu. Nikola versuchte sich mit den Armen zu schützen, aber sie waren viel zu schwach, um diesen oder den nächsten Tritt abzumildern. Er winselte, flehte, sagte, was ihm gerade einfiel – und hatte es im nächsten Augenblick schon wieder vergessen.

Dann hörte er, wie etwas in ihm riss und verstand, warum er an diesem Tag so oft an den Tod hatte denken müssen. Heute noch würde er ihm selbst begegnen!

Unerwartet hörte er eine entschlossene Frauenstimme. »Lass den Kleinen in Frieden!«

Durch einen Tränenschleier erblickte Nikola die schönste Frau, die er in seinem kurzen Leben gesehen hatte! Das Licht des späten Nachmittags umgab sie mit einer Aura und ließ sie in seinen Augen wie eine Göttin erscheinen, die nur seinetwegen der Erde entstiegen war!

»Kümmere dich um deinen eigenen Kram, Schlampe!«, schnauzte Nikolas Angreifer sie an und trat noch einmal zu. Diesen Tritt spürte Nikola überhaupt nicht, da sein ganzes Sein und Fühlen erfüllt waren von dieser überwältigenden Schönheit. Er glaubte nun zu verstehen, was der ertrunkene Seemann bei seinem letzten Herzschlag gesehen hatte und ihn lächeln ließ. *Sie* war gekommen, sie war *seinetwegen* gekommen, um Anspruch auf ihn zu erheben, um seine Hand zu ergreifen, um ihn fortzuführen, dorthin, wo es keinen Schmerz und kein Leid und auch keinen Verlust mehr gab.

Das empfand Nikola in diesem Augenblick, und er sah keinen Grund darin, etwas an diesem Bild zu ändern, als die Lichtgestalt auf seinen Peiniger zutrat und ihm mehrmals ein Messer in den Leib stach. Anschließend kam sie zu ihm.

»Bist du eine Totengöttin?«, flüsterte Nikola, bevor es schwarz um ihn wurde.

Sechsundzwanzig Jahre später

Die Puhler

Keiner der fünf Männer legte sonderlich viel Wert darauf, unauffällig zu erscheinen. Traian, mit sechzig Jahren der Älteste von ihnen, stand am Eingang des Sträßchens. Mit einem griesgrämigen Gerichtsausdruck, von dem manche behaupteten, er habe ihn bereits gehabt, als er seiner Mutter aus dem Bauch gezogen worden sei, spähte er immer wieder vorsichtig um die Hausecke herum in die nächste Straße hinein.

Einige Schritte hinter ihm, in der ersten Toreinfahrt, standen Serban und Liviu. Serban unternahm wieder einmal einen Anlauf, den letzten Rest Nagel von seinen Fingern zu kauen. Gelegentlich streckte er die Hand von sich, um sein Werk zu begutachten. Liviu lehnte neben ihm an der Wand der Einfahrt. Mit sechzehn Jahren der Jüngste, bemühte er sich, besonders männlich, besonders lässig, gleichzeitig aber auch besonders aufmerksam zu erscheinen. Traian hatte ihn mitgenommen, weil er ihn anlernen wollte und weil er für sein Alter beeindruckend groß und kräftig war. »Wenn nur der Kopf nicht wäre!«, hatte Flaviu bei seinem Anblick geflüstert. Livius Gesicht war tatsächlich noch sehr kindlich!

In den Hauseingang gegenüber von Serban und Liviu quetschte sich Flaviu. Ein leichtes Schaben verriet, dass er wie so häufig damit beschäftigt war, seinen Namen in die Mauer einzuritzen. Auf den Häuserwänden und Torbögen von Arades mussten Hunderte mehr oder weniger vollständige Versionen seines Namens zu finden sein oder – wie Marilena einmal spöttisch behauptet hatte – Hunderte mehr oder weniger falsch geschriebene. Im benachbarten Hauseingang auf derselben Seite verbarg sich Nikola und überlegte angestrengt, wie er an Geld kommen könnte.

Alle fünf waren mit Schlagstöcken von knapp einem Schritt Länge bewaffnet, und vier von ihnen schützten sich mit einem uneinheitlichen Durcheinander aus Rüstungsteilen, Lederhelmen und Lederkappen, während dem fünften – Liviu – nur befohlen worden war, sich für diese Gelegenheit etwas dicker anzuziehen. Nikola beneidete den Jungen nicht, denn dafür, dass es gerade erst Frühjahrsanfang war, war es schon ziemlich warm.

Vielleicht waren es die Geräusche, vielleicht auch die Lichtverhältnisse oder die Brise, die nach Seetang, Öl und Minze roch, die in Nikola eine schwache Erinnerung an einen lang zurückliegenden Tag weckten. Er benötigte einen Augenblick, bis er einordnen konnte, um welchen Tag es sich handelte, nämlich den, an dem er als Kind beinahe totgeschlagen worden wäre, wenn nicht *Mutter* zufällig seine Hilferufe gehört hätte und ihm beigestanden wäre. Sie hatte ihn später oft genug an diese Begebenheit erinnert, und zwar in einem ähnlich Schuld erweckenden Ton, wie andere Mütter, wenn sie ihren Kindern vorhielten, wie viele Stunden sie ihretwegen in den Wehen gelegen hatten und welche Schmerzen sie dabei ertragen mussten. Bei Mutters Erzählungen ging es allerdings nicht um Schmerzen, sondern um das kleine Vermögen, das ihr der Wunderheiler dafür abverlangt hatte, dass er Nikolas Leben rettete. Das war vor sechsundzwanzig Jahren gewesen, etwa zur selben Zeit, als die rätselhaften Fremden, über die man anschließend nie wieder etwas gehört hatte, in der Stadt gewesen waren. Vielleicht war es sogar derselbe Sommer gewesen, in dem Nikolas Freundschaft mit den Kraken begonnen hatte, aber das wusste er nicht mehr genau.

Wie so oft empfand Nikola bei dem Gedanken an Mutter Schuldgefühle. Er hatte sie lange nicht mehr besucht. Allerdings gab es dafür auch handfeste Gründe.

Serban machte sich durch wiederholtes Zischen bemerkbar. Als Nikola zu ihm hinübersah, deutete jener mit fragendem

Gesichtsausdruck auf Nikolas Brust und machte dann einige rasche Bewegung, als wolle er sich den Daumen – oder wohl eher einen unsichtbaren Dolch – in den Leib rammen. Die Botschaft war leicht zu verstehen: Serban wollte wissen, warum er keine Brustplatte trug. Mit übertriebenen Lippenbewegungen versuchte ihm Nikola lautlos zu antworten. Das führte jedoch zu einem Missverständnis, denn überrascht riss Serban die Augen auf und zischte: »Versetzt?«

Umgehend forderte Flaviu im benachbarten Hauseingang mit empörtem »Pst!« Ruhe ein. Anschließend setzte er ungerührt sein Schaben fort. Nikola unternahm einen neuen Versuch, Serban über den Verbleib seines Brustpanzers aufzuklären: Er sei ihm nämlich nach einer Nacht mit zu viel Schnaps und viel zu wenig Schlaf am Morgen zu eng und unbequem gewesen. Doch da gab Traian seinen Beobachtungsplatz auf und eilte zu der Toreinfahrt, um sich nun ebenfalls zu verstecken. Es war also so weit!

Einige Herzschläge später bog Laurentis der Prächtige arglos vor sich hin summend und offensichtlich gut gelaunt in das Sträßchen ein. Wie immer sah er aus, als sei er zu einem Ball der vereinigten Gauner, Hochstapler und Angeber von Arades eingeladen gewesen und ein barbarischer Wilder aus den nördlich Steppen habe ihm dafür eine möglichst geschmacklose Kleidung ausgewählt. Nikola wartete, bis er nahe genug herangekommen war, und verstellte ihm dann den Weg. Bevor Laurentis begriff, wie ihm geschah und irgendwie handeln konnte, sprang Flaviu aus seinem Hauseingang und verpasste ihm einen kräftigen Stoß, der ihn zur Toreinfahrt stolpern ließ. Serban packte den Taumelnden am Arm, zog ihn in die Einfahrt hinein und reichte ihn schwungvoll an Traian weiter, der ihm die Spitze seines Schlagstocks auf die Brust setzte. Während alle anderen Laurentis flugs umringten, verpasste ihm Serban zur Einstimmung einen leichten Schlag aufs Hinterhaupt.

»Man kann vielleicht erst einmal Guten Tag sagen, bevor man handgreiflich wird!«, beschwerte sich Laurentis nun nicht mehr ganz so gut gelaunt.

Traian kam sofort zur Sache: »Relia Seitenkralle, Frau des Getreidehändlers – was fällt dir zu ihr ein?«

»Schrumpelig wie eine Dörrpflaume und flach wie ein Brett«, antwortete Laurentis. »Nicht unbedingt mein Geschmack.«

Serban schnippte ihm einen Finger gegen das Ohr. »Das ist ihre Tochter. Traian hat nach der Mutter gefragt.«

Traian übernahm wieder das Wort: »Vor ein paar Tagen ist ihr eine Statuette gestohlen worden. Schwarz, Silbereinlagen, ungefähr von der Größe meines Unterarms. Sagt dir das etwas? Sie will sie gern wiederhaben und auch ein angemessenes Lösegeld dafür bezahlen.«

»Ich habe sie nicht«, verteidigte sich Laurentis.

»Aber vielleicht weißt du, wer sie hat?«

»Woher denn?«

Erneut machte sein Ohr Bekanntschaft mit Serbans Finger.

»Muss das sein?«, rief Laurentis ärgerlich aus. »Ihr Burschen wisst genau, dass ich der Erste wäre, der euch alles ausplaudern würde. Aber ich habe eure blöde Statuette nicht und weiß auch von nichts.«

Ungeachtet seiner Worte schilderte ihm Traian, wie die Diebe vorgegangen waren. »Kommt dir das bekannt vor?«

»Da müsste ich erst einmal nachdenken«, entgegnete Laurentis und verfiel in Schweigen. Als Serban der Ansicht war, Laurentis habe lange genug nachgedacht, schnippte er ihm zum dritten Mal gegen das Ohr.

»Kann das endlich aufhören?«, fuhr ihn Laurentis an. »Ich habe die ganze Nacht mit zwei wilden Weibern aus Satumer verbracht. Es ist ganz natürlich, dass einem dann das Denken am nächsten Tag schwerfällt! Doch wem sag ich das? Ihr versteht ja überhaupt nicht, wovon ich rede! Euereins bekommt ja höchstens mit viel Betteln und Flehen oder aus schierer Barmherzigkeit …« Sein Blick fiel auf Nikola, und augenblicklich heiterte sich seine Miene auf. Grinsend sagte er: »Nikola! Du sollst gestern Abend arges Pech beim Würfeln gehabt haben, wie man hört.«

Nikola zeigte ihm stillschweigend ein aus Zeigefinger und Daumen geformtes O.

»Nun red schon!«, bedrängte Traian Laurentis. »Du hast dann auch etwas gut bei uns.«

»Bedeutet?«, entgegnete Laurentis blitzschnell.

»Wir schauen bei irgendeiner Gelegenheit woandershin«, erklärte Traian.

Laurentis nahm das Angebot an. »Ich an eurer Stelle würde Mazon Kropf fragen. Er wohnt hinter dem Sippenhaus der Kropfe und ist auch als Vier-Finger-Mazon bekannt.«

»Hat er nur vier?«, fragte Traian.

Laurentis schüttelte den Kopf. »Sein Dingens soll so lang sein wie vier Zeigefinger.«

Traian schien zufrieden und wechselte das Thema. »Und, wie geht's der Familie?«

Laurentis betrachtete ihn misstrauisch. »Kommt jetzt der Teil, wo wir so tun, als wären wir gesittete Leute? Danke der Nachfrage, Traian! Der Frau geht's gut, vor allem seitdem ich ihr die neue ...« Abrupt schlug er sich die Hand auf den Mund und sah plötzlich ganz ertappt aus. Mit einer lässigen Handbewegung gab ihm Traian zu verstehen, dass er mit seinem Versprecher über »die neue irgendwas« – was immer es auch sein mochte, bestimmt ein Diebesgut! –, den Gefallen noch nicht aufgebraucht hatte.

»Den Kindern geht's auch ganz gut«, berichtete Laurentis weiter. »Meine älteste Tochter bereitet mir aber etwas Sorgen, weil ihr neuerdings ein Blaufederschnösel nachsteigt und ihr den Kopf verdreht. Mir ist das überhaupt nicht recht! ... Hm, ich frage mich soeben, ob ihr den Kerl vielleicht einmal unter der Hand kräftig aufmischen könntet? Soll euer Schaden nicht sein! Braucht auch niemand etwas davon zu erfahren.«

»Könnten wir«, stimmte Traian zu. »Ich habe dir den Ablauf bestimmt schon einmal erklärt, Laurentis: Du gehst zuerst zur *Gerechtigkeit* und trägst vor, welches Leid dir der Schnösel zugefügt hat. Dort wird dann über deine Klage entschieden. Ist sie berechtigt, so kommst du mit der Verfügung zu uns, und wir kümmern uns dann um den Rest. Du könntest auch zu anderen *Puhlern* gehen, aber das wäre nicht gerade gut für unsere Freundschaft.«

Laurentis brummte etwas Unverständliches, und Traian ließ ihn ziehen.

Traian und seine Puhler wählten einen Weg, der durch zwei Stadtviertel führte, deren Erscheinungsbild geprägt war von der Absicht des letzten und vorletzten Fürsten des Namens Alexandru, ihrer Stadt zu mehr Übersichtlichkeit zu verhelfen. Nach den beiden Herrschern waren die Viertel auch benannt worden: Obere und Untere Alexandruna. Die Straßen waren gerade und wiesen beidseitig eine gleichartige Bebauung auf, deren auffälligstes Merkmal darin bestand, dass die Vorderseiten der Häuser im Erdgeschoss eine leichte, aber deutlich sichtbare Schräge aufwiesen und nach oben hin von der Straße zurückwichen, was der gesamten Häuserfront eine gewisse Ähnlichkeit mit einer Wehranlage verlieh. Auf diese gemauerten Erdgeschosse, deren makelloser weißer Verputz sichtlich gepflegt war und oft erneuert wurde, waren dann – aber jetzt lotrecht – ein oder mehrere Stockwerke aus Holz, selten aus Stein, aufgesetzt, wie es auch sonst üblich war. Dass diese Regelmäßigkeit der Stadt und ihren Bewohnern wesensfremd war, bewiesen die daran anschließenden Straßen. Sie waren älter und vom Baustil her wahrscheinlich Vorbilder dieser Viertel gewesen. Im Laufe der Jahre waren zwischen den Häusern Lücken entstanden, entweder durch Brand oder aus anderen Gründen. Manche Lücken hatte man so belassen, wie sie waren, in anderen waren neue Häuser errichtet worden, die sich keinen Deut um das Aussehen ihrer Nachbarn scherten. Damit allein hätten sich diese Straßen allerdings nur langsam von ihrem ursprünglichen Aussehen entfernt. Eine wesentliche Änderung war jedoch eingetreten, als irgendjemand Bedarf für einen Anbau gesehen und als idealen und noch ungenützten Baugrund die Straße selbst entdeckt hatte und damit durchgekommen war. Sein Beispiel hatte Nachahmer gefunden, sodass die Straßen dieses Viertels nun Flussläufen ähnelten, die abwechselnd schmaler und dann wieder breiter wurden, in denen der Strom aus Karren und Menschen mal schneller, mal langsamer floss, sich staute, Untiefen und Sandbänke entstanden, an denen so mancher Fußgänger wie ein entwurzelter Busch hängen blieb oder strandete und oft erst nach einem längeren Plausch mit den Anwohnern wieder freikam.

Wegen des bevorstehenden, mehrtägigen Frühlingsfestes zog es nun immer mehr Menschen in Feierlaune auf die Straße. Wenn nicht an ihrem ganzen Gebaren, so waren sie aber auf jeden Fall an ihrem Schmuck zu erkennen, nämlich an den Ketten und Anhängern mit Nachbildungen von Körperteilen, die bei den Wohlhabenden aus Gold bestanden, bei den Ärmeren aus Wachs oder Lehm, und bei den Frivoleren ziemlich eindeutig deren Pläne für die nächsten Tage verrieten. Die meisten trugen außerdem Weidenzweige, mit denen sie die Vorüberziehenden mehr oder weniger sanft berührten und ihnen dabei die traditionelle Aufforderung zuriefen: »Erwache, denn das Frühjahr beginnt!«

Die Feiertage waren einer der Gründe, warum Traian einen strammen Schritt vorgab. Er wollte seine Angelegenheiten bis zum Mittag erledigt haben, da er sich am frühen Nachmittag unbedingt samt seiner Familie dem großen Umzug anschließen wollte. Dieser würde wie immer vom Fürsten angeführt werden, der im Namen der Götter die Felder und Weiden segnete – oder wenigstens einige auserwählte, denn um die meisten würden sich selbstverständlich die Priester von Horta und Velkanz kümmern.

Nikola kannte Traians Pläne, auch ohne dass jener sie eigens bekannt gegeben hatte: Sie waren Jahr für Jahr dieselben. Da er ihn nicht als eifrigen Göttergläubigen kannte, vermutete er schon länger, dass die treibende Kraft hinter Traians Bedürfnis, am Umzug teilzunehmen, entweder seine Frau war oder der Wunsch, gesehen zu werden, vielleicht in der eitlen Hoffnung, dann von den Angehörigen der Sippen ein bisschen mehr als einer der Ihren angesehen zu werden. Nikola war noch nie beim Umzug gewesen und verspürte auch gar kein Verlangen danach. Denn die Weisheit seines Vaters, dass alles, was mit Göttern zu tun hatte, nichts für einen Sippenlosen sei, hatte er sich seit seiner Kindheit bewahrt.

Nach den Verlusten der letzten Nacht bliebe ihm nun wohl auch gar nichts anderes übrig, als während der Feiertage das Haus zu hüten! Vielleicht würde er seine Kraken besuchen, denn der Himmel versprach für die kommenden Tage allerbestes Wetter. Nikolas einzige Hoffnung, Traian mithilfe einer rührseligen Geschichte einen kleinen Vorschuss abzuschwatzen und sich dadurch in die Lage zu versetzen, das verlorene Geld zurückzugewinnen, hatte Laurentis mit seiner Spöttelei zunichtegemacht. Traian würde ihn nun kalt abweisen, wenn er mit einem solchen Anliegen an ihn heranträte. Er würde ihm vielleicht sagen, dass er eben warten müsse wie alle anderen, bis ihre Auftraggeber bezahlt hätten, oder er würde ihm in einem Anflug fehlgeleiteter Väterlichkeit auf die Schulter klopfen und antworten: Nikola, es ist nur zu deinem Besten, wenn ich verhindere, dass du noch Haus und Hof verspielst!

Haus und Hof! Nikola hatte schon unzählige Male bereut, auf solche Bemerkungen nur immer geantwortet zu haben: Schon gut, Traian, schon gut. Stattdessen hätte er der Stimme seines Herzens folgen und erwidern sollen: Traian, du von allen guten Geistern verlassener Narr! Ich besitze weder Haus noch Hof, die ich verspielen könnte! Aber danach wäre Traian wahrscheinlich beleidigt und würde eine Woche lang nicht mit ihm reden, was schlecht für die Stimmung wäre. Er bildete sich ohnehin dauernd ein, ihr aller Wohltäter zu sein und dafür nicht genügend Anerkennung von seinen Angestellten zu erhalten.

Obwohl Serban sein Bestes tat, den ohnehin nicht guten Ruf der Puhler noch weiter zu verschlechtern, indem er saumselige Fußgänger grob zur Seite stieß, hatte Traian schließlich genug von den ständigen Staus und dem Zwang, warten zu müssen, bis wieder einmal ein Karren eine Engstelle der Straße passiert hatte. Missmutig und wegen der unaufhaltsam näher rückenden Mittagszeit in Sorge, entschloss er sich, längere Umwege durch hoffentlich leerere Gassen und Seitensträßchen in Kauf zu nehmen. Nikola fiel dieser Sinneswandel erst nach einer Weile auf, da er – völlig mit sich selbst beschäftigt – den anderen einfach hinterhertrottete.

»Wo ist der Junge?«, fragte Traian plötzlich und blieb stehen. Nikola sah sich um. Liviu war nirgendwo zu entdecken.

Flaviu hob den Arm und deutete in die Richtung, aus der sie gekommen waren. »Dort hinten ist er in ein Gässchen gegangen. Meinte, er wolle gleich nachkommen. Wahrscheinlich schlägt er nur sein Wasser ab.«

Traian machte kein Hehl aus seiner Verärgerung und brüllte laut: »Liviu! Liviu, wird's bald? Wir haben nicht den ganzen Tag Zeit!«

Nikola, Flaviu und Serban fielen feixend in sein Gebrüll ein: »Liviu! Hurtig! Lass die Häuser stehen! Die armen Leute brauchen sie noch, falls es mal wirklich regnen sollte!«

Schließlich zeigte sich der Vermisste. Er kam aber nicht herbei, sondern winkte nur aufgeregt, bevor er wieder in dem Gässchen verschwand. Die vier hörten zu brüllen auf und eilten im Laufschritt zu ihm. Als sie in das Gässchen einbogen, fiel ihnen zunächst eine etwas kurz geratene Frau auf, die an einer Holzwand lehnte, die zu einer Scheune oder einer Stallung gehören mochte. Nach ihrer Tracht und ihrem unverständlichen Gestammel zu schließen, war sie keine Einheimische, sondern stammte aus den nördlichen Steppen. Vielleicht hatte sie ein Fernreisender oder Seemann als Dienstmagd, Sklavin, Weib oder Hure mitgebracht, was am Ende vermutlich alles auf dasselbe hinauslief. Ihr Gesicht und ihr ganzer Körper drückten großes Entsetzen aus.

Einige Schritt entfernt, wo das Gässchen nach links abbog und sein weiterer Verlauf nicht mehr einsehbar war, stand Liviu. Er war kreidebleich und sah noch wesentlich jünger und kindlicher aus als ohnehin schon. Seine Gefährten näherten sich ihm wachsam und mit schlagbereiten Stöcken. Bei der Biegung des Gässchens angelangt, erblickten sie den Grund der ganzen Aufregung: einen Mann mittleren Alters. Er war barfuss und nur mit Tunika und Hose bekleidet – beide nicht von billigster Machart. Orientierungslos taumelte er durch das Gässchen. Immer wenn er versehentlich gegen eine Hauswand stieß, lehnte er sich einen Augenblick lang erschöpft gegen sie, bevor er sich mit sichtlicher Kraftanstrengung wieder von ihr abdrückte und weitertorkelte. Manchmal entfernte er sich, und manchmal kehrte er wieder zurück.

Wo seine nackten Füße den Boden berührten, hinterließen sie feuchte Abdrücke. Desgleichen, wo er mit dem Rücken gegen eine Wand gelehnt hatte, und auch dort, wo er sich mit den Händen abgestützt hatte. Seine Hose und seine Tunika waren fleckig und sahen aus, als schwitze er roten Schweiß. Purpurne Perlen standen ihm auf der Stirn, und Blut lief ihm in schmalen Rinnsalen über die Wangen und den Hals und wie Tränen aus den Augen.

Traian wusste sogleich, was zu tun war!

»Alle weg, das ist die *Blutige Fee*!«, schrie er und lief davon. Nikola griff geistesgegenwärtig nach Liviu und zog ihn hinter sich her. Auch Flaviu und Serban folgten, ohne zu fragen. Sie rannten und blieben erst stehen, als Traian außer Atem war.

Er und Nikola schienen die Einzigen zu sein, die wirklich verstanden, was sie gerade gesehen hatten.

»Hat er eine ansteckende Krankheit?«, fragte Flaviu besorgt.

Traian schüttelte den Kopf, war aber noch nicht wieder fähig, verständlich zu antworten. Daher übernahm Nikola für ihn. »Er ist nicht krank, sondern hat ein Zeugs namens *Blutige Fee* im Leib. Das macht den ganzen Körper durchlässig – die Adern, das Fleisch, die Haut –, sodass alles wie aus einem löchrigen Sack herausfließt, was eigentlich drinnenbleiben sollte.«

»Blutige Fee«, wiederholte Flaviu schaudernd. »Wie fängt man sich denn so etwas ein?«

»Das fängt man sich nicht ein. Irgendjemand wird es ihm verabreicht haben«, keuchte Traian noch immer atemlos. »Versehentlich nimmt das keiner! Eigentlich ist es sogar eine Mischung aus mehreren Giften. Schlangengift, Blutegelsaft und irgendwas aus dem Meer ist auch dabei, aber so genau weiß ich das nicht. Das Sauzeug soll teuer sein. Schwer herzustellen und so.«

»Er wurde vergiftet?«, murmelte Liviu bestürzt.

»So ist es«, bestätigte Traian.

»Aber hätten wir ihm dann nicht helfen müssen?«

Traian schüttelte den Kopf. »Man kann nichts dagegen tun. Es gibt kein Gegenmittel. Überhaupt keins. Der arme Tropf wird die nächsten Stunden nicht überleben. Eigentlich ist er jetzt schon so gut wie tot.«

Damit gab sich Liviu nicht zufrieden. »Vielleicht kannte er seinen Mörder! Hätten wir ihn nicht fragen sollen, wer ihm das angetan hat? Der Mörder muss doch bestraft werden! Oder hätten wir uns dann auch vergiftet?«

Livius vier Begleiter sahen ihn einige Augenblicke lang mitleidsvoll an.

»Das ist alles nicht so einfach«, sagte Traian schließlich. »Doch lasst uns jetzt lieber weitergehen! Du, Junge, bleibst an meiner Seite.« Er legte den Arm väterlich um Livius Schultern, gab diese Haltung aber bald wieder auf, da der Junge etwas zu groß für ihn war, als dass sie auf Dauer hätte bequem sein können. Während des Gehens sprach er mit ihm.

»Ein bisschen konntest du ja schon in unsere Arbeit hineinschnuppern. Sie ist äußerst vielfältig. Manches liegt einem mehr, anderes weniger. Das ist wie überall. Mir sind Diebstähle und Einbrüche am liebsten, da es dabei vor allem um Erfahrung und Geschick geht. Zuerst muss man herausfinden, wer der Dieb war. Man hört sich um und schüttelt vielleicht an dem einen oder anderen Bäumchen, bis eine Antwort herunterfällt. Manchmal meldet sich der Dieb auch selbst, wenn er auf eigene Kasse gearbeitet hat und keinen Abnehmer für seine Beute findet. Nun geht es darum, ein Lösegeld auszuhandeln, für das der Dieb bereit ist, das Gestohlene wieder zurückzugeben. Aber der Bestohlene muss es auch bezahlen können. Das erfordert Geschick, denn am Ende sollen alle Beteiligten halbwegs zufrieden sein. Falls das Opfer nochmals in eine ähnliche Lage gerät, soll es sich möglichst wieder an uns wenden, und auch der Dieb soll nicht in Versuchung geraten, den ganzen Plunder eine Woche später noch einmal zu stehlen, weil er vielleicht glaubt, zu wenig herausgeschlagen zu haben. In einem anderen Feld unserer Arbeit geht es um persönliche Schädigungen. Falls du vorhin verfolgt hast, worüber ich ganz am Schluss mit dem Schlingel Laurentis sprach …«

Er blieb stehen und sah sich um. »Wo sind wir hier?«

»Nicht so weit weg vom Apulubrunnen«, wusste Flaviu und deutete auch gleich auf den mutmaßlichen Standort des Brunnens. »Dort drüben müsste er sein!«

Traian entnahm einem Ledertäschchen, das er an der Seite trug, einige gefaltete Pergamente und überflog ihren Inhalt, wobei er unverständlich vor sich hin murmelte. Nach einem raschen Blick zum Himmel faltete er die Pergamente wieder zusammen und steckte sie so entschlossen in seine Tasche, als habe er soeben einen Entschluss gefasst. »Wir müssen ein Stück zurückgehen«, erklärte er und übernahm erneut die Führung.

»Wo war ich stehen geblieben?«, fragte er Liviu und gab sich die Antwort gleich selbst. »Richtig, Laurentis der Prächtige! Im Unterschied zu Diebstählen, die nur uns, den Täter und das Opfer angehen, kommt jetzt eine weitere Partei ins Spiel, nämlich die *Gerechtigkeit*, da die Öffentliche Ordnung und der Stadtfrieden betroffen sind. Stell dir vor, jemand wurde beleidigt oder misshandelt oder jemand hat Lügen über ihn verbreitet. Wenn dieser so Geschädigte die Angelegenheit nicht auf sich beruhen lassen will und es sich leisten kann, so geht er zur *Gerechtigkeit* und erhebt Klage. Falls zu seinen Gunsten entschieden wird, erhält er eine gesiegelte Verfügung, mit der er zu uns kommt, und von da an ist es wieder nur eine Geschichte zwischen uns, dem Opfer und dem Missetäter. In der Verfügung steht jetzt nicht etwa: fünf Ohrfeigen verabreichen! Denn wo wäre da die Gerechtigkeit? Der eine lacht über fünf Backpfeifen, der andere nässt sich bereits die Hose, wenn man nur die Hand erhebt. Das kann es nicht sein! Die Strafe sollte schon von jedem gleich stark empfunden werden. Also steht dort nur: *leichte Züchtigung* oder *Demütigung* oder vielleicht auch *gründliche Abschreckung*. Was das schließlich im Einzelnen zu bedeuten hat, darüber entscheiden wiederum Geschick, Erfahrung und Fingerspitzengefühl.

Morde sind ein ganz anderes Ding! Denn für Morde ist eigentlich die Fürstengarde zuständig. Warum sage ich *eigentlich*, Liviu? Weil die Garde nicht immer Zeit oder Lust hat, sich um sie zu kümmern! Stattdessen beauftragt sie dann Puhler, ihre Arbeit zu erledigen. Das tut sie umso lieber, wenn gerade einige zur Hand sind, die den Mord gesehen haben oder ihn melden wollen. Aber Mörder sind gefährliche Leute, Junge! Wer schon gemordet hat, macht das vielleicht noch einmal. Wir versuchen uns zwar zu schützen« – dabei schlug er mit der Hand auf seinen stählernen Brustharnisch –, »aber manchmal hat man einfach Pech. Dann ist man anschließend tot, Krüppel oder lange bettlägerig und kann sehen, wo man bleibt. Das vielleicht Schlimmste ist allerdings, dass die Garde schlecht und zögerlich zahlt. Man kann bei ihr monatelang auf seinen Lohn warten! Deswegen ist es das Beste, so wenig wie möglich mit ihr zu tun zu haben. Der arme Kerl, den wir getroffen haben, ist sowieso hin, ganz gleich was wir jetzt getan oder unterlassen hätten.«

»Serban musste schon einmal einen Mord aufklären«, warf Nikola ein.

»Das wusste ich gar nicht«, sagte Traian überrascht. »Wann war das?«

»Eigentlich habe ich ihn gar nicht aufgeklärt«, antwortete Serban widerwillig.

»Weil nämlich aus völlig unerfindlichen Gründen plötzlich der Kopf des Opfers fehlte«, ergänzte Nikola gut gelaunt.

»Der Kopf war weg?«, riefen Traian und sein junger Schützling entsetzt. »Wie konnte das geschehen?«

Serban warf Nikola einen finsteren Blick zu. »Man dachte, dass bei einer kopflosen Leiche keiner sagen könne, wer der Tote sei und es daher auch nicht länger nötig sei, herausfinden zu müssen, wer ihn umbrachte.«

»Das dachte *man*«, spöttelte Nikola. »Vor allem als *man* abends in der Schenke saß und sich selbst bemitleidete, weil *man* zu einer Arbeit gezwungen worden war, die *man* gar nicht hatte übernehmen wollen. Letztlich wurde daraus der am schnellsten nicht aufgeklärte Mord in der Geschichte unserer Stadt.«

Er brach in Gelächter aus und steckte damit alle anderen Puhler an. Selbst Traian konnte ein Glucksen nicht unterdrücken. Einzig der Junge schwieg fassungslos.

Das Haus, vor dem Traian schließlich anhielt, entsprach nicht den Erwartungen seiner Begleiter. Die Straßenseite des Gebäudes lag im Schatten eines Sonnendaches aus grober Leinwand, an dessen Stützstangen gehäutete Ziegenhälften hingen. Auf einem altersschwachen Tisch, gleich neben der offen stehenden Haustür, stapelten sich Würste und Markknochen, und aus benachbart stehenden Käfigen blickten ein paar Hühner und Wachteln arglos einer unheilvollen Zukunft entgegen.

»Eigentlich wollte ich ihn mir erst nach den Feiertagen vornehmen«, erklärte Traian, »aber da wir nun einmal in der Gegend sind und es mir für den anderen Halunken heute doch zu spät wird, tauschen wir einfach. Vier-Finger-Mazon ist nach den Feiertagen dran und der Fleischer eben jetzt. Vielleicht will ja der eine oder andere von euch ebenfalls zum Umzug, sodass ihm die Änderung ganz gut passt?«

Seine Frage löste wenig Begeisterung aus. »Nächstes Jahr, vielleicht«, antwortete Serban. »Genau, bis dahin kann man das noch einmal überdenken«, stimmte Flaviu zu. Nikola schwieg ganz.

Traian schüttelte missbilligend das Haupt. »Ein wenig Götterfurcht könnte euch nicht schaden.«

Während er sprach, kramte er wieder in seiner Ledertasche und versicherte sich, dass er sich auch richtig erinnerte. »Leichte Züchtigung wegen übler Nachrede ...«, las er von einem Zettel ab. »Am besten locken wir ihn mit seinem Spitznamen aus dem Haus, dann ist er nicht sofort auf der Hut.« Er verstaute wieder alles in seiner Tasche und rief laut: »Schmierlapp, wie teuer sind die Hühner?«

Der Fleischer war ein Hüne von einem Mann, mit fettigem Haar, das an seiner Stirn klebte und ihm mutmaßlich den Spitznamen eingebracht hatte. Sein gewerbsmäßiges Lachen verblich jedoch, sobald er erkannte, wer ihn auf der Straße erwartete.

»Was wollt ihr?«, fragte er misstrauisch und vielleicht darauf hoffend, dass es Traian tatsächlich nur um die Hühner ging. Doch jener machte seine Hoffnung mit wenigen Worten zunichte. »Dorin Brutkleid! Brindusa Weißkehle, die Frau des Sattlers, hat Klage gegen dich erhoben. Du weißt selbst, was du über sie verbreitet hast, also muss ich es nicht erwähnen. Mich interessiert an eurem Streit nur, dass gegen dich eine öffentliche Strafe verhängt wurde.«

Der Fleischer wartete nicht, bis er zu Ende gesprochen hatte, sondern sprang flink ins Haus zurück und schlug die Tür zu. Traian schüttelte den Kopf. »Das muss doch nun wirklich nicht sein! Dorin, komm wieder heraus! Es ist keine schlimme Sache! Neun Hiebe auf den nackten Hintern, und wenn du ehrlich und für alle hörbar Reue zeigst, werden es vielleicht auch nur sechs. Nun komm schon! Sonst müssen wir die Tür einschlagen, und du willst doch sicher nicht die ganzen Feiertage ohne Tür verbringen? Wer kann schon sagen, was für Volk sich während des Festes auf den Straßen herumtreibt? Diebe, Einbrecher, Betrüger…«

»Puhler«, warf Nikola ein.

Traian grinste schmallippig. »Nein, die nicht. Wir haben Besseres zu tun. Ich jedenfalls habe Besseres zu tun!« Sein Ton wurde ungeduldig. »Dorin, wir kommen jetzt herein, und wenn nachher alles kurz und klein geschlagen ist und jemand versehentlich auf deine Würste gepisst hat, dann hast du dir das selbst zuzuschreiben!«

Die Tür öffnete sich und der Fleischer trat ins Freie. Unschön war allerdings, dass er in der Hand ein Metzgerbeil hielt. »Schert euch hinweg, ihr Gauner, ihr sippenlosen Tagediebe!«, brüllte er mit rotem Gesicht, fuchtelte dazu mit seinem Beil und machte kurze, drohende Ausfallschritte auf Traian zu.

Traian rief: »Aus dem Weg, Liviu!«, und machte ein Handzeichen, das Nikola, Flaviu und Serban ausschwärmen ließ wie ein Rudel Wölfe. Der Fleischer wusste nicht, wie er damit umgehen sollte und wandte sich abwechselnd gegen den einen oder den anderen. Nachdem das einige Zeit so gegangen war, zog Traian seine Aufmerksamkeit auf sich. »Jetzt ist es aber genug!«, rief er, trat einen großen Schritt auf seinen Gegner zu und zog sich dann blitzschnell wieder zurück.

Der Fleischer folgte ihm, ohne nachzudenken, und Nikola nutzte die Gelegenheit, ihn von der Seite anzugreifen. Ein wohl platzierter Hieb seines Schlagstockes traf den Unterarm des Fleischers und veranlasste ihn, das Beil fallen zu lassen. Ein zweiter Hieb richtete sich gegen seine Kniekehlen, doch bevor der Stock sein Ziel fand, wandte sich der Fleischer zu Nikola um, sodass er stattdessen nur am Schenkel getroffen wurde. Diesen Schlag schien er überhaupt nicht zu spüren! Geistesgegenwärtig griff er nach dem Schlagstock und versuchte ihn an sich zu bringen. Einige Augenblicke lang zerrten beide Männer an ihm, bis sich der Fleischer an seine freie Hand erinnerte und nach seinem Gegner schlug. Nikola blockte den Fausthieb ab und erwiderte ihn mit einem kräftigen Kopfstoß ins Gesicht des Fleischers. Ein deutliches Knirschen war zu vernehmen. Der Getroffene taumelte rückwärts, stieß gegen die Stütze des Sonnendachs, riss eine Ziegenhälfte herunter und versetzte Hühner und Wachteln in große Aufregung. Lautes Gackern und ein hartes »Rick-de-wick!« vermischten sich mit dem Klageruf: »Er hat mir die Nase gebrochen!«

»Stimmt das?«, fragte Traian,

»Ach was«, antwortete Nikola. »Die blutet nur ein bisschen.«

Traian trat zu dem jammernden Fleischer, dessen Nase sogar recht kräftig blutete. »Hörst du, Dorin? Sie blutet nur ein bisschen! Ein nasser Lappen in den Nacken, und gleich ist es wieder gut. Aber es wird dich freuen zu hören, dass ich deine Strafe damit als abgegolten betrachte. Jetzt musst du nur noch ein wenig echte Reue zeigen.«

»Er zerfließt doch schier vor Reue«, behauptete Flaviu. »Sie sprudelt geradezu aus ihm heraus.«

»Na also!«, sagte Traian. Aber der Fleischer dachte nicht daran, mitzuspielen und jammerte weiter wegen seiner Nase. Traian wurde ungeduldig. »Jetzt gib endlich Ruhe! So lange, wie das Geschäft mit dir dauert, hätten wir gleich zu dem Mazon gehen können. Wenn dir etwas nicht passt, so lauf zur *Gerechtigkeit* und leg Rev... Rev...«

»Revision«, half Nikola aus.

»Danke!«, antwortete Traian, während Serban und Flaviu geräuschlos Beifall klatschten, als wollten sie Nikola damit ihre Anerkennung bezeugen. »Leg Revision ein, aber ich kann dir nicht versprechen, dass in diesem Fall ...«

»Meine Nase ist bereits gebrochen!«, erregte sich der Fleischer. »Dagegen kann ich keine Revi-dings einlegen! Davon wird sie nicht plötzlich wieder heil.«

Traian seufzte übertrieben. »Komm ins Licht, Dorin. Ich schau mir dein Näschen einmal an.«

Der Fleischer folgte ihm misstrauisch. Man musste tatsächlich nicht allzu genau hinsehen, um zu erkennen, dass seine Nase einen ungewohnten Winkel aufwies.

»Ach, die ist doch bloß ein wenig verbeult«, behauptete Traian. »Das haben wir gleich. Ich habe das schon öfter gemacht. Halt still! Das kann jetzt etwas zwicken. Nikola, Serban, sorgt dafür, dass er sich nicht bewegt.«

»Der nicht!«, schrie der Fleischer erregt, als Nikola auf ihn zutrat.

Nikola zuckte die Schultern: »Liviu, mach du das eben statt meiner.«

Der auffällig bleiche Junge trat an seine Stelle. Er und Serban ergriffen die Arme des Fleischers, dann begann Traian mit seiner Arbeit. Während er an der verletzten Nase zog und zupfte, um alles wieder an seinen ursprünglichen Platz zu bringen, gab er vermeintlich beruhigende Einschätzungen ab. »Wie ich es mir dachte. Sie ist einfach nur verrenkt und aus der Form gesprungen.«

Als er fertig war, erteilte er dem Fleischer zum Abschied noch einige Ratschläge. »Du solltest ein paar Wochen lang vorsichtig mit der Nase sein. Fang keine Prügeleien an und denke künftig vorher nach, bevor du dumme Sachen über Sattlerfrauen erzählst.«

Traian besaß ein eigenes Haus. Für die des Lesens Kundigen hing über der Eingangstür ein Schild mit der Aufschrift »Puhlerei«. Für alle anderen gab es ein zweites Schild, das einen stilisierten Schnabel zeigte, der sich in den Boden bohrte und dabei etwas aufspießte, von dem niemand ganz genau wusste, was es eigentlich darstellen sollte: einen Wurm, ein kleines Nagetier oder das Böse schlechthin?

Im Erdgeschoss wickelte Traian seine Geschäfte ab, und außerdem konnten sich dort die Puhler aufhalten, wenn sie auf ihn warteten oder gerade nichts zu tun hatten. Mehrere kleine Tische mit Stühlen standen für sie bereit. Auch der alte Mihan hatte hier seine Kammer. Er war irgendwie mit Traian verwandt und wurde von jedem nur *Onkel Mihan* genannt. Seine Aufgabe war es, darüber zu wachen, dass in Traians Abwesenheit nichts wegkam.

Die Stockwerke darüber bewohnte Traian mit seiner Frau und seiner Tochter. Nikola hatte weder die eine noch die andere je kennengelernt, was nicht etwa daran lag, dass Traian seine Familie eingesperrt hielt. Es hatte sich einfach nie ergeben. Flaviu war jedoch der ganzen Familie einmal begegnet und wusste danach zu berichten, dass man sich weder wegen der Frau noch wegen der Tochter viele Gedanken machen müsse. Nikola war nicht überrascht. Es wäre doch zu seltsam gewesen, wenn ausgerechnet im Haus eines alten Puhlers die Rose von Kalaris erblüht wäre!

Einen zwingenden Grund gab es nicht, dass die Puhler ihren Hauptmann nach getaner Arbeit zu seinem Haus begleiteten, anstatt gleich beim Fleischer auseinanderzugehen. Traian bestand jedoch darauf, dass die Schlagstöcke oder andere Waffen ausschließlich bei ihm gelagert wurden, wofür er eine einfache Begründung hatte: »Wenn einer von euch seine Rüstung zu Hause vergisst, dann ist das sein Problem. Wenn ihr aber nichts habt, womit ihr notfalls zuschlagen könnt, dann ist es meines.«

Nikola wartete, bis alle gegangen waren, und unterhielt sich so lange mit Onkel Mihan. Der alte Mann war selbst im Gehen begriffen, da er über die Feiertage seine Schwester besuchen wollte, die in der Umgebung der Stadt wohnte. Als er fort war, betrat Nikola Traians *Allerheiligstes*, ein abgetrenntes Kabuff, wo der Hauptmann der Puhler mit winziger Schrift eine Zusammenfassung der heutigen Ereignisse in ein Buch eintrug. Auch wenn Nikola nicht so recht glaubte, mit seinem Anliegen Erfolg zu haben, wollte er nichts unversucht lassen.

Traian ahnte schon, was er von ihm wollte, noch bevor er etwas gesagt hatte. »Du willst Geld?«

»Ein Vorschuss wäre nicht schlecht, Traian, schließlich ist Frühjahrsfeier.«

Traian musterte ihn eingehend. »Du weißt, wie ich es halte, Nikola. Sobald ich bezahlt wurde, bekommt auch ihr euern Lohn. So lange müsst ihr warten. Ich kann keine Ausnahme machen, denn mache ich bei dir eine, so muss ich bei allen eine machen. Die Sattlerin weiß wahrscheinlich noch nicht einmal, dass wir den Fleischer zur Rechenschaft gezogen haben. Nach den Feiertagen …«

Er beugte sich wieder über sein Buch, schrieb einen halben Satz hinein, sah dann erneut auf und fragte mit besorgter Stimme: »Du hast doch hoffentlich noch genügend Geld, um dir etwas zu essen kaufen zu können? Notfalls kann ich dir ein Säckchen Bohnen leihen.«

»Dafür wird's noch reichen«, brummte Nikola und wandte sich zum Gehen.

»Du weißt natürlich, dass ich Laurentis' Geschwätz über dein Würfelpech mitbekommen habe?«, hörte er Traian weitersprechen. »Ich meine es nur gut, wenn ich streng mit dir bin, Nikola, denn ansonsten verspielst du noch Haus und Hof!«

»Schon gut, Traian«, antwortete Nikola. »Schon gut.«

Am Eingang stieß er beinahe mit Marilena zusammen, die mit einem in Tuch eingeschlagenen Bündel zur Tür hereinstürmte. Wenn Traian sie allein losgeschickt hatte, so konnte sie nichts Gefährliches zu erledigen gehabt haben. Dennoch trug auch sie einen Schlagstock.

»Nikola!«, grüßte ihn die quirlige Brünette fröhlich, um dann in ihrer üblichen burschikosen Art zu brüllen: »Traian, ich habe mich sehr beeilt, damit ich dich noch erwische. Und nun Asche unter den Rappen! Die ganze Stadt feiert bereits und ich verpasse jeden Augenblick etwas Wundervolles!«

Traian nahm das Bündel entgegen, prüfte seinen Inhalt und ging dann zu dem Schrank, hinter dessen mit Eisenbändern umwickelten Brettern er sein Geld aufbewahrte. Nikola trat auf die Straße und wartete, bis Marilena aus dem Haus kam.

»Ich hatte gestern etwas Pech«, sprach er sie an. »Aber wenn du mir etwas leihen könntest? Ich fühle, dass ich heute mehr Glück haben werde und alles wieder zurückgewinnen kann.«

Marilena setzte eine empörte Miene auf. »Nikola, es ist Frühjahrsfest, und in den nächsten Tagen habe ich viel vor. Am besten fragst du mich danach noch mal! Aber vermutlich bin ich dann genauso abgebrannt wie du jetzt.« Laut lachend entfernte sie sich.

Allerlei Umzüge

Etwas neidisch begab sich Nikola zu seiner Bleibe. Sie befand sich in einer Seitenstraße am unteren Ende der breiten Allee, die den Hafen mit dem Fürstenpalast verband, also nicht weit vom Meer entfernt. Als er bei dem schmalen Haus, in dem er wohnte, ankam, erlebte er eine Überraschung, denn gleich neben der Haustür waren zahlreiche Gegenstände, die ihm überaus bekannt waren, fein säuberlich aufgestapelt: sein Brustpanzer, Kleidung, Schuhe, Gegenstände des täglichen Bedarfs, Erinnerungsstücke und allerlei Kram, von dem er sich nicht hatte trennen wollen, aber auch nicht wusste, wozu er ihn verwenden sollte. Böses ahnend wollte er die Tür öffnen, musste aber feststellen, dass sie zum ersten Mal, seitdem er hier wohnte, verriegelt war.

»Krina!«, rief Nikola laut. So hieß seine Wirtin. In der Vergangenheit hatte Nikola der wenige Jahre älteren Witwe gegenüber mitunter den Eindruck erweckt, es könne mehr aus ihnen werden als nur Hauswirtin und Untermieter. Ein Eindruck, den er immer wieder abgeschwächt hatte, sobald sein Würfelglück wieder zugenommen hatte.

Nachdem Nikola ein paarmal den Namen gerufen hatte, begann er, gegen die Tür zu trommeln und zu treten. Das zeigte schließlich Wirkung. Aus einem Fenster des zweiten Stockes lehnte sich seine Vermieterin.

»Verschwinde, Nikola!«, rief sie. »Ich habe lange genug Geduld mit dir gehabt! Wahrscheinlich weißt du nicht einmal, wie viele Monate du mir den Mietzins schuldest! Jetzt ist ein für alle Mal Schluss! Ich habe dich oft genug gewarnt.«

Das war es also, dachte Nikola und betrachtete seine Habe. Sonderlich viel besaß er zwar nicht, doch wenn er sich vorstellte, dass er seinen gesamten Besitz durch das Gedränge einer fröhlich feiernden Stadt schleppen sollte, so war es mehr als genug. Aber wohin sollte er sich bloß wenden?

»Krina!«, rief er erneut seine Wirtin. »Weißt du nicht, dass das Frühjahrsfest begonnen hat? Wie soll ich jetzt eine Unterkunft finden? Können wir es nicht so halten, dass ich meine Sachen über die Feiertage bei dir lasse? Wenn du drauf bestehst, so nächtige ich heute auch woanders. Da wird sich bestimmt etwas finden. Dabei fällt mir ein: Hast du schon etwas vor? Was hältst du davon, Krina, wenn wir zusammen zum Fest gehen? Ich und du, wir beide, alte Freunde, zum letzten Mal? Wäre das nichts?«

»Du meinst zur Versöhnung? Hübscher Gedanke!«, antwortete Krina und verschwand kurz. Als sie wieder im Fenster erschien, rief sie: »Nikola, bist du noch da?«

»Ja, hier«, antwortete er, doch da er ihr Temperament kannte, trat er vorsichtshalber einen großen Schritt zur Seite. Einen winzigen Augenblick später prasselte Flüssigkeit auf die Stelle, an der er gerade noch gestanden hatte. Nikola war sich ziemlich sicher, dass es sich dabei nicht um Wasser handelte.

»Ich hab's verstanden!«, rief er und machte sich daran, seine Habseligkeiten zusammenzupacken, indem er alles in zwei Decken einschlug und zu Bündeln schnürte. Ihm fiel auf, dass etwas fehlte.

»Ich vermisse meine Sporen«, beschwerte er sich.

»Ich habe sie als geringfügigen Ersatz für meine Miete einbehalten«, erklärte Krina. »Du kannst sowieso nicht reiten.«

»Sie gehörten meiner Mutter!«

»Konnte die etwa reiten?«

»Darum geht es doch überhaupt nicht«, grummelte Nikola. »Sie waren eine liebe Erinnerung!«

Als er fertig war, schwang er das eine Bündel über die linke Schulter und das andere über die rechte. Um nicht ganz in Unfrieden zu scheiden, rief er zum Abschied: »Falls du irgendwann einmal Hilfe brauchst ...«

»... dann werde ich bestimmt jemand anderen fragen!«, beendete seine Vermieterin den Satz.

Nikola hatte keine Vorstellung, an wen er sich jetzt wenden sollte. Im Geist ging er seine Bekannten durch, aber ihm fielen nur solche ein, die aus dem einen oder anderen Grund nicht infrage kamen. Einen Augenblick lang erwog er, auf der Straße zu nächtigen, so wie damals als Kind. Doch anders als heute hatte er damals nur das besessen, was er auf dem Leib trug, und er wollte ganz gewiss nicht die Kehle durchgeschnitten bekommen, nur weil sich jemand einbildete, in seinen beiden Bündeln befände sich der verlorene Kronschatz von Klusch-Napoga!

Schließlich kam Nikola doch noch ein möglicher Gastgeber in den Sinn. Dieser würde bestimmt Verständnis für seine Lage haben! Was bliebe ihm auch anderes übrig?

Auf der Prachtstraße tummelten sich inzwischen große Haufen von Menschen, die sich jeweils nach ihrem ausgeübten Handwerk zusammengefunden hatten: Fischer, Seeleute, Bootsbauer, Zimmerleute und Seiler. Abwechselnd sangen sie die gängigen Lieder ihrer Zunft. Noch trennte sie nichts voneinander, doch einmal beim Palast angekommen, würden sich alle auf ihre jeweiligen Sippen aufteilen, um sich mit ihren Anverwandten dem Umzug anzuschließen, sobald der von sechs Schimmeln gezogene Wagen ihres Fürsten die Führung übernähme.

Nikola folgte ihnen so lange wie möglich dicht auf den Fersen, da er wusste, dass das Vorankommen schwerer werden würde, sobald er wieder auf sich allein gestellt wäre. Und so war es dann auch. Seine als unpassend empfundene Erscheinung inmitten der Scharen von fröhlichen, tanzenden oder bereits angetrunkenen Menschen gab immer wieder Anlass zu Spott und handfesten Scherzen und hielt ihn zusätzlich auf. Nikola war heilfroh, als er schließlich sein Ziel erreichte. Da er auf dem Weg dorthin ausreichend Zeit gefunden hatte, sich einzureden, dass alles so laufen werde, wie er es sich vorstellte, hegte er mittlerweile auch keinen Zweifel mehr daran, dass Traian nichts dagegen haben würde, wenn er für die Dauer der Feiertage vorübergehend im Erdgeschoss seines Hauses einzöge!

Ungeklärt war jedoch die Frage, wie er in Traians Abwesenheit in das Haus gelangen sollte? Onkel Mihan war ja leider ebenfalls abwesend, und die Türe aufzubrechen, verbot sich. Also musste er das Türschloss wohl oder übel so aufbekommen, dass er es nicht beschädigte.

Nikola beugte sich zum Schloss hinab, stocherte darin herum und rüttelte an der Tür. Davon ging sie jedoch noch nicht auf. Allerdings war jemand auf sein Tun aufmerksam geworden und sprach ihn an: »Man könnte beinahe den Eindruck gewinnen, du wolltest in eure Räuberhöhle einbrechen!«

Nikola wandte sich um und erblickte Laurentis. Er war dieses Mal nicht allein, sondern wurde von zwei Frauen begleitet, bei deren Anblick sich Nikola zurückhalten musste, um nicht mit der Frage herauszuplatzen, ob sie die beiden wilden Weiber aus Satumer seien, die Laurentis am Vormittag erwähnt hatte. Ihr Aufzug, der genauso geschmacklos war wie der von Laurentis, schien gut zu dieser Annahme zu passen. Stattdessen schilderte er kurz sein Missgeschick, ausgerechnet zu Beginn der Feiertage auf die Straße gesetzt worden zu sein. Zu seiner Überraschung wusste Laurentis Rat. »Die Cousine meiner Frau sucht seit längerer Zeit einen Mieter. Sie wohnt in der Nähe des Osttors.«

Nikola atmete erfreut auf. Doch diesem kurzen Augenblick der Erleichterung folgte Misstrauen. »Warum hilfst du mir, Laurentis? Wir sind nicht unbedingt Freunde.«

Laurentis kicherte. »Weil ich diese Frau noch weniger ausstehen kann als euch!«

Nikola dachte nicht weiter über den ganzen Gehalt dieser Erklärung nach, sondern beeilte sich, zum Osttor zu gelangen. Damit hatte er dasselbe Bestreben wie so viele andere, da der Umzug, den der Fürst anführen sollte, vom Palast zum Osttor und dann zu den Feldern ziehen würde. Während sich Nikola mit seinem Gepäck durch das dickste Getümmel kämpfte und dabei dutzendfach jemanden anrempelte und angerempelt wurde, begann er plötzlich zu zweifeln. Zahlreiche Fragen kamen ihm in den Sinn. Was, wenn es die Cousine überhaupt nicht gab und sich Laurentis nur einen Scherz erlaubt hatte? Oder wenn das Zimmer bereits vermietet worden war? Was war überhaupt von einer Verwandten von Laurentis zu halten? Welchen krummen Geschäften mochte sie nachgehen?

Seine Überraschung war umso größer, als er feststellte, dass die besagte Cousine zusammen mit ihrem Mann und drei ihrer erwachsenen Kinder eine ganz gewöhnliche Schneiderei betrieb. Sie war zwar von Nikolas Bekanntschaft mit Laurentis nicht allzu erbaut, aber es schien sie auch nicht sonderlich zu stören. Nikolas Hinweis, dass er sein tägliches Brot ganz anders verdiene, änderte gar nichts. Wie so viele andere hielt sie den Unterschied zwischen einem Puhler und einem Halunken für nicht allzu groß.

Das zu vermietende Zimmer befand sich im Hinterhaus. Es hatte zwei Zugänge, einen von der Schneiderwerkstatt und einen vom Hinterhof aus, und war groß genug für eine Familie mit Kindern. Ein riesiges Bett stand darin, das mehreren Personen Platz geboten hätte. Es gab eine Kochstelle, Regale, Schränke und Truhen. Bis auf die Tuchballen, Rahmen, Gestelle, Messstöcke und anderen Gerätschaften, die an der Wand neben der Tür zur Schneiderei aufgereiht waren, war alles verstaubt. Die Schneiderin eröffnete Nikola, dass diese Gegenstände auch weiterhin dortbleiben müssten und dass er auf keinen Fall die Tür verstellen dürfe, da sie mitunter benötigt würden und man nicht immer warten könne, bis er zu Hause sei. Zum Ausgleich sei die Miete auch recht niedrig. Das war sie tatsächlich! Sogar verdächtig niedrig. Nikola sah sich gründlich um. Dass er das Zimmer haben wollte, stand für ihn außer Frage, und die Notwendigkeit, den Mietzins wegen wirklicher oder vermeintlicher Mängel zu drücken, sah er eigentlich auch nicht. Dennoch wollte er gern den Grund herausfinden, warum sein künftiges Zuhause offensichtlich seit Langem ausschließlich als Lagerraum für die Schneiderei diente, und selbst dafür auch nur zu einem winzigen Teil. Waren der Schneiderin womöglich die Wege von Laurentis nicht ganz so unvertraut, wie sie den Eindruck zu erwecken trachtete? Hatte sie hinter ihrer hochanständig erscheinenden Fassade etwas zu verbergen?

An einer der Wände hatte lange Zeit ein Regal gestanden. Seine Umrisse waren noch deutlich zu erkennen. Überhaupt waren die Wände schon lange nicht mehr überstrichen worden, denn auf ihren Unebenheiten hatte sich der Staub genauso abgesetzt wie auf den Möbeln. Das galt allerdings nur für drei Wände, denn der Anstrich der vierten war an einer Stelle ausgebessert worden. Sogar mehrmals, wie unterschiedlich helle Farbspuren verrieten. Immer wieder dieselbe Stelle ...

Nikola strich behutsam mit den Fingern über das fragliche Stück der Wand und bemerkte dabei einen schwachen Fleck, der unter den Farbschichten durchschien und den diese offensichtlich vergeblich zu verbergen trachteten. Sowohl von der Form als auch von der Größe her erinnerte er ihn an den Abdruck einer Hand. Man benötigte nicht sonderlich viel Fantasie, um eine Handfläche, vier abgespreizte Finger und einen etwas versetzten Daumen zu erkennen. Nikola legte die Hand auf den Flecken und wandte sich dann zu der Schneiderin um.

In den wenigen Augenblicken, während er ihr den Rücken zugekehrt hatte, war eine bemerkenswerte Veränderung mit ihr vorgegangen. Sie war in sich zusammengesunken und alles Leben schien aus ihr gewichen zu sein. Auch wenn Nikola nicht wusste, was das alles zu bedeuten hatte, so war er sich doch sicher, dass das Rätsel um die billige Wohnung kurz vor einer Auflösung stand. Mit dem strengen Gesichtsausdruck eines scheinbar alles Durchschauenden, den er vor langer Zeit von Traian gelernt hatte, sagte er knapp und fordernd: »Und?«

»Du hast die ganze Geschichte ja offensichtlich schon gehört«, antwortete die Schneiderin niedergeschlagen.

»Aber nicht von dir«, entgegnete Nikola so fest, als wüsste er genau, wovon sie sprach, was allerdings nicht der Fall war.

»Was willst du denn noch wissen?«

»Zuerst einmal dies: Wie viel ist wahr von dem, was man sich so erzählt?« Diese Antwort erschien ihm hinreichend unverfänglich, denn getratscht wurde immer und jeder wusste, dass man vieles nicht glauben durfte.

Die Schneiderin zuckte schicksalsergeben die Schultern. »Viel mehr kann ich nicht beisteuern. Ich weiß nicht einmal genau, welches Tagewerk unser damaliger Mieter ausgeübt hat. Er war ein Gelehrter, meine ich. Ein Sternenkundiger oder Rechtsgelehrter vielleicht. Jedenfalls drückte er sich manchmal sehr geschwollen aus. Zwanzig, nein, sogar sechsundzwanzig Jahre ist das her! Du musst bedenken, dass ich noch ein junges Mädchen war, als der Mord geschah, und in jenem Jahr weilte ich sowieso bei Verwandten, um das Handwerk zu erlernen.«

»Der Mord?«

»Der erste.«

Nikola verbarg mühsam seine Überraschung. Ein Mord? Und dann auch noch der erste? »Und was ist mit dem zweiten?«

»Das ist ja noch nicht so lange her. Ungefähr acht Jahre. Danach wurde es richtig schlimm für uns. In den Jahren zwischen den beiden Morden behauptete hin und wieder jemand den Geist gesehen zu haben. Alle paar Jahre vielleicht! Aber nach dem zweiten Mord ...«

»Es gibt hier also einen Geist?«, fragte Nikola beiläufig. Das wurde ja immer spannender!

»Das wird man dir doch erzählt haben?«, gab die Schneiderin zurück. »Wirst du das Zimmer nun nicht mehr mieten wollen? So wie alle anderen vor dir?«

Nikola schüttelte den Kopf. »Wieso das denn? Ich gebe nichts auf Geistererscheinungen. Meiner Erfahrung nach spuken Geister vorwiegend in Häusern, die man nicht betreten soll, und in Gemächern, von denen irgendjemand nicht will, dass man hineinschaut. Selbst vor Scheunen und Ställen machen manche Geister nicht Halt. Doch zurück zum zweiten Mord. Erzähl mir ein wenig mehr davon.«

Seine Antwort erleichterte die Schneiderin. »Wie ich schon sagte, wurde es nach dem zweiten Mord erst richtig schlimm. Wenn wir gedacht hatten, dass die blutige Hand an der Wand schon furchtbar sei – sie kommt leider alle paar Monate wieder zum Vorschein, aber darum kümmert sich dann mein Mann –, so wurde es danach ganz unmöglich, das Zimmer zu vermieten. Niemand wollte länger als ein paar Tage darin wohnen! Der Mann meiner Cousine, der dich zu mir geschickt hat, kannte den Toten übrigens. Anscheinend war er in seinen Kreisen als Gogul die Qualle bekannt. Er war ein alleinstehender Mann, so wie du.« Das klang wie ein Vorwurf.

»Gogul die Qualle«, wiederholte Nikola. Auch ihm war der Verstorbene bekannt. Als Kind hatte er sich ständig mit ihm geprügelt. Das hatte erst aufgehört, nachdem ihn *Mutter* bei sich aufgenommen hatte. Damit hatten sich ihre Wege getrennt. Danach war er ihm nur noch gelegentlich in der Stadt begegnet, hatte aber nichts weiter mehr mit ihm zu schaffen gehabt. Nikola erinnerte sich, dass er irgendwann von seinem Tod erfahren hatte, und dass es ihn damals nicht weiter erstaunt hätte, wenn sich sämtliche Freunde, Feinde und Widersacher Goguls über seinem Grab versöhnt und ein gemeinsames Freudenbesäufnis begangen hätten.

»Auf Gogul die Qualle gebe ich noch weniger als auf Geister«, sagte er. »Gab es denn noch einen dritten Toten?«

»Behüte!«, rief die Schneiderin entsetzt aus. »Zwei reichen ja wohl!«

»Dann lass mich zusammenfassen: Zwei Tote und ein Fleck, der immer mal wieder an der Wand erscheint. Ist das alles?«

»Zwei *Ermordete*«, verbesserte ihn die Schneiderin. »Friedlich gestorben ist sicher schon in jedem Haus in ganz Arades irgendjemand. Das wäre ja nichts Außergewöhnliches.«

»Stimmt«, pflichtete Nikola ihr bei. »Woran starben die beiden eigentlich?«

»Der erste wurde niedergestochen, deswegen findet sein Geist auch keine Ruhe. Der zweite, dieser Gogul, wurde ein

Opfer des Geistes. Er hat ihn mit seinem Knochenfinger erstochen.«

»Wie kommst du auf diesen abwegigen Gedanken?«

»Der Heilkundige, der die Leiche untersuchte, sagte, das sei die einzige logische Erklärung. Er hatte nämlich zwei kleine Einstiche gefunden – hier und hier.« Nacheinander zeigte sie auf eine Stelle unter ihrem Kinn und eine am Hinterhaupt. »Da rein, da raus! Das könne zwar auch eine sehr dünne Waffe gewesen sein, meinte der Heiler, aber die hätte sich dann am Knochen verbogen und das würde er erkennen! Ein Fingerknochen hingegen habe genau die richtige Stärke.«

»Wäre ein dünner Knochen nicht erst recht zerbrochen?«

»Ein Geisterknochen doch nicht«, erwiderte die Schneiderin und verstummte mit verlegener Miene, als wäre ihr gerade bewusst geworden, dass ihr Bericht über die beiden Todesfälle ihrem Anliegen, das Zimmer zu vermieten, nicht allzu förderlich war.

Doch da Nikola sie nicht unnötig im Ungewissen lassen wollte, sagte er: »Fassen wir zusammen: Zwei Ermordete und ein Fleck, der immer mal wieder an der Wand erscheint und an eine blutige Hand erinnert, für dessen Beseitigung aber nicht ich, sondern dein Gatte zuständig ist. Ist das alles?«

»Ja«, bestätigte die Schneiderin zögernd.

Nikola streckte ihr die Hand entgegen. »Abgemacht, dann bin ich dein neuer Mieter. Ich bleibe gleich hier!« Als Ausdruck seiner Ernsthaftigkeit warf er eines seiner Bündel auf das Bett, was eine gehörige Staubwolke aufsteigen ließ.

Da die Schneiderin darauf bestand, in Nikolas neuer Unterkunft erst zu putzen und aufzuwischen, bevor er einziehen durfte, fand er sich bald wieder auf der Straße. Schließlich wollte er ihr nicht im Wege sein! Anfänglich ohne Ziel, schlenderte er in Richtung des Hafens. Bisweilen luden ihn Feiernde ein, mit ihnen zu trinken. Nikola sagte nicht Nein, blieb aber nirgendwo so lange, dass jemand erwartet hätte, dass er die Einladung erwiderte.

Er war erleichtert, so rasch eine neue Unterkunft gefunden zu haben. Ihre Eigenheiten schreckten ihn überhaupt nicht. Für den wiederkehrenden Fleck gab es sicher eine andere Erklärung als die der Schneiderin, und wahrscheinlich war das auch gar kein Blut. Was Nikola von spukenden Geistern zu halten hatte, das hatte er schon als Kind gelernt, und zwar dieses Mal nicht von seinem leiblichen Vater, sondern von der neuen Mutter, die sich seiner angenommen hatte. Wenn jeder, der gewaltsam gestorben war, als unruhiger Geist zurückkehren wollte, so bekäme in Arades niemand mehr ein Auge zu, pflegte sie zu sagen. Und was war überhaupt mit denen, die nicht ermordet worden, sondern aus anderen Gründen vor ihrer Zeit verschieden waren? Die ein Unfall aus dem Leben gerissen hatte oder eine Krankheit oder die aus Verbitterung starben? Hätten sie nicht alle Gründe gehabt, unruhig und unzufrieden zu sein und deswegen zu spuken und die Lebenden zu plagen? Vor den Toten musste man sich nur dann fürchten, wenn sich die Lebenden ihrer annahmen und sich auf sie beriefen! Wenn von Rache die Rede war oder von Vergeltung, oder wenn mit ihrem Tod etwas gerechtfertigt werden sollte, wofür es ansonsten keine vernünftigen Gründe gab.

Beim Hafen überredete Nikola einen Fischer, ihm einige Handvoll Muscheln, Krebse und Fischreste zu überlassen. Damit ging er zur Mole. Sie war ein künstlich aufgeschütteter Riegel Land, der mehrere Hundert Schritt ins Meer hinausragte und eine Mauer trug, auf der fünf Schritt über den Wellen ein Wehrgang verlief, mit Zinnen auf beiden Seiten. In gleichmäßigen Abständen waren Wurfmaschinen aufgestellt, die feindselige Schiffe mit einem Hagel aus Steinen würdig empfangen sollten.

Nikola ging nicht oben entlang, sondern auf dem von Wellen umspülten, schmalen Streifen am Fuß der Mauer. Als er an der Spitze der Mole angekommen war, hockte er sich mit dem Rücken zur Mauer auf die schwarzen, nassen Steine und warf ein paar Häppchen des mitgebrachten Futters ins Wasser. Nach einiger Zeit erschien der erste Krake. Meist blieb es bei einem, aber hin und wieder gesellten sich auch noch andere hinzu. Dieser eine war nicht derselbe wie der, mit dem sich Nikola als Kind angefreundet hatte, ja noch nicht einmal sein Enkel oder der Enkel von dessen Enkel. Für die achtarmigen Geschöpfe lag jener ereignisreiche Sommer viele Generationen zurück, und dennoch schienen sie gewillt, sich an den Pakt zu halten, den ihr Urahn damals mit dem Menschen geschlossen hatte. Dabei entsprach es im Grunde gar nicht ihrem Wesen, dass die Eltern die Kinder lehrten. Tatsächlich kümmerten sie sich um ihren Nachwuchs ebenso wenig wie einst Nikolas Vater um seinen Sohn. Und eigentlich waren sie sogar Einzelgänger. Nikola hatte beides erst sehr spät von einem Fischer gelernt und es zuerst nicht glauben wollen. Er war dann zu dem Schluss gelangt, dass für ihn, sozusagen als altem Freund der Familie, vielleicht andere Regeln galten oder die vielarmigen Geschöpfe die Wesensähnlichkeit in ihm erkannt hatten.

Mit spitzen Fingern hielt Nikola ein Krebschen oder ein Stück Fisch ins Wasser, das der Krake mit seinem messerscharfen Schnabel in Empfang nahm. Schon bald verzichtete er darauf, die Hand ins Wasser zu führen, sondern legte die kleinen Leckereien an Land ab. Das Tier und auch seine beiden Artgenossen, die sich mittlerweile zu ihm gesellt hatten, kannten die Regeln des Spiels und krochen aus dem Wasser. An Land waren die Kraken nicht mehr ganz so behände und ihre kräftigen Arme wirkten, als wollten sie zerfließen. Dennoch folgten sie mutig der Spur, die Nikola für sie ausgelegt hatte.

Für gewöhnlich erzählte er den Kraken bei ihrer Fütterung, was sich seit dem letzten Besuch zugetragen hatte und was ihm momentan durch den Kopf ging. Oft genug waren das Dinge, die er sonst niemandem anvertraut hätte. Manches interessierte die Tiere mehr, anderes weniger – zumindest bildete sich Nikola das ein. Ein Umzug, ein neues Zuhause, war allerdings etwas, womit Kraken sehr viel anfangen konnten. Das verstanden sie! Er wusste ja ganz genau, wie sie wohnten: unter Steinen, in Höhlen, in Gefäßen, die irgendwie ins Meer gelangt waren und nun einem Kraken als Zuhause dienten.

Er hatte ihre verschlafenen Augen aus den schlanken Hälsen von Amphoren spähen sehen und sich gewundert, wie sie mit ihrem ganzen Körper in die Gefäße hineingelangt waren. Und er hatte jahrelang gehofft, eines Tages einem Kraken zu begegnen, der ihm anders als alle anderen entgegenblickte, nämlich hellwach!

Die Tiere faszinierten ihn. Sie konnten ihre Farbe ändern, und gewissermaßen sogar ihre Form, wenn sie es wollten. Er hatte sie unter Wasser treiben sehen, die Arme eng um den Körper gewickelt. Wie Bälle hatten sie ausgesehen, gar nicht wie Kraken. Wer konnte sagen, wozu sie noch imstande waren?

Nachdem Nikola seinen kleinen Freunden ausführlich dargelegt hatte, warum er sich wegen der blutigen Hand an seiner Zimmerwand nicht den Kopf zerbrechen wollte, kehrten alle drei Kraken gleichzeitig ins Wasser zurück und schwammen eilig davon. Solche jähen Abschiede waren nicht ungewöhnlich für sie.

Nikola erhob sich und blickte beiläufig zum Horizont. Er sah Segel über ihn hinwegkriechen, Segel und Schiffe: zehn, fünfzig, achtzig – immer mehr! Schon jetzt überstieg ihre Anzahl die aller Schiffe, die während eines gesamten Jahres in den Hafen von Arades einliefen! Nikola wurde ganz bang. Kein Händler kam mit so vielen Schiffen – und falls doch, so wollte er lieber nicht erfahren, welche Fracht sie in ihren Bäuchen trugen oder gar zugegen sein, wenn sie ihre Ladung löschten!

Nikola warf die übrig gebliebenen Fischreste und Muscheln ins Wasser und rannte um sein Leben.

Fürst Katalin stand im Umkleidezimmer mit dem Rücken zur Tür und wartete geduldig. Viel mehr konnte er auch nicht tun, da das rituelle Gewand, in dem er den Umzug anführen würde, zu eng geschnitten war, als dass er sich hätte setzen können. Das war nicht vorgesehen! Der Fürst sollte darin nur gehen, auf einem Wagen stehen und die Arme ausbreiten können, um ein Gebet zu sprechen oder einen Segen zu erteilen. Sonst aber sollte er vor allem eindrucksvoll aussehen. Seitdem Katalin die Nachfolge seines verstorbenen Vaters angetreten hatte, hatte er sich fast jedes Jahr neu gefragt, warum das Gewand nicht etwas weiter sein konnte. Jedes Mal war er zu derselben Antwort gelangt: Weil es immer so gewesen war.

Als Katalin hörte, wie die Tür der Kammer geöffnet wurde, atmete er erleichtert auf. Endlich war es so weit, dass der Umzug beginnen konnte! Doch noch während er sich umwandte, wurde die Tür schon wieder geschlossen, ganz so, als wäre sie nur versehentlich geöffnet worden. Katalin wusste, dass es nicht so war. Nach einem kurzen Augenblick des Wartens würde sie sich erneut öffnen. Tatsächlich schaute gleich darauf das fröhliche Gesicht seines Erstgeborenen durch den Türspalt herein. Wenn sein Vater nichts täte, würde Florin die Tür schließen und schnell wegrennen, um nach einiger Zeit zurückzukehren. Das war sein Spiel! Katalin verstand nicht, wie es seinem Sohn nach all den Jahren noch immer so viel Freude bereiten konnte. Es war, als wäre die Zeit stehen geblieben und nichts hätte sich verändert. Allerdings wirkt das Ganze bei einem Dreißigjährigen nicht mehr ganz so niedlich wie bei einem Fünfjährigen.

Bevor Florin wieder verschwinden konnte, winkte ihn Katalin zu sich. Er ahnte, warum er hier war. Vermutlich hatte er von irgendjemandem erfahren, dass heute der Frühjahrsumzug stattfand. Als Kind hatte er ihn geliebt: die Blumen, die Farben, die Gesänge, einfach alles! Er würde ihn begleiten wollen, aber das kam natürlich nicht infrage.

»Alexandru geht mit Papa!«, eröffnete ihm Florin.

Instinktiv reckte Katalin den Hals, in der Hoffnung, ein Kindermädchen zu entdecken, das seinen Sohn fortführen und ihm am besten gleich erklären könnte, warum er zu Hause bleiben musste. Aber es gab keins. Etwas hilflos sagte er deswegen: »Das geht leider nicht, Florin.«

»Alexandru«, verbesserte ihn Florin. »Ich heiße Alexandru, Papa.«

Katalin kniff die Lippen zusammen. War es also wieder so weit? Seit über zwanzig Jahren gab es niemanden mehr, der seinen Erstgeborenen Alexandru nannte. Meistens wusste Florin, wie er hieß, doch dann, manchmal erst nach mehreren Jahren, kam unausweichlich immer wieder der Tag, an dem er alles vergessen zu haben schien und darauf bestand, Alexandru zu heißen. Dann musste man ihm alles neu beibringen.

Konnte das denn nicht endlich aufhören?, dachte Katalin. War das zu viel verlangt? Er erwartete doch nicht einmal, dass sein Sohn verstand, dass er seinen alten Namen deswegen verloren hatte, weil sein Großvater nicht ertragen konnte, einen geistesschwachen Enkel zu haben, der denselben Namen trug wie er. Nein, so viel verlangte er doch gar nicht! Florin sollte sich nur ein für alle Mal mit seinem jetzigen Namen abfinden!

Bekümmert strich Katalin über Florins Gesicht und wünschte sich, stärker zu sein. Nach dem Tod seines Vaters und nachdem er selbst Fürst geworden war, hätte er seinem Sohn seinen Geburtsnamen zurückgeben können. Aber er hatte es unterlassen, weil er sich eingeredet hatte, dass zu viel Zeit verstrichen sei, dass zu viele Dokumente geändert werden müssten und dass er mit seinem Zögern doch nur verhindern wolle, dass der Geisteszustand seines Erstgeborenen zum Tagesgespräch in allen Städten des Bundes würde. Vorgeschobene Gründe, wie er genau wusste, allesamt! In Wahrheit hatte er sich davor gefürchtet, etwas zu ändern, das sein verstorbener Vater beschlossen hatte, aus Angst, er könne noch aus dem Grab heraus die Macht haben, ihn zu tadeln und bloßzustellen. Katalin hasste sich für diese Schwäche und wünschte sich, nur ein einziges Mal so hart und rücksichtslos zu sein wie sein Vater. Wenn er doch wenigstens Gelegenheit dazu bekäme!

Abermals wurde die Tür geöffnet, doch dieses Mal von dem ersehnten Kindermädchen. »Da ist ja unser Florin!«, rief sie in einem fröhlichen Singsang.

»Ich heiße Alexandru, Papa!«, maulte Florin. Katalin strich ihm über die Wange, gab ihm einen Kuss und flüsterte. »Das weiß ich doch!«

Dann ergriff das Kindermädchen die Hand des großen, kräftigen Mannes mit dem Verstand eines Fünfjährigen und führte ihn fort.

»Götter der Erde, Götter des Landes! Ich rufe dich an, Horta, Spenderin des neuen Wachstums, Hegerin der Blüten und saftigen Triebe, Mutter der Ernten! Ich rufe dich an, Velkanz, Beschützer der Weiden ...«

Mit ausgebreiteten Armen stand Katalin auf dem Wagen, der von sechs weißen Kaltblütern gezogen wurde. Fünfmal hatte er bereits die zuständigen Götter um ihr Wohlwollen gebeten, und noch etliche weitere Male würden folgen. Aber das schreckte ihn nicht, denn an diesem Tag des Jahres war der Beiname, der ihn mit den Göttern verband – nämlich *Vertrauter* und *Mund der Götter* –, mehr als nur irgendein Titel für ihn. Er fühlte ihre Gegenwart und war von ihrer Erhabenheit und Größe durchdrungen. Deswegen bemühte er sich darum, das Gebet und den anschließenden Segen nicht nur genauso aufmerksam vorzutragen wie beim allerersten Mal, sondern möglichst noch ein klein wenig fesselnder, ergreifender und klarer. Als er schließlich fertig war, wurde eines der mitgeführten Opfertiere von einem minderen Geistlichen getötet. Üblicherweise verwendete man für diesen Zweck heutzutage ein Lamm oder einen kleinen Affen, doch noch vor hundertfünfzig Jahren hatte man in Zeiten größter Not auf ungleich wertvollere Opfer zurückgegriffen, nämlich auf Menschen. Der Gedanke daran hatte Katalin schon in jungen Jahren auf beklemmende Weise gleichzeitig angezogen und abgestoßen. Und niemand hatte ihn eigens darauf hinweisen müssen, dass die Schlachtung eines Menschen wohl kaum einem minderen Geistlichen anvertraut worden war. Abgesehen von dieser schaurigen Einzelheit aus einer vergangenen Zeit hatte Katalin allerdings nie so recht verstanden, warum die Jahreszeit, in der alles neu geboren wurde, durch die Opferungen sozusagen unter die Herrschaft des Todes gestellt wurde. Das war widersprüchlich, aber eben uralter Brauch.

Sobald das Blut des Opfertieres verspritzt war, gab Katalin dem Wagenlenker ein Zeichen, auf das hin sich die weißen Pferde wieder in ihre Geschirre legten und den Wagen zum nächsten Feld zogen. Während der Fahrt grüßte er die Landleute, die zu beiden Seiten des Weges warteten. Es bedeutete eine große Ehre für sie, dass ihr Fürst, der durch seine Abkunft den Göttern noch näherstand als die Priester, ihre Felder segnete. Gleichzeitig betrachteten sie aber seine vielköpfige Gefolgschaft mit Argwohn, da sie befürchteten, sie könne ihre Äcker zertrampeln. Katalin als ihr Fürst verstand diese Sorgen und sah es als seine vornehmste, geradezu väterliche Pflicht an, Zuversicht auszustrahlen, sodass auch sie sich ganz der Größe des Augenblickes hingeben konnten. Als schließlich die Gesänge wieder einsetzten, hielt er den Zeitpunkt für gekommen, sich um den Boten zu kümmern, dessen Ankunft ihm nicht entgangen war. Was mochte er wollen? Dass der Fürst von Arades während der Frühjahrsprozession mit Botschaften belästigt wurde, war ganz und gar unüblich!

Katalin gab den Angehörigen seiner Leibwache ein Zeichen, den Boten zu ihm durchzulassen. »Was gibt es?«, begrüßte er ihn im Flüsterton.

»Herr, fremde Schiffe wurden vor der Küste gesichtet! Es wird befürchtet, dass sie feindliche Absichten hegen. Daher werdet Ihr eindringlich gebeten zurückzukehren.«

Katalin blickte auf den noch vor ihm liegenden Weg und auf den Menschenstrom, der seinem Wagen folgte. Ausgerechnet jetzt, dachte er. Musste das sein? Er konnte sich doch nicht einfach davonstehlen! Und wenn die Teilnehmer des Umzugs gar den Eindruck gewannen, dass eine Gefahr drohte, würden sie womöglich alle gleichzeitig in die Stadt zurückwollen und die Tore verstopfen, sodass niemand mehr hineinkäme – auch nicht ihr Fürst. Im schlimmsten Fall würden sie sich gegenseitig tottrampeln. Aber irgendetwas musste er tun!

Katalin gab dem Boten leise Anweisungen. »Unsere Schiffe sollen auslaufen und die Fremden zwingen, ihre Herkunft und ihre Absichten offenzulegen. Ein Einlaufen in den Hafen wird ihnen vorerst verwehrt. Fügen sie sich nicht, so sollen sie ge-entert oder versenkt werden. Nun eile und überbringe meinen Befehl! Er soll genau so ausgeführt werden, wie ich es gesagt habe! Ich werde dir folgen, sobald ich mich freimachen kann!«

Als der Bote zögerte, gebot ihm Katalin mit einer ungeduldigen Handbewegung, sich auf den Weg zu machen, damit er sich wieder ganz seinen augenblicklichen Pflichten widmen konnte. Er führte den Umzug noch bis zum nächsten Feld, wo er zum letzten Mal Gebet und Segen sprach. Auch jetzt übereilte er nichts, sondern ließ sich sogar eher mehr Zeit. Für alles gibt es einen Augenblick, dachte er, und dieser eine jetzt gehörte dem Land, das sie nährte, und seinen Göttern! Danach übergab er die Führung des Umzugs an die Priester, so wie er es sonst auch getan hätte, wenn auch nicht ganz so zeitig. Nun hinderte ihn nichts mehr, in die Stadt zurückzukehren, um nach dem Rechten zu sehen. Aber auch hierbei achtete er darauf, nicht den Anschein zu erwecken, als habe er es ungebührlich eilig.

In der Nähe des sechs Schritt hohen Osttors fiel Katalin auf, wie viele seiner Untertanen sich auf den Stadtmauern drängten. War das immer so?, fragte er sich verwundert. Verfolgten wirklich so viele Stadtbewohner den Umzug aus der Ferne? Das hatte er gar nicht geahnt! Die Menschen auf den Mauern machten einen recht unruhigen Eindruck. Womöglich fragten sie sich nach dem Grund seiner frühzeitigen Rückkehr und vermuteten bereits, dass irgendetwas nicht stimmte. Wenn es so war, so war es nicht gut!

Endlich im Palast angelangt, begab sich Katalin zügig in seine Gemächer. Als er an der offen stehenden Tür des Kriegszimmers vorbeieilte, sah er, dass sich die Befehlshaber und hohen Offiziere der fürstlichen Streitmacht bereits versammelt hatten. Ein wenig würden sie sich noch gedulden müssen, denn zuerst wollte er das Ritualgewand gegen etwas Bequemeres tauschen.

Betont selbstsicher betrat Katalin etwas später das Kriegszimmer. Der für gewöhnlich geschlossene Vorhang, der den

Raum in zwei Hälften teilte, war aufgezogen worden, sodass man an seinem hinteren Ende das prächtige Wandbild aus Gold und eingelegten Edelsteinen bewundern konnte, das eine recht genaue Karte des Bundes und der Küste bei Arades darstellte. Bildnisse der kriegerischen Geschwistergötter Karan und Vatres flankierten es.

Wer beim Eintreten des Fürsten bereits gesessen hatte, sprang auf, und wer noch stand, der verbeugte sich. Mit einer entschlossenen Geste gab Katalin zu verstehen, dass ihm gegenwärtig an formellen Höflichkeiten nicht gelegen war. Er steuerte den Kopf des langen Tisches an, der den Raum beherrschte, und setzte sich.

Nicht alle Anwesenden fanden Platz, und einige mussten stehen. Katalin sah in die Gesichter seiner Getreuen. Die meisten hatten bereits seinem Vater gedient. Zwei verdankten ihren Ruhm sogar dem Bruderkrieg, der vor sechzig Jahren den Bund der Neun Städte zerrissen hatte und ergebnislos geendet war. Doch wegen ihm standen noch immer Truppen am Miacurapass, inzwischen allerdings nur noch zur Mahnung. Sie alle, einer wie der andere, würden den jetzigen Fürsten an seinem Vorgänger messen!

Entschlossen schlug Katalin mit der Faust auf den Tisch. »Berichtet!«, verlangte er. »Sind unsere Schiffe ausgelaufen, wie ich es befahl? Was wurde in Erfahrung gebracht? Mit wem haben wir es zu tun? Welches Anliegen verfolgen unsere Besucher?«

Einer der jüngeren Offiziere bat um das Wort. Verwundert blickte Katalin zu dem Mann am Tisch, von dem er eigentlich erwartet hatte, dass er es ergriffe: Aurel Hornkamm. Doch der alte Mann, der – solange sich Katalin erinnerte – die Seemacht von Arades kommandierte, schien ganz in einige Pergamente vertieft zu sein. Mit einem Anflug von Verärgerung gab Katalin dem jüngeren Offizier die Erlaubnis zu sprechen. Wahrscheinlich war er Aurels Schützling und sollte heute seinen ersten großen Auftritt erhalten!

»Mein Fürst, ich kann Euch leider nur eine Frage zu Eurer

Zufriedenheit beantworten, nämlich die, dass unsere Schiffe ausgelaufen sind. Der Feind – so muss man ihn wohl nennen – begann mit dem Beschuss der Unsrigen, sowie sie in seiner Reichweite waren. Worte, die irgendetwas erklärt hätten, wurden nicht getauscht, es gab nur Mord und Tod! Zwei unserer Schiffe wurden bei diesem Gefecht stark beschädigt, doch die restlichen konnten sich zum Glück unversehrt wieder in den Hafen retten!«

Katalins Ohren rauschten mit einem Mal, als hielte er eine große Muschel gegen sie gepresst. Er starrte Aurel Hornkamms Schützling an und versuchte zu begreifen, was jener soeben gesagt hatte. Doch er sah nur einen ihm bislang unbekannten Offizier vor sich, der mit jedem Augenblick verlegener wurde und schließlich halblaut murmelte: »Das war alles.«

Katalin sprang auf. »Siebzehn Großruderschiffe! Ein jedes mit einhundertsechzig Ruderern und dreihundertvierzig Kämpfern bemannt, dazu bestückt mit Geschützen und Rammspornen, ein jedes fähig, fünf herkömmliche Schiffe zu bekämpfen – und du – Bube! – nennst es ein Glück, dass alle bis auf zwei feige geflohen sind? Ich will, dass ihre Kapitäne sofort in Eisen gelegt werden und erwarte ihre Aburteilung innerhalb von zwei Tagen! Und du, geh mir aus den Augen! Dich möchte ich in meinem Palast für ein Jahr und einen Tag nicht mehr sehen! Hinweg!«

Seinen ganzen Mut aufbringend, stammelte der Getadelte: »Mein Fürst, berücksichtigt die Übermacht, der unsere Schiffe ausgesetzt waren!«

Katalin stand kurz davor, ihn wegen seines Trotzes ebenfalls in Ketten legen zu lassen. Was sollte das Gefasel? Jeder wusste, dass Arades über die schlagkräftigste Flotte der ganzen Region verfügte!

»Wie groß war sie denn, diese angebliche Übermacht?«, fragte er schnippisch.

Überraschend ergriff Aurel Hornkamm jetzt doch noch das Wort. »Wenn Ihr erlaubt, Fürst! Bislang zählten wir dreihundertundelf fremde Schiffe.«

Das Rauschen in Katalins Ohren wurde lauter. »Dreihundertelf?«

»Von denen wir wissen«, räumte Aurel ein. »Aber wir können nicht ausschließen, dass es noch mehr von ihnen gibt – weiter draußen im Meer, hinter dem Horizont, wo sie vor unseren Augen verborgen sind.«

Katalin spürte einen kurzen Stich in der Brust. Etwas klang falsch, völlig falsch! Doch sogleich dämmerte es ihm: Horizont, hatte Aurel gesagt, sogar *hinter* dem Horizont, nicht mehr in Sichtweite der Küste!

»Der Grund unserer Befürchtung über ihre vielleicht weit größere Zahl ist folgender, mein Fürst«, sprach der greise Befehlshaber der Seemacht weiter. »Erinnert Ihr Euch an die fremden Seefahrer, die Euer Vater vor dreißig Jahren aburteilen ließ?«

»Sechsundzwanzig«, verbesserte ihn Katalin, ohne nachzudenken. Als ob er diesen schicksalsschweren Tag je vergessen könnte!

»Genau die! Ihre Schiffe ähnelten denen, mit denen wir es jetzt zu tun haben. Die damaligen Besucher nannten ihr Volk Schilves.«

Bilder tanzten in Katalins Kopf, Erinnerungen an blaue Segel über den Wogen, tölpelhafte Männer in fremder Tracht, vermeintliche Lämmer, die im Angesicht eines schrecklichen Todes verzweifelt um ihr Leben gekämpft hatten. Einen kurzen Augenblick lang erwog er, den fremden Kapitänen eine Botschaft zu schicken und sie wissen zu lassen, dass der Fürst, der ihre Gesandten hatte töten lassen, vor acht Jahren verstorben war und nun ein anderer an seiner Stelle regierte. Jäh fiel ihm ein, dass er sich noch vor wenigen Stunden eine Gelegenheit gewünscht hatte, sich seines Vaters würdig zu erweisen. War dieser Zeitpunkt jetzt gekommen? Erfüllten ihm die Götter tatsächlich so schnell und überraschend seinen Wunsch?

Übermannt von dieser Erkenntnis lehnte sich Katalin in seinem Sessel zurück und rief sich in Erinnerung, was er während seiner Erziehung über die Kunst des Krieges und die Kunst des

Herrschens gelernt hatte. Auch fragte er sich, was sein Vater an seiner Stelle unternommen hätte. Als Katalin seine Gedanken geordnet hatte, war er überzeugt, der Situation gewachsen zu sein! Er würde seinen Vater nicht enttäuschen! Entschlossen wandte er sich wieder an die Versammelten.

»Dreihundert Schiffe – das ist keine Flotte, sondern eine schwimmende Stadt. Niemand schickt eine ganze Stadt über ein Meer, um eine Beleidigung zu rächen. Was tun sie momentan?«

»Nichts«, antwortete Aurel Hornkamm. »Offenbar haben sie Treibanker gesetzt und warten. Vielleicht auf den morgigen Tag oder … Ich habe ja schon angedeutet, dass sie noch mehr sein könnten und sich gegenwärtig sammeln.«

Ein weiteres Mal ließ Katalin seine Faust tatkräftig auf den Tisch donnern. »Das verschafft uns Zeit! Zuvörderst muss der Hafen geschützt werden, denn mögen unsere Feinde auch einer schwimmenden Stadt gleichen, so müssen sie doch auf festem Boden kämpfen! Also besetzt Wehrgänge und Katapulte.«

»Das wurde bereits in die Wege geleitet, mein Fürst«, erwiderte Aurel Hornkamm.

»Gut«, sagte Katalin zögernd. »Aber damit ist es nicht getan, denn wenn wir dem Feind den Hafen verwehren, so wird er an anderer Stelle an Land gehen wollen. Also schickt Späher nach beiden Seiten der Küste aus. Wir werden verhindern, dass die Fremden auch nur einen Fuß auf trockenen Boden setzen!«

»Späher sind bereits unterwegs!«, hörte er von irgendwoher.

»Sehr gut!«, lobte Katalin widerwillig, wobei er sich gleichzeitig fragte, wozu seine Anwesenheit eigentlich vonnöten war, wenn alles, was er vorschlug, bereits in Angriff genommen worden war. Missmutig ließ er den Blick über die Anwesenden schweifen. »Wurde die Fürstengarde in Kampfbereitschaft versetzt und hat man die Sippenführer aufgefordert, ihre Wehrfähigen zu bestimmen?«

Damit hatte er endlich etwas gefunden, was seine Berater noch nicht unter sich geregelt hatten. »Das Sammeln der Fürstengarde ist im Gange. Die Milizen der neun Sippen zu mobilisieren, gestaltet sich dagegen weitaus schwieriger. Das Fest hat vor Stunden begonnen, und die meisten eurer Untertanen tummeln sich irgendwo in den Straßen. So mancher dürfte mittlerweile auch viel zu betrunken sein, um eine Waffe zu führen.«

Katalin lebte auf, denn endlich geschah etwas so, wie er es sich vorgestellt hatte. Die Präfekten hatten nicht an alles gedacht und verlangten nach seiner Führung!

»Dann sammelt einfach jeden ein, der nüchtern genug ist, und kümmert euch nicht darum, welcher Sippe er angehört. Sollte es Beschwerden geben, dass die Quoten nicht eingehalten wurden, so wird sich euer Fürst um die Sippenführer kümmern. Und zwar *nach* unserem Sieg und nicht vorher!«

»Sollen Boten zu unseren Verbündeten gesandt werden?«, fragte einer der Anwesenden.

Katalin lachte und schüttelte den Kopf.»Nein, für ihre Hilfe würden sie sich viele Jahre lang bezahlen lassen. Das schaffen wir schon allein! Aber es kann nicht schaden, unsere Krieger vom Miacurapass zurückzurufen. Nun tut eure Pflicht!«

Das Kriegszimmer füllte sich im Nu mit dem Geräusch scharrender Stühle und mit verhaltenem Gemurmel, als sich die Versammlung auflöste. Katalin fing einen Blick von Aurels Schützling ein. Offenbar hatte er gehofft, dass ihm sein Fürst nach Klärung aller Umstände verziehe und den Bann zurücknähme. Das würde auch irgendwann geschehen, dachte Katalin, aber nicht gleich jetzt. Denn eine Lektion, die er von seinem Vater gelernt hatte, war die, dass Menschen einen Antrieb brauchten, um Großes zu leisten. Der Glaube, sich bewähren zu müssen, war ein starker Antrieb!

Eine knappe Stunde später wurde Katalin erneut zu seinen Getreuen gerufen. Die Späher waren auf bewaffnete Haufen des Feindes gestoßen, und einiges sprach dafür, dass die Fremden bereits an Land gewesen waren, als noch beratschlagt wurde, wie sie abzuwehren seien.

Im Kriegszimmer herrschte beträchtlicher Aufruhr. Ein Teil

der fürstlichen Berater sprach sich dafür aus, geduldig hinter den sicheren Mauern zu verharren, bis alle Räusche ausgeschlafen waren und die Streitmacht von Arades in voller Stärke antreten konnte. Andere forderten einen sofortigen Angriff, damit sich die Fremden nicht an Land einnisteten. Katalin war zufrieden, da er sich jeder fälligen Entscheidung gewachsen fühlte.

»Tausende unserer Bürger befinden sich ohne Schutz außerhalb der Mauern! Ich werde nicht zulassen, dass der Feind sie als Geiseln nimmt. Die Fürstengarde und jeder Waffenfähige müssen sogleich ausrücken, ihn stellen und vernichten. Eine edlere Aufgabe kann es heute nicht für euch geben!«

Die Schlacht vor den Mauern

Die Stimmung auf den Wällen war alles andere als einheitlich. Die Mehrzahl der Stadtbewohner, die das herannahende feindliche Heere zu den Zinnen hinaufgelockt hatte – und es noch immer tat –, war in ungebrochen heiterer Stimmung, als fieberten alle bloß einem weiteren Höhepunkt dieses unerwartet ereignisreichen ersten Feiertages entgegen. Einem Wettkampf oder einer Sportveranstaltung, bei der notgedrungen etwas Blut fließen würde. Wahrscheinlich hatten viele von ihnen noch nichts von den Schiffen auf der Seeseite der Stadt gehört.

Andere waren in die Rolle nüchterner Beobachter geschlüpft. Als künftige Zeitzeugen waren sie gewillt, jedes Fitzelchen des Kommenden in sich aufzunehmen, damit sie ihren Nachbarn, Kindern und Enkeln in einem Jahr genauso exakt wie noch in zehn oder auch in zwanzig Jahren, sachlich und weitgehend frei von Gefühlen beschreiben könnten, wie am ersten Tag der Frühjahrsfeier ein hinterhältiger und törichter Feind versucht hatte, das wehrhafte Arades klammheimlich zu überfallen. Angst kannten sie nicht. Wovor auch? Dieses Zwischenspiel würde schon bald wieder vorüber sein. Wahrscheinlich hatten die allermeisten von ihnen noch nichts von den zahlreichen fremden Schiffen gehört oder schätzten ihre angebliche Zahl als heillos übertrieben ein.

Doch es gab auch solche, die sich ernsthaft sorgten. Die Gründe dafür waren unterschiedlichster Art: Die Sorge um Verwandte und Freunde, die sich noch außerhalb der unbezwingbaren Mauern aufhielten und deren Schicksal ungewiss war. Die Sorge wegen der Schäden, die die heimtückischen Angreifer verursachen mochten, falls sie das Land verwüsteten und Haine abholzten, Felder verbrannten oder das Vieh wahllos schlachteten. Und nicht zuletzt die unterschwellige Sorge, dass die Welt vielleicht schon bald ganz anders aussehen könnte als vor einem Jahr oder auch vor zehn oder zwanzig Jahren.

Ungeachtet dieser Vielfalt an Stimmungen fiel Nikola wegen seiner kurzen, explosionsartigen Lacher auf. Sie führten bei den Umstehenden zu der Überzeugung, dass er zumindest stark angetrunken, höchstwahrscheinlich wirr im Kopf und ganz bestimmt keine Gesellschaft sei, die jemand bei klarem – oder zumindest einigermaßen klarem – Verstand teilen sollte. Nikola machte sich keine Mühe, sein anhaltendes Gelächter zu erklären, sondern ging einfach weiter, wenn ihm die strafenden Blicke zu lästig wurden.

Er war vielleicht der Erste gewesen, der die Ankunft der Schiffe gesehen hatte, für deren ungeheure Zahl selbst das Meer zu klein zu sein schien. In der begründeten Furcht, dass vielleicht schon bald der Hafen und jede an ihn angrenzende Straße zum Schauplatz blutigen Ringens zwischen den fremden Seeleuten und den Verteidigern der Stadt sein könnten, war er zu seinem alten Zuhause gerannt, um wenigstens ein paar Habseligkeiten zu retten. Er war schon fast dort angekommen, als ihm einfiel, dass er gar nicht mehr bei der Witwe Krina wohnte, sondern vor wenigen Stunden – so rechtzeitig, wie es ein günstiges Geschick nur fügen konnte! – sein Quartier gewechselt und zum sicheren Osttor verlagert hatte, weit entfernt vom Hafen und jeder dort zu erwartenden Kampfhandlung!

Erleichtert hatte er sich dorthin begeben. Im neuen Zuhause hatte ihn aber schon bald eine ernüchternde Kunde erreicht. Ihr Überbringer war der Mann der Schneiderin gewesen, der händeringend, ganz außer sich und ohne anzuklopfen zu Nikola hereingestürmt war und von einer feindlichen Streitmacht berichtet hatte, die im Anmarsch sei. Sie kam nicht vom Meer und auch nicht die Küste entlang von Norden oder Süden, sondern aus dem Landesinneren. Und wenn man sie nicht aufhielte, so würde sie vermutlich am Osttor die Stadt erreichen.

Vom Regen in die Traufe – wenn dieses wirre Geschick kein Anlass zu schicksalsergebenem Gelächter war!

Dieser Erkenntnis folgte einer der wenigen Augenblicke in Nikolas Leben, da er bedauerte, sich nie um die Erdgötter geschert zu haben. Zu gern hätte er gewusst, ob der eine oder andere wegen seines krausen Humors bekannt war oder einer Leidenschaft für verzwickte Streiche? Er nahm sich vor, bei Gelegenheit Ovidiu danach zu fragen. Ovidiu wusste solche Dinge, denn er war der gebildetste Wirt in ganz Arades, was er allerdings zu verheimlichen trachtete.

Wesentlich einheitlicher als oben auf den Mauern war die Stimmung am Stadttor. Dort unten herrschte ein heilloses Durcheinander aus Menschen, die angstvoll in die Stadt drängten oder sie nicht minder verängstigt verlassen wollten, um ihre Angehörigen zu suchen und zu retten. Noch ließen die Stadtwachen die einen wie die anderen gewähren. Noch unternahmen sie nichts Ernsthaftes, um den dadurch entstandenen Pfropfen zu beseitigen. Doch irgendwann würden sie das Tor schließen müssen und notfalls mit Gewalt die Trennung vornehmen zwischen denjenigen Stadtbewohnern, die einstweilen mit heiler Haut davonkommen würden, und jenen, die nur noch auf die Gnade der Götter hoffen konnten, sei's in diesem Leben oder danach.

Nikola stand in der Nähe einer Gruppe, die sich um einen älteren Herrn in den Farben der Seitenkrallensippe scharte. Auch dessen Gefolge, das ihn respektvoll als *Meister Argintu* ansprach, trug mehrheitlich das traditionelle Blau und Gelb der Sippe. Von seinem Standort aus konnte Nikola sowohl das Getümmel am Osttor sehen als auch das herannahende Heer. Die drei Marschkolonnen und die wenigen Fuhrwerke, die sie begleiteten, erschienen nicht halb so beeindruckend wie die Flotte, die er zuvor gesehen hatte. Die Zahl dieser Feinde zu

Land war überraschend klein. Wären die Teilnehmer des Frühlingsumzuges bewaffnet gewesen, so hätten sie gute Aussichten gehabt, ihnen erfolgreich Widerstand zu leisten. Meister Argintu teilte seine Einschätzung.

»Drei- oder viertausend, mehr können das nicht sein. Sie müssten mindestens fünfmal so viele sein, um unsere Stadt erfolgreich zu belagern. Besser noch mehr! Innerhalb der Mauern haben wir also nichts zu befürchten. Das soll aber nicht heißen, dass dieser schmähliche Überfall keinen großen Schaden zur Folge haben kann. Bei Weitem nicht! Im Umland sieht es nicht so günstig aus wie bei uns. Schon deswegen muss diesem Spuk so schnell wie möglich ein Ende bereitet werden.«

»Woher mögen sie stammen?«, fragte jemand.

Meister Argintu schmunzelte. »Aus dem Land der Toren und Narren! Anders ist ihr Vorgehen nicht zu erklären. Offenbar haben sie von unseren Frühjahrsfeierlichkeiten gehört und vermutet, dass wir längst alle betrunken seien und daher eine leichte Beute. Das träfe auch zu, wenn wir alle vom gleichen Schlag wären wie Vetter Valentin Seitenkralle.«

Sein Verweis auf den offenbar nicht Anwesenden löste Gelächter aus. Der alte Mann wartete, bis es sich gelegt hatte und sagte dann ernst und entschlossen: »Aber das sind wir natürlich nicht, und sie werden dies zu ihrem Leidwesen früh genug erfahren.«

Er wandte sich zu demjenigen, der die Frage nach der Herkunft des Feindes gestellt hatte. »Ich weiß nicht, woher sie stammen, mein junger Freund. Doch wenn die nördlichen Barbaren nicht neuerdings gelernt haben, wie man ein Heer aufstellt, so kann es sich nur um irgendwelches Räubergesindel aus dem Süden handeln.«

»Das sind nicht alle«, warf Nikola ein, ohne dass jemand von ihm Notiz genommen hätte. Meister Argintu sprach unbekümmert weiter. Als Nikola an einer späteren Stelle seiner Ausführung seinen Einwand wiederholte, machte eine junge Frau aus Argintus Gefolge den alten Mann auf ihn aufmerksam. Der musterte ihn zunächst von oben bis unten und stellte sich dann vor: »Argintu Seitenkralle ist mein Name.«

»Nikola«, antwortete Nikola, und fügte – als ihn alle erwartungsvoll anblickten – hinzu: »Nichts weiter.«

»Oh!«, antwortete Argintu und widmete sich wieder seinen Begleitern. Nikola nahm die Missachtung hin, da er solche Geringschätzigkeiten von Kindesbeinen an gewohnt war. Er war jedoch überrascht, als er den beschämten Gesichtsausdruck der jungen Frau bemerkte. Ihre Verlegenheit schien nicht dem Umstand zuzuschreiben zu sein, dass sie die Aufmerksamkeit ihres Verwandten auf einen Sippenlosen gelenkt hatte, sondern der Art, wie dieser ihn behandelt hatte. Oder täuschte er sich etwa? Nikola musste sie noch eine ganze Zeit anstarren, bis er glauben konnte, dass sein Eindruck richtig war. Darüber war er so verwirrt, dass er sich – anders als bei ähnlichen Gelegenheiten – nicht wünschte, der eingebildete Herr Argintu Seitenkralle möge alsbald einen Nachbarn derartig schwer beleidigen, dass jener umgehend zur *Gerechtigkeit* liefe, um vor Zorn bebend nach einer Erlaubnis zur spektakulären Wiederherstellung seiner Ehre zu verlangen – die ihm auch umgehend gewährt werden würde!

In der Ferne erklangen Jubel und Hochrufe. Sie kamen näher und wurden lauter, aber es dauerte einige Zeit, bis sich ihr Grund enthüllte. Die Garde war ausgerückt! Offenbar hatte sie eines der bislang in weiser Voraussicht geschlossen gehaltenen Stadttore benutzt. Die wohlgeordnet in die bevorstehende Schlacht ziehenden Streiter waren ein beeindruckender Anblick. Die Reiter ritten in Paaren in einer langen Schlange, Pferdekopf an Pferdeschweif – ein Abbild von Disziplin und Eleganz. Neben ihnen marschierten die Lanzenträger mit hoch aufgerichteten Speeren und schufen die Illusion eines wandernden Waldes. Dann folgten nicht ganz so ordentlich die Bogenschützen und die leicht gerüsteten Plänkler, deren Aufgabe seit jeher darin bestand, den Feind durch kurze, gezielte Angriffe bis aufs Blut zu reizen und zu unüberlegten Handlungen zu veranlassen. Daran schloss sich der lange Heerwurm der Fußkämpfer an. Ihre Schilde erinnerten an die Schuppen eines schlangenleibigen Ungeheuers.

Meister Argintu erhielt nun Gelegenheit zu zeigen, dass er nicht nur wegen seiner Stellung innerhalb der Sippe und aufgrund seines Wohlstandes geachtet wurde. »Wie ihr seht, hat der Fürst fast ganz darauf verzichtet, die Milizen der neun Sippen zu den Waffen zu rufen. Vermutlich aus Rücksicht auf die Frühjahrsfeier. Doch das wird keine großen Auswirkungen haben, denn die Unsrigen sind dem Feind auch so zahlenmäßig deutlich überlegen. Zudem verfügt er noch nicht einmal über Reiter.«

»Ich sehe einige«, rief die junge Frau, die Nikola zuvor schon aufgefallen war.

Argintu machte eine abwehrende Handbewegung. »Nicht mehr als Schnörkel und keinesfalls ausreichend, um einen wirksamen Reiterangriff auszuführen, Valerica! Der Macht eines Reiterangriffs können Fußkämpfer nicht widerstehen, müsst ihr wissen. Wahrscheinlich sitzen auf den Rössern ihre Anführer, oder es handelt sich um Botenreiter.«

Rasch griff er in sein Gewand und förderte eines der kleinen Fernrohre zutage, die seit der Thronbesteigung Fürst Katalins bei den wohlhabenderen Einwohnern von Arades in Mode gekommen waren. Er hielt es ans Auge, ließ es aber schon bald wieder kommentarlos sinken.

Die feindlichen Heersäulen hatten die Garde zwar ebenfalls bemerkt, marschierten aber weiterhin entschlossen auf die Stadt zu, als legten sie es darauf an, den Beobachtern auf der Mauer sozusagen als Ersatz für das gesprengte Frühjahrsfest einen möglichst guten Ausblick auf den kommenden Kampf zu verschaffen. Schließlich hielten sie inne und stellten sich zu einer Schlachtreihe aus vier voneinander getrennten Haufen aus. Die beiden mittleren blieben nebeneinander stehen, während die beiden äußeren links und rechts ein Stück vorzogen, sodass alle vier zusammen einen Bogen bildeten.

»Eine klassische Formation«, urteilte Meister Argintu. »Aber wie wollen sie verhindern, dass unsere Reiter ihnen die Hörner abhacken? Man darf gespannt sein.«

Die Fürstengarde gruppierte sich nun ebenfalls zu einer Schlachtordnung. Sie war noch damit zugange, als Bewegung in die Aufstellung ihres Widersachers kam. Sein linker Flügel marschierte hinter der Schlachtreihe zur rechten Seite und der rechte der beiden mittleren Haufen wich ein Stück zurück. Am Ende war die neue Formation nicht mehr bogenförmig, sondern erinnerte an einen Haken oder vielleicht auch an eine Sichel mit Griff. Meister Argintu schüttelte verständnislos den Kopf: »Ich weiß nicht, was sie damit bezwecken. Sollte das die Variante einer schiefen Schlachtordnung sein, dann ist es hierfür gewiss zu spät, Freunde. Viel zu spät!«

Aufgeregte Rufe erklangen. Eine weitere Heerschar war entdeckt worden! Anders als die erste kam sie jedoch aus südlicher Richtung. Sie versuchte nicht, sich mit der ersten zu vereinen, sondern stellte sich in etwa gleicher Entfernung von der Garde in einer schlichten Reihe auf. Meister Argintu, der ihr Eintreffen anfänglich mit einer tiefen Stirnfalte durch sein Fernglas beobachtet hatte, schüttelte verwundert den Kopf. »Was soll das nun wieder? Das sind nur ein paar Hundert! Damit ist kein Staat zu machen. Wären es zehnmal so viele, so würde ich vermuten, dass sie eine Hammer-und-Amboss-Strategie verfolgen. Aber das, was sie hier aufbieten, kann allenfalls mit einem Hämmerchen und einem umgedrehten Kochtopf verglichen werden! Vielleicht wollen sie ja gar nicht kämpfen, sondern nur Lärm machen!«

Sein schallendes Gelächter machte jedem, der ihn hörte, Mut, ebenfalls über den Feind zu spotten. Plötzlich rief Meister Argintu: »Nun verstehe ich endlich, was hier vorgeht! Sie sind nicht nur Narren, sondern noch dazu kopflose Narren! Ihre zeitliche Abstimmung ist durcheinandergeraten! Wahrscheinlich planten sie wirklich etwas in der Art von Hammer und Amboss, doch der Hammer war bereits hier, bevor überhaupt alle Kämpfer, die den Amboss hätten bilden sollen, an Land gesetzt waren. Um zu retten, was zu retten geht, schicken diese

Toren nun wahrscheinlich einfach jeden Einzelnen, so wie er kommt, zum Schlachtfeld, hoffend, dass wir ihnen ausreichend Zeit lassen, den Patzer zu beheben. Bei denen muss ein völliges Durcheinander herrschen! Die Unsrigen zählen mehr als fünftausend Köpfe! Hätte ich zu befehlen, so würde ich umgehend mit aller Kraft die Hauptmacht unseres Feindes angreifen. Um die zweite Gruppe würde ich mich einstweilen gar nicht kümmern. Oder ich würde alle unsere Berittenen gegen sie senden, damit sie diese unbedeutende Schar in einem einzigen wuchtigen Angriff schnell und erbarmungslos niedermachten oder auseinandertrieben. Danach gäbe ich ihnen den Befehl, in den Rücken der Hauptmacht vorzustoßen. So würde das gemacht werden, Herrschaften! So würde ich handeln, wenn ich etwas zu sagen hätte. Aber das habe ich ja nicht.«

Als hätte ihn das Schicksal wider Erwarten doch für ein Mitspracherecht vorgesehen, begann – kaum dass er seine Sichtweise dargestellt hatte – die Schlacht. Der Feind eröffnete sie, indem er die Verteidiger mit einem Hagel von Geschossen eindeckte. Wolke um Wolke stieg aus seinen Reihen auf und prasselte auf die zum Schutz erhobenen Schilde des fürstlichen Heeres nieder. Meister Argintu machte erneut von seinem Fernrohr Gebrauch. Eine Weile bewegte er nur stumm die Lippen, dann verkündete er grübelnd: »Sie scheinen eine Art Pfeilschleudermaschinen einzusetzen. Aber so genau kann ich das gar nicht erkennen.«

»Brandgeschosse!«, rief jemand.

Meister Argintu richtete sein Fernrohr auf die Verteidiger, doch auch ohne eine solche Sehhilfe konnte man erkennen, dass in der Stellung des fürstlichen Heeres vereinzelt Rauch aufstieg.

»Damit wollen sie Furcht und Schrecken verstärken«, behauptete er. »Wer von einem Pfeil getroffen wird, dem ist es herzlich gleichgültig, ob er brannte. Mehr Schaden können sie damit auch nicht anrichten. Außerdem haben wir nicht Hochsommer, sondern gerade erst den Beginn des Frühjahrs! Was soll da schon brennen?«

Doch irgendetwas schien sogar recht gut zu brennen, denn

immer mehr Qualm entwickelte sich. Er stieg an unzähligen Stellen auf, vor, hinter und zwischen den Streitern des aradekischen Heeres. Dichte, grünbraune Schwaden verhüllten die Sicht immer mehr und machten es in kürzester Zeit unmöglich, überhaupt noch Pferde oder Menschen zu erkennen. »Nun wäre es an der Zeit für einen Gegenangriff!«, mahnte Argintu mit finsterer Miene. Er wartete ungeduldig einige Herzschläge, doch nichts geschah. »Warum tun sie denn nichts?«, rief er unzufrieden aus. »Warum, bei Karan und Vatres, unternehmen die Unsrigen denn nichts?«

Der augenblickliche Befehlshaber des feindlichen Heeres starrte aufmerksam auf die undurchdringlichen Schwaden, die die Aradeken vor seinem Blick verhüllten, und bewegte dabei lautlos die Lippen, so als zähle er. Die Ruhe, die er an den Tag legte, verflüchtigte sich auch dann nicht, als urplötzlich eine große Schar Berittener aus dem dichten Dunst hervorbrach. In einer beruhigenden Geste hob er die Hand, womit er jedoch nicht verhindern konnte, dass sich über die gesamte Schlachtlinie ein Klappern von Rüstungsteilen und Waffen ausbreitete, als sich die Wartenden auf den vermeintlich kurz bevorstehenden Kampf einstellten. Doch die Reiter dachten überhaupt nicht an einen Angriff, sondern drehten in Richtung der Stadt ab. Der Befehlshaber blickte ihnen noch immer stumm weiterzählend hinterher. Er hörte erst damit auf, als zwei Pferde plötzlich strauchelten, sich überschlugen und eine Handvoll Reiter wie von Pfeilen getroffen aus ihren Sätteln kippte. Abrupt wandte er sich um und winkte zwei seiner Kämpfer zu sich. »Ich benötige zwei Läufer!«

Der eine der beiden war ihm wohlvertraut.

»Ekus! Der richtige Mann am richtigen Platz!«, begrüßte er ihn freundschaftlich. Als sein Blick auf den zweiten fiel, einen etwa dreißigjährigen Seemann mit struppigem Haar und leicht hängendem Augenlid, sagte er nachdenklich: »Ich war mir sicher, jeden in meiner Nähe zu kennen, doch dich habe ich noch nie gesehen.«

»Ich bin Sayme von der Turanasch«, stellte sich der Angesprochene vor und rieb sich die Müdigkeit aus den Augen.

»Die Turanasch!«, rief der Befehlshaber überrascht und blickte sich um, als suche er jemanden, der die Aussage bestätigen konnte. Doch er fand keinen. »Die Turanasch also!«, wiederholte er noch einmal und zuckte die Schultern. »Aber ist ja auch gleichgültig. Ich wünsche, dass ihr beiden so schnell ihr könnt zu den *Magascha* eilt und ihnen mitteilt, dass so weit alles nach Plan verlief und sie den Nebel nun lüften können. Beeilt euch, denn wir haben heute noch einiges andere vor!«

Um schneller voranzukommen, entledigten sich die beiden Soldaten ihrer Rüstungen und Waffen, bevor sie sich auf den Weg machten. Nach weniger als einer Viertelstunde erreichten sie drei Zelte, die von mehreren Dutzend Kriegern bewacht wurden. Eine Handvoll kam ihnen entgegen. »Was führt euch her?«, fragte der Vorderste der kleinen Schar wachsam.

»Eine Botschaft des Befehlshabers für die Magascha!«, antwortete Sayme.

»Sagt sie mir, und ich werde sie weiterleiten!«

»Sie kommt vom Befehlshaber selbst!«, erwiderte Ekus schroff. »Nun lasst uns vorbei!«

»So ist es nicht Brauch«, belehrte ihn der Anführer des Haufens nachsichtig. »Sagt mir die Nachricht!«

Ekus presste die Zähne zusammen. Er schien nicht gewillt, die vermeintliche Geringschätzung seines Befehlshabers so einfach hinzunehmen. Sayme legte ihm beruhigend die Hand auf die Schulter. »Wenn dies euer Brauch ist, dann sollten wir uns daran halten. Der Befehlshaber lässt ausrichten, dass alles wie erwartet verlief und die Magascha den Dunst nun vertreiben können.«

Sein Gegenüber verbeugte sich höflich und ging zu den Zelten, aus denen kurz darauf einige Gestalten traten. Sie trugen lindgrüne Gewänder und waren von Kopf bis Fuß so gründlich verschleiert, dass man eigentlich nur erraten konnte, dass sie Frauen waren. Alt oder jung – eine solche Einschätzung war völlig unmöglich. Der Krieger kam zurück und hieß die beiden

Boten, ihm zu folgen, während sich seine Begleiter wieder verstreuten.

»Was geschieht jetzt?«, fragte Ekus und drehte sich beim Gehen immer wieder neugierig um.

»Das, weswegen euch der Befehlshaber geschickt hat.«

»Ja, aber was tun sie denn?«

»Sie ziehen sich nackt aus und tanzen.«

Ekus gab ein kurzes Lachen von sich, doch ihm erschloss sich nicht, ob der Krieger die Wahrheit gesprochen oder ihn nur auf den Arm genommen hatte. Dass er die Boten jedoch möglichst schnell wieder weghaben wollte, war ziemlich offenkundig. Sein strammer Schritt und die scheinbar unbewusste Angewohnheit, immer dann, wenn einer der beiden zurückzufallen drohte, ihm die Hand auf den Rücken zu legen, um ihn anzuspornen, verrieten es.

Wenig später erreichten die drei einen der riesigen Bäume, die in der Gegend heimisch waren. Entwurzelt lag er am Boden. Sein Stamm war so dick, dass vielleicht nicht einmal zwanzig Männer ausgereicht hätten, ihn zu umfassen. Selbst liegend war er noch ein beeindruckender Anblick. Was mochte seinen Sturz bewirkt haben? Ein Sturm? Gewiss nicht! Kein Wetter besaß die Macht, einen solchen Riesen zu überwinden. Viel glaubhafter erschien es, dass der Baum nach den vielen Tausend Jahren, die er zählen mochte, des Stehens müde geworden war und sich aus eigenem Entschluss hingelegt hatte!

An einer Stelle, die sicher schon wiederholt für diesen Zweck verwendet worden war – das bewiesen abgehackte Äste und in die Rinde geschlagene Stufen –, kletterte der Krieger den beiden Boten voran auf den Stamm hinauf. Von oben konnte man nicht die Zelte sehen, hörte aber einen undeutlichen Singsang. In der Ferne, zwischen den beiden Heerhaufen, waberte die grünbraune Wolke.

»Und nun? Was geschieht nun?«, fragte Ekus.

Der Krieger senkte die Stimme als befürchte er, dass ihn irgendjemand außer den Boten hören könne. »Falls alles klappt wie erhofft, wird eine Windhose entstehen, den Dunst ergreifen und in die Höhe reißen.«

»Wieso *falls*?«, erkundigte sich Sayme.

Der Krieger wurde noch leiser. »Wir sind weit weg von zu Hause. Hier könnten offenbar andere Regeln gelten. Ich habe das eine oder andere Wort der Hexenweiber aufgeschnappt. Anscheinend wissen sie selbst nicht, ob sie überhaupt etwas bewirken können!«

Ekus verzog beunruhigt das Gesicht, und Sayme nickte, als habe er das alles schon geahnt. Gespannt beobachteten die drei den grünbraunen Nebel. Von einer Windhose oder auch nur einer kleinen Bö war nichts zu bemerken.

»Oh!«, sagte der Krieger plötzlich. »Das ist überraschend, aber es wird wohl seinen Zweck ebenso gut erfüllen!«

»Warum unternehmen sie denn nichts?«, wiederholte Meister Argintu unzufrieden. Doch schon erscholl überall auf der Mauer lauter Jubel, als sich urplötzlich auf dem fernen Schlachtfeld der Nebel teilte und die aradekischen Reiter herausgejagt kamen. »Na also!«, rief er gut gelaunt. »Nun geht es ihnen an den Kragen!«

Doch seine Zufriedenheit währte nur wenige Augenblicke, denn die Reiter galoppierten zur Stadt zurück.

»Wohin wollt ihr denn?«, rief er außer sich. »Dort drüben steht der Feind. Dort müsst ihr hin, nicht hierher!«

Aber niemand hörte auf ihn. Stattdessen ertönten Schreie des Mitleids und des Entsetzens, als einige Pferde stürzten und mehrere Reiter aus ihren Sätteln fielen. Günstigstenfalls blieben sie einfach liegen, wenn sie aber Pech hatten, wurden sie von ihren Gäulen hinterhergeschleift.

»Die feigen Hunde schießen ihnen in den Rücken!«, vermutete Argintu. »Als wäre ihre Flucht nicht schon Schmach genug.«

Da die Reiter wieder dem Tor zustrebten, durch das sie die Stadt verlassen hatten, entzogen sie sich nach einiger Zeit dem Blick, sodass ihr weiteres Geschick im Dunkeln blieb. Anders das Geschehen am Osttor! Die Wachen hatten inzwischen die schweren Flügel geschlossen und eine beachtliche Traube von Menschen, die es nicht geschafft hatten, rechtzeitig durch das Tor zu gelangen, drängte sich davor, schlug dagegen, schrie und verlangte Einlass. Das Geschehen auf dem Schlachtfeld konnten diese Zurückgelassenen zwar nicht beobachten, doch die Schreie auf der Mauer, die von Zorn, Enttäuschung und Schrecken kündeten, übten alles andere als eine beruhigende Wirkung auf sie aus!

An verschiedenen Stellen der Stadtmauer wurden Seile hinuntergelassen, in der Absicht, die Verzweifelten hochzuziehen. Hände, die bereit waren mitzuhelfen, fanden sich genug. Diese gemeinsame Anstrengung trug nicht unwesentlich zur Verbesserung der Stimmung auf der Mauerkrone bei, da sich zwischen den verschiedenen Gruppen von Helfern rasch ein Wettbewerb darüber entwickelte, wer seinen Hilfsbedürftigen zuerst hochgezogen hätte. Der oder die Glückliche wurden jeweils mit lautem Beifall und mit Hochrufen begrüßt, dann wurde das Seil erneut hinabgeworfen, damit der Nächste lachend und kreischend gerettet werden konnte. Nach einer Weile änderten sich die Regeln und diejenigen wurden zu Favoriten und Siegern gekürt, die augenblicklich die meisten der in Not Befindlichen auf die Mauern gezogen hatten. Dass dieser Wettkampf um die Rettung der Ausgeschlossenen aufgrund ihrer Vielzahl bei Einbruch der Nacht nicht zu Ende sein würde, war zwar leicht absehbar, schien aber nur wenigen bewusst zu sein.

Auf dem Schlachtfeld war nach wie vor keine Veränderung zu beobachten.

»Es regnet!«, rief jemand. Unwillkürlich hob Nikola das Gesicht zum Himmel, spürte aber weder Tropfen auf der Haut, noch sah er übermäßig viele Wolken. Das Missverständnis klärte sich rasch, denn es regnete nicht über der Stadt, sondern über dem Schlachtfeld. Dort schien es sogar ganz ordentlich zu schütten, denn die feindlichen Krieger hielten zum Schutz ihre Schilde über die Köpfe oder drängten sich unter ein fremdes, falls sie kein eigenes besaßen. Der Schauer hielt nicht lange an, gerade lang genug, um die Luft zu reinigen und den grünbraunen Nebel wegzuwaschen.

Doch was war nur mit dem aradekischen Heer geschehen? Kaum einer der stolzen Streiter stand noch auf seinen Beinen. Viele krochen auf allen vieren auf dem Boden, andere lagen nur reglos da. Reiterlose Pferde liefen in Scharen über das Feld und wieherten, was man jedoch nicht hörte, sondern sich nur einbilden konnte, und schlugen unablässig mit den Köpfen. Meister Argintu hatte als Erster eine Erklärung parat: »Die feige Bande hat unsere Streiter betäubt und in Schlaf versetzt!«

Er nahm sein Fernrohr, richtete es auf das Schlachtfeld und schwieg.

»Was seht Ihr, Meister Argintu?«, wurde er erfolglos bedrängt, bis er das Rohr endlich sinken ließ und wortlos dem Nächststehenden reichte. Jetzt konnte man ihn leise antworten hören: »Ich blickte in die Hölle. Ich blickte in die Hölle auf Erden!« Mehr war aus ihm nicht herauszubekommen und auch nicht aus den anderen, die das Fernrohr nach ihm ergriffen und dann erschüttert weitergaben.

Bei passender Gelegenheit streckte Nikola einfach die Hand nach dem Rohr aus und nahm es entgegen. Entweder schien es niemanden zu stören oder aber keinem fiel auf, dass er nicht dazugehörte. Er hob es ans Auge und sah als Erstes eines der wandernden Pferde. Schleim tropfte ihm aus den Nüstern. Es blieb stehen, schüttelte den Kopf und knickte plötzlich mit den Beinen ein. Es versuchte, sich wieder aufzurichten, doch vergebens. Sosehr es sich auch bemühte, es war vergebens, immer und immer wieder vergebens. Als Nächstes fing Nikolas einen der Verteidiger der Stadt mit dem Fernglas ein. Aus seiner Nase, seinem Mund und auch aus seinen Augen floss Blut. Dieser Anblick wiederholte sich noch bei unzähligen anderen. Es spielte keine Rolle, ob die Verteidiger standen, auf Händen und Füßen krochen oder sich in der frisch aufgeweichten Erde wälzten. Aus ihren Körpern lief das Blut! Einen bangen Augenblick lang dachte Nikola, das gesamte Heer müsse heimtückisch mit der *Blutigen Fee* vergiftet worden sein. Doch die charakteristischen roten Schweißflecken, die er noch am Vormittag bei dem wandelnden Leichnam gesehen hatte, fehlten. Die wehrhaften Verteidiger der Stadt bluteten nicht aus den Poren, sondern aus den Einfallpforten ihrer Körper. Als Nikola genug gesehen hatte, reichte er das Fernrohr an den Nächsten weiter.

Um ihn und Magister Argintus Gefolge herum war es still geworden, und das galt auch für andere Stellen auf der Mauer. Aber eben nicht überall, denn nicht annähernd genügend wohlhabende Einwohner der Stadt mit einem Hang zu modischem Schnickschnack, wie etwa einem Fernrohr, hatten sich auf der Mauer versammelt. So gab es noch viele, die nicht wussten, was eigentlich vorging, denen aber aufgefallen war, dass andere offenbar Bescheid wussten. Und da sie dieses Wissens teilhaftig werden wollten, begannen sie zu schieben und zu drängeln. Nikola erkannte recht schnell, dass er sich in eine tödliche Falle gewagt hatte, denn wenn alles so weiterginge, würde schon bald der Erste zertrampelt oder von der Mauer gestürzt werden.

Schlaglichtartig erinnerte er sich an jenen fernen Tag, als er mit Andreea und ihrer großen Schwester Camilla auf einer anderen Mauer gestanden hatte. An jenem ersten Tag des Gerichts, als die fremden Seeleute lebendig gekocht worden waren. Fast vermeinte er abermals zu spüren, wie die Steine unter seinen Füßen ihre Festigkeit verloren und zu rutschen begannen. Doch heute würde er nicht von der Mauer springen können, denn diese war viel, viel höher als die Mauer seiner Kindheit!

Das dachte er, während er sich gleichzeitig wunderte, warum er diesen uralten Tag als *ersten* Gerichtstag in Erinnerung behalten hatte.

Unzählige Trommeln erklangen plötzlich, und das Drängen in Richtung der wenigen, unglücklichen Fernrohrbesitzer kam zum Erliegen. Der Rhythmus war sehr einfach, nur ein gleichmäßiges *Dum-dum-dum* in der Ferne. Das Trommeln rührte von den feindlichen Kriegern her, die mit den Schwertern auf ihre Schilde schlugen. Sie hatten sich in Bewegung gesetzt, der »Riegel« genauso wie die »Sichel«, und marschierten wohlgeordnet auf die Überreste des aradekischen Heeres zu.

Ein vielstimmiger Entsetzensschrei fegte über die Mauer, ergoss sich in die Stadt, schoss durch Straßen und Gassen und brandete in den Hafen: »Sie schlachten ab! Sie bringen jeden Einzelnen unserer Gardisten um!«

Katalins Prüfung

Eintöniges Gemurmel füllte das Kriegszimmer im Palast von
Arades bis in den hintersten Winkel. Keiner sprach laut, niemand erregte sich, alle befleißigten sich einer Zurückhaltung,
die so ganz und gar nicht zu dem Gemetzel passen wollte, das
sich vor knapp vier Tagen in Sichtweite der Stadt zugetragen
hatte. Katalin hatte seither kein Auge zugemacht. Er hatte sich
in Klausur begeben, und weder seine Frauen noch seine Kinder durften ihn stören. Zwei-, dreimal hatte er Kratzen an der
Tür vernommen und ein weinerliches »Papa, mach auf!« Keine
Kinderstimme, sondern die Stimme Florins hatte Einlass verlangt. Doch auch für ihn wurde keine Ausnahme gemacht, und
ohnehin hatte sich jedes Mal innerhalb kürzester Zeit ein Kindermädchen eingefunden, das Katalins ältesten Sohn wieder
weggeführt hatte.

In seiner Abgeschiedenheit haderte der Fürst von Arades
mit den Göttern und suchte Antworten auf Fragen. Warum
hatten sie diesen Tag – an dem er ihnen näherstand als an
jedem anderen – zum Tag seiner Schmach erkoren? Wenn es
stimmte, dass alles eine Prüfung war, war sie dann schon zu
Ende? Hatten die Götter ihm lediglich eine einzige Gelegenheit eingeräumt, sich zu bewähren oder zu scheitern, oder war
seine Prüfung noch im Gange? Hatte er vielleicht nur die aller-
erste Frage falsch beantwortet? Was hätte er anders machen
sollen?

Zweifellos hatten die Befehlshaber seines Heeres zu lange
gezögert! Zweifellos hatten seine Feldherren und Offiziere
dem Feind zu viel Zeit gelassen, auf ihn gewartet und ihn be-

obachtet, wo es doch besser gewesen wäre, ihn unverzüglich anzugreifen. Vielleicht war es schon ein Fehler gewesen, dass er, Katalin, sich die Zeit genommen hatte, das Gewand zu wechseln, das er während des Umzuges getragen hatte. Vielleicht war es auch ein Fehler gewesen, dass er, der Fürst von Arades, den Heermeistern und Präfekten seiner Streitmacht nicht klipp und klar befohlen hatte, was zu tun sei.

Je länger Katalin wachte und sich die immer gleichen Fragen stellte, desto unsteter verhielt sich die Zeit. Sie sprang wild umher, sodass Augenblick nicht mehr auf Augenblick folgte, sondern dazwischen immer wieder einer oder gar mehrere zu fehlen schienen. Gerade hatte er das eine gedacht oder getan – und dann war es unversehens etwas später. Auch Gedanken nahmen unerwartet Gestalt an. Neuerdings spürte Katalin manchmal sogar die Anwesenheit seines Vaters. Er war sichtlich verärgert! Doch der frühere Fürst klagte seinen Sohn und Nachfolger weder an noch machte er ihm bittere Vorwürfe. Sattdessen wandte er sich mit kalter, unpersönlicher Stimme an einen unsichtbaren Dritten: »Jemand möge meinen Sohn darauf hinweisen, dass …«

Zwar wusste Katalin, dass er sich nur einbildete, seinen Vater zu sehen, und dass Schlafmangel die Ursache dafür war, aber dennoch, dennoch nagte sein Urteil an ihm. Und da das Blut von Göttern in seinen Adern floss, war bei ihm vielleicht sowieso manches anders als bei gewöhnlichen Sterblichen!

Nur wenn es – wie jetzt gerade – galt, Kriegsrat zu halten, unterbrach Katalin seine Klausur. Doch seine Getreuen hatten ihm wenig Neues zu berichten. Eigentlich erzählten sie sogar Tag für Tag dasselbe.

»Wegen des ungewöhnlich stürmischen Wetters hat sich die Flotte unserer Feinde weiter von der Küste entfernt. Noch immer beschießen sie jedes Schiff, das sich ihnen nähert. Selbst Fischerboote sind in Gefahr.«

Oder das tagelange Rätseln über den Verbleib des gegnerischen Heeres!

Abends hieß es noch »Sie sind abgezogen!« Morgens dagegen: »Sie sind zurück, scheinen aber weniger zu sein!« Und am Abend erneut: »Sie sind wieder fort!«

Erst nach zwei Tagen hatten Späher endlich herausgefunden, dass das feindliche Heer allabendlich bis zu einer sieben Meilen entfernten Bucht marschierte, wo es von den Schiffen wieder aufgenommen wurde.

Eine Frage gab es jedoch, die Katalins Heerführer ihm nicht beantworten wollten: »Wann greifen wir sie endlich an?«

»Es ist eine List«, antworteten sie stattdessen. »Es muss eine sein. Wir sollten lieber auf unsere Streiter vom Miacurapass warten.«

Ausflüchte! Nichts als Ausflüchte!

Derweil lagen die Toten noch immer unbegraben unter freiem Himmel. Der Brauch verlangte, die Leichen zu verbrennen, ihre Asche mit Erde zu vermischen und sie in den Katakomben zu bestatten. Doch für so viele Tote bedurfte es mehr Holz, als in der Stadt vorrätig war. Fuhrwerke waren ausgeschickt worden, um Holz in den nahen Wäldern zu schlagen. Doch die Regeln Galunts, des Bringers des vielfachen Todes, der längst an die Stelle des gesichtslosen Laint getreten war, waren gebrochen worden. Der Feind hatte den Fuhrwerken keine friedliche Passage gestattet, sondern sie aufgehalten, die Wagen in Brand gesetzt und die Zugtiere geschlachtet. Auch die Fuhrleute hatte er nicht ungeschoren davonkommen lassen. Bisweilen wurden sie verprügelt, bevor sie gehen durften, immer aber waren ihnen dieselben Fragen gestellt worden: Was wurde aus den Überlebenden der ersten Gesandtschaft? Wie starben sie? Wie wurden sie bestattet?

»Mein Fürst?«

Eine Stimme verlangte nach Katalins Aufmerksamkeit. Da er keine Ahnung hatte, worüber sich seine Getreuen dieses Mal gestritten hatten, ließ er den Blick langsam über ihre Gesichter zu beiden Seiten des langen Tisches schweifen. Aufklärung verschaffte ihm das zwar nicht, doch es verstärkte seinen Verdacht, dass ihm noch immer einige von ihnen nachtrugen, dass er jeden Fünften der feige aus der Schlacht geflüchteten

Reiter hatte aufhängen lassen. Dabei hätten gerade sie wissen müssen, dass die Hand eines Herrschers nicht immer sanft und vergebend sein konnte!

Katalin verbarg seine Unaufmerksamkeit hinter der noch immer unbeantworteten Frage:»Wann werden wir sie angreifen?«

Petrika Weißkehle, der ihm seit wenigen Tagen als oberster Heerführer diente, erhob sich zu einer Antwort:»Mein Fürst, Ihr werdet Euch erinnern, dass wir bereits darüber gesprochen haben, wie wichtig es ist, die Ankunft unserer Truppen vom Miacurapass abzuwarten. Denn auch wenn wir jetzt über die Milizen der neun Sippen verfügen, so sind sie doch keine ausgebildeten Krieger, an denen wir so dringend Bedarf haben. Uns wurden Lücken geschlagen, die nur diese Truppen wirklich füllen können. Schon in wenigen Tagen werden sie hier sein.«

»Wie weit sind die Vorbereitungen für einen Überraschungsangriff gediehen, während unsere Feinde an Bord ihrer Schiffe gehen?«

Eine leichte Unruhe lenkte Katalin ab. Petrika Weißkehle senkte den Blick.»Wie Ihr während unserer vergangenen Beratung erfahren habt, herrscht nach wie vor Uneinigkeit. Die meisten von uns vermuten eine List, da diese Schwachstelle viel zu offensichtlich ist. Es muss genauso ein Köder sein, wie es einer ist, wenn sie sich Tag für Tag vor der Stadt zur Schlacht aufstellen. Ich bitte Euch, mein Fürst, noch einmal über die Möglichkeit nachzudenken, die anderen Städte des Bundes um Hilfe zu ersuchen.«

Ein leichtes Prasseln verriet, dass es wieder zu regnen begonnen hatte. Irgendwo schlug eine Tür. Katalin lauschte mit unbewegter Miene. In seinen Ohren klang der Tonfall des Redners herablassend, aufsässig, geradezu unverfroren. Nicht einmal vier Tage hatten also ausgereicht, um einen scheinbar ergebenen Diener in jemanden zu verwandeln, der sich einbildete, seinem Fürsten überlegen zu sein! Wenn Petrika Weißkehle den Bogen nur nicht überspannte!

Missmutig erhob sich Katalin und verließ die Runde.

Der zweite Kriegsrat dieses Tages fand nur wenige Stunden nach dem ersten statt. Mitten in der Nacht befahl der Fürst von Arades die Befehlshaber seiner Streitmacht erneut ins Kriegszimmer. Der Vorhang, der den Raum in zwei Hälften teilte, war dieses Mal geschlossen. Ein Luftzug ließ die Flammen der Leuchter unruhig flackern und zwang den Schatten an den Wänden einen wilden Kriegstanz auf. Der Fürst erwartete seine Getreuen bereits, was ungewöhnlich genug war. Er saß nicht in seinem Sessel am Kopfende des Tisches, sondern stand ein Stück abseits davon an der Wand, als wolle er deutlich machen, dass dieses Treffen nicht lange dauern werde. Nur die höchsten Ränge der fürstlichen Landstreitmacht waren zu der Zusammenkunft befohlen worden, wenngleich einige der Geladenen dennoch ihre Stellvertreter mitgebracht hatten. Viele waren von der Aufforderung zu erscheinen im Schlaf überrascht worden, was man ihnen oftmals auch ansah. Einige waren noch wach gewesen, vielleicht weil sie ebenso an Schlaflosigkeit litten wie ihr Fürst. Verwunderung und gelinde Aufregung herrschten und drückten sich in leise geführten Unterhaltungen aus. Niemand kannte den Anlass dieser Zusammenkunft, doch offenbar hatte sich irgendetwas Wichtiges zugetragen! Als sich alle, die erwartet wurden, eingefunden hatten, ließ der Fürst die Türen schließen, und umgehend erstarb auch das letzte Geflüster. Nur noch das Geräusch des nächtlichen Gewittersturmes, der an Dächern und Fenstern rüttelte, war zu hören.

Der Fürst kam sofort zur Sache: »Wir werden morgen angreifen und den Feind vernichten!«

»Kam denn so schnell und unerwartet Nachricht von unseren Truppen am Miacurapass?«, erkundigte sich der Erste Heermeister Petrika Weißkehle erstaunt.

»Nein«, antwortete der Fürst.

»Gab es denn eine andere Kunde, die Ihr uns bislang noch vorenthieltet?«

»Nein«, erwiderte der Fürst abermals.

Der Heermeister erhob leicht die Stimme, um die aufkommende Unruhe zu übertönen: »Mein Fürst, wir waren uns noch vor wenigen Stunden einig, dass wir unsere Ungeduld zügeln wollten, bis die Verstärkung eingetroffen sei. Wenn es also keine neuen Entwicklungen gibt, was ist dann jetzt anders?«

»Anders ist, dass ich entschieden habe, dass wir handeln werden«, erklärte der Fürst. »Wie viel Vorbereitungszeit benötigt Ihr? Die Nacht? Den Vormittag? Und welche Tageszeit für diesen Schlag erscheint Euch günstig?«

Petrika Weißkehle räusperte sich und senkte den Blick. Leiser als zuvor, ein wenig stockend, antwortete er: »Mein Fürst, ich wäre Euch ein schlechter Diener, wenn ich Euch nicht widerspräche. Es entspricht meiner ganzen Überzeugung, dass so zu handeln, wie Ihr es von mir erwartet, ein großer Fehler wäre und Schaden über die Stadt und das Fürstentum brächte.«

Der Fürst von Arades schwieg einige Augenblicke. »Ihr seid abgesetzt«, verkündete er dann und wandte sich an den Nächsthöheren seiner Befehlshaber. »Rassuan Sporn, fühlt Ihr Euch dem Amt des Ersten Heermeisters und der anstehenden Aufgabe gewachsen?«

Der Angesprochene blickte kurz zu Weißkehle. »Mein Fürst, ich teile die Einschätzung Eures Ersten ... von Petrika Weißkehle ohne Abstriche.«

»Ihr seid ebenfalls Eurer Ämter enthoben«, verfügte der Fürst rasch. »Kiodaru Hornkamm, ich stelle Euch dieselbe Frage.«

Doch auch jener wollte den ersten Tag seines neuen Amtes nicht mit einer – wie er erwartete – verheerenden Niederlage beenden. Und damit stand er nicht allein. Der Fürst rief nun Name um Name auf. Der Wortlaut der Antworten mochte sich zwar unterscheiden, aber in ihrem Kern waren sie immer dieselben. Niemand wollte den Fürsten in seinem Vorhaben unterstützen.

Verbittert wandte sich Katalin an den Letzten seiner höheren Befehlshaber: »Nun zu Euch. Überlegt genau, was Ihr antwortet.«

Der Angesprochene benötigte nicht viel Zeit, sondern sagte dasselbe wie schon fast zwanzig andere vor ihm.

»Das ist Rebellion«, stellte der Fürst angewidert fest. »Ich befehle Euch, mir zu gehorchen! Wer immer der neue Erste Heermeister werden will, der trete nun vor.«

Er wartete stumm. Als nichts geschah, richtete er den Blick auf seinen bisherigen Ersten Heermeister und sprach weiter. »Wer hat hier das Sagen? Wer wird künftig die Entscheidungen in Arades treffen?«

Petrika Weißkehle sah ihn verwirrt an, als wisse er nicht, worauf sein Fürst hinauswollte. Er räusperte sich abermals. »Vielleicht ist es das Beste …«

Ein Blitz erhellte die Nacht. Gedankenverloren hob der Fürst den Zeigefinger und zählte leise die Augenblicke bis zur Ankunft des Donners: »Neun, zehn, elf, zwölf.«

Der Einschlag musste ganz in der Nähe gewesen sein, womöglich beim Schlachtfeld.

Als das Grollen verhallt war, klatschte der Fürst von Arades in die Hände, und umgehend wurde der Vorhang aufgezogen, der bislang den hinteren Teil des Kriegszimmers abgeschirmt hatte. Zu aller Überraschung stand dahinter die Leibwache des Fürsten. Jeder der ihr Angehörenden hielt ein kleines Gerät in der Faust, das im Wesentlichen aus einem Griff, einem kurzen Schaft und einem quer montierten Bogen bestand, der nicht größer war als die Spannweite einer Hand.

»Mein Fürst, was hat das zu bedeuten?«, verlangte Petrika Weißkehle in einem Ton zu wissen, der schärfer war, als es selbst vor seiner Absetzung noch für ihn angemessen gewesen wäre.

»Jetzt!«, sagte der Fürst laut. Ein vielfaches Klicken erklang und kurze Metallbolzen schossen durch das Zimmer. Auf diese kurze Entfernung durchschlugen sie mühelos Knochen und Fleisch. Männer brachen getroffen zusammen oder warfen sich Deckung suchend auf den Boden, als es dafür eigentlich schon viel zu spät war. Ein paar versuchten die Tür des Zimmers aufzureißen, doch die erwies sich zu ihrem Entsetzen als verschlossen.

Petrika Weißkehle starb als Erster. Ein Bolzen durchschlug seine Stirn und schob winzige Knochensplitter durch das, was eben noch einen regen Verstand beherbergt hatte, bis zur anderen Schädelseite. Es hörte sich an, als zerbräche jemand ein dünnes Brett. Dann folgte Rassuan Sporn. Er ertrank mit zerschossenem Hals in seinem eigenen Blut, unfähig noch irgendeinen Laut von sich zu geben oder gar ein verständliches Wort. Einzig Kiodaru Hornkamm starb auf Kriegerart mit durchbohrtem Herzen. Ihm blieb noch ausreichend Zeit, um zu fallen, zu stürzen und vom Boden aus das wahnwitzige Glitzern in den Augen seines Herrn zu sehen, der ihn verraten hatte.

Viele waren auf der Stelle tot. Ihr Blut floss aus winzigen Wunden, die kaum größer waren als die Dicke eines Fingers. Manch anderer war verletzt.

Ungeachtet des schmerzvollen Stöhnens im Raum griff der Fürst scheinbar wahllos drei der noch Unverletzten heraus. »Seid Ihr gewillt meine Befehle zu erfüllen und mir fortan als Heermeister zu dienen?«

Die Genannten ließen sich nicht lange bitten, sondern knieten rasch nieder und schworen: »Jeder Eurer Wünsche sei uns ein Befehl, Herrscher aller Aradeken, bei Sanz, dem Eidbewahrer!«

»Gut!«, antwortete der Fürst zufrieden. »Gut! Ihr kennt meine Wünsche, also macht Euch umgehend an ihre Erfüllung.«

Katalin wurde von dem lauten und unermüdlichen Gezwitscher eines Vogelmännchens geweckt, das um ein Weibchen warb. Im ersten Augenblick war er verwirrt, da er sich nach seiner letzten Erinnerung nur einen kurzen Augenblick lang auf der Liege hatte ausstrecken wollen. Offensichtlich war aber mehr daraus geworden. Katalin war nicht undankbar, dass er endlich hatte schlafen können, und schrieb dies dem glücklichen Umstand zu, dass er die Antwort auf die zweite Prüfung der Götter gefunden hatte. Denn während der letzten Nacht hatte sich ihm offenbart, dass es tatsächlich eine zweite gab.

Dieses Mal war es darum gegangen, sich als Anführer und Herrscher zu erweisen, als jemand, dem man folgte, der Befehle erteilte und diese selbst gegen seine eigenen Gefolgsleute durchzusetzen wusste. Daran konnte es überhaupt keine Zweifel geben!

Er stützte sich mit den Ellenbogen auf der Liege auf und starrte auf die Wände und das Mobiliar des Gemachs, in dem er die letzten vier Tage überwiegend verbracht hatte. Schwache Geräusche von außerhalb verrieten, dass er nicht als Einziger zu so früher Stunde wach war.

Erinnerungen an die vergangene Nacht fluteten seinen Geist. Er dachte an das kurze Klicken, das für einige derer, die er nächtens zusammengerufen hatte, den Tod zur Folge gehabt hatte, an die tödlich verletzt zusammensackenden Körper und die eilig Schutz suchenden Männer – und empfand weder Reue noch Mitleid. Schließlich hatte er nur getan, was getan werden musste! Tatsächlich entbehrte es nicht einer gewissen Ironie, dass eine Waffe des Feindes die Rebellion erstickt und wahrscheinlich seinen Thron gerettet hatte. Zwei dieser kleinen Handbogen, deren Wirkungsweise den im Bund der Neun Städte üblichen Bogen ähnelte, aber doch irgendwie anders war, waren vor sechsundzwanzig Jahren in dem erbeuteten Schiff gefunden worden. Katalin wusste nicht mehr, warum sein Vater beschlossen hatte, die Entdeckung selbst vor den Befehlshabern der Fürstengarde geheimzuhalten. Doch in der vergangenen Nacht hatte sich gezeigt, dass es eine weise Entscheidung gewesen war, denn andernfalls hätte die Versammlung wahrscheinlich mit einem Kampf Mann gegen Mann geendet. So hatten diese Aufsässigen gelernt, dass sie ihn nie wieder unterschätzen durften und es nur einen Einzigen gab, der in Arades herrschte!

Die Geräusche aus den Tiefen des Palastes wurden lauter, bis sich ihre Quelle schließlich ganz in die Nähe verlagert zu haben schien. Ein Stimmengewirr wie in den Tagen des Frühjahrsputzes, wenn das Gesinde des Palastes – und dazu noch einmal genauso viele, eigens für diesen Zweck eingestellte

Mägde und Knechte – in die Gänge und Zimmer strömten, drang an Katalins Ohr. Er beschloss, nach dem Rechten zu sehen und erhob sich von der Liege. Doch bevor er die Zimmertür erreichte, wurde sie aufgerissen und ein Mann mit einem Korb stolperte herein. Hinter ihm, im Flur, drängten sich Angehörige der Fürstengarde.

»Was hat das zu bedeuten?«, donnerte Katalin aufgebracht. Der Mann mit dem Korb verbeugte sich. »Verzeiht mein Eindringen, Fürst, doch ich handle nicht aus freien Stücken.«

Seine Stimme kam Katalin vertraut vor, und auch sein Äußeres, aber nicht ganz im selben Maße. Er benötigte einen Augenblick, bevor er den Eindringling zuordnen konnte: Aurel Hornkamms Schützling! Was hatte der im Palast zu suchen?

»Was erdreistest du dich?«, herrschte er ihn an. »Habe ich dir nicht verboten, diesen Palast für die Dauer eines Jahres und eines Tages zu betreten?«

»Ich weiß, dass Euch mein Anblick zuwider ist«, stammelte der Eindringling unterwürfig. »Doch wie ich bereits sagte, stehe ich nicht freiwillig vor Euch. Die Soldaten Eurer Garde suchten jemanden, der für sie spricht, und ich bin ihnen anscheinend als Erster über den Weg gelaufen.«

Soweit es Katalin betraf, hätte Hornkamms Schützling seine Erklärung auch in der Sprache der nördlichen Barbaren vorbringen können, denn unverständlicher wäre sie so auch nicht gewesen.

»Was sollst du mir denn sagen?«, fragte er ihn.

»Ich soll Euch ihre Forderungen unterbreiten.«

»Forderungen?«, explodierte Katalin. »Sie wagen es, Forderungen zu stellen?«

Er stürmte an dem Eindringling vorbei zur Tür. Draußen auf dem Flur drängten sich etwa vierzig Krieger der Fürstengarde. Als sie ihren wutentbrannten Herrscher auf sich zueilen sahen, wichen sie auf beiden Seiten des Ganges eilig zurück und machten dadurch den Platz vor der Tür frei. Katalin trat auf den Flur hinaus und wandte sich an die linke Hälfte seiner Krieger. Er sei ihr Fürst, erinnerte er sie in scharfem Ton, ihr

Herr, dem sie zu Treue verpflichtet seien, und ihr ungehöriges Auftreten sei ein schlimmes Vergehen!

Seine zornigen Vorwürfe ließen die Krieger zurückweichen. Sofort wandte sich Katalin an ihre Kameraden auf der anderen Seite. Er tadelte sie harsch, nannte sie eine Schande für die gesamte Garde und warf ihnen vor, sich auf den Weg des Verrats begeben zu haben!

Er sagte, was ihm gerade in den Sinn kam, und auch diese Gardisten zogen sich eingeschüchtert zurück. Erneut wandte sich Katalin an die erste Kriegerschar. Doch dieses Mal blieben die Gardisten standhaft, als er sie seine Wut spüren ließ. Schlimmer noch, ein Murren erklang aus den hinteren Reihen.

Katalin verstummte, da er plötzlich die Vorstellung hatte, dass sich ein großes Tier zu ihm verirrt hatte. Eines, das über lange Zeit einen gutmütigen Eindruck gemacht hatte, sodass man vergaß, dass es seinem Wesen nach ein Raubtier war und man es unter keinen Umständen in die Ecke drängen durfte!

Wo ist meine Leibgarde?, fragte er sich. Er setzte eine hochmütige Miene auf und ging scheinbar entspannt, doch auf jeden Schritt genauestens achtend, zurück ins Zimmer.

»Vielleicht solltet Ihr Euch zuerst anschauen, was sich in dem Korb befindet«, murmelte Aurel Hornkamms Schützling unterwürfig. Mit einem leichten Nicken gab Katalin sein Einverständnis. Der junge Offizier öffnete den Korb, und ein buntes Tuch, das den Inhalt abdeckte, wurde sichtbar. Er zog es beiseite. Katalin wandte sich rasch ab, da niemand sehen sollte, dass er gegen einen Brechreiz ankämpfte. Eine solche Schwäche konnte er sich im Beisein des Großen Tieres, das soeben seine Zähne gezeigt hatte, nicht leisten!

Als der Drang, sich auf der Stelle zu übergeben, abgeklungen war, wagte Katalin einen zweiten Blick auf den Korb und die drei blutleeren Gesichter, die ihm daraus entgegenstarrten. Drei abgeschlagene Köpfe, die sich noch vor wenigen Stunden auf den Schultern dreier frisch ernannter Heermeister befunden hatten!

»Was hat das zu bedeuten?«, flüsterte er.

»Eure Krieger wollen nicht kämpfen«, antwortete Hornkamms Schützling. »Aber Ihr habt noch nicht alles gesehen, mein Fürst.«

Er entfaltete das Tuch, mit dem der schaurige Inhalt des Korbs bedeckt gewesen war. Nun wurde kenntlich, dass das Stück Stoff in Wahrheit ein Banner war, und zwar nicht irgendeines, sondern das der Streitmacht am Miacurapass.

»Woher stammt das?«, entfuhr es Katalin entgeistert.

»Augenscheinlich brachte eine Abordnung unserer Feinde das Banner zu einem der Tore.«

»Meine Gardisten haben mit unseren Feinden gesprochen? Sie verhandeln ohne mein Wissen? Es ist eine Fälschung! Es muss eine sein.«

Vom Gang her ertönte ein Klappern, und wortlos wurden lange Stangen mit metallenen Abzeichen an den Spitzen ins Zimmer geschoben.

»Das sind die Feldzeichen unserer Truppen«, erkannte Katalin. »Wurden sie so schnell in einen Kampf verstrickt? Aber wie ist das möglich? Unsere Boten können doch gerade erst am Miacurapass angekommen sein!«

»Es sei denn, es wären schon einige Tage früher Boten zu ihnen geschickt worden«, gab Hornkamms Schützling zu bedenken.

»Wer sollte sie ausgesandt haben? Niemand konnte vorher wissen, was geschehen würde!« Katalin verspürte erneut Übelkeit. »Verrat! Es muss einen Verräter in unseren Reihen geben, der lange vorher von diesem feigen Angriff gewusst hat.«

»Vielleicht benötigen unsere Feinde gar keinen Verräter«, wandte der Offizier ein. »Vielleicht haben sie selbst falsche Boten zum Pass geschickt und unsere Kämpfer in die Falle gelockt.«

Katalin sah ihn verständnislos an. »Wozu?«

»Sie konnten doch gar nicht wissen, ob sich ihnen die Garde zum Kampf stellen würde. Vielleicht suchten sie nur jemanden, den sie vor unseren Augen abschlachten konnten. Wie die erbeuteten Feldzeichen nahelegen, haben sie allerdings dieses Mal auf unsere Anwesenheit verzichtet.«

»Das ist Wahnsinn!«, rief Katalin aus. »Merkt ihr nicht, dass sie mit euren Köpfen spielen? Sie verbreiten Angst und Zweifel. Ein paar Feldzeichen bedeuten noch überhaupt nichts!«

»Erfüllt die Forderung!«, rief einer der Gardisten. Andere nahmen den Ruf auf.

»Erfüllt die Forderungen! Erfüllt die Forderungen!«, hallte es aus dem Gang herein.

»Welche Forderung?«, raunte Katalin Hornkamms Schützling zu.

»Ihr sollt dem Feind die Stadttore und den Hafen öffnen.«

Katalin lachte verächtlich. »Versteht ihr Narren denn immer noch nicht, was gespielt wird? Wir sind hier sicher und können es hinter unseren hohen Mauern aushalten, solange wir wollen. Auf unseren Feind trifft das nicht zu. Ihm fehlen die Mittel für eine monatelange Belagerung. Er braucht einen schnellen Erfolg und setzt daher alles daran, Arades mit Lügen und List einzunehmen.«

»Sie sagten, dass sie ihr braunes Leichentuch über die ganze Stadt ausbreiten würden, wenn du nicht bis Mittag aufgegeben hast, Hoheit!«, rief jemand.

Katalin tat die Drohung mit einer lässigen Handbewegung ab. »Das hätten sie längst getan, wenn sie dazu in der Lage wären.«

Doch sein Einwand überzeugte niemanden. Weitere erregte Rufe erschollen: »Wir wollen nicht sinnlos sterben wie unsere Kameraden vor der Stadt! Wir wollen nicht hingemordet werden wie unsere Kameraden vom Miacurapass. Wir haben Familien! Wir haben Verwandte! Wir haben Freunde!«

Lauter und lauter wurden die Rufe. Katalin hatte das Gefühl, dass die Zahl derer, die im Gang warteten und die Erfüllung der feindlichen Forderung von ihm verlangten, gewachsen war. Nackte Angst und Verzweiflung sprach aus ihren Stimmen, doch auch die Bereitschaft, alles zu wagen, um der drohenden Vernichtung zu entgehen. Schaudernd wurde ihm bewusst, dass das Große Tier bereits den Rücken krümmte und die Muskeln anspannte. Wenn er nicht nachgab, würde es ihn jeden Augenblick anspringen und ihm genauso den Kopf ab-beißen wie seinen Heermeistern. Da begriff er, dass er einen weiteren Teil der göttlichen Prüfung nicht bestanden hatte.

Wie gefräßige Käfer!

Der Himmel log. Er war der große Betrüger. Zum ersten Mal seit der Schlacht hatte es aufgeklart, und kleine, zerzauste Wolkenschiffchen segelten über diesen anderen blauen Ozean. Doch es war kein schöner Tag! Nicht für die Stadt, die sich ihren erbarmungslosen Eroberern unterwerfen musste, und vielleicht auch nicht für ihre Feinde, deren Schiffe eines nach dem anderen im Hafen einliefen, um immer neue Horden von Bewaffneten an Land zu setzen.

Die Nachricht von dem bevorstehenden Ende war nur eine Stunde vor Öffnung des Hafens für die fremde Flotte bekannt gegeben worden. Um noch schlimmeres Unheil zu verhindern, so hatte die Erklärung gelautet. Das klang nicht gerade beruhigend.

Die Gassen und Plätze hatten sich geleert, und die meisten Bewohner hatten sich ängstlich in ihre Häuser und Wohnungen verkrochen. Hinter verriegelten Türen beteten oder wimmerten sie oder versteckten sich womöglich gar unter ihren Betten. Dennoch befanden sich noch immer vereinzelt Menschen auf der Straße. Nikola wusste selbst nicht so genau, was ihn und die anderen dazu trieb. Vielleicht war es Neugier auf die harten Herren, die künftig die Geschicke der Stadt bestimmen würden, vielleicht auch nur ein Aufbegehren gegen die hilflose Geduld des Schlachtviehs, das auf seine Metzger wartete. Denn wer konnte schon sagen, was die Fremden, die in weniger als einer Viertelstunde Tausende getötet hatten, als Nächstes planten? Gehörte es zu dieser Vereinbarung, die angeblich Schlimmeres verhindern sollte, dass sie sich von nun an friedlich verhielten oder waren eine Plünderung der Stadt und die Ermordung eines jeden, der sich dagegen auflehnte oder sich nur zufällig am falschen Ort aufhielt, nicht darin inbegriffen? Insgeheim vertraute Nikola darauf, dass er eine wertvolle Fertigkeit seiner Kindheit noch nicht ganz verloren hatte, nämlich zu entkommen, Verstecke zu finden und zu überleben.

Ursprünglich hatte er vorgehabt, vorübergehend aus der Stadt zu fliehen, doch aus ihm unverständlichen Gründen blieben die Tore noch immer geschlossen und mit den Stadtwachen war nicht zu reden. Nun stand er am Rande der Fürstenallee, die vom Hafen zum Palast führte, bei einem älteren Mann und einer Schar Kinder. Sie hatten ihn an einen Hirten und seine Schafe erinnert. Zweifellos waren die Kinder Streuner, wie er einst selbst einer gewesen war. Der *Hirte* mochte an die siebzig Jahre zählen und hatte volles, schlohweißes Haar. Man sah ihm noch immer an, dass er einmal ein sehr kräftiger Mann gewesen war. Seine Miene drückte weder Neugier noch Furcht aus, sondern Missbilligung.

»Unter dem alten Fürsten hätte es so etwas nicht gegeben!«, erklärte er, als Nikola schon eine ganze Zeit in seiner Nähe stand.

»Aha«, antwortete Nikola, um irgendetwas zu sagen.

»Abscheu und Zorn hätte er empfunden«, fuhr der Alte fort. »Ich kannte ihn gut.«

»Aha«, wiederholte Nikola und beobachtete, wie eines der Kinder einem anderen heimlich einen Kringel aus Zeigefinger und Daumen zeigte. So viel zu Schafen!

Der Vergleich mit dem Hirten war offensichtlich nicht sonderlich treffend gewesen, und wahrscheinlich hatte sich der Alte schon zuvor zu solchen Behauptungen verstiegen. Angeber, Wichtigtuer – als Kind hatten Nikola und seine Freunde ein gespaltenes Verhältnis zu solchen schrulligen Alten gehabt. Sie standen irgendwo zwischen ihnen und den »richtigen« Erwachsenen. Alt genug, um einer zu sein, aber von niemandem ernst genommen, so wie sie selbst. Manchmal hatten sie sie gehänselt, manchmal ihnen etwas von ihrem erbeuteten Essen abgegeben.

»Beryks Brutkleid«, stellte sich der Alte vor und machte dabei den Eindruck, als erwarte er, dass Nikola etwas mit seinem Namen verbände. Dem war nicht so, also sagte er ein weiteres Mal nur »Aha!«

»Ich war der Vertraute des alten Fürsten«, murmelte der Greis, mehr zu sich selbst. Dieses Mal kam Nikola den Kindern zuvor, indem er selbst hinter dem Rücken einen Kringel formte. Zwei Kinder lachten leise, doch der Rest blieb erstaunlich ruhig.

Tatsächlich war es in der ganzen Stadt bemerkenswert still. So still, dass man in der Ferne ein leises Läuten wie von Dutzenden silberner Glöckchen hören konnte. Es klang nicht heiter, sondern ernst und mahnend, kam näher und wurde dabei immer lauter, bis es seine Ursache offenbarte: Die Eroberer, die auf der Fürstenallee zum Palast marschierten, waren dafür verantwortlich! Da Nikola erst vor Kurzem das ausziehende Heer von Arades beobachtet hatte, musste er nicht erst die Köpfe zählen, um zu wissen, dass dies nicht die gesamte Streitmacht des Feindes sein konnte, sondern nur eine machtvolle Abordnung.

Vorneweg schritten drei Männer mit langen Stangen, an deren Spitzen Querhölzer angebracht waren. Schmale Streifen aus Silberblech hingen von ihnen herab und schlugen bei jedem Schritt gegeneinander. Ihnen folgten in Fünferreihen die feindlichen Streiter in einer Kolonne von etwa zweihundert Schritt Länge. Bis auf einige wenige Ausnahmen trugen sie grünlich-erdfarbene Gewänder. Diese wenigen anderen waren zur Gänze in helles Grün, Rot oder Schwarz gekleidet und so vollständig verschleiert, dass man ihre Gesichter nicht erkennen konnte. Sie saßen auf Pferden, die an der Leine geführt wurden. Zu Nikolas Erstaunen – und offenbar auch dem der Kinder – sahen die Fremden trotz ihrer Untaten nicht wie Ungeheuer aus. Ihre Mienen wirkten größtenteils unbeteiligt oder drückten allenfalls leichte Wachsamkeit aus. Verständlich, da sie nicht wissen konnten, was womöglich in den Seitengassen lauerte. Überraschend viele von ihnen waren Frauen. Allein der alte Mann an Nikolas Seite fand einen beunruhigenden Vergleich.

»Sie erinnern mich an eine Schar gefräßiger Käfer!«, murmelte er und spuckte aus.

Nikola wartete, bis der Zug der fremden Krieger an ihm vorüber war, und lief ihm dann hinterher, wie bereits etliche andere. Auf dem Platz vor dem Palast kam er zu einem Halt. Von der Spitze des Zuges schritt einer der Fremden bis ganz nach hinten. Offenbar zum Zeichen, dass er nichts Böses plane, hob er die Arme und zeigte seine leeren Hände. Dann wandte er sich an die kleine Auswahl von Stadtbewohnern, die gegenwärtig überwiegend aus obdachlosen Jugendlichen und Sippenlosen bestand: »Bürger von Arades! Die Schilves reichten euch die sanfte Hand des Friedens. Ihr habt sie ausgeschlagen und unseren Gesandten einen grausamen und würdelosen Tod bereitet. Daher habt ihr unsere harte Hand der Vergeltung zu spüren bekommen! Doch eure Schuld ist nun beglichen, ihr habt nichts Weiteres mehr von uns zu befürchten!«

Er sprach noch geraume Zeit weiter. Insbesondere zählte er peinlich genau und ungeachtet der Stellung jeden Einzelnen seines Volkes auf, der vor mehr als zwanzig Jahren getötet worden war: »Elimar von der Niksch … Diderasch von der Niksch … Sayme von der Pranasch …«

Dabei war er nicht immer leicht zu verstehen, da seine Aussprache der eines Barbaren aus den nördlichen Steppen glich, der die Sprache des Bundes der Neun Städte als Begleiter und Diener eines Pelztierjägers oder Bernsteinhändlers erlernt hatte.

Viele der Umstehenden erfuhren zum ersten Mal den wahren Grund des Angriffs, aber weitaus mehr von ihnen machte diese Eröffnung nicht klüger, da sie zur Zeit des auslösenden Vorfalls entweder zu jung gewesen oder noch gar nicht geboren waren. Nikola wusste nicht mehr, warum er bei der damaligen Hinrichtung überhaupt zugegen gewesen war. Dachte er an diesen fernen Tag, so fielen ihm Andreea und ihre große Schwester Camilla ein sowie das einstürzende Haus und die ertrunkenen Seeleute in den Käfigen. Ihr Tod hatte ihm keine Freude bereitet.

Reichte das aus, um als unschuldig zu gelten?

Andererseits war er wie so viele andere bei dem Spektakel der Hinrichtung dabei gewesen. Machte ihn das nun grundsätzlich schuldig? Galt mitgefangen, mitgehangen? Allerdings war er sich sicher, dass ihm an diesem gewalttätigen Tag kein anderer Mensch eine freundliche oder gar sanfte Hand entgegengestreckt hatte, mit Ausnahme vielleicht der armen Camilla.

Der Sprecher der Fremden kam zu einem Ende.

»Geht nun wie immer eurem Tagwerk nach, Aradeken! Wir haben mit eurem Fürsten zu sprechen«, sagte er, dann setzte sich der Zug wieder in Bewegung. Einige Unermüdliche folgten ihm noch ein Stück, doch die meisten hatten begriffen, dass sie nicht mehr länger erwünscht waren. Die fremden Krieger marschierten bis zum Palastgelände, an dessen Eingang einige von ihnen zurückblieben und die fürstlichen Wachen ablösten. Nikola schlug den Weg zu Andreea ein. Er hatte sie seit Wochen nicht besucht, und dass er in den letzten Tagen wiederholt an sie hatte denken müssen, erschien ihm wie eine Mahnung des Schicksals.

Andreea lebte im Süden der Stadt in einem Viertel, das es erst seit der letzten Erweiterung der Stadtmauer gab. Die Wohnung, die sie mit ihrem Mann und ihrem wenige Monate alten Kind teilte, war deutlich kleiner als Nikolas neue Bleibe, und die quer durch den einzigen Raum gespannte Leine mit trocknender Wäsche ließ sie noch winziger erscheinen. Auch als Erwachsene war Andreea ein Lockenkopf geblieben und noch immer nicht sonderlich groß.

Nachdem Nikola einen pflichtschuldigen Blick in die Krippe geworfen und einige freundliche Worte über die Entwicklung des Säuglings hatte fallen lassen, ging er zur Kochstelle, auf der ein Topf mit kalter Kürbissuppe stand. Er füllte sich eine

Schale ab und setzte sich an den Tisch. Nicht einen Augenblick lang dachte er daran, um Erlaubnis zu fragen. So war es schon immer zwischen ihnen gewesen, seitdem Andreea, Camilla und er Kinder gewesen waren. Keiner von ihnen hatte je etwas anderes erwartet. Während Nikola aß, erzählte er von seinem Auszug bei der Witwe Krina. Er übertrieb den Rauswurf etwas, ließ ihn komischer klingen, verschwieg aber, was der Grund dafür gewesen war, und schilderte dann, wie er mithilfe eines stadtbekannten Gauners zu seiner neuen Wohnung gekommen war. Er erwähnte nicht, wie er die letzten Stunden verbracht hatte. Er sagte auch nichts über die vergangenen Tage. Andreea lauschte wortkarg und war mit ihren Gedanken unübersehbar woanders.

Als Nikola zu Ende gegessen hatte, gab er der Essschale einen leichten Stoß, sodass sie einige Handbreit über den Tisch schlitterte. »Wo ist dein Mann?«, fragte er, und Andreea brach in Tränen aus.

»Er war nicht in der Stadt, als es anfing!«, erzählte sie schluchzend. »Er hatte Arbeit in einem der umliegenden Dörfer, aber ich weiß nicht einmal, in welchem. Er wollte rechtzeitig zum Fest zurück sein, aber er kam nicht.«

»Die Stadttore waren geschlossen und sind es noch immer«, antwortete Nikola mit Nachdruck. »Marius konnte seither gar nicht in die Stadt gelangen. Sicherlich ist er noch immer in dem Dorf, lässt sich von einer Bauernfamilie durchfüttern und hängt schmutzigen Gedanken an seine junge Frau nach. Meines Erachtens ist es das Beste, was er tun konnte.«

Doch seine Worte reichten nicht aus, sie zu trösten. Also erhob sich Nikola, ging zu Andreea und nahm sie in den Arm. Er drückte ihren Kopf gegen seine Brust und flüsterte: »Es wird gut, alles wird gut. Du musst dich nicht fürchten!«

Als er bemerkte, dass sie an seiner Hose nestelte, ließ er sie gewähren. Er schob ihren Rock hoch, ergriff ihre Schenkel, hob sie an. Sie schlang die Beine um ihn und führte ihn in sich ein. Aneinandergeklammert stolperten sie durch die Wohnung, bis sie gegen eine Wand stießen.

Sie verschlossen die Augen vor dem verlogen blau strahlenden Himmel, der sich über eine Stadt spannte, in die zur selben Zeit die Schlächter einzogen. Sie verschlossen die Ohren vor der Stille, dieser Totenstille, dem unhörbaren und dennoch bedrohlichen Flüstern einer lautlosen Stimme, die von Hoffnung und Enttäuschung, Wunschdenken und Verrat sprach. Sie verbannten aus ihren Gedanken alles, was war, was gewesen war, was vielleicht sein könnte oder schlimmstenfalls ganz bestimmt kommen würde. Sie schufen eine Welt, in der sich zwei Menschen aneinander festhielten und sich gegenseitig stützen, in der der eine der jeweils andere war und in der es für eine kurze Zeit keine Ungeheuer gab.

Es war nicht das erste Mal, dass Andreea und Nikola sich liebten, und auch nicht das erste Mal, dass es aus Verzweiflung geschah. Tatsächlich war es eigentlich keine Liebschaft zwischen ihnen, sondern etwas, das kam und ging wie Ebbe und Flut – nur nicht ganz so regelmäßig, nur nicht ganz so harmonisch – und das vor acht Jahren seinen Anfang genommen hatte, gleich nach Camillas furchtbarem Tod, der eine Schwester zurückgelassen hatte, die immer eine kleine Schwester geblieben war. Nikola war ihr großer Bruder geworden – oder wenigstens etwas Ähnliches.

Sobald dieser letztlich unstillbare Hunger nach Leben vorübergehend gesättigt war, eilte Andreea wortlos zu der Krippe und nahm den Säugling auf den Arm. Sie sprach mit ihm in tröstenden Lauten, als wolle sie weitergeben, was sie selbst gerade erhalten hatte. Nikola kleidete sich derweil wieder an und sagte: »Ich werde jetzt gehen.«

Entgegen seiner Worte wartete er jedoch, bis Andreea wieder bei ihm stand. Er nahm sie erneut in den Arm und strich über ihr Haar, bis sie aufhörte zu weinen.

»Alles wird gut«, flüsterte er. »Ich habe heute die fremden Krieger gesehen. Von uns wollen sie nichts, Andreea, denn wir sind Sippenlose. Zum ersten Mal sind wir im Vorteil! Du musst keine Angst haben. Alles wird gut! Alles wird gut!«

»Brauchst du etwas? Hast du genug für dich und den Kleinen?«, fragte er, bevor er endgültig ging. Andreea bejahte, und Nikola war erleichtert, dass ihre Antwort nicht anders ausgefallen war.

Doch auch der Nacht, die dem verlogenen Tag folgte, war nicht zu trauen, denn als sich Nikola später schlafen legte und die Augen schloss, öffnete sich die Hölle, um ihm abermals das Grauen vorzuführen, dessen Zeuge er vor wenigen Tagen geworden war. Sie beschränkte sich jedoch nicht auf das Zeigen, sondern ließ ihn auch hören: Er vernahm Ächzen und Wimmern und sah ein reiterloses Pferd, das über das Schlachtfeld irrte. Unversehens knickten seine Hinterbeine ein. Verwirrt schüttelte es den Kopf, schnaubte laut, versuchte, sich wieder aufzurichten, und verstand nicht, warum es ihm nicht gelang. Blut quoll aus seinen Nüstern, lief heraus und tropfte, so regelmäßig und anhaltend wie das Husten, das Husten und Würgen, wie der würgende Husten ganz in der Nähe. Nikola wollte seine Ursache nicht herausfinden, konnte sich jedoch nicht dagegen wehren, denn er kannte sie ja bereits. Und schon sah er sie wieder: Die Dutzenden, die Hunderten von Menschen, die auf Knien und Händen über das welke Gras krochen, deren Körper sich schüttelten, wenn sie diese schrecklichen Geräusche von sich gaben, und die in einem fort einen Schwall roter, klumpiger Flüssigkeit ausspien.

Und das Trommeln!

Ein zunächst noch fernes »Wumm! Wumm! Wumm!«, das lauter wurde, näher kam, und von Tausenden von Schwertern stammte, die auf Schilde schlugen und den Tod brachten, doch auch die Erlösung, wenn ihre Klingen tausendfach lebendes Fleisch zerschnitten und Knochen brachen und das Leid beendeten.

Das war mehr, als Nikola ertragen konnte. Er flüchtete ins Wachsein und riss die Augen auf. Eine Zeit lang starrte er mit klopfendem Herzen in die Dunkelheit. Schließlich erinnerte er sich einer List, die ihm bereits in Kindertagen gute Dienste geleistet hatte. Er schloss wieder die Augen und dachte an etwas, das am selben Ort und in diesem Fall sogar zur selben Stunde stattgefunden hatte wie sein Blick in die Hölle auf Erden, aber nicht mit Tod und Qual beschmutzt war. Er dachte an die junge Frau aus dem Gefolge des eingebildeten Meisters Argintu Seitenkralle.

Sie war einen Kopf kleiner gewesen als er, von schlanker Gestalt und mit einem Gesicht, dessen Schönheit zu einem guten Teil auf die Anmut ihrer Jugend zurückzuführen war. So sorgfältig war sie gekämmt gewesen, dass jedes einzelne Haar genau neben dem anderen zu liegen schien. Ein Knoten am Hinterkopf bändigte die haselnussbraune Pracht. Dieser strengen Ordnung entzogen sich zwei Strähnen, die von den Schläfen bis unter die Kinnlinie hingen und deren Spitzen sich leicht aufwärtsbogen. Sie hatte kleine Brüste und auffallend hübsche Hände. Die Farben ihrer Sippe hatten ihr gut gestanden. Einmal war auch ihr Name gefallen. … Jerica? … Raluca? … Valerica! Genau! Valerica! … So hatte sie geheißen!

Etwas an ihrer Art zu sprechen war auffällig gewesen, aber Nikola hatte vergessen, was es war. Er versuchte sich an die wenigen Worte zu erinnern, die sie gesagt hatte und sprach sie im Geist immer wieder nach, während er stumm die Lippen bewegte. Doch er kam nicht dahinter, was es gewesen war. Es wäre schön, sie wiederzutreffen, angenehm, mit ihr zu sprechen und ihr zuzuhören und vielleicht, vielleicht …

Doch solchen Gedanken nachzuhängen war närrisch, dachte Nikola. Er war sicher fast doppelt so alt wie sie, in ihren Augen also ein alter Kerl. Und Sippenlose, die sich erkühnten, das Unmögliche zu träumen, lebten gefährlich in Arades!

Irgendwann dämmerte Nikola weg.

Doch die Nacht war noch nicht zu Ende.

Als er das nächste Mal erwachte, war Nikola fest davon überzeugt, nicht mehr allein in seinem Zimmer zu sein! Er lauschte, hörte aber nichts. Er versuchte zu sehen, doch das wenige Licht, das zum Fenster hereinfiel, gestattete höchstens eine Unterscheidung zwischen dunkelstem Grau und Schwarz. Er vermeinte, merkwürdige Schemen zu erahnen und versuchte, sich seine Anspannung damit auszureden, dass vielleicht die Schneider in seiner Abwesenheit etwas bei ihm abgestellt hatten, eine Schneiderpuppe etwa oder irgendwelche Rahmen. Denn wer sollte schon nächtens bei ihm eindringen? Vor allem heimlich und ohne umgehend handgreiflich und gewalttätig zu werden?

Und dennoch war Nikola felsenfest davon überzeugt, dass er nicht allein in seiner Wohnung war.

Er wartete noch eine Weile still, lauschte wachsam und sprach dann ins Dunkel: »Genug des Versteckspiels! Ich weiß ohnehin längst, dass jemand hier ist.«

Doch noch immer antwortete niemand. Schließlich schlüpfte Nikola vorsichtig aus seinem Bett und entzündete ein Lämpchen. Er sah niemanden in seinem Zimmer, und auch die Schneider hatten – soweit er erkennen konnte – nichts Neues bei ihm abgestellt. Nur der Fleck an seiner Wand schien etwas dunkler geworden zu sein und ähnelte auch viel stärker als bisher einem Handabdruck.

Die Szenerie ähnelte auf bedrückende Weise der vor sechsundzwanzig Jahren. Wie damals hatten sich viele Zuschauer in dem noch immer düsteren Audienzsaal eingefunden, in dem der Fürst diese neue Abordnung der Schilves empfing. Neugier war für die meisten allerdings nicht der Grund ihrer Anwesenheit, sondern das Bedürfnis, ihrem Fürsten in dieser Schicksalsstunde den Rücken zu stärken, vielleicht aber auch das stille Verlangen, sich zu vergewissern, dass es in ihrer Welt, die bedrohlich ins Wanken geraten war, noch immer jemanden gab, der für all jene Dinge stand, die ihnen wichtig und bedeutsam waren.

Zusätzlich zu denen, deren Gegenwart wirklich benötigt wurde, den Ministern und Hofbeamten, den Heermeistern und den drei Priestern von Sanz, Karen und Vatres mit ihren goldenen und stählernen Vogelmasken, hatte sich auch die gesamte Fürstenfamilie eingefunden. Geschlossen scharten sich Katalins Frauen und Kinder um den Fürstensessel.

Und noch etwas war anders: Dieses Mal trugen die Gäste Waffen! Sowohl die, die sich beim Eintreten des Fürsten von Arades höflich verneigten, als auch jene, die im Flur vor dem Audienzsaal standen oder das Treppenhaus sicherten.

Scheinbar ohne den Schilves Beachtung zu schenken, schritt Katalin hoheitsvoll zum Fürstensessel. Der Platz daneben, der für den Kronprinzen und künftigen Fürsten vorgesehen war, blieb leer. Denn dass ihn Florin als erstgeborener Sohn einnähme, war schlicht undenkbar. Sein Vater und Fürst hatte zwar für den Fall eines unerwarteten Ablebens Vorkehrungen getroffen, sich aber bislang gescheut, von der einzigen rechtmäßigen Möglichkeit Gebrauch zu machen, seinen Erstgeborenen durch einen geistig gesunden Sohn zu ersetzen. Dazu hätte er ihn nämlich öffentlich verstoßen müssen. Falls Florin die Bedeutung dieses Aktes überhaupt verstanden hätte, so hätte es ihm gewiss das Herz gebrochen. Doch irgendwann würde es zu dieser Demütigung kommen müssen.

Als Katalin die beiden Stufen des Podestes hinaufstieg, auf dem sein Sessel stand, kreuzte sein Blick den seines Ältesten. Florin war bester Laune und strahlte über das ganze Gesicht. So groß, so stark, so prächtig, dachte Katalin wehmütig. Welche Verschwendung!

Er wandte sich zu den Versammelten um, setzte die Federkrone ab und hob die Arme, damit ihm die Pagen den Federmantel abnehmen konnten. Erst jetzt nahm er seine unerwünschten Gäste gründlicher in Augenschein. Aus der erdfarben gewandeten Schar stachen durch ihre Kleidung drei Paare heraus, eines in Schwarz, eines in Grün und eines in Rot. Wenn sie nicht Priester waren – aber kannten die Fremden nicht nur einen einzigen Gott? –, so gehörte ihr Anführer vermutlich zu einem dieser Paare. Doch das würde sich sicher in wenigen Augenblicken klären. Alle anderen waren vermutlich Kapitäne und Ratgeber, wie seine eigenen.

Auf ein Handzeichen begrüßte der Zeremonienmeister die Fremden mit einigen belanglosen Floskeln und hieß sie in Frieden willkommen, so als hätten sie nicht vor wenigen Tagen den Stolz des aradekischen Heeres vernichtet. Danach gab er das Wort an die Besucher weiter. Anders als Katalin erwartet hatte, antwortete keiner der Verschleierten, sondern stattdessen einer der Ratgeber oder Kapitäne, der sich äußerlich in nichts von seinen Begleitern unterschied. Er war vielleicht etwas älter als die meisten und hatte graue Haare statt der pechschwarzen, die bei den Schilves die Regel zu sein schienen, aber eine Ausnahme war er damit nicht. Zur Überraschung aller benötigte er niemanden, der seine Worte übersetzte, da er die Sprache des Bundes beherrschte. Nicht fehlerfrei zwar, aber gut genug, um verstanden zu werden. Offenkundig hatten vor sechsundzwanzig Jahren die überlebenden Schilves mindestens einen, wahrscheinlich sogar mehrere ihrer Dolmetscher mit in ihr fernes Reich genommen, denn so ähnlich wie einer von diesen, allerdings einer der sprachkundigeren, hörte er sich an. Er las ein Pergament vor, das eine vorgefertigte Grußbotschaft enthielt.

»So sind die Worte des Hulimpe, Gebieter der Schilves«, begann er. »Mein lieber Neffe, jetzt da dein Unrecht und deine Beleidigung gesühnt sind, ist kein Bedarf mehr für die Strafende Hand. Sie sei vergessen und dir sei vergeben! Friede herrsche nun wieder zwischen uns und vielleicht dereinst auch Freundschaft ...«

Katalin hatte gelernt, auch in schwierigen Situationen Haltung zu zeigen und die Fassung zu bewahren. Vielen anderen Anwesenden ging es nicht so. Ein gleichgestellter Herrscher hätte in seiner Anrede von Bruder zu Bruder gesprochen und ein höhergestellter sich vielleicht als Vater bezeichnet und den seines Erachtens niedriger gestellten als Sohn. Aber als Neffe? Als irgendeinen beliebigen Verwandten ungewissen Grades? Ebenso gut hätte der Gebieter der Schilves schreiben können: »Ihr, der Ihr offenbar auch irgendetwas zu sagen habt!«

Die leichte Unruhe ob dieser Formulierung konnte dem Vortragenden nicht entgangen sein, aber wahrscheinlich war eine solche Demütigung ohnehin beabsichtigt. Ungerührt sprach er weiter. Doch plötzlich unterbrach er seinen Redefluss und wandte sich kurz um, als habe ihm irgendjemand leise eine Frage gestellt. Er schaute zum Ausgang, hob die Hand und winkte. Einen Augenblick später trugen ganz gegen jedes Protokoll Schilves-Krieger zwei Stühle herein und stellten sie hinter die schwarz vermummten Mitglieder ihrer Gesandtschaft. Die beiden nahmen Platz und streiften die Schleier ab. Gleichzeitig traten alle Schilves, die bislang zwischen ihnen und dem Fürsten gestanden hatten, beiseite. Somit war entschieden, wer bei den Fremden das Sagen hatte!

»Verzeiht, Fürst, doch nach dieser weiten Reise fällt uns langes Stehen noch etwas schwer«, erklärte eine der beiden nun nicht mehr Verschleierten in haargenau derselben, fehlerhaften Bundsprache wie der bisherige Redner.

Als Katalin ihre Gesichter sah, entfuhr ihm überrascht: »Zwei Frauen haben mich besiegt!«

»Zu viel der Ehre! Unsere Armada und die Krieger trugen auch einen kleinen Teil dazu bei«, antwortete die ältere der beiden Frauen und kicherte, was angesichts der Umstände nicht unpassender hätte sein können. Sie war eine mütterliche Erscheinung, ein wenig füllig und nur wenige Jahre älter als Katalin – und ganz bestimmt nicht das, was er erwartet hatte. Die andere Frau war jünger, aber auch wieder nicht so jung, dass sie als Tochter der ersten hätte durchgehen können. Sie hatte eine helle, zarte Haut, durch die ihre Adern bläulich schimmerten und machte einen kühlen und zurückhaltenden Eindruck. Im Gegensatz zu allen anderen Schilves war sie hellblond, beinahe weißhaarig.

Der bisherige Sprecher stellte die beiden als die Admiralinnen Urte und Valiva vor. Als er mit der Grußadresse seines Herrschers fortfahren wollte, unterbrach ihn Urte. »Das soll an höflichen Formalitäten reichen. Wir haben heute noch viele wichtige Dinge zu besprechen.«

Sie erhob sich und wandte sich an den gesamten Saal: »Wir Schilves haben eine sehr direkte Art. Manchmal wirken wir deswegen grob oder beleidigend, obwohl es nicht so gemeint ist. Einem Herrscher sind hin und wieder die Hände gebunden. Im Beisein weniger kann er eine vermeintliche Unhöflichkeit übersehen, die er bei Anwesenheit vieler ganz und gar nicht dulden könnte, da ansonsten sein Ansehen Schaden nähme. Deswegen ist es wohl das Beste, wenn wir unsere Zahl nun verringern.«

Umgehend begannen ihre Krieger jeden, dessen Anwesenheit sie für überflüssig hielten, höflich, aber bestimmt aus dem Audienzsaal hinauszukomplimentieren. Katalin verfolgte dieses Treiben, ohne etwas dagegen zu unternehmen. Er beobachtete, lauschte und fragte sich, ob es wirklich eine gute Entscheidung gewesen war, die Stadt so leicht aufzugeben.

Sobald die Türen wieder geschlossen waren, wandte er sich an die beiden Admiralinnen. »Ich entnehme der Botschaft Eures Herrschers, dass Eure Aufgabe erfüllt ist. Wann werdet Ihr meine Stadt wieder verlassen?«

»Sobald wir das erfahren haben, weswegen Euch bereits unsere letzte Gesandtschaft besuchte«, antwortete Urte freundlich.

»Und das ist?«

»Das hättet Ihr besser in Erfahrung gebracht, bevor Ihr unsere Kapitäne gekocht habt«, belehrte ihn die Admiralin lächelnd. Spielerisch mahnend hob sie den Finger. »Gestattet mir diese kleine Spitze, Fürst. Ihr werdet es selbstverständlich erfahren, wenn es so weit ist. Vorerst dürfte es aber am einfachsten sein, wenn wir unser Quartier im Hafen und den angrenzenden Vierteln einrichten. Einige Eurer Untertanen werden dafür ihre Häuser vorübergehend aufgeben müssen. Aber die mühseligen Einzelheiten müssen nicht wir beide klären. Das sollten wir lieber unseren Vertrauten überlassen.« Sie benannte zwei Leute ihres Gefolges, die sich um die Angelegenheit kümmern sollten.

»Als Nächstes wäre die Frage der Gefangenen zu besprechen.«

»Welche Gefangenen?«

Urte kicherte. »Wir haben vielleicht einen falschen Eindruck erweckt, als wir vorgaben, auch Euer zweites Heer vernichtet zu haben. Ihr müsst verstehen, Fürst Katalin, dass wir … dass der Oberste der Schilves … Eure Krieger nicht töten ließ, weil es ihm Freude bereitete. Es sollte Euch, mit Verlaub, eine Lehre sein. Hätten wir auch diese armen Leute umgebracht, so hätte niemand etwas davon gehabt. Für große Bluttaten muss es Zeugen geben! Man muss die Dinge mit ansehen, wenn man etwas daraus lernen soll! Kurz gesagt, Ihr könnt Eure Krieger zurückbekommen.«

Katalin rang sich ein höfliches »Danke!« ab.

»Was ist das eigentlich für ein reizendes Häuschen, an dem wir auf dem Weg durch Eure Gärten vorbeikamen?«, wollte Urte wissen.

Dieses Mal antwortete der Zeremonienmeister. »Das Haus trägt die Bezeichnung *Schwiegerhaus* und ist als Unterkunft für die Verwandten der Braut bestimmt, wenn der Thronfolger und künftige Fürst sich vermählt.«

Die Admiralin ließ ihren Blick über Katalins Familie gleiten. »Es wird also tatsächlich nur einmal … nur hin und wieder … benötigt?«

»Wir greifen auch bei größeren Feiern darauf zurück«, antwortete Katalin. Ihm war nicht danach, dass auch noch die Feinheiten seines Ehelebens ausgebreitet wurden.

»Das trifft sich gut«, fuhr Urte fort und setzte eine mitfühlende Miene auf. »Wie ich zu meinem Leidwesen erfuhr, wurdet Ihr von Euren eigenen Leuten an Leib und Leben bedroht, bevor Ihr Euch entschlosst, unseren Forderungen nachzukommen? Wir werden dafür sorgen, dass sich eine solche Ungeheuerlichkeit nicht wiederholen kann! Hier, in diesem weitläufigen Palast, können wir Euch schlecht beschützen. Daher schlage ich vor, dass Ihr und Eure Familie in dieses nette Häuschen umzieht.«

»Wir kommen hier gut zurecht«, widersprach Katalin. »Meine Leibgarde wird mich beschützen.«

»Hat sie Euch nicht schon einmal im Stich gelassen?«, erwiderte die Admiralin trocken. »Ich bestehe darauf. Eure Sicherheit und die Eurer Familie sind uns überaus wichtig.«

Ihre weißblonde Kollegin flüsterte ihr etwas zu, worauf Urte mit einem deutlichen Blick auf den gut gelaunten Florin fragte: »Ist Schwachsinn in Eurer Familie verbreitet, Fürst?«

»Er ist nicht schwachsinnig!«, rief Katalins erste Frau Luminita empört aus, bevor irgendjemand sie daran hindern konnte. »Er hatte als Kind einen Unfall! Am selben Tag, als Eure Gesandtschaft im Palast war.«

»Ah!«, stieß Urte aus. »Das mag einiges erklären! Dann hat womöglich der junge Mann damit zu tun, dass wir uns heute unter diesen unerfreulichen Umständen begegnen? Ich werde auf jeden Fall unsere Heilkundigen nach ihm schauen lassen!«

»Können sie ihm helfen?«, fragte Luminita hoffnungsvoll.

»Wahrscheinlich nicht«, räumte Urte ein. »Dafür dürfte es leider längst zu spät sein. Aber es kann ja nicht schaden.«

Sie wandte sich wieder an Katalin. »Genau so etwas meinte ich übrigens, als ich zuvor von unserer direkten Art sprach. Doch seid versichert, dass allein menschliches Mitgefühl mich zu der Frage trieb. Wahrscheinlich habe ich Euch dennoch in Verlegenheit gebracht? Als Entschädigung mögt Ihr nun mich etwas fragen, das vielleicht nicht ganz schicklich ist!«

Katalin musste nicht lange nachdenken. »Hättet Ihr wirklich einen jeden in meiner Stadt getötet, wenn wir uns nicht ergeben hätten?«

Urte lächelte schweigend und suchte offenbar nach einer Antwort.

Unversehens ergriff Valiva, die zweite Admiralin, das Wort: »Wir haben schon weitaus Schlimmeres befohlen.«

So wie sie es sagte, glaubte ihr Katalin aufs Wort. Ihm gefiel immer weniger, wie viele dieser Fremden die Sprache des Bundes erlernt hatten. Die Anführerinnen, ihre Kapitäne und Berater, ja sogar – wie er bei der Räumung des Saales mitbekommen hatte – gewöhnliche Soldaten. Viel zu viele für einen einfachen Rachefeldzug.

Beryks bewohnte ein schlichtes Haus, dessen Miete er von der Rente bezahlte, die ihm der Fürst nach dem Ausscheiden aus dem Dienst im Palast ausgesetzt hatte. Er schlief nachts nicht sehr lange und sah es als gegeben an, dass er morgens als Erster in der ganzen Straße auf den Beinen war. Daher wunderte er sich, als jemand zu früher Stunde an seine Tür klopfte. Widerwillig ging er nachsehen, wer es sein mochte. Auf der Straße standen zwei Krieger der Fremden. »Bist du Beryks Brutkleid, vormals Leibdiener des Fürsten?«, fragten sie ihn. »Du wirst im Palast erwartet.«

Beryks verschwendete keine Zeit auf die Frage, wer ihn erwartete und wieso. Das würde er noch früh genug erfahren, und aus den beiden war sicher nichts herauszuholen. Daher warf er sich wortlos einen Umhang über, schloss die Tür und folgte seinen erdfarben gewandeten Führern durch die noch fast leeren Gassen.

Drei Tage waren verstrichen, seitdem sich die Stadt den Fremden ergeben hatte. Seither hatte es mehrere Verlautbarungen des Fürsten gegeben. Die beiden wichtigsten betrafen eine vorübergehende Ausgangsbeschränkung zu gewissen Tageszeiten und Umquartierungen innerhalb der Stadt, da die Schilves ganze Viertel für ihre Unterbringung beanspruchten. Also mussten für die bisherigen Bewohner der Häuser neue Unterkünfte gefunden werden. Beryks hoffte, von einer Einquartierung verschont zu bleiben. Er hatte zwar ausreichend Platz in seinem Haus, um eine ganze Familie unterzubringen, da er nach seinem Ausscheiden aus dem fürstlichen Dienst einige Wochen lang mit dem Gedanken gespielt hatte, sich zu verehelichen, doch er blieb lieber für sich. Was die Erlasse betraf, so war er der Ansicht, dass man nichts aus ihnen schließen konnte. Weder über das Wohlergehen des Fürsten noch darüber, ob er nach wie vor Herr seiner Entscheidungen war. Man durfte ihnen nicht trauen, denn die Fremden benötigten für fürstliche Erlasse keinen Fürsten.

Auf dem Weg durch die Palastgärten entging Fürst Alexandrus einstigem Mann für alle Fälle nicht, dass das *Schwiegerhaus* gegenwärtig bewohnt war. Doch wer hielt sich derzeit darin auf? Sollte die starke Wache an den Eingängen verhindern, dass jemand uneingeladen hineingelangte oder unerlaubt hinaus?

Im Palast wurde Beryks aufgefordert, in einem der Dienerzimmer zu warten. Die Tür blieb offen, und im Gang stand ein bewaffneter Schilves-Krieger. Wann immer Beryks Schritte hörte, erhob er sich von seinem Stuhl und reckte den Hals in der Hoffnung, dass vielleicht jemand vorbeikäme, den er von früher kannte. Doch sein Wunsch wurde nicht erfüllt. Er sah kein vertrautes Gesicht, während Stunde um Stunde verging. Gegen Mittag hieß es endlich: »Mitkommen!« Nun würde er endlich erfahren, wer ihn herbestellt hatte!

Beryks erkannte die beiden Frauen, die ihn in einem der Lesezimmer erwarteten, obwohl er sie noch nie zuvor gesehen hatte. Er war zwar seit Jahren nicht mehr in das Geschehen im Palast verwickelt, wusste aber noch immer, wen er fragen musste, wenn er etwas wirklich wissen wollte. Tatsächlich hätte er sogar den Palast ungesehen betreten und wieder verlassen können, falls ihm danach gewesen wäre! Die Spitznamen, mit denen die beiden Admiralinnen bedacht worden waren, beschrieben sie sehr gut: Die Mütterliche und die Frostprinzessin.

Die Ältere der beiden stand an einem der Fenster und blickte nach draußen, während die Blonde an einem Tisch mit Pergamenten saß. Beryks fühlte den Blick der beiden einzigen anwesenden Wachen auf sich lasten. Vermutlich schätzten sie gerade ab, wozu sein alter Körper noch fähig war und wie flink er mit einer möglicherweise verborgenen Waffe wäre.

Die Frostprinzessin verschwendete keine Zeit mit Artigkeiten. »Du wirst in den Aufzeichnungen unserer ersten Expedition als eine hilfreiche Quelle aufgeführt«, erklärte sie.

»Was soll das bedeuten?«, erwiderte Beryks.

»Dass du für deine Auskünfte bezahlt wurdest.«

»Dabei handelt es sich sicherlich um eine Verwechslung.«

Die Blonde griff nach einem Pergament und gab seinen Inhalt wieder. »Beryks und Jonel, Leibdiener des Fürsten. Ursprünglich hatte man erwogen, deinen Kollegen anzusprechen, doch dann hat man sich aus gewissen Gründen – ich meine, sie hätten mit einer Neigung fürs Glücksspiel zu tun – für dich entschieden. Das klingt mir nicht nach einer Verwechslung.«

Beryks stimmte zu. »Diesen Eindruck erweckt es tatsächlich«, erwiderte er bedächtig. »Ganz offensichtlich wollte jemand mit dieser falschen Behauptung meinen Ruf schädigen.«

Sein Gegenüber verschränkte die Hände und lehnte sich vor. »Wer sollte dich wohl anschwärzen – und bei wem? Die Einzigen, die diese Aufzeichnungen jemals zu Gesicht bekamen, sind wir. Im Reich der Schilves kennt dich kein Mensch. Niemand will dir schaden, niemanden berührt es, wenn dein Ruf leidet.«

»Ich war kein Verräter und werde auch künftig keiner sein!«, stieß Beryks empört aus.

»Das verlangt doch auch niemand«, beruhigte ihn die zweite Admiralin. Sie wandte sich kurz an die Wachen – »Gebt dem Väterchen einen Stuhl!« – und fuhr dann fort: »Ich bin überzeugt, dass die tragischen Umstände, die zu unserer Anwesenheit führten, vor allem auf Unwissenheit zurückzuführen sind. Um künftige Missverständnisse zwischen unseren Völkern zu verhindern, sollst du uns beraten.«

»In welchen Angelegenheiten?«, fragte Beryks misstrauisch.

»Dies und das. Die Meinung deines Volkes liegt uns am Herzen. Wir wollen wissen, wie es denkt und wie es handeln wird.« Verlegen lächelte sie. »Ich merke selbst, dass das alles äußerst schwammig klingt! Ein Beispiel scheint nötig: Wir möchten gern mehr über eure Götter wissen. Das führt uns zu der Frage, ob alle eure Priester dieselben Legenden teilen, unabhängig davon, welchem Gott sie dienen, sodass es womöglich gleichgültig ist, welche wir befragen? Oder sollten wir uns bevorzugt an die Priesterschaft von … Valiva, meine Liebe, wie hieß doch der Gott der Weisheit und Gelehrsamkeit noch?«

»Tegis!«

»Tegis, genau den meine ich! Hat die Priesterschaft des Tegis' größeres Wissen angesammelt als alle anderen, sodass es sinnvoll wäre, sich sofort an diese zu wenden? Oder ein anderes Beispiel: Wie werden eure Priester reagieren, wenn wir sie in den Palast zitieren? Werden sie der Aufforderung folgen oder sich weigern? Wie würde es auf dein Volk wirken, wenn wir sie notfalls unter Zwang herbeischaffen ließen? Oder was geschähe, wenn unsere Krieger in eure Tempel eindrängen? Solche Dinge eben. Du wirst sicherlich einsehen, dass man dabei unabsichtlich viel falsch machen kann.«

»Ich bin nicht der Richtige für eure Zwecke«, erwiderte Beryks. »Ich glaube kaum, dass ich euch von großem Nutzen sein kann.«

Das Lächeln der Admiralin wurde eine Spur herzlicher. »Ich verstehe durchaus, dass du uns nicht helfen möchtest, Beryks Brutkleid. Aber verkenne nicht deine Lage! Jeder hier im Zimmer weiß, dass du damals nur Ratschläge gabst, an wen sich unsere Kapitäne wenden sollten und du dadurch bloß Türen geöffnet und Begegnungen ermöglicht hast. Aber wissen das auch deine Nachbarn? Weiß es die Stadt? Werden nicht alle zwangsläufig zu dem – natürlich völlig falschen – Schluss gelangen, dein Verhalten in der Vergangenheit habe ursächlich zu dem Unglück beigetragen, das eurem Heer vor den Toren dieser Stadt zustieß? Werden sie nicht meinen, dass ihr Blut an deinen Händen klebt, wenn sie alles erfahren? Aber natürlich werden sie das, und dann wollte ich lieber nicht in deiner Haut stecken! Ich denke, wir sind uns einig, dass es so, wie ich sagte, das Beste für dich ist!«

Beryks presste die Lippen zusammen. Er war kein Verräter! Alles, was er damals getan hatte, war auf Anweisung seines Fürsten geschehen! Aber wie sollte er das jemals beweisen?

Leben unter fremder Herrschaft

Während Beryks im Palast noch darauf wartete zu erfahren, wer ihn dorthin befohlen hatte, verkündeten Ausrufer in der Stadt eine Lockerung der Ausgangsbeschränkungen. Nikola begab sich sogleich zu Traians Haus, da es nun zum ersten Mal seit dem Einzug der Fremden wieder möglich sein würde, einer Tätigkeit nachzugehen, die nicht auf die eigenen vier Wände beschränkt war, und somit seinen Lebensunterhalt zu verdienen. Unterwegs erschloss sich ihm schnell, was der Grund der Lockerung sein musste, denn allenthalben sah er Familien schwer beladen mit ihrem Hausrat durch die Straßen irren. Erwachsene stritten sich, kleine Kinder gaben lautstark ihren Unmut bekannt und oft im gleichen Atemzug auch ihr Leid, wenn sie deswegen gezüchtigt wurden. Die Stimmung war nicht gut.

Also hatten die Umquartierungen begonnen!

Eigentlich waren die Sippen angewiesen worden, sich um neue Unterkünfte für ihre Angehörigen zu kümmern, doch waren sie mit dieser Aufgabe, für die es kein Vorbild gab, überfordert. Seit der Erlass des Fürsten bekannt geworden war, hatten mehrere Betroffene in weiser Voraussicht bereits bei der Schneiderin vorgesprochen. Sie hatten von dem bislang verschmähten Zimmer erfahren, in dem seit Kurzem Nikola wohnte. Mittlerweile rechnete Nikola aber nicht mehr damit, seine Wohnung mit jemandem teilen zu müssen. Der unheimliche Handabdruck war auffällig genug, und wenn dann noch die Schneiderin auf ihre unbekümmerte Art von den beiden Morden erzählte, so erlosch das Interesse der jeweiligen Bewerber endgültig. Dabei hätte Nikola gar nichts dagegen ein-zuwenden gehabt, einen oder sogar mehrere Mitbewohner aufzunehmen, doch er wollte niemanden um sich haben, den er nicht kannte. Denn eine Regel aus seiner Kindheit auf der Straße lautete: Verbringe die Nacht mit Freunden, doch verab-schiede dich abends von Fremden!

Nikola war nicht der einzige Puhler, der die teilweise Auf-hebung der Ausgangssperre zum Anlass genommen hatte, bei Traian vorbeizuschauen. Serban und Flaviu warteten bereits in der Nähe. Sie lehnten gemütlich an der schrägen Fassade eines der gegenüberliegenden Häuser, umgeben von Körben, Tru-hen und Möbeln, und übersahen geflissentlich die giftigen Bli-cke der künftigen Bewohner, die dort gerade einzogen und denen sie offensichtlich im Wege waren. Nikola bemerkte sie erst, nachdem er vergeblich an Traians Tür gerüttelt hatte.

»Traian wird noch feiern«, rief Flaviu trocken, und Serban stimmte ihm zu. »Das Frühjahrsfest ist ihm immer das Liebste.«

Nikola gesellte sich zu den beiden und erntete nun ebenfalls unwillige Blicke. Kurz darauf erschien der junge Liviu. Nach-dem ihn die drei Puhler ausgiebig dabei beobachtet hatten, wie auch er vergeblich an der Tür rüttelte, um danach verstört vor dem Haus auf und ab zu schreiten, machte Nikola ihn auf sich aufmerksam: »Traian wird wahrscheinlich noch feiern!« Dieses Mal erklärte Flaviu: »Das Frühjahrsfest ist ihm die liebste Zeit im ganzen Jahr.«

Marilena und Kostel trafen kurz hintereinander ein. Als Li-viu trotz zweimaligem Anstupsen keine Vermutungen über Traians ungetrübte Feierlaune anstellen wollte, brummte Fla-viu: »Der Junge muss noch viel lernen!« Anschließend sagte er etwas lauter: »Traian wird wahrscheinlich noch feiern!«

»Das bezweifle ich«, antwortete Marilena. »Das bezweifle ich sogar sehr!«

Kostel hatte früher einmal für Traian gearbeitet und wurde heutzutage nur noch gerufen, wenn Not am Mann war. Wie viele Puhler hielt er sich bedeckt, sobald es um seine Vergan-genheit ging. Zu dem Wenigen, was Nikola über ihn wusste, gehörte, dass er in jungen Jahren zur See gefahren und dabei bis weit in den Süden gelangt war. Anscheinend hatte er – laut Traian – sogar an einem oder beiden Piratenkriegen teilgenommen. Diese wilden Zeiten waren endgültig vorbei, denn heutzutage beschäftigte sich Kostel lieber mit seinen Enkeln. Seine Anwesenheit war ein gutes Zeichen, da sie bedeutete, dass auch Traian die erzwungene Untätigkeit für beendet hielt.

Kurze Zeit später öffnete Onkel Mihan die Tür der Puhlerei und winkte die Wartenden herein. Drinnen verteilten sich die Puhler auf die Tische. Dann erschien Traian. Er machte ein Gesicht wie drei Tage Regenwetter! Nachdem er alle gemustert hatte, hob er die Hände auf Brusthöhe, ballte die Fäuste und sagte: »Ein kalter Wind weht über unsere Stadt hinweg, und mancher von euch wird sich voller Zweifel fragen …«

Nikola seufzte innerlich. Eine Rede! Traian hatte beschlossen, eine Rede zu halten! Er konnte nicht einfach sagen: »Sieht nicht gut aus, Leute, aber wir werden uns schon irgendwie durchwursteln« oder »Macht euch keine Sorgen, auch unter der neuen Herrschaft wird gestohlen und betrogen, verleumdet und beleidigt werden – uns wird es also auch weiterhin gut gehen«. Nein, es musste eine götterverdammte Rede sein! Dabei war sicherlich kaum jemand so ungeeignet, eine zu halten, wie er!

Nikola sah sich um. Marilena war damit beschäftigt, mit Daumennagel und Spucke einen Fleck von ihrer Tunika zu kratzen. Serban hatte die Arme verschränkt und starrte düster und feindselig vor sich hin. Flaviu hatte den Kopf auf die Tischplatte gelegt. Sein linker Arm hing schlaff herab, sodass die Hand fast den Boden berührte. Mit den Fingern der rechten Hand zeichnete er etwas auf die Tischplatte. Vermutlich wieder einmal seinen Namen, und wenn Traians Rede länger dauerte, würde er wahrscheinlich dazu übergehen, ihn mit dem Messer einzuritzen. Plötzlich hob Flaviu die linke Hand bis zur Tischkante. Mit Daumen und Zeigefinger hatte er einen Kringel geformt. Nikola nickte verständnisvoll und gab die Geste zurück. Ein Grinsen Flavius veranlasste ihn, zu Serban zu schauen. Der hatte mit den Zeigefingern und Daumen beider Hände Kringel geformt und hielt sie sich vor die Augen. Dass er damit keinesfalls eine Brille andeuten wollte, war nur zu offensichtlich. Jemand gluckste, und einen Herzschlag später wurde Traian sehr laut.

»Ich bin es so leid, dass ihr mir hinter dem Rücken ständig den Kringel zeigt«, tobte er. »Bildet ihr euch wirklich ein, ich merkte das nicht?«

Nikola senkte den Kopf und schaute vorgeblich reuevoll zu Boden, da er Traian nicht durch ein versehentliches Grinsen noch mehr erzürnen wollte. Und das war auch gut so, denn nun hörte er Marilena flüstern: »Er sieht unwiderstehlich männlich aus, wenn sein Gesicht so schön rot ist.«

»Oh, Traian, nimm mich«, flüsterte jemand, was Marilena zu einem kurzen, gezischten »Idiot!« veranlasste.

Traians Standpauke endete so plötzlich, wie sie begonnen hatte. »Dann eben an die Arbeit«, brummte er unzufrieden. »Marilena und Kostel, ihr schaut bei der *Gerechtigkeit* vorbei. Danach könntet ihr noch ein paar ausstehende Entgelte einsammeln.«

»Ich brauche niemanden, der auf mich aufpasst!«, maulte Marilena. »Ist nicht persönlich gemeint, Kostel.«

»Du nicht, aber mein Geld vielleicht«, erklärte Traian unwirsch. »Und darüber verhandle ich auch gar nicht mit dir.«

Trotz seiner barschen Worte durchschaute jeder, dass er Kostel tatsächlich für den Fall mitschickte, dass sie in Schwierigkeiten geriete. Man konnte wohl davon ausgehen, dass sie bei der *Gerechtigkeit* auf Krieger der Schilves träfe, und ob sich diese immer noch zu benehmen wüssten, wenn sie nicht unter Aufsicht ihrer Befehlshaber im Triumphzug durch die Stadt marschierten, musste sich erst noch erweisen.

»Ihr anderen kommt mit mir«, sprach Traian weiter. »Uns erwartet noch unerledigte Arbeit.«

Flaviu sprang mit unerwarteter Begeisterung auf. »Dann aber hurtig! Nach dem vielen Gequassel ist der Tag ja schon fast wieder zu Ende!«

Traian bedachte ihn mit einem finsteren Blick. »Geh bloß nicht zu weit, Flaviu!«

Nikola verkniff sich ein Grinsen. Der Tag entwickelte sich gar nicht so schlecht.

Das Viertel, in dem Mazon Kropf zu finden sein sollte, war ein einziges Labyrinth und trotz der Nähe zum Sippenhaus der Kropfe völlig heruntergekommen. Statt Gassen gab es nur ein verschachteltes Gewirr aus Hinterhöfen und schmalen Durchgängen. Die Fassaden der Häuser waren gewiss seit der Regierungszeit des Großvaters des jetzigen Fürsten nicht mehr ausgebessert oder getüncht worden, und ihre Mauern zerbröselten wie alter Kuchen. Der ungewöhnlich starke Regen der vergangenen Tage hatte Pfützen hinterlassen, so groß wie Tümpel. Allein den behelfsmäßigen Übergängen aus einzelnen Steinen oder Brettern war zu verdanken, dass nicht jeder, der hier unterwegs war, binnen Kurzem ebenso schlammverschmiert war wie die nackten Kinder, die ausgelassen in den Pfützen spielten.

Traian führte seinen Trupp zu einer alten Frau, die vor einem der Häuser saß und mit einem Messerchen Bohnen putzte.

»Wo finden wir Mazon Kropf, Mütterchen«, sprach er sie an. Als habe sie ihn nicht gehört, nahm die Alte eine weitere Handvoll Bohnen aus dem Korb neben sich, schnitt rasch die Spitzen ab und warf sie in einen Topf, der vor ihr stand. Geduldig wiederholte Traian seine Frage. Dieses Mal sah die Frau kurz auf. Ihre Blicke wanderten rasch von Traian über Flaviu, Liviu und Serban zu Nikola, dann spuckte sie aus und griff erneut in den Bohnenkorb.

»Das war einfallsreich«, spottete Traian. »So etwas haben wir noch nie erlebt, Mütterchen.«

Kurz entschlossen stieß er die Spitze seines Schlagstockes in die geschnittenen Bohnen, rührte in ihnen und brachte den Topf bedrohlich zum Wackeln. »Bohnen sollte es heute geben, hm? Ob das noch etwas wird, hm?«

Plötzlich rannte Serban los und jagte mit großen Sprüngen

einem Jungen hinterher, der eben noch nah bei der Frau gestanden und zugehört hatte. Als er ihn einholte, packte er ihn und trug ihn trotz heftiger Gegenwehr zurück.

»Na, zu wem wolltest du so plötzlich?«, fragte er.

Traian nickte anerkennend und wandte sich wieder an die Alte. »Mazon Kropf, auch Vier-Finger-Mazon genannt. Einer von euch beiden wird mir verraten, wo ich ihn finde.«

Die Frau deutete stumm auf ein Haus, das sehr gut dasjenige sein konnte, zu dem auch der Junge hatte eilen wollen.

»War doch gar nicht so schwer, Mütterchen«, sagte Traian. »Schönen Tag noch.«

Serban ließ den Jungen frei, und gemeinsam machten sich die Puhler zu Mazon Kropfs mutmaßlichem Zuhause auf. Traian versuchte die Tür zu öffnen, aber sie war verschlossen. Er klopfte. Nach einigen Augenblicken war eine Stimme zu hören. »Wer ist da?«

Traian bedachte seinen Lehrling Liviu mit einem Blick, der wohl in etwa ausdrücken sollte: »Aufgepasst, Junge, jetzt kannst du etwas lernen!«

Er beugte sich zur Tür und nuschelte kaum verständlich: »Ich bringe das Geld!«

»Was? Was sagst du? Sprich deutlicher!«, forderte ihn die Stimme auf.

Traian wiederholte seine Behauptung nun etwas lauter und ungeduldiger: »Ich bringe das götterverdammte Geld!«

Das Schaben eines Riegels war zu hören. Sobald die Tür einen Spalt weit offen war, schoben Traian und Serban flugs ihre Schlagstöcke hindurch, damit sie nicht wieder geschlossen werden konnte. Die Halbwüchsige, die den Puhlern geöffnet hatte, war vielleicht zwei oder drei Jahre jünger als Liviu. Es verschlug ihr buchstäblich die Sprache, als sie entdeckte, dass vor der Tür nicht nur ein einziger Besucher wartete, sondern gleich mehrere.

Traian bedrängte sie sogleich. »Mazon Kropf?«, herrschte er sie an.

Als sie beim zweiten Mal immer noch nicht antwortete,

schob er sie zur Seite und befahl: »Serban und Liviu unten, der Rest mir nach!«

Und schon eilte er allen voran die Treppe zum Obergeschoss hoch. Als er, Nikola und Flaviu dort gerade angelangt waren, hörten sie schon von unten erschreckte Schreie und Türenschlagen. Unverzüglich begannen sie, nun auch in ihrem Stockwerk die Türen aufzureißen. Bereits bei der zweiten hatten sie Erfolg. Ein Mann, der vermutlich nach der Ursache der plötzlichen Unruhe im Haus sehen wollte, kam ihnen entgegen. Er war mittelgroß, drahtig und wirkte ziemlich aufgebracht.

»Was wollt ihr? Wer seid ihr?«, rief er. Als er an den Helmen und Brustplatten erkannte, wer seine Besucher waren, beruhigte er sich etwas. »Ach, Puhler! Hier gibt es nichts für euch zu tun! Schließt die Tür, wenn ihr wieder geht.«

»Bist du Mazon Kropf?«, fragte ihn Traian.

Der Angesprochene zuckte mit den Schultern. »Wer weiß? Vielleicht bin ich es, vielleicht auch nicht.«

»Auch genannt Vier-Finger-Mazon?«

Nun grinste er zwar, gab aber immer noch keine Auskunft.

»Wir sollten ihm die Hosen ausziehen und nachschauen, ob an seinem Spitznamen etwas dran ist«, schlug Flaviu vor.

»So weit käm's noch!«, widersprach der Mann. »Angenommen mein Name wäre Mazon? Was dann?«

»Sagt dir der Name Relia Seitenkralle etwas?«, fragte Traian. »Sie ist die Frau des Getreidehändlers.«

»Nie gehört«, antwortete Mazon Kropf. »Falls ihr als ihre Kuppelbuben hier seid, könnt ihr ihr ausrichten, dass ich derzeit kein Interesse habe. Aber sagt es ihr freundlich und schonend. Mit etwas Gefühl eben, denn vielleicht ändere ich meine Meinung ja noch irgendwann.«

»Bei Relia Seitenkralle wurde eingebrochen und eine Statuette gestohlen«, fuhr Traian ungerührt fort. »Sie ist etwa so groß wie mein Unterarm und aus schwarzem Stein mit Silbereinlagen. Hast du sie vielleicht gesehen oder von ihr gehört?«

»Die arme Frau«, antwortete Mazon übertrieben mitleidsvoll. »In welchen Zeiten leben wir bloß?«

Während Traian den mutmaßlichen Dieb befragte und jener teils spöttisch, teils herablassend antwortete, sah sich Nikola in dem Zimmer um: ein großes, zerwühltes Bett, ein Schrank, eine Truhe mit einem breiten Sprung im Deckel, ein Tisch, zwei Stühle und in der Nähe des Fensters ein Käfig mit zwei Singvögeln, die aufgeregt trillerten. Von den Wänden war mehr Putz abgeblättert, als noch an ihnen hing, und auf dem Boden verstreut lag getragene Kleidung. Entweder war Mazon kein sonderlich erfolgreicher Dieb oder es war ihm einerlei, wie er lebte.

Nikola ging zu dem Tisch und griff nach einem der vielen bunten Hornplättchen, die darauf lagen und in Zeilen und Kolonnen angeordnet waren. Offenbar hatte Mazon eben noch eine Partie *Paturru* gegen sich selbst gespielt. Nikola hielt nichts von Spielen, die man allein spielte. Was hatte man denn davon, wenn man gewann? Es gab doch niemanden, der dann zahlen musste!

Das erinnerte ihn an seine eigene beengte Situation. Sollten sie hier keinen Erfolg haben, so würden seine Taschen weiterhin leer bleiben.

»Mach es uns doch nicht unnötig schwer«, ermahnte Traian Mazon. »Relia Seitenkralle wäre zweifellos sehr dankbar, wenn jemand ihre vermisste Statuette gefunden hätte. Sie würde dem glücklichen Finder eine angemessene Belohnung bezahlen. Und das Beste ist: Ich würde dich nicht einmal fragen, woher du das Figürchen hättest. Meine Begleiter ebenfalls nicht.«

»Im Traum nicht!«, rief Flaviu.

»Nie und nimmer!«, stimmte Nikola zu und legte das Plättchen wieder auf den Tisch.

»Und auch wir bekämen eine Belohnung von ihr, da wir den Finder gefunden hätten«, sprach Traian weiter. »Das ist auch bitter nötig, da wir während der letzten Tage wie alle anderen keine Gelegenheit hatten, unserer Arbeit nachzugehen. Mancher nagt bereits am Hungertuch. Also wären wir alle glücklich.«

Mazon schnaubte verächtlich. »Wegen dieser trübseligen

Worte soll ich jetzt wohl zugeben, den Getreidehändler und seine Frau bestohlen zu haben? Ich bin keiner von den Trotteln, mit denen du dich sonst umgibst.«

»Uh-uh!«, stieß Flaviu sogleich aus und lachte auf eine Weise, als sei er tatsächlich nicht ganz richtig im Kopf. Dann wurde er wieder ernst. »Der Tag ist bald zu Ende, Traian, und wir haben heute schon viel zu viel Zeit mit überflüssigem Geschwätz verplempert.«

Traian bedachte ihn mit einem etwas zu langen Blick und sagte dann: »Siehst du das auch so, Nikola?«

Anstatt zu antworten, eilte Nikola zu Mazon und packte ihn an seinem einen Arm, während Flaviu gleichzeitig nach dem anderen griff. Gemeinsam zerrten sie ihn zum Fenster und stießen ihn hinaus. Doch bevor er in die Tiefe stürzen konnte, hielten sie ihn fest, sodass er nun in hilfloser Stellung aus dem Fenster hing.

»Holt mich wieder herein!«, zeterte er.

»Mazon Kropf«, sagte Traian bedächtig. »Du hast dich sicher schon gefragt, warum wir hier sind? Relia Seitenkralle wurde eine Statuette gestohlen …«

»Ja, ja«, rief Mazon. »Ich gebe ja zu, dass ich sie hatte. Aber jetzt besitze ich sie nicht mehr!«

»Wer hat sie dann?«

»Erst müßt ihr mich wieder hereinziehen!«

»Dann fängst du ja doch sofort wieder zu lügen an«, entgegnete Traian. »Sag einfach, wem du das Diebesgut verkauft hast.«

»Versprecht mir wenigstens, mich nicht fallen zu lassen.«

»Flaviu? Nikola?«, sagte Traian. »Versprecht es ihm.«

»Wir werden dich Trottel nicht aus dem Fenster fallen lassen«, antwortete Flaviu.

»Nie und nimmer!«, stimmte Nikola zu.

»Ich habe das Figürchen nicht aus eigenem Antrieb besorgt. Er kam zu mir und bezahlte mich dafür.«

»Wer kam zu dir?«, hakte Traian nach.

»Ich weiß nicht, wie er hieß. Schien mir auch nicht wichtig

zu sein. Ich habe getan, was er wollte und wurde dafür bezahlt.«

»Fängt ja gut an«, murrte Traian.

»Es ist aber wahr! Ich weiß weder, wie er hieß, noch wo er wohnte. Beides würde euch auch nichts nützen, weil er mittlerweile tot ist.«

»Du weißt nicht, wie er heißt oder wo er wohnte, aber dass er tot ist, das weißt du? Das kommt dir auch sehr gelegen, nicht?«

»Das ist die Wahrheit! Ich habe ihn erkannt, als die Garde in die Schlacht zog. Ich stand auf der Stadtmauer und habe ihn gesehen. Er war unter ihnen.«

Die drei Puhler sahen sich an. »Könnte stimmen«, meinte Nikola. »Ich war ebenfalls dort, und wenn er zur Garde gehörte...«

»... dann ist er ziemlich sicher jetzt tot«, vollendete Traian widerwillig seinen Satz. »Na schön, dann war's das wohl. Manchmal gewinnt man, manchmal verliert man.«

Er ging zur Tür. Als er sie erreicht hatte, ließen seine beiden Gehilfen Mazon fallen. Dem kurz darauf einsetzenden Geschrei nach zu urteilen, nahm er bei dem Sturz keinen allzu großen Schaden.

»Ihr habt versprochen, mich nicht aus dem Fenster zu werfen«, beschwerte sich Mazon nach einer einleitenden Flut von Schimpfwörtern.

»Wir meinten wohl das andere Fenster«, antwortete Nikola feixend.

»Es gibt nur ein einziges«, schrie Mazon mit überschnappender Stimme, aber da war Nikola schon halb aus dem Zimmer.

Der Lärm hatte etliche Menschen aus den Häusern gelockt, die den Abzug der Puhler stumm und mit feindseligen Blicken verfolgten.

»Hier haben wir keine Freunde«, stellte Serban unnötigerweise fest.

»Du kennst vermutlich noch nicht unsere Losung«, wandte

sich Traian an den jungen Liviu. »Der Puhler ist den Rechtschaffenen ein Genuss, dem Gesindel aber ein Verdruss!«

Flaviu verzog das Gesicht und zeigte Nikola verstohlen den
Kringel. Dieser gab ihn genauso heimlich zurück. Was war das
wieder für ein Gewäsch! Traian wusste doch ganz genau, dass
der angebliche Genuss der Rechtschaffenen in dem Augenblick endete, da ihre Dienste nicht mehr benötigt wurden!

Als Nikola nach der Arbeit nach Hause ging, machte er noch
einen Abstecher zu Andreea. Er war froh zu hören, dass sie
noch immer allein zurechtkam, auch wenn er nicht mehr ganz
so mittellos war wie bei seinem vorherigen Besuch. Traian
hatte seine Puhler endlich entlohnt, und zwar mit mehr, als
jeder erwartet hatte. Marilena und Kostel hatten nämlich nicht
nur sämtliche Schulden eintreiben können, sondern einer ihrer
Kunden war auch äußerst zufrieden gewesen und hatte seiner
Dankbarkeit mit einem stattlichen Trinkgeld Ausdruck ver-
liehen. Marilena konnte sich den etwas patzig vorgebrachten
Hinweis nicht verkneifen, dass bei der *Gerechtigkeit* kein einziger Schilves auf sie gewartet hatte.

Anders als beim letzten Mal war Andreea redselig, ja geradezu geschwätzig. In Windeseile erfuhr Nikola das Neueste
über alle ihre Nachbarn in der Straße sowie deren Kinder –
oder hätte es erfahren können, wenn er zugehört hätte. Doch
stattdessen klammerte er sich an eine Tasse mit Tee, den Andreea geschwind aufgebrüht und ihm ungefragt vorgesetzt
hatte, und träumte vor sich hin. Sie hatte gerade ihre kleine
Tochter gestillt und legte sie soeben wieder in die Wiege zurück, als sich die Tür öffnete und ihr schon verschollen ge-
glaubter Mann eintrat.

Marius war rund zwanzig Jahre älter als Andreea. Er war
kurz, stämmig und hatte nicht mehr allzu viele Haare auf dem
Kopf. Ein fleißiger, in sich gekehrter Mensch, der bei den wenigen Gelegenheiten, wo er einmal aus sich herausging, nicht
wesentlich interessanter wurde. Nikola war immer etwas unwohl in seiner Nähe. Nicht nur jetzt, da er unvermittelt in die

tränenreiche und etwas zu persönliche Wiedervereinigungsszene zwischen Mann und Frau hineingezogen wurde, sondern auch weil er nicht einschätzen konnte, ob Marius wusste, wie weit die Freundschaft zwischen seiner Frau und ihrem Kindheitsfreund tatsächlich reichte. War er wirklich völlig ahnungslos oder spielte er nur den Unwissenden?

An anderen Tagen hätte Nikola seinen Besuch kurz gehalten, doch er war neugierig, wie es Marius ergangen war. Dieser ließ sich auch gar nicht lange bitten. Nachdem er eine Tasse von Andreeas Tee dankbar entgegengenommen hatte, erzählte er von sich aus:»In einem Dorf, durch das ich auf dem Heimweg kam, hörte ich zum ersten Mal von einer fremden Streitmacht. Ich wollte es aber nicht glauben. Ich hielt es für Geschwätz und dachte, dass vielleicht jemand im Suff den Festumzug mit einer Heerschar verwechselt habe. Aber dann habe ich sie mit eigenen Augen gesehen. Tausende der Fremden und noch viele Tausende mehr von den Unseren! Sie hatten sich gerade zur Schlacht aufgestellt. Ich habe alles mit angesehen. Die Fremden benutzten kleine Schleudern. Überall, wo die Geschosse niedergingen, stieg gleich darauf dieser verdammte Nebel auf. Als er dann vom Regen weggewaschen wurde und ich sah, was er angerichtet hatte, und als der Feind dann auch noch anfing jeden totzuschlagen, der noch am Leben war, bin ich so schnell ich konnte weggerannt und erst stehen geblieben, als ich wieder in dem Dorf war. Die Bauern haben mich bereitwillig bei sich aufgenommen. Bereitwillig zwar, aber nicht umsonst! Sie haben sich doch tatsächlich jeden Bissen und jeden Schluck von mir bezahlen lassen! Ich hätte während der Tage zuvor ebenso gut zu Hause bleiben können, denn am Ende war alles futsch, was ich mit meiner Arbeit verdient hatte! Ich habe mich dann lieber davongestohlen, denn wer weiß schon, was sie nun von mir verlangt hätten, nachdem sie schon mein ganzes Geld besaßen.«

Marius schwieg einen langen Augenblick, und Nikola machte sich schon darauf gefasst, dass der nächste Satz an ihn gerichtet sein würde und eine Bitte um etwas Geld enthielte.

Doch plötzlich leuchteten Marius' Augen auf. »Mach dir keine Sorgen, Andreea! Du und die Kleine, ihr werdet nicht hungern müssen, denn dein Mann weiß sich zu helfen.«

Er griff in sein Gewand und legte zwei Handvoll Münzen unterschiedlichen Wertes und etliche silberne und goldene Ringe und Schnallen auf den Tisch.

»Woher hast du das?«, flüsterte Andreea überrascht ob dieses unerwarteten Reichtums.

»Ich bin auf dem Rückweg noch einmal auf dem Schlachtfeld gewesen«, entgegnete Marius verschwörerisch.

Andreea verstand ihn nicht gleich, rief dann aber entsetzt aus: »Du hast die Leichen gefleddert!«

Das war offensichtlich nicht die Reaktion, die Marius erwartet hatte.

»Sie brauchen ihre Sachen doch sowieso nicht mehr«, verteidigte er sich. »Galunt hat sie zu sich gerufen, aber er hat ihnen nicht befohlen, ihr Geld mitzubringen.«

»Du hast die Toten bestohlen«, wiederholte Andreea.

»Ich habe nur so viel mitgenommen, wie ich durfte«, verteidigte sich ihr Mann.

Das klang eigenartig.

»Woher wusstest du denn, wie viele Ringe und Münzen du klauen *durftest*?«, fragte ihn Nikola belustigt.

»Es war Nacht und es hat geregnet«, erklärte Marius. »Plötzlich schlug ganz in meiner Nähe ein Blitz ein. Da wusste ich, dass irgendjemand der Ansicht war, es sei nun genug.«

Nikola war von seinem täglichen Umgang Ausreden gewohnt, aber dass sich jemand bei der Aufteilung der Beute auf höhere Mächte berief, kam nicht so oft vor. Er musste lachen.

»Galunt hat sie zu sich gerufen, aber er hat ihnen nicht befohlen, ihr Geld mitzubringen«, wiederholte Marius trotzig und warf ihm einen streitlustigen Blick zu. Offenbar hatte er sich diese Begründung sorgfältig zurechtgelegt, um sein Gewissen zu beruhigen.

Nikola zuckte die Schultern. »Solange die Toten nicht bei Traian vorsprechen, damit er ihnen ihre Habe wiederbeschaffe, sind mir Galunts Anweisungen einerlei. Aber damit ist wohl nicht zu rechnen. Dennoch solltest du mit den Ringen vorsichtig sein und dir überlegen, an wen du sie verschacherst.«

»In solchen Dingen habe ich keine Erfahrung«, bekannte Marius und sah ihn hoffnungsvoll an. Nikola schwieg einen Augenblick lang und nannte ihm dann widerwillig den Namen Laurentis' des Prächtigen. Der alte Gauner würde Marius nicht ganz so schlimm übers Ohr hauen wie jemand vom Schlage Vier-Finger-Mazons. Außerdem verdankte ihm Nikola seine neue Wohnung, sodass Laurentis streng genommen noch etwas bei ihm gut hatte.

»Aber diesen Hinweis hast du nicht von mir!«, schärfte Nikola Marius nachdrücklich ein. Dann erhob er sich, um zu gehen.

Als er bereits an der Tür stand, sagte Marius: »Es ist ein Gift, an dem die Fürstengarde starb. Es tötet nicht nur Menschen und Pferde, sondern auch Mäuse, Käfer, Würmer und selbst das Gras und die Büsche. Alles dort ist tot, einfach alles. Aber der Regen hat das Gift jetzt weggespült. Man kann genau sehen, wo das Wasser abfloss. Streifen verwelkten Grases beidseitig der Rinnsale, noch ein ganzes Stück von dem Schlachtfeld entfernt. Ich hatte wohl ein Riesenglück, dass ich nicht ein paar Tage früher dort war.«

Bevor Marius noch mehr erzählen konnte, schloss Nikola rasch die Tür hinter sich. Er träumte auch so schon fortwährend von sterbenden Menschen und Pferden, sodass er auf Scharen toter Käfer und Mäuse und verendete Schlangen und Vögel oder abgestorbene Büsche verzichten konnte.

Es war bezeichnend für Marius, dass er den Namen Galunts gebraucht hatte, dachte Nikola. Niemand, den er sonst kannte, hätte sich mit solchen Feinheiten abgegeben, sondern immer von Laint gesprochen, wenn von Toten die Rede war. Laint war schließlich ebenfalls ein Totengott! Aber wahrscheinlich hatte Marius sogar recht. Laint war für einzelne Verstorbene zuständig und nicht für größere Anzahlen.

Solche und andere Spitzfindigkeiten vermittelten immer wieder den Eindruck, als hielte sich Marius für etwas Besseres. Für besser als Andreea, besser als ihre Nachbarn und selbstredend auch besser als Andreeas Jugendfreund Nikola. Streng genommen war er das vielleicht sogar, da er ein ausgebildeter Handwerker war. Ein Steinmetz! Aber schuld an solchen Ausrutschern war eigentlich Marius' ehemaliger Lehrherr, der seinen Lehrlingen vieles beigebracht hatte, was für das Behauen von Steinen überhaupt nicht nötig war.

Doch eigentlich konnte auch Marius nicht recht haben, dachte Nikola plötzlich. Galunt war zwar für den vielfachen Tod zuständig, aber nach Marius' Schilderung ging es eben nicht nur um viele Menschen, denn die Schilves hatten schlichtweg alles getötet, was kreuchte, fleuchte und wuchs! Das sprengte doch Galunts Zuständigkeit, oder? Nikola meinte einmal gehört zu haben, dass es noch einen weiteren Totengott gebe, einen, der ins Spiel kam, wenn es um das Ende allen Lebens ging. Sein Name fiel ihm allerdings nicht mehr ein. Er nahm sich vor, Ovidiu bei nächster Gelegenheit danach zu fragen. Der Wirt wusste viel unnützes Zeug.

Da es früh am Nachmittag war, noch einige Stunden bis zum Beginn der Ausgangssperre blieben und er zufällig auch gerade Geld in der Tasche hatte, nahm sich Nikola die Zeit für eine längst überfällige Erledigung. Schon vor ein paar Wochen hatte er einem Schneider ein paar Kleidungsstücke zum Ausbessern gegeben, doch bisher hatte ihm das Geld gefehlt, sie wieder auszulösen.

Der Schneider empfing ihn mit vertraut vorwurfsvoller Miene. »Ich wollte deine Sachen bereits verkaufen.«

»Warum denn das?«, empörte sich Nikola. »Es ist doch nicht das erste Mal, dass es ein wenig länger dauert.«

»Neuerdings weiß man nie, ob einer seine Sachen nicht abholt, weil er vielleicht längst tot ist«, entgegnete der Schneider grimmig. »Laint hat derzeit viel zu tun in Arades.«

»Galunt«, verbesserte ihn Nikola boshaft und beglich die ausstehende Summe.

»Der auch«, erwiderte der Schneider. Wahrscheinlich hatte einer der getöteten Gardisten zu seinen Kunden gehört, und nun suchte er jemanden, bei dem er sich beschweren konnte. »Es bringt einem Schneider kein Glück, das Hemd eines Toten bei sich hängen zu haben«, brummte er düster.

Diese Bemerkung ging Nikola noch eine ganz Zeit durch den Kopf, da er nie zuvor von einem solchen Aberglauben gehört hatte. Ihm fiel ein, dass er unbedingt mit seiner neuen Vermieterin sprechen musste, die ja ebenfalls Schneiderin war. Wenn er sie dazu überreden könnte, das Ausbessern seiner Kleidung sozusagen als nachbarschaftliche Hilfe umsonst zu übernehmen, so könnte er einiges sparen, da in seinem Beruf häufig ein Kleidungsstück zerrissen wurde und wieder geflickt werden musste.

Zwei beglichene Rechnungen später und ein paar Straßen weiter wurde Nikola auf drei junge Frauen aufmerksam. Sie gingen untergehakt, redeten lebhaft miteinander und strahlten eine Unbeschwertheit und Fröhlichkeit aus, die so ganz und gar nicht zu der schlimmen Zeit passen wollte. Eine von ihnen erkannte er sofort, und dieses Mal musste er nicht nach ihrem Namen suchen, denn die Erinnerung an sie hatte ihm schon mehrmals geholfen, die Toten seiner Träume aus der nächtlichen Finsternis seines Zimmers zu vertreiben: Valerica, die junge Frau von der Stadtmauer.

Nikola sah dem Trio einen Augenblick lang hinterher und klopfte dann an die nächste Tür, um die letzten Schulden für den heutigen Tag zu begleichen. Danach war zwar von seinem Lohn nur noch wenig übrig, doch Traians Versprechen, dass auch in Zukunft in der Stadt betrogen und gestohlen und unrechtmäßige Gewalt ausgeübt werden würde, spendete ihm Trost.

Nikolas letztes Ziel an diesem Nachmittag führte ihn in das neu entstandene Grenzland, also in jenen Teil der Stadt, den die Fremden neuerdings für sich beanspruchten. Obwohl es eigentlich zu erwarten gewesen war, verwunderte es Nikola dennoch, als er nun auch Gruppen von Schilves begegnete, die schwer beladen mit ihrem Gepäck durch die Straßen irrten.

Die einen gehen, die anderen kommen, dachte er und stutzte. Kinder? Einige der Fremden schienen tatsächlich von Kindern begleitet zu werden! Nikola ging einige Schritte auf sie zu und blieb mitten auf der Straße gaffend stehen.

»Die Seeleute der Schilves nehmen häufig ihre Familien mit, vor allem wenn sie für längere Zeit von zu Hause abwesend sind«, erklärte ihm jemand. Nikola sah sich nach dem Sprecher um und erkannte, dass die Stimme einem Schilves-Krieger gehörte.

»Es wird gleich regnen. Am besten beeilst du dich mit dem, was du vorhattest«, fuhr jener fort und ging zügig weiter.

Es dauerte einen Augenblick, bis Nikola das Gemenge aus Überraschung und dem Gefühl, ertappt worden zu sein, abgeschüttelt hatte. Der Fremde konnte überhaupt nicht wissen, was er vorhatte, und wenn doch, so ging es ihn nichts an! Wahrscheinlich war es nur eine Redewendung gewesen.

Dennoch war er erleichtert, als er feststellte, dass *Der Pirat* auf der richtigen Seite der unsichtbaren Trennlinie zwischen Schilves und Aradeken lag. Er erreichte ihn gerade, als die ersten Tropfen fielen.

Der Pirat war nicht der offizielle Name der überaus heruntergekommenen Kaschemme und wahrscheinlich besaß sie auch gar keinen. Für Nikola hatte sie jedoch schon immer so geheißen. Schuld daran war der Wirt, dem sie während seiner Kindheit gehört hatte. Er war ein mürrischer, Furcht einflößender Mann mit einem Holzbein gewesen. Manche wussten über ihn zu erzählen, dass er früher einmal zur See gefahren war und sein Bein an einen Hai verloren habe. Ihre Zahl war jedoch schon damals im Schrumpfen begriffen gewesen. Andere – und zu denen gehörten alle Kinder, die Nikola gekannt hatte – munkelten, dass er das Bein zwar auf See verloren habe, allerdings bei einer äußerst grausamen und lichtscheuen Tätigkeit. Während die einen die ständige Verdrießlichkeit des Wirtes auf die unerfreuliche Begegnung zwischen Mensch und Fisch zurückführten, behaupteten die anderen, dass er von seinen Spießgesellen nach Strich und Faden betrogen worden sei und seither aller Welt grolle.

Erst als Erwachsener hatte Nikola herausgefunden, dass der *Pirat* zeitlebens nie einen Fuß auf ein schwankendes Deck gesetzt hatte. Er stammte nicht einmal von der Küste, sondern aus dem Binnenland und hatte sein Bein beim Holzfällen verloren. Ein Baumstamm hatte ihm die Knochen so gründlich zertrümmert, dass es der Heiler hatte abnehmen müssen.

Auch der jetzige Piratenwirt war nicht an der Küste geboren worden und auch nie zur See gefahren. Den Spitznamen seines vor Jahren verstorbenen Vorgängers hätte er allerdings zumindest in einer Hinsicht sehr viel eher verdient gehabt.

Das zunächst zaghafte Tapp-Tapp-Tapp der einzelnen Regentropfen wich rasch dem Trommeln eines ausgewachsenen Wolkenbruches. In dem niedrigen und vor Schmutz starrenden Schenkraum hielten sich derzeit nur zwei Gäste auf. Sie saßen an einem der Tische und spielten miteinander *Paturru*. Wegen der plötzlichen Dunkelheit, die das Gewitter begleitete, hatten sie ihr Spiel unterbrechen müssen. Nikola wunderte sich nicht, die beiden Männer hier anzutreffen, da sie immer da waren, gleichgültig, wann er vorbeischaute, und es hätte ihn auch kaum verwundert, wenn sie hier genächtigt hätten. Ganz bestimmt, dessen war er sicher, würden sie in Ovidius Kneipe eines Tages ihren letzten Atemzug tun.

Aus Neugier trat er an ihren Tisch, um sich den Spielstand anzusehen. Als die beiden ihn bemerkten, behauptete der eine abweisend: »Er ist nicht da.«, während der andere gleichzeitig brüllte: »Ovidiu, der Puhler ist schon wieder hier!«

Für Nikola war es keine Neuigkeit, dass ihn die beiden nicht leiden konnten. Sie ahnten, dass er irgendetwas gegen ihren adoptierten Lieblingswirt in der Hand hatte, wussten aber nicht, was es war. Vermutlich nahmen sie an, dass seine Besuche dem Eintreiben von Schweigegeld dienten. Völlig falsch lagen sie damit nicht.

Ein Poltern verriet, dass sich der Wirt im oberen Stockwerk aufgehalten hatte und nun die Treppe heruntereilte. Ovidiu zählte rund sechzig Sommer, und die Stirnglatze, der sein lockiges Haar hatte weichen müssen, ließ ihn als nachdenklichen und tiefgründigen Menschen erscheinen. Seine auffälligsten, gleichzeitig aber auch widersprüchlichsten Merkmale waren ein beeindruckend kräftiger Nacken und feingliedrige Hände, die ganz und gar nicht zu jemandem passten, der sein Brot mit irgendeiner Form körperlicher Arbeit verdiente. Mit einer kurzen Kopfbewegung forderte Ovidiu Nikola auf, ihm in das Nebenzimmer zu folgen, aus dem er gerade getreten war. Dort befanden sich nicht nur die Küche und das kleine Vorratslager des Wirtes, sondern auch die Treppe, die zum oberen Stockwerk führte.

»Du bist lange nicht mehr hier gewesen«, stellte Ovidiu fest, während er auf den Stufen voranging.

Nikola meinte, aus seinen Worten einen Anflug von enttäuschter Hoffnung herauszuhören. Er war sich ziemlich sicher, dass er einer von sehr wenigen Menschen war, die Ovidius Wohnräume kannten. Als er sie zum ersten Mal betreten hatte, war er über die peinliche Ordnung und Sauberkeit, die dort herrschte, kein bisschen überrascht gewesen. Denn genau so hatte er es sich vorgestellt. Für den Besitzer eines wahren Drecklochs von Kneipe war ihm Ovidiu immer zu sehr auf persönliche Reinlichkeit bedacht erschienen. Dass er im Gegensatz zu so vielen anderen vorgab, weniger zu sein, als er war, hatte seinen Verdacht geweckt.

»Was führt dich her?«, fragte der Wirt.

»Schreiben- und Lesenlernen«, erinnerte ihn Nikola.

»Das kannst du doch. Ich habe dir alles beigebracht.«

Nikola war enttäuscht. »Es wird sicher noch irgendetwas geben, das ich lernen kann?«

Ovidiu schüttelte den Kopf. »Selbst wenn du mir androhen wolltest, mich deswegen zu verraten, könnte ich dich nichts Weiteres lehren. Du brauchst vielleicht noch Übung, aber das war alles. Vielleicht möchtest du etwas anderes lernen. Ich weiß ziemlich viel über Dreiecke. Willst du was über Dreiecke erfahren?«

»Was kann man damit anfangen?«

»Viel. Wenn du wissen willst, wie groß ein Acker ist, oder wenn du ein Haus bauen willst ...«

Nikola lachte. »Du redest schon wie Traian. Ich werde nie einen Acker besitzen oder ein Haus bauen. Ich wollte lesen lernen für den Fall, dass Traian eines Tages sein Geschäft aufgibt. Wer mit der *Gerechtigkeit* zu tun haben will, muss lesen und schreiben können.«

»Er wird dich ja doch nicht zu seinem Nachfolger machen.«

»Wen sonst?«, erwiderte Nikola unwirsch. »Flaviu kann gerade mal seinen Namen schreiben. Serban hat viel zu dicke Finger. Marilena ...«

Ein Schrei aus dem Erdgeschoss unterbrach die Unterhaltung. Offenbar waren neue Gäste eingetroffen. Ovidiu ließ Nikola einen Augenblick allein, um sich um sie zu kümmern. Als er zurückkehrte, öffnete er eine Truhe und entnahm ihr nach kurzem Suchen ein handtellergroßes Büchlein. Er reichte es Nikola. »Lies es und schreib es ab. Wenn du damit fertig bist, gibst du es mir zurück. Es ist zwar nur eine Kopie, und ich besitze mehrere davon, aber gehe dennoch schonend damit um! Sie war teuer.«

»Das hast du auf deine Flucht mitgenommen?«, staunte Nikola.

»Selbstverständlich!«, erwiderte Ovidiu. »Das ist schließlich mein Lebenswerk und Vermächtnis ... wenigstens ein Teil davon. Und wie gesagt, waren die Kopien teuer.«

Nikola blätterte durch die eng beschriebenen Seiten. Eine schöne Schrift, musste er einräumen. Sogar noch kunstfertiger als die von Ovidiu. Aber konnten ein paar Buchstaben wirklich ein Menschenleben wert sein?

»Ist das ein Gedicht?«

»Nein, ein Theaterstück.«

Nikola hatte zwar noch nie ein Theaterstück gesehen, doch Ovidiu hatte ihm erklärt, dass es so etwas Ähnliches wie das

Puppentheater sei, nur mit Menschen und dem Unterschied, dass niemand daherreden dürfe, wie ihm der Schnabel gewachsen sei, auch die Zuschauer nicht.

»Ich weiß nicht«, sagte Nikola unschlüssig. »Am Ende erschlägst du mich dann ebenfalls mit der Axt.«

»Es war keine Axt, sondern ein … Ach, ist ja auch gleichgültig«, antwortete der Wirt mürrisch. »Du glaubst nicht, wie oft ich bedauere, dass ich mich damals in meinem Zorn habe hinreißen lassen! Gerade in letzter Zeit!«

Nikola nahm ihm die Reue nicht ganz ab. Wahrscheinlich bedauerte Ovidiu in letzter Zeit vor allem, dass er nicht nur sein Leben als geachteter Sohn seiner Heimatstadt hatte aufgeben müssen, sondern ausgerechnet in die Stadt geflohen war, deren Zukunft von allen neun Städten des Bundes die ungewisseste war!

»Ich könnte sowieso nicht beurteilen, ob deine Sätze falsch sind«, murmelte Nikola scheinbar arglos. »In meinen Augen sehen sie richtig aus.«

»Er sagte nicht, dass sie falsch seien«, verbesserte ihn Ovidiu sofort. »Er nannte sie Kinderverse, einfältige Kinderverse!«

Seine Stimme veränderte sich zu einem hochnäsigen Singsang: »Der große Ovidiu bildet sich zwar ein, tiefgründig zu sein, doch die Gedanken seiner Figuren sind so flach wie Pfützen im Hochsommer eines Dürrejahres, und das Beste, was man über sie sagen kann, ist, dass sie im Theater bleiben müssen und einen wenigstens nicht nach Hause verfolgen können! Dieser Herr glaubt, witzig zu sein, aber er ist es nicht! Das einzige Mal, als ich von Herzen lachen musste, war beim Tod des großen Helden Naso, dessen Ableben bekanntlich bis zum heutigen Tag in Timas und Satumer betrauert wird … So ging das jahrelang, und er tat das nicht nur bei mir. Auch andere überschüttete er mit bitterer Häme. Mancher zerbrach deswegen, und einer wählte in seiner Verzweiflung als Ausweg sogar den Strick … Für dich mag es sich fremd und unverständlich anhören, Nikola, doch an manchen Tagen geht mir ein seltsamer und tröstlicher Gedanke durch den Kopf. Womöglich war es gar nicht mein Zorn, der mich diesen verdammten Wicht niederstrecken ließ. Apulu ist nämlich kein duldsamer Gott. Er ist fordernd, hitzig, kein Gott für halbe Sachen und alles andere als friedfertig. Vielleicht bin ich in Wahrheit in diesem einzigartigen Augenblick das erwählte Werkzeug Apulus gewesen und habe seinen Willen erfüllt!«

So verhielt es sich also mit der Reue, dachte Nikola zufrieden. »Wer ist Apulu?«

Ovidiu, der sich zuletzt arg ereifert hatte, blickte ihn verständnislos an. »Der Schutzgott der Neun Künste. Wer denn sonst?«

Plötzlich fiel Nikola ein, was er Ovidiu hatte fragen wollen. Die Begegnung mit Valerica musste ihn daran erinnert haben, dachte er. »Gibt es einen Gott mit einem sehr seltsamen Humor?«

Ovidiu wirkte nun noch einen Grad verständnisloser. »Apulu hat viel Humor, und wahrscheinlich haben sogar alle Götter welchen. Laint ist vielleicht eine Ausnahme, denn ohne Gesicht lässt es sich schlecht lachen. Aber vielleicht kichert er heimlich in sich hinein. Warum fragst du?«

»Nur so«, erwiderte Nikola, der nicht gleich die gesamte Geschichte seines Umzugs ausbreiten wollte, die zu diesem Gedanken geführt hatte. Er verstaute das Büchlein in seiner Kleidung und verabschiedete sich. »Ich werde alles so machen, wie du es gesagt hast. Falls mir nichts Besseres einfällt, komme ich womöglich doch auf die Dreiecke zurück.«

Der Regen hatte genauso plötzlich aufgehört, wie er begonnen hatte. Da der Himmel wieder aufklarte, drängte es Nikola nicht sonderlich, nach Hause zu gelangen. Unverhofft lief ihm Valerica zum zweiten Mal über den Weg. Dieses Mal war sie allein.

Wohin ging sie?, fragte er sich. Zog es sie womöglich ebenfalls zum Viertel der Schilves? Doch nein, das war die falsche Richtung! War sie also wie er auf dem Nachhauseweg? Hatte sie noch Besorgungen zu erledigen? Oder mochte sie vielleicht verabredet sein? Am Ende mit einem Verehrer?

Dieser letzte Gedanke rief ein törichtes Gefühl von Unbehagen in ihm hervor. Er wischte es beiseite, entschloss sich aber dennoch, ihr zu folgen. Er wollte nur ein wenig mehr über sie erfahren, sagte er sich.

Während Nikola Valerica hinterherging, achtete er darauf, genügend Abstand zu halten, sodass sie ihn nicht bemerkte, ohne dabei so weit zurückzufallen, dass er sie aus den Augen verlor. Er ging nicht in der Mitte der Straße, sondern am Rand und nutzte geschickt Hindernisse, die ihm Schutz davor boten, entdeckt zu werden. Blieb sie stehen, so blieb er ebenfalls stehen, betrat sie einen Laden, so wartete er geduldig und mimte unterdessen den unbeteiligten Passanten, der aus flüchtiger, harmloser Neugier innegehalten hatte, um irgendetwas zu betrachten. Etwas gänzlich Unbedeutendes, bei dem sich niemand fragen würde, was nun genau das Augenmerk dieses Puhlers auf sich gezogen haben mochte. Denn als solcher war er wegen seiner stählernen Brustplatte und seines Lederhelmes leicht zu erkennen.

Valerica schien es nicht eilig zu haben, ihr Ziel zu erreichen – falls sie überhaupt eines hatte.

Doch dann verschwand sie so lange in einem Haus, dass Nikola schon fest daran glaubte, dass sie ihr unbekanntes Ziel nun erreicht habe. Doch wie sich herausstellte, irrte er.

Was treibe ich da bloß?, fragte er sich, als sie wieder auf die Straße trat. Verbindungen zwischen einer Angehörigen der neun Sippen und einem Sippenlosen waren zwar nicht grundsätzlich verboten, endeten aber in der Regel damit, dass einige kräftige Verwandte der Angebeteten dem Sippenlosen ihre Aufwartung machten und ihm möglichst viele Knochen brachen. Manchmal kam er auch weniger glimpflich davon.

Doch es gab noch mehr Gründe, die gegen eine Liebelei mit gerade dieser Sippenangehörigen sprachen, und auch die waren keinesfalls unvernünftig. Dieses dumme Spiel, auf das er sich eingelassen hatte, musste sofort enden!

Nikola ging schneller. Gerade als er Valerica überholen

wollte, bemerkte sie ihn. Ihre Augen leuchteten auf! Sie hob die Hand zum Gruß und trat auf ihn zu. Nikola blieb stehen.

»Es freut mich zu sehen, dass es dir wohlergeht«, begrüßte sie ihn herzlich. Sofort wurde ihre Miene ernster. »Es tut mir leid, wie dich mein Verwandter auf der Stadtmauer behandelt hat.«

»Ach, das war doch nichts«, beschwichtigte Nikola.

»Doch, doch«, widersprach sie. »So hätte er sich nicht benehmen müssen. Er hätte sich nicht einfach abwenden dürfen. Nach allem, was wir gemeinsam gesehen und erlebt haben, erscheint mir alles, was uns vielleicht trennt, so unbedeutend. *Wir* sind an diesem Tag nicht gestorben! *Wir* haben überlebt. *Wir* hatten Glück! Das haben wir gemein!«

Nikola nickte bestätigend, allerdings ohne genau zu wissen, zu was er eigentlich zustimmte. »Mich freut es ebenfalls, dich wohlbehalten zu sehen«, antwortete er unbeholfen. »Ich heiße Nikola.«

»Ich erinnere mich«, antwortete Valerica.

Einige Augenblicke lang standen sich beide in freundlichem Lächeln vereint gegenüber, dann verabschiedeten sie sich.

Nikola war bester Stimmung. Sie hatte gewusst, dass er ein Sippenloser war, und es hatte sie nicht gestört. Zusätzlich hatte sie nun erfahren, dass er ein Puhler war, aber auch das hatte sie nicht gestört. Sie hatte sich sogar seinen Namen gemerkt. Heute war ein guter Tag! Heute war sein Glückstag. Sollte er heute Würfel in die Hand nehmen, so würde ihn das Glück nicht verlassen. Es wäre ihm hold, und er würde alles zurückgewinnen, was er in letzter Zeit verloren hatte und noch weit mehr!

Nikola sah zur Sonne. Noch immer war ausreichend Zeit! Er musste nicht lange nachdenken, bis ihm einfiel, wo zu dieser Tageszeit um Geld gespielt wurde.

Die Versammlung der Priester

Fürst Katalin stand an einem Fenster des Schwiegerhauses und überlegte, ob er die verbleibende halbe Stunde bis zum Einbruch der Dunkelheit für einen Spaziergang im Palastgarden nutzen sollte, da es ausnahmsweise einmal nicht regnete. Solche Gelegenheiten waren selten geworden. Mit halbem Ohr lauschte er der Unterhaltung seiner zehn Frauen, die an einem langen Tisch saßen. Wegen der etwas beengten Verhältnisse, unter denen sie seit einigen Wochen auf Anordnung der beiden Admiralinnen leben mussten, nahm er neuerdings mit allen gemeinsam die Mahlzeiten ein, anstatt wie früher mit nur einer oder zweien.

Ein neuer Regenschauer setzte ein und nahm Katalin die Entscheidung ab.

»Die Götter trauern und vergießen Tränen«, sagte Roxana, eine seiner Nebenfrauen, die am entfernten Ende des Tisches saß.

»Sei nicht närrisch«, widersprach ihr Luminita. »Die Götter wohnen unter der Erde, und sollten sie jemals weinen, dann werden ihre Tränen genauso wenig vom Himmel fallen wie deine von der Decke, wenn du im Bett liegst.«

Die anderen Frauen lachten schallender, als es eigentlich angebracht war, sodass Katalin annahm, dass er irgendetwas nicht mitbekommen hatte. Üblicherweise hielt er sich aus den kleinen Zankereien seiner Ehefrauen heraus, doch im Augenblick tat ihm Roxana leid. Sie war ein einfältiges und farbloses Geschöpf, das sich ganz und gar nicht zu der prächtigen – und einflussreichen! – Frau an seiner Seite entwickelt hatte, wie es sich ihre Sippe damals erhoffte, als sie sie als Kind an ihn verheiratet hatte. Vermutlich war sie in ihren Augen ein völliger Fehlschlag! Roxana war von den anderen Frauen schon immer gerne aufgezogen worden, doch in letzter Zeit häufte es sich.

»Der Gott der Fremden wohnt angeblich im Himmel«, warf Katalin ein. »Sollte er weinen, so würden seine Tränen tatsächlich auf uns herabfallen. Aber dazu hat er offensichtlich keinen Grund.«

Roxana verstand seine Bemerkung als Ermunterung. »Vielleicht sind es dennoch seine Tränen? Vielleicht trauert er wegen der Bosheit der Schilves und weil sie so viel Leid über uns gebracht haben?«

Katalin runzelte die Stirn. So viel tiefschürfende Nachdenklichkeit hatte er ihr gar nicht zugetraut!

»Das entspricht nicht dem Wesen der Götter«, antwortete er mit der Autorität dessen, der seine eigene Abstammung auf einen Gott zurückführte. Damit war das Thema für ihn abgehandelt, doch Katalin gab es zu denken, dass dieser Frühling tatsächlich erst seit der Ankunft der Schilves so ungewöhnlich nass geworden war.

Als der Regenschauer nachließ, hatte sich die Frage eines Spaziergangs erledigt, denn nur noch eine recht kurze Spanne trennte den Tag von der Nacht. Katalin warf einen letzten, bedauernden Blick in den Garten, als er dort eine Gruppe von Besuchern ausmachte, die deutlich mehr als zwanzig Köpfe zählte und von Schilves-Kriegern geleitet auf den gewundenen Gartenwegen dem Palast zustrebte. Aus langer Gewohnheit griff er nach seinem Fernrohr, ließ es dann aber stecken, als er die Masken und traditionellen Gewänder der Besucher erkannte: Priester der Erdgötter! Was zum Kuckuck wollten sie hier?

Erzürnt stürmte er aus dem Zimmer, die Treppe hinab und aus dem Haus hinaus. Vor dem Hauseingang standen wie stets mehrere Wachen der Fremden, von denen sich ihm sofort zwei wortlos an die Fersen hefteten. Wie sonst auch schenkte ihnen Katalin keine Beachtung.

Es waren immer zwei! Sobald er das Haus verließ, folgten sie ihm. Sie hinderten ihn nicht daran, zu gehen wohin er wollte, sondern begleiteten ihn nur stumm überallhin. Jedenfalls solange er nicht vorhatte, das Palastgelände zu verlassen, denn in diesem Fall hätte er weitaus mehr als nur zwei seiner vorgeblichen Beschützer als Begleiter hinnehmen müssen. Aus diesem Grund hatte Katalin auf solche Ausflüge in den Wochen seit Beginn der Besatzung verzichtet. Er war der Fürst von Arades und dachte gar nicht daran, wie ein auswärtiger Besucher unter der Führung fremder Krieger durch die Straßen seiner eigenen Stadt zu schreiten!

Die Wachen beim Palasteingang machten einen ganz aufgeregten Eindruck, als sie den Fürsten erkannten.

»Wo sind meine Priester?«, herrschte er sie an.

»Sind durch diese Tür. Irgendwo im Palast«, erklärte eine von ihnen mit einer Aussprache, die Katalin als Beleidigung seiner Ohren empfand. Ohne eine weitere Frage zu stellen, betrat er das Gebäude. Drinnen ergriff überraschend einer seiner stillen Begleiter das Wort. »Ich könnte mich für Euch kundig machen, wohin die Priester geführt wurden.«

Er war noch jung, vielleicht achtzehn Jahre alt, hatte ein flaches, nicht allzu intelligent wirkendes Gesicht und lächelte linkisch.

»Das ist mein Palast!«, fuhr ihn Katalin an. »Ich bin hier zu Hause. Ich wurde hier geboren. Ich benötige niemanden, der mich in meinen eigenen Räumen herumführt!«

Zornig eilte er zum ersten Saal, den er für geeignet hielt, um eine Versammlung dieser Größe abzuhalten. Er riss die Tür auf, doch bis auf einen einzelnen Diener, der gerade die Leuchter ansteckte und erschrocken zusammenzuckte, war der Saal leer. Ohne die Tür wieder zu schließen, machte Katalin auf dem Absatz kehrt und hastete die Treppe zum ersten Stock hinauf, wo er die Tür zum nächsten Saal öffnete. Auch in diesem hielt sich niemand auf. Er schlug die Tür laut zu und rannte weiter.

Ein einzelner Schilves kam ihm entgegen – einer von Urtes

Adjutanten. Katalin kannte ihn zwar vom Sehen, hatte es aber nie für nötig befunden, sich seinen Namen zu merken. »Kann ich Euch helfen, Hoheit?«, fragte er.

In beherrschterem Ton als zuvor gegenüber den Wachen erklärte Katalin sein Anliegen: »Ich sah eine größere Gruppe unserer Priester den Palast betreten und frage mich, was der Grund ihrer Anwesenheit ist?«

»Eure Priester«, wiederholte sein Gegenüber bedächtig. »Sie sind auf Einladung unserer Priesterschaft hier. Da für den unglücklichen Ausgang der ersten Berührung unserer beiden Völker auch religiöse Gründe verantwortlich waren, schien es nur vernünftig, dass sich die Priester zusammensetzen, um Missverständnisse auszuräumen. Zudem schmerzt uns die Vorstellung, dass auch nur einer Eurer Untertanen unseren Gott Ris für den Feind Eurer Götter halten könnte.«

»Führt mich zu ihnen. Ich möchte an diesem Treffen teilnehmen«, erwiderte Katalin.

Der Schilves zögerte mit einer Antwort. »Versteht mich richtig, Fürst Katalin. Unsere und Eure Priester sind nicht nur Diener ihrer Götter, sondern auch Gelehrte, und in der Hitze des Disputs können leicht Bemerkungen fallen ...«

Katalin kannte diese Bedenken schon, da sie ständig vorgebracht wurden, wenn ihm die Admiralinnen etwas abschlagen wollten: Die Gelehrten stritten miteinander, unbesonnene Worte fielen, die unter Gleichgestellten schnell vergeben werden konnten, aber bittere Folgen haben mussten, wenn eine hochgestellte Person wie der Fürst Anstoß nahm – und so weiter und so fort!

Unwirsch winkte er ab: »Ich habe nicht vor, mich an dem Streitgespräch zu beteiligen. Ich werde nur still zuhören.«

Sein Gegenüber nickte erleichtert und bat Katalin, ihm zu folgen. Zweifellos würde er noch in dieser Stunde seinen Herrinnen alles haarklein berichten!

Das Treffen der beiden Priesterschaften fand in einem selten genutzen Speisesaal statt. Tische und Stühle waren hinausgetragen und durch zweimal drei Reihen von Bänken ersetzt worden. Auch das prächtige Wandgemälde, das eine Vielfalt von Genüssen für Gaumen und Magen darstellte, war abgedeckt worden. Das edle Wild und Geflügel, die Fische und Muscheln, die Schalen mit Obst und Gemüse und die Krüge mit Wein und Bier waren unter Tüchern verborgen. Katalin hatte längst aufgehört, sich den Kopf darüber zu zerbrechen, warum die Schilves manche Dinge taten und andere unterließen. Vermutlich war irgendjemand der Ansicht gewesen, dass man unmöglich gleichzeitig denken und das Bild eines fetten Kapauns betrachten konnte.

Links vom Eingang saßen die einheitlich rot gekleideten Priester der Fremden. Allesamt Männer, wie Katalin bemerkte. Rechts davon – und leicht in der Überzahl – die Priester und Priesterinnen der Erdgötter in ihren wesentlich abwechslungsreicher gefärbten Gewändern. Beide Seiten hatten auf die Verhüllung ihrer Gesichter verzichtet, Schleier oder Vogelmasken abgelegt und auch die Federkragen, sofern sie Teil ihrer Priestertracht waren.

Das Treffen hatte gerade erst begonnen und wurde nun durch die Ankunft des Fürsten unterbrochen. Die rund fünfzig Anwesenden erhoben sich und verbeugten sich förmlich. »Lasst euch nicht stören«, wehrte Katalin huldvoll ab. »Ich bin nur hier, um zu lauschen und mich an eurer Gelehrsamkeit zu erfreuen.«

»Der Fürst wird euch heute mit seiner stillen Anwesenheit beehren«, erklärte Urtes Mann überflüssigerweise.

Katalin sah sich vergeblich nach einem Sessel um.

»Ich werde Euch sofort einen Stuhl bringen lassen«, hörte er den Adjutanten sagen. Doch Katalin schüttelte den Kopf und schritt zur hintersten der Bänke, die die Priester seiner Stadt belegten. »Da ich heute nicht das Wort zu ergreifen gedenke, werde ich mich einfach hierhin setzen.«

Die Priester auf der dritten Bank rückten zusammen, und zwar enger, als es eigentlich nötig war, sodass ihr Fürst schließlich durch eine deutliche Lücke von ihnen getrennt saß. Nun wurde das Treffen fortgesetzt. Sein Ablauf gehorchte einer einfachen Regel: Wer längere Redebeiträge halten wollte, erhob sich von seinem Platz und begab sich zwischen die Bänke der beiden Priesterschaften, wo er dann sprach. Zwischenfragen wurden von Sitzplätzen aus gestellt.

Katalin hatte zwar gelernt, zu hohen Anlässen bestimmte Segnungen und Handlungen auszuführen, war aber nicht gewohnt, sich an Disputen über Glaubensfragen des eigenen oder gar fremder Kulte zu beteiligen oder sich in theologischen Spitzfindigkeiten zu ergehen. Dass er von göttlichem Blute war, reichte ihm als Begründung für alles, was es in dieser Hinsicht zu wissen gab. Im Grunde war er dadurch in den Lehren der Erdgötter nicht wesentlich beschlagener als die meisten seiner Untertanen. Daher langweilte er sich nach einiger Zeit und fragte sich, warum er eigentlich darauf bestanden hatte, an dieser unerquicklichen Versammlung teilzunehmen? War sein Wunsch nicht nur dem schwächlichen Versuch entsprungen zu zeigen, dass er noch immer der Herr von Arades war und bestimmte, was in seinem Haus vorging?

Katalin bemühte sich zwar ernsthaft, den Ausführungen seiner gelehrten Priester zu folgen, doch immer wieder schweiften seine Gedanken ab und verloren sich im Nirgendwo. Deswegen hätte er nicht erklären können, aus welchem Anlass sich plötzlich eine Priesterin des Tegis zwischen die Bankreihen stellte, um flüssig und mit geübter Stimme die Schöpfungsgeschichte vorzutragen.

»Am Anfang schufen die Erdgötter die Pflanzen. Sie schufen sie nicht im Licht der Sterne und auch nicht im Licht des Tages, sondern im behüteten Dunkel tief unter der Erde, wo auch ihre Wohnstatt ist. Doch sie versahen das Gras, die Bäume und Sträucher mit dem Trieb, das Erdreich zu durchbrechen und zum Licht zu finden, um so von der Größe ihrer Schöpfer zu zeugen. Auf gleiche Weise schufen sie die Tiere, nicht im Licht der Sterne und auch nicht im Licht des Tages, sondern im behüteten Dunkel der Erde. Auch ihnen gaben sie den Drang, sich nach oben zum Licht zu graben: den Käfern und Würmern, den Kröten und Schlangen, den Hamstern, den Hasen und Füchsen, den Fledermäusen und auch den Vögeln, wie man noch immer an denen sehen kann, die lieber in Erdhöhlen nisten als auf den Bäumen. Auch die ersten Menschen schufen sie so, im Schoß der Erde und mit dem Verlangen, das Licht zu finden. Doch diese ersten Menschen waren zu schwach, um die Aufgabe zu vollenden, denn sie besaßen weder Krallen noch Klauen und auch das Werkzeug fehlte ihnen noch. Daher starben die meisten auf dem Weg zum Licht, und die wenigen, die überlebten, waren seltsam und nicht anders als Tiere. Also riefen die Erdgötter den Gottvogel Kakalith, der ihnen zuvor schon zu Diensten gewesen war, und beauftragten ihn, die Menschen neu zu schaffen, nicht im Dunkel der Erde, sondern im Licht der Sterne und im Licht des Tages.«

Die Priesterin ließ ihre Worte kurz auf die Versammelten einwirken und schloss ihren Vortrag dann mit der Bemerkung ab: »Das ist im Wesentlichen die Geschichte, wie sie überliefert ist und wie wir sie auch unserem Volk lehren.«

Katalin fragte sich, ob der Priesterin des Beredsamen Gottes womöglich ein Versehen unterlaufen war. Das sollte die Geschichte *im Wesentlichen* sein? Doch allenfalls im *sehr Wesentlichen*! Denn hinter ihren wenigen Worten, dass der Gottvogel den Erdgöttern *zuvor schon zu Diensten* gewesen sei, verbarg sich ein keineswegs geringer oder gar unwichtiger Teil der gesamten Schöpfungsgeschichte! Nämlich dass die Erdgötter mehrmals nach Kakalith rufen mussten, da er sich gerade im mörderischen Kampf mit dem Götterfresser Sartris befunden hatte! Desselben Sartris, wegen dem die erste Expedition der Schilves der Ketzerei angeklagt worden war und von dem im Übrigen noch längst nicht geklärt schien, dass er nicht doch identisch mit ihrem Gott Ris war! Und selbst die Beschreibung dieses gewaltigen Ringens, das sich nicht nur auf das Gebiet des Bundes der neun Städte beschränkt hatte, sondern von dem auch die benachbarten Lande noch betroffen gewesen waren, stellte nur einen Teil dessen dar, was die Priesterin ausgelassen hatte!

In Erwartung, dass ihr jemand zu Hilfe eilte und das Fehlende ergänzte, reckte er den Hals. Doch keiner der versammelten Geistlichen ergriff das Wort oder machte Anstalten, ihren Auslassungen irgendetwas hinzuzufügen. Nicht die Diener von Sanz und auch nicht die von Talna, Sethlanz, Apulu oder einem der vielen anderen Götter. Alle schwiegen! Offenbar hatten sie vereinbart, bei dieser Zusammenkunft »diplomatisch« vorzugehen und mögliche Konflikte einstweilen auszuklammern. Das war zwar verständlich, erschien Katalin aber dennoch wie ein Zurückweichen vor den Fremden. Er behielt seine Empörung für sich.

Die erste Frage kam von einem Schilves, der sicher zehn Jahre jünger war als Katalin, dessen Haar sich aber bereits schlohweiß gefärbt hatte, sodass er aus der Schar der schwarz- oder höchstens grauhaarigen Priester seines Volkes herausstach. »Wenn ich alles richtig verstanden habe, geht ihr also davon aus, dass die Menschen von einem zweitrangigen Gott erschaffen wurden?«

Die Tegis-Priesterin zögerte einen winzigen Augenblick und antwortete dann mit einer Gegenfrage: »Hat jemals einer eurer Fürsten eine Stadt oder einen Palast erbaut?«

»Gewiss doch«, erwiderte der Fragesteller.

»So sind eure Fürsten also gleichzeitig Zimmerleute und Maurer?«, folgerte die Priesterin.

Ein anderer Schilves gab ein belustigtes Glucksen von sich. Er war deutlich älter als sein weißhaariger Kollege und ein schwerer und großer Mann. Geräuschvoll erhob er sich von der Bank.

»Was unsere liebe Freundin Imanuela ganz im Sinne ihres klugen und gelegentlich heiteren Gottes ausdrücken wollte, ist, dass selbstverständlich kein Herrscher je eine Stadt selbst erbaut hat. Dennoch weisen wir ihnen dieses Verdienst zu, da sie andere dazu veranlassten, ihren Willen auszuführen und ihre Vision zu verwirklichen. Also ist es ganz ohne Bedeutung, ob der Gottvogel oder die Erdgötter den Menschen erschufen, denn es geschah haargenau nach ihren Weisungen. *Dwachscha* würde man bei uns sagen.«

Eine weitere Frage wurde gestellt. Ob die Tiere und Pflanzen den Erdgöttern näherstünden, da sie sie ja selbst geschaffen hatten?

Katalins Gedanken schweiften ab, da er nicht über die Worte des alten Priesters hinwegkam: Unsere liebe Freundin Imanuela …

Noch nie zuvor hatte er erlebt, dass jemand in der Öffentlichkeit eine Tegis-Priesterin als »liebe Freundin« bezeichnet hatte! Sicherlich hatten auch Priester des Weisen Gottes ihre Familien und vermutlich sogar Freunde, aber es kam ihm dennoch falsch vor. Und das war nicht das Einzige. Etwas Grundsätzliches störte Katalin an dieser Versammlung, und er brauchte gar nicht lange zu überlegen, bis er erkannte, was es war: der Umgangston der Priesterschaften beider Völker klang viel zu vertraulich!

Er wandte sich an seinen Sitznachbarn. »Das wievielte Treffen ist das?«

»Das zweite«, antwortete der Angesprochene, ohne den Blick von dem augenblicklichen Redner zu lassen. Doch dann wurde ihm schlagartig bewusst, mit wem er soeben gesprochen hatte. Unterwürfig sah er Katalin an: »Verzeiht, mein Fürst. Heute ist das zweite Treffen zwischen uns und ihnen. Davor fand allerdings bereits ein Vorbereitungstreffen statt.«

»Also ist heute das dritte?«

»Sehr wohl«, antwortete der Priester und wartete auf eine weitere Frage. Doch Katalin hatte keine.

»Das ist alles!«, sagte er kühl, und der Priester widmete sich wieder ganz dem Diskurs.

Katalin schäumte. Drei Treffen, und niemand hatte es für nötig befunden, ihn zu unterrichten! Streng genommen waren die Priester der Erdgötter zwar nicht verpflichtet, sich mit dem Fürsten von Arades zu beraten, aber soweit er wusste, war es noch nie vorgekommen, dass sie ohne Zustimmung oder Unterrichtung des Fürsten etwas Wichtiges getan hatten. Wenn ihr jetziges Handeln zwar kein Verrat war, so haftete ihm doch zumindest ein Ruch von Aufsässigkeit an!

Katalin befand sich zwar nicht in derselben Stimmung wie in der Nacht, als er beschlossen hatte, hart unter seinen unbotmäßigen Offizieren durchzugreifen, aber doch in einer sehr ähnlichen. Entgegen seiner ursprünglichen Absichtsbekundung mischte er sich nun in das Gespräch der Priesterschaften ein. »Erlaubt mir eine Frage: Eure Schöpfungsgeschichte wird sich doch nicht wesentlich von der unsrigen unterscheiden? Außer, dass vielleicht einige Namen anders lauten?«

Für die Schilves antwortete der ältere Priester, der Katalin zuvor schon aufgefallen war. Er strahlte, als habe ihm der hochgestellte Besucher mit seiner Frage einen Herzenswunsch erfüllt.

»Tatsächlich haben wir nichts Vergleichbares, Hoheit! Die Schilves sind ein vorwärtsblickendes Volk. Das Heute ist uns wichtig und auch das Morgen, aber nicht so sehr das Gestrige. Es ist uns zwar nicht völlig gleichgültig, doch was war, das war. Vergangenes ist Vergangenes. Daran lässt sich nichts mehr ändern. Deswegen war es für uns nie von Bedeutung, wer die Pflanzen, Tiere oder Menschen erschuf. Tatsächlich gibt es dazu in unserer Glaubenslehre nur einige wenige Worte, und zwar: Ris sah die Welt und befand, dass alles gut war! – Solche bedeutenden Unterschiede machen die Beschäftigung mit Eurem Glauben ungemein spannend für uns.«

»So hat Ris überhaupt nichts mit der Erschaffung des Menschen und der Natur zu tun?«

»So ist es«, bestätigte der Priester. »Alles war schon da. Alles war vorbereitet, könnte man vielleicht sagen.«

Aus dem Gemurmel in den Reihen der Erdpriester schloss Katalin, dass er gerade mit seiner Frage in Neuland vorgestoßen war. Wie seltsam! War sie nicht völlig naheliegend? Oder sollte das Bestreben, mögliche Reibungspunkte zu vermeiden, die Erdpriester daran gehindert haben, sie zu stellen? Denn schließlich schwächte die Auskunft des Schilves-Priesters den Verdacht, seine Gottheit Ris könne der vom Gottvogel Kakalith vertriebene Sartris sein, keineswegs ab. Ganz im Gegenteil!

Doch die Frage, die Katalin gestellt hatte, war nicht die, auf die er wirklich eine Antwort suchte. Da gab es wesentlich wichtigere! Was waren die Pläne der Schilves? Warum waren sie noch immer hier? Was hatte nach den Andeutungen ihrer Anführerin Urta bereits ihre erste Expedition gesucht? Nichts anderes zählte!

Er beschloss, zur Ablenkung noch eine weitere Belanglosigkeit einzustreuen. »Ich habe mir berichten lassen, dass euer Gott Ris anders als unsere Erdgötter im Himmel wohnt. Wie soll ich das mir vorstellen? Auf den Wolken? Hinter den Wolken? Hat er sich euch vielleicht gezeigt?«

Unerwartet ergriff der vor der Zeit weißhaarig gewordene Priester das Wort. Er wandte sich allerdings nicht an den Fürsten oder an die Versammlung, sondern an seinen Kollegen, der gerade zu einer Antwort ansetzte, wobei er in die unverständliche Sprache seines Volkes verfiel. Er redete nicht lange, sondern stieß nur einige wenige, abgehackte Worte aus. Das war bemerkenswert unhöflich! Doch der Ältere schien sich von dieser Unterbrechung nicht beeinflussen zu lassen und antwortete nach kurzem Zögern: »Es gibt einen Stern, den wir das *Auge des Ris* nennen.«

Katalin gab sich betont interessiert. »Kannst du ihn mir zeigen?«

Doch sogleich wiederholte sich das Geschehen von eben! Erneut zischte der Weißhaarige etwas Unverständliches. Was immer er von sich gegeben hatte, dieses Mal ging der ältere Priester nicht so einfach über seine Bemerkung hinweg. Langsam und nach Worten suchend erklärte er: »Das ist nicht einfach zu beantworten .... Ich weiß nicht, wie ich es ausdrücken soll, Hoheit ... Es ist uns nicht erlaubt ...«

»Das *Auge* ist ein geheimer Stern?«, fragte Katalin verblüfft.

»Nein, geheim ist bloß, welcher der unzähligen Sterne am Himmel das *Auge des Ris* ist. Dieses Geheimnis darf Gläubigen anderer Götter nicht weitergegeben werden. Das ist ein Sakrileg! Ich bitte Euch daher, nicht auf einer Antwort zu bestehen.«

Katalin meinte, noch nie etwas so Absonderliches gehört zu haben! Allerdings kam ihm die sichtliche Verlegenheit des

Priesters gerade recht. Für sein Vorhaben war sie nützlich! Er schlug einen verständnisvollen Ton an.

»Dann will ich nicht weiter in dich dringen. Eine Frage habe ich allerdings noch: Du sagtest zuvor, das Volk der Schilves messe dem Vergangenen wenig Bedeutung bei. Vielleicht habe ich dich missverstanden, denn mir ist deutlich in Erinnerung, dass eure damalige Gesandtschaft ein großes Interesse an unseren Legenden und Mythen gezeigt hat. Ist das nicht ein Widerspruch?«

»Keineswegs«, erwiderte der Priester. »Das ist sozusagen ein besonderer Fall, da es eine Legende gibt, nach der unser Gott Ris vor langer Zeit in fleischlicher Gestalt über die Hügel eines fernen Landes gewandelt sein soll. Nicht wenige unserer Kapitäne suchen nach Belegen hierfür, sobald es sie an eine fremde Küste verschlägt. Es mag zwar eine Frage des Glaubens sein, aber selbstverständlich ist es auch eine des Ruhmes, denn eine bedeutendere Entdeckung könnte es kaum geben.«

Während er sprach, ließ Katalin den Weißhaarigen nicht aus den Augen. Noch einmal versuchte er nicht, seinen Kollegen durch Worte oder Gesten zu unterbrechen. Katalin wunderte sich und stellte seine nächste Frage: »Ist es eine Legende oder ein Glaubenssatz?«

»Einige halten die Legende für wahr, andere nur für einen frommen Wunsch«, gab der Priester ausweichend zurück.

Zu den »einigen« gehörten anscheinend auch die Admiralinnen Urta und Valiva, dachte Katalin und gab mit einer Geste zu verstehen, dass er nicht beabsichtigte, noch weitere Fragen zu stellen. Nun sei jemand anderes an der Reihe. Umgehend baten gleich mehrere Priester auf den Bänken vor ihm um das Wort. Katalin lauschte noch eine Zeit lang den Fragen und Entgegnungen mit halbem Ohr, doch bei der erstbesten Gelegenheit verließ er die Versammlung. Genau wie bei seiner Ankunft erhoben sich alle Anwesenden, um sich respektvoll von ihm zu verabschieden.

Vor der Tür schlossen sich ihm wieder seine beiden stillen Begleiter an. Er hatte es eilig, den Palast zu verlassen. Erst als er unter dem Sternenhimmel stand – der Wind hatte inzwischen die Regenwolken vertrieben –, verlangsamte Katalin seine Schritte. Ihm war bewusst geworden, dass er an dem, was ihm während des Treffens aufgestoßen war, selbst schuld sein mochte. Wochenlang, auf jeden Fall viel zu lange, hatte er mit dem Schicksal gehadert und darüber die Zügel schleifen lassen. Kein Wunder, wenn jemand anders nach ihnen griff! Das musste sich ändern. Das würde sich auch ändern!

Er wandte sich an seine beiden Begleiter. »Die Unterhaltung mit euren Priestern war äußerst anregend für mich und gab mir viel Stoff zum Nachdenken. Ich bin froh, zugegen gewesen zu sein, denn es war ein überaus gewinnbringender Abend!«

Katalin konnte die Wirkung seiner Worte in den Augen der beiden Wachen ablesen. Sie waren nicht gewohnt, dass der himmelweit über ihnen stehende Herrscher von Arades sie überhaupt zur Kenntnis nahm, geschweige denn, freundliche Worte an sie richtete. Doch in ihrem Innersten waren sie wie junge Hunde, die sich danach sehnten, von ihm gelobt und beachtet zu werden. Für ein wenig Zuwendung würden sie freudig kläffend um ihn herumspringen! Bislang hatte er ihnen keine Gelegenheit dazu gegeben, aber auch das würde sich jetzt ändern.

Um seine neue Verbundenheit mit den Niedrigsten der Schilves auf die Probe zu stellen, sagte Katalin: »Eure Priester erwähnten einen Stern, den ihr das *Auge des Ris* nennt, aber ich habe vergessen zu fragen, welches der unzähligen Himmelslichter es ist.«

»Man sieht das *Auge des Ris* von hier aus nicht«, erklärte bereitwillig der Jüngere der beiden, den Katalin erst vor Kurzem noch gemaßregelt hatte. »Bestiegen wir ein Schiff und segelten damit einige Tage lang nach Westen, dann könnte ich Euch *das Auge* zeigen.«

»Das hat mit der Gestalt der Welt zu tun«, fügte der andere Schilves eifrig hinzu.

»Du würdest mir den Stern zeigen, obwohl ich kein Gläubiger eures Gottes bin?«, erwiderte Katalin lächelnd.

Beide Schilves wirkten ehrlich verwirrt. »Aber natürlich, Hoheit, warum denn nicht?«, stammelte der Jüngere. »Der Stern ist ja kein Geheimnis. Zu Hause … dort wo wir herkamen … kannte ihn jeder.«

Katalin wusste nicht, was er von dieser Antwort halten sollte. Der Abend war voller Überraschungen! Zuerst plauderten die Priester etwas aus, um das die Admiralinnen ein großes Geheimnis gemacht hatten, dann erklärten sie selbst etwas für geheim, das ihm ihre einfachsten Soldaten liebend gern enthüllt hätten! Waren die Schilves verrückt? Wusste bei ihnen die Linke nicht, was die Rechte tat, oder waren Wichtigtuerei und Geheimniskrämerei Wesenszüge, die er bisher an ihnen übersehen hatte?

Am Eingang des Schwiegerhauses verabschiedete sich Katalin von seinen Begleitern, als wären sie altvertraute Diener. Ihren Mienen war anzusehen, wie gut ihnen seine Worte taten, und den anderen Wächtern fielen schier die Augen aus dem Kopf.

Katalin suchte nicht wieder die Gesellschaft seiner Frauen, sondern zog sich in ein leeres Gemach zurück, um seine Gedanken zu ordnen. Durch ein Fenster blickte er zu den zahllosen Sternen hinauf.

Zum einen gab es die Legende über den auf Erden wandelnden Gott der Schilves, deren Brisanz ihnen gar nicht bewusst zu sein schien. Die Geschichte eines Gottes, der einmal woanders gewesen und von dort weggegangen war oder hatte weggehen müssen. Wahrscheinlich war es besser, einstweilen zu missachten, wie sehr diese Legende den Verdacht nährte, Ris und der Götterfeind Sartris könnten ein und derselbe sein, und stattdessen zu versuchen, die Welt durch die Augen der Schilves zu sehen. Ihre erste Expedition hatte nach einer Bestätigung der Legende gesucht, und Urta und Valiva hatten angedeutet, dass sie dasselbe Anliegen hatten. Vielleicht war es für die Admiralinnen nur ein harmloser Scherz gewesen, als sie ihn zu dem Glauben verleiteten, an dieser Suche könne etwas Geheimnisvolles sein. Vielleicht hatten sie ihn damals aber auch nur von der Frage abbringen wollen, welche weiteren Absichten sie hegten! Ähnlich mochte es um den Vorfall während des Gesprächs der Priesterschaften bestellt gewesen sein. Der weißhaarige Priester war seinem älteren Glaubensbruder zweimal heftig ins Wort gefallen. Wollte er ihn warnen oder ihn ermahnen? Doch weswegen und wovor? Nur die Schilves verstanden, was seine Worte bedeutet hatten. Vielleicht hatten sie gar nichts mit der angeblich geheimen Bestimmung des *Auge des Ris* zu tun gehabt, eines Sterns, den man anscheinend sowieso nicht von Arades aus sehen konnte. Dann war die ganze Geschichte darum also nichts als eine Stegreiferfindung gewesen, um ihn abzulenken. Etwa von einer ganz anderen Frage, vielleicht der nächsten oder übernächsten, die unmittelbar aus einer Antwort folgte?

All diese Fragen liefen darauf hinaus, dass er mehr über die Eroberer seiner Stadt in Erfahrung bringen musste, wenn er sie jemals wieder loswerden wollte. Viel mehr!

Katalin schickte nach seiner Nebenfrau Roxana, denn in gewisser Hinsicht ähnelte sie den beiden Wachen. Wie jene sehnte auch sie sich nach mehr Beachtung, und er hatte eine Aufgabe für sie, mit der sie sich diese Beachtung verdienen konnte.

Später, als Katalin im Bett lag und immer schläfriger wurde, erinnerte er sich an eine Formulierung, die er an diesem Abend aus dem Mund von wem auch immer gehört hatte: *zu Hause, dort wo wir herkamen.* Sie kam ihm ungelenk und sperrig vor, war vielleicht aber auch nur Ausdruck unzureichender Kenntnis der Sprache des Bundes, denn *wo wir herkommen*, so hätte es doch eigentlich heißen müssen! Aber dann beschenkte ihn Tiver, die Göttin des Schlafs, der Träume und Weissagungen mit ihren Gaben.

Der nächste Morgen wartete mit einer Überraschung auf, die Katalins Erinnerung an die letzten Augenblicke des verflossenen Tages gänzlich verdrängte. Zwei Schilves-Krieger brachten mit den besten Wünschen und Grüßen der Admiralinnen Urte und Valiva ein Geschenk. Mit einem feierlichen, übertrieben wirkenden Ernst entfernten sie das Tuch, in das es gewickelt war, und enthüllten ein Fernrohr. Seinem Erschaffer hatte als Vorbild ein länglicher Fisch vorgeschwebt, weshalb er die Spitze des Rohres in einen äußerst lebensecht wirkenden, geschnitzten Fischkopf mit aufgerissenem Maul hatte enden lassen. Das Material, das er verwendet hatte, war dunkelbraun gebeizter Knochen. Allzu viel sah man von ihm nicht, da – abgesehen von den Enden des Rohres – fast der gesamte Rohrkörper mit einem rautenförmig gemusterten Leder verkleidet war. Katalin hielt es zunächst für Echsen- oder Schlangenleder, bis ihm bewusst wurde, dass der Handwerker gar nichts anderes verwendet haben konnte als Fischleder. Breite, spiegelblank polierte Silberbänder gleich hinter den *Kiemen* und beim Okular vervollständigten das Instrument.

Obwohl Katalin dieses Geschenk außerordentlich gut gefiel, war sein erster Gedanke, die Annahme höflich zu verweigern. Zu offensichtlich erschien es ihm wie eine Belohnung für sein Wohlverhalten und sein neues Interesse an den Sitten und Glaubenslehren der Schilves. Doch dann erlag er der Versuchung und setzte es ans Auge. Er war sofort begeistert, da dieses neue Fernrohr jedes andere aus der kleinen Sammlung übertraf, die er sich im Laufe der Jahre zugelegt hatte! Genauso scharf und deutlich wie bislang die Menschlein auf dem Platz unter dem Palasthügel, sah er sie nun in erheblich größerer Entfernung!

Eine ganze Woche lang tat Katalin nichts anderes, als die Stadt zu betrachten, die ihm gehörte. Neben ihren schönen und großartigen Bauwerken und der Betriebsamkeit auf ihren Plätzen und in den Straßen erhielt er nun auch Einblick in Viertel wie die *Weißgarbe*, von denen er zwar gewusst hatte, dass es sie gab, in die er aber niemals einen Fuß gesetzt hatte. Er beschloss, sobald die Fremden vertrieben worden wären, in die Fußstapfen seines Vaters und Großvaters zu treten, diese Schandflecke abzureißen und durch neue, schöne und saubere Viertel ersetzen zu lassen. Selbstverständlich würde eines nach ihm selbst benannt werden: Katalina.

Auch den Hafen vergaß er nicht. Stundenlang beobachtete

der Fürst mit seinem neuen Spielzeug das Treiben seiner ungebetenen Besucher. Wie sie bei ihren Schiffen standen, an Bord
gingen oder sie wieder verließen. Aufmerksam verfolgte er,
wie in regelmäßigen Abständen einer ihrer blauen Segler unter
Jubel in See stach, um in wochenlanger Reise das weite Meer
zu überqueren, damit ihr ferner Herrscher Hulimpe auf dem
Laufenden gehalten werde. Oder wenn meist nur wenige Tage
später – für diese Reisen schien es einen strengen Zeitplan zu
geben – ebenso freudig begrüßt ein anderes ihrer Schiffe in den
Hafen einlief, mit Nachrichten aus der Heimat und neuen Anweisungen ihres Gebieters.

An manchen Tagen empfand Katalin diese dauernde Beschäftigung mit den fremden Eroberern von jenseits des unendlichen Meeres, ihrem alltäglichen Tun, ihrer Macht, ihrem
Können, ihren Fertigkeiten, ihrer scheinbaren Überlegenheit
wie eine besondere Form der Selbstkasteiung. Doch dann rief
er sich in Erinnerung, dass er so viel wie möglich über sie
erfahren musste, wenn er jemals wieder Herr in Arades sein
wollte.

In Zeiten schlechter Geschäfte
und blühender Gerüchte

Gerüchte, Gerüchte!

Den ganzen Sommer über blühten die Gerüchte. Bei manchen konnten selbst die Klügsten nicht entscheiden, ob sie wahr sein mochten oder nicht, andere waren so haarsträubend, dass sie regelrecht dazu aufforderten, sie der nächstbesten leichtgläubigen Seele brühwarm weiterzuerzählen. Nikola liebte Gerüchte. Sie sorgten dafür, dass man immer etwas zu bereden hatte, und machten das Leben bunter.

Es war nur naheliegend, dass sich zahlreiche Gerüchte um die Fremden rankten. Sie waren meist nicht sehr ergiebig, da auch nach Monaten niemand so recht wusste, welche Ziele sie verfolgten und was in ihren Köpfen vorging, obwohl sie nicht mehr ganz so abgeschottet in ihrem Stadtviertel lebten. Inzwischen konnte man ihnen auch in den Straßen von Arades begegnen, wenn sie keine Befehle erfüllten. Üblicherweise waren sie zu zweit, zu dritt oder zu viert unterwegs. Einige wenige sollten sogar ihr Viertel verlassen haben und in andere Teile der Stadt umgezogen sein. Ging man jedoch den Angaben in den Gerüchten nach, so gelangte man grundsätzlich in Straßen, in denen noch nie zuvor jemand von diesen angeblichen neuen Mitbewohnern gehört hatte.

Einem dieser Gerüchte über die Fremden zufolge hatten sie sich ihren Frieden mit den benachbarten Stadtstaaten des *Bundes* dadurch erkauft, dass sie ihnen den Miacurapass und etliche angrenzende Gebiete überlassen hatten. Ein anderes Gerücht behauptete etwas fast Gegenteiliges: Die Fremden hätten den Miacurapass keineswegs kampflos aufgegeben, und seither spiele das Wetter in den Landen der Angreifer verrückt. Es regne ständig und die Ernte verfaule auf den Halmen!

Gemäß einem dritten Gerücht verhielt sich alles noch einmal ganz anders. Die Schilves trieben friedlichen Handel mit den restlichen Städten des *Bundes*. Sie ließen sich mit Lebensmitteln zur Ernährung ihrer Krieger beliefern und bezahlten dafür mit dem Gold des Fürsten.

Diese Sorte von Gerüchten interessierte Nikola ganz und gar nicht. Er wusste nicht einmal, wo sich der Miacurapass befand, und da er in seinem bisherigen Leben nicht an ihn gedacht hatte, würde er ihn auch künftig nicht vermissen. Und was das Gold des Fürsten anging: Jeder wusste, dass die Fürsten von Arades unermesslich reich waren. Höchstwahrscheinlich würden die Schilves ihr Getreide auch dann noch bezahlen können, wenn er schon lange tot war. Doch sollte der fürstliche Reichtum wider Erwarten früher zur Neige gehen, so würden sie spätestens dann in See stechen, um nach Hause zu ihrem Fürsten Hulimpe zu segeln oder um einen anderen Fürstenschatz zu plündern. Kurzum: Das war alles ohne Belang!

Auf dem Weg zur Puhlerei dachte Nikola über ein Gerücht nach, dass ihm die Schneiderin erzählt hatte, als sie am Morgen in sein Zimmer gestürmt war, um ein Stück von einem der Stoffballen abzuschneiden, die bei ihm gelagert wurden. Dass er noch im Bett gelegen hatte, hatte sie nicht gestört.

Die Neuigkeit, von der sie glaubte, ihn sofort unterrichten zu müssen, hing mit den Ausgrabungen der Schilves außerhalb der Stadt zusammen. Ganz in der Nähe der alten Katakomben hatten sie kürzlich begonnen, die Erde aufzureißen. Um unerwünschte Verdächtigungen gar nicht erst aufkommen zu lassen, hatten sie mit den Priesterschaften von Laint und Galunt vereinbart, dass einer der Ihren immer zugegen sein solle, wenn sie tätig waren. Die Priester sollten darüber wachen, dass keine Gebote und Regeln gebrochen wurden, aber auch bezeugen, dass was immer die Fremden bezweckten, seine Richtigkeit hatte. Ob sie selbst genau wussten, was der

Grund für die Grabungen war, darüber gingen die Meinungen weit auseinander.

Wegen der Ausschweifungen des vergangenen Abends, bei dem nur ein allerletzter Würfelwurf eine drohende Katastrophe verhindert hatte, hatte sich Nikola anfänglich außerstande gesehen, der Redeflut seiner Vermieterin etwas entgegenzusetzen. So hatte er notgedrungen erfahren, dass die Schilves angeblich – sobald sie einmal gefunden hätten, was sie suchten – die Göttergläubigkeit eines jeden einzelnen Bewohners der Stadt überprüfen wollten.

»Dann wehe den Ungläubigen und Glaubensschwachen!«, hatte die Schneiderin ihre Ausführungen mit einem deutlichen Seitenblick auf ihn beendet.

Nun schon etwas wacher, hatte Nikola stockernst geantwortet: »Dann wird es wohl Zeit, dass ich wieder einmal eine Kerze im Tempel des Apulu entzünde!«

Das hatte ihr die Sprache verschlagen. Vielleicht, weil sie noch nie von Apulu gehört hatte, vielleicht aber auch, weil sie nicht fassen konnte, dass ausgerechnet ihr Untermieter, ein dem Glücksspiel frönender Puhler, sich besonders stark zum Gott der acht oder vielleicht auch Neun Künste hingezogen fühlte! Als sich Nikola aus dem Bett schwang und ihr auffiel, dass er nackt geschlafen hatte, hatte sie eilig den Rückzug angetreten.

Noch jetzt, eine knappe Stunde später und auf dem Weg zur Arbeit, konnte Nikola über dieses dämliche Gerücht nur den Kopf schütteln. Dennoch dachte er darüber nach, wem er es weitererzählen konnte. Flaviu wäre viel zu schlau. Auch Serban war ungeeignet. Zwar würde er bis zum Ende zuhören, aber dann sofort alles vergessen, was er ihm gerade eben erzählt hatte, ganz so, wie es seine Art war, wenn ihn etwas langweilte. Mihan! Onkel Mihan vielleicht!

Im selben Augenblick, als Nikola meinte, ein geeignetes Opfer gefunden zu haben, entdeckte er, dass einige Häuser von der Puhlerei entfernt ein neuer Krämerladen oder Handwerkerbetrieb eingerichtet wurde. An einer Hauswand lehnte eine

Leiter, auf der eine Frau stand, die ein Schild über dem Eingang anbrachte. Es zeigte ein blaues, nach oben spitzwinkeliges Dreieck. Die Frau hatte eine flüchtige Ähnlichkeit mit Andreea, war aber etwas älter und größer als sie und an den entscheidenden Stellen stärker gerundet. Die niedrig stehende Morgensonne machte ihr Gewand durchscheinend und offenbarte mehr, als seiner Trägerin vermutlich bewusst war. Nikola blieb stehen und genoss die Aussicht. Als die Frau ihn bemerkte, gab er sich arglos. »Was wird das hier?«

»Bei uns kannst du die Sprache der Fremden lernen«, antwortete sie freundlich.

»Wozu sollte ich das?«, gab Nikola zurück. »Sie verstehen uns doch gut genug.«

Die Frau lachte. »Wenn du dich da nicht irrst! Bei Weitem nicht alle! So hat es zwar zu Anfang geheißen, aber das stimmt nicht. Viele beherrschen nicht einmal ein paar Brocken unserer Sprache. Wenn du mit ihnen Geschäfte machen willst – sagen wir, du möchtest ihnen etwas verkaufen –, dann solltest du sie aber verstehen.«

»Du kannst mir also beibringen, so zu sprechen wie die Schilves?«

Die Frau schüttelte bedauernd den Kopf. »Das kann niemand. Ich kann dir aber eine Menge Begriffe beibringen, und einfache Sätze. Wahrscheinlich klingen wir in ihren Ohren wie Kinder, denn niemand spricht ihre Sprache fließend. Aber bei ihnen ist es ja auch nicht anders. Willst du denn ihre Sprache lernen?«

Nikola grinste anzüglich. »Ich bin noch unschlüssig. Vielleicht möchtest du mir erst eine Probestunde geben? Oder auch nur eine halbe, sofern du jetzt gerade nicht mehr Zeit hast? Ich bin ein gelehriger Schüler und überzeugt, dass du auch von mir einiges lernen könntest.«

»Wir unterrichten nach Liste«, sagte eine neue Stimme. Sie gehörte zu einem Mann, der gerade aus dem Haus trat und etwa so alt war wie die Frau auf der Leiter. Nikola gab sich keinen Illusionen hin. Sein geübtes Auge verriet ihm sogleich, dass der Mann kein Verwandter der Frau war, kein Bruder oder Vetter, und auch kein Knecht oder hilfreicher Nachbar. Seine ganze Körperhaltung drückte aus, dass er der Platzhirsch in ihrem Leben war und bereit, sein Revier jederzeit zu verteidigen.

»Welche Liste?«, erwiderte Nikola, nachdem er ihn gründlich gemustert hatte.

Der Hinzugetretene erklärte es ihm gern. »Woanders kannst du nur so viel lernen, wie der jeweilige Lehrer selbst weiß. Nicht so bei uns! Wenn du ein Wort wissen willst, dessen Übersetzung wir nicht kennen, oder einen ihrer Ausdrücke aufgeschnappt hast, der uns noch unbekannt ist, dann gehen meine Frau oder ich zu den Schilves und erkundigen uns. Gibt es genügend Anfragen zum selben Wort, so wird es von ihnen samt seiner Übersetzung in die offizielle Liste der Wörter aufgenommen, nach der wir lehren. Das kostet dich kein einziges Kupferstück zusätzlich.«

»Gut zu wissen«, antwortete Nikola ernst. »Wenn ich jetzt also wissen wollte, was in der Sprache der Schilves Hundsfott, Pisslurch oder Arschnase ...«

Angewidert verzog sein Gegenüber das Gesicht. »Ich bezweifle, dass sie uns Auskunft geben würden.«

»Warum? Sie sind doch sonst nicht so zimperlich?«

»Ist das nicht offensichtlich?«, antwortete der Sprachlehrer. »Sie wären die Einzigen, die du mit diesen Ausdrücken beleidigen könntest.«

»Ach so!«, erwiderte Nikola. »Daran hatte ich gar nicht gedacht. Mein Fehler.«

»Halb so wild«, wehrte der Mann ab. »Offenbar ist das in diesem Teil der Stadt eine drängende Frage.«

Nikola war noch nicht fertig. »Was geschieht, wenn ihr die Einzigen seid, die ein bestimmtes Wort wissen wollen?«

»Dann wird es nicht in die Liste aufgenommen. Dann ist es kein wichtiges Wort, das man unbedingt wissen müsste.«

Nikola staunte. »Sie verraten euch bei manchen Wörtern nicht, was sie in ihrer Sprache bedeuten? Selbst wenn es keine Kraftausdrücke sind?«

»Und umgekehrt!«, antwortete dieses Mal die weibliche Hälfte des Lehrerpaares. »Wir haben so etwas noch nie selbst erlebt. Uns haben sie bisher immer geantwortet. Vermutlich wollen sie mit dieser Beschränkung erreichen, dass die Liste nicht zu lang und unübersichtlich wird. Viele Wörter haben ja fast dieselbe Bedeutung. Aber vielleicht haben sie auch andere Gründe. Wer versteht schon die Schilves?«

Als Traian aus der Puhlerei trat und ungeduldig winkte, beendete Nikola die Unterhaltung. »Ich werde mich bei euch melden, sollte ich von euren Künsten Gebrauch machen wollen.« Er deutete zur Puhlerei. »Wir sind ja beinahe Nachbarn.«

Nach ein paar Schritten blieb er stehen, wandte sich um und zeigte auf das Schild, da er plötzlich wusste, was das blaue Dreieck bedeutete. »Ein blaues Segel! Wie ihre Schiffe!«

»So ist es«, bestätigte die Frau und stieg von der Leiter herab. »Nur wer nach Liste unterrichtet, darf dieses Wappen führen.«

In der Puhlerei erwartete Nikola eine böse Überraschung.

Er war der Einzige, der noch gefehlt hatte. Marilena und Serban unterhielten sich angeregt miteinander. Flaviu saß an einem Tisch und hatte wie so oft den Kopf auf die Tischplatte gelegt, sodass nicht offensichtlich war, ob er wach war oder schlief. Auch Kostel war wieder einmal zu Besuch. Er und Onkel Mihan tauschten uralte Geschichten aus, über die sie gelegentlich lachten, während Liviu andächtig lauschte. Der Junge hatte sich nach seiner Schnupperzeit entschieden, Traians Lehrling zu werden, und nannte ihn seither *Meister*.

»Er ist sehr höflich und weiß, was sich gehört«, hatte sich sein Lehrherr einmal dazu geäußert. Flaviu jedoch hatte einen anderen Ausdruck für dieses Verhalten gefunden.

Etwas abseits stand Traian und sah verdächtig danach aus, als wolle er wieder einmal einen Vortrag halten. »Jetzt, da alle zugegen sind …«, hob er schon an.

Polternd fiel ein Stuhl um, als Flaviu aufsprang und rief: »Dann können wir sofort aufbrechen! Wen knöpfen wir uns heute zuerst vor, Traian?«

Schnell und beherzt gehandelt, dachte Nikola anerkennend. Aber vergebliche Liebesmüh, denn leider würde diese Ablenkung wohl kaum ausreichen, um Traian von seinem Vorhaben abzubringen.

»Setz dich, Flaviu«, befahl dieser. Von einem Augenblick auf den anderen wich jeder Ausdruck aus seiner Stimme. Er sprach nun mit gleichbleibender Lautstärke und Tonhöhe, und seine Worte sprudelten wie ein Bächlein aus nassem Lehm. Vermutlich hatte er den vergangenen Abend damit verbracht, das, was er zu sagen hatte, immer und immer wieder zu wiederholen.

»Ich habe euch etwas Wichtiges mitzuteilen. Ihr werdet selbst gemerkt haben, dass unser Geschäft in letzter Zeit nicht besonders gut geht. Kaum noch jemand fordert Genugtuung für eine erlittene Schmähung, und auch immer weniger verlangen, dass ihnen Gestohlenes zurückgebracht werde. Ihr müsst nicht glauben, dass die Stadt anständiger und weniger sündig geworden sei! Noch immer wird beleidigt, noch immer wird gestohlen. Doch das Unheil, das über uns kam, hat vielen den Glauben an die Ordnung der Dinge geraubt. Anstatt rechtzeitig Vergeltung zu fordern, ertragen die Menschen jede Schmach bis zum Äußersten. Sie denken: Was nutzt es, um meinen Besitz zu kämpfen, wenn jederzeit jemand kommen kann und uns alles wegnimmt? Ich habe viel nachgedacht, wie es mit uns weitergehen kann, und ob ich das Geschäft nicht lieber nur mit zweien oder dreien von euch weiterzuführen sollte.«

Flaviu, der schon nach wenigen Worten seine übliche Ruhehaltung eingenommen hatte, schreckte hoch. »Es wird sicher wieder besser, Traian. Du solltest nichts übereilen.«

Marilena wollte offenbar ins gleiche Horn stoßen: »Bei mir im Haus ...«

Doch Traian brachte beide mit einer ärgerlichen Handbewegung zum Verstummen. Einen Augenblick lang schien er völlig in sich versunken, dann aber wiederholte er der Einfachheit halber seine letzten Worte: »Und uns alles wegnimmt? Ich habe viel nachgedacht, wie es mit uns weitergehen kann, und ob ich das Geschäft nicht lieber nur mit zweien oder dreien von euch weiterführen sollte. Aber dann kam mir ein zündender Einfall. Sicher gibt es auch bei den Schilves Halunken.«

Damit löste er lautes Gelächter aus. Serban, der etwas dazu zu sagen hatte, musste recht laut werden, um sich gegen den Lärm durchzusetzen. »Waren wir uns nicht immer einig, Traian, dass wir möglichst wenig mit der Obrigkeit zu tun haben wollten?«

»Mit der Garde«, verbesserte ihn Traian. »Weil sie schlecht und verspätet bezahlt. Wie es die Schilves halten, wissen wir noch nicht. Das muss sich erst herausstellen. So weit möglich, möchte ich mit ihnen auch nicht anders verfahren als mit unseren bisherigen Kunden. Also mit dem Unrecht, das einzelnen Schilves zugefügt wurde. Ich habe noch nichts entschieden, da ich erst eure Meinung hören wollte.«

»Werden sich die Fremden überhaupt an die Entscheidungen der *Gerechtigkeit* halten?«, warf Marilena ein. Ihrem Mienenspiel nach schien sie die Frage bereits für sich beantwortet zu haben.

»Auch das wird sich erweisen müssen«, erwiderte Traian. »Vielleicht haben sie auch ihre eigene *Gerechtigkeit*. Das weiß ich noch nicht. Als ich jedoch mit ihnen sprach, haben sie die Vorstellung nicht rundweg zurückgewiesen.«

»Und danach hast zu entschieden, unsere Meinung zuerst zu hören?«, spöttelte Flaviu.

»Ich denke schon länger über das Ganze nach«, entgegnete Traian gereizt. »Ich sehe doch, was kommt, und es ist nicht meine Art, mich einem Wunschdenken hinzugeben. Selbstverständlich habe ich zuerst bei den Schilves vorgefühlt.«

»Bildest du dir wirklich ein, ihre Belange und unsere könnten für alle Zeit getrennt bleiben, Traian?«, mischte sich nun Kostel ein. »Über kurz oder lang wirst du den Auftrag bekommen, unsere Leute im Auftrag der Schilves zu bestrafen. Kennst du denn ihre Gesetze oder ihre Vorstellung von Recht und Unrecht? Du wirst nichts weiter sein als ihr Handlanger!«

»Wer sind denn *deine Leute*, Kostel?«, giftete Traian. »Gehören dir neuerdings die neun Sippen oder wenigstens ein paar Bettler auf der Straße?«

»Du weißt, wie ich es meine!«

»Nein, das weiß ich eben nicht«, brüllte Traian. »Irgendwoher muss das Geld kommen, und wer sich nichts zuschulden kommen lässt, der hat auch nichts zu befürchten.«

»Mein Ja bekommst du dafür nicht«, entgegnete Kostel eisig. »Du hast recht: Ich gehöre keiner der Sippen an, aber es sind trotzdem *unsere* Leute, und es gibt einen Unterschied zwischen denen und uns. Ich will mit der ganzen Sache nichts zu tun haben!«

Er stand auf und ging zur Tür. Marilena versuchte ihn aufzuhalten: »Kostel …«

»Lass ihn!«, befahl Traian und fügte, nachdem Kostel die Tür der Puhlerei hinter sich geschlossen hatte, hinzu: »Der kommt wieder!«

Plötzlich erhob sich auch Onkel Mihan und ging zu seiner Kammer.

»Du bist doch gar nicht davon betroffen«, sagte Traian verblüfft.

»Damit magst du recht haben, Traian, dennoch stößt mir plötzlich etwas so widerlich aus dem Magen auf«, gab Mihan zurück. »Vielleicht habe ich auch nur ein faules Ei gegessen.«

Dann war auch er fort. Traian wirkte plötzlich ganz hilflos und schien nicht mehr zu wissen, was er noch sagen sollte. Offensichtlich hatte er nicht mit so viel Widerstand gegen sein Vorhaben gerechnet.

Nikola warf einen Blick in die Runde. Marilena, Serban, Flaviu – ganz offensichtlich gefiel keinem von ihnen die andere Möglichkeit zu Traians Vorschlag. Der junge Liviu schien sogar den Tränen nahe. Was ihn selbst anbelangte, so war es für ihn gegenwärtig mehr oder weniger eine Frage von Leben und Tod, dass er auch weiterhin für Traian arbeiten konnte und Geld in die Finger bekam. Daher schlug er mit der flachen Hand auf den Tisch. »Tu, was du tun musst, Traian! Ich werde die Schilves genauso gern verwichsen wie bisher die Aradeken!«

Traian warf ihm einen dankbaren Blick zu, und auch die anderen waren erleichtert über Nikolas Vorpreschen. »Müssen wir dann auch ihre Sprache lernen?«, fragte Flaviu. »Die Neuen auf der anderen Straßenseite wollten mir nicht verraten, was Schweinehund in der Schilves-Sprache bedeutet.«

Marilena lachte. »Lausbart, Schlaffnuss und Schleimbeutel kennen sie auch nicht! Nikola, du hast doch sicher ...«

Der Genannte fiel ihr ins Wort: »Über solche Albernheiten bin ich erhaben, Marilena, obwohl es natürlich wichtig ist zu wissen, wie man einen Schilves anzusprechen hat, bevor man ihm die Nase richtet.«

»Das Erlernen ihrer Sprache wird nicht nötig sein«, erklärte Traian. »Etwas anderes liegt mir viel mehr auf dem Herzen! Die Schilves scheinen auf ihre Weise ein sehr frommes Volk zu sein ...«

»Das ist nur ein dummes Geschwätz«, brummte Serban.

Traian blickte ihn verständnislos an. »Was ist ein Geschwätz?«

»Dass jeder Bewohner der Stadt auf seine Göttergläubigkeit geprüft werden soll. Hast du noch nicht davon gehört? Seit ein oder zwei Tagen macht dieses Gerücht die Runde. Was hätten die Fremden denn davon, jeden Einwohner auf seine Gläubigkeit zu prüfen? Das sind ja noch nicht einmal ihre eignen Götter!«

Traian hatte tatsächlich von diesem Gerücht erfahren, und ebenso alle anderen Anwesenden, wie gleich zu hören war. Er wartete, bis es wieder etwas ruhiger geworden war. »Sicher ist das Unsinn, aber es kann trotzdem nicht schaden, wenn ihr als nicht ganz so götterloser Haufen erscheint. Wie ich bereits sagte, scheinen sie sehr gläubig zu sein, und bestimmt respektieren sie uns mehr, wenn ihr denselben Eindruck erweckt.«

Flaviu gefiel das ganz und gar nicht. Während er heimlich mit Zeigefinger und Daumen einen Kringel formte, fragte er: »Wie soll das gehen, Traian? Willst du uns jetzt in Sippenbubis verwandeln, die zweimal im Vierteljahr in den Tempel gehen?«

»In der Woche«, flüsterte Marilena. »Zweimal in der Woche!«

Flaviu wandte sich zu ihr um. »So oft?« Sie nickte bestätigend. Ungläubig schüttelte er den Kopf. »Donnerwetter! Also zweimal in der Woche – und das seit dreißig Jahren?«

»Einsichtig«, räumte Traian ein. »Das dürfte tatsächlich unmöglich sein. Mir reicht es jedoch, wenn jeder irgendetwas zu sagen hat und nicht schweigt wie ein Ochse vorm Trog, sobald einer unserer zukünftigen Kunden die Rede auf unsere Götter bringt.«

Marilena meldete sich zu Wort: »Stellst du dir das vielleicht so vor: Veiwe ist die Göttin der finsteren Racheschwüre. Zu ihr betet man, wenn man jemanden ums Verrecken nicht leiden kann und sich wünscht, dass er bald ins Gras beißt. Einst war sie die Gefährtin des Rebengottes Fuflunz. Damals war sie noch keine Rachegöttin, sondern ein fröhliches Dingelchen. Doch dann kam sie diesem Windbeutel auf die Schliche …«

»So ähnlich«, sagte Traian. »Mir schwebten allerdings etwas andere Götter vor und auch eine demütigere Wortwahl. Was ist mit Velkanz, dem Gott der Herden, oder Horta, der Göttin der Äcker und Feldfrüchte, Sanz, dem Wahrer der Verträge, Versprechen und Eide … Nikola, was meinst du?«

»Ich besitze weder Äcker noch Vieh und schwöre auch keine Eide. Was sollte ich also mit ihnen anfangen?«, maulte Nikola.

»Tun es vielleicht auch Laint und Galunt?«

»Aha!«, rief Traian interessiert. »Was ist mit Laint und Galunt?«

»Totengötter. Mehr muss man dazu wohl nicht sagen. Wenn man tot ist, ist man tot. Dann hat sich's ausgeplappert.«

Traian seufzte. »Das ist eindeutig zu wenig. Wir werden in zwei Wochen nochmals darüber reden. Vielleicht sucht der eine oder andere in der Zwischenzeit einen Tempel auf, um etwas zu lernen. Ich kann euch allerdings auch einiges beibringen. Mir macht es nichts aus, denen, die gar nichts wissen, nach der Arbeit einiges zu erzählen und sie zu unterrichten.«

Nikola atmete tief durch und formte mit den Fingern ebenfalls heimlich einen Kringel. Das kam ja wohl überhaupt nicht infrage!

Soweit sich Nikola erinnerte, hatte er nur zweimal in seinem Leben einen Tempel betreten. Das eine Mal zusammen mit seinem Vater, wenige Tage bevor dieser ihn ausgesetzt hatte. Nikola wusste nicht, was für ein Tempel es gewesen war. Er erinnerte sich an einen hell erleuchteten Raum, der ihm damals riesig erschienen war, und eine Treppe, die zu einer unterirdischen Halle geführt hatte, die voller Menschen gewesen war. Sie hatten die Worte eines Vorbeters andächtig nachgesprochen, und die Luft hatte seltsam gerochen. Am erstaunlichsten war jedoch gewesen, dass sein Vater, der nie etwas von den Göttern gehalten hatte, zuvor eigens ein Opfertier gekauft hatte, und zwar eine Taube. Damit war er nicht allein gewesen, und sie hatten lange in einer Schlange anstehen müssen, bevor sie den zuständigen Priester erreicht hatten. Er hatte die Taube entgegengenommen, ihr mit einem breiten Messer den Kopf abgehackt und das Blut aus ihrem Hals in eine funkelnde und bereits halb volle Schale tropfen lassen. Anschließend hatte er sie in einen Korb geworfen, in dem schon andere Körper lagen, manche mit Fell und manche mit Federn.

Nikola hatte noch lange an die Taube denken müssen. Nicht allein deswegen, weil sie so fügsam erduldet hatte, wie er sie in beiden Händen hielt und nur das kleine Köpfchen eifrig nach links und rechts wandte, als bestaune sie jede Kostbarkeit des Tempels und wollte sich jeden seiner Besucher genau ansehen. Und auch nicht deshalb, weil er ihren abgeschnittenen Kopf heimlich eingesteckt und so lange behalten hatte, bis irgendwann die Augen und der halbe Schnabel fehlten, sondern vor allem, weil er geglaubt hatte, dass er und sein Vater zwei Tage lang vom Fleisch der Taube hätten satt werden können, wenn nicht sogar noch wesentlich länger. Er war ein Kind gewesen und hatte es damals nicht besser gewusst.

Sein zweiter Besuch war deutlich kürzer ausgefallen und der betreffende Tempel hatte auch nicht halb so freundlich und einladend gewirkt wie der erste, sondern im Gegenteil: düster, gefährlich und kalt. Möglicherweise war diese Einschätzung jedoch falsch und darauf zurückzuführen gewesen, dass sich Nikola gerade auf der Flucht vor Gogul der Qualle und zweien seiner Freunde befunden hatte. Sie hatten ihn durch das ganze Viertel gejagt, weil Nikola eine halbe Stunde zuvor ihrem Anführer die Nase blutig geschlagen hatte. Die Tempeldiener waren jedoch nicht gewillt gewesen, einem Schutz suchenden Gassenjungen Asyl zu gewähren und hatten ihn sogleich wieder hinausgeworfen. Draußen hatte ihn Gogul schadenfroh grinsend erwartet. Wegen des getrockneten Blutes unter seiner Nase hatte er besonders wild ausgesehen, als er triumphierend rief: »Jetzt gibt's eine ordentliche Tracht Prügel, Furznase!« Dann waren er und seine Schergen über Nikola hergefallen. Es war kein leeres Versprechen gewesen.

Auch von diesem Tempel hatte Nikola nicht gewusst, wem er geweiht war. Damals hatte er keinen einzigen Tempel mit irgendeinem der Erdgötter verbunden, sondern immer nur mit den Menschen, die die Eingänge behüteten, den Türstehern und Tempelwächtern. Daher gab es etwa den Tempel der dürren Frau mit den Knochenfingern, die zwar auf den ersten Blick abweisend wirkte, aber für hungrige Straßenkinder immer einen Kanten Brot übrig hatte, den sie ihnen so heimlich zusteckte, als dürfe es niemand mitbekommen. Oder es gab den Tempel mit dem Türsteher, der die Gestalt eines Ringers hatte, und von dem jeder sagte, dass man sich bloß nicht mit ihm anlegen solle!

Nikola hatte also eine gewisse, wenn auch undeutliche Vorstellung von dem, was ihn erwartete, falls er einen Tempel aufsuchen würde, um Traians drohenden und zweifellos zermürbenden Unterweisungen über den Erdgötterglauben zu entgehen. Über die Wahl eines geeigneten Gotteshauses hatte er nicht lange nachdenken müssen, da er seit seinem Umzug zum Osttor jeden Tag an einem vorbeikam, dessen Fassade aus unbekannten Gründen, die ihn jedoch nicht weiter beschäftigten, mit nackten, dicken Frauen bemalt war, und vor dem bisweilen Tempelbesucher in größerer Zahl herumstanden und Fußgängern und Karren gedankenlos den Weg versperrten.

Vor dem Tempel hielt Nikola inne und betrachtete die bunte Fassade, während er mit halbem Ohr einem dumpfen Gesang lauschte, der irgendwo unter der Erde seinen Ursprung hatte. Zum ersten Mal fiel ihm jetzt auf, dass außer den Frauengestalten auch friedlich grasende Ziegen und Fische fangende Reiher die Gebäudewand verzierten. Zwei Türsteherinnen in orange und weiß karierten Gewändern und mit ebensolchen Kopftüchern standen am Eingang und traten lächelnd zur Seite, als eine erkennbar schwangere Frau dem Eingang zustrebte. Sie trug einen Korb, aus dem ein ahnungsloser Gockel neugierig seinen Hals streckte.

Vielleicht wäre es besser gewesen, die Schneiderin vorher zu fragen, um welche Art von Tempel es sich handelte, dachte Nikola, denn das Wandbild machte ihn nicht schlauer. Doch da Traian hatte durchblicken lassen, dass ihm einerlei sei, über welche Gottheit sich seine Puhler kundig machten, solange sie ihren künftigen Schilves-Kunden im Ernstfall irgendetwas erzählen konnten, war das eigentlich gleichgültig.

»Was für ein Unsinn!«, murmelte Nikola, als er auf den Tempeleingang zuschritt. Plötzlich fiel ihm der Gockel ein. Ohne vorherige Opfergabe würden ihm die Priester womöglich kein Wort erzählen! Doch einen Gockel bekam man nicht umsonst, und wenn er es sich recht überlegte, so konnte es sich ein hart arbeitender Mann mit einer gelegentlichen Begeisterung für Würfel gar nicht leisten, sein Geld an Götter zu verschwenden! Zumal wenn er sich noch kürzlich mit Gestalten eingelassen hatte, die nicht für Duldsamkeit bekannt waren, wenn es um die Begleichung von Spielschulden ging.

Nikola machte scharf kehrt und eilte mit großen Schritten vom Tempel weg. Am Ende der Straße fiel ihm plötzlich jemand ein, der ihm sicher weiterhelfen konnte, ohne etwas dafür zu verlangen. Er wunderte sich, dass er nicht gleich an ihn gedacht hatte. Entschlossen schlug Nikola den Weg zum Viertel der Schilves ein.

In Ovidius Kaschemme schlug Nikola die gewohnte feindselige Atmosphäre entgegen. Die beiden alten Dauergäste hatten heute Verstärkung von einem dritten Greis erhalten, dem sie umgehend die vermeintlichen Schandtaten des unwillkommenen Besuchers zuraunten. Zum Glück war Ovidiu dieses Mal zugegen, sodass es Nikola erspart blieb, sich Lügengeschichten über seinen Verbleib anhören zu müssen.

»Komm mit!«, sagte der Wirt, als er ihn bemerkte. Auch für seine drei Gäste hatte er ein paar Worte übrig: »Wenn jemand Fremdes kommt, gebt ihr Bescheid! Ihr schenkt nicht selbst aus, und vor allem kassiert ihr auch nicht selbst ab!«

»Man kann es ihnen nicht oft genug sagen«, erklärte er, während er die Treppe zu seinen Wohnräumen hochstieg.

»Es ist schon wieder so leer hier«, bemerkte Nikola. »Wirkt sich die Nähe zu den Schilves schlecht auf dein Geschäft aus?«

»Ach, die bereiten mir keine Kopfschmerzen! Meine Stammgäste schon eher. Alle sitzen jetzt auf ihrem Geld. Der Anfang der Besatzung, als noch jeder erwartete, bald umgebracht zu werden, gefiel mir erheblich besser! Da dachte keiner ans Sparen!«

Oben in der Wohnung bot Ovidiu Nikola einen Stuhl an und zog eine flache Kiste unter dem Bett hervor. Sie war kaum mehr als ein Brett mit einem Rahmen, und ihr Boden war mit einer dünnen Schicht Sand bedeckt. Der Wirt strich den Sand glatt und zeichnete dann mit dem Stab ein Dreieck.

»Das sollte meine Erklärungen künftig etwas vereinfachen ... Wir haben letztes Mal bei der Frage nach dem größten Kreis aufgehört, der in das Dreieck hineinpasst ...«, erklärte er.

»Ich bin heute nicht wegen der Dreiecke hier, sondern wegen etwas anderem«, unterbrach ihn Nikola und erzählte ihm von Traians neuestem Einfall. Auch Ovidiu hatte von dem Gerücht gehört und konnte eine leichte Erheiterung nicht verbergen.

»Ich kann dir tatsächlich einiges erzählen. Welche Gottheit soll es denn sein?«

»Auf keinen Fall Horta, Sanz oder Velkanz! Die drei liegen mir nicht.«

»Dir liegt doch keiner der Erdgötter, soweit ich weiß«, erinnerte ihn Ovidiu. »Was ist so falsch an diesen dreien?«

»Sie sind mir einfach besonders zuwider, und ich habe auch nichts mit ihnen zu schaffen!«

»Dann vielleicht Karan und Vatres, die göttlichen Schlachtenlenker und ruhmreichen Geschwister des Krieges? Mit denen hast du zwar noch weniger zu schaffen als mit dem Herrn der Herden und der Göttin des Ackerbaus, aber ich habe ihnen zwei Theaterstücke gewidmet und mehrere Oden und Elegien auf sie gedichtet. Ich kenne mich also einigermaßen aus!«

»Es ist vielleicht kein guter Einfall, dem erstbesten Schilves gleich etwas über Krieg und Schlachten in den Kopf zu setzen«, wandte Nikola ein. »Die Garde ist mir zwar nicht sonderlich lieb und teuer, aber ich will die Fremden nicht anstiften, den Rest von ihr auch noch umzubringen.«

»Einsichtig!«, gab Ovidiu zu. »Was ist mit Apulu, von dem ich dir erzählt habe?«

Auch bei dem hatte Nikola Einwände. »Ich verstehe mit Müh und Not, worin deine Kunst besteht, Ovidiu, doch von weiteren acht oder Neun Künsten habe ich erst recht keine Ahnung. Einem Schilves mag das vielleicht nicht auffallen, aber dieser verflixte Traian wird mich darüber ausquetschen wollen, und wenn er nicht zufrieden ist ...«

»Langsam wird es eng«, mahnte Ovidiu. »Ich bin schließlich kein Priester ... Muss es denn ein Gott sein? Wie wär's mit der Legende, wie der Gottvogel Kakalith die Menschen erschuf?«

»Solange sie länger als zwei Sätze ist und etwas mit Glaubensbelangen zu tun hat, ist mir alles recht«, willigte Nikola ein. Ovidiu füllte zwei Becher mit Schnaps – zweifellos nicht von der Sorte, die er ein Stockwerk tiefer ausschenkte – und begann zu erzählen.

»Ich muss zuerst von Kakalith sprechen. Seine Geschichte beginnt an dem Tag, als die Erdgötter entdeckten, dass es unter ihnen einen gab, der ihnen allen den Tod bringen konnte. Mit diesem einen meine ich natürlich Sartris, den Götterfresser, von dem selbst du gehört haben musst.«

»Der Ketzergott, wegen dem die ersten Schilves hingerichtet wurden?«

»Genau der! Verständlicherweise erfüllte sie diese Entdeckung mit großer Sorge, weshalb sie in aller Heimlichkeit einen mächtigen Streiter erschufen, nämlich Kakalith, den man auch den Gottvogel nennt. Sie befahlen ihrem Diener, gegen Sartris zu Felde zu ziehen, um ihn zu vertreiben oder in Ketten zu schlagen. Wahrscheinlich hätten sie ihn lieber tot gesehen, aber der Einzige, der einen Gott töten kann, ist der Göttertod selbst, sodass diese Möglichkeit ausgeschlossen war. Der Gottvogel tat, was ihm befohlen worden war, und er und Sartris kämpften so erbittert und lange miteinander, dass sie die ganze Welt veränderten. Frag mich nicht, was das bedeutet, doch so sagt man das immer ... Schließlich gewann der Gottvogel die Oberhand und vertrieb den Götterfresser ans Ende der Welt. Dieser Kampf soll übrigens vor den Toren von Arades stattgefunden haben.«

»Die Schilves graben vor den Toren der Stadt«, antwortete Nikola sogleich. »Etwa dort? Gibt es womöglich einen Zusammenhang?«

»Fall sie tatsächlich etwas mit Sartris zu tun hätten, wäre das sicher verdächtig«, stimmte Ovidiu zu. »Aber wahrscheinlich ist es schierer Zufall!« Er lächelte. »Es sei denn, sie würden noch an acht anderen Stellen graben. Du musst nämlich wissen, dass jede Stadt des Bundes behauptet, der Kampf der Götter habe genau vor ihren Toren stattgefunden, oder vielmehr dort, wo ihre Tore heutzutage stehen – und alle können ja wohl nicht recht haben! Das ist so ähnlich wie mit der göttlichen Abkunft der Fürstenfamilie. Nicht nur der Fürst von Arades, sondern auch alle anderen im Bund der Neun Städte führen ihre Ahnenlinie auf die Götter zurück – aber erst seit ungefähr zweihundert Jahren.«

»Woher weißt du das so genau?«

»Ich bin Poet! Ich habe die Werke der alten Meister meiner Kunst studiert! Da lernt man allerlei, und bis vor zwei Jahrhunderten hatte noch keiner die göttliche Abkunft eines Fürsten erwähnt. Aber dann überschlugen sich plötzlich alle, darauf hinzuweisen, dass ihr Fürst ebenfalls von den Göttern abstamme. Ich weiß gar nicht, wer damit anfing! Aber das solltest du unbedingt für dich behalten. Kein Herrscher liebt es, wenn man seine Herkunft anzweifelt. Die erste Gesandtschaft der Schilves hat diesen Fehler begangen, und schau, was aus ihr geworden ist! Das ist übrigens das Einzige, was mir an den Fremden sympathisch ist. Sie glauben nämlich nicht, dass ihr Herrscher Hulimpe oder auch irgendein anderer der Ururenkel eines Gottes sei … Aber zurück zu Kakalith! … Er hatte gerade seine große Schlacht gewonnen, als die Erdgötter erneut seine Dienste verlangten. Dieses Mal sollte er in ihrem Auftrag die Menschen erschaffen. Sie hatten das schon selbst versucht, waren aber gescheitert. Ich möchte jetzt nicht in die Einzelheiten gehen, aber es hing damit zusammen, dass zwar alles Leben tief unter der Erde entstanden ist, aber nicht alles Leben dort unten überdauern kann. Manche Lebewesen benötigen auch Luft und Sonnenschein und verenden, wenn sie nicht schnell genug an die Oberfläche gelangen. So auch die Menschen! Wir sind eben keine Hamster, Würmer oder Kröten! Kakalith kratzte also mit jedem seiner neun Zehen eine Furche in den Boden und … warum schaust du so zweifelnd?«

»Wieso neun Zehen? Ich habe noch nie einen Vogel mit neun Zehen gesehen. Acht vielleicht, oder sechs, meinetwegen auch zwei, so wie Enten und Schwäne. Aber neun? Wieso ausgerechnet neun?«

»Dann staune, denn ursprünglich besaß Kakalith sogar noch einen Zeh mehr, also zehn! Doch einen hatte er im Kampf gegen Sartris verloren, was noch wichtig sein wird. Du darfst dir den Gottvogel nicht als große Wachtel oder Möwe vorstellen, Nikola. Er ist immerhin ein Gott! Er hat gewisse Eigenschaften, die an einen Vogel erinnern, aber die Zahl der Zehen gehört nicht dazu. Wie gesagt, ursprünglich hatte er zehn, aber nach dem Kampf gegen Sartris blieben ihm nur noch neun und ein blutiger Stumpf.

Wie bereits erwähnt, grub er neun Furchen in die Erde.

Sodann nahm er von seinem Zehenstumpf einen einzelnen Tropfen seines göttlichen Blutes und teilte ihn in neun kleinere. Jedes dieser Tröpfchen ließ er in eine andere Furche fallen. Deswegen sind zwar alle Menschen durch dasselbe Blut miteinander verbunden, aber doch unterschiedlich. Zum Abschluss bedeckte er die neun Furchen mit einer dünnen Schicht Erde, sodass die Geschöpfe, die er auf Weisung der Erdgötter aus seinem Blut erschuf, zwar unter der Erde zu Menschen wurden, sich aber mühelos ans Licht kämpfen konnten. Blut war also der Schlüssel, Blut war der Schlüssel zu allem! ... Dass aus den winzigen Tröpfchen die neun Sippen entstanden sind, hast du dir sicher schon gedacht.«

»Was ist mit den Sippenlosen?«, fragte Nikola. »Wie sind sie entstanden?«

»Ausgestoßene, Halunken, Faulpelze«, zählte Ovidiu auf und stockte. »Ich will damit nicht sagen, dass alle Sippenlosen Nichtsnutze seien! Du bist ja selbst einer. Aber jeder Sippenlose hatte nun einmal einen Vorfahren, der einer Sippe angehörte, aber dafür bezahlen musste, dass er keine ehrliche Haut war. Daran gibt es überhaupt nichts zu zweifeln.«

Bootsmann Heliasch
und die bleichen Toten

Da Traian während der nächsten Zeit nicht mehr auf sein Ansinnen zu sprechen kam, erblühte unter seinen Gehilfen die Hoffnung, er könne davon wieder abgekommen sein. Diese Hoffnung verdorrte augenblicklich, als Traian zwei Wochen später Nikola anwies, nach der Arbeit in der Puhlerei zu warten. Er hatte ihn schon den ganzen Tag mit missbilligenden Blicken bedacht, was bestimmt nichts Gutes verhieß!

Während ein Puhler nach dem anderen Onkel Mihan seinen Schlagstock übergab und sich verabschiedete, ging Nikola in Gedanken durch, was ihn Ovidiu gelehrt hatte. Neun Zehen, Furchen, Blut – und dann am Ende Erde drüber. Das Ganze möglichst länglich und mit vielen überflüssigen Worten erzählt! Da Ovidiu eigens darauf hingewiesen hatte, dass der erbitterte Kampf zwischen Sartris und Kakalith meist mit einem floskelhaften »Die ganze Welt veränderte sich!« beschrieben wurde, gab es an dieser Stelle offenbar reichlich Freiraum für eigenständige Schreckensvisionen. Was konnte es bedeuten, wenn sich die Welt veränderte? Wuchsen dann Berge über Nacht aus dem Boden wie Maulwurfshügel? Regnete Blut vom Himmel? Flogen Fische über das Land?

»Was ist mit deinem Auge?«, riss ihn Traian aus seinen Gedanken, als der Letzte gegangen war.

Was sollte damit sein?, dachte Nikola. Offensichtlich war es verfärbt! Das Leben brachte bisweilen solche Widrigkeiten mit sich. »Ich bin gegen eine Tür gelaufen«, behauptete er.

»Und wie hieß die Tür?«, hakte Traian finster nach.

»Tür, einfach nur Tür.«

»Ist zu erwarten, dass du künftig noch öfter gegen diese Tür laufen wirst?«

Nikola zuckte die Schultern. »Ich glaube nicht. Ich habe sie so lange gewähren lassen, bis meines Erachtens alles beglichen war. Als sie dann gierig wurde, habe ich ihr ins Gewissen geredet und sie fest hinter mir zugeschlagen.«

»Hoffen wir das!«, sagte Traian. »Hoffen wir das ... gleich wird jemand vorbeikommen. Falls er dich auf dein Auge ansprechen sollte, überlässt du das Antworten mir.«

»Wer kommt denn?«, fragte Nikola.

»Er heißt Heliasch. Bootsmann Heliasch.«

»Ein Schilves!«, rief Nikola erfreut. »Dann werden wir also künftig die Diebereien unter den Fremden aufklären und ihre Streitigkeiten beenden?«

»Es hat sich leider nicht ganz so entwickelt, wie mir vorschwebte«, räumte Traian ein. »Eigentlich ist von meinem ursprünglichen Angebot fast nichts übrig geblieben, außer dass sie jemanden haben wollten, der sich in der Stadt und mit ihren Menschen auskennt. Da du der Aufgeschlossenste aus der Bande warst und überdies ständig knapp bei Kasse bist, dachte ich natürlich gleich an dich.«

»Wie soll das aussehen? Nach der Arbeit, die ich für dich leiste, arbeite ich auch noch für die Schilves?«

»Nein, *stattdessen*! Stattdessen! Jedenfalls vorerst. Sie wollten jemanden, der ausschließlich für sie da ist. Mehr weiß ich auch nicht. Aber mach dir keine Sorgen! Sie bezahlen sehr gut, sogar mehr, als ich dir geben kann.«

Das klang gut. Fast etwas zu gut! »Was springt für dich dabei heraus?«, fragte Nikola misstrauisch.

»Ich behalte einen Teil deines Lohnes ein. Aber mach dir keine Sorgen. Wie ich bereits sagte, schneidest du besser ab als jetzt und kannst außerdem nachts mit dem beruhigenden Gefühl einschlafen, dass sich deinetwegen keiner der anderen einen neuen Broterwerb suchen muss. Das ist doch eine feine Sache?«

»Nun ... ja«, antwortete Nikola zögernd. »Hm ... ja, schon. Und wenn sie nicht zahlen?«

»Sie werden! Ansonsten ist unsere Abmachung nichtig.«

Der angekündigte Besucher ließ sich Zeit, und zwar genau zwei Stunden. Wie man es von den Schilves kannte, erschien er nicht allein, sondern begleitet von zwei anderen, die jedoch nicht mit hereinkamen, sondern draußen auf der Straße warteten. Nikola hatte zwar schon einige Schilves gesehen, war sich aber sicher, dass dies der Erste war, der statt eines dichten, schwarzen Schopfes nur noch einen schmalen Haarkranz besaß. Bootsmann Heliasch war etwa in Traians Alter und hatte ein von Wind, Sonne und Salzwasser zerfurchtes Gesicht. Offenkundig war er kein Freund langwieriger Begrüßungen, da er sich dieser leidigen Pflicht mit einem kurzen, abweisenden Genuschel entledigte. Mit einem Blick auf Nikola fragte er: »Ist er das?«

»Ja«, bestätigte Traian.

»Gut. Was ist mit seinem Auge? Mir wäre lieber, wenn er nicht so auffällig aussähe, sondern friedlicher.«

»Er ist mein bester Mann«, versicherte Traian. »In unserem Gewerbe geht es mitunter rau zu. Du wirst ihn zu schätzen wissen, wenn es einmal Ärger gibt.«

»Ja, selbstverständlich«, nörgelte der Schilves und rümpfte unzufrieden die Nase. »Gut. Kennt er sich in der Stadt aus?«

»Er ist in Arades aufgewachsen.«

»Gut. Kann er schweigen? Ich kann niemanden gebrauchen, der alles weiterplappert.«

»Wenn ich es ihm befehle, wird er so schweigsam sein wie der Gesichtslose.«

»Gut. Er soll hier warten, bis ich ihn benötige. Ich möchte ihn nicht erst suchen müssen.«

»Den ganzen Tag wirst du ihn hier finden«, versprach Traian. »So wie es abgemacht war.«

Als der Besucher gehen wollte, sprach Nikola ihn an: »Ich vermute, dass es bei euch ebenfalls neun Sippen gibt, nicht wahr?«

Heliasch maß ihn von oben bis unten. »Nein!«

Nachdem der Bootsmann die Tür hinter sich geschlossen hatte, versprach Traian:»Du wirst dich an ihn gewöhnen.«

Mit einem missbilligenden Blick auf Nikolas Hand, deren Daumen und Zeigefinger einen Kringel formten, fügte er hinzu:»Und das solltest du dir lieber in seiner Gegenwart abgewöhnen. Er könnte wissen, was es bedeutet.«

Während der ersten Tage fühlte sich Nikola wie in einem Märchen. Morgens ging er zur Puhlerei, wo es den ganzen Tag lang nichts anderes mehr für ihn zu tun gab, als mit Onkel Mihan zu würfeln oder Dutzende Partien *Binoquae* zu spielen. Wenn dann irgendwann im Laufe des Nachmittags Traian mit dem Rest der Bande zurückkehrte, hatte er ihren milden, aber auch neidischen Spott zu ertragen, bevor er ein wenig später wieder nach Hause gehen konnte. So leicht hatte er noch nie sein Brot verdient!

Doch auch in dieser Suppe schwamm ein Haar, denn Onkel Mihan weigerte sich standhaft, um etwas Wertvolleres zu spielen als Kichererbsen oder rote Bohnen. Daher langweilte sich Nikola bald. Etwas Abwechslung erhoffte er sich von Xandra. So hieß die Sprachlehrerin, wie er längst in Erfahrung gebracht hatte. Leider war ihr Gatte Iovi von diesen gut nachbarschaftlichen und etwas zu häufigen Besuchen nicht allzu angetan. Mit Adleraugen verfolgte der Sprachlehrer jede seiner Bewegungen und ließ ihn spüren, dass er nicht allzu willkommen war.

Deswegen war Nikola sogar ein wenig erfreut, als sich Bootsmann Heliasch nach einigen Tagen wieder in der Puhlerei blicken ließ, und gern bereit, über dessen widerwillig herausgepresstes Begrüßungsgemurmel und ein kurzes, unfreundliches »Mitkommen! Gut.« hinwegzusehen. Tatendurstig legte Nikola seine Brustplatte an, setzte die Lederkappe auf und ließ sich von Onkel Mihan den Schlagstock aushändigen. Gut gerüstet folgte er dem Bootsmann und seinem dieses Mal einzigen Begleiter, verglichen mit dem allerdings sogar Heliasch ein Ausbund an Geschwätzigkeit war.

»Wohin geht's?«, fragte Nikola.

»Unfall«, erhielt er zur Antwort.

Mehr noch als über diesen ungewöhnlichen Grund – wann hatten sich Puhler jemals um Unfälle gekümmert? – wunderte sich Nikola über ihr Ziel: die *Weißgarbe!* Sie lag auf der anderen Seite des Viertels, in dem Mazon Kropf sein Unwesen trieb, und war noch deutlich heruntergekommener! Im ganzen Stadtteil gab es höchstens drei oder vier Geschäfte, deren Besitzer ihren Unterhalt auf ehrliche Weise verdienten. Eine stattliche Zahl schmieriger Kneipen und winziger Bordelle hatten hier ihr Zuhause. Entgegen dem Namen, der Lichtes hätte erwarten lassen, war das Viertel düster und schmutzig. Seine engen, lichtlosen Gassen schufen einen zwielichtigen, städtischen Urwald, der von einer Vielzahl alt gewordener Raubtiere bevölkert wurde. Früher hatten sie wehrhafte Büffel und stolze Hirsche erlegt, doch die Zeit und vor allem der Suff hatten sie ihrer Zähne und Krallen beraubt. Nun lauerten sie den Schwächsten und Hilflosesten auf, den Einfältigen, den Verängstigten, den Betrunkenen, kurzum all denen, die jedermanns leichte Beute waren.

Auf den kindlichen Nikola und seine Freunde hatte die *Weißgarbe* früher gleichzeitig anziehend und abstoßend gewirkt. Zuerst war sie ein Ort für Mutproben gewesen und später einer, wo die Allermutigsten hofften, etwas von dem abzubekommen, was die alten Raubtiere übrig gelassen hatten.

Camilla hatte ihn zwar oft genug gewarnt: »Hier stehlen sie dir dein letztes Stück Brot!« Aber auch der weitverbreitete Verdacht, dass man selbst – wenn man an den Falschen geriete! – gesotten oder gebraten und in dünnen Scheiben auf dem besagten Stück Brot enden könnte, hatte ihn nicht abgehalten. Als Erwachsener hatte Nikola nur selten in dieses Viertel gefunden. Hier wurde zwar gehehlt wie nirgendwo anders in der Stadt, doch der Wert des Diebesguts war meist zu gering, als dass es sich für die Bestohlenen gelohnt hätte, einen Puhler für die Wiederbeschaffung zu bezahlen.

Am Rande des Weißgarbenviertels wurden Bootsmann Heliasch und seine Begleiter von ein paar schmutzigen und zerlumpten Kindern erwartet. Vermutlich hatte eines von ihnen auch den Unfall gemeldet. Sie führten sie zu dem Ort, wo er stattgefunden hatte, nämlich zu einer Lücke zwischen zwei Häusern. Dort entdeckte Nikola einen Toten. Er lag auf dem Bauch, ein Arm war unter dem Leib verborgen, der andere vom Körper abgewinkelt. Die Beine waren gekreuzt. Eine der Sandalen fehlte und war auch nirgends zu entdecken. Heliasch befahl seinem schweigsamen Begleiter, den Zugang zu der Lücke zu sichern und wies dann auf den Toten. »Umdrehen!«

Nikola stieß den Leichnam mit dem Fuß an, um ihn auf den Rücken zu drehen. Von wegen Unfall! Dem Mann war die Gurgel herausgerissen worden! Nikola vermeinte, in der tiefen Halswunde sogar das Weiße der Wirbelknochen erkennen zu können. Das Gesicht des Toten war blutbesudelt und sah aus wie rot geschminkt. Die Augen waren weit geöffnet und schienen den ganzen Schrecken dieses ungeheuer gewaltsamen Endes widerzuspiegeln. Auch die Tunika des Opfers war vollgesogen mit Blut, jedoch mit weniger, als Nikola angesichts der schweren Verletzung erwartet hätte. Die sterbenden Reiter in seinen Albträumen pflegten weniger sparsam mit ihren Körperflüssigkeiten zu sein.

»Ein Hund hat ihn angefallen«, urteilte Heliasch rasch.

Nikola schüttelte den Kopf. »Hätte er dann nicht auch Bisswunden an Armen und Händen bekommen, als er versuchte, das Tier abzuwehren? Auch seine Kleidung ist nicht zerrissen.«

»Er hatte keine Zeit, sich zu verteidigen«, erwiderte der Bootsmann. »Die Bestie hat ihm beim ersten Angriff den Hals durchgebissen. Es war ein Hund. Gut.«

Nikola zuckte die Schultern. Dann war es eben ein Hund! Kein Streit würde diese arme Seele wieder lebendig machen. Er bückte sich, durchsuchte die Taschen des Toten und fand eine Börse mit ein paar Münzen. Gerade ausreichend viele, um sich ein Essen in einer Garküche oder einen Vollrausch in einer der Kaschemmen der *Weißgarbe* leisten zu können. Nikola nahm den schlaffen Beutel an sich, ohne sich um Heliaschs verächtlichen Blick zu kümmern, und ging zum Eingang der Hauslücke, vor der sich inzwischen eine wachsende Anzahl Neugieriger versammelt hatte.

»Was hast du vor?«, hörte er den Bootsmann fragen.

»Er kann hier wohl kaum liegen bleiben«, erwiderte Nikola und winkte drei der Kinder zu sich. Jedes erhielt einen Auftrag von ihm und bekam dafür eine Münze aus der Börse des Toten. »Du läufst zum Abdecker. Er soll mit seinem Wagen vorbeikommen. Du rennst zum nächsten Laint-Tempel und sagst den Priestern, dass es gleich Arbeit für sie gibt. Und du holst mir einen Heiler …«

»Ein Heiler ist nicht nötig«, fiel ihm Heliasch ins Wort. »Wir wissen ja bereits, woran er gestorben ist.«

»Dann eben kein Heiler«, erwiderte Nikola und steckte die dritte Münze selbst ein.

Der Bootsmann deutete auf die Schaulustigen. »Sie werden wissen wollen, was geschehen ist. Sage ihnen, dass es ein Hund war.«

Nikola tat wie geheißen und wandte sich an die Umstehenden. »Ein tollwütiger Hund hat diesen armen Burschen zu Tode gebissen. Seid wachsam, wenn ihr in den nächsten Tagen auf die Straße geht, und nehmt vielleicht einen Stock oder ein Messer mit – sofern ihr Halunken nicht ohnehin ständig eines mit euch führt. Das böse Viech ist vielleicht immer noch irgendwo! Kennt jemand den Toten und möchte einen Blick auf die Leiche werfen?«

Keiner wollte. Ganz im Gegenteil, Nikolas letzter Satz wirkte wie eine Aufforderung, möglichst schnell das Feld zu räumen!

Nikola und die beiden Schilves warteten schweigend, bis der Abdecker mit seinem Eselskarren kam. Sein Wagen war zwar oben offen, hatte aber so hohe Seitenwände, dass man von der Straße aus nicht erkennen konnte, ob ein Tier oder ein Mensch auf der Ladefläche lag. Trotz der Beengtheit bereitete es ihm keine Mühe, sein Gefährt durch die engen Gassen zu lenken. Wahrscheinlich hatte er hier öfter zu tun. Geschwind luden er und sein Gehilfe den Toten auf den Wagen, doch ihren Äußerungen war zu entnehmen, dass der Anblick der verstümmelten Leiche auch für sie nicht alltäglich war. Zum Schluss drückte Nikola dem Abdecker die Börse in die Hand. »Nimm deinen Teil heraus und gib den Rest den Priestern. Vielleicht findet sich ja ein Verwandter des Toten. Ich habe die Münzen selbstredend genau abgezählt!«

»Ja, ja«, antwortete der Abdecker auf eine Weise, die alles bedeuten konnte, »Rutsch mir den Buckel runter!« ebenso gut wie »Kein Kupferstück wird verloren gehen!«

Als Nikola wieder in die Puhlerei zurückgekehrt war, ließ er sich von Onkel Mihan bereitwillig zum Würfeln überreden, und da er wegen des Erlebten nicht ganz bei der Sache war, konnte sich der alte Mann über eine unverhoffte Glückssträhne freuen. Trotzdem hatten erst wenige Kichererbsen den Besitzer gewechselt, als Bootsmann Heliasch zum zweiten Mal an diesem Tag die Puhlerei betrat.

»Ist etwas mit der Leiche?«, fragte Nikola überrascht.

»Es gibt noch eine weitere. Mitkommen. Gut«, antwortete Heliasch.

Nikola legte seinen Brustpanzer erneut an, nahm den Schlagstock von Onkel Mihan entgegen und folgte Heliasch und seinem Begleiter. Unterwegs fragte er: »Sind wir jetzt für alle Toten zuständig?«

»Nein«, erwiderte der Bootsmann knapp, und mehr war aus seinem Munde auch nicht zu erfahren. Nikola konnte sich über so viel Geheimniskrämerei nur wundern, schloss aber nicht aus, dass Heliasch nur deswegen einen verschwiegenen Puhler von Traian verlangt hatte, weil er ungewöhnlich maulfaul war.

Der Leichnam, von dem der Bootsmann gesprochen hatte, lag am Strand. Das Meer hatte ihn an einer Stelle angespült, wo Fischer ihre Boote liegen und ihre Netze zum Trocknen aufgespannt hatten. Ein kleines Grüppchen von ihnen stand respektvoll in einigen Schritt Entfernung und unterhielt sich leise und mit ernsten Gesichtern oder schritt ein, wenn die zahlreichen Möwen zu viel Interesse an der toten Frau zeigten.

Sie zählte nur wenig mehr als zwanzig Jahre und trug das traditionelle Grau und Weiß der Weißkehlensippe. Ihre Augen waren geschlossen. Anders als bei dem anderen Toten würde es leichtfallen herauszufinden, wer sie war.

Bootsmann Heliasch fällte rasch sein Urteil: »Sie ist offensichtlich beim Baden im Meer ertrunken.«

Nikola widersprach ihm, ohne nachzudenken: »Sie ist vollständig bekleidet! Mehr noch: Sie trägt das Gewand ihrer Sippe! Ich weiß nicht, wie es bei euch zugeht, aber bei uns würde niemand so schwimmen gehen.«

Heliasch starrte ihn einen kurzen Augenblick lang an und deutete dann zur Mole, die im Süden weit ins Meer hinausragte. Halblaut und offenbar über jedes einzelne Wort nachdenkend, führte er aus: »Wusste sie denn, dass sie im Meer enden würde? Womöglich ging sie auf der Mole spazieren und stürzte aus Unachtsamkeit von der Mauer. Dabei brach sie sich das Genick oder schlug sich den Kopf an und wurde ohnmächtig. Ihr Körper rollte ins Wasser, und die Strömung hat sie dann hier angespült.«

Diese Erklärung überzeugte Nikola schon gar nicht, da er erst vor einigen Tagen an der Mole gewesen war, um nach seinen Kraken zu sehen und mit ihnen um die Wette zu schwimmen. Wie sonst auch hatte er den Weg unten an der Mauer entlang gewählt, dabei war es ihm nicht entgangen, dass die Schilves-Krieger von der Mauerkrone aus jeden seiner Schritte beobachteten. Somit war kaum anzunehmen, dass sie eine Aradekin bei sich oben hätten spazieren gehen lassen. Es sei denn natürlich, einer von ihnen hätte ein Verhältnis mit ihr gehabt! Doch in dem Fall hätte dieser geheime Liebhaber auch für den Sturz von der Mauer verantwortlich sein können.

»Das müsste sich ja leicht feststellen lassen«, antwortete Nikola und ging zu der Leiche.

»Sie ist eine Weiße Braut!«, warnte ihn einer der Fischer erschrocken.

Nikola hielt inne. »Was soll das sein?«

»Ungeheuer!«, erklärten zwei Fischer gleichzeitig. »Sie sind hässliche Wesen vom Grunde des Meeres, doch sie besitzen die Fähigkeit, sich für wenige Stunden in wunderschöne Frauen zu verwandeln. Dann steigen sie aus dem Wasser, suchen sich ein Opfer, das sie mit ihrer falschen Schönheit betören und rauben dem Unvorsichtigen für alle Zeiten seine Kraft.«

»Welche Kraft?«, fragte Heliasch.

Nikola deutete mit der Spitze seines Schlagstocks auf Heliaschs Unterleib: »Diese wahrscheinlich!«

Obwohl er die Erklärung der Fischer für reinen Aberglauben hielt, blieb er stehen. Denn wenn er es sich recht überlegte, passte der Ausdruck »Weiße Braut« gar nicht einmal so schlecht zu der Frau. Sie war bleich, bleicher als es Nikola je bei einem Menschen gesehen hatte – tot oder lebendig. Vielleicht war es klüger, keine Risiken einzugehen.

»Ein Heiler wird uns verraten können, woran sie starb«, verkündete er stattdessen.

»Ich hole jemanden«, rief ein Fischer und eilte davon. Heliasch gab einen unwilligen Laut von sich und sah einen Augenblick lang aus, als erwäge er, seinen Begleiter dem Fischer hinterherzuschicken.

Schon bald kehrte der Mann mit einer alten Frau im Schlepptau zurück.

»Ich habe auch schon meine Tochter losgeschickt, damit sie den Totenwagen holt und im Tempel des Gesichtslosen Bescheid gibt«, erklärte er bereitwillig. »Meinen Bub kann ich mit so etwas nicht beauftragen, weil er dann schlecht träumt. Aber das Mädchen kommt ganz nach ihrem Großvater Rasvan, dem Neunwürger!«

Halblautes Gemurmel der anderen Fischer bewies, dass ihnen der Name vertraut war.

»Sag ihm, dass ich sein Geschwätz nicht hören will«, zischte Heliasch verärgert.

Nikola hätte zwar gern gefragt, wie ein Fischer zu dem Beinamen »Neunwürger« kam, gab die Worte des Bootsmanns aber weiter.

Die Heilerin hatte sich inzwischen neben die tote Frau gekniet und betastete ihren Hals und ihren Kopf. »Der Hals ist nicht gebrochen, und auch am Schädel finde ich keine Verletzungen. Aber wo ist ihr Blut geblieben? Ich könnte schwören, dass kein einziger Tropfen Blut in diesem Körper ist!«

Nachdenklich zupfte sie eine Krabbe aus dem Haar der Toten und warf sie beiseite: »Wenn ihr wissen wollt, woran sie gestorben ist, muss ich sie waschen und gründlich untersuchen. Das geht hier nicht. Schick in zwei Tagen jemanden zum Laint-Tempel in mein Viertel. Ich werde den Priestern aufschreiben, was ich herausgefunden habe.«

Der Bootsmann schien mit der Auskunft nicht glücklich zu sein.

»Weißt du, welcher Tempel das ist?«, fragte er Nikola.

»Sie wird's mir sagen.«

»Gut. Lesen kannst du wahrscheinlich nicht?«

»Nein«, antwortete Nikola aus alter Gewohnheit, bevor ihm einfiel, dass das dank Ovidius Hilfe seit dem Frühjahr nicht mehr stimmte.

»Mein Befund ist allerdings in unserer Sprache verfasst«, warf die Heilerin ein. »Also in unserer Schrift.«

»Anzunehmen«, antwortete Heliasch und wies auf Nikola. »Er wird deinen Bericht abholen und mir bei Gelegenheit übergeben. Ich werde dann schon jemanden finden, der ihn mir vorliest. Gut.«

Auf dem Heimweg griff Heliasch Nikola unerwartet an.

Er hatte sich Zeit gelassen, bis sie wieder in der Stadt waren und abgewartet, bis sie einen menschenleeren Durchlass durchquerten. Dass etwas in ihm gärte, war ihm allerdings schon vorher anzumerken gewesen.

Unvermittelt stieß der Bootsmann Nikola gegen die Hauswand und presste ihn mit ausgestrecktem Arm dagegen. Mit kaum gebändigtem Zorn fauchte er: »*Ich* treffe hier die Entscheidungen und nicht du! Wenn ich etwas sage, möchte ich keinen Widerspruch hören! Auch keine frechen Bemerkungen über eure und unsere Sitten. Wenn ich entscheide, dass jemand ertrunken ist, dann ist das auch so. Sie *ist* ertrunken. Sie hat zu viel Wasser geschluckt. Aus und vorbei. Hast du mich verstanden?«

Nikola betrachtete die Hand auf seiner Brust und überlegte, ob er dem Bootsmann ein paar Finger ausrenken sollte. Vermutlich würde sich dann sein Begleiter einmischen, aber mit dem käme er schon zurecht. Allerdings wäre Traian davon nicht gerade begeistert. Vermutlich könnte er seine Träume von einträglichen Geschäften mit den Schilves dann begraben.

»Hast du mich verstanden?«, wiederholte der Bootsmann.

»Was ist also meine Aufgabe?«, entgegnete Nikola.

»Man hielt es für klüger, wenn einer von euch zu deinen Leuten spricht. Daher wirst du genau das sagen, was ich dir auftrage. Hast du mich verstanden?«

Nikolas stille Hoffnung, Bootsmann Heliasch könne vielleicht nur einen schlechten Tag gehabt haben, erfüllte sich nicht. Tatsächlich verstrichen bloß wenige Tage, bis er das nächste Mal – und noch mürrischer – die Puhlerei betrat. Von seinem barschen »Mitkommen!« war nur noch eine herrische Kopfbewegung übrig geblieben. Nikola dämmerte, dass er sein Geld vielleicht doch nicht so leicht verdienen würde, wie er anfangs gedacht hatte.

Augenblicklich schlecht gelaunt, folgte er dem Bootsmann und seinem stillen Begleiter erneut in die Trostlosigkeit und den Schmutz der *Weißgarbe*. Ein weiterer Leichnam war der Grund dafür, und Nikola hatte den Eindruck, alles schon einmal erlebt und gesehen zu haben. Die Stelle, wo die Leiche entdeckt worden war, lag nur zwei Sträßchen von dem Fundort der ersten entfernt und abermals in der Düsternis und Enge zwischen zwei Häusern. Erneut war eine Halswunde für den Tod des Opfers verantwortlich.

Doch es gab auch Unterschiede. Dieses Mal handelte es sich um eine Frau, und zwar um eine sehr junge. Ihr ganzer Aufzug ließ keinen Zweifel daran, dass sie ihr Brot mit jener Tätigkeit verdiente, die Camilla in Nikolas Kindertagen mit »den Rock hochheben« umschrieben hatte. Auch sprach dafür, dass die paar Frauen, die sich in der Nähe zusammengefunden hatten, demselben Gewerbe nachgingen. Wahrscheinlich kannten sie die Tote sogar.

Dieser Tod war noch gewalttätiger gewesen als der andere. Die junge Frau war fast enthauptet worden! Wahrscheinlich verbanden nur noch ein paar Sehnen den Kopf mit dem Körper. Erneut wunderte sich Nikola, dass die Tote nicht in einem Tümpel von Blut lag und offenbar nur wenige Tropfen vergossen worden waren. Ihr Gesicht war zwar völlig verschmiert, und aus ihren aufgerissenen Augen sprach dasselbe Grauen wie bei dem ersten Toten. Was von ihrem Körper zu sehen war – Arme, Beine –, wirkte unsagbar bleich. Nikola dachte an die tote Frau am Strand und hatte plötzlich das Gefühl, dass auch hier ein Heiler fragen würde: »Wo ist denn ihr Blut abgeblieben?«

Heliasch traf seine Entscheidung nach flüchtiger Prüfung: »Sag ihnen, dass sie von einem Hund angefallen wurde.«

Nikola blickte nochmals auf die Tote, die offenbar keine andere Verletzung erlitten hatte als die am Hals, und trat dann zu den wartenden Frauen.

»Kannte sie jemand?«

»Sie war neu und nicht von hier«, erwiderte eine ältere Frau. »Dorina oder Corina. Vielleicht auch Aurina. Ich glaube, sie stammte aus einem der umliegenden Dörfer, aber ich habe nur ein- oder zweimal mit ihr gesprochen. Was hat sie getötet?«

Nikola blickte kurz zu Heliasch und antwortete: »Vermutlich ein Saiguar.«

»Ein Saiguar! Wie kommt denn ein Saiguar in die Stadt?«

»Vielleicht ist er geschwommen. Vielleicht wollte er einen Fisch fangen. Die Strömung hat ihn abgetrieben, und plötzlich war er im Hafen und wusste nicht mehr, wie er wieder aus der Stadt hinausfinden sollte. Die Biester sind zwar gerissen, aber so gerissen auch wieder nicht! Und dann kam es eben zu diesem bedauerlichen Unglück.«

»Ist er denn noch hier?«, riefen mehrere Stimmen entsetzt.

Nikola schüttelte den Kopf. »Das würde mich doch sehr wundern. Aber Vorsicht kann nie schaden.«

Nachdem er die üblichen Boten losgeschickt hatte, kehrte Nikola zu Heliasch zurück. Aus dessen Augen sprach die schiere Mordlust.

»Hatte ich mich nicht verständlich genug ausgedrückt?«, fuhr ihn der Bootsmann an. »Was sollte das Gerede über den Saiguar und was ist das überhaupt?«

»Ein Saiguar ist eine große Raubkatze. Wenn wir jedes Mal Hunde für diese Todesfälle verantwortlich machen, wird es bald keinen einzigen mehr in der Stadt geben. Hunde sind aber die Notration der Ärmsten. Ich nehme ja nicht an, dass das die letzte Tote ist, um die wir uns zu kümmern haben, oder?«

Der Bootsmann antwortete nicht auf diese Frage und sagte auch sonst nichts mehr. Als Nikola ihm den Befund der alten Heilerin über die Tote am Strand überreichte, steckte er den Schrieb weg, ohne einen Blick daraufzuwerfen.

Der Ärger ließ nicht lange auf sich warten. Er kam von anderer Seite, jedoch nicht ganz überraschend. Als Traian am nächsten Nachmittag mit Liviu, Serban und Flaviu in die Puhlerei zurückgekehrt war und sich von ihnen verabschiedet hatte, bat er Onkel Mihan, ihn und Nikola allein zu lassen. Er kam sofort zur Sache: »Bootsmann Heliasch hat sich über dich beschwert! Du seist widerspenstig, handeltest eigenmächtig und befolgtest seine Anweisungen nicht. Er hat gedroht, die Abmachungen mit mir platzen zu lassen.«

»Weißt du, was wir tun und wofür er mich braucht?«, gab Nikola zurück.

»Nein, und ich will auch nicht, dass du alles noch schlimmer machst, indem du mir Dinge erzählst, die du für dich behalten solltest!«

»Hör dennoch zu! Ich habe in den vergangenen Tagen drei

Tote gesehen. Zwei von ihnen hatten so große Wunden am Hals, dass ich meine Hand hätte hineinlegen können. Der Bootsmann hat entschieden, dass sie von Hunden angefallen wurden. Aber sie hatten weder weitere Wunden, weil sie sich vielleicht gewehrt hätten, wie das jeder täte, noch war ihre Kleidung zerrissen. Als hätten sie dem angeblichen Hund still und gelassen ihren Hals selbst angeboten! Doch am merkwürdigsten ist, dass sie fast kein Blut verloren haben! Riesige Halswunden und kaum Blut? Das soll ein Hund getan haben? Es gab noch eine dritte Leiche. Bei ihr hat der Bootsmann verfügt, dass sie ertrunken sei. Ich habe jedoch den Bericht der Heilerin gelesen …«

»Seit wann kannst du lesen?«, unterbrach ihn Traian.

»Ich habe es mir vor Kurzem beibringen lassen.«

»Und warum?«

Nikola zögerte. Vielleicht war gerade nicht der beste Augenblick für eine Erklärung, aber ein anderer wäre auch nicht passender!

»Du bist nicht mehr der Jüngste, Traian«, hob er an. »Bald wirst du ein Alter erreicht haben, in dem du das Geschäft nicht mehr so weiterführen kannst wie bisher. Daher dachte ich …«

Traian sah plötzlich sehr unglücklich aus. »Ach, Nikola …«

»Keine Sorge!«, beeilte sich Nikola, ihn zu beruhigen. »Ich habe nicht vor, um die Hand deiner Tochter anzuhalten. Aber du weißt ja nicht, ob der, den sie einmal heiraten wird, ein Gespür für unser Geschäft hat. Vielleicht ist er klein, schwächlich und unentschlossen. Du kannst ihr schließlich nicht jeden verbieten, der nicht die Statur Serbans hat! Also ist dann jemand nötig, der das Geschäft für sie führt.«

Traian sah noch etwas unglücklicher aus und murmelte kaum verständlich: »Nikola, lass uns noch einmal darüber reden, wenn es eines Tages so weit sein sollte.«

Es war tatsächlich nicht der beste Augenblick gewesen und offenbar noch nicht einmal ein sonderlich guter, dachte Nikola enttäuscht und kehrte flugs zu dem dritten Todesfall zurück. »Wie gesagt habe ich den Bericht der Heilerin gelesen. Ich habe zwar nicht alles verstanden, aber doch so viel, dass die Frau längst tot gewesen sein muss, als sie ins Wasser gelangte. Sie ist nicht ertrunken! Sie starb, weil ihr jemand oder etwas das ganze Blut geraubt hatte. Die Heilerin erwähnte ausdrücklich eine verletzte Ader. Ich sage dir, Traian, etwas Seltsames geht in der Stadt vor. Die Schilves wissen genau Bescheid und mich brauchen sie, um ihnen dabei zu helfen, es zu vertuschen!« Traian schwieg nachdenklich einige Augenblicke lang. »Sie zahlen gutes Geld. Aber wenn du diese Tätigkeit nicht mehr weitermachen willst, kann ich einen der anderen fragen. Aber das musst du entscheiden. Überleg dir einfach, was du willst, und teile mir dann deinen Entschluss mit.«

Nikola war mit dieser Antwort unzufrieden, wusste aber nicht, welche andere ihn zufriedengestellt hätte. Als Traian die Puhlerei später verließ, musste er immerzu an seine unglückliche Miene denken. Wie unangenehm es ihm gewesen war, über eine mögliche Nachfolge zu sprechen! Er war nicht einmal Manns genug gewesen, ihm in die Augen zu schauen! Ach, Nikola! Lass uns ein andermal darüber reden! Nein, das war nicht nur ein schlechter Zeitpunkt gewesen. Traian hatte lieber gelitten anstatt klar und deutlich zu sagen: Nikola, auch wenn du jetzt lesen und schreiben kannst, werde ich dich nie und nimmer in Betracht ziehen!

Um auf andere Gedanken zu kommen, sah Nikola bei Andreea vorbei. Marius war ebenfalls zu Hause. Beide schienen wegen irgendetwas gestritten zu haben, und die Gewitterwolken waren noch nicht weitergezogen. Da auch das Kind recht quengelig war, beschränkte Nikola seinen Aufenthalt auf das Nötigste. Zum Glück kannte er Orte, an denen er immer willkommen war, solange er etwas Geld in den Taschen hatte. Zu einem von diesen ging er.

Das Klacken der fallenden Würfel, die heiseren Beschwörungsrufe, sie möchten doch bitte, bitte auf eine ganz bestimmte Weise fallen, sowie die wechselnde Spannung zwischen berauschendem Gewinn und nach Wiedergutmachung schreiender Niederlage lenkten Nikola ab und schenkten ihm das Gefühl, von Sorgen und Enttäuschungen befreit zu sein. Erst als er keine einzige Münze mehr in den Taschen hatte und auch niemand geneigt war, ihm etwas zu leihen, machte er sich widerstrebend auf den Heimweg. Unterwegs sah er von Weitem Valerica. Zwar hatte er sich in den vergangenen Monaten gelegentlich mit ihr unterhalten, doch da er fürchtete, der Versuchung erliegen zu können, sie um ein paar Münzen anzubetteln, damit er zu der Würfelrunde zurückkehren könnte, ging er ihr vorsichtshalber aus dem Weg.

In der Nacht schreckte Nikola aus dem Schlaf. Sein Bett bebte, und jedes Möbelstück und jedes Gestell und Handwerksgerät, das die Schneider in seinem Zimmer abgestellt hatten, klapperte. Ein Erdbeben! Eine Flutwelle, dachte er und sah im Geist bereits eine gewaltige Woge über den Hafen hereinbrechen und die Stadt überschwemmen, sodass kein Stein auf dem anderen bliebe!

Er wollte gerade aus dem Bett springen, als ihn plötzlich ein Gefühl überkam, wie er es schon mehrmals verspürt hatte. Er war nicht allein! Etwas teilte die Dunkelheit mit ihm! Jemand wartete.

War es vielleicht nur die Schneiderpuppe, die seit ein paar Tagen bei ihm stand? Armlos und harmlos war sie der ganze Stolz der Schneiderin.

Doch Schneiderpuppen leuchteten nicht!

Schneiderpuppen bewegten sich auch nicht!

Der Schemen in Nikolas Zimmer tat aber beides.

Er sah nicht genauso aus wie ein Mensch, sondern eher wie ein Schatten, der gegen eine Wand geworfen wurde, allerdings wie ein schwach leuchtender Schatten. Und er sprach.

»Sei gewarnt! Wer schläft, will schlafen. Was schläft, soll schlafen! Es darf nicht geweckt werden! Sei still wie der Wind, Furznase, sei behutsam wie ein Grab! So sollte es nicht kommen.«

Schlagartig hörte das Klappern auf, und auch die Silhouette verschwand. Nikola lag atemlos in der Dunkelheit und wartete, schlief jedoch trotz dieses aufwühlenden Erlebnisses bald wieder ein. Am nächsten Morgen überkamen ihn Zweifel. Hatte er diesen unheimlichen Besuch wirklich erlebt oder bloß lebhaft und schlecht geträumt? Auf der Suche nach Klarheit befragte er die Schneiderin, ob auch ihr Bett in der Nacht gebebt habe. Sie lachte und fragte schelmisch, ob er denn meine, dass sie und ihr Mann für solche ehelichen Streiche zu alt seien? Da täusche er sich aber ganz gewaltig! Doch wenn er es genau wissen wolle: Nein, gestern Nacht habe ihr Bett nicht gebebt!

Dann versprach sie noch, dass ihr Mann den handähnlichen Fleck an der Wand bei Gelegenheit überpinseln werde. Erst einige Stunden später fiel Nikola auf, dass er sie gar nicht darum gebeten hatte.

Die Ränke des Fürsten

Katalin stand an einem Fenster des Schwiegerhauses und betrachtete die Welt außerhalb seines goldenen Käfigs durch ein Fernrohr. Mild lächelnd hielt er das Instrument auf das Haupttor des Palastgartens gerichtet, wo sich sein Sohn Florin aufhielt. Die Schilves-Wachen schienen ihn zu mögen. Zwar nicht auf die Art, wie niedrige Gemeine einen Prinzen lieben sollten, sondern mehr wie einen niedlichen Welpen, weswegen sie sich auf ein albernes, kleines Spiel mit ihm eingelassen hatten. Katalin störte sich nicht daran, denn mehr Respekt konnte man gegenwärtig nicht erwarten, und so war wenigstens einer in seiner Familie in dieser schweren Zeit glücklich.

Das Spiel, das Florin mit den Wachen spielte, hatte ganz einfache Regeln. Er versuchte, durch das Tor zu gelangen, während sie zuerst so taten, als bemerkten sie ihn nicht, um ihm dann im allerletzten Augenblick doch den Weg zu verstellen. Wenn dies geschah, kreischte er jedes Mal vor Vergnügen. Das konnte Katalin zwar nicht hören, doch das scharfe Bild, das ihm das Fernrohr zeigte – den weit aufgerissenen lachenden Mund, das vor Aufregung rote Gesicht, die feucht vor Schweiß an der Stirn klebenden Haare –, machten das auch nicht nötig. Seltsamerweise kam Florin gar nicht auf den Gedanken, den jeweiligen Wächter aus dem Weg zu schieben. Sicherlich war er kräftig genug, um es sogar mit zweien von ihnen aufzunehmen, doch er gab sich immer sofort geschlagen, sobald eine der Wachen vor ihn trat.

Dann geschah etwas Unerwartetes! Urplötzlich stand Florin auf der anderen Seite des Tors und außerhalb der Palastanlage.

Einer der Wächter musste wohl unaufmerksam gewesen sein oder hatte seine Schnelligkeit unterschätzt. Am meisten deswegen verwirrt war allerdings Florin. Er konnte gar nicht fassen, dass ihm mit einem Mal gelungen sein sollte, was er die ganze Zeit versucht hatte, und blickte darum so drollig drein, dass selbst sein Vater, der Fürst, lachen musste.

Ein Mann eilte an ihm vorbei durch das Tor. Er war füllig und mochte rund sechzig Jahre zählen. Katalin musste inzwischen nicht mehr rätseln, wenn er einen der Kapitäne erblickte, sondern konnte sie sofort einordnen. Sein Erscheinen ließ die Wachen auf der Stelle das Spiel vergessen und in Habachtstellung gehen. So verblieben sie auch fast so lange, bis der Besucher den Palast erreicht hatte. Florin stand derweil noch immer verwirrt vor dem Tor.

Doch nun kam kundige Hilfe in Gestalt zweier Frauen, die ebenfalls durch das Tor wollten. Wegen ihrer Gesichtsschleier konnte Katalin nicht mit letzter Sicherheit sagen, welche seiner Nebenfrauen es waren, vermutete aber, dass es sich um Diona und Junica handelte. Sie nahmen Florin bei der Hand und führten ihn in den Palastgarten zurück.

Anders als er selbst konnten Katalins Frauen den Palast verlassen, ohne von einem Dutzend Schilves-Kriegern *behütet* zu werden, und niemand störte sich offenbar daran, wenn ihr einziger Begleiter einer der wenigen noch unter Waffen stehenden Angehörigen der Fürstengarde war. Darüber hatte sich Katalin oft gewundert. Die Schilves wurden doch von zwei Frauen befehligt. Warum kam ihnen dann nicht der Gedanke, dass die Ausflüge seiner Gemahlinnen in die Stadt mehr bezweckten, als nur Verwandte in den Sippenhäusern zu besuchen? Etwa, dass sie die Augen und Ohren ihres Fürstengemahls waren und diese Aufgabe mitunter bemerkenswert gut erfüllten?

Auch für Florin hatte diese Regelung anfänglich gegolten, aber nachdem er den Palast einmal während eines Gewittersturmes für Stunden verlassen hatte – niemand wusste, wie er dazu imstande gewesen war, denn die Torwachen hatten ihn angeblich nicht gesehen – und erst spät in der Nacht völlig durchnässt zurückgekehrt war, musste auch er Einschränkungen seiner Bewegungsfreiheit hinnehmen, allerdings auf Anweisung seiner Mutter Luminita.

Da sein Sohn den Frauen gefolgt war, sah Katalin keine Veranlassung mehr, das Treiben am Tor weiterzuverfolgen. Stattdessen richtete er das Fernrohr auf den Hafen, wo sich gerade ein Schiff zum Auslaufen fertig machte. Seine Beflaggung und die Umstände, unter denen es verabschiedet wurde, deuteten darauf hin, dass sein Ziel die ferne Heimat der Schilves war. Dutzende von Schilves hatten sich an der Anlegestelle versammelt. Als der Bote für ihren fernen Herrscher Hulimpe eintraf, machten sie den Weg frei, um ihn an Bord zu lassen. Der üppige Bart des Gesandten – der prächtigste, den Katalin je gesehen hatte! – hätte im Notfall jede Tunika ersetzen können! Doch Katalins Neugier galt vor allem der auffälligen Tasche des Boten. Wie gern hätte er ihren Inhalt gekannt!

Mit etwas Glück, Geschick und Beharrlichkeit ließe sich das eines Tages vielleicht sogar einrichten.

Kapitän Ozolin wurde nicht sogleich zu den Admiralinnen Urte und Valiva vorgelassen, sondern in ein Nebenzimmer geführt, wo bereits ein anderer und ziemlich betagter Besucher wartete. Missmutig starrte er vor sich hin und nahm kaum Notiz von Ozolins Ankunft. Diese abweisende Art erinnerte den Kapitän ein wenig an seinen Vetter Heliasch.

Er hatte keine Ahnung, warum die Admiralinnen nach ihm geschickt hatten. Ein ungewöhnlicher Vorgang war das allerdings nicht. Vermutlich sollte er die Küste ein Stück weiter nach Süden oder Norden erkunden. Noch vor Kurzem hätte er diese Aufgabe freudig begrüßt, doch gerade jetzt, da sein Werben um die Dame seines Herzens endlich Erfolg zeigte, kam ihm eine wochenlange Abwesenheit von Arades überhaupt nicht gelegen. Die Zeit machte leider nicht halt wegen der Sehnsüchte eines alternden Mannes.

Womöglich war auch Heliasch der Anlass. Aber ob das wirklich ein Glück wäre? Heliasch war kein einfacher Mensch. Wenn man ihn nicht zu nehmen wusste, hielt man ihn leicht für einen unfreundlichen und groben Klotz. Die Admiralinnen hatten ihn kürzlich mit einer neuen Aufgabe bedacht, über die er kein einziges Wort verlieren durfte. Nicht einmal gegenüber seinem Kapitän und Verwandten! Seit einigen Tagen hatte Ozolin gar nichts mehr von ihm gehört. Womöglich hatte ihn seine *ungeheuer wichtige und geheime* Mission sogar aus der Stadt geführt? Hoffentlich hatte er nichts vermasselt, denn das fiele auf seinen Kapitän zurück!

Ozolin schenkte dem anderen Wartenden einen Blick: einem Aradeken, etwa siebzig Jahre alt, mit schlohweißem Haar, der in seiner fernen Jugend sicherlich ein Ringer von Ruf gewesen war. Das sah man ihm noch immer an, und vermutlich war er selbst heutzutage kein leichter Gegner. Warum er wohl hier war? Seine schlichte Kleidung sprach nicht dafür, dass er ein bedeutender Mann war, ein Sippenfürst oder Handelsherr.

Hätte der Alte offener gewirkt, wäre Ozolin vielleicht gewillt gewesen, einige Worte mit ihm zu wechseln. So kam das aber nicht infrage. Stattdessen schloss der Kapitän die Augen und gab sich einem Tagtraum hin.

So viel Glück! Er konnte es kaum fassen. Als einer der Kapitäne dieser siegreichen Flotte mochte er zwar ein wichtiger Mann sein, aber eigentlich nicht so wichtig, dass dieses himmlische Wesen hätte Gefallen an ihm finden müssen. Ganz offensichtlich entstammte sie ja selbst nicht eben einfachen Verhältnissen und war in ihrer Sippe bestimmt hoch angesehen. Doch Genaueres wusste Ozolin nicht, denn seine junge Göttin liebte es, geheimnisvoll zu erscheinen. Deswegen nannte sie ihm auch nie einen Grund, wenn sie sich mit ihrem silbernen Lachen aus seinen Armen entwand. Oder vielmehr: wenn sie es bisher getan hatte. Denn vorgestern hatte sich alles geändert …

Roxana war zwar kein Backfisch, aber beinahe jung genug, dass sie seine Tochter hätte sein können – oder lieber eine ihrer Freundinnen, dachte Ozolin sofort schamvoll. Er fragte sich oft, warum er ihr so schnell und gründlich verfallen war. Sie war nicht einmal eine herausstechende Erscheinung. Lag es an ihrer Jugend? Oder ganz schnöde nur daran, dass sie Aradekin war, und er – zumindest wenn er dem Geschwätz glaubte – anscheinend der einzige Mann in der Flotte war, der noch keine dieser exotischen Frauen in seinem Bett gehabt hatte. Doch dieser Gedanke gefiel Ozolin am allerwenigsten, denn er war niedrig und unpassend und beschrieb ganz und gar nicht das Hehre, das in seinem Herzen vorging!

Was er vielleicht am meisten an ihr schätzte, war ihr feines und vornehmes Benehmen. Ihr Leben gehorchte Regeln, von denen er gar nicht geahnt hatte, dass es sie geben könnte, und mit denen gewöhnliche Menschen auch nichts anzufangen wussten. In jedem Augenblick mit ihr spürte er, wie weit sie über ihm stand! Doch das schien sie nicht zu stören. Sie hatte ihn erwählt, und wenn sie durchschaute, dass er sich gelegentlich wichtigergemacht hatte, als er tatsächlich war, so zeigte sie es jedenfalls nicht oder lachte auf ihre wunderbare Weise darüber hinweg. Sie gab ihm das Gefühl, ein Held aus einer Sage zu sein, der eine der alten Göttinnen für sich gewonnen hatte.

Und wie gut sie roch und wie wunderbar weich sich ihre Haut anfühlte!

Ozolin musste plötzlich sehr lebhaft daran denken, wie sie vor zwei Tagen mit verführerisch geöffnetem Mund die Hand auf seine Brust gelegt und langsam hatte abwärtswandern lassen, so langsam, dass er es kaum ausgehalten hatte vor Verlangen. Dabei hatte sie ihn nicht aus den Augen gelassen, ihn sogar regelrecht verschlungen, und er hatte ganz im Widerspruch zu ihrem bisherigen Kokettieren und Verweigern deutlich gefühlt, dass sie ebenso erregt gewesen war wie er selbst!

Plötzlich bemerkte der Kapitän, dass sich etwas in seiner Hose regte. Sein erster Gedanke galt den Admiralinnen: Was, wenn sie ihn jetzt zu sich riefen? Diese Peinlichkeit!

Gleich darauf hörte er ein lautes Räuspern des alten Aradeken. Oder war es gar ein verhohlenes Kichern? Hatte dieser Nichtsnutz etwas bemerkt und machte sich jetzt über ihn lustig?

Unwillig und mit der Drohung im Rücken, dass jeden Augenblick nach ihm verlangt werden könne, erhob sich Ozolin und trat zu einem der Fenster. Im Stillen hoffte er, dass der Alte bald zu seinen Ahnen gerufen werde und sich Laint, Galunt, Vetis oder einer der zahllosen anderen Totengötter dieses Volkes seiner erbarmte!

Am Fenster stehend gab er vor, etwas Interessantes im Palastgarten zu beobachten, während er sich im Geiste mit dem Knüpfen der vierzig wichtigsten Seemannsknoten ablenkte. Beim neunten Knoten fiel ihm ein großer, kräftiger Mann auf, der in dem sorgfältig gepflegten Grün wie ein junger Hund herumtollte. Er verfolgte dieses unpassende Treiben eine Zeit lang, bis er begriff, wem er da zuschaute: Das musste der Deppenprinz sein, von dem er gehört hatte!

Kurz darauf wurde sein Name aufgerufen.

»Schläfst du mit ihr?«, fragte die blonde Admiralin, kaum dass Ozolin die Tür hinter sich geschlossen hatte. Sie überraschte ihn damit so sehr, dass er einige Herzschläge lang sprachlos war. »Die Dame, die du seit einiger Zeit in ihrem Haus im Norden der Stadt besuchst«, fügte sie hinzu, um etwaige Unklarheiten zu beseitigen.

»Mit Verlaub, Admiralin, das geht Euch nichts an«, gab Ozolin frostig zurück. Als ihm die ganze Tragweite der Frage bewusst wurde, wurde er zornig. »Lasst Ihr mich etwa bespitzeln?«

»Dich nicht, alter Freund«, mischte sich Urta ein. »Keine Sorge!«

»Roxana Hornkamm«, fuhr Valiva fort. Aus ihrem Mund klang der Name von Ozolins Göttin geradezu anzüglich.

»So heißt sie doch?«, fragte Urte milde. »Hübscher Name, muss ich sagen: Roxana Hornkamm.«

»So heißt sie«, gab Ozolin widerstrebend zu. »Falls man ihr etwas vorwirft: Ich habe nie ein böses Wort aus ihrem Mund vernommen. Weder gegen uns noch gegen jemanden anderen. Dafür verbürge ich mich.«

»Roxana Hornkamm. Ungemein wohlklingend!«, wiederholte Urte. »Wusstest du, Kapitän, dass eine der Frauen des Fürsten genauso heißt? Hornkamm ist ihr Sippenname. Üblicherweise wird sie allerdings nur Roxana genannt.«

Ozolin fühlte sich plötzlich wie in den Feuerarmen einer Riesenqualle und kaum noch fähig zu atmen.

»Es muss sich um ein Missverständnis handeln! Eine Verwechslung!«, erklärte er.

»Du irrst«, entgegnete Valiva. »Darum frage ich nochmals: Schläfst du mit ihr?«

Ozolin dachte an sein letztes Treffen mit Roxana, und wie die wandernde Hand auf seiner Brust schließlich doch noch ihr Ziel gefunden hatte, und antwortete kleinlaut: »Nicht so richtig.«

»Was soll das denn bedeuten?«, fragte Valiva scharf. »Geht's auch falsch?«

Urte kicherte. »Erspare unserem guten Kapitän die Peinlichkeit, meine Liebe. Ich erkläre es dir später.« Sie schien sich prächtig zu amüsieren. Ozolin nahm ihre Belustigung als Zeichen, dass was immer man ihm vorwarf, nicht ganz so schlimme Folgen für ihn haben würde.

»Ich wusste nicht, wer sie ist«, beteuerte er. »Sonst hätte ich sie gemieden.«

»Natürlich hättest du das«, stimmte Urte zu. »Aber du wurdest ausgewählt. Das konntest du nicht ahnen.«

»Ich wurde ausgewählt?«, stammelte Ozolin verständnislos. »Von wem denn?«

»Entweder von ihr selbst oder von ihrem Gemahl, dem Fürsten«, erklärte Urte. »So genau durchschauen wir das noch nicht.«

»Aber warum gerade ich? Ich kenne ihn überhaupt nicht, und ich kannte auch sie nicht zuvor!«

»Kennt denn die Maus den Habicht?«, warf Valiva ein.

Ozolin fiel es schwer, ihr ins Antlitz zu sehen. »Und was geschieht jetzt mit mir?«

»Dazu kommen wir später«, antwortete sie streng. »Lass uns zuerst herausfinden, was sie von dir wollte!«

»Worüber habt ihr beiden Turteltäubchen euch denn meistens unterhalten?«, fragte Urte.

Das war nicht so schwer, dachte Ozolin. So, wie ihn Roxanas edle Art beeindruckt hatte, schien sie von seiner Herkunft aus einer ihr völlig fremden Welt und seiner Andersartigkeit angezogen zu sein. Manchmal hatte er sogar geglaubt, dass seine Geschichten sie erregten, aber offenbar war alles nur vorgetäuscht gewesen. Das schmerzte!

Er erzählte, was ihm noch einfiel. »Einmal fragte sie mich, ob ich glaube, dass auch Götter schlafen müssten. Sie erzählte mir eine Legende, wie ihr Gott Apulu einstmals in der Absicht, vor der Traumgottheit Tiver mit seinem Können anzugeben, eine so liebliche Melodie auf seiner Flöte gespielt habe, dass nicht nur alle anderen Götter und ihre zahllosen Geschöpfe in einen langen Schlummer versanken, sondern am Ende sogar er selbst. Einzig Kulsanz, Gott oder Göttin der Morgenröte, das weiß ich nicht so genau, habe sich von dem Joch dieses tiefen Schlafs aus eigener Kraft wieder befreien können und dann alle anderen Götter geweckt.«

Urte wurde sofort hellhörig. »Kennst du diese Legende?«, fragte sie Valiva. Die schüttelte jedoch den Kopf. »Nie gehört. Möglicherweise hat sie sie eigens für ihren liebestollen Verehrer erfunden. Aber vielleicht gibt es sie ja doch.«

Ozolin überging die ihm unzutreffend erscheinende Beschreibung seiner selbst und fragte: »Warum sollte sie derlei tun?«

»Denk nach«, forderte ihn Urte auf. »Hat sie dich vielleicht gefragt, ob du glaubst, dass *unser* Gott Ris manchmal schläft?«

Zum zweiten Mal fühlte sich Ozolin wie in den Armen einer Feuerqualle.

»Ich Tor!«, rief er aus und schlug sich mit den Fäusten gegen die Stirn. »Ich Tor! Ich Tor! Ich Tor!«

»Hat sie dich danach gefragt oder nicht?«, drängte Valiva. »Erinnere dich!«

»Ich glaube ja!«, gab Ozolin zu.

»Was hast du geantwortet?«, erwiderte Urte ernst.

»Ich weiß es nicht mehr. Es fällt mir beim besten Willen nicht ein! Ich bin so ein argloser Narr gewesen.«

»Das ist überaus schlimm«, stellte Urte fest. »Am besten gehen wir davon aus, dass der Fürst inzwischen weiß, dass das *Auge des Ris* verschwunden ist und man es nicht nur hier nicht mehr sehen kann, sondern auch … ihr wisst schon wo.«

»Versteht er auch die Bedeutung?«, warf Valiva ein.

Urte zuckte die Schultern. »Wir müssen wachsamer sein.«

»Was soll ich jetzt tun?«, fragte Ozolin zerknirscht. »Wie kann ich den Schaden wieder beheben?«

Urte musterte ihn durchdringend. »Du verstehst hoffentlich deine Lage, Ozolin? Der Fürst kann sehr unberechenbar sein. Falls es ihm in den Sinn kommen sollte, deinen Kopf zu fordern, weil du ihm Hörner aufgesetzt hast, dann wird uns nichts anderes übrig bleiben, als seinen Wunsch zu erfüllen. Dass er dich selbst in diese Falle gelockt hat, wird dich nicht retten. Am besten gehst du an Bord deines Schiffes und erkundest die Küste.«

»Nach Norden oder Süden?«

»Was immer dir lieber ist, Kapitän. Was immer dir lieber ist! Sei einfach einige Wochen lang nicht greifbar!«

Ozolin verbeugte sich dankbar und erleichtert. Urte hatte noch eine letzte Frage. »Wartet draußen ein weißhaariger Aradeke? Sein Name ist Beryks, und er ist eine sehr nützliche Kreatur. Schick ihn herein! Wir sind nun bereit, ihn zu empfangen!«

Florin hatte wegen eines Wutanfalls zu Hause bleiben müssen, und alles noch so verzweifelte Bitten, Betteln und Flehen hatte seinen Vater nicht umstimmen können. Daher wurde Katalin bei seinem Spaziergang im Garten nur von seinen Gemahlinnen Luminita und Diona und dreien seiner Töchter begleitet. Luminitas und Dionas Angewohnheit, jedes Mal stehen zu bleiben, wenn eine der anderen etwas besonders Wichtiges sagen wollte, hatte die Töchter veranlasst, wie eine Vorhut in fünfzig Schritt Abstand voranzugehen. Somit blieb Katalin der einsame Platz zwischen den Töchtern und den Ehefrauen vorbehalten.

Luminita hatte ihre Hunde dabei. Sobald ihre Herrin auch nur einen Augenblick lang stehen blieb, zerrten die winzigen Köter wie besessen an ihren Leinen. Vielleicht war das ihre Rache für die vielen Male, bei denen Luminita sie hinter sich hergeschleift hatte. Katalin konnte sich nicht erinnern, seine Hauptfrau und ihre Hunde jemals anders erlebt zu haben, als dass eine der beiden Parteien an der anderen zerrte.

Der Fürst machte sich wegen Florin Sorgen. Sein Erstgeborener hatte zwar schon früher gelegentlich Wutanfälle bekommen, doch in letzter Zeit häuften sie sich bedenklich. Dafür gab er den Schilves die Schuld. Augenscheinlich war auch in Florins abgeschlossene Kinderwelt vorgedrungen, dass etwas nicht so war, wie es sein sollte. Am meisten Kopfzerbrechen bereitete ihm, dass Florin neuerdings biss oder jedenfalls zu beißen versuchte. Die Kindermädchen hatten sich bereits beschwert, und eine von ihnen hatte auch einen hässlichen violetten Fleck mit stellenweise geplatzter Haut an ihrem Unterarm aufweisen können. Diese Unart hatte Florin zuletzt als kleiner Junge gehabt! Er hatte sie jedoch lange vor dem verhängnisvollen Treppensturz abgelegt, der sein Leben und seine Zukunft zerstört hatte. Wenn sich dieses Verhalten nicht wieder änderte und die Gewalt in dem Jungen womöglich sogar noch wuchs, so würden schwierige Entscheidungen getroffen werden müssen. Katalin wusste genau, dass er dabei ganz allein stünde. Luminita wäre ihm keine große Hilfe, denn in ihren mütterlichen Augen war ihr einziges Kind noch immer der fröhliche Wildfang, der er einmal gewesen war.

Hinter einer Zierhecke trat überraschend ein alter Mann hervor. Er war kein Gärtner und schien hier auch nicht zufällig gewartet zu haben. Katalin versuchte abzuschätzen, ob der Alte vielleicht nur ein Bittsteller war oder womöglich Böses im Schilde führte, als er ihn erkannte: Das war Beryks, der Kammerdiener ... und die nicht immer saubere Hand seines Vaters! Katalin hatte ihn gleich nach seiner Thronbesteigung entlassen, da er sich in seiner Gegenwart beobachtet fühlte. So als habe dieser treue Diener seinem verstorbenen Fürsten über den Tod hinaus Augen und Ohren geliehen.

Was hatte er hier zu suchen? Soweit sich Katalin erinnerte, hatte er verboten, dass Beryks jemals wieder für eine wie auch immer geartete Tätigkeit im Palast beschäftigt werde!

»Beryks«, begrüßte ihn Katalin. »Dich habe ich lange nicht gesehen! Dein Ruhestand scheint dir gutzutun. Was führt dich in meinen Palast?«

»Mein Fürst, lasst mich gleich zur Sache kommen und nicht unnötig Eure Zeit vergeuden«, erwiderte Beryks. »Ich begegne Euch gerade nicht zufällig, sondern auf Geheiß der Admiralinnen.«

»Was hast du mit ihnen zu schaffen?«, fragte Katalin scharf.

Beryks senkte das Haupt. »Glaubt mir, mein Fürst, das war gewiss nicht meine Wahl. Doch sie drohen, mich zu vernichten, sollte es mir nicht gelingen, Euer Vertrauen zu erlangen.«

»Mein Vertrauen?«, wiederholte Katalin. »Warum sollte ich es dir schenken, nachdem du soeben selbst zugegeben hast, dass dir meine Feinde den Auftrag erteilten, es zu erschleichen?«

»Weil Ihr wisst, wer ich bin, mein Fürst. Ich habe Eurem Vater viele Jahre treu und zuverlässig gedient, und er hatte nie einen Grund, sich zu beklagen. Wenn ich es nicht mache, so werden die Admiralinnen jemand anderen damit beauftragen, Euch auszuforschen, und vielleicht werdet Ihr den nicht durchschauen. Bei mir könnt Ihr sicher sein, dass ich nur weitergeben werde, womit Ihr auch einverstanden seid, sei es nun wahr oder frei erfunden. Ich weiß zu schweigen, was ich schon vielmals bewiesen habe. Doch ich bitte Euch auch meinetwegen, da sie mich wegen Tätigkeiten erpressen, die ich im Auftrag Eures Vaters erledigte und von denen kein Lebender sonst weiß.«

Katalin sah sich in einem Zwiespalt gefangen. Beryks' Gesellschaft, mochte sie noch so selten sein, war ihm gründlich zuwider. Doch der Alte hatte natürlich recht. Urte und Valiva würden nicht gleich aufgeben, wenn ihr Vorhaben beim ersten Versuch misslänge. Unvermittelt erinnerte sich Katalin an eine der Lehren seines Vaters: Man kann alles auf zweierlei Arten sehen, mein Sohn, doch welche Sichtweise entspricht der Wahrheit? Die eine, die andere, oder vielleicht sogar beide?

Auch das musste im Auge behalten werden! Beryks konnte die lautere Wahrheit sagen oder auch Hintergedanken haben. Jedoch hätte das Ganze den Vorteil, dass der Alte als vermeintlicher Spitzel unter den Augen der Schilves Aufträge für ihn verrichten könnte, die er keiner seiner Ehefrauen anvertrauen konnte.

Einen Augenblick lang überlegte Katalin, ob er wissen wollte, was die Schilves gegen Beryks in der Hand hatten, doch dann entschied er sich dagegen. Vielleicht war es ein Geheimnis, dessen Offenlegung zu einem ernsten Streit mit den Sippen führen würde, vielleicht war es aber auch eine Nichtigkeit, die heutzutage nur noch einem alten Mann die Ruhe rauben konnte. Im Grunde reichte es, wenn Beryks wusste, dass sein Wohlergehen von seinem Fürsten, seinem *jetzigen* Fürsten abhing!

»Dann soll es so sein«, sagte er. »Ich nehme an, dass du dir selbst eine Geschichte ausdenken kannst, wie du mein Vertrauen erlangtest?«

Beryks verbeugte sich. »Das sollte mir in der Tat nicht schwerfallen, mein Fürst!«

Florin stand an einem Fenster des Schwiegerhauses und betrachtete die Welt außerhalb seines goldenen Käfigs. Sehnsüchtig schaute er zum Haupttor des Palastgartens, wo seine Freunde auf ihn warteten. Papa hatte verboten, dass er mit ihm in den Garten käme, und er hatte auch verboten, dass er zum Spielen zu seinen Freunden ginge. Papa hatte gesagt, er müsse auf seinem Zimmer bleiben, weil er wüsste, was gut für ihn sei.

Mit vor Aufregung pochendem Herzen betrachtete Florin das silberne Messer, das er gestohlen hatte.

Aber Papa wusste nicht alles! Papa wusste nicht, dass Florin einen Weg gefunden hatte, auf dem er den Palast unbemerkt verlassen konnte. Das hatte er bereits mehrfach getan! Es war lustig und spannend zugleich gewesen! Dabei hatte er neue Freunde gefunden. Den Mann mit dem einen Schuh und die schönen Frauen! Sie rochen gut, aber anders als Mama oder Papas andere Frauen. Er freute sich darauf, sie bald wieder zu besuchen!

Durch das Tor sah Florin einen Mann eilen. Von seinem Anblick wurde ihm ganz bang.

In einer dunklen Gasse war er vor ihm davongerannt!

In einem dunklen Flur war er vor ihm davongerannt!

Er hatte sich vor ihm versteckt!

Er war die Treppe hinabgestürzt!

Er war vor diesem bösen, bitter-, bitterbösen Mann geflohen!

Florin hielt die Hand vor Augen und vergaß ihn.

Ein neuer Schilves
und die Begegnungen mit Mutter Tod

Onkel Mihan ließ sich wieder einmal unendlich viel Zeit für seinen Zug. Bedächtig drehte er den Spielstein zwischen den Fingern, während er den Blick starr auf die bunte Anordnung auf dem Tisch gerichtet hielt.

Setz ihn! Setz ihn doch endlich, dachte Nikola, als könne er mit dieser stummen Beschwörung das zähe Spiel beschleunigen.

»Ein Geisteraustreiber also?«, unterbrach Onkel Mihan sein Schweigen. »Das wird nicht billig! Bist du sicher, dass du nicht einfach nur schlecht geträumt hast?«

»Das habe ich mich tatsächlich selbst schon gefragt«, räumte Nikola ein. »Doch alles war so wirklich! Die Geräusche, die leuchtende Erscheinung ...«

»Manche Träume sind wie das wahre Leben, Söhnchen«, wandte Onkel Mihan ein. »Ich war einmal eine ganze Woche lang felsenfest davon überzeugt, dass ... Aber das tut jetzt nichts zur Sache! Wenn du mich fragst, so gebe ich nichts auf Geistererscheinungen, und es wäre besser, wenn du dein Geld sparen würdest. Meines Erachtens spuken Geister vor allem an Orten, wo irgendjemand etwas verborgen hat und nicht will, dass sich dort jemand umschaut. Das können einzelne Gemächer sein, aber auch ganze Häuser, Ställe, abgelegene Ecken und Winkel. Wenn jeder, der bei seinem Tod noch eine Rechnung offen hatte, als unsteter Geist zurückkehren wollte, dann gute Nacht! Man bekäme in Arades kein Auge mehr zu! Seltsamerweise spuken Geister bevorzugt bei den Reichen und Vornehmen! Ist dir das schon einmal aufgefallen? Als hätten arme Leute keinen Grund, mit ihrem Leben unzufrieden zu sein!«

Nikola war nicht allzu entzückt, aus Onkel Mihans Mund haargenau dieselben Argumente zu hören, die er bis vor Kurzem noch selbst vertreten hatte – *vor* dem nächtlichen Besuch.

»Die Schneider sind weder reich noch vornehm, und ich bin es auch nicht«, gab er trotzig zurück. »Ich habe nicht geträumt. Ich weiß, was ich gesehen habe!«

»Du glaubst also wirklich daran? Söhnchen, Söhnchen!«, sagte Onkel Mihan und hörte auf, den Spielstein zwischen den Fingern zu bewegen. Offenbar stand der Augenblick, da er ihn zu setzen gedachte, kurz bevor. »Den Geist, also den Toten, den kanntest du, wie du sagst?«

»Als Kind«, wiegelte Nikola ab. »Er machte ständig Ärger, und obendrein war er hinter meiner besten Freundin her. Wahrscheinlich war sie sogar der Grund, warum wir ständig aneinandergerieten. Er ist mir zwar später noch hin und wieder über den Weg gelaufen, so wie das eben ist, wenn man in derselben Stadt wohnt. Aber dass er gestorben war, hatte ich erst lange nach seinem Tod zufällig erfahren. Ohne meine Wirtin hätte ich nicht einmal sagen können, dass das schon acht Jahre her ist. Dabei erinnere mich an das fragliche Jahr eigentlich sehr gut, da es dasselbe war, in dem diese Freundin getötet wurde.«

»Dann könnte deine Freundin also ein Grund sein, warum er bei dir spukt? Eifersucht! Rivalität! Daraus wird so manches Unheil gewoben.«

»Wohl kaum«, erwiderte Nikola. »Tatsächlich müsste er sich sogar ins Fäustchen lachen, weil er ihr jetzt im Tod näher ist als jemals im Leben und ich ihm nicht mehr ins Gehege kommen kann. Doch wie du dich erinnerst, wurde er ermordet! Also hätte er doch weit mehr Grund, bei seinem Mörder zu erscheinen und ihm dummes Zeug zu erzählen als bei mir!«

»Was für dummes Zeug?«

»Tut nichts zur Sache.«

Onkel Mihan setzte seinen Stein. »Vielleicht hast du recht, vielleicht aber auch nicht, und wie du sagtest, war es auch nicht der erste Mord in diesem Haus. Nicht wahr? Das war er doch nicht? Das mag eine Rolle spielen. Leider kenne ich keinen Geisteraustreiber.«

Nikola starrte ihn an. Kurz zuvor hatte das noch anders geklungen!

»Entschuldige, falls ich einen falschen Eindruck erweckt haben sollte«, verteidigte sich Mihan. »Ich kenne keinen Geisteraustreiber und habe auch keinen Bedarf an einem. Frag doch Traian! Vielleicht kennt der einen.«

»Lieber nicht!«, wehrte Nikola ab und setze seinen nächsten Spielstein so geräuschvoll auf die Tischplatte, als wolle er damit seinen Unwillen unterstreichen. »Wenn Geisteraustreiber wirklich so teuer sind, wie du sagst, wird er denken, meine Frage sei nur ein Vorwand, um ihn um Geld anzubetteln. Er ist im Augenblick ohnehin nicht so gut auf mich zu sprechen, weil die Schilves vielleicht seine Abmachung mit ihnen aufkündigen werden.«

»Woran liegt's?«, fragte Mihan.

Statt einer Antwort zuckte Nikola nur stumm mit den Schultern.

»Was hast du getan?«, bedrängte ihn der alte Mann.

»Kann ich nicht sagen. Ich habe doch versprochen, nichts auszuplaudern. Es ist eben gekommen, wie es kam.«

Ein breites und völlig unpassendes Grinsen verzog Mihans Gesicht.

»Was ist?«, fragte Nikola verwundert.

»Ich habe gewonnen, Söhnchen!«, teilte ihm sein Gegenüber fröhlich mit.

Nikola schaute auf das Spiel. Tatsächlich! Er hätte beim Reden doch etwas mehr auf das Spielgeschehen achten sollen! Mihan, dieser alte Fuchs, hatte ihn absichtlich abgelenkt!

Ein Besucher betrat die Puhlerei. In seiner grünen und ockerfarbenen Kleidung, dem bunt gemusterten Hemd und mit den pechschwarzen Haaren, war er ein Schilves, wie er im Buche stand. Und ganz so, wie Nikola es auch von Heliasch kannte, verschwendete er keine Zeit mit überflüssigen Höflichkeiten.

»Heißt einer von euch beiden Nikola?«, fragte er.

»Der jüngere von uns«, erwiderte Onkel Mihan und strich genüsslich mit beiden Händen seinen Gewinn ein, der wie üblich aus Kichererbsen bestand. Eine davon nahm er in die Finger und küsste sie triumphierend mit lautem Schmatzen.

Der Schilves verharrte stumm und unentschlossen, als könne er überhaupt nichts mit Onkel Mihans Erklärung anfangen, als sei es ihm unmöglich zu unterscheiden, wer der jüngere der beiden sei! Entweder verstand er die Sprache des Bundes besonders schlecht oder er hatte nicht zugehört! Tatsächlich sah er mit seinen halb gesenkten Lidern aus, als wolle er jeden Augenblick einschlafen. Da hatte offensichtlich jemand eine lange und anstrengende Nacht hinter sich!

»Er ist der Jüngere!«, erbarmte sich Onkel Mihan endlich und deutete auf Nikola.

»Aber natürlich«, erwiderte der Fremde sofort. »Deine Hilfe wird benötigt, so wie es abgemacht ist.«

Nikola erhob sich und ließ sich von Onkel Mihan beim Anlegen des Brustpanzers helfen.

»Offenbar ist die Vereinbarung doch noch gültig«, flüsterte Onkel Mihan. »Traian wird sich freuen.«

»Der Tag ist noch nicht zu Ende«, gab Nikola verdrossen und genauso leise zurück. Die Aussicht, gleich Heliaschs mürrisches Gesicht sehen zu müssen, verdarb ihm die Laune. Er setzte die Lederkappe auf, ergriff den langen Schlagstock und sagte zu dem Fremden: »Wir können jetzt!«

Draußen vermochte er Heliasch jedoch nirgends zu erblicken.

»Wo ist der Bootsmann?«, fragte er. »Ist er schon vorausgegangen?«

Der Schilves verneinte. »Er wird nicht kommen. Diese Tätigkeit lag ihm nicht sonderlich, weswegen er auch nicht mit allen Herzen dabei war.«

»Allen Herzen?«, wiederholte Nikola spöttisch. »Wie viele habt ihr Schilves denn?«

»Das ist nur eine Redensart. Ein Herz für den Mut, ein Herz

für die Treue, ein Herz für die Standhaftigkeit und so weiter. Ursprünglich stammt das wohl aus einem Lied, aber ich kenne es nicht und weiß auch nicht, wie viele Strophen es hat.«

Nikola fühlte sich schon etwas besser. »Dann werde ich also künftig mit dir zu tun haben?«, erkundigte er sich hoffnungsvoll.

Sein Gegenüber nickte. »Ich habe mich angeboten, Heliaschs Platz einzunehmen. Können wir jetzt?«

Doch Nikola war noch nicht fertig. »Wo ist dein Beschützer? Der Bootsmann hatte immer einen Begleiter dabei, für den Fall, dass jemand versuchen sollte, ihm etwas anzutun. Ein Halunke vielleicht. Oder ich.«

Der Schilves bedachte ihn mit einem ernsten Blick. »Ich habe doch dich als meinen Beschützer.«

»Dann wollen wir hoffen, dass der Ernstfall niemals eintreten wird«, entgegnete Nikola und folgte ihm. Als sie am Haus der beiden Sprachlehrer vorbeikamen, trat Xandra heraus und schenkte ihm ein strahlendes Lächeln. Nikola wusste inzwischen, wie er diese Freundlichkeit zu deuten hatte und gab sich daher keinerlei Hoffnungen hin. Wahrscheinlich trieb sie nur Neugier wie so viele andere in der Nachbarschaft. Die Bewohner der Straße hatten zwar Heliasch und seinen Beschützer wiederholt gesehen, aber was die Puhler mit ihnen zu schaffen hatten, das wussten sie nicht. Wahrscheinlich fragten sie sich, ob Streit, Beleidigungen und Diebereien genauso zum Alltag der Schilves gehörten wie bei allen anderen oder ob mehr dahintersteckte?

Gleich nach Xandra zeigte sich auch Iovi. Laut Flaviu verfügte er über eine geheimnisvolle Gabe, die ihn immer sogleich wissen ließ, wenn sich ein fremder Mann seiner hübschen Frau auf weniger als zehn Schritt näherte.

Plötzlich blieb der Schilves stehen. »Ich heiße übrigens Sayme.«

Das kam so überraschend für Nikola, dass er, ohne nachzudenken, nach seinem Rang fragte, obwohl ihm dieser eigentlich völlig gleich war: »Bootsmann? Rudergast? Lotse?«

»Einfach nur Sayme«, erklärte sein Begleiter. Danach wurde er ebenso wortkarg wie sein Vorgänger.

Abermals war ein Leichnam entdeckt worden, und zwar wiederum in der Umgebung des Weißgarbenviertels, allerdings mehr zum Meer hin und daher – nach dem letzten Leichnam – wieder näher bei der Stelle, wo die blutleere weiße Frau gefunden worden war.

Unterwegs versuchte sich Nikola einen Eindruck von seinem Begleiter zu verschaffen. Er war erheblich jünger als Heliasch, bestenfalls dreißig Jahre alt, somit auch nach Nikolas eigenen Maßstäben jung. Sayme kam ihm vage bekannt vor, als sei er ihm schon irgendwann zuvor begegnet. Doch ein solches Gefühl stellte sich wohl zwangsläufig ein, wenn jemand aussah, als sei er just der Form entstiegen, in der die Götter die ersten Schilves gebacken hatten – oder was immer sie eben zu tun pflegten. Anders als der Bootsmann verzichtete er nicht nur auf einen Beschützer, sondern trug noch nicht einmal ein Schwert oder eine andere Waffe! Wie war das zu deuten? Als Leichtsinn und Naivität? Bildete sich dieser Schilves wirklich ein, nichts zu befürchten zu haben von den Bewohnern dieser Stadt, die seine Leute in Besitz genommen hatten, nachdem sie vor aller Augen ein beispielloses Gemetzel angerichtet hatten? Selbst wenn viele die Macht und Erbarmungslosigkeit der neuen Herren fürchteten, so musste es doch Verwandte, Bekannte und Freunde der Toten geben, die nicht lange zaudern würden, einen einzelnen Schilves still und rasch zu seinen verderbten Ahnen zu schicken, falls sich die Gelegenheit böte, es ohne Zeugen zu tun und ohne Folgen befürchten zu müssen!

Oder war es ein Ausdruck von Hochmut und des irrigen Glaubens, dass diese Stadt nichts, rein gar nichts aufzubieten hatte, was ihm gefährlich werden könnte? So oder so war es ein Grund, den Kopf zu schütteln.

Auf dem Weg taute Sayme förmlich auf. Er stellte nicht nur die unbedingt nötigen Fragen, etwa welche Richtung sie zum Fundort des Leichnams einzuschlagen hatten, ob sie links gehen mussten oder rechts, sondern auch nach allem, was ihm ins Auge stach. Warum ist die Fassade dieses Hauses bunt angemalt? Warum stehen die Leute da Schlange? Was bedeutet das Schild über dem Eingang?

Dadurch lernte Nikola, dass Sayme die Sprache des Bundes wesentlich besser beherrschte, als er zunächst gedacht hatte. Tatsächlich hatte er sogar einige der oft drollig anzuhörenden Wortformen und Beugungen, die sich die Gelehrten der Schilves ausgedacht hatten, um aus dem Gestammel und Radebrechen ihrer Übersetzer eine halbwegs durch Regeln geleitete Sprache zu formen, zugunsten der richtigen Wendungen fallen gelassen. Ursprünglich hatten sie nämlich darauf bestanden, »ich *bin*« und »er, sie, es *bin*« zu sagen, nur weil es eben auch hieß »wir *sind*« und »sie *sind*«.

Allerdings hatte auch Sayme seine Stolpersteine, da er Wörter wie *wachen, noch, Tuch,* aber auch *ich* und *Pech* ungewöhnlich kehlig aussprach. Bei ihm klang das »ch« wie eine Mischung aus Fauchen und Röcheln. Es musste ein recht schauriges Erlebnis sein, nachts in einer abgelegenen und menschenleeren Gasse von ihm angesprochen zu werden! »*Chhhhhh....!*«

Kinder, vielleicht sogar dieselben wie beim ersten Leichenfund, führten sie zu dem Toten. Er lag zwischen einem vor Jahren ausgebrannten Haus und einer Scheune in einer schmalen Lücke, die durch ein niedriges Mäuerchen abgeschlossen wurde. Vielleicht hatten die Kinder den Leichnam beim Spielen entdeckt, vielleicht auch als sie über die Mauer kletterten, während sie den Abkürzungen und geheimen Pfaden durch die Stadt folgten, auf deren Kenntnis schon Nikola, Camilla und sicherlich auch Gogul die Qualle stolz gewesen waren.

Wie gewöhnlich durchsuchte Nikola den Toten als Erstes nach Wertsachen, fand aber nichts.

»Kein Geld!«, gab er bekannt. Da seine Worte keine Wirkung zeigten, wiederholte er sie noch einmal eindringlicher. Als Sayme noch immer nicht begriff, was er von ihm erwartete, erklärte er es ihm rundheraus: Die Kinder mussten für ihre Mühe entlohnt werden, und jeweils eines musste zum Heiler, zum Tempel und zum Abdecker geschickt werden. Auch hierfür war eine kleine Entlohnung fällig. Sayme bezahlte alles, ohne zu murren.

Kaum hatte die letzte Münze den Besitzer gewechselt, da öffnete der Himmel seine Schleusen zu einem Guss. Die Kinder rannten kreischend davon und Nikola presste sich gegen die Wand der Scheune, deren überhängendes Dach ein wenig Schutz versprach. Neben sich hörte er seinen Begleiter vergnügt glucksen.

Selbst in diesem regenreichen Jahr brauchte der Wolkenbruch, was die Heftigkeit anbelangte, keinen Vergleich zu scheuen! Die Regentropfen prasselten auf den Boden, und wenn der Wind drehte auch gegen die Scheunenwand. Sie fielen trommelnd auf den Toten, der mit dem Kopf zu dem Mäuerchen lag und prallten von ihm ab wie kleine Körnchen aus Sand. Für das Regenwasser war der Leichnam ein flüchtiges Hindernis. Es staute sich kurzzeitig an ihm und umfloss ihn dann wie eine kleine Insel auf seinem Weg zum Meer.

Nikola schätzte das Alter des toten Jungen auf fünfzehn bis siebzehn Jahre. Er war sich sicher, dass er erst vor wenigen Tagen in die Stadt gekommen war, bedauerte aber dennoch, dass er die Kinder hatte ziehen lassen, ohne sie vorher zu fragen, ob sie ihn wider Erwarten gekannt hatten. Ihre Antwort hätte zwar keinerlei Auswirkungen gehabt, doch Nikola verspürte einfach ein Verlangen, es zu wissen. Denn im Grunde stellte der Junge genau das dar, wovor er und seine Freunde sich als Kinder heimlich gefürchtet hatten: eines Morgens tot aufgefunden zu werden – nicht sofort sichtbar, aber auch nicht wirklich verborgen, irgendwie unwichtig und unbedeutend.

Sobald der Regen aufgehört hatte, tat Sayme etwas Seltsames. Er ging zu dem toten Jungen, tauchte seine Finger mehrmals in das abfließende Wasser – und kostete davon!

»Kein Blut!«, stellte er fest.

Nikola vermeinte, noch nie etwas derart Widerliches gesehen zu haben! Falls in dem abfließenden Regenwasser tatsächlich noch irgendetwas erschmeckbar wäre, so käme das nicht nur vom Blut des Toten, sondern auch von dem abgewaschenen Schweiß und Schmutz, von der Pisse, mit der er sich womöglich in Todesangst benässt hatte, sowie von den Säften, die Tod, Zerfall und Verwesung hervorbrachten. Doch nach diesem Unwetter wäre sogar eine Hundenase überfordert gewesen, irgendetwas herauszufinden! Wenn sich sein neuer Schilves-Begleiter ein Bild vom Zustand des Toten machen wollte, so brauchte er nur auf den zerfleischten Hals, den mit unvorstellbarer Rohheit teilweise abgerissenen Unterkiefer und die wachsbleiche Haut zu schauen! Mehr war wirklich nicht nötig!

Nikola wandte sich ab, um nicht noch weitere von Saymes ekelhaften *Untersuchungsmethoden* mit ansehen zu müssen.

Das Ende des Regens brachte zwar nicht die Kinder zurück, dafür aber kamen eine Handvoll Anwohner herbei, die wissen wollten, was ein Puhler und einer der fremden Krieger bei ihnen zu schaffen hatten. Nikola setzte Sayme davon in Kenntnis, wohlweislich ohne sich umzuwenden.

»Tu, was du sonst auch tust«, hörte er ihn stark gedämpft antworten. Nikola hoffte inbrünstig, dass Sayme nicht wirklich das tat, was ihm seine Fantasie vorgaukelte, nämlich die Körperöffnungen des Toten zu beschnüffeln und ihn abzulecken. Das wäre den Gaffern nicht leicht zu vermitteln gewesen!

Nikola erfüllte seine Pflicht und wartete, bis sich die Schaulustigen zerstreut hatten. Danach sah er nach Sayme und der Leiche. Zu seiner Erleichterung lag sie immer noch so unberührt da, wie er sie in Erinnerung hatte, nämlich mit dem Haupt zu dem Mäuerchen, die Beine geschlossen, die Arme leicht abgewinkelt, den Kopf zur linken Schulter geneigt und den Mund scheinbar weiter geöffnet, als es einem Menschen möglich war. Sayme stand neben ihr und blickte auf sie hinab.

»Was hast du ihnen erzählt?«, fragte er beiläufig.

»Das Übliche, nämlich dass ihn ein toller Hund angefallen hat.«

»Ein Hund? Wieso ein Hund?«

»Bootsmann Heliasch wollte immer, dass ich sage, es sei ein Hund gewesen«, erklärte Nikola. »Einmal machte ich stattdessen einen Saiguar verantwortlich. Daraufhin wurde er sehr böse.«

Sayme schwieg einen Augenblick. »Du weißt natürlich, dass das kein Hund war? Kein noch so rasender Hund würde seine Beute zuerst zerreißen, dann warten, bis sie ausgeblutet ist, um sie sodann zu einem anderen Ort zu schleifen. Kein Tier würde so handeln.«

»Ich sagte nicht, dass ich selbst daran glaubte«, entgegnete Nikola bedächtig. »Heliasch wollte, dass ich es sage und duldete keinen Widerspruch.«

»Dann war dies der letzte tolle Hund. Wir werden uns etwas Neues einfallen lassen«, entschied Sayme. »Ich möchte nicht, dass ein verängstigter Pöbel jeden Hund in der Stadt totschlägt. Ich mag Hunde. Sie sehen drollig aus, wenn sie schwimmen.«

Als Nikola drei Tage später frühmorgens die Puhlerei betrat, erwartete ihn eine seltsame Szene. In ihrem Zentrum befand sich Sayme, der an einem der Tischchen saß und sich an einer Tasse Kichererbsentee festhielt. Er sah auch heute ziemlich verschlafen aus. Traian leistete ihm Gesellschaft, da er sich wohl verpflichtet fühlte, dem Abgesandten seiner Geschäftsfreunde die Wartezeit mit einer leichten Unterhaltung zu verkürzen. Da er jedoch rein gar nichts mit ihm zu besprechen hatte, erzählte er ihm von einem Fall, der unfassbar lange zurückliegen musste und schilderte in allen Einzelheiten, warum er damals so und nicht anders gehandelt hatte.

Serban belauerte die beiden und schien fest entschlossen, dem Schilves bei dem kleinsten Anzeichen, dass eine Gefahr von ihm ausginge, an die Kehle zu gehen.

Flaviu saß abseits. Unverkennbar war es für ihn zu einer Frage von Leben und Tod geworden, seinen Namen so tief wie niemals zuvor in die Tischplatte zu schaben.

Marilena zeigte sich von dem Besucher überhaupt nicht beeindruckt und plauderte zwanglos mit Onkel Mihan. Allerdings konnte sich Nikola nicht erinnern, dass die beiden jemals mehr als zwei oder drei Sätze miteinander gewechselt hätten.

»Ich warte schon auf dich, Nikola«, begrüßte ihn Sayme. Auch dass Nikola von einem Schilves anders angesprochen wurde als mit »Los!«, »Auf geht's!« oder »Dann wollen wir mal!« war äußerst ungewohnt.

Sowie Traian Nikola bemerkte, sprang er auf, um den Schlagstock für ihn zu holen, was eigentlich Mihans Aufgabe gewesen wäre, und reichte ihn Nikola mit den Worten: »Dann lasst euch nicht länger von mir aufhalten!«

Dann kam auch noch Kostel zur Tür herein. Als er sah, wer gerade zu Gast war, machte er wortlos kehrt und ging wieder. Im selben Augenblick stieß Flaviu einen Schmerzenslaut aus, der in saftige Flüche überging. Offenbar war bei seiner Schürfstelle Blut geflossen!

Erst auf der Straße wurde Nikola bewusst, warum Sayme hier war. Bislang war es ein schöner Morgen gewesen, doch nun färbte er sich vor seinem inneren Auge rot.

»Es ist schon wieder eine Leiche gefunden worden!«, stieß er aus.

Sayme blickte ihn einige Herzschläge lang verständnislos an, dann durchschaute er das Missverständnis. »Zum Glück nicht! Ich möchte, dass du mich zu dem Tempel begleitest, zu dem unsere Leiche gebracht wurde. Der Heiler wollte sie gründlich untersuchen, nachdem sie gesäubert wurde, und zusammenfassen, was er herausgefunden hat.«

Daran erinnerte sich Nikola, doch nach seinen Erfahrungen mit Heliasch hatte er nicht erwartet, dass auf die Erkenntnisse des Heilers noch einmal zurückgegriffen würde. Nun musste er erst einmal überlegen, zu welchem Tempel der Tote gebracht worden sein konnte. Es gab etliche Laint-Tempel in Arades. Sie waren über die ganze Stadt verstreut und meist nicht sehr groß.

Der erste, zu dem sie gingen, war aber nicht der richtige und hatte auch seit längerer Zeit keinen Leichnam mehr angenommen. Allerdings konnten ihnen die Priester anhand des Fundorts des toten Jungen und der Beschreibung des Abdeckers einen Hinweis geben, in welchem Tempel sie vermutlich mehr

Glück hätten. Unterwegs dorthin begann Sayme eine ungewohnte Unterhaltung.

»Du solltest nicht zu schlecht von Bootsmann Heliasch denken. Er befolgte lediglich seine Befehle, so wie er es für richtig hielt. Die Schilves wollen keine Unruhe in der Stadt, jedenfalls keine zusätzlich zu der, die unsere Anwesenheit ohnehin schon verursacht. Die Admiralinnen wünschen, dass die Zeit unseres Aufenthalts so ruhig und friedlich wie möglich verläuft. Wenn allerdings alle paar Tage eine zerfleischte Leiche gefunden wird, passt das überhaupt nicht dazu. Derlei schafft Unruhe und lässt gefährliche Gerüchte erblühen, die leicht zu unbedachten Handlungen führen können, deren Folgen sowohl für die Schilves als auch für euch Aradeken verderblich wären. Heliasch hielt es für das Beste, so zu tun, als gäbe es diese Toten nicht, als hätten sie nichts miteinander zu tun und als sei an ihrem Ableben überhaupt nichts ungewöhnlich. Er wollte alles verschleiern, stellte sich dabei aber nicht sehr geschickt an. Ich habe eine andere Einstellung dazu. Ich meine, es ist besser, dafür zu sorgen, dass es solche Todesfälle nicht mehr geben wird. Wir müssen herausfinden, wer oder was für sie verantwortlich ist!«

Nikola nützte seine Offenheit, um eine Frage zu stellen, die ihn seit Tagen beschäftigte: »Ich wunderte mich bereits über die Gemeinsamkeiten der Leichen. Keine war darunter, der etwa der Schädel eingeschlagen worden wäre oder die man abstach und in einer Blutlache liegen ließ. Als ob jemand, der genau weiß, worauf er zu achten hat, eine Vorauswahl träfe. Das waren doch nicht die ersten Toten dieser Art? Davor gab es schon weitere, nicht wahr?«

»Das stimmt«, bestätigte Sayme. »Allerdings hat man mir nicht verraten, wie viele. Vielleicht wollte man mir dadurch einen frischen Blick bewahren. Doch du kannst dir leicht überlegen: Wie viele müssen in dieser großen Stadt sterben, bis jemandem eine Gemeinsamkeit auffällt? Wie viele, bis jemand begreift, dass das Übel nicht von allein wieder verschwinden wird? Wie viele, bis jemand ausreichend Überzeugungskraft aufbringt, um durchzusetzen, dass dringend etwas unternommen werden muss?«

Nikola verspürte ein unheimliches Kribbeln: »Das können sehr viele sein.«

Sayme nickte. »Doch um dir die ganze Tragweite bewusst zu machen: Wir wissen nicht, wann der Erste auf diese Weise starb. Diesen Sommer oder letzten Sommer? Das kann schon seit Jahren unbemerkt so gehen!«

Nikola musste an die Toten denken, die er irgendwann gesehen oder von denen er nur gehört hatte. Der Hufschmied fiel ihm ein, gegen den eine leichte Züchtigung mit öffentlicher Demütigung erwirkt worden war, und der unter den Augen der Puhler von seiner eifersüchtigen Frau einen Bratspieß in Nacken und Schädel gerammt bekommen hatte. Daran war er nicht einmal sofort gestorben. Zwei Tage waren ihm noch mit dem Spieß im Kopf geblieben. »Das wollte ich nicht!«, hatte seine Frau beteuert, als sie eine Woche später mit der Schlinge um den Hals zum Richtplatz getrieben wurde.

Er dachte an den Kopf des Toten, den Serban hatte verschwinden lassen und der vielleicht noch immer in dem verlassenen Fuchsbau außerhalb der Stadt verrottete. Auch der Sterbende fiel ihm ein, der den Puhlern zu Beginn des Frühjahrsfestes entgegengewankt war, und dem unter der Wirkung der *Blutigen Fee* die rote Tinte aus allen erdenklichen Körperöffnungen getropft war. Er dachte aber auch an die friedlich Verstorbenen und die, für deren Dahinscheiden Krankheit, Elend und Verzweiflung verantwortlich gemacht worden waren. Womöglich zu Unrecht!

Konnte einer dieser Todesfälle zu denen gehören, von denen der Schilves gesprochen hatte? Augenscheinlich nicht, doch wenn Sayme recht hatte, so hatte es bis vor Kurzem auch nie den Anschein gehabt, als gäbe es irgendwelche Gemeinsamkeiten unter ihren Toten!

Camillas Ermordung hatte noch am meisten Ähnlichkeit, war aber doch ganz anders gewesen.

Sayme setzte die Unterhaltung fort. Er hatte noch mehr zu enthüllen.

»Die Schilves haben übrigens eine falsche Vorstellung von euch. Sie halten euch für etwas anderes, als ihr seid. Genauer gesagt: Kapitän Tavi unterlief dieser Irrtum. Er ist der Kapitän der *Urudra* und einer der Adjutanten der Hohen Admiralin Urte. Dein Dienstherr Traian hat mit ihm verhandelt.«

»Inwiefern eine falsche Vorstellung?«, fragte Nikola vorsichtig.

»Wir dachten, ihr wärt so etwas Ähnliches wie die Fürstengarde, also dass ihr im Dienste des Fürsten stündet und für die Aufrechterhaltung von Recht und Gesetz zuständig wärt. Aber wie ich Traian vorhin verstanden habe, stimmt das nicht?«

Nikola war nicht wohl in seiner Haut. Das klang nach schlüpfrigem Boden, auf dem man leicht ausrutschen konnte. Am liebsten hätte er Sayme an Traian verwiesen. Sollte der doch die Suppe auslöffeln, die er ihm eingebrockt hatte!

»Ihr müsst für unsere Arbeit eigens bezahlen. Daran hättet ihr erkennen können, dass es sich ganz streng und wörtlich betrachtet nicht genauso verhält wie vermutet«, stammelte er sich zurecht.

Sayme gab einen kurzen Schnarchlaut von sich, der ein Lachen sein sollte. »Deine Leute sind äußerst findig darin, sich ein zweites Mal für Tätigkeiten bezahlen zu lassen, für die sie bereits entlohnt wurden. Im Rat der Kapitäne führt das zu häufigem Unmut. Das hätte also nichts zu bedeuten gehabt. Doch wie mir Traian erklärte, betrachtet ihr euch nicht als diejenigen, die das Gesetz durchsetzen, sondern als Vermittler, etwa zwischen Dieb und Bestohlenem, und sorgt dafür, dass am Ende alle zufrieden sind?«

Nikola war mit dieser vereinfachten Darstellung nicht ganz einverstanden. »Gelegentlich bringen wir auch jemandem Benehmen bei«, murmelte er. »Aber ist das von Bedeutung?«

»Nicht für mich«, erwiderte Sayme. »Auch ich möchte, dass am Ende alle zufrieden sind. Die Admiralinnen genauso wie deine Leute. Es soll Ruhe herrschen, und niemand soll mehr sterben. Alle sollen zufrieden sein. Wer immer oder was immer für die Toten verantwortlich ist, soll das natürlich nicht sein.«

Bei dem zweiten Laint-Tempel, an den sie von den Priestern des ersten verwiesen worden waren, wandte sich Nikola an die Tempeldiener. Sie waren leicht an ihrer hellgrau und weiß karierten Tracht und ihren spitzen, schwarzen Hüten zu erkennen. Kräftige Burschen, die nicht nur den Tempel des Totengottes zu beschützen hatten, sondern auch gelegentlich verhindern mussten, dass trauernde Hinterbliebene, die sich schon zu Lebzeiten eines Verstorbenen nicht grün gewesen waren, nun anlässlich seines Todes tatkräftig vor oder gar im Tempel ihre Händel austrugen. Kurze Knüppel, die sie unauffällig unter ihrer Kleidung versteckten, erleichterten ihnen diese Aufgabe.

Nikola schilderte ihnen ihr Begehr.

Eine Priesterin wurde geholt. Das Dunkelgrau ihrer Alltagstracht unterstützte den griesgrämigen Ausdruck auf ihrem Gesicht vorzüglich. Sie bedachte Sayme mit einem abschätzigen Blick und fragte: »Du kannst unsere Sprache vermutlich nicht lesen?« Sayme bestätigte dies, und Nikola wurde gar nicht erst gefragt.

Aus dem weiten Ärmel ihres Gewandes zog sie den nur wenige Sätze umfassenden Bericht des Heilers und las vor, was ihre Besucher bereits wussten: Dem Verblichenen war mit roher Gewalt die Kehle zerfetzt worden, wobei auch der Unterkiefer in Mitleidenschaft gezogen worden war. Bei diesem gewalttätigen Akt hatte er fast sein gesamtes Blut verloren.

»Ist das alles?«, fragte Nikola enttäuscht und erntete dafür ebenfalls einen geringschätzigen Blick.

»Nein«, antwortete die Priesterin kühl. »Hier steht noch, dass beide Handgelenke gebrochen waren.«

»Beide?«, riefen Sayme und Nikola im Chor.

»So steht es hier.«

»Hatte er Bisswunden an den Händen?«, hakte Nikola nach.

»Davon lese ich nichts.«

»Wann brach sich der Tote die Handgelenke?«, wollte Sayme wissen. »Während er sich verteidigte oder schon Tage davor?«

»Für diese Frage hättet ihr der Dienste eines Wunderheilers bedurft. Er hätte euch das vielleicht ganz genau sagen können, aber ein gewöhnlicher Heiler kann das nicht.«

»Wunderheiler können durch Handauflegen in die Leiber hineinsehen«, erklärte Nikola seinem Begleiter. »Auf diese Weise sehen sie Dinge, die man selbst dann nicht erkennen könnte, wenn man den Kranken aufschnitte.«

»Sie sind allerdings nicht gerade billig«, fügte die Priesterin hinzu. »Aber ihr besitzt ja jetzt das Gold unseres Fürsten.«

Nikola war sprachlos. So viel offene Feindseligkeit hatte er von einer Priesterin nicht erwartet!

Er und Sayme verließen den Tempel und steuerten die nächste Kneipe an, um sich zu besprechen. Zu dieser frühen Tageszeit hatten sich dort vorwiegend Bauern, die Vieh oder Feldfrüchte in die Stadt gebracht hatten, Fischer, Bäcker und andere Frühaufsteher eingefunden. Ein Schilves in ihrer Mitte sorgte zwar für ein gewisses Aufsehen, zumal bei den auswärtigen Kneipengästen, die den fremden Kriegern bisher nur am Stadttor begegnet waren, aber den meisten schien dieser Anblick nicht völlig unvertraut zu sein. Nikola wählte einen möglichst abseitsstehenden Tisch aus. Sayme bestellte Tee, und Nikola schloss sich ihm an. Als der Wirt ihnen die Getränke brachte, verzichtete er allerdings darauf, das Schälchen mit gerösteten und gesalzenen Kichererbsen auf ihrem Tisch wieder aufzufüllen, wie er es wohl bei anderen Gästen getan hätte.

»Er hat sich gewehrt!«, brach es aus Nikola heraus, kaum dass der Wirt außer Hörweite war.

»Wie verhielt es sich bei den anderen?«, fragte Sayme.

»Die Frau in Weiß wies nach Aussage der Heilerin keine vergleichbaren Verletzungen auf, und bei den anderen beiden haben wir nicht darauf geachtet. Bei dem ersten Mann schien der Fall einigermaßen klar zu sein, und bei dem Straßenmädchen …«

»Gebrochene Handgelenke hätten sich leicht feststellen lassen«, unterbrach ihn Sayme.

»Ich weiß«, räumte Nikola ein. »Sofern jemand hätte wissen wollen, woran die Toten tatsächlich starben.«

»Woran starben sie denn?«

Nikola wusste nicht, was der Schilves mit der Frage bezweckte. »Du sagtest selbst, dass kein Tier seine Beute so behandle. Also fielen sie wohl einem Menschen zum Opfer. Wir suchen einen Mörder.«

Diesen Satz aus dem eigenen Mund zu hören, klang sonderbar. Seitdem Nikola sein Brot als Puhler verdiente, hatte ihm nicht nur Traian, sondern auch jeder andere, der zu ihrem Gewerbe gehörte, abgeraten, sich mit dieser Art von Verbrechen zu beschäftigen. Und nun sollte er selbst einen Mörder fangen? Einen *Mörder*?

»Aber woran starben sie?«, wiederholte sein Begleiter eindringlicher. »Manche Schilves glauben fest, dass es Wesen gäbe, die die Gestalt von Menschen annehmen können, ohne jedoch welche zu sein. Wölfe, Bären, Dachse.« Dabei lächelte er, als nähme er solche Geschichten selbst nicht ernst. Nikola ahnte, worauf er hinauswollte. Plötzlich wurde ihm bewusst, dass er noch nie einen Schilves hatte lächeln sehen.

»Die Fischer erzählten etwas von Weißen Bräuten, die auf dem Grund des Meeres leben«, antwortete er. »Angeblich kommen sie ab und zu in der Gestalt wunderschöner Frauen an Land und besorgen es den Männern dann so gründlich, dass sie für den Rest ihres Lebens zu nichts mehr taugen. Völlig ausgezehrt! Leere Hüllen, wie alte Schlangenhäute, nur noch Schatten ihres einstigen Selbst!«

»Warum sollten sie das tun?«

Nikola zuckte die Schultern. »Was weiß ich. Vielleicht sind ihre Weißen Brautmänner so träge wie Hummeln im Winter.«

»Das ist doch Humbug«, versicherte ihm Sayme. »Überhaupt ist das meiste, was eure Gelehrten über das Meer zu wissen glauben völliger Humbug. Dort draußen leben zwar große, majestätische Geschöpfe, aber auch kleine, wehrlose. Es ist keineswegs so, dass die nachtblauen Tiefen vor Ungeheuern wimmeln!«

»Kann ich nicht beurteilen«, erwiderte Nikola. Der einzige Gelehrte, den er kannte, wurde wegen Totschlags gesucht und fristete ein Dasein als Wirt. Entgegen seiner Behauptungen empfand er deswegen keine Spur von Reue. Eher redete er sich ein, Handlanger eines Künstlergottes gewesen zu sein! Wenn alle Gelehrten so waren ...

»Als Kinder erzählten wir uns allerlei Schauermärchen«, erinnerte er sich. »Wir glaubten an die Schattenmänner, die in den dunkelsten Winkeln und Gassen dieser Stadt lauerten und Bitterböses ausheckten. Doch mittlerweile bin ich erwachsen. Als Puhler habe ich die Häuser der Reichen betreten, ebenso wie die Verschläge der Armen. Dabei habe ich gelernt, dass man fast nichts glauben darf. In den dunklen Winkeln trifft man nachts keine Schattenmänner, sondern allenfalls das achtbeinige Pferd. Es schnaubt und wiehert, und selbstgenügsam, wie es ist, hat es weder Bedarf an Weißen Bräuten noch an Weißen Brautmännern!«

Sein Begleiter blickte ihn verständnislos an. Daher erklärte Nikola ihm geduldig den Scherz: »Vier Arme und vier Beine, insgesamt acht, ja? ... Wiehern? Schnauben? Nein?... Mann-Frau, Mann-Mann, Frau-Frau?«

Endlich verstand ihn Sayme! Doch lustig fand er den Scherz offenbar nicht, da er keine Miene verzog.

»Wir sollten nicht vorschnell urteilen«, sagte er stattdessen, »denn gegenwärtig verstehen wir noch nichts. Nicht wie sie starben, und auch nicht, warum oder durch wen. Übrigens könnten dem Jungen auch die Arme während einer Folter gebrochen worden sein.«

Nikola stimmte zu. »Das ist wahr, ändert allerdings nichts, denn Tiere foltern nicht. Es gibt keinen Grund, jemand anderen hinter diesen Taten zu vermuten als einen gewöhnlichen Menschen. Schaurige und unheimliche Dinge treten doch bloß dann auf, wenn jemand damit erreichen will, dass man nicht so genau hinschaut. All diese verfluchten Orte, Gemächer, Häuser, Ställe ...«

Er stockte, als ihm bewusst wurde, dass er bis vor Kurzem

dasselbe über Geister gedacht hatte. Inzwischen wusste er es besser.

»Warum kümmert ihr Puhler euch nicht um Morde?«, wollte Sayme wissen.

»Es geht um Geld«, antwortete Nikola. »Bei Mord und Totschlag hat man grundsätzlich mit der Garde zu tun, aber die zahlt schlecht und lässt sich damit auch immer viel Zeit.«

»Wir bezahlen, was ausgemacht wurde und sind auch nicht säumig«, erinnerte ihn Sayme.

»Ich wollte mit meiner Erklärung kein zusätzliches Geld schinden!«, verteidigte sich Nikola. »Ich sage nur, wie es ist. Hinzu kommt, dass die Halunken, mit denen wir zu tun haben, meist recht harmlos sind. Sie lügen zwar das Blaue vom Himmel herab, und manchmal vergisst einer vielleicht, wo sein Platz ist. Damit meine ich: Wer wem aufs Maul schlägt und wer das tunlichst sein lassen sollte! Aber Mörder haben gelernt, wie es geht, und dass man allerlei Sorgen loswerden kann, sofern man jemandem nur oft genug ein Messer in den Bauch sticht.«

»Dann hätten wir uns also besser an die Garde wenden sollen?«

Nikola hüstelte auffällig. »Ich bezweifle, dass ihr dort noch viele Freunde gefunden hättet. Selbst unter den Überlebenden.«

»Das mag so sein«, stimmte Sayme ungerührt zu. »Wie geht ihr vor, wenn ihr einen Dieb sucht? Am Ende ist der Unterschied in der Vorgehensweise gar nicht so groß?«

Bevor ihm Nikola eine Antwort gab, rief er den Wirt an ihren Tisch und verlangte nach einer neuen Runde Tee. Dabei deutete er auch auf das leere Schälchen für die Kichererbsen. Der Wirt nahm es anstandslos mit und brachte ein volles. Nikola angelte einige der Erbsen heraus und zerkaute sie. Inzwischen saßen er und Sayme fast allein in der Kneipe. Wahrscheinlich würde sie sich erst zur Mittagszeit wieder füllen.

»Unsere Halunken sind meistens nicht sehr schlau«, begann er. »Sie prahlen gern und können den Mund nicht halten. Sie müssen einfach damit angeben, was sie Großartiges geleistet haben. Das ist bei ihnen wie ein Zwang! Manche erzählen auch vor ihrer Tat herum, dass sie Helfer für eine Gaunerei suchen. Wir kennen Leute mit großen Ohren, die sich auskennen und wissen, was gerade vorgeht. Die fragen wir. Manche geben uns Auskunft gegen Geld, andere tratschen aus Neid oder Missgunst oder damit wir sie bei einer anderen Gelegenheit in Ruhe lassen. Nun aber zu uns: Kennen wir jemanden in der Stadt, der immer genau weiß, wer wen gerade umgebracht hat oder umbringen will? Ich glaube nicht!

Und dann gibt es das, was mein Dienstherr Traian *Stempel* nennt. Ein Einbrecher weiß genau, was er tun muss, damit die Tat für ihn am leichtesten und bequemsten auszuführen ist. Wenn möglich wird er aus diesem Grund also immer gleich vorgehen. Daran erkennt man ihn allerdings auch. Das ist sein *Stempel*. Offenbar gibt es jemanden bei euch, der weiß, woran man die Toten erkennt, um die es hier geht, und der sie von denen unterscheiden kann, die auf andere Weise zu Tode gebracht wurden?«

Nikola trank einen Schluck und wartete, doch Sayme war nicht gewillt, mehr beizusteuern als er bereits verraten hatte. Daher fuhr er fort. »Dein geheimnisvoller Jemand kann dir zwar sagen, ob ein Toter zu unseren gehört, sobald er gefunden wurde, aber daraus lernen wir nicht, wer ihn zum gesichtslosen Laint befördert haben könnte. Ein Stempel ist zwar da, aber er kann jedem gehören. Das hilft also auch nicht weiter!

Bleibt schließlich noch die Befragung etwaiger Zeugen …«

»Du meinst, jemand könnte die Tat beobachtet gaben?«

»So viel Glück hat man selten«, widersprach Nikola, »bei einem Einbruch befragen wir die Nachbarn, ob ihnen während der letzten Tage jemand Fremdes auffiel. Oder wir hören uns bei den Hehlern und üblichen Verdächtigen um. Wir wissen ja, was abhandenkam und können sie also fragen, ob sie das Diebesgut gesehen haben, oder ob es ihnen jemand verkaufen wollte.

Bei manchen dieser Burschen muss man das Bäumchen auch ein wenig schütteln, damit die Wahrheit aus ihrem Mund fällt, wenn du verstehst was ich meine. Kurz gesagt: Wir versuchen herauszufinden, was vor und nach der Tat geschah und welchen Weg die Beute nahm. So ähnlich könnten wir auch vorgehen. Da hast du recht. Unsere Opfer lagen ja nicht plötzlich tot da. Sie kamen in das Viertel. Sie hatten einen Grund dafür. Irgendjemand wird sie vielleicht gesehen oder mit ihnen gesprochen haben!«

Nikola griff erneut in das Schälchen mit den Kichererbsen. Er war sehr zufrieden mit sich.

»Ich habe nur den letzten Toten gesehen«, wandte Sayme ein. »Daher könnte ich die anderen gar nicht beschreiben. Selbst bei ihm fiele es mir schwer. Ich bin ohnehin nicht besonders gut im Beschreiben von Gesichtern. Ich erinnere mich zwar daran, wie groß der Bursche ungefähr war und ob dünn oder dick, doch als Lebender hatte er keine Halswunde. Ich erinnere mich vor allem an die herausgerissene Kehle ...«

Nikola nickte. »Die Verstümmelung hatte er als Lebender nicht. Er sah auch nicht so ... tot ... aus. So entsetzt vom Wissen seines unabwendbaren Endes. So voller Qual. Auch ich habe vor allem ihre schrecklichen Wunden vor Augen. Wir können schlecht herumziehen und fragen: Hast du vielleicht einen mittelgroßen Mann ohne Kehle gesehen? Am besten kehren wir noch einmal in den Tempel zurück und machen uns ein Bild davon, wie der tote Junge jetzt aussieht, nachdem Schmutz und Blut abgewaschen wurden und die Leichenstarre nachgelassen hat.«

»Ist er denn dort ausgestellt?«

»Das nicht, aber der Körper wird ja noch da sein.«

»Vielleicht kann ein Maler ein Gemälde anfertigen, das wir herumzeigen können«, schlug Sayme vor.

»Ein Gemälde?«, wiederholte Nikola gedehnt. Gemälde, wie er sie kannte, befanden sich entweder auf den Fassaden von Tempeln und Sippenhäusern oder als Wandbilder in den Häusern der Reichen. Offenbar dauerte es lange, sie anzufertigen, bestimmt länger als man die Luft mit einem Leichnam teilen wollte!

Sayme lachte, als er seine Einwände hörte und erklärte ihm, was er meinte. »In der Flotte gibt es Maler, die ein Bildnis sehr rasch auf Papier oder Leder bannen können, und zwar so, dass die meisten den Gezeichneten erkennen können. Leider gehöre ich nicht zu ihnen. Entweder erkenne ich niemanden oder verwechsle die Dargestellten mit jemand anderem. Doch die Schilves haben mit solchen Zeichnungen schon früher erfolgreich Menschen gesucht und gefunden.«

»Versuchen kann man es«, antwortete Nikola zweifelnd.

Im Tempel des Laint empfing sie die Priesterin, die sie bereits kannten. Ihre Stimmung hatte sich seit dem letzten Besuch nicht gebessert, und schon nach wenigen Sätzen unterbrach sie ihre Besucher mit dem Hinweis: »Man spricht mich mit *Mutter Tod* an! So lautet meine offizielle Anrede: *Mutter Tod*. Das gilt auch für euch.«

»Mutter Tod«, verbesserte sich Nikola höflich und war sofort überzeugt, dass ihr wirklicher Name bestimmt nicht besser zu ihr passte als ihre offizielle Anrede. Tatsächlich wäre er nicht verwundert gewesen, wenn sie diesen Namen bereits als Säugling erhalten hätte!

Mutter Tod hörte sich Saymes und Nikolas Anliegen an und gebot ihnen, ihr eine Treppe hinab in die unteren Räume zu folgen.

Die Luft in der unterirdischen Gebetshalle war von dem herben Duft verbrannter Kräuter gesättigt. Sie war so spärlich beleuchtet, dass man die Wandbemalungen nur schwer von den Schatten unterscheiden konnte, die die Leuchter warfen, und wurde bloß von wenigen Gläubigen besucht. Durch die verschlossene Tür eines Nebenraums war das dumpfe Klagen der Angehörigen eines jüngst Verstorbenen zu vernehmen. Die Priesterin durchquerte den Saal zügig und hielt vor einer Tür inne. Der Raum dahinter war bis auf das wenige Licht, das aus der Haupthalle hereinfiel, stockdunkel. Die Priesterin entzündete einige Wandleuchter und bat ihre Begleiter herein. Keine einzige Leiche war zu sehen! Stattdessen war der Boden der Kammer zur Hälfte mit tönernen Urnen vollgestellt. Schmale Gassen waren zwischen ihnen frei gehalten worden. *Mutter Tod* ging zu einer dieser Urnen, hob sie auf und deutete noch auf zwei weitere. »Das ist der, den ihr sehen wolltet, und in den anderen beiden befindet sich die Asche der zwei, die ihr uns davor geschickt habt.«

»Habt ihr ihn verbrannt?«, fragte Sayme das Offensichtliche.

»Was dachtet ihr denn?«, antwortete die Priesterin. »In Arades sterben jedes Jahr rund viertausend Menschen. Männer, Frauen, Kinder, Erwachsene, Sippenangehörige und Sippenlose. In manchen Jahren sind es mehr, in anderen weniger. Viertausend! Das sind ein Dutzend täglich, achtzig bis neunzig in der Woche, fast vierhundert im Monat. Und manchmal kommt auch jemand vorbei und bringt einfach so noch einige Tausend zusätzlich um. Was sollen wir also deiner Meinung nach tun?«

Sie schwieg kurz, als erwarte sie eine Antwort, sprach dann aber weiter. »Natürlich verbrennen wir sie! Wir verbrennen sie, solange wir genügend Brennholz haben. Wenn allerdings wiederum jemand daherkommt und unsere Wagen mit dem Holz stiehlt oder anzündet, ist das selbstredend nicht mehr möglich. Nicht wahr? Dann türmen sich die Leichen, und ihr Geruch wird schnell unerträglich.«

Sie verstummte erneut und bedachte ihren Schilves-Besucher mit einem bohrenden Blick. Dann sprach sie weiter. »Die Asche derjenigen, die keiner kennt oder nach denen niemand verlangt, bewahren wir hier auf, für den Fall, dass doch noch jemand nach ihnen fragt. Aber das kommt so gut wie nie vor. Am ersten Tag des Frühjahrsfestes werden die Urnen dieser wahrhaft Gesichtslosen schließlich der Erde übergeben.«

»Während des Frühjahrsfestes?«, fragte Nikola überrascht. Davon hatte er noch nie gehört, und irgendwie kam ihm dieser Tag dafür auch völlig unpassend vor.

»Das Alte geht, das Neue kommt«, erklärte *Mutter Tod* kühl. »Weiß euereins denn gar nichts?«

»Wir gehen wohl besser«, schlug Sayme vor. »Offenbar gibt es hier nichts mehr für uns zu erfahren.«

Nikola war das nur recht. Die Priesterin murmelte einen Abschiedsgruß, der sich in seinen Ohren verdächtig nach »Laint wird euch niemals verzeihen!« anhörte.

Wieder im Freien, atmete Sayme tief durch. Der Rauch des verbrennenden Krautes schien ihm arg zugesetzt zu haben. Er tat Nikola ein wenig leid. Die Priesterin hatte den Falschen ihren Hass spüren lassen. In seinen Augen hätte Bootsmann Heliasch ihre Spitzen eher verdient gehabt als ausgerechnet dieser Schilves, der verhindern wollte, dass noch mehr Aradeken brutal ermordet wurden.

Als könne Sayme seine Gedanken erraten, sagte er: »Auch wenn das Töten aufgehört hat, bleiben doch immer Narben übrig. Es dauert lange, bevor sie verblasst sind. Aber anders darf es nicht sein, da die Menschen sonst schnell die Schrecken und Opfer des Krieges vergessen und ebenso das, was dazu führte. Wahrscheinlich hatte auch sie jemanden zu betrauern. Ihr Titel passt übrigens sehr gut zu ihr. So als wäre *Mutter Tod* ihr wirklicher Name.«

Nikola fand Saymes Einsicht erstaunlich, stimmte ihr allerdings nicht zu. Schließlich erinnerten Narben auch daran, dass man jemandem noch etwas heimzuzahlen hatte!

Nun bliebe ihnen also nicht anderes übrig, als auf den nächsten Toten zu warten! Mit etwas Glück wurde seine entstellte Leiche schon morgen entdeckt, aber vielleicht müssten sie auch noch mehrere Wochen untätig und ungeduldig warten, bis endlich ein entsetztes Straßenkind, ein erschrockener Bettler oder eine verstörte dicke Frau, die eigentlich nur kurz zum Markt hatte gehen wollen, den blutleeren Fund bei der *Gerechtigkeit* meldete. Ein Bote würde daraufhin in die Stadtviertel eilen, die die Schilves für sich beanspruchten, und der Kapitän von Saymes Schiff – oder wer immer ihn befehligte oder ihm zuarbeitete – würde den Sachverhalt prüfen und ihn wissen lassen: Auf, auf! Es gibt wieder etwas für euch zu tun!

Aber vielleicht hielt sich der Unbekannte in der *Gerechtigkeit* auf, damit er selbst das Straßenkind, den Bettler oder die dicke Frau nach Einzelheiten befragen könnte. Das wäre sinnvoll. So oder so würde Sayme kurz darauf in die Puhlerei stürmen und erleichtert rufen: Komm mit, Nikola! Heute ist ein guter Tag, denn endlich wurde wieder eine arme Seele roh und unbarmherzig umgebracht!

Nikola wischte die abscheuliche Vorstellung aus seinen Gedanken. So weit würde es gar nicht erst kommen! Er wandte sich an seinen Begleiter: »Wir sind mit unserer Weisheit noch nicht am Ende! Die Frau, die wir am Strand gefunden haben, gehörte einer Sippe an. So jemand stirbt nicht unbeachtet wie die anderen drei, sondern wird vermisst. Wahrscheinlich hat der Tempel gleich nach Erhalt des Leichnams einen Boten zu ihrem Sippenhaus geschickt, wodurch ihre Verwandten recht schnell Bescheid wussten.«

»Aber bedeutet das nicht auch, dass ihre Überreste längst bestattet wurden?«, wandte Sayme ein.

»Davon gehe ich sogar aus«, bestätigte Nikola. »Allerdings ist es unter den betuchteren Sippenmitgliedern verbreitet, ihre Familien in Wandbildern zu verewigen. Das habe ich in ihren Häusern schon oft gesehen. Wenn wir Glück haben, gilt das auch für ihre Familie. Können deine Maler auch Bilder abmalen?«

»Ich denke schon, doch gefragt habe ich deswegen noch keinen.«

»Bei der Sache gibt es allerdings noch einen Haken. Können sie die Dargestellten auch älter machen? Selbst wenn es ein Wandbild geben sollte, war die Tote vielleicht noch ein Kind, als es gemalt wurde.«

»Ich werde mich erkundigen«, versprach Sayme. Allzu zuversichtlich klang er jedoch nicht. »Hoffen wir einfach das Beste.«

Zum Glück war die Tote vom Strand nicht zu demselben Tempel gebracht worden wie die anderen! Dennoch erwog Nikola, Sayme wegen des unfreundlichen Empfangs im letzten

Tempel dazu zu überreden, ihn die Angelegenheit allein klären zu lassen. Doch dann kam er von dem Gedanken wieder ab.

Auch in diesem Tempel nahm sich eine Priesterin ihrer an. Im Gegensatz zu ihrer Schwester im Amte wirkte sie allerdings munter und lebenslustig. Sie verabscheute den Schilves unter ihrem Dach auch nicht. Im Gegenteil! Er weckte ihre Neugier, und so dauerte es nur wenige Sätze, bis sie zum ersten Mal erwähnte, dass sie zwei Schilves-Priester persönlich kenne. Sie habe ihre Bekanntschaft im Fürstenpalast gemacht, betonte sie.

Sayme gab sich freundlich. Er lächelte höflich und nickte jedes Mal scheinbar wissend, wenn die Dienerin des Erdgottes die Namen ihrer Bekannten stolz erwähnte. Für Nikola war allerdings offensichtlich, dass er keinen von ihnen kannte. Alles in allem fand er die Situation erheiternd, vor allem als die Priesterin seinem Begleiter aus heiterem Himmel verriet, dass ihre offizielle Anrede zwar Mutter Tod sei, ihr eigentlicher Name aber Izabela laute. Wenn es ihm, der in der Sprache des Bundes vielleicht noch nicht so geübt sei, leichterfiele, dann könne er sie auch so ansprechen! Nikola fragte sich, ob sie von nun an künftigen Besuchern von ihrem Schilves-Bekannten Sayme erzählen würde oder ob ihr Interesse an seiner Person womöglich sehr viel weiter reichte?

Die Priesterin erinnerte sich sofort an die Verstorbene. »Apuludora Weißkehle, das arme Ding! So jung und unter so seltsamen Umständen verstorben. Bist du ihretwegen nicht sogar hier gewesen, Puhler? Ihre Familie gehört zwar nicht zu den Lenkern der Weißkehlensippe, ist aber trotzdem sehr angesehen. Ihre Totenfeier und die Beerdigung waren auffallend gut besucht. Nicht nur ihre Familie und Angehörige ihrer Sippe waren zugegen, sondern auch viele ihrer Freundinnen. Junge Frauen, allesamt hübsche Dinger. Unverkennbar hatte keine einzige von ihnen bisher den Hauch unseres Gottes gespürt, sodass sie nur seine schmerzhafte Seite erkannten und völlig niedergeschlagen waren. Eine besonders tränenreiche Angelegenheit! Wir hatten an dem Tag noch zwei andere große Beerdigungen. Es gab so viel zu tun, dass ich in der Aufregung ganz vergessen hatte, der Familie ihre Totenmaske zu übergeben. Aber sie benötigten sie ja auch nicht. Eigentlich war mir schon beim Fertigen bewusst, dass es eine unnötige Arbeit sein würde, doch manchmal ist man ganz froh, wenn man das Denken den Händen überlassen kann, falls ihr versteht, was ich meine. Dabei war sie mir recht gut gelungen. Wie kann ich euch nun helfen?«

»Was für eine Totenmaske?«, fragte Nikola.

Mutter Izabela beantwortete die Frage gern. Zwar nicht gerade ihm, dafür umso lieber Sayme.

»Wir nehmen die Totenmaske von allen unbekannten Toten, die in den Tempel gebracht werden, schon für den Fall, dass später, nach ihrer Verbrennung, doch noch jemand vorbeikommt, der etwas über sie weiß. Bei Angehörigen der Sippen ist das eigentlich nicht üblich, da in der Regel innerhalb weniger Stunden geklärt ist, um wen es sich handelt. Bei Sippenangehörigen aus anderen Städten sieht das jedoch anders aus. Da können Wochen vergehen! Und bei Sippenlosen und all denen, deren Hinterbliebene zu arm, zu geizig oder leider auch oft zu nachtragend sind, um die Kosten einer Bestattung zu übernehmen, erfährt man womöglich nie, wer sie waren. Bei Apuludora Weißkehle wusste ich zwar genau, dass es eigentlich unnötig war, ihre Maske zu nehmen, da ihre Familie bekannt und wohlhabend ist, aber wie ich bereits sagte, will der Geist gern auch einmal ruhen und die Herrschaft den Händen übergeben. Wir Diener Laints sehen viel Leid, wenn ihr versteht, was ich meine.«

»Diese Maske gibt es noch?«

»Aber ja! Ich kann sie euch zeigen.«

Izabela ging und holte die Maske. Sie bestand aus Gips und war ein so genaues Abbild vom Antlitz der Verstorbenen, dass Nikola einen ehrfürchtigen Schauder verspürte. Allerdings sah es doch etwas anders aus, als er sich erinnerte. Nicht wie das Gesicht von jemandem, der völlig hilflos dem Spiel der

Wellen und dem Zorn des Meers ausgesetzt gewesen war, sondern eher verklärt und sogar befreit. Die geschlossenen Augen konnten einen glauben lassen, dass sich Apuludora bei der Fertigung ihrer Maske keineswegs im Todesschlaf befunden hatte, sondern in einem Zustand tiefster Andacht. Ein leises, verzücktes Lächeln umspielte ihre Lippen. Die Priesterin wies ihre Besucher eigens darauf hin: »Könnt ihr verstehen, dass dieser selige Ausdruck vielen Anverwandten ein großer Trost ist? Er gibt ihnen die Gewissheit, dass ihre teure Verschiedene nicht nur Schmerz empfand, sondern im Tode etwas Wunderbares entdeckte.«

»Das kommt vom Nachlassen der Totenstarre«, sagte Sayme trocken.

»Davon auch, aber nicht nur«, gab Izabela widerwillig zu. Für einige Augenblicke war ihre Begeisterung für ihn etwas gedämpft.

»Was geschieht mit den Masken der Toten, von denen nie bekannt wird, wer sie waren?«, fragte Nikola.

Zum ersten Mal antwortete die Priesterin ihm selbst und nicht Sayme. Höchstwahrscheinlich, um ihn für seine Taktlosigkeit zu bestrafen. »Sie werden bis zur endgültigen Bestattung der Toten aufbewahrt. Es ist üblich, sie zu zerschlagen und unter die Asche zu mischen, bevor alles zusammen der Erde übergeben wird.«

»Zu Beginn des Frühjahrsfestes?«

»Während des Frühjahrsumzugs. Tatsächlich sobald er beginnt. Wir machen nicht viel Aufhebens davon, deswegen ist es nur wenigen bekannt.«

Nikola nahm die Gelegenheit wahr, mit seinem kürzlich erworbenen Wissen zu glänzen. »Das Alte geht, das Neue kommt.«

Izabela lächelte wohlwollend: »So sagt man, auch wenn die Reihenfolge nicht so genau eingehalten wird.« Sie wandte sich wieder an Sayme. Offenbar hatte sie ihm verziehen. »Doch genug geschwatzt. Welches Anliegen führt euch hierher?«

»Wir wollten Euch um die Totenmaske von Apuludora Weißkehle bitten.«, erklärte Sayme, ohne mit der Wimper zu zucken.

Die Priesterin war einen Augenblick lang verwirrt. »Ach so. Aber natürlich! Sie wird sowieso nicht mehr benötigt.«

Als ihre Besucher gingen, verabschiedete sie sich mit einer Einladung: »Schaut bei Gelegenheit gern wieder vorbei. Man kann auch über vieles andere mit mir reden.«

»Zurück zu unserem Lieblingstempel?«, fragte Nikola.

»Mutter Tod stielt uns unnötig Zeit«, erwiderte Sayme aufgebracht. »Sie muss uns die Totenmasken überlassen.«

Nikola teilte seine Meinung. »Darauf wird es wohl hinauslaufen.«

Die beiden Tempelwachen waren überrascht, die Besucher so bald wiederzusehen.

»Mutter Tod ist beschäftigt und darf nicht gestört werden«, erklärte einer von ihnen.

»Wie lange wird sie denn beschäftigt sein?«, fragte Nikola.

Die Wache feixte. »Heute den ganzen Tag und wahrscheinlich auch morgen.«

»Es ist dringend.«

»Wie ich bereits sagte: Sie darf unter keinen Umständen gestört werden!«

Sayme mischte sich ein. »Ich bin nur ein Bote. Einer von euch muss mich zum Fürstenpalast begleiten und den Hohen Admiralinnen den schwierigen Sachverhalt erläutern. Das ist die schlechte Nachricht. Doch die gute ist, dass derjenige von euch beiden, der uns begleitet, anschließend höchstwahrscheinlich eine Audienz bei Fürst Katalin erhalten wird, um alles noch einmal zu erklären. Für eine solche Gelegenheit würde mancher den rechten Arm opfern ... Hm, ich will allerdings nicht ausschließen, dass auf eine solche Spende ohnehin die Rede kommen könnte.«

»Das werden wir nicht tun«, versicherten die Wachen einhellig.

»Auch recht«, erwiderte Sayme. »Dann richten wir seiner Hoheit eben aus, ihr hättet gesagt, wenn er etwas von euch will, solle er gefälligst selbst hier erscheinen. Komm, Nikola!«

Nikola staunte, allerdings nicht darüber, dass sein Begleiter die Wachen mit derart dreisten Lügen unter Druck setzte, sondern weil er plötzlich ganz anders sprach als sonst, nämlich wie ein Schilves, der frisch vom Schiff kam, mit allen Aussprachefehlern und den eigentümlichen Wortformen, die sich ihre Gelehrten hatten einfallen lassen. Vielleicht war es das, was ihn für die Tempelwachen so glaubwürdig machte, dass sie nachgaben.

Mutter Tod hielt sich in einem Zimmer im oberirdischen Teil des Tempels auf, in dem es nicht nur wie in einem Kräuter- und Gewürzladen roch, sondern auch so aussah. Von der Decke hingen Bündel mit getrockneten Blättern, Zweigen oder Blumen, und auf Regalen standen Tiegel, Töpfchen, Schalen, Körbe und Dosen aus Metall, Holz und Bast. Sie ließ sich nicht bei der Arbeit stören und zerkleinerte weiterhin geschäftig Samen und Kerne in einem Mörser, siebte das Pulver, fügte andere Pulver hinzu, vermischte alles mit Öl, Wachs oder Harz und begann von Neuem.

»Habt ihr nichts anderes zu tun?«, fragte sie anstelle eines Grußes.

»Wir möchten die Totenmasken!«, erklärte Sayme rundheraus.

»Das geht nicht«, antwortete die Priesterin ohne das kleinste Anzeichen einer Überraschung. Vermutlich hatte sie einen weiteren Besuch schon erwartet. »Sie werden gebraucht, falls doch noch ein Angehöriger der Toten vorbeikommen sollte.«

»Sagtet Ihr nicht selbst, das sei so gut wie ausgeschlossen?«, erinnerte sie Nikola.

»So gut wie bedeutet nicht völlig«, antwortete sie, nahm ein paar gleichlange Zweige und spaltete sie der Länge nach. »Es wäre gegen jeden Brauch.«

»Wir bringen sie unversehrt zurück«, versprach Sayme.

»Was wollt ihr überhaupt damit?«

»Sie sollen uns helfen, etwas über den Tod der drei zu erfahren«, erklärte Nikola. »Er möchte sie abzeichnen lassen.«

Die Priesterin lachte herablassend. »Abzeichnen? Ein seltsamer Gedanke.«

»Ich möchte Duplikate von ihnen fertigen«, erklärte nun Sayme.

»Duplikate? Das kommt auf keinen Fall infrage! Die Mutterform wurde zerschlagen, und wenn ihr aus den Masken eine neue fertigen wollt – wie immer das auch gehen soll! –, so werden sie zwangsläufig dabei beschädigt oder gar zerstört werden! Sie sind außerordentlich empfindlich!«

»Wie empfindlich?«, fragte Nikola und wandte sich zu einem der Regale um, als wolle er eines der Tiegelchen betrachten. Das hintere Endes seines langen Schlagstocks, den er sich unter den Arm geklemmt hatte, fegte über den Arbeitstisch der Priesterin und wischte einige ihrer Schälchen herunter.

»Vorsicht, du Trampel«, zeterte sie.

»Wie ungeschickt von mir!«, rief Nikola aus und wirbelte herum. Nun setzte der Schlagstock sein scheinbar zufälliges Zerstörungswerk im Regal fort.

»Genug! Ihr könnt die Masken haben«, rief die Priesterin mit vor Wut bebender Stimme. Ihre Miene ließ keine Zweifel aufkommen, dass gegenwärtig Sayme der bei Weitem beliebtere Besucher war. Sie ging und holte die drei Totenmasken. Mit der Apuludoras hatten sie wenig gemein. Kein Gefühl von Erfurcht stellte sich bei ihrem Anblick ein, kein seliges Lächeln war zu schauen und auch kein Gedanke an Andacht kam auf. Die Gipsmasken zeigten die eingefallenen Gesichter von zweifellos Toten, die gänzlich ohne Hoffnung verstorben waren. Sie hatten in ihrem letzten Atemzug nichts Wunderbares gesehen, sondern nur das unerbittliche Gesicht des Unentrinnbaren. Nikola war sich fast sicher, dass selbst ihre blutverschmierten Gesichter noch mehr Lebensfreude ausgestrahlt hatten!

»Wir sahen eine Totenmaske, die ganz anders war. Ruhig und friedlich«, sagte er, ohne nachzudenken.

»Zweifellos habt ihr das, sonst wärt ihr wohl nicht hier«,

antwortete die Priesterin säuerlich. »Wahrscheinlich gehörte der oder die Tote einer angesehenen Familie an. Mit etwas Aufwand kann man die Totenmasken gefälliger aussehen lassen. Aber das wird ausschließlich für die Lebenden getan, denn Laint ist es völlig gleichgültig, wie wir aussehen, wenn wir vor ihn treten. Aber wenn damit zu rechnen ist, dass die Masken ohnehin keiner mehr sehen wird, lohnt sich der Aufwand nicht.«

Sie reichte Sayme die Masken mit der Ermahnung, sie binnen ein paar Tagen unversehrt zurückzubringen.

»Laint hat ein langes Gedächtnis, Puhler!«, raunte sie Nikola zu.

Draußen vor dem Tempel lobte ihn Sayme: »Es war recht mutig, deiner Priesterin die Stirn zu bieten!«

Nikola zuckte die Schultern: »Es ist allgemein bekannt, dass etwas zu Bruch geht, wenn die Puhler ein zweites Mal vorbeikommen müssen. Zudem erwartet uns Sippenlose auch im Nachleben nichts Gutes.«

Valerica und das Fest der heiligen Tristina

Als sich Sayme das nächste Mal blicken ließ, hielt sich Nikola gerade ganz allein in der Puhlerei auf, da Onkel Mihan kurz weggegangen war, um sich etwas zu essen zu besorgen. Der Schilves hatte zwei Körbe dabei. In dem einen lagen die drei Totenmasken der unbekannten Opfer.

»Am besten bringst du sie allein in den Tempel zurück«, sagte er. »Meine Anwesenheit scheint die Priesterin immer etwas aufzuregen.«

Schlau eingefädelt, dachte Nikola. Nach ihrem letzten Tempelbesuch würde Mutter Tod auch von seinem Anblick bestimmt nicht entzückt sein.

Der zweite Korb enthielt Kopien aller vier Masken. Sie unterschieden sich von ihren Vorlagen ganz erheblich, da sie bemalt worden waren. Bei allen vieren war nun ein Haaransatz zu erkennen, den es im Original gar nicht gab. Mangels besseren Wissens hatte sich der Maler in allen Fällen für ein einheitlich schmutzigbraunes Haupthaar entschieden. Ansonsten war das Weiß des Gipses einem Hautton gewichen. Unterschiedliche Farbabstufungen, ja sogar ein Anflug von Rot auf Lippen und Wangen, sollten den Gesichtern das Eingefallene des Todes nehmen und Leben vortäuschen. Selbst bei dem beschädigten Kiefer des letzten Toten war gründlich nachgearbeitet worden. Doch trotz der vielen Mühe, die sich der unbekannte Künstler gemacht hatte, waren die Masken noch immer recht unangenehm anzuschauen. Einzig die Totenmaske Apuludoras hatte durch die Bearbeitung gewonnen.

»Warum keine Zeichnungen?«, fragte Nikola.

Statt einer Antwort ergriff Sayme seine Hand und führte sie über die Erhöhungen und Vertiefungen einer der Masken, über ihre Berge und Täler.

»Spürst du das?«, fragte er. »Hieraus lernt man so viel mehr.«

»Mag sein«, stimmte Nikola halbherzig zu. Er hatte bei Blinden beobachtet, wie sie Gesichter und anderes abtasteten. Er und Sayme besaßen jedoch Augen! Wozu so tun, als wäre es anders?

»Ich lasse sie hier, damit ich sie nicht immer mit mir tragen muss«, erklärte Sayme. »Ich werde deine Hilfe in nächster Zeit vormittags und spätnachmittags oder abends benötigen. Vormittags werden wir vor allem in Läden und Geschäften fragen, ob jemand die Gesichter erkennt. Wenn es dann dunkelt, wiederholen wir das in den Schenken und wo immer es dir sinnvoll erscheint. Wir beginnen morgen.«

»Morgen ist der Feiertag der heiligen Tristina«, wandte Nikola ein. »Alle Welt wird mit dem Erfüllen von Glaubensdingen beschäftigt sein. Gebote und so etwas.«

»Du auch?«

»Sicherlich!«

»Dann eben übermorgen.«

Nach Onkel Mihans Rückkehr machte sich Nikola zum Laint-Tempel auf. Die beiden Tempelwachen verstellten ihm jedoch den Weg. »Geh wieder! Du bist hier nicht mehr erwünscht!«

»Und wenn ich etwas mit dem Gesichtslosen zu besprechen hätte oder zu ihm beten wollte?«, gab Nikola zu bedenken.

»Dann könntest du auch in einen anderen seiner Tempel gehen. Es gibt schließlich mehrere in der Stadt.«

Nikola war zwar nicht erpicht darauf, der Priesterin erneut gegenüberzutreten, und die Masken konnte er auch den Wachen übergeben, aber so leicht wollte er dann doch nicht nachgeben.

»Euch wird wohl bewusst sein, dass es uns Puhlern aufgrund der von Fürst Mircea II. verliehenen Privilegien erlaubt ist, jedwedes Gebäude zu betreten?«

Die Wachen grinsten einander wissend an. »Sofern ihr im Auftrag der *Gerechtigkeit* unterwegs seid. Bei Tempeln braucht ihr zudem noch ein gesiegeltes Dokument vom *Mund der Götter*, also vom Fürsten! Mutter Tod hat uns davor gewarnt, dass du anderes behaupten könntest!«

Hier schien tatsächlich kein Weiterkommen möglich zu sein!

»Ich wollte ja auch nur die Totenmasken zurückbringen«, lenkte Nikola ein und überreichte sie einzeln den Wachen. Bereits bei der ersten fiel ihm auf, dass sie an manchen Stellen seltsam glitzerte. Gips glitzerte seines Wissens jedoch nicht!

Misstrauisch betrachteten die Tempelwächter die Masken.

»Was ist denn das für ein Zeug?«, sagte der eine und zupfte etwas von der Gipsnase. »Das klebt überall. Und am Ohr scheint sie einen Riss zu haben! Davon sagte Mutter Tod nichts!«

Nikola stellte rasch den Korb mit den restlichen beiden Masken ab. »Das war auch schon alles, was ich hier wollte. Gehabt euch wohl!«, sagte er und entfernte sich zügig.

Wieder zurück in der Puhlerei, sah er die ganze Meute mit Ausnahme Traians um einen der Tische herumstehen. Nikola drängte sich dazwischen, da er wissen wollte, was es da zu sehen gab. Sie hatten die Totenmasken entdeckt!

Er bedachte Onkel Mihan mit einem tadelnden Blick. Der hob die Hände in einer um Verzeihung bittenden Geste und deutete kurz auf Marilena.

Was hatten die beiden nur neuerdings miteinander zu schaffen?, dachte Nikola.

»Kannst du uns von jedem, den wir kennen, solche Abbilder beschaffen?«, fragte Flaviu. »Uns bliebe viel Mühe erspart. Wir würden sie ihnen einfach zeigen und sagen: Entweder du redest freiwillig, oder du siehst gleich auch so aus!«

Nachdem noch mehr solcher Witze gerissen worden waren, fragte Traians Lehrling Liviu plötzlich: »Sind die tot?«

Einem kurzen Schweigen folgte Serbans Einschätzung: »In meinen Augen sehen die ziemlich tot aus!«

Dieser Ansicht waren auch andere, und es dauerte nicht lange, bis Marilena das Geheimnis lüftete:»Das sind bemalte Totenmasken!«

In der Puhlerei wurde es ganz still.»Was hast du damit vor, Nikola?«

Nikola zuckte die Schultern und erklärte scheinbar beiläufig:»Wir wollen herausfinden, warum sie gestorben sind.«

Wieder wurde es still. Dann:»Sollst du etwa einen Mörder für diesen Schilves finden?«

»Möglich, aber das wissen wir noch nicht so genau«, räumte Nikola ein.

Schlagartig füllte Stimmengewirr die Puhlerei:»Du musst da sofort raus! Keine Sorge, wir helfen dir dabei!«

»Ich möchte da überhaupt nicht rauskommen«, entgegnete Nikola. Serban sah auf einmal maßlos enttäuscht aus, und auch Flaviu wirkte ganz so, als habe ihm jemand das Herz gebrochen. Es war wie ein Anschlag auf die heiligsten Prinzipien ihrer verschworenen Brüder- und Schwesternschaft! In diesem Augenblick erschien Traian und klatschte in die Hände:»Auf, auf! Wir haben heute noch etwas vor.«

Nikola und Onkel Mihan hatten die Puhlerei etwas länger als zwei Stunden für sich allein, dann kamen alle wieder zurück. Flaviu und Serban hatten sich in der Zwischenzeit mehrere Pläne einfallen lassen, wie sich Nikola aus der Aufgabe, einen Mörder zu finden, wieder herauswinden könnte. Einer davon wäre mit erheblichen Schmerzen für Sayme verbunden und würde ihm erst nach einigen Wochen wieder erlauben, auf eigenen Beinen zu stehen. Nikola lehnte dankend ab. Traian hatte schließlich genug von dem Ränkeschmieden und schickte alle frühzeitig nach Hause.

»Wegen des morgigen Feiertags«, behauptete er.»Vielleicht wird ja der eine oder andere von euch noch in den Tempel gehen wollen.«

Als sie fort waren, sagte er zu Nikola:»Vergiss nicht, bei dem, was du ihnen erzählst, dass Vertraulichkeit Teil der Abmachung ist!«

»Ach, das war unbedeutend«, beruhigte ihn Nikola. »Es gibt
so viel mehr, was ich keinem von euch verraten darf!«

Damit gab sich Traian zufrieden.

Doch genau so verhielt es sich, dachte Nikola. Wenn er und
Sayme übermorgen damit begännen, nach den Toten zu fragen,
wäre die Katze sowieso aus dem Sack!

Das Fest der heiligen Tristina wurde traditionell im Familien-
und Verwandtenkreis gefeiert und für gewöhnlich bereits am
Vorabend des Feiertags mit einem ausgiebigen Mahl begonnen, das gerne bis weit in die Nacht hinein dauerte. Wer keine
Familie besaß oder gezwungenermaßen von ihr getrennt war,
der konnte entweder zu Hause Trübsal blasen oder eine der
wohlbekannten Schenken aufsuchen, in denen sich die Verlassenen und Übriggebliebenen versammelten. Dort wurde nicht
getafelt, sondern ausgiebig gezecht, und wer nicht rechtzeitig
stockbetrunken war, der musste für den Rest des Abends traurige Geschichten von unerwiderter oder verlorener Liebe, von
Sturheit und Trotz und verpassten Gelegenheiten über sich ergehen lassen. Da Nikola zwei Jahre hintereinander aus einem
Mangel an Geld genau dieses Schicksal zuteilgeworden und
sein Bedarf an schnapsseliger Schwermut darum noch immer
gedeckt war, hatte er beschlossen, sich bei Andreea und ihrer
kleinen Familie einzuladen, selbst auf die Gefahr hin, dass er
womöglich den halben Abend lang Marius' misstrauisch for-
schendem Blick ausgesetzt wäre.

Zu seiner Enttäuschung war Andreea keineswegs am Schnip-
peln, Stampfen und Kochen, als er ihr Zuhause erreichte, um
sich noch rechtzeitig als Essensgast anzukündigen. Ganz im
Gegenteil, sie und ihr Mann waren unverkennbar im Aufbruch
begriffen. Marius trug ein dickes Bündel auf dem Rücken, Andreea auf dem ihren das Kind, und außerdem hielten beide
frisch geschnittene Wanderstäbe in den Händen.

»Was soll das?«, entschlüpfte es Nikola ungewollt barsch.

»Wir gehen aufs Land«, verkündete Andreea fröhlich. »Wir
besuchen eine Cousine von Marius.«

»Sie hat uns schon mehrmals eingeladen«, ergänzte ihr Gemahl. »Du hast Glück, dass du uns überhaupt noch angetroffen hast.« Er wandte sich an seine Frau: »Nun komm! Er wartet nicht gern.«

»Er nimmt uns ein ganzes Stück auf seinem Fuhrwerk mit!«, erklärte Andreea. »Schau ein anderes Mal vorbei, Nikola.«

Nikola sah den beiden hinterher und überlegte, ob es sich womöglich gelohnt hätte herauszufinden, wer der geheimnisvolle »Er« mit dem Fuhrwerk war.

Mit Andreeas und Marius' Abreise war sein Plan allerdings zunichtegemacht, womit sich erneut die Frage stellte: Was sollte er heute Abend tun? Ihm fiel ein, dass er in dem Jahr vor seiner Pechsträhne, die ihn in die Gefilde der Abgelehnten, Ungeliebten und Unbeachteten verbannt hatte, geradezu unverschämt viel Würfelglück gehabt hatte. Und zwar war das genau am Vorabend des Tristinafestes gewesen. Eigentlich war es wieder an der Zeit für eine ähnliche Glückssträhne! Einen Versuch war es wert! Zwei Jahre leiden, das war doch wohl teuer genug bezahlt! Er musste nur noch herausfinden, wo in den nächsten Stunden anständig gewürfelt wurde! Aber das sollte nicht schwer sein.

Im Gehen dachte Nikola darüber nach, wen er womöglich beim Spiel träfe, wie viel seiner Barschaft er einsetzen wollte und was er mit dem zu erwartenden Gewinn anfangen würde.

Eine Frauenstimme riss ihn aus seinen Gedanken: »So vertieft?«

Nikola sah auf und erblickte Valerica. Das Lachen der jungen Frau wirkte so ansteckend, dass er gar nicht anders konnte, als es zu erwidern.

»Ich habe dich schon zweimal gerufen«, beschwerte sie sich.

Da Nikola nicht verraten wollte, was ihn wirklich beschäftigt hatte, behauptete er: »Ich war in Gedanken bei der Arbeit.«

»Wie geht es dir, mein Freund? Was gibt es Neues? Was hast du in letzter Zeit erlebt?«, wollte Valerica wissen.

Ihre heutige Begegnung würde also nicht so flüchtig verlaufen, wie die anderen während der letzten Wochen, in denen sie sich auf ein entferntes Winken, einen kurzen Gruß oder den Austausch einiger weniger Sätze beschränkt hatten. Allerdings war Valerica heute auch allein, also musste sie nicht darauf achten, dass keine unerwünschten Gerüchte aus ihrer Begegnung entstanden.

Nikola dachte nach. Was hatte er in letzter Zeit Besonderes erlebt? O ja, der Geist eines ermordeten Jugendfeindes ging neuerdings bei ihm um und stieß finstere Drohungen aus. Vermutlich würde sie das erschrecken!

Außerdem beschäftigt er sich seit einiger Zeit mit blutleeren, verstümmelten Leichen, die jemand in finsteren Gassen und leeren Hinterhöfen hinterlassen hatte.

Ganz bestimmt würde sie das erschrecken!

Und dann gab es noch die Geschichte mit den Totenmasken, die jedoch besser für jemanden geeignet wäre, der von morgens bis abends fluchte und im Übrigen auf Götter und Priester schiss.

»Nichts Besonderes, das Übliche eben«, antwortete er nach sorgfältiger Überlegung. »Allerdings habe ich neuerdings bei der Arbeit öfter mit den Schilves zu tun.«

»Wie sind sie?«, flüsterte Valerica neugierig.

»Nicht viel anders als wir. Manche sind unausstehlich, andere ganz umgänglich.«

»Und was hast du mit ihnen zu schaffen, wenn ich fragen darf?«

»Das ist geheim«, antwortete Nikola. »Ich darf nicht darüber reden.«

Valerica schenkte ihm ein kleines, wissendes Lächeln. Offensichtlich wertete sie seine Antwort als Versuch, sie mit seiner Wichtigtuerei zu beeindrucken. Sie beharrte nicht auf dem Thema, sondern wechselte zu einem neuen: »Was hattest du gerade vor?«

Nikola hatte nicht die Absicht, ihr zu verraten, dass er einen Ort suchte, wo er im Kreis einer Schar verschwitzter Gestalten mit heiseren Stimmen, fieberglänzenden Augen und allgemein schlechtem Benehmen den Abend verbringen konnte. Stattdessen antwortete er: »Ich wollte noch kurz nach meinen Kraken sehen.«

Valerica wusste nichts von Kraken. Nikola hatte ihr bisher nie von ihnen erzählt, deshalb musste er es jetzt nachholen: Wie er sich als Kind mit einem Kraken angefreundet hatte und diese Freundschaft über dessen Kinder und Kindeskinder und auch deren Kindeskinder erhalten geblieben war, zehn Generationen lang.

Valerica war sichtlich beeindruckt: »Darf ich dich begleiten?«

Nikola erzählte nur selten von den Kraken, und niemals nahm er jemanden zu ihnen mit. Doch ihm war bewusst, dass ihn Valerica – falls er ablehnte oder sich herausredete – für einen Aufschneider halten würde. Zwar hatte er die Kraken erst kürzlich besucht und war mit ihnen geschwommen, aber wahrscheinlich hätten sie nichts gegen eine weitere Fütterung einzuwenden. Daher antwortete er: »Aber gern! Wir müssen jedoch zuvor noch bei einem Fischer vorbei, um Leckereien für sie zu besorgen.«

Valerica war Feuer und Flamme und hatte viele Fragen. Jedoch war Nikola nicht ganz wohl dabei, sie in die letzten Geheimnisse dieser alten und heiligen Freundschaft einzuweihen. Daher stellte er die überfällige Gegenfrage: »Wie geht es dir? Was gibt es Neues? Was hast du in letzter Zeit erlebt?«

»Ich habe viele Gedichte gelesen«, offenbarte sie ihm mit geradezu feierlichem Ernst.

»Und warum?«

»Ich suche nach einer Antwort. Ich versuche zu verstehen, was uns während der letzten Monate widerfahren ist. Wie unser aller Leben sich plötzlich veränderte! Die vielen Toten, die Ankunft der Fremden, deren Heimat niemand kennt … Das muss doch alles irgendeinen Sinn ergeben!«

Ohne weitere Erklärung trug sie einige Verse vor.

Nikola kannte unanständige Gedichte und spöttische. Valericas Gedicht war jedoch von anderer Art. Die Verse hatten mit dem wirklichen Leben – und besonders seinem eigenen! –

nichts zu tun, doch der Fluss der Wörter klang schön. Sie erinnerten ihn an das Büchlein, das ihm Ovidiu zum Üben gegeben hatte und das er auf dessen Anweisung Seite für Seite abgeschrieben und sich so oft laut vorgelesen hatte, dass er es inzwischen über viele Seiten auswendig kannte. Nikola wählte eine Stelle aus, die ihn von Anfang an auf unerklärliche Weise berührt hatte. Sie stammte aus einem von Ovidius Theaterstücken, das die Geschichte eines Mannes erzählte, der das Leben in vollen Zügen genossen hatte. Er war schnell entflammbar und aufbrausend. Für Nikolas Geschmack äußerte er jedoch etwas zu oft den Wunsch, all jenen, die ihm nicht passten oder mit denen er in Streit geriet, den Schädel einzuschlagen. In der Stunde der Not hatte er sich jedoch besonnen und Großartiges geleistet, war aber – und das war die Stelle, an die Nikola dachte – am Ende verlassen, einsam und völlig verkannt gestorben. Erst später wurde entdeckt, wie bedeutsam er wirklich gewesen war und wie viel ihm alle schuldeten.

Als Valerica schwieg, trug Nikola ganz ohne vorherige Erklärung die Sterbeszene vor, und zwar so, wie es ihm Ovidiu immer eingeschärft hatte:»Nicht geleiert, sondern mit Gefühl, Takt und einem Anflug von Erhabenheit, selbst wenn jemandem gerade der Schädel eingeschlagen wird und ein rauer Kerl wie du vielleicht andere Bilder dabei im Kopf hat als der von Apulu auserwählte und gesegnete Poet im Lorbeerkranz!«

Die Wirkung war durchschlagend. Valerica hing an seinen Lippen, und Nikola merkte, dass er mit jedem Wort höher in ihrer Achtung stieg.

Als er fertig war, fragte sie leise:»Was ist das?«

»Es ist aus dem Theaterstück eines Dichters aus Jufitea«, erklärte Nikola.

Das Leuchten in Valericas Augen ließ keinen Zweifel, dass er in ihrer Achtung dadurch noch mehr gestiegen war. Der Puhler, der Sippenlose konnte nicht nur aus Theaterstücken vortragen, sondern kannte sogar solche von Dichtern aus fernen Städten! Kaum zu fassen!

Nikola fragte sich, warum ihm Ovidiu verschwiegen hatte,

dass sein Geschreibsel eine solche Wirkung auf Frauen hatte? Das war doch viel bedeutender als seine vergeblichen Versuche, ihn davon zu überzeugen, dass Worte es wert waren, ihretwegen ein Menschenleben zu nehmen! Oder waren vielleicht nur viel zu junge Frauen aus angesehenen Sippen für einen solchen Zauber empfänglich?

Später, auf dem unsicheren Weg am Fuß der Mole, hakte sich Valerica bei Nikola unter. Als der Boden schlüpfrig wurde, nahm sie seine Hand. Nikola hielt sie fest. Auch wenn es sich seltsam anfühlte, hatte er nicht vor, sie wieder loszulassen.

An der Spitze der Mole ließen sie sich nieder. Nikola nahm einen der Fischschwänze, die ihm ein Fischer überlassen hatte, und bewegte ihn gleichförmig im Wasser. »Ich habe nie herausgefunden, was sie anlockt«, erklärte er. »Ist es der Geschmack des Fisches im Wasser? Hören sie mich vielleicht? Oder erspähen sie mich? Sie kommen auch nicht immer.«

»Ich höre dich gerne reden, Nikola«, sagte Valerica irgendwann.

»Ich dich ebenfalls«, gestand er.

Als sich das Warten auf die Kraken hinzog, begann Valerica leise zu summen. Daraus wurde Gesang, und bald folgten auch Worte.

»Ich wäre so gerne noch einmal ein Kind. Ich liefe zum ersten Mal im Regen und zum ersten Mal in der Sonne«, sang sie.

Nikola lachte. »Für solche Wünsche bist du viel zu jung.«

»Wärst du nicht manchmal gerne wieder ein Kind?«, gab Valerica zurück.

Nikola überlegte sich die Antwort reiflich. Er dachte an *Mutter* und die Schar von Kindern, die sie bei sich aufgenommen hatte, behütete und umsorgte. Ihre Bande junger Diebe, die sie ausschickte und zu denen auch Nikola gehört hatte – so lange bis *Mutter* sich eines Tages den falschen Liebhaber genommen hatte.

»Eigentlich hat alles seine Licht- und Schattenseiten«, antwortete Nikola ausweichend.

Valerica ließ sich dadurch nicht beirren und sang weiter. Sie sah verträumt aus, ein bisschen verloren, und war ganz aufgegangen in ihrem Lied. Nikola betrachtete ihr Haar, an dem der Wind zupfte, die Bögen ihrer schmalen Brauen, den Schwung der Nase, die Zeichnung ihrer Lippen, die klaren Linien des Kinns, den Hals, Schulter und Busen, und ihre junge, makellos glatte Haut. Plötzlich dachte er, dass in Valericas Gegenwart selbst dieser verregnete Sommer sonnig und endlos wurde.

»Was hast du heute Abend vor?«, fragte sie plötzlich.

»Ich werde zu Hause zu bleiben«, log er und verschwieg seinen vergeblichen Versuch, bei Andreea und Marius unterzukommen. Er wollte vermeiden, dass sie am Ende fälschlicherweise annähme, Andreea sei seine Geliebte oder es gäbe sonst irgendeine andere für ihn.

»Und du?«

»Ich feiere mit der Familie.«

Sie schwieg, er schwieg, und mit einem Mal wusste Nikola nicht mehr, wie er ihre Antwort werten sollte. Ich feiere mit der Familie, wie es Brauch ist? Oder: Ich feiere mit der Familie, obwohl ich etwas anderes viel lieber täte?

Es war dringend nötig, wieder einen klaren Kopf zu bekommen!

Eine Frage drängte sich in Nikolas Bewusstsein. Sie erschien zwar abwegig, aber er stellte sie dennoch: »Ist dir eine Frau namens Apuludora Weißkehle bekannt?«

»Flüchtig«, antwortete Valerica. »Ich habe sie vor einigen Wochen kennengelernt und mich mit ihr unterhalten. Anscheinend hatten wir bereits als Kinder miteinander zu tun, aber ich erinnere mich nicht. Sie ist ertrunken, nicht wahr?«

Anstatt eine Antwort zu geben deutete Nikola auf einen Schatten im Wasser, der sich auf die ihm wohlbekannte Weise näherte. Einer seiner Kraken war endlich gekommen! Nikola versuchte ihn aus dem Wasser zu locken, doch der Krake blieb stur und verschwand wieder, kaum dass er den Köder aus Nikolas Hand genommen hatte. Er blieb der einzige.

»Sie sind nicht gewohnt, dass jemand bei mir ist«, entschuldigte Nikola seine achtarmigen Freunde.

»Das ist verzeihlich, denn sie kennen mich ja nicht«, antwortete Valerica. »Doch wenn sie mich nun kennenlernten? Wenn ich dich begleiten dürfte, wenn du wieder einmal mit ihnen schwimmst?«

»Das lässt sich gewiss einrichten«, versprach Nikola. Er erhob sich und reichte Valerica die Hand. »Wir sollten zurückkehren. Sonst wird sich deine Familie wundern, wo du geblieben bist.«

Wieder allein, dachte er nicht mehr an sein früheres Vorhaben. Alle Zockerrunden von Arades waren heute für ihn so viel weiter weg als Valerica.

Die Möwen in Nikolas Traum sangen ein trauriges Lied.

»Szenen meiner Kindheit werden wach, bringen Erinnerungen an vergangene, glückliche Tage. Ich wäre so gerne noch einmal ein Kind.«

Die Vorstellung, dass die grauweißen Vögel in Schwermut schwelgten, erheiterte Nikola so sehr, dass er im Schlaf kicherte. Doch da außer ihm und dem alten Mann sonst niemand am Strand weilte, kamen nur die Möwen als Urheber des Gesangs infrage, so seltsam das auch klingen mochte.

»Ich liefe zum ersten Mal im Regen und zum ersten Mal in der Sonne«, sangen die Vögel wehmütig.

Nikola hatte zwar das Gefühl, dass ihm der Gesang etwas sagen sollte, kam aber nicht dahinter, was es war. Achselzuckend wandte er sich wieder dem alten Mann zu. Seine Augen waren geschlossen. Vielleicht schlief er, vielleicht war er auch ganz in sich vertieft und dachte nach. Für Letzteres sprach der feierliche Ernst seiner Miene. Was mochte ihn beschäftigen?

Nikola fragte ihn: »Was ist so wichtig, Alterchen, dass du alles um dich herum vergisst? Was kann so weltbewegend sein?«

Doch der alte Mann schwieg wie ein Grab. Er lächelte still in sich hinein, und nichts schien ihn zu bekümmern – weder die Algen in seinem Bart, noch dass er gefesselt in einem Käfig saß.

Ein Tropfen fiel aus seinem feuchten Haar und rann wie eine Träne über seine Wange.

Nikola fröstelte, als hätten sich plötzlich dichte Wolken vor die Sonne geschoben oder als habe ihn ein feuchtkalter Wind gestreift, als Vorbote eines vom Meer heranziehenden Gewitters. Eine innere Unruhe ergriff ihn. Etwas bahnte sich an! Etwas eilte auf leisen Sohlen herbei!

Der Strand, der alte Mann, die Möwen verschwanden, und Andreeas Gesicht nahm ihren Platz ein. Ihre Augen waren schwarz umrandet. Entweder hatte Camilla ihrer kleinen Schwester etwas von der Dirnenschminke überlassen oder sie hatte Andreeas Gesicht selbst angemalt. Allerdings war die Farbe inzwischen von den Tränen verschmiert, die über ihre Wangen liefen und rußige Spuren hinterließen. Andreea sagte, stammelte, schrie etwas, wiederholte es immer wieder, doch nichts ergab für Nikola irgendeinen Sinn. Er starrte auf ihren Mund, ihre zitternden Lippen und versuchte zu begreifen.

Zuerst dachte er, dass die Möwen zurückgekehrt seien, doch das zu Anfang noch leise Geräusch, das sich entschlossen zu ihm durchkämpfte, erwies sich als Traians Stimme.

»So war sie schon, als sie in die Puhlerei kam. Sie bestand darauf, dich zu sehen. Sie ließ sich nicht abweisen, und da ich nicht wusste, wie ich ihr erklären sollte, wo du jetzt wohnst, brachte ich sie hierher. Ich hoffe, das war nicht falsch? Etwas Schlimmes muss geschehen sein, Nikola! Etwas Schreckliches!«

Im nächsten Augenblick stand Nikola vor der Tür des Dachzimmers, in dem Andreea und ihre große Schwester seit einem halben Jahr wohnten. Eine Fünf war in das Holz geritzt.

Nikola wimmerte im Schlaf. Nein, bitte nicht!

Doch was auf leisen Sohlen herbeigeeilt war, das war nun da und scharrte ungeduldig mit den Füßen. Nikola öffnete die Tür, wie er es oft zuvor in seinen Erinnerungen und Träumen getan hatte, wenn auch schon lange nicht mehr. Ein überwältigender, metallischer Geruch schlug ihm entgegen. Er starrte auf die dunkelrote Lache, die den ganzen Boden bedeckte und es unmöglich machte, das Zimmer trockenen Fußes zu betreten. Er hob die Augen, bis er Camilla sah. Sie war an den Handgelenken an die Dachstreben gefesselt, und ihre Arme waren von den Händen bis zu den Achseln aufgeschlitzt worden. So hatte man sie ausbluten lassen.

»Bring ihre Schwester von hier weg! Ich werde mich um alles kümmern«, befahl Traians körperlose Stimme.

Zu viel! Nach Luft schnappend wie ein Ertrinkender und mit pochendem Herzen erwachte Nikola. Sobald er halbwegs frei atmen konnte, fluchte er: »Verdammt! Verdammt! Verdammt! Verdammt!«

Womit hatte er das verdient? Letzte Nacht war er früh und friedlich schlafen gegangen. Vollkommen nüchtern und ohne mit jemandem gestritten oder sich geprügelt zu haben. Biederer konnte man sich in Erwartung des Tristinafestes gar nicht betragen! Oder sollte dieser Albtraum der Preis für den Nachmittag mit Valerica sein, für einige unbeschwerte Stunden, ganz ohne Sorgen, und ein paar Augenblicke, in denen er beinahe glücklich gewesen war? Sollte es so sein, dann war es alles andere als gerecht! Es war doch noch nicht einmal etwas zwischen ihnen vorgefallen!

Mit der Zeit beruhigte sich Nikola. Ihm wurde wieder einmal bewusst, wie viel er Traian schuldete! Der Anführer der Puhler hatte sein damaliges Versprechen gehalten, ja sogar noch erweitert. Er hatte sich um Camillas Begräbnis gekümmert und darüber hinaus noch einen Gefallen bei der Garde eingelöst, damit sie sich überhaupt um die Aufklärung dieses Mordes kümmerte. Viel war allerdings nicht dabei herausgekommen. Ihre Nachbarn hatten die arme Camilla stundenlang singen gehört, immer wieder dasselbe Lied, so wie sie es gern tat, wenn sie guter Dinge war oder zu viel getrunken hatte. Von der Bluttat hatte niemand etwas mitbekommen. Erst als Andreea von ihrer damaligen Tagelöhnerstelle heimgekehrt war, war sie entdeckt worden. Mutmaßlich sei Camilla an einen Freier geraten, der ob seiner Bluttat zweifellos schon jetzt von den Göttern verdammt war!

Traian hatte jedoch noch eine andere Theorie gehabt: »Vielleicht hat sie sich mit Leuten eingelassen, denen sie lieber ferngeblieben wäre? Du weißt schon, Nikola. Irgendwelche zwielichtigen Geschäfte.«

Nikola hatte die Vorstellung verlacht. Camilla? Seine übervorsichtige Freundin, die niemandem traute, den sie nicht schon seit ihrer Kindheit kannte? Das war doch lachhaft!

Doch dieses Gespräch hatte erst später stattgefunden. Nikola hatte Andreea mit sich nach Hause genommen. In seiner Erinnerung hatten sie die ganze Woche lang in jedem wachen Augenblick miteinander geschlafen, in der Hoffnung, dass der schreckliche Schmerz irgendwann nachließe.

Nikola stieg aus dem Bett, entzündete ein Licht und ging damit zu der Stelle, wo der blutige Handabdruck an der Wand sein sollte. Zu seiner Überraschung war er spurlos verschwunden. Anscheinend war der Mann der Schneiderin fleißig gewesen.

Plötzlich klapperte etwas im Dunkeln.

Nikola wandte sich um. Nur eine Armeslänge von ihm entfernt stand eine weißlich schimmernde, verschwommene Gestalt. Mit etwas Fantasie war sie als Mensch zu erkennen. Sie starrte ihn an oder vielleicht auch durch ihn hindurch und sprach zornig: »Gewarnt, aber er will nicht hören! Blut wird regnen! Die Vögel werden dem Meer entfliehen, und alte Götter sterben am Strand. Jeden Einzelnen der zehn Schritte wird er bis zum bitteren Ende gehen. So darf es nicht kommen!«

Das Klappern wurde lauter und lauter und endete schlagartig in völliger Stille und Dunkelheit.

Die Magie der Schilves

Der Fürst war fest entschlossen, seine Verärgerung am Vorsteher seiner Diener und Mägde auszulassen. »Ich vermisse eines meiner Fernrohre!«, schnauzte er ihn an.

Der Haushofmeister ließ seinen Blick über die Unordnung in Katalins Arbeitszimmer wandern: Schubladen, die aus den Kommoden herausgerissen und ausgeschüttet worden waren, Decken, Kissen und eine Vielzahl anderer Dinge, die auf dem Boden verstreut lagen. Aus dem Durcheinander stach Katalins Sammlung von Fernrohren wohltuend heraus. Sie umfasste fast drei Dutzend Exemplare, die fein säuberlich nebeneinander aufgereiht waren.

»Da ist es nicht dabei, Dummkopf«, nörgelte der Fürst. »Sonst müsste ich es ja nicht suchen! Ich vermisse das Rohr, das mir unsere Gäste geschenkt haben. Es ist so lang wie die längsten. Sein vorderes Ende stellt einen Fischkopf mit aufgerissenem Maul dar und ist aus dunkelbraun gebeiztem Knochen geschnitzt. Das ganze Rohr ist mit Fischleder überzogen. Man sieht das an den Schuppen, und wenn man genau hinschaut, erkennt man auch winzige, angelegte Flossen. Vorn und hinten ist es mit breiten Silberbändern besetzt.«

»Ich werde mich darum kümmern«, versprach der Haushofmeister. »Ist es denn dringend?«

Katalin sah ihn durchdringend an und sagte mit gefährlicher Stimme: »Ich bin immer noch dein Fürst!«

Entsetzen breitete sich auf dem Gesicht seines Gegenübers aus. »Verzeiht, Hoheit! Ich meinte nicht, dass ich die Suche nach Eurem Fernrohr auf die lange Bank schieben wollte! Ich wollte nur herausfinden, wie viele Eurer Diener und Mägde ich dafür abstellen soll. Wenn Ihr es wünscht, lasse ich sie allesamt nach dem Fernrohr suchen!«

Katalin beruhigte sich etwas. »Das wird wohl nicht nötig sein. Drei, vier, vielleicht … Ach, entscheide nach deinem Gutdünken. Mir reicht es, wenn es nach der Feier wieder hier ist.« Er schwenkte den Arm über das Zimmer. »Und lass diese Unordnung beseitigen!«

Der Haushofmeister verabschiedete sich mit einer knappen Verbeugung. Er war kaum gegangen, als Florin eintrat.

»Willst du Papa abholen?«, begrüßte ihn Katalin.

Sein Sohn sah auf die Unordnung, lachte breit und ging dann schnurstracks zu den Fernrohren. Als er die Hand nach einem ausstreckte, ermahnte ihn sein Vater: »Sei vorsichtig damit, Florin. Sie sind sehr empfindlich.«

Plötzlich kam ihm ein Gedanke. »Florin, hast du Papas Fernrohr mitgenommen? Es sieht aus wie ein Fisch. Du weißt doch, was ein Fisch ist? Aber keiner von den runden Fischen, eher so wie ein Aal. Aale kennst du doch? Sie sehen aus wie Schlangen.«

Florin strahlte und ging zum Fenster. Offenbar war er nicht in der Laune zu antworten. Katalin kannte das von ihm.

Aus heiterem Himmel behauptete Florin: »Der böse Mann hat Papas Fernrohr mitgenommen.«

»Hast du ihn dabei beobachtet?«

»Weiß nicht.«

Der böse Mann! Die Bezeichnung hatte nicht viel zu bedeuten. Jeder, den Florin nicht mochte, war *der böse Mann*, und oft genug existierte noch nicht einmal jemand, der mit dieser Bezeichnung hätte belegt werden können. Katalin trat ebenfalls ans Fenster. Die einzigen Menschen, die man draußen sehen konnte, waren die Wachen. »Ist einer von denen der böse Mann?«

Florin lachte, als habe er einen köstlichen Witz erzählt bekommen. »Das sind Florins Freunde, Papa!«

Katalin fuhr dem Hünen mit dem Kinderverstand durchs

Haar: »Wie gut, dass wenigstens einer in der Familie unsere Eroberer mag. Du bist ein lieber Junge, Florin!«

Sein Blick fiel auf den bloßen Unterarm seines Sohnes. Er hob ihn an und betrachtete die verschorften Kratzer. Der andere Arm sah ebenso aus. Das hatte bestimmt ziemlich wehgetan!

»Was hast du denn schon wieder angestellt?«, fragte Katalin. »Hast du mit einem Saiguar gerungen?«

Er trat einen Schritt zurück, musterte Florin von oben bis unten und zog dann die Beine seiner halblangen Hose eine Handbreit hoch. Auch die Knie waren aufgeschlagen.

»Du musst besser auf dich achtgeben! Papa kann nicht ständig bei dir sein!«, ermahnte er ihn.

Der Haushofmeister kam überraschend zurück. »Alles ist geklärt, die Schilves haben das Fernrohr! Die Bootsfrau, die seit ein paar Tagen die Wache unter sich hat, hat es mir erzählt. Offenbar wurde es zum Reinigen und Neujustieren gebracht.«

Katalin runzelte die Stirn. Dass man ein Fernrohr neu justieren musste, hatte er noch nie gehört! Aber vielleicht war das ja bei diesem nötig.

»Ich erwarte, dass man mich in Kenntnis setzt, bevor man etwas aus meinen Gemächern wegträgt«, antwortete er unwirsch. »Richte ihnen das aus! Nach wie vor bin ich der Fürst, und meine Stadt ist nicht zum Plündern freigegeben.«

Es entsprach Urtes krausem Sinn für Humor, dass sie für diesen besonderen Anlass ein Zimmer des Palastes ausgewählt hatte, dessen Wände mit stilisierten Wogen, Netzen und Meeresfrüchten bemalt waren. Die farbenfrohen Bilder waren jedoch nur schwer zu erkennen, da die Vorhänge zugezogen worden waren, um das störende Tageslicht auszuschließen, und die Aufgabe der drei flackernden Leuchter hauptsächlich darin bestand, den Bereich um den Trog aus gebranntem Ton zu erhellen. Gemäß den Vorgaben der *Magascha* war er genau einen Schritt und zwei Handbreit lang und je einen drittel Schritt hoch und breit.

Neugierig verfolgte die Admiralin, wie die beiden ganz in

helles Grün gekleideten Frauen das Fernrohr des Fürsten behutsam in den mit Salzwasser gefüllten Trog legten. Während die eine Frau zu singen begann, strich die andere behutsam mit den Spitzen ihrer tätowierten Finger über das Fernrohr. Irgendwann stimmte sie in den Gesang der anderen Frau ein. Das war kein Ohrenschmaus, kam für Urte aber nicht unerwartet. Niemand erhoffte sich Schönklang vom Gesang der *Magascha*!

Ein Zucken durchlief das Fernrohr. Es wiederholte sich, als der atonale Gesang der beiden Frauen drängender wurde. Dann schoss es urplötzlich bis zum Ende des Trogs, machte kehrt und schwamm zurück. Der vormals starre Schaft des Fernrohrs war biegsam und wendig geworden und kleine Flossen trieben ihn an. Der gerade noch tote Gegenstand hatte sich in einen lebendigen Fisch verwandelt!

Nicht ganz typisch für seine Art hob er den Kopf aus dem Wasser und gab Würgegeräusche von sich. Die *Magasch*, die ihn schon zuvor berührt hatte, fasste ihn hinter den Kiemen und befahl: »Lass los!«

Sogleich erbrach sich der Fisch und spuckte die Fernrohrlinse aus. Die Frau nahm sie aus dem Wasser und ließ ihn frei.

»Dann lass mal hören!«, sagte Urte.

Ein erneuter Befehl brachte den Fisch zum Reden. Im Tonfall ähnelte seine Stimme der Katalins, klang aber denkbar fremdartig, da sie von unter Wasser kam und von den Wänden des Troges verstärkt wurde.

»... das muss alles weg! Diese alten Häuser, diese Löcher und die engen Gassen. Weg! Weg! Licht! Klare Strukturen! Das neue Viertel wird naheliegenderweise Katalina heißen! Wäre ich boshaft, würde ich es gleich *Obere* Katalina nennen, damit jedem meiner Nachfolger, der dieselbe Idee hätte, nur noch eine mindere *Untere* Katalina übrig bliebe! Aber so kleinlich wollen wir nicht sein.«

»Kommen wir zum Wesentlichen!«, drängte Urte. »Der Fürst feiert zwar den Geburtstag eines seiner Kinder, aber das wird ihn nicht endlos lange beschäftigen. Das Auge des Ris! Wie viel konnte sich der Fürst mittlerweile zusammenreimen? Versteht er, welche Bedeutung es hat, dass es nicht mehr zu sehen ist? Ahnt er, warum wir hier sind?«

Die *Magascha* gaben ihre Befehle, doch der Fisch plapperte ungehemmt weiter.

»… wie viele Hosen hast du mitgebracht? Ah, ich sehe schon! Die da nicht! In der sehen meine Waden immer so dünn aus. Hast du sie weitermachen lassen, Rasvan? Ich sagte dir letztes Mal, dass sie etwas eng sei! Dieses Eingesperrtsein tut mir nicht gut! Nehmen wir eben die. Jetzt dazu eine passende Tunika! Die da vielleicht? Passt das farblich zusammen, Rasvan? Oder lässt sie mich schmächtig erscheinen?«

»Wer ist dieser Rasvan?«, fragte die Admiralin Valiva, die von der anderen Seite des Troges zusah.

»Sein Leibdiener«, erklärte Urte. »Was ist los? Warum müssen wir uns noch immer dieses Geplapper anhören? Mir kommt es nicht so vor, als wolle der Fürst gleich über etwas Wichtiges sprechen. Oder sollte der Leibdiener ein engerer Vertrauter sein, als wir bisher ahnten?«

Die *Magascha* atmeten tief durch und wiederholten ihre Befehle, doch den Fisch berührte ihre Hexerei überhaupt nicht. Weiterhin gab er mit der Stimme des Fürsten Nichtigkeiten von sich.

»Und jetzt noch passende Schuhe. Aber nicht die! Darin sehe ich immer aus, als trüge ich versehentlich Roxanas Sandalen. Die will ich nicht mehr sehen. Gib sie dem Haushofmeister. Er soll sie jemandem schenken, der eine besondere Ehrung verdient hat.«

Urte wurde zusehends ungeduldig.

»Er lässt sich nicht von uns lenken«, erklärten die *Magascha* hilflos.

»Soll das bedeuten, dass wir uns wochenlang das Geschwätz des Fürsten über Hosen und Tuniken anhören müssen, oder welchen seiner Speichellecker er mit seiner abgelegten Kleidung auszeichnen will?«, fragte Valiva empört.

»Sicherlich wird sich jemand finden, der diese Aufgabe für

uns übernehmen kann«, antwortete Urte bissig. »Vielleicht kann auch die Grüne Schwesternschaft eine Zusammenfassung der wichtigsten Inhalte für uns anfertigen. Das würde viel Zeit sparen.«

»Du musst nicht schnippisch werden, Admiralin«, erwiderte die eine grün gekleidete Frau. »Wir haben mehrfach darauf hingewiesen, dass unsere Gesänge in diesen Breiten unerwartete Wirkungen zeigen können. Zauberei ist nicht wie das kleine Einmaleins! Sieben mal acht ist sechsundfünfzig. Sieben mal acht ist immer sechsundfünfzig, solange die Sieben eine Sieben und die Acht eine Acht ist. Zauberei hingegen ist ganz anders!

Erinnere dich an den Windstoß, der die Giftwolke verwehen sollte. Wahrlich oft haben wir diesen Gesang in den letzten Jahren angestimmt, doch schau, welches Durcheinander er anrichtete! Kaum jemand in Arades erinnert sich an einen kühleren und nasseren Sommer. Auch wenn man dir vielleicht anderes gesagt haben mag, so besteht für mich kein Zweifel, dass diese Unbill unserem Wirken zuzuschreiben ist.«

»Du hast recht, und ich entschuldige mich«, antwortete Urte. »Doch wenn wir jeden längst verstrichenen Augenblick aus dem Leben des Fürsten miterleben müssen, um seine geheimsten Gedanken zu erfahren, so wird dieses Mittel völlig unbrauchbar.«

»Wir könnten versuchen, dem Tierchen ganz genaue Anweisungen zu geben, damit es nur bei bestimmten Gesprächen lauscht«, lenkte die *Magasch* ein. »Das würde die Sache eingrenzen, aber gleichzeitig alles ausschließen, woran wir nicht dachten. Man muss hier sehr überlegt vorgehen! Allerdings müsstet ihr dann den Fürsten noch etwas länger hinhalten.«

Der Fisch hatte mittlerweile sein Gesprächsthema gewechselt.

»Ionach Blaufeder«, sagte er in der absurden Imitation eines nachdenklichen Menschen. »Blass, unscheinbar und wie geboren, um schon zu Lebzeiten in einem Studierzimmer vergessen zu werden. Ionach Blaufeder!«

»Wer ist das?«, wollte Valiva wissen.

Urte schüttelte den Kopf.»Irgendeine graue Maus. Ich werde Tavi beauftragen, dass er es herausfinden soll.«

Wie gerufen betrat Urtes Adjutant das Zimmer. Schnellen Schrittes ging er zu der Admiralin.»Was gibt es, Kapitän Tavi?«, fragte sie ihn.

»Der Fürst hat das Fehlen des Fernrohrs bemerkt, und da er die Befehlshabende seiner Wache deswegen fragen ließ, weiß er selbstverständlich auch, bei wem es sich befindet.«

Während er sprach, starrte er neugierig in den Trog. Selbst in seiner Position kam er mit Zauberei nicht sonderlich oft in Berührung.

»Ich dachte, der Fürst sei auf dem Kindergeburtstag! Haben wir nicht eigens deswegen diesen Zeitpunkt gewählt? Gelingt denn heute überhaupt nichts? Welche Erklärung hat ihm die Bootsfrau gegeben?«

»Dass das Fernrohr neu justiert und frisch verfugt werden müsse!«

Verzeihung heischend hob Tavi die Arme.»Mehr kann ich dazu nicht sagen, Admiralin. Ihr wird wohl auf die Schnelle nichts Besseres eingefallen sein. Zum Glück wollte auch der Fürst nicht wissen, was das eigentlich bedeuten solle. Vorsichtshalber werde ich jedoch unsere Schiffshandwerker beauftragen, sich eine überzeugende Erklärung auszudenken.«

»Vielleicht ist es gar nicht einmal so schlecht, wie es jetzt gelaufen ist«, antwortete Urte.»Wir benötigen offenbar sowieso mehr Zeit als geplant, und der Fürst weiß ja nun, dass es am Neujustieren und dem anderen liegt. Gibt es sonst noch etwas, Tavi?«

»Da ich schon einmal störe ... eine Priesterin des Totengottes Laint ist hier, um sich zu beschweren. Einer unserer Leute hat sich offenbar schlecht benommen. Es hat irgendetwas mit verklebten oder beschmutzten Totenmasken zu tun. Ganz verstanden habe ich es nicht. Ihre Klage war so wirr.«

»Für solchen Firlefanz haben wir nun wirklich keine Zeit!«, wies ihn Valiva zurecht.»Hör dir an, was sie zu sagen hat, und drücke in unserem Namen dein Bedauern aus, aber sei unverbindlich. Verfasse anschließend einen Erlass, dass die Priesterschaft zu respektieren sei. Das dürfte wohl reichen!«

»Und sieh zu, ob du etwas über einen gewissen Ionach Blaufeder herausfinden kannst«, ergänzte Urte.

Sobald Kapitän Tavi den Raum verlassen hatte, fragte sie: »Wie geht es jetzt weiter?«

»Wir müssen dem Fisch etwas geben, das seinen Jagdtrieb reizt. Nur eben keine Gerüche oder Geschmäcke, sondern stattdessen Wörter und Ausdrücke«, erklärten die beiden *Magascha*.

»Die wichtigsten Begriffe haben wir ja bereits!«, sagte Urte. »Ris, das Auge des Ris, das geschlossene Auge und so weiter.«

»Wir werden die Schwestern hinzuziehen, die Erfahrung mit diesem Zaubergesang haben, und sie fragen, welche Variationen am ertragreichsten sind«, wurde ihr geantwortet. »Sonst noch etwas? Worauf soll der Fisch noch reagieren?«

»Pläne!«, schlug Valiva ein.

»Welche? Unsere oder seine?«, gab Urte zurück.

»Beide am besten. Es ist gut zu wissen, was er vorhat und was er über uns argwöhnt.«

»Die Gefahr besteht, dass wir wieder alles erfahren, was der Fürst planen könnte. Also auch Spaziergänge oder Abendessen«, gaben die grün Gekleideten zu bedenken. »Vergesst nicht, dass wir uns auch beim nächsten Mal jedes einzelne Wort anhören müssen, als käme es in diesem Augenblick aus dem Mund des Fürsten. Aber damit können uns unsere erfahreneren Schwestern weiterhelfen. Was noch?«

»Hulimpe!«

»Hulimpe?«

»Vorsichtshalber. Schaden kann es nicht.«

Katalin war erleichtert, sein Fernrohr wieder zurückzuhaben, da es ihm das liebste aus seiner Sammlung war.

Man gewöhnt sich schnell an solche Dinge, dachte er und hielt es ans Auge, um zu überprüfen, ob er eine Veränderung feststellen konnte. Dazu beobachtete er zunächst das Alltagsleben seiner Untertanen auf dem Platz unterhalb des Palast-hügels – wie sie sich trafen, miteinander sprachen, lachten und stritten oder nur einfach achtlos vorbeieilten –, dann schwenkte er es zum Hafen. Ein Schiff lief gerade ein. Dem üblichen Rhythmus der Botenschiffe entsprechend, konnte es durchaus aus der Heimat der Schilves stammen, schließlich war ein anderes erst vor wenigen Tagen mit dem entgegengesetzten Ziel in See gestochen. Aber mit Bestimmtheit ließ sich das nicht sagen.

Der Fürst setzte das Rohr wieder ab. Soweit er es beurteilen konnte, zeigte es ihm die Welt außerhalb seines Palastes nicht anders als vor ein paar Tagen: genauso scharf, genauso klar und genauso deutlich. Viel gebracht hatte dieses *Neujustieren* – was immer es beinhalten mochte – also nicht. Offenbar hatte man sich damit begnügt, es zu reinigen. Das hätte sicher auch schneller erledigt werden können!

Er drehte das Fernrohr in den Händen, überprüfte die aufwendige Schnitzerei an der Spitze auf Reste von Schmutz oder Öl, ließ die Finger zärtlich über das Fischleder des Schaftes gleiten – und stutzte: Sein Fernrohr hatte eine Beule!

Katalin fuhr noch einmal über die Stelle, die ihm aufgefallen war, und hielt dann das Rohr ans Auge. Jedoch blickte er nicht durch das Okular, sondern am Schaft entlang. Unverkennbar, eine Beule! Keine Delle, eine Ausbeulung! Sie war nicht sonderlich stark ausgeprägt, aber fast so lang wie sein Daumen.

Unerhört, dachte Katalin. Vermutlich war das Fernrohr zum Neujustieren zerlegt und später ohne die nötige Sorgfalt wieder zusammengesetzt worden! Er spielte mit dem Gedanken, sich augenblicklich zu beschweren und auf einer umgehenden Instandsetzung zu beharren. Doch das würde bedeuten, das gute Stück weitere Tage entbehren zu müssen. Besser, er wartete auf den nächsten diesigen Tag, wenn die Sicht sowieso nicht gut war.

Mit einer leichten Verbitterung richtete er das Fernrohr erneut auf den Hafen. Dort verdichteten sich die Zeichen, dass das neue Schiff wirklich aus der Heimat der Schilves kam, denn

immer mehr Menschen strömten zu seiner erwarteten Anlegestelle. Bei anderen Schiffen, die die Schilves wer weiß wohin
schickten oder die von einer Fahrt zurückkehrten, war das
nicht der Brauch.

Katalin beobachtete die Szenerie, bis das Schiff angelegt
hatte. Zu den Ersten, die von Bord gingen, gehörte für gewöhnlich der Bote Hulimpes. Als er eine Frau mit einer großen Bo-
tentasche entdeckte, wusste er, dass es auch dieses Mal so sein
würde.

Kaum an Land, verbeugte sich die Botin kokett vor den Wartenden. Etwa so wie jemand, der auf eine freche oder launige
Bemerkung reagierte. Katalin schnalzte missbilligend mit der
Zunge. Ein solches Verhalten war der Gesandten eines mächtigen Fürsten unwürdig und im höchsten Maße unschicklich!
Kopfschüttelnd beobachtete er, wie die Frau den Weg zur Ha-
fenmeisterei einschlug und in dem Gebäude verschwand.

Nach dem verpatzten Auftritt der Botin gingen die Angehörigen der zurzeit nicht benötigten Besatzung recht ungeordnet
von Bord. Einige hatten es eilig und mischten sich sogleich
unter ihre Freunde und Verwandten, um sie nach ihrer wo-
chenlangen Abwesenheit zu begrüßen und zu umarmen, aber
sicherlich auch, um Grüße und Neuigkeiten aus der Heimat zu
bringen. Andere, auf die niemand wartete, gingen einfach ihrer
Wege. Niemand sprach sie an, keiner wollte etwas von ihnen
wissen. Perfekte Einzelgänger!

Fracht führten die Botenschiffe nie mit, denn alles, was die
Schilves benötigten, stellten sie hier in Arades mit den Mitteln
der Stadt und des Fürstentums her. Katalin hatte schon längst
aufgehört, sich darüber zu ärgern. Das war nun einmal das
Schicksal der Besiegten! Doch wenn die Opfer, die er seit Monaten Sanz dem Gerechten und Veiwe der Rächenden darbrin-
gen ließ, Wirkung zeigten, würden die Fremden schon noch
den Preis dafür bezahlen!

Nur eine Handvoll Seeleute blieb an Bord. Sie standen untätig an der Reling und blickten sehnsüchtig zur Stadt hinüber.
Einer dieser Matrosen sprang Katalin wegen seines Bart-

wuchses ins Auge. Er war so üppig, dass er seinem Besitzer gut und gerne als Ersatz für ein Obergewand hätte dienen können, zumindest als Tunika. Katalin meinte, ihn schon einmal gesehen zu haben, konnte ihn aber nicht zuordnen. Allzu erstaunlich war das nicht, denn in seinem Palast gingen ständig Schilves ein und aus. Kapitäne, Krieger, Handwerker, Priester und wer sonst noch mit ihrer Flotte gekommen war. Ganz, ganz selten auch eine der grün verhüllten Frauen. Niemand konnte sie alle in Erinnerung behalten! Der Bärtige musste wohl unter ihnen gewesen sein.

Katalin ließ das Fernrohr sinken. Im Garten entdeckte er Luminita, die gerade mit der gesamten Kinderschar das Haus verlassen hatte. Seine Nebenfrau Junica leistete ihr Gesellschaft. Die Wachen vor dem Haus steckten – wie bei solchen Anlässen üblich – verschwörerisch die Köpfe zusammen. Wenn alle Kinder in den Garten geschickt wurden und der Fürst mit seinen jüngeren Frauen allein zu Hause blieb, konnte es dafür ihrer Meinung nach nur einen einzigen Grund geben. Wie absurd!

Ein Diener klopfte und ließ Katalin wissen, dass seine Frauen nun bereit für ihn seien. Er folgte ihm in das Gemach, das sie ausgewählt hatten. Da Luminita und Junica anderweitig beschäftigt waren, warteten nur noch Roxana, Atanansi, Quitta, Nedeela, Ihrun, Kondruta, Diona und Afinja auf ihn.

Roxana hatte wie sonst auch einen Platz in der Nähe der Tür eingenommen, damit sie auf etwaige Lauscher achten konnte, die sich draußen herumdrückten, oder auf scheinbar zufällige Störer, die vorgaben, die falsche Tür gewählt zu haben. Katalin sah darin den zusätzlichen Vorteil, dass es bei den anderen Frauen keinen Verdacht weckte, wenn er zuletzt ganz allein noch mit ihr sprach.

Nacheinander erzählten Katalins Frauen – seine Augen und Ohren, wie er sie bisweilen scherzhaft nannte –, was sie bei ihren letzten Ausflügen in die Stadt, beim Besuch ihrer jeweiligen Sippen und im Gespräch mit den Sippenoberhäuptern in Erfahrung gebracht hatten und wie die Stimmung unter ihnen war. Einige hatten zusätzliche Aufträge zu erledigen gehabt, jedoch keine gefährlichen. Dafür hatte der Fürst andere Leute wie etwa den alten Beryks.

Mitten während des Vortrags seiner Frau Nedeela erinnerte sich Katalin, woher er den Bärtigen kannte. Er hatte ihn an Bord jenes Schiffes gesehen, das erst vor wenigen Tagen in die Heimat der Schilves aufgebrochen war! Mehr noch, wenn er sich nicht schwer täuschte oder es sich um einen Doppelgänger handelte, so war er der Bote für den Herrscher Hulimpe gewesen!

Um seine Gedanken zu ordnen, bat Katalin seine Frauen zu schweigen.

Soweit er in Erfahrung gebracht hatte, benötigten die Schilves mindestens drei Wochen, um den Ozean zu überqueren. Drei Wochen hin, drei zurück, vielleicht noch eine oder zwei Wochen Aufenthalt – unter zwei Monaten war das überhaupt nicht zu schaffen. Wie konnte der Bärtige dann schon wieder hier sein? Hatten die Schilves vielleicht wieder einmal gelogen? Lag ihre Heimat womöglich gar nicht jenseits des Ozeans, sondern viel, viel näher? Stammten sie vielleicht von einer Inselgruppe, die nur wenige Tagesreisen von der Küste entfernt war, oder gar von dieser Seite des Meeres, von irgendwoher aus dem Süden etwa? Doch was sollte diese Irreführung bezwecken? Warum gab sich der Bote nun als gewöhnlicher Matrose aus, anstatt einfach das nächste Schiff zu nehmen? Das ergab alles herzlich wenig Sinn, und die entscheidende Frage lautete: Waren der Bote und der Matrose wirklich dieselbe Person oder sahen sie sich nur verdammt ähnlich?

Da sich diese Frage momentan nicht beantworten ließ, bat Katalin Nedeela fortzufahren. Es fiel ihm jedoch schwer, ihr mit der gleichen Aufmerksamkeit zu folgen wie zuvor. Als bis auf Roxana alle Frauen berichtet hatten, entließ er sie.

»Gibt es etwas Neues von dem Kapitän zu berichteten?«, fragte er Roxana, sobald sie allein waren.

»Er hat sich nicht mehr bei mir gemeldet, und ich weiß nicht warum. Ich glaube nicht, dass er das Interesse verloren hat. Eher vermute ich, dass er gar nicht mehr in der Stadt weilt«, antwortete sie. »Wünscht mein Gemahl und Fürst, dass ich meine Netze nach einem anderen Kapitän auswerfe?«

Die Erwähnung anderer Kapitäne kam Katalin etwas zu bereitwillig. Zwar hatte er Roxana ganz zu Anfang zugesichert, dass er sie niemals nach Einzelheiten ihres Umgangs mit Kapitän Ozolin befragen werde und ihr gleichzeitig eingeschärft, dass das, was sie täte, über ihrer aller Wohl und Wehe entscheiden könne. Neuerdings erschien sie ihm allerdings manchmal allzu eigenständig. Das gefiel ihm nicht. Wahrscheinlich war alles nur auf ihr Bestreben zurückzuführen, ihm zu gefallen und in seiner Gunst zu steigen. Dennoch gefiel es ihm nicht, ganz und gar nicht. Wenn er nicht achtgab, bildete sie sich vielleicht irgendwann noch ein, Luminita ersetzen zu können. Das würde selbstverständlich nie geschehen!

Er schüttelte den Kopf. »Nein, geben wir ihm Zeit. Vielleicht hören wir ja wieder von ihm, solange er noch nützlich ist. Ich möchte, dass du die Sprache unserer Feinde lernst.«

Roxana behagte sein Wunsch überhaupt nicht.

»Ganz allein oder zusammen mit meinen Schwesterfrauen?«, fragte sie unsicher. »Vielleicht bin ich nicht klug genug dafür. Ich möchte deswegen nicht wieder von ihnen aufgezogen werden! Manchmal sind sie alle unerträglich herablassend zu mir. Selbst vor den Kindern.«

Katalin lächelte aufmunternd. »Ich bin fest davon überzeugt, dass mehr in dir steckt, als du glaubst, Roxana! Vorerst wirst du ihre Sprache allein lernen. Sollte es dir zu schwerfallen, so sehen wir weiter. Such dir einen Lehrer, der dich in deinem Haus unterrichtet. Nimm unbedingt einen unserer Untertanen. Es soll inzwischen einige geben, die die Sprache der Schilves ganz gut beherrschen. Aber schweige darüber, behalte es für dich! Zu viel erreicht die Ohren dieser verfluchten beiden Weiber! Oftmals weiß ich nicht mehr, wem ich überhaupt noch trauen kann!«

»Mir kannst du trauen«, sagte Roxana unterwürfig. Sie senkte die Augen und fragte: »Beabsichtigt mein Fürst, mich heute Nacht mit seinem Besuch zu beehren?«

»Nein«, antwortete Katalin gedankenverloren. Es zog ihn nun zu seinem Fernrohr, da ihm während der Unterhaltung ein Gedanke gekommen war, dem er sofort nachgehen wollte. Später fiel ihm ein, dass seine Antwort liebevoller hätte ausfallen können. Roxana schien enttäuscht gewesen zu sein. Er hatte sie zwar schon recht lange vernachlässigt, aber sie würde es schon verstehen! Verstehen müssen! Zudem war er nicht gewillt, sich jeder Laune seiner Frauen zu fügen oder sich in ihre Streitigkeiten hineinziehen zu lassen!

Als er das Fernrohr wieder in Händen hielt, betastete er vorsichtig die auffällige Stelle. Das gute Stück war ausgebeult, nicht eingedellt. Ausgebeult! Das konnte nur bedeuten, dass sich irgendetwas unter dem Leder befand – und was sollte es schon anderes sein als eine Nachricht? Eine ausgefallene Art, ihm eine geheime Botschaft zukommen zu lassen, dafür aber eine ziemlich sichere, da die Spitzel der Schilves damit nicht rechneten!

Er ließ seinen Leibdiener kommen. »Ich wünsche, rasiert zu werden!«, befahl er.

Rasvan war überrascht, da er seinen Herrn erst vor wenigen Stunden rasiert hatte und Katalins Bartwuchs nicht so stark war, dass eine erneute Rasur nötig gewesen wäre. Er gehorchte jedoch wortlos, wie es von ihm erwartet wurde. Als er mit den notwendigen Utensilien zurückkehrte, weihte ihn Katalin ein: »Ich wollte nur dein Rasiermesser haben! Du wirst es morgen zurückerhalten, doch sollte dich jemand fragen, so hast du mich rasiert, wie ich es dir befohlen habe.«

Sein Diener leistete ihm so lange stumm Gesellschaft, wie eine Rasur benötigt hätte, bevor er wieder ging. Katalin wartete noch einen Augenblick länger, dann nahm er das Fernrohr und schlitzte mit dem Rasiermesser das Leder über der Beule der Länge nach behutsam auf. Doch kein zusammengefalteter Zettel oder etwas Ähnliches kam zutage, sondern nur ein fasriges Material, das den eigentlichen Schaft des Fernrohrs, der vermutlich aus Holz oder Knochen bestand, als Futter ummantelte. Katalin setzte das Messer erneut an und schnitt tiefer. Auch jetzt zeigte sich keine verborgene Mitteilung. Sonderbarerweise schien das Futter aber wesentlich dicker zu sein, als er angenommen hatte! Ein dritter Versuch blieb genauso ergebnislos.

Mittlerweile hatte der Schnitt nicht mehr nur eine Länge von einem Daumen, sondern von zwei. Enttäuscht zog Katalin die Ränder des Schlitzes mit den Fingern auseinander, um sich das unbekannte, fasrige Material etwas genauer anzusehen. Offenbar umhüllte es keineswegs zur angenehmeren Handhabung einen Schaft aus Holz oder Knochen. Im Gegenteil! Bis auf den geschnitzten Fischkopf schien das Rohr fast gänzlich daraus zu bestehen. Wahrscheinlich wäre nur ein einziger weiterer Schnitt nötig, um seine Wand zu durchschneiden!

Zornig schleuderte Katalin das Rasiermesser beiseite. Keine geheime Botschaft! Für nichts und wieder nichts hatte er sein liebstes Stück ruiniert.

Als er sich etwas beruhigt hatte, ließ Katalin den Haushofmeister kommen und überreichte ihm das Fernrohr.»Lass es instand setzen! Lass es vom besten Handwerker verleimen, verfugen oder was immer damit angestellt werden muss. Die einzige Beschädigung ist dieser lange Schlitz. Ich möchte, dass er verschwindet, und ich möchte außerdem, dass das in ein, zwei oder höchstens drei Tagen erledigt ist! Doch achte darauf, dass niemand davon erfährt, am allerwenigsten die Schilves!«

Ein böser Mann

Es war schon dunkel, und da Sanziana wegen der häufigen Regenschauer nicht mehr mit weiteren Freiern rechnete und auch nicht vorhatte, das letzte Bisschen ihres heutigen Verdienstes im »Schiefen Aurel« zu lassen, in den sie geflüchtet war, um wieder etwas trocken zu werden, ging sie nach Hause. Zudem hatten die beiden Kerle, der Puhler und der Schilves, sie ganz schön aus der Fassung gebracht, als sie ihr plötzlich diese schrecklichen Gipsmasken vor das Gesicht gehalten hatten. Ob sie einen davon kenne, hatten sie gefragt.

Den armen Schlucker hatte sie zwar sofort erkannt, aber selbstverständlich hatte sie nichts gesagt! Wer konnte schon absehen, in was sie sonst verwickelt worden wäre? Zumal die beiden auch nicht mit der Sprache herausrücken wollten, warum sie ihn suchten. Das müsse sie nicht wissen, hatte es geheißen. Sie solle nur sagen, ob sie einen der drei erkenne oder nicht!

Später, als sie merkten, dass sie so nicht weiterkamen, hatten sie doch klein beigeben müssen.

»Wir wollen verhindern, dass in dieser Stadt noch weitere Menschen grundlos sterben müssen«, hatte der Schilves an einem anderen Tisch erklärt. Das war zwar keine große Offenbarung gewesen, da man den Gipsgesichtern ansah, dass für diejenigen, nach deren Vorbild sie gefertigt worden waren, jede Hilfe zu spät kam. Aber für einen Lacher war der Satz gut gewesen. Wenn die Schilves wieder einmal die Katakomben mit Aradeken füllen wollten, dann sollte niemand *grundlos* unter den Getöteten sein!

Was hatten der Puhler und der Schilves überhaupt miteinander zu schaffen? Wäre der Puhler allein gewesen, dann hätte sie ihm möglicherweise von dem Hungerleider erzählt. Vielleicht hätte ihm auch gefallen, was sie selbst zu bieten hatte. Sie wären sich einig geworden. Er hätte seine Arbeit gemacht und sie die ihre, und beide wären zufrieden gewesen! Doch wohin hätte sie bei dem Sauwetter mit ihm gehen sollen? Ihre üblichen Plätze hatten sich in Pfützen und schlammige Kuhlen verwandelt, und es ständig an der Mauer zu machen, war grausam für den Rücken. Den Puhler in ihre gute, trockene Stube mitzunehmen, kam aber nicht infrage. Diese Gunst erwies sie nur Freiern, die sie sehr gut kannte!

Obwohl Sanziana den Weg schon unzählige Male zuvor gegangen war, erschienen ihr die nächtlichen Gassen heute dunkler und verlassener als sonst – aber nicht still genug. Von irgendwoher kam ein Klappern, von irgendwo kam ein Tropfen und Glucksen, von irgendwo kam das Geräusch leiser, trippelnder Schritte.

Sie ging schneller.

Der Hungerleider war also tot. Schade drum! Zu Anfang war er recht nett gewesen und ganz davon überzeugt, in Arades sein Glück zu machen. Doch nachdem er in einer von Mazon Kropfs Abzockerrunden ausgenommen worden war, war er lästig geworden. Ob die anderen beiden auf dieselbe Weise gestorben waren wie er? Der Tod war kein seltener Gast in der Weißgarbe. Er kam zwar nicht täglich zu Besuch, aber in den über zwanzig Jahren, die sie hier arbeitete, hatte sie fünf- oder sechsmal einen blutigen Leichnam gesehen. Warum erkundigten sich ein Puhler und einer der Fremden nach Toten, an die die Fürstengarde keinen einzigen unnötigen Gedanken verschwendet hätte?

Eine besonders dunkle Stelle lag vor Sanziana. Links wurde der Weg furch die fensterlosen Rückseiten von Scheunen und Stallungen begrenzt, rechts durch Ruinen, in denen hohe Büsche wuchsen, deren Zweige sich über den Weg krümmten und nachts einen nahezu lichtlosen Tunnel schufen. Auch an anderen Tagen war es ihr unheimlich, hier entlangzugehen, doch heute besonders. Sie zögerte, blieb stehen, entschied sich schnell für einen Umweg und machte kehrt. Lieber das Schicksal nicht versuchen, denn wenn etwas auf sie lauerte, dann bestimmt hier!

Schon nach wenigen Schritten überkam Sanziana das Gefühl, dass das Böse am Ende gar nicht daran dachte, sich an die Spielregeln zu halten und sich darauf zu beschränken, an düsteren Orten auszuharren. Etwas folgte ihr! Da war sie sich ganz sicher! An ihr Ohr drangen Geräusche: Scharren, Schaben, leise, weiche Schritte. Und nun drang ihr auch noch ein beißender Gestank in die Nase, den sie nicht zuordnen konnte.

Sie rannte und dachte an die Gerüchte über einen blutrünstigen Saiguar, der angeblich durch die nächtliche Stadt schlich. Es hieß, er habe Menschenfleisch gekostet und seither reize ihn keine andere Nahrung mehr!

Ein großer Schatten verstellte ihr plötzlich den Weg. Sanzianas Herz hörte vor Schreck fast auf zu schlagen, als sie mit einem kräftigen, etwa dreißigjährigen Mann zusammenprallte. Er sah so verdutzt aus, dass sie sofort wusste, dass sie nichts von ihm zu befürchten hatte. Zudem erkannte sie ihn als einen von Luizas Freiern. Ein bisschen seltsam sollte er angeblich sein, aber sehr großzügig. Man durfte sich allerdings nicht daran stören, dass er nicht mit Geld bezahlte, sondern mit silbernen Löffeln und Messern und anderen unüblichen Gegenständen.

Ein schneller Gedanke schoss durch Sanzianas Kopf: Im Geschäft und in der Liebe ist sich jeder der Nächste! Ihr Tag war nicht besonders einträglich gewesen. Luiza würde das sicher verstehen.

»Suchst du Luiza?«, fragte sie und zupfte an ihrem Ausschnitt. »Die ist heute nicht da, aber du kannst stattdessen auch mit mir kommen, mein Hübscher.«

Der junge Mann sah zuerst enttäuscht aus, dann strahlte er glücklich. Sanziana hängte sich bei ihm ein und führte ihn zu ihrer Bleibe. Dort entzündete sie ein paar Kerzen und sprach: »Setz dich, ich bin gleich zurück.«

Sie ließ ihn allein, um sich zu säubern und ihre nasse Kleidung gegen trockene auszutauschen. Eigentlich war es ein Verstoß gegen ihre Regeln, einen Fremden mit zu sich zu nehmen, doch Luizas Bekanntschaft konnte ja wohl als Empfehlung gelten, nicht wahr?

Ihr Besucher beschäftigte sich mit den Kerzen, als sie zurückkehrte. Er starrte in die Flammen, brachte sie mit kleinen Atemstößen zum Tanzen und nährte sie mit heruntergetropftem Wachs. Dabei lachte er. Sanziana beobachtete ihn eine ganze Zeit lang, ohne dass er sie bemerkte. So vernarrt war er in die heißen, tanzenden Flammen! Kurzerhand setzte sie sich auf seinen Schoß und schlang den Arm um seinen Nacken. Etwas, das Luiza erwähnt hatte, fiel ihr ein.

»Aber du darfst mich nicht beißen, wie du es bei Luiza tust!«, ermahnte sie ihn.

Ihr Besucher zog schuldbewusst den Kopf ein. »Alexandru böser Junge?«

»Du bist doch kein Junge mehr«, widersprach Sanziana, »sondern ein Mannsbild voller Saft und Kraft!«

»Alexandru böser Mann?«

Sanziana lachte und ließ die Hand unter seine Kleidung schlüpfen. »Alexandru sehr böser Mann!«

Der Geisteraustreiber

Der Geisteraustreiber wohnte am Rande der Oberen Alexandruna, wo die strenge Ordnung aus schnurgeraden Straßen und Häuserreihen, deren Fassaden Wehranlagen ähnelten, allmählich aufweichte zugunsten von nur noch lässig in Reih und Glied stehenden Gebäuden mit scheinbar willkürlichen Anbauten. Von der Straßenseite aus gesehen unterschied sich sein Haus in nichts von den benachbarten. Ging man jedoch zu seiner Rückseite, so gelangte man in ein gründlich zertrampeltes Gärtchen, in dem vielleicht noch sechs Grashalme wuchsen und ein dürres Gewächs, das seine hochtrabenden Pläne, einmal zu einem stattlichen Baum zu werden, längst aufgegeben und sich in einem Dasein als blattbesetztes Stöckchen eingerichtet hatte. An der Hauswand stand neben dem Hintereingang ein Hasenstall, der groß genug war für ein starkes Dutzend Insassen und in dem es gelegentlich laut polterte. Nikola war nicht der Einzige, der an diesem Nachmittag zu dem Geisterbeschwörer wollte. Sechs andere warteten bereits. Drei von ihnen saßen auf Holzklötzen, Überresten eines vor Jahren kaltblütig zerstückelten Baumstammes, der Rest von ihnen stand. Eine der Wartenden hatte ein Täubchen mitgebracht.

Als Nikola sah, dass er warten musste, erwog er, wieder zu gehen. Noch vor wenigen Wochen hatte er alles, was mit Geistererscheinungen zu tun hatte, als Aberglauben, Humbug und Schwindel abgetan. Nun wusste er es zwar besser, doch die Aussicht, zusammen mit dieser Schar gesehen zu werden, die er vormals als leichtgläubige Narren bezeichnet hätte, war ihm peinlich. Dass er überhaupt hier war, verdankte er Ovidiu.

»Wir Wirte wissen alles«, hatte jener geheimnisvoll behauptet, als er ihm verriet, wo er einen Geisteraustreiber finden könne.

Nach einiger Zeit trat ein etwa achtjähriges Mädchen aus dem Haus und ging zu dem ersten Wartenden.

»Misangre erwartet dich«, sagte es mit feierlichem Ernst. Das wiederholte sich noch fünf Mal, bis Nikola an der Reihe war. Zwischendurch wies das Kind mit derselben Feierlichkeit einen weiteren Besucher ab, der nach Nikola eingetroffen war. »Misangre kann dich heute nicht mehr empfangen. Komm morgen wieder!«

Nikola folgte dem Mädchen ins Haus, doch das Überschreiten der Türschwelle kam ihm eher wie der Eintritt in eine andere Welt vor! Die Wände des Raumes, der ihn jenseits der Tür erwartete, waren über und über mit kleinen Bildern höchst unterschiedlicher Qualität bedeckt. Sie stellten entweder ganze Menschen dar oder nur Gesichter. Auch große Federfächer schmückten die Wände. Allenthalben entdeckte er die polierten Schädel kleiner Tiere, doch hatte er keinen Zweifel, dass sie nur einen Teil der Sammlung ausmachten und auch menschliche zu ihr gehörten, die gegenwärtig nicht ausgestellt waren, vielleicht sogar erst für bestimmte Rituale herbeigeholt wurden. Er entdeckte Vogelkrallen, die an Schnüren aufgereiht waren, und – griffbereit an einzelnen Haken hängend – Nachbildungen von Körperteilen. Keine Geschlechtsteile, wie sie bei den Feiernden des Frühjahrsfestes beliebt waren, sondern Nachbildungen von Armen, Händen, Beinen, Füßen, Rümpfen oder Köpfen und – wie es den Anschein hatte – auch der inneren Organe.

Besonders auffällig waren in diesem ungewöhnlichen Arrangement zwei altarähnliche Möbel.

Bei dem einen waren auf einem niedrigen Tischchen drei kurze Holzsäulen mit Ablagen an den Spitzen angebracht worden. Eine davon wurde momentan von einem der Bildchen belegt, wie sie zu Hunderten an den Wänden hingen. Die anderen beiden waren unbesetzt. Um die Säulen standen Kerzen.

Das Wachs, das von ihnen tropfte, wurde offenbar nie entfernt und war im Laufe der Zeit zu einem beachtlichen Berg herangewachsen, in dem nicht nur das Tischchen halb verschwand, sondern auch Gegenstände eingeschlossen waren. Nikola erkannte einen Teil eines im Wachs versunkenen Armreifes, den kaum noch sichtbaren Rand eines Bechers und – fast noch ganz unbedeckt – einen Löffel.

Der andere *Altar* bestand aus der schlicht gehaltenen Nachbildung eines Hauses, vor dem zahlreiche Figürchen aufgestellt waren: Männer und Frauen, Erwachsene und Kinder, Krieger, Handwerker und Bauern, Wohlhabende und Bettler, Fürsten und arme Schlucker. Viele waren in den Farben der neun Sippen eingefärbt, aber es gab auch welche, die ganz ohne eine Zuordnung blieben. Einige stellten Menschen dar, die ziemlich sicher nicht aus dem Bund der Neun Städte stammten oder sogar nur auf den ersten Blick Menschen ähnelten. Sie besaßen Tierköpfe und andere ungewöhnliche Merkmale.

Diese Anhäufung Neugier erweckender Gegenstände beschränkte sich nicht nur auf die Wände und Altare, sondern setzte sich auch auf dem Boden fort. Nikola erblickte Gefäße unterschiedlicher Form und Größe, dazwischen Trommeln und gefiederte Stäbe, deren Bestimmung sich nicht erschloss, und nicht zuletzt einen dunkel verfärbten Holzklotz. Flecken am Boden und Taubenfedern, die an ihm klebten, verrieten seine Bestimmung. Ein Beil, das gleich hinter ihm an der Wand lehnte, beseitigte den letzten Zweifel. Ein unbekannter, aber nicht unangenehmer Geruch tränkte die Luft.

Mitten im Raum stand ein Mann, der Nikola huldvoll hereinwinkte.

Die Familienähnlichkeit zwischen dem Mädchen und Misangre war unverkennbar. Wahrscheinlich war er ihr Großvater, wiewohl er dafür etwas zu jung schien. Das mochte an seinen pechschwarzen Haaren liegen, in denen kein einziges graues Härchen zu entdecken war und die durchaus mit der dunklen Haarpracht eines Schilves mithalten konnten.

Er trug ganz gewöhnliche Kleidung, also Tunika, wadenlange Hose und Sandalen, jedoch um den Hals neun Ketten mit unterschiedlich gefärbten Holzperlen und auf dem Kopf eine bestickte Mütze.

Nikola breitete die Hände in einer Geste aus, die den gesamten Raum mit all seinen rätselhaften Gegenständen einschloss, und überspielte sein Unwohlsein, indem er Misangre mit einer unerwarteten Frage überraschte.

»Wie nennst du das hier? Kontor? Labor? Invokariat? Werkstatt? Spiriton? Geisterküche? Exorzisma? Limbolo?«

Misangre betrachtete ihn einige Augenblicke lang stumm und antwortete dann auffällig bedächtig: »Suchst du mich auf, um Antwort auf diese Frage zu erhalten?«

»Leider nicht«, erwiderte Nikola. »Bist du der Geistervertreiber?«

»Bisweilen.«

»Und wenn du es gerade nicht bist?«

»Die meisten, die meine Hilfe suchen, verlangen nach Liebeszaubern oder Mitteln gegen Liebesleid. Sie sorgen sich um mangelnde Fruchtbarkeit oder den Erhalt der Männlichkeit. Sie wünschen sich Glückszauber, Wissen um ihr Schicksal oder ihre Bestimmung, oder auch den Verlust schlechter Angewohnheiten und Süchte. Mancher bedarf eher der Linderung von Schmerz und Gebrechen.«

»So bist du also auch ein Wunderheiler?«

Unwillig schüttelte Misangre den Kopf. »Hältst du das hier für eine Metzgerei? Niemand kommt zu mir und fragt mich nach Würsten von Schwein, Schaf oder Ziege. Und ich antworte auch nicht: Kleine oder große, dicke oder dünne? Dürfen es vielleicht auch noch ein paar Kutteln sein? So läuft das nicht! Der Umgang mit Spukgestalten und Gespenstern, das Beeinflussen von Glück und Schicksal ist eine schwierige Angelegenheit voller Unwägbarkeiten, bei der es nicht nur um Erfahrung geht, sondern auch um Ahnung und Spürsinn, und jedes Mal wartet eine neue Herausforderung. Du erzählst mir ausführlich, was dich plagt, und ich werde sehen, ob und wie ich dir helfen kann. Falls du anderes erwartet hast, so bist du am falschen Ort!«

Nikola erzählte ihm von dem Handabdruck an seiner Wand, vom Geist Goguls der Qualle und davon, dass seine Wohnung wiederholt Schauplatz von Morden gewesen war. Misangre hörte aufmerksam zu und unterbrach ihn nur für gelegentliche Verständnisfragen.

»Ich werde mir den Ort der Erscheinung, also deine Wohnstatt, erst ansehen müssen«, sagte er, als Nikola seine Schilderung beendet hatte. »Erst danach kann ich über mein Vorgehen entscheiden. Ich hoffe, dass dir morgen früh gelegen ist?«

»Durchaus! Und wann bannst du dann Goguls Geist? Ich hoffe, noch möglichst in dieser Woche?«

»So einfach ist das nicht«, belehrte ihn Misangre. »Wir müssen abwarten, bis die Zeichen günstig sind. Es wäre schon ein großer Zufall, wenn das gegenwärtig der Fall wäre.«

»Welche Zeichen?«, wollte Nikola wissen, doch Misangre ging nicht darauf ein.

»Dir ist hoffentlich bewusst, dass meine Dienste nicht sehr billig sind?«, erwiderte er stattdessen und nannte auch gleich seinen Preis. Nikola gab sich ungerührt, doch nun verstand er besser, warum die Schneiderin dem Vorschlag, einen Geisteraustreiber zu holen, so heftig widersprochen hatte, als er ihn einmal vorgebracht hatte. Solange ihr Mann noch seinen Pinsel schwingen könne, sei das nicht nötig, hatte sie gesagt. Damals war allerdings noch nicht die Rede von Gogul gewesen, dessen Geist sich nicht so einfach übertünchen ließ wie ein Fleck!

Für einen Augenblick dachte Nikola, dass es ihn günstiger käme, eine neue Wohnung zu suchen anstatt für teures Geld einen Geisteraustreiber anzuheuern. Er verwarf diesen Gedanken jedoch umgehend. Solange die Schilves einen erheblichen Teil der Stadt und ihrer Häuser für sich beanspruchten, war es schwierig, eine neue Unterkunft zu finden. Ohnehin war sein Zimmer vor allem wegen seiner kleinen Besonderheiten so günstig.

Natürlich würde er vorübergehend den Gürtel enger

schnallen müssen, um Misangre bezahlen zu können! Vielleicht könnte er am Essen sparen, womöglich müsste er sogar für ein paar Wochen auf jede Art von Glücksspiel verzichten. Keine leichte Entscheidung, denn eine kleine Glückssträhne würde ihn sofort von allen Sorgen befreien. Das wollte gut gegeneinander abgewogen sein!

Nikola versuchte, Misangre herunterzuhandeln, doch der Geisteraustreiber war dem Feilschen offenbar noch weniger zugetan als Würsten und Kutteln und nicht bereit, auch nur ein einziges Kupferstück von seiner Forderung abzuweichen, sodass Nikola den Versuch schließlich aufgab. »Was geschieht, falls ich deinen Lohn wider Erwarten nicht rechtzeitig zusammenbringen kann?«, fragte er zuletzt.

»Das ist überhaupt nicht schlimm«, tröstete ihn Misangre. »Wir warten dann einfach, bis in ein paar Monaten die Zeichen wieder günstiger sind. Dein Spuk läuft dir ja nicht davon!«

»Danach sieht es wohl nicht aus«, bestätigte Nikola und verabschiedete sich.

»Leilee«, rief ihm Misangre nach.

»Wie?«, antwortete Nikola.

»Die Antwort auf deine erste Frage«, erklärte Misangre. »In der Sprache der Geister heißt dieser Ort *Leilee*.«

Der Besuch bei dem Geisteraustreiber hatte länger gedauert, als Nikola erwartet hatte. Vorher hatte er sich die ganze Angelegenheit so vorgestellt, dass er Misangres Geisterbude – oder *Leilee*, wie man wohl sagte – kurz betreten und von Gogul berichten würde, und dann – schwuppdiwupp! – schon wieder draußen wäre, mit dem Versprechen, dass er ab morgen, spätestens aber übermorgen nie wieder einen Mucks von Gogul hören würde und es sich ein für alle Mal bei ihm ausgespukt hätte! Damit hätte er noch ausreichend Zeit gehabt, zum Meer zu schlendern, die Kraken zu besuchen und vielleicht eine Weile mit ihnen zu schwimmen. Doch nun war er in Eile, denn es war Zeit für den zweiten Rundgang dieses Tages, nämlich durch die Spelunken, Absteigen und Bordelle – und er wollte

Sayme nicht unnötig warten lassen. Mit etwas Glück würden sie heute Abend wieder etwas Neues erfahren, mit etwas Pech bliebe alles beim Alten.

Mittlerweile waren Sayme und er keine ganz so ungewohnte Erscheinung mehr, wenn sie in den Kaschemmen von Tisch zu Tisch gingen, die Totenmasken zeigten und ihre Fragen stellten. Selbst die Bordellwirte zeterten kaum noch, dass sie ihnen angeblich die Kundschaft vertrieben. Das bedeutete aber nicht, dass sie jetzt bereitwilliger Antworten erhielten, sondern nur, dass nicht mehr ganz so viele zwielichtige Gestalten den plötzlichen Drang verspürten, bei ihrer Ankunft klammheimlich zu verschwinden.

Sayme war noch nicht da, als Nikola den vereinbarten Treffpunkt erreichte. Das überraschte ihn nicht, da ihm schon mehrfach aufgefallen war, dass der Schilves nicht gerade ein Ausbund an Pünktlichkeit war. Entweder kam er zu spät oder viel zu früh. Er entschuldigte sich nicht, wenn er zu spät dran war, erhob aber auch keine ungerechtfertigten Vorwürfe, wenn er hatte warten müssen. Manchmal hatte Nikola den Eindruck, dass Sayme sich durch den Tag treiben ließ wie eine Qualle durchs Meer.

Während Nikola wartete, ging er im Geiste die Orte durch, die sie heute aufsuchen würden. Einige neue waren darunter. Ihm fiel auf, dass ihr Weg durch Mazon Kropfs Viertel führen würde. Nikola musste grinsen, als er daran dachte, wie er und Flaviu ihn aus dem Fenster geworfen und dann scheinheilig behauptet hatten, sie hätten ein anderes Fenster gemeint.

Von Traian hatte er erfahren, dass der Dieb sein Tätigkeitsfeld seit dem Frühjahr um Betrügereien aller Art erweitert hatte. Serban hatte ihn sogar wiederholt zusammen mit zwei Knochenbrechern gesehen. Keinen hiesigen, sondern Burschen von außerhalb, doch wenn man sich etwas auskannte, durchschaute man sofort, wes Geistes Kind sie waren.

Zum Glück gehörte Mazon Kropf nicht zu dem Schlag Mensch, der auf die törichte Idee kam, sich an einem einzelnen Puhler zu rächen. Er war viel zu schlau, um nicht zu wissen, was ihm sonst blühte. Nämlich dass er nicht nur von Traians gesamter Meute Besuch bekäme, sondern dass ihn vielleicht noch ein oder zwei seiner Kollegen mit ihren Mannen begleiteten. Ein Dutzend oder mehr Puhler, angetrieben von dem Verlangen, die Ordnung der Dinge zu wahren, konnten eine beeindruckende Verwüstung hinterlassen!

Sayme ließ nicht lange auf sich warten, sodass sie ihren Rundgang beginnen konnten. Sie zeigten die Masken, stellten die alten Fragen und erfuhren sogar manches Neue.

In letzter Zeit hatten es sich Nikola und Sayme zur Angewohnheit gemacht, ihre abendlichen Erkundungen immer in derselben Schenke enden zu lassen. Sie war bei Fischern und Markthändlern beliebt und tagsüber immer so gut gefüllt, dass der Sohn und die drei erwachsenen Töchter der Wirtin alle Hände voll zu tun hatten, des Ansturms Herr zu werden und die Wünsche der Gäste zu erfüllen. Abends hingegen war die niedrige Halle in der Regel fast leer, sodass die Wirtin die anfallende Arbeit mühelos ohne die Hilfe ihrer Kinder bewältigen konnte. Damit gab die Schenke einen guten Ort ab, um in Ruhe zu besprechen, was der Tag an Erkenntnissen gebracht hatte. Auch an diesem Abend waren nur noch vier weitere Gäste anwesend. Sie saßen alle am selben Tisch und sahen gelegentlich zu ihnen herüber.

Nikola übernahm die Zusammenfassung. Die wichtigste Erkenntnis des Abends betraf ihren ersten Toten. Er hieß Leuze, war Angehöriger einer der neun Sippen – welcher, war noch unklar – und musste um den *Tudoristag* herum in die Stadt gekommen sein. Seine Heimatstadt war entweder Kalaris oder Glut. Das Weißgarbenviertel hatte er offenbar ziemlich bald entdeckt. Er hatte oft fürchterlich damit geprahlt, dass er in Arades sein Glück machen werde, was man ihm aber nachgesehen hatte, da er freigiebig gewesen war. Mit seiner Großzügigkeit war es nach einiger Zeit jedoch schlagartig vorbei gewesen. Entweder war Leuze von jemandem gründlich über den Tisch gezogen oder ausgeraubt worden. Das ließ ihn zum Bettler werden. Er musste sogar seine gute Kleidung verkaufen und sie gegen billige, abgelegte eintauschen. Offenbar hatte auch sein Gemüt unter dem plötzlichen Fall gelitten. Als er zum letzten Mal lebend gesehen worden war, war er teilnahmslos gewesen und hatte nur noch eine Sandale getragen, was ihn nicht zu stören schien.

»Er heißt also Leuze, wie wir jetzt wissen«, beendete Nikola seine Ausführung. »Leider erinnert sich niemand, wann er zuletzt mit seiner einzelnen Sandale gesichtet wurde. Vielleicht eine Woche vor seinem Tod, vielleicht auch zwei. Das ist zwar alles ganz interessant, lehrt uns aber nicht, wie und wo er die letzten Stunden seines Lebens verbracht hat und warum er gestorben ist.

Gehen wir zur Toten Nummer drei: Sie hieß wohl doch eher Dorina als Aurina und wurde rund drei Wochen vor ihrem Tod zum ersten Mal gesehen. Anscheinend stammte sie aus *Piatra*, wo sie möglicherweise vor jemandem geflohen ist, was ich ihr nicht verdenken kann. Ob dieser Jemand sie nach Arades verfolgte, wissen wir nicht, aber es spricht nichts dafür. Anscheinend war sie neu im Gewerbe. Sie geriet wiederholt in Streit mit anderen Dirnen, die sie als unerwünschte Konkurrenz betrachteten und teilweise unter Androhung von Gewalt aus ihrem Revier verscheuchten. Die Angaben, wann sie zuletzt gesehen wurde, reichen von *ein paar Tage* bevor wir sie fanden bis zu einer Zeit, als sie nachweislich noch gar nicht in der Stadt weilte. Wir lernen daraus nur, dass offenbar niemand sie näher kannte oder sich um sie scherte.«

»Welche Bewandtnis hat es mit Piatra?«, warf Sayme ein.

»Das ist ein Dorf, nicht allzu weit von hier. Man kann es in wenigen Stunden erreichen. Wieso?«

»Der Ort scheint dir etwas zu bedeuten.«

Nikola zuckte die Achseln. »Meine Mutter wohnt dort.«

»Könnte es sich vielleicht lohnen, dass du sie besuchst und dich nach der Toten erkundigst? Vor wem sie floh und so weiter?«

»Nein, das glaube ich nicht«, wehrte Nikola ab. »Dadurch würden wir nichts über die letzten Stunden ihres Lebens erfahren. Kommen wir zum vierten Toten! Remu aus *Proch*. Das liegt ein ganzes Stück weit entfernt von Arades. Er kam zwei Tage vor seinem Tod in die Stadt, mit einem Empfehlungsschreiben seines Dorfpriesters für den Böttcher Andrees Krummschnabel. Dieses Schreiben zeigte er auch vor, doch da der Böttcher nicht in der Stadt weilte, hieß man ihn zwei Tage später erneut vorzusprechen, wozu es aber nicht kam, weil er da schon nicht mehr lebte. Wir wissen zwar noch nicht, wo er die Nächte verbrachte, dafür aber, dass er am ersten Tag sein Abendessen in einer Garküche einnahm, wo er mit einigen Handwerkslehrlingen ins Gespräch kam. Wenige Stunden vor seinem Tod nahm er sein Abendessen im *Schiefen Aurel* ein. Da war er allein und machte einen unauffälligen Eindruck. Die Handgelenke muss er sich also zwischen dem Abendessen und seinem Tod gebrochen haben.«

»Ohne den geselligen Leuze könnte man es für eine ziemlich gefährliche Angelegenheit halten, in eurer Stadt fremd und allein zu sein«, sagte Sayme. »Wir sollten vielleicht doch schauen, ob wir noch etwas über Apuludora Weißkehle in Erfahrung bringen können. Bei ihr fehlt uns immer noch ein ganzer Tag.«

Nikola war davon gar nicht angetan. »Wenn bekannt wird, dass wir uns umhören, wann das Töchterchen einer tadellosen Sippenfamilie zuletzt in diesem Sumpf aus Dieben und Halsabschneidern gesehen wurde, laden wir uns Ärger ins Haus.«

»Dieser Krapf ist doch auch ein Sippenangehöriger?«, wandte Sayme ein.

»Kropf«, verbesserte ihn Nikola. »Mazon Kropf … Ja, ist er, aber jeder weiß, dass er ein Halunke ist. Da gibt es nichts zu verteidigen, und die Sippenlosen können schließlich nicht für alle Verbrechen in Arades verantwortlich sein! Die Sippen verdrängen das gern aus ihren Gedanken, denn schließlich könnte es noch schlimmer kommen, etwa wenn ihr Vier-Finger-Mazon ein Sippenloser wäre! Wir kennen aber niemanden, der bezeugen könnte, dass Apuludora Weißkehle je einen Fuß in dieses Viertel setzte.«

»Sie muss aber hier gewesen sein«, beharrte Sayme. »Bei den anderen war es so.«

»Vielleicht ist das alles nur Zufall«, entgegnete Nikola. »Wir haben eine junge Frau, die im Folgemonat verheiratet werden sollte, und zwar ebenfalls an einen Angehörigen der Weißkehlensippe, allerdings im fernen *Bovit*. Es gibt keinen Hinweis, dass ihr die Aussicht auf ihre baldige Vermählung missfallen hätte, aber auch keinen, dass sie dem Ereignis entgegengefiebert hätte. Angesichts dessen, dass sie ihren künftigen Gatten noch nie gesehen hatte, ist das vermutlich auch nicht erstaunlich. Selbst der Auszug aus ihrem Elternhaus, ihr neues Leben in der Ferne, schien sie nicht sonderlich aufzuwühlen. Eine solche Frau sieht keinen Grund auszubrechen, ein letztes Mal über die Stränge zu schlagen oder sich einem geheimnisvollen Draufgänger an den Hals zu werfen. Sie tut einfach, was von ihr erwartet wird. Am Tag ihres Verschwindens besucht sie ihre Freundin, bleibt aber entgegen ihrer Ankündigung nur kurz. Bei diesem Besuch ist sie zum ersten Mal ein wenig aufgeregt, so als begriffe sie endlich, wie sehr sich ihr Leben bald ändern werde. Das ist das Letzte, was wir von ihr wissen. Ihre einzige Auffälligkeit bestand darin, später blutleer am Strand gefunden worden zu sein.«

»Es fehlt ein ganzer Tag ihres Lebens, sogar mehr!«, wiederholte Sayme unzufrieden. »Vier Tote, doch nur bei zweien haben wir verlässliche Angaben über die Zeit vor ihrem Tod, und du bestehst darauf, dass wir nur bei einem einzigen weiter nachforschen dürfen! Hier wurden viel zu viele Fehler gemacht!«

»Das lag nicht an mir«, brachte Nikola in Erinnerung.

»Das ist mir sehr wohl bewusst!«, räumte Sayme ein. »Heliasch hätte sich sofort um Antworten bemühen müssen ... Ein Zeuge, der sagt: Ich habe den Toten gestern gesehen – mit dem kann man etwas anfangen! Aber nicht mit einem, dem nur ganz unbestimmt zu entlocken ist: Es wird so zwei oder drei Wochen her sein, dass ich euren Mann oder eure Frau zuletzt gesehen habe! Deswegen hätten wir auch nichts davon, wenn es mir gelänge, etwas über länger zurückliegende Todesfälle zu erfahren. So können wir jetzt eigentlich nur hoffen, dass die nächste Leiche nicht allzu lang auf sich warten lässt!«

»Morgen käme mir ganz gelegen«, antwortete Nikola bitter. »So erschreckend, wie wahr!«

Es war spät und an der Zeit, den Tag allmählich ausklingen zu lassen. Nikola und Sayme hatten ein kurzes Stück gemeinsamen Weges, bevor der eine zu den Vierteln der Schilves und der andere zum Osttor abbiegen musste. Sie gingen schweigend nebeneinanderher, wodurch die Klänge der Nacht mehr Gewicht erhielten, als es sonst der Fall gewesen wäre. Das galt sowohl für das weinerliche Klagen unglücklich verliebter Kater als auch für das leise Rascheln von Kleidung und das Geräusch aufgewirbelter Steinchen und dumpfer Schritte, die ihnen folgten. Nikola blickte zurück. Eigentlich war er nicht überrascht, die anderen vier Gäste aus der Schenke zu sehen. Sie mochten Saymes und seinen Aufbruch zum Anlass genommen haben, nun ebenfalls nach Hause zu gehen. Oder die Wirtin hatte entschieden, die Pforten ihres Gasthauses zu schließen. Ungewöhnlich war daran nichts. Dennoch war er plötzlich wieder hellwach. Vielleicht lag es daran, dass die vier in ihren Umhängen so einheitlich aussahen, vielleicht auch an ihrem etwas zu zielgerichtet klingendem Schritt.

Er blieb stehen und rief: »Habt ihr denselben Weg wie wir?«

»Geh weiter, Puhler!«, antwortete einer von ihnen, ohne langsamer zu werden. »Mit dir haben wir keinen Streit.«

»Mit wem habt ihr denn welchen?«

»Nur mit deinem Freund.«

»Kennst du die?«, fragte Nikola laut seinen Begleiter, wartete aber keine Antwort ab. »Er sagt, er kenne euch nicht. Anscheinend verwechselt ihr uns.«

»Zum letzten Mal, Puhler, verzieh dich oder teile sein Schicksal!«

Sie waren nun nahe genug herangekommen, dass Nikola erkennen konnte, dass sie die Gesichter mit Tüchern vermummt hatten. Das war kein gutes Zeichen. So sah keine Horde wahllos Streit suchender Gesellen aus! Im Stillen ärgerte er sich, dass er sich die vier zuvor im Hellen nicht genauer angesehen hatte. An der jetzigen Lage hätte es zwar nichts geändert, doch im Fall eines Nachspiels wäre es wissenswert, an wem er sich schadlos zu halten hätte.

»Er ist noch nicht einmal mein Freund«, erklärte Nikola, während er versuchte, sich ein Bild von der Gruppe zu machen.

»Umso besser für dich. Nun husch!«, antwortete der Vorderste ungeduldig und zog einen ähnlichen Schlagstock unter seinem Umhang hervor, wie ihn Nikola mit sich führte.

»Du solltest mich beschützen«, brachte sich Sayme in Erinnerung. »Das ist Teil unserer Abmachung!«

»Habe ich nicht vergessen«, erwiderte Nikola leise. Er packte seinen Schlagstock fester und rief: »Lauf! Lauf!«

Doch sein Plan, Sayme einen Vorsprung zu verschaffen, scheiterte fast sofort. Anstatt sich von ihm aufhalten zu lassen, griff ihn einer der vier Schläger an, nämlich der mit dem Stock, während die anderen drei ihrem eigentlichen Opfer hinterherhetzten.

Die ersten Augenblicke belauerten sich Nikola und sein Gegner nur stumm und reglos, dann droschen sie wie besessen aufeinander ein, in der Absicht, die Deckung des jeweils anderen mit Gewalt oder Geschick zu durchbrechen. Sie trieben einander die Straße hoch und wieder hinunter. Immer wieder unterbrachen sie ihren wütenden Kampf und suchten sich keuchend und zitternd vor Erregung und Anstrengung mit aufmerksamem Blick nach einer Schwachstelle oder einem Haltungsfehler ab. Dann setzte der Kampf erneut ein, doch noch immer wurde jeder Schlag pariert. So konnte es noch sehr lange weitergehen. Viel zu lange.

Als Nikola wieder einmal in der Rolle des Treibenden war, brach er seinen Angriff plötzlich ab, trat einen Schritt zurück, ließ den Prügel sinken und sprach: »Das hat doch keinen Sinn. Ich gebe auf.«

»Warum solltest du das tun?«, fragte sein Gegner misstrauisch.

»Wir sind gleichwertig und können noch lange ergebnislos so weitermachen«, erklärte Nikola. »Irgendwann werden deine Kumpane zurückkehren, ganz gleich, ob sie den Schilves erwischt haben oder nicht. Dann bin ich dran. Ich kann hier nur verlieren. Warum sollte ich es darauf ankommen lassen? Ich habe mein Möglichstes getan, mehr kann man nicht verlangen. Am Ende ist jeder sich selbst der Nächste.«

»Wirf deinen Stock weg, damit ich erkennen kann, dass es dir ernst ist mit deinen Worten!«, schlug ihm sein Gegner vor.

Nikola lachte. »Bin ich denn ein Trottel? Damit du mich anschließend bequem durchprügeln kannst? Das wäre doch töricht!«

»Dann behalte ihn, und wir machen so lange weiter, bis meine Freunde zurück sind. Du hast die Wahl! Trau mir oder lass es sein. Aber vergiss dabei nicht, dass wir nur hier sind, um dem Schilves eine Abreibung zu verpassen.«

Nikola bedachte sein Gegenüber mit einem finsteren Blick. »Dann sei es so. Doch Apulu möge dich strafen, wenn du dich nicht an unsere Abmachung hältst!«

Er blickte noch einmal auf seinen Schlagstock und schleuderte ihn dann mit aller Wucht gegen die nächste Hauswand. Dort prallte er mit lautem Klacken ab, sprang auf die Straße zurück, überschlug sich, kam ein weiteres Mal auf und wurde erneut hochgeschleudert. Unwillkürlich wandte Nikolas Gegner den Blick dem seltsamen Gebaren seines Stockes zu.

Darauf hatte Nikola gehofft.

Blitzschnell bewegte er sich auf sein Gegenüber zu und trat ihm kraftvoll in die Weichteile. Der Mann krümmte sich vor Schmerz. Nikola stieß ihn um und trat ihm anschließend noch einmal gegen die Schläfe. Nun rührte er sich nicht mehr. Nikola blickte auf die erschlaffte Gestalt, der nicht anzusehen war, ob sie überhaupt noch lebte.

»Ich bin vielleicht nicht der beste Kämpfer, aber ich erkenne, wenn es Zeit ist, alles auf einen einzigen Würfelwurf zu setzen!«

Er las beide Schlagstöcke auf. Irgendwo in der Nähe schloss jemand langsam eine Tür. Sie scharrte und klemmte und vereitelte so die Bemühung des Hausbewohners um Heimlichkeit. Immerhin, wenigstens einer aus der Straße hatte vor dem nächtlichen Kampflärm nicht die Ohren verschlossen!

Nikola eilte Sayme und seinen Verfolgern hinterher und war überrascht, wie schnell er sie eingeholt hatte. Sayme war nicht sehr weit gekommen, bevor er gestellt worden war. Die Beschreibung *flink wie ein Wiesel* traf offensichtlich nicht auf ihn zu!

Den drei verbliebenen Schlägern war es zudem gelungen, ihn in eine Sackgasse zu drängen. Der, der ihm am nächsten stand, bedrohte ihn mit einem Schwert und stieß damit auch gelegentlich nach ihm. Ein zweiter, ebenfalls mit einem Schwert bewaffnet, stand etwas abseits. Erst der dritte, der sich näher am Eingang der Gasse befand, war wieder nur mit einem Prügel ausgerüstet.

Schwertschwinger, Anführer, Knecht, dachte Nikola sofort.

»Der Puhler ist da«, verkündete der *Knecht*.

»Was hat er mit dem Burschen gemacht?«, fragte der *Anführer*.

»Hat sich aufs Ohr gelegt«, antwortete Nikola. »Meinte, er wolle nicht gestört werden und ihr solltet ohne ihn weitermachen oder am besten nach Hause gehen, solange es noch nichts zu bereuen gibt. Was habt ihr mit den Schwertern vor? Wollt ihr sie nicht wieder wegstecken? Bislang war doch nur von einer Tracht Prügel die Rede?«

»War es, aber so macht es auch Spaß«, erwiderte der *Schwertschwinger* und stieß nach Sayme, jedoch ohne ihn zu treffen.

»Er ist nicht einmal bewaffnet.«

»Umso einfacher!«

Nikola ahnte inzwischen, mit was für Leuten er es zu tun hatte. »Wo ist denn da die Ehre, wenn ihr jemanden totstecht, der sich nicht wehren kann? Euresgleichen hat's doch immer mit der Ehre!«

»Unsere Brüder konnten sich auch nicht wehren«, entgegnete der *Schwertschwinger.* »Der Puhler ist schlauer, als gut für ihn ist. Ich sage, wir machen ihn ebenfalls fertig. Xandru!«

Xandru, Alexandru – das war offenbar der wahre Name des *Knechtes* – sah aus, als wolle er dem Vorschlag sofort Taten folgen lassen. Damit war der *Anführer* jedoch nicht einverstanden.

»Lass ihn gehen. Heute soll kein Aradekenblut vergossen werden!«

»Er ist doch nur ein Sippenloser«, wandte der *Schwertschwinger* ein.

»Auch seines sei uns heute heilig!«

»Ich habe keinen einzigen eurer Leute getötet«, verteidigte sich Sayme.

»Unsere Brüder haben ebenfalls keinen der Eurigen getötet!«, gab der *Schwertschwinger* wütend zurück. »Aber hat es ihnen geholfen? Jeden, den eure verdammte Wolke nicht umgebracht hat, habt ihr gnadenlos erschlagen!«

Nikola wusste, dass sich dieses Geplänkel nicht mehr lange hinziehen würde. Jetzt musste schnell ein Plan her! Was einmal geklappt hatte, das sollte doch auch ein zweites Mal gelingen, dachte er, brüllte Saymes Namen und warf ihm den zweiten Schlagstock zu. Gleichzeitig trat er nach dem Unterleib des *Knechtes.* Er traf ihn jedoch nur am Schenkel.

»Bist du blöd?«, herrschte ihn sein Gegenüber an und nahm eine Angriffsstellung ein.

Nikola hob zur Abwehr bereit seinen Stock. Das war ja gründlich misslungen, ärgerte er sich.

Für Sayme ging das Ganze schlechter aus. Er verpasste den Stab, und als er ihn vom Boden aufheben wollte, stolperte er in die Klinge des *Schwertschwingers,* der gerade in dem Augenblick nach ihm stach. In tödlicher Umklammerung fielen sich beide Männer in die Arme.

Ich habe ihn umgebracht, dachte Nikola entsetzt. Es ist meine Schuld!

»Das ging viel zu schnell!«, schimpfte der *Schwertschwinger* und wollte seinen toten Gegner abschütteln. Doch urplötzlich wurde sein Schwertarm hochgerissen, und Bewegung kam in das Paar. Sayme lebte offenbar noch, und jetzt rangen beide Männer um das Schwert! Diese Wendung kam völlig unerwartet, und niemand dachte daran, sich einzumischen.

Ein lauter Schmerzschrei ertönte und der *Schwertschwinger* wurde grob beiseitegestoßen. Sein rechter Arm war steif nach hinten abgewinkelt. Ausgerenkt, offenbar.

Nun befand sich das Schwert in Saymes Besitz. Damit ging er auf den *Anführer* zu. In Erwartung eines Angriffes erhob dieser seine eigene Klinge. Sayme griff ihn an und schlug sie mühelos zur Seite. Der *Anführer* wich zurück, hob das Schwert erneut, und abermals wurde es mit leichter Hand zur Seite gewischt, als wäre es kein Stab aus Stahl, sondern nur eine leichte Feder.

Nikola war beeindruckt. Was Sayme nicht in den Beinen hatte, hatte er offenbar ganz schön in den Armen!

Der *Anführer* verstand die Botschaft, die ihm so deutlich überbracht wurde.

»Das läuft aus dem Ruder!«, stieß er aus. »Wir ziehen uns zurück!« Er und der *Knecht* räumten das Feld.

»Was ist mit mir?«, rief der *Schwertschwinger* entrüstet hinterher.

»Zu dir kommen wir jetzt«, erwiderte Sayme und ging auf ihn zu. »Was hast du heute Abend gelernt?«

»Was soll ich gelernt haben?«, sagte der *Schwertschwinger* mit schmerzverzerrtem Gesicht.

»Ich hoffe doch, dass du irgendetwas gelernt hast, das du weitergeben kannst, denn sonst gibt es keinen Grund für mich, dich am Leben zu lassen.«

»Sayme!«, mahnte Nikola.

»Halte dich heraus!«, gab der Schilves scharf zurück. »Er hat versucht, mich umzubringen. Was kann er anderes erwarten, als dass ich ihn mit seinem eigenen Schwert richte? Was hast du heute gelernt?«

Dem *Schwertschwinger* war anzusehen, dass er trotz seiner Lage mit sich kämpfte, ob er sich auf dieses demütigende Fragespiel einlassen solle.

»Dass ich mich nicht mit dir anlegen sollte«, presste er schließlich widerwillig hervor.

»Was noch?«, fragte Sayme.

»Noch etwas? Dass ihr Schilves uns überlegen seid, vor allem, wenn ihr noch Hilfe von sippenlosen Strolchen bekommt?«

Sayme schüttelte den Kopf. »Das hast du nicht heute gelernt, sondern wusstest du bereits. Denk nach, schließlich geht es um dein Leben. Was hast du heute gelernt? Du bist schon auf der richtigen Spur.«

Der *Schwertschwinger* erstickte schier an seiner nächsten Antwort. »Dass ich mich auch mit deinem Kumpan nicht hätte anlegen sollen?«

»Genauso ist es«, bestätigte Sayme zufrieden. »Das hast du gelernt, und wenn dich jemand fragen sollte, so kannst du es als wichtige Erkenntnis weitergeben. Jetzt kannst du gehen.«

Einige Herzschläge lang sah es so aus, als wolle der Gefangene die Herausgabe seines Schwertes verlangen, aber so dreist war er dann doch nicht.

»Augenblick noch«, sagte Nikola und zog ihm das Tuch vom Gesicht. »Wir wollen wenigstens sehen, mit wem wir es zu tun hatten.«

Er betrachtete den *Schwertschwinger* eingehend, konnte sich aber nicht entsinnen, ihn je zuvor gesehen zu haben. Nikola gab den Weg frei.

Unversehens packte Sayme den gesunden Arm des *Schwertschwingers*, riss und drehte gleichzeitig an ihm und kugelte ihn ebenfalls aus. Der Misshandelte schimpfte wie ein Rohrspatz: »Willst du mich jetzt noch die Grausamkeit deines Volkes lehren?«

»Ich habe die Erfahrung gemacht, dass Schmerz den Menschen dabei hilft, sich etwas zu merken und aus einem Erlebnis zu lernen«, erklärte Sayme.

»Als schmerzte mein anderer Arm nicht schon unerträglich«, entgegnete der *Schwertschwinger*. »Er fühlt sich an, als würde man mich mit glühenden Eisen peinigen! War das nicht Erinnerung genug?«

»Vielleicht nicht die richtige. Sicherlich hättest du auch so an mich und diese Nacht gedacht. Aber vielleicht auch an Rache und Vergeltung. Womöglich hättest du mich für einen Narren gehalten, je mehr der Schmerz verblasste, weil ich dich einfach gehen ließ. Dein rechter Arm soll dich daran erinnern, dass du besiegt wurdest, der linke daran, dass ich dir Schlimmeres zufügen kann und nicht zögern würde, es auch zu tun. Nun geh!«

Der *Schwertschwinger* beeilte sich fortzukommen. Nikola war trotz allem unzufrieden damit, wie Sayme ihren Gefangenen behandelt hatte.

»Wir hätten ihn zur *Gerechtigkeit* bringen sollen«, sagte er und stockte, als er einen handtellergroßen Fleck auf Saymes Hemd entdeckte. Ohne nachzudenken, berührte er ihn. Er war feucht.

»Du bist verwundet!«, sagte er.

»Er hat mich erwischt, als ich mich nach dem Stock bückte.«

»Wir müssen dich sofort zu einem Heiler bringen. Sicher habt ihr einen, der sich um die Verletzung kümmern kann?«

Aus unerfindlichen Gründen sträubte sich Sayme gegen seine Begleitung, doch Nikola bestand darauf.

»Wenn ich dich allein ziehen lasse, brichst du vielleicht unterwegs zusammen und verblutest. Bei meinem Glück habe ich es dann wieder mit Bootsmann Heliasch zu tun. So weit will ich es nicht kommen lassen!«

Schließlich gab Sayme nach. Nikola hielt es für das Beste, das Gespräch aufrechtzuerhalten, während sie durch die schlafende Stadt zogen. Ihm war völlig gleichgültig, wovon es handelte, solange sein Begleiter beschäftigt blieb. Er wiederholte das zuletzt Gesagte: »Wir hätten ihn bei der Obrigkeit abliefern sollen.«

»Ist dir an den Schlägern gar nichts aufgefallen?«, fragte Sayme.

»Doch. Ehemalige Gardisten waren das, vielleicht auch gegenwärtige.«

»Wie lange hätte es dann wohl gedauert, bis unser Gefangener wieder auf freiem Fuß gewesen wäre?«

»Wahrscheinlich nicht sehr lange«, räumte Nikola ein. »Aber festgestanden hätte das nicht. Auch bei der Garde sind nicht alle gleich. Einen Unbewaffneten oder einen Puhler mit scharfer Waffe zu überfallen, kommt nicht bei jedem gut an, Kameradschaft hin oder her! Doch meinetwegen hätten wir ihn auch den Schilves übergeben können.«

»Ja, das hätten wir«, sagte Sayme, ohne jedoch weiter darauf einzugehen.

Als sie nur noch eine kurze Straße von dem besetzten Stadtteil entfernt waren, wollte Sayme Nikola nicht mehr bei sich haben.

»Es ist doch nur noch ein kleines Stück!«, wandte Nikola ein. Doch sein Begleiter blieb standhaft.

»Ein Schilves wurde von Aradeken angegriffen! Erinnerst du dich daran, welche schrecklichen Folgen es hatte, als beim letzten Mal Schilves-Blut von Aradeken vergossen wurde? Es ist wohl besser, wenn ich die Wahrheit für mich behalte und mir eine Geschichte einfallen lasse, wie ich zu der Verletzung gekommen bin. Mir wäre allerdings lieb, wenn du das Schwert an dich nehmen könntest. Das Lügen wird mir leichterfallen, wenn ich keine blutverschmierte Aradekenklinge bei mir habe.«

Am nächsten Morgen war Nikola gerade erst erwacht, als sich die Schneiderin durch ein kurzes, dreifaches Klopfen an der Tür zwischen der Werkstatt und seinem Zimmer ankündigte. Wie üblich wartete sie keine Antwort ab, bevor sie eintrat. Anders als sonst griff sie nicht nach einer Stoffrolle, der Schneiderpuppe oder einem der anderen Dinge, die im Zimmer ihres Untermieters lagerten, um danach ganz schnell wieder zu verschwinden, sondern blieb stehen. Hastig und in besorgtem Ton flüsterte sie: »An der Vordertür steht ein Mann, der nach dir verlangt!«

Ihr Benehmen wirkte ansteckend und ließ Nikola sogleich an Saymes letzte Worte und die unverblümt darin enthaltene Warnung denken. Hatten ihm seine Leute die erfundene Geschichte über die Ursache seiner Verwundung nicht abgenommen? Wollte man nun aus seinem Begleiter die Wahrheit herausholen, und drohte damit, dass eine Anzahl völlig unschuldiger Menschen für den nächtlichen Überfall streng bestraft, am Ende gar hingerichtet würden? Oder sollte dieser Begleiter Saymes selbst zur Rechenschaft gezogen werden, mit der Begründung, seine Unachtsamkeit habe den Überfall erst ermöglicht?

»Wer ist es denn?«, fragte Nikola ebenso leise.

»Er nennt sich ... Misangre«, erwiderte die Schneiderin schicksalsschwer.

Ein Stein fiel Nikola vom Herzen. »Ach, der Geisteraustreiber!«

Der Stein hatte allerdings die seltsame Angewohnheit, von seinem Herzen sofort zu dem seiner Vermieterin zu rollen.

»Ein Geisteraustreiber!«, stieß sie erschrocken aus und blickte unwillkürlich zu der Stelle an der Wand, wo sich der Handabdruck zu zeigen pflegte. Gegenwärtig war er jedoch nicht zu sehen. »Bist du mit der Arbeit meines Mannes nicht mehr zufrieden?«

»Ach, der blutige Handabdruck. Wenn das nur alles wäre!«, antwortete Nikola.

Die Schneiderin verstand ihn sofort und schlug sich die Hand vor den Mund. »Dir ist der Geist erschienen!«

»Ja«, bestätigte Nikola. »Ich musste mir sein Geschwätz sogar mehrmals anhören, aber jetzt habe ich die Nase gestrichen voll! Mach dir keine Sorgen, der Geisteraustreiber geht auf mich.«

Seine Wirtin wirkte keineswegs beruhigter. »Wird sich der Geist nicht sträuben? Ist er womöglich rachsüchtig? Sollten wir nicht lieber alle das Haus für ein paar Stunden verlassen?«

An mögliche Gefahren hatte Nikola noch gar nicht gedacht. Zu Lebzeiten war Gogul tatsächlich sehr nachtragend gewesen, allerdings kam er auch ganz gut ohne nachvollziehbare Gründe aus, wenn er es auf jemanden abgesehen hatte.

»Heute wird ohnehin nichts geschehen«, beschwichtigte

Nikola die Schneiderin. »Misangre will sich nur etwas umschauen.«

Der Geisteraustreiber hatte ein Bündel dabei, dessen Inhalt klapperte, als er es in Nikolas Zimmer absetzte. Er trug fast dieselbe Kleidung wie am Vortag. Keine besondere Robe, keine Maske oder etwas anderes Geheimnisvolles, das die Bedeutung seines Besuches unterstrichen hätte. Er war bester Laune und offenbar nicht gewillt, sich sofort in die Arbeit zu stürzen. Stattdessen erzählte er von den Freuden seines frühmorgendlichen Spaziergangs. Dabei ging er in dem Zimmer umher wie jemand, der einen alten Bekannten besuchte und sich ansehen wollte, wie jener jetzt wohnte. An diesem Eindruck änderte sich auch nichts, als er die berüchtigte Stelle der Wand berührte. Durch die Pinseleien des Schneiders war sie ja leicht zu finden, wenn man nur wusste, was man suchte.

Erst als er seinen Beutel öffnete, einige flache Schälchen auspackte, sie mit einem weißlichen Pulver füllte und im Zimmer verteilte, gestaltete sich sein Besuch so, wie es sich Nikola ausgemalt hatte. Nun stellte er auch Fragen.

»Zwei gewaltsame Todesfälle, sagtest du? Wie und wo starb der erste Verblichene?«

»Er war ein Gelehrter und wurde erstochen«, antwortete Nikola. »Meine Vermieterin weiß allerdings nicht, wo genau er starb. Vielleicht im Bett oder auf dem Boden. Sie hat das selbst nur aus Erzählungen.«

»Und auf diesen ersten Toten geht auch die blutige Hand zurück? Der zweite?«

»Gogul die Qualle. Ein kleiner Halunke. Er starb vor acht Jahren, und zwar ganz sicher im Bett.«

»In diesem?«, fragte Misangre und deutete auf Nikolas Lager. »Und es macht dir nichts aus, in einem Bett zu schlafen, in dem jemand ermordet wurde?«

»Nein. Sollte es denn?«, fragte Nikola. »Du wirst mir wohl nicht erklären wollen, Goguls Geist spuke nur deswegen hier, weil er mich aus seinem alten Bett vertreiben wolle? So bequem ist es nun auch wieder nicht.«

»Natürlich nicht. Doch ich kenne manchen, den das stören würde.«

»Mich nicht. Ich habe an schlimmeren Orten genächtigt.«

»Als im Bett eines Ermordeten?«

Nikola überging die Frage. »Außerdem wurde ja die Matratze ausgetauscht – glaube ich jedenfalls.«

»Na schön«, sagte Misangre. »Wie starb er?«

»Auch er wurde erstochen, aber man weiß nicht genau womit.« Er trat näher zu Misangre heran und berührte ihn mit dem Finger unter dem Kinn. »Hier ging's rein, dann durch Mund und Gaumen ins Hirn und am Hinterkopf wieder hinaus. Was ihn getötet hat, soll nur halb so dick gewesen sein wie mein Finger.«

»Eine sehr dünne Klinge offenbar?«

Nikola schüttelte den Kopf. »Das hätte aus irgendwelchen Gründen anders ausgesehen, sagte anscheinend der Heiler, der sich die Leiche ansah. Ich weiß auch nicht, warum. Die Schneiderin behauptet, es sei ein Geisterknochenfinger gewesen. Vielleicht einer von dem ersten Toten.«

»Kannten sich die beiden Verstorbenen denn?«

»Wohl kaum. Zwischen beiden Morden lagen rund zwanzig Jahre«, erklärte Nikola. »Allerdings schliefen sie im selben Bett, glaube ich. Das könnte doch ein Grund gewesen sein?«

»Das können wir wohl ebenso ausschließen wie den Knochenfinger als Mordwerkzeug«, erklärte Misangre pikiert. »Eine Verbindung mag allerdings dennoch bestanden haben.«

Er entzündete nun nach und nach das Pulver in den Schälchen. Weißlicher, stark duftender Rauch stieg auf.

»Am besten gehen wir so lange vor die Tür, bis alles verbrannt ist«, schlug er vor.

Draußen nahm er die Erzählung über seinen anregenden Spaziergang wieder auf.

Nach einer Viertelstunde kehrten Nikola und der Geisteraustreiber in das gründlich eingenebelte Zimmer zurück. Ein penetranter Geruch, ähnlich dem, der Nikola in Misangres *Leilee* aufgefallen war, schwängerte die Luft. Dort war er allerdings nur schwach wahrnehmbar und daher nicht unangenehm gewesen. Das traf hier nicht zu!

»Stell dich irgendwohin, wo du mich nicht störst, oder geh wieder nach draußen«, befahl Misangre und entnahm seinem Bündel einen Topf, eine kleine Trommel und zwei Handvoll dünner Stäbe. Den Topf stellte er gut sichtbar in Nikolas halb leeres Regal. Dann setzte er sich auf den Boden und trommelte, wobei er unaufhörlich »Anuiee ouida hilalee hiru!« ausstieß. Offenbar weitere Worte aus der geheimnisvollen Geistersprache. Nach einiger Zeit erhob er sich, nahm die Stäbe in die Hände und drehte sich mit ausgestreckten Armen um sich selbst, während er nach wie vor »Anuiee ouida hilalee hiru!« rief. Plötzlich schleuderte er die Stäbe von sich und blieb stehen. Oder versuchte es jedenfalls, denn durch das schnelle Drehen war ihm ganz schwindelig geworden. Unbeholfen tapste er durch das Zimmer und versuchte, sein Gleichgewicht wiederzuerlangen und nicht zu stürzen. Dass er gelegentlich auf einen der Stäbe trat, schien ihn nicht zu stören. Als ihm Nikola jedoch zu Hilfe eilen wollte, wies er ihn barsch ab.

Befremdet zog sich Nikola zurück und lehnte sich mit verschränkten Armen gegen die Wand. Wenn der Geisteraustreiber unbedingt hinfallen und sich die Zähne ausschlagen wollte, so würde er ihm nicht im Wege stehen!

Aber Misangre stürzte nicht. Irgendwann hielt er inne und atmete mehrmals tief ein und aus. Ein seltsamer Ausdruck legte sich auf sein Gesicht, und er begann stumm zu murmeln.

»Sollten hier nicht nur zwei Menschen gewaltsam gestorben sein?«, sagte er plötzlich.

»So ist es«, bestätigte Nikola. »Gibt es etwa noch einen?«

»Einen?«, erwiderte Misangre. »Einen? Mindestens elf weitere, und ich bin mir nicht einmal sicher, dass das schon alle sind!«

Einen Augenblick lang war Nikola sprachlos, dann stürmte er durch die Tür in die Schneiderei, um seine Vermieterin zur Rede zu stellen. Er fand sie völlig verängstigt bei der Vordertür, neben ein wenig Gepäck. Der Rest ihrer Familie schien heute besonders gut gelaunt zu sein. Davon zeugte verhaltenes Kichern. Einzig einer der Lehrlinge fühlte offenbar ähnlich wie seine Herrin, doch aufgrund seiner niedrigen Stellung war ihm allenfalls erlaubt, sehnsüchtig zur Tür zu schauen.

»Sagtest du nicht, in dem Zimmer seien nur zwei umgebracht worden?«, herrschte Nikola seine Vermieterin mit schneidender Stimme an. »Der Geisteraustreiber hat noch elf weitere Morde entdeckt!«

Die Schneiderin wurde ganz blass. »Hältst du mein Heim für eine Mörderhöhle?«

»Ich weiß überhaupt nicht mehr, was ich glauben soll!«, gab Nikola zurück. »Heraus mit der Sprache! Hat es in diesem Haus noch andere Morde gegeben, mögen sie noch so lange zurückliegen?«

»Keinen einzigen! Ich schwöre es«, beteuerte die Schneiderin und rief ihren Mann als Zeugen zu Hilfe. Die Fröhlichkeit, die zuvor in der Schneiderstube geherrscht hatte, war nun ganz verschwunden. Nikola kehrte zu Misangre zurück.

»Die Schneiderin weiß von keinen weiteren Morden.«

Doch Misangre beharrte auf seiner Behauptung. »Ich spüre einen starken Zusammenhang, und ich fühle Leid und Tod.«

Nikola deutete auf die Stäbchen am Boden. »Hast du das von denen?«

»Nein.«

»Kannst du sie nicht befragen?«

»Dafür sind sie nicht da!«, antwortete der Geisteraustreiber ungeduldig. »Wir müssen der Sache auf den Grund gehen. Irgendetwas gibt es hier, von dem deine Vermieterin vielleicht gar nicht weiß.« Er deutete auf das Regal. »Wegrücken!«

Nikola gehorchte und rückte das Regal so ungestüm von der Wand, dass einiges, das er darin aufbewahrte, herausfiel: Kleidungsstücke, die Abschrift von Ovidius Büchlein, ein halber Laib Brot. Um ein Haar hätte Misangres Topf dasselbe Los getroffen, doch der Geisteraustreiber konnte ihn noch rechtzeitig auffangen.

»Vorsichtig!«, stieß er aus und zeigte herrisch auf eine Truhe. »Wegrücken!«

Nach einiger Zeit stand fast nichts mehr an seinem angestammten Platz. Sobald Nikola ein weiteres Möbelstück bewegt hatte, kam Misangre, blickte dahinter und sog schnüffelnd die Luft ein. Schließlich war nur noch das schwere Bett übrig. Nikola hatte schon die ganze Zeit befürchtet, dass Misangre irgendwann auch darauf zeigen würde. Nun schien dieser Zeitpunkt unausweichlich gekommen zu sein. Er spuckte in die Hände und sprach: »Na, dann wollen wir mal!«

»Halt!«, rief Misangre und deutete auf das Schwert, das Sayme dem *Schwertschwinger* entwunden hatte und jetzt in einer Zimmerecke an der Wand lehnte. »Was ist das? Ist das deines?«

Nikola zögerte einen Augenblick. Der Geisteraustreiber musste nicht jedes Geheimnis erfahren. Andererseits ...

»Nein, ich habe es jemandem abgenommen. Ist das von Bedeutung?«

»Wenn dieses Schwert mit dem Tod in Berührung kam, ist es sehr wohl von Bedeutung!«

»Jemand wurde damit verwundet.«

»Das dürfte nicht ausreichen. Es müsste in der Hand von jemandem gelegen haben, der den Tod erlebt hat, und zwar mindestens elf Mal.«

»Holla!«, stieß Nikola verblüfft aus. »Soll das heißen, dass derjenige, dem ich es abgenommen habe, damit elf Menschen kaltblütig tötete?«

»Das könnte es zwar bedeuten, muss es aber nicht. Es reicht aus, wenn der frühere Besitzer es von jemandem erhielt, der bei ihrem Tod zugegen war.«

Nikola musste nicht lange nachdenken. »Wenn das Schwert vom Schlachtfeld vor der Stadt stammte ...«

»Das würde vielleicht ausreichen«, stimmte Misangre zu. »Aber mit Gewissheit lässt es sich nicht sagen. Wenn es um Geister geht, wird alles sehr kompliziert. Nun entferne es, damit wir noch einmal von vorn beginnen können.«

Nikola brachte das Schwert in die Schneiderwerkstatt, wo man ihn bang erwartete, denn das Rumoren in seinem Zimmer und Misangres gelegentliche Ausbrüche waren sicherlich zu hören gewesen.

»Das Schwert, das ich gefunden habe, gaukelt offenbar weitere Tote vor«, erklärte er und ging wieder. In der Zwischenzeit hatte der Geisteraustreiber seine Stäbchen aufgesammelt und füllte gerade neues Pulver in die Schälchen.

»Müssen die Möbel wieder an ihren Platz?«, fragte Nikola.

»Es geht auch so«, wurde ihm geantwortet.

Danach verlief alles wie gehabt. Das Pulver wurde verbrannt, Misangre trommelte und vollführte seinen Wirbeltanz und schleuderte schließlich die Stäbchen von sich. Einzig draußen vor der Tür wurde dieses Mal nicht das Hohelied frühmorgendlicher Spaziergänge angestimmt. Der Geisteraustreiber schwieg eisig, da er wegen der Wiederholung der ganzen Prozedur verstimmt war. Als er jedoch bei seinem Ritual an der Stelle ankam, wo es beim ersten Versuch zum Abbruch gekommen war, war er wieder zufrieden.

»Nur noch zwei Tote«, verkündete er. »Aber ich spüre noch immer einen Zusammenhang zwischen beiden. Waren sie vielleicht miteinander verwandt?«

»Nicht dass ich wüsste«, antwortete Nikola. Er war immer davon ausgegangen, dass Gogul genauso ein Straßenkind gewesen war wie sie alle, ausgesetzt oder verwaist, und zur Zeit des ersten Mordes hatte er ihn schon gekannt. Bestimmt hätte er vor Camilla damit angegeben, wenn er Verwandte in Arades gehabt hätte.

»Ist es denn wichtig, um ihn loszuwerden?«

»Nein, aber je mehr ich über ihn weiß, desto leichter wird es mir fallen«, erklärte der Geisteraustreiber, der nun auf Händen und Füßen über den Boden kroch und die Anordnung seiner Stäbchen sorgfältig studierte.

»Hattest du den Eindruck, dass der Geist vielleicht ein Anliegen hatte?«

»Abgesehen von seinem Geschwätz?«

Misangre richtete sich auf und starrte Nikola an. »Der Geist hat zu dir gesprochen?«

»Das erzählte ich doch gestern bereits!«

»Tatest du nicht!«

»Tat ich wohl!«

»Daran würde ich mich erinnern!«

Nikola atmete tief durch. Offenbar gehörte Misangre zu der Sorte Mensch, die immer recht behalten musste!

»Dann tun wir eben meinetwegen so, als hätte ich nichts davon gesagt!«, lenkte er ein und berichtete, was Goguls Geist gesagt hatte: »Wer schläft, will schlafen und soll auch schlafen und darf nicht geweckt werden! Deswegen sollte ich still sein wie der Wind und behutsam wie ein Grab, was nicht viel Sinn ergibt. Doch beim nächsten Mal kam es noch viel schlimmer. Blut werde regnen, die Vögel dem Meer entfliehen und alte Götter am Strand sterben oder vielleicht auch im Sand. Das weiß ich nicht mehr genau. Irgendjemand werde zehn Schritte bis zum bitteren Ende gehen. Das dürfe aber nicht geschehen.«

»Das klingt mehr wie ein Selbstgespräch und ist wenig hilfreich«, sagte Misangre unzufrieden. »Dennoch hättest du es erwähnen müssen.«

Er ging zu seinem Topf, entnahm ihm einen kleineren, in dem er klapperte, und dessen Deckel versiegelt war. Diesen reichte er Nikola mit den Worten: »Bewahre ihn gut auf, öffne ihn nicht und lass ihn nicht fallen. In der Welt der Geister ist das Innere wie das Äußere und das Unterste zuoberst. Wir haben heute eine Verbindung zwischen dem kleinen und dem großen Topf geschaffen. Dadurch wird es mir möglich sein, die Austreibung von meinem *Leilee* aus zu bewirken, wo meine Macht am größten ist und ich alles zur Hand habe, falls ich es benötigen sollte.«

»Woran erkenne ich, ob du den Geist schon vertrieben hast?«

»Daran, dass du mich rechtzeitig genug bezahlt hast«, antwortete Misangre grinsend. »Um das *Evinzfest* herum dürfte ein guter Zeitpunkt für die Austreibung sein.«

Sanziana auf der Hühnerleiter

Als Nikola die Puhlerei betrat, waren Traian und sein Anhang bereits aufgebrochen. Onkel Mihan hielt allein die Stellung und begrüßte ihn mit einem überraschten Ausruf: »Puh! In welchem Hühnerstall hast du denn die Nacht verbracht? Du riechst, als wärst du in sämtlichen Bordellen von Satumer gewesen!« Dabei tat er so, als müsse er sich dringend frische Luft zufächeln.

»Ich komme geradewegs von Zuhause«, erklärte Nikola. »Doch der verdammte Geisteraustreiber hat alles so gründlich eingestänkert, dass ich bestimmt noch zwei Wochen so riechen werde!«

»Und wie war er? Bist du deinen Geist jetzt los?«

»Leider noch nicht. Heute wurden nur die allerersten Schritte zu seiner Vertreibung unternommen. Am Evinzfest soll es dann richtig zur Sache gehen. Ich weiß allerdings nicht, was ich von dem Geisteraustreiber halten soll. Eigentlich erzählt er mir immerzu nur das, was ich ihm selbst kurz davor erzählt habe, und wenn er sich dann an die Geister wendet, spricht er in einem Kauderwelsch, das niemand versteht, der nicht stockbetrunken ist. Ich begreife gar nicht, warum jemand, der sich als Lebender noch recht verständlich auszudrücken wusste, sich als Toter einer völlig fremden Sprache bedienen sollte? Dabei verstehe ich den gleichfalls toten Gogul doch ganz gut, sogar besser als an manchen Tagen, als er noch unter uns weilte!«

»Hast du den Geisteraustreiber schon bezahlt?«

»Nein, noch nicht«, erwiderte Nikola. Onkel Mihan schüttelte besorgt den Kopf. Dann deutete er auf Nikolas Schlagstock. »Traian lässt ausrichten, dass das Werkzeug nach wie vor in der Puhlerei aufbewahrt wird. Das gälte auch für dich!«

»Dann sage Traian, ich ließe ausrichten, dass ich den Stock gegenwärtig zu meinen eigenen Schutz benötigte, und zwar Tag und Nacht.«

Er wickelte das erbeutete Schwert aus, das er mit Stoffresten aus der Schneiderei verhüllt hatte, legte es auf den Tisch, an dem Onkel Mihan gesessen hatte, und ließ sich ebenfalls auf einem Stuhl nieder. »Wir wurden gestern überfallen, und diese Klinge solltest du wohl lieber wegschließen. Sie gehörte einem der Halunken.«

Nikola erzählte die ganze Geschichte.

»Hat der Überfall vielleicht mit der Sache zu tun, hinter der ihr her seid?«, fragte Onkel Mihan, nachdem er sich alles angehört hatte.

»Glaube ich nicht. Wir haben keine heiße Spur und wissen noch nicht einmal, ob ein Mensch oder vielleicht etwas anderes für die Todesfälle verantwortlich ist.«

»Was meinst du mit *etwas anderes*?«, fragte Onkel Mihan aufmerksam.

Nikola zuckte die Schultern. »Wir wissen es eben nicht. Tatsächlich warten wir … aber das sollte ich wohl lieber für mich behalten.«

Der alte Mann sah geschwind über die Schultern, als wolle er sich vergewissern, dass niemand hinter ihm stand, beugte sich dann zu Nikola vor und sagte mit leiser Stimme. »Mir kam gerade etwas in den Sinn. Ist dir die Geschichte von der Erschaffung der ersten Menschen vertraut?«

»Du meinst die mit dem Gottvogel und seiner wunden Zehe?«

»Davor, noch davor, Söhnchen!«, murmelte Onkel Mihan. »Ganz zu Anfang wollten die Erdgötter die Menschen wie alle anderen Lebewesen erschaffen, nämlich unter der Erde. Erst als sie feststellten, dass es den Menschen – anders als Würmern, Kröten oder Mäusen – nicht gelang, die Oberfläche zu erreichen, weil sie zu schwach waren und unterwegs erstickten, betrauten sie den Gottvogel mit der Aufgabe. Einige dieser ersten Menschengeschöpfe sollen jedoch überlebt haben. In uralten Schriften heißt es, sie seien sehr seltsam gewesen und nicht anders als Tiere!«

Nikola lachte. »Ich glaube, ich kenne eine ganze Menge von dieser Sorte!«

»Ich meine das völlig ernst«, versicherte ihm Onkel Mihan. »Die meisten glauben, dass mit diesen ersten Geschöpfen die Äffchen gemeint gewesen seien, aber andere behaupten, man müsse diese Geschichte wörtlich nehmen, und dass es tatsächlich Geschöpfe gäbe, die zwar aussähen wie Menschen – oder wenigstens die meiste Zeit über –, innerlich aber wie wilde Tiere oder reißende Bestien seien!«

Onkel Mihan lehnte sich in seinem Stuhl zurück und bemühte sich, möglichst bedeutungsvoll zu schauen.

»Warum habe ich diese Geschichten noch nie gehört?«, fragte Nikola zweifelnd.

»Weil du von Geburt an ein verdammter Heide bist und dich noch nie um Götter gekümmert hast!«, rief Onkel Mihan aus. »Außerdem erzählen die Priester die Geschichte nicht gern. Das war schließlich keine Sternstunde der Erdgötter.«

»Und woher kennst du sie dann? Etwa aus diesen uralten Schriften?«, spöttelte Nikola.

Onkel Mihan bedachte ihn mit einem herablassenden Blick. »Glaubst du, ich hätte mein ganzes Leben in Traians Hinterzimmer verbracht?«

»Wahrscheinlich nicht«, räumte Nikola ein. »Aber warum sollten diese Tiermenschen oder Menschentiere ein paar Schläger beauftragen, uns zu überfallen? Das ergibt nicht viel Sinn.«

Onkel Mihan versuchte gar nicht erst, seine Theorie zu verteidigen. »Jemand anderes könnte sie angestiftet haben!«

»Wer denn?«

Er zuckte die Schultern. »Wer immer dich und vor allem deinen Schilves nicht mag – und von denen gibt es etliche, Söhnchen! Das richtet sich zwar nicht gezielt gegen ihn, aber so mancher denkt, die Fremden hätten ihren Sieg mit unredlichen Mitteln errungen und ohne ihren Todesnebel in einem ehrlichen Kampf nicht bestehen können. Ein einzelner Schilves kommt da vielleicht ganz gelegen!«

»Sonderlich ehrlich erschien es mir gestern nicht, einen Unbewaffneten anzugreifen«, wandte Nikola ein.

Onkel Mihan machte eine wegwerfende Geste. »Zorn, Wut, Enttäuschung, dazu der Glaube, betrogen worden zu sein ... Selbst Traian meinte noch dieser Tage, die Schilves würden ihren leichten Sieg irgendwann vielleicht bitter bereuen, und dass sie besser daran getan hätten, wenigstens ein paar ihrer Leute in einen offen Kampf Mann gegen Mann zu schicken. Aber wer weiß schon, was sie noch auf Lager haben? Womöglich würde jeder Versuch, sie erneut herauszufordern, damit enden, dass anschließend die halbe Stadt tot wäre.«

»Und woher hast du das?«

Onkel Mihan zeigte mit beiden Zeigefingern auf seinen Kopf. »Ich habe große Ohren, Söhnchen!«

Nikola lachte herzlich. »Man sollte die Schilves wirklich nicht unterschätzen!«, sagte er und ging noch einmal auf den Kampf der vergangenen Nacht ein. »Der *Anführer* stand da und erwartete einen Angriff. Und was macht Sayme? Er schlägt ihm einfach die Waffe weg! Nicht nur einmal, zweimal. Einfach so! Beide Male hätte er ihm danach den Rest geben können! Er hat's aber nicht getan. Warum? Weil er nur etwas aufzeigen wollte.«

»Wo ist er überhaupt? Müsste er dich nicht schon abgeholt haben?«

»Das muss unter uns bleiben«, entgegnete Nikola ernst. »Er wurde bei dem Überfall verwundet.«

»Ich schweige wie ein Grab! Aber wozu die Geheimnistuerei?«

»Weil er seinen eigenen Leuten nicht traut. Er befürchtet, sie könnten ein Exempel statuieren wollen, wenn sie von dem Anschlag auf sein Leben erführen.«

Die übliche Zeit, um mit den Masken durch die Schenken

zu gehen und Fragen zu stellen, kam, doch da er allein hätte gehen müssen, ließ Nikola sie ungenutzt verstreichen. Im Laufe des Nachmittags bedrückte ihn der Gedanke jedoch immer mehr, dass er dieses Mal vielleicht einen Augenzeugen hätte finden können, der ihm ganz genau hätte berichten können, wie die Verstorbenen umgekommen waren. Wäre das nicht wesentlich besser gewesen, als lediglich abzuwarten, bis die nächste arme Seele verstümmelt in einer verlassenen Gasse entdeckt wurde?

Den zweiten Rundgang des Tages ließ Nikola daher nicht mehr ausfallen. Er ging allein zu den gewohnten Orten, stellte die üblichen Fragen und überging geduldig, wenn er wegen des Geruchs, den er Misangre verdankte, immer wieder auf die gleiche Weise verspottet wurde. Wo ist der andere?, wurde er gefragt. Hat er es nicht mehr in deiner Nähe ausgehalten, du Stinkhase? Oder hast du dich mit Duftwässerchen benetzt, um einen neuen zu finden?

Dieser Spott war leicht zu ertragen. Anders sah es mit der Einsamkeit auf den Wegen zwischen diesen belebten Orten aus, in den dunkler und von mal zu mal menschenleerer werdenden Straßen. Die Vorahnung, dass ein weiterer Überfall wie der der letzten Nacht drohen könne, wurde nach jeder Schenke, nach jeder billigen Absteige greifbarer und schließlich fast übermächtig. Nikola fühlte sich verwundbar und wie mit einer Zielscheibe auf dem Rücken versehen. Er fragte sich, ob die vier Opfer während ihrer letzten Augenblicke ähnlich empfunden hatten wie er jetzt, wie Wild, das von einem unsichtbaren Jäger beobachtet wurde?

Das Gefühl, alles schon einmal erlebt zu haben, überkam ihn, als sich das Sträßchen verengte, auf dem er gerade ging. Linker Hand reckten sich fensterlos Lagerhäuser in den schwarzen Himmel, rechter Hand erhoben sich die Überreste eines vor Jahrzehnten ausgebrannten hochherrschaftlichen Stadthauses. Hinter dem Zaun, der das Grundstück umgab, wuchsen hohe Büsche, deren Zweige sich über das Sträßchen wölbten und damit einen Tunnel schufen, der das Licht von Mond und Sternen weitgehend ausblendete. Auch wenn die Büsche inzwischen sehr viel höher gewachsen waren, erkannte Nikola überrascht, wo er sich befand. Er betrat den dunklen Tunnel, bückte sich nach wenigen Schritten und tastete nach einer Stelle, ganz unten am Zaun. Ja, das Loch war noch da! Inzwischen war es zwar viel zu eng für ihn, aber damals, vor vielen Jahren, als er ein Kind gewesen war, war es noch weit genug für ihn gewesen, dass er sich hindurchzwängen und auf der anderen Seite, hinter den Büschen, vor Gogul verstecken konnte, der ihn damals mit einigen seiner Handlanger verfolgt hatte. Nikolas Stimmung besserte sich. War es ein gutes Zeichen, dass er diese alte Zuflucht gefunden hatte, diesen sicheren Ort, der vielleicht jedem anderen als ihm unheimlich erschienen wäre?

Als Nikola am nächsten Morgen in der Puhlerei ankam, herrschte bereits Aufbruchstimmung. Traian winkte ihn beiseite und murmelte: »Ich werde mich ein bisschen umhören, ob jemand ein Schwert vermisst.«

Offenbar hatte ihn Onkel Mihan eingeweiht. Dass er dabei nicht zu viel erzählt hatte, stellte jener richtig, als er mit Nikola allein war.

»Ich dachte, es könne nicht schaden, wenn Traian Bescheid weiß. Von der Sache, die ich nicht ausplaudern soll, habe ich natürlich nichts erzählt. Wie ich schon sagte: Ich kann schweigen wie ein Grab.«

»Augenblick«, sagte er, verschwand in seinem Hinterzimmer und kam mit einer Flasche zurück, wie sie bei den Fischern beliebt war, wenn sie in den kalten Monaten hinaus aufs Meer fuhren und etwas zum Aufwärmen dabeihaben wollten. Außerdem brachte er ein Werkzeug mit, das einer Handaxt ähnelte. Das Axtblatt war jedoch kleiner als üblich und lief am Ende in einen fingerlangen Dorn aus.

»Ich dachte, das könnte vielleicht ganz nützlich für dich sein«, erklärte er, als er die Flasche abstellte. »Das Axtblatt ist etwas klein. Da bist du mit deinem Stock besser dran. Aber der

Dorn ist ganz praktisch.« Er schraubte ihn ab. Offenbar war er hohl. »Du füllst ihn zur Hälfte. Mehr brauchst du nicht. Das reicht völlig.«

Nikola deutet auf die Flasche. Dass sie Schnaps enthalten könne, erschien ihm ziemlich unwahrscheinlich. »Ist das Gift?«

»Nein, kein Gift«, beruhigte ihn Onkel Mihan. »Nur eine einfache Kräutermischung.«

Nikola ließ sich nicht so leicht abspeisen. »Was für Kräuter?«

Onkel Mihan zuckte die Schultern. »Lass mich überlegen ... zerstampfter Scharlachkäfer, ausgepresste, grüne Giftraupen, getrocknete Nesselfüßler ... ein bisschen Skorpion noch ...«

»Also doch Gift?«, unterbrach ihn Nikola.

»Ach was!«, wehrte Onkel Mihan ab. »Es ist einfach nur ein kleines bisschen unangenehm. Du stößt deinem Gegner den Dorn irgendwo in den Leib, und für ihn fühlt es sich dann an, als hättest du ihm den Arm abgehackt und anschließend auch noch auf den Stumpf gepisst. So hat man es mir jedenfalls beschrieben. Nach ein paar Stunden lässt der Schmerz auch schon wieder langsam nach. Aber um einen Gegner schnell auszuschalten ...«

»Danke«, erwiderte Nikola. »Ich bleibe doch lieber bei dem Stock.«

»Meine es ja nur gut«, sagte der alte Mann und trug alles in sein Zimmer zurück.

»Du hast ganz gewiss nicht dein ganzes Leben in Traians Hinterzimmer verbracht«, stellte Nikola fest, als er zurückkam.

»Den einen oder anderen Tag vielleicht nicht«, sagte Onkel Mihan und begann die Blättchen für eine Partie *Paturru* auf dem Tisch auszubreiten.

Er und Nikola hatten gerade das zweite Spiel beendet, als Sayme die Puhlerei betrat. Er sah aus wie immer, bewegte sich auch wie immer, von einer Verletzung war nichts zu bemerken. Allerdings war er im Gegensatz zu sonst mit einem kurzen Schwert bewaffnet.

»Ich hole schnell die Masken«, sagte Nikola.

Sayme hielt ihn auf. »Nicht nötig. Es gibt eine neue Entwicklung.«

Das konnte eigentlich nur bedeuten, dass eine weitere Leiche gefunden worden war!

Nikola folgte ihm mit gemischten Gefühlen. Unterwegs fragte er ihn nach der Verletzung.

»Ich heile schnell«, erklärte Sayme. Das war alles, was er zu der Verwundung und zu der Geschichte, die er dem Heiler aufgetischt hatte, zu sagen hatte.

Der Leichnam war in einem ganz andersgearteten Teil der Stadt gefunden worden als die bisherigen, nämlich unweit des Apulubrunnens. Die Menschen, die hier lebten, gingen einer ehrlichen Arbeit nach. Sie stritten miteinander, mitunter hitzig und erbittert, doch wenn sich eine Gaunerei ereignete, waren sie meist Opfer und nicht Täter.

Trotz des feinen Nieselregens – das Wetter wechselte an diesem Vormittag ständig zwischen kurzen Schauern und strahlendem Sonnenschein – hatten sich ungewöhnlich viele Gaffer eingefunden. Das halbe Viertel schien auf den Beinen zu sein! Dorfbewohner aus der Umgebung, die nur des Marktes wegen nach Arades gekommen waren, hatten sich hinzugesellt. Sie würden noch monatelang von den Gefahren der großen Stadt zu berichten haben! Selbst zwei Eingeborene aus den nördlichen Ebenen, die vermutlich ihrem Herrn in den Süden gefolgt waren, entdeckte Nikola in der Menge. Sie alle hatten sich vor einem Haus eingefunden, das ihm vertraut vorkam.

Ein Sonnendach überschattete den Eingang, Käfige mit Federvieh waren darunter übereinandergestapelt, und an den Stützen des Daches hingen Ketten von Würsten und Ziegenkeulen – eine Fleischerei!

Bei ihrem Eingang standen zwei Angehörige der Fürstengarde, die sich mit einem älteren Mann unterhielten. Nikola war ganz überrascht, Traian zu erkennen! Suchend blickte er sich um. Wie erwartet waren Serban, Marilena, Flaviu und Liviu nicht fern. Er ging zu ihnen. »Was macht ihr denn hier?«

Die vier waren genauso überrascht wie er.

»Eigentlich kamen wir wegen deines Freundes. Du weißt schon, dem Metzger, dem du die Nase gebrochen hast«, erklärte Flaviu. »Selbe Sache wie damals. Doch wie es aussieht, haben die Streithähne ihren Zwist jetzt ein für alle Mal untereinander geklärt.«

»Der Metzger hat die Sattlerin umgebracht«, warf Serban ein. »Das kommt davon, wenn man sich einbildet, es besser machen zu können als wir.«

Flaviu senkte die Stimme. »Er hat sie geschlachtet, so wie er es sonst die ganze Woche lang mit Schafen und Schweinen tut. Ausbluten lassen und in Stücke zerlegt! Seinen eigenen Angaben zufolge wollte er mit einem Boot aufs Meer hinausrudern und die Überreste ins Wasser werfen. Wer's glaubt, wird selig! Der Mann ist Metzger! Metzger! So jemand hat ganz andere Möglichkeiten, jemanden spurlos verschwinden zu lassen!«

Liviu würgte, hielt die Hand vor den Mund und hatte es plötzlich sehr eilig wegzukommen. Marilena schüttelte missbilligend den Kopf. »Der arme Junge kotzt sich deinetwegen noch die Seele aus dem Leib!«

»Traian kann ihm nicht alles beibringen«, antwortete Flaviu todernst. »Der Junge hat schon viel gelernt, aber jetzt braucht er noch einen festen Magen.«

Nikola begriff. »Was ist denn wahr an der Geschichte?«

Flaviu feixte. »Vielleicht alles, vielleicht gar nichts. Wir sind eben erst angekommen, und ich erzähle nur, was ich selbst aufgeschnappt habe. Traian macht sich gerade kundig.«

»Wir hätten sofort wieder gehen sollen. Auf der Stelle!«, nörgelte Serban. »Morgen wäre noch früh genug gewesen, um herauszufinden, was sich hier zugetragen hat. Aber Traian musste unbedingt mit der Garde reden. Was soll dabei Gutes herauskommen, frage ich euch? Ärger, nichts als Ärger! Wenn er mit jemandem hätte reden wollen, hätte er das auch mit uns tun können!«

»Und du? Was machst du hier?«, fragte Marilena.

Nikola sah sich nach Sayme um, konnte ihn aber nirgendwo entdecken. »Ich werde mir das jetzt wohl alles anschauen müssen.«

»Du kannst den Kleinen mitnehmen«, rief ihm Flaviu fröhlich hinterher. Nikola wandte sich zwar nicht um, war sich aber sicher, dass Liviu gerade wieder zurückgekommen war.

Am Eingang der Metzgerei wollten ihn die Gardisten zunächst aufhalten, doch Traian legte ein Wort für ihn ein. »Das ist einer meiner Leute. Er ist mit dem Schilves hier.«

Nikola war unzählige Male zuvor in einer Metzgerei gewesen. Es waren gesellige Orte, an denen man sich während des Einkaufs mit ihrem Besitzer, Angehörigen seiner Familie oder den Gehilfen übers Essen unterhielt und sich beraten ließ, wie es am schmackhaftesten zuzubereiten sei. Doch dieser Ort strahlte etwas Finsteres aus. Vielleicht lag es an dem schwachen Geruch nach Blut, an der Ahnung, dass sich in einem dieser Räume vielleicht etwas Grauenhaftes und völlig Verwerfliches zugetragen hatte, oder an dem unverständlichen Gemurmel und gelegentlichen Seufzen, das aus einem benachbarten Raum drang, dessen Tür einen Spalt weit offen stand.

Nikolas sah sich um. Irgendjemand hatte allerlei Fleischerwerkzeug auf einen Tisch geworfen. In seiner Vorstellung wurde jedes einzelne Stück zu einem furchtbaren Mordinstrument. Er sah gekrümmte Wiegemesser mit Griffen an beiden Enden, sodass derjenige, der es benutze, alle seine Kraft einsetzen konnte, um Fleisch, Sehnen und Knochen in winzige Fitzelchen zu zerteilen. Filetiermesser mit kurzen, dreieckigen Klingen, klobige Hackmesser und brutale Beile, armlange Gabeln mit mörderisch spitzen Zinken, gefährliche Haken, Mörser zum Zerkleinern von was auch immer!

Auf einem Teller erhob sich ein Berg aus einer weißlich schmierigen Masse. Gleich daneben stand eine Schüssel, die mit fahler Haut gefüllt war. Nikola nahm eine der langen Gabeln, stach vorsichtig in die Schüssel und zog einen schmalen Schlauch heraus. Darm, vermutlich Schafsdarm, der darauf wartete, mit dem Brät auf dem Teller daneben gefüllt zu werden.

Er warf die Gabel zu dem anderen Werkzeug zurück und ging zu der halb offenen Tür, die tiefer hinein in die Eingeweide der Metzgerei führte. Plötzlich öffnete sie sich, und Sayme trat heraus. »Wir sind hier überflüssig. Nichts, was uns betrifft. Offenbar ist jemandem ein Irrtum unterlaufen.«

Nikola fand diese Eröffnung unerwartet beruhigend und überlegte, ob er überhaupt Einzelheiten über die Bluttat des Metzgers erfahren wollte. Sayme nahm ihm die Entscheidung jedoch ab.

Onkel Mihan hatte gerade einen Kichererbsentee aufgebrüht, als Sayme erneut die Puhlerei betrat. Da er sich vor noch nicht einmal einer halben Stunde mit den Worten »Bis heute Abend zu unserem üblichen Rundgang« verabschiedet hatte, nahm Nikola an, dass er absagen wollte. Möglicherweise machte ihm die Verletzung doch mehr zu schaffen, als er bereit war zuzugeben. Doch Nikola irrte.

»Wir müssen uns etwas ansehen«, sagte Sayme.

»Waren wir vorhin falsch?«, erkundigte sich Nikola, als sie auf der Straße waren.

»Nein. Die Frau wurde erst später entdeckt. Dass wir zu dem Metzger geschickt wurden, war einfach ein Irrtum.«

Die Gegend, auf die sie zuhielten, entsprach schon mehr dem Gewohnten als die, in der sich die Metzgerei befand. Der Fundort war jedoch keine finstere Seitengasse, sondern ein durchaus einsichtbares Sträßchen, das jedoch nicht sehr häufig begangen wurde. Nikola überlief ein Schauder, als er erkannte, wo sie waren.

Zur Rechten wurde das Sträßchen durch die Rückseiten von Lagerhäusern, Stallungen und Scheunen begrenzt, links durch ein verwildertes Grundstück mit der Ruine eines einst sehr schmucken Stadthauses. An seinem Rand wucherten hohe Büsche, deren lange Zweige sich zu einem Gang über den Weg bogen.

»Ich war gestern Abend hier«, stieß Nikola aus. »Genauer gesagt, nur ein kleines Stück entfernt, am anderen Ende dieser vom Blattwerk überdachten Stelle! Bis hierhin bin ich nicht mehr gekommen, denn ich habe kehrtgemacht, weil es zu schütten begann und ich schon fast alle Plätze abgeklappert hatte, die ich aufsuchen wollte! Wenn ich weitergegangen wäre ...«

»... dann hätte ich mir vielleicht Gedanken um dein Ableben und deinen Nachfolger machen müssen«, vollendete Sayme seinen Satz. »Lass uns schauen, was wir hier haben.«

Sie gingen an den wenigen Schaulustigen vorbei, die sich auch hier inzwischen eingefunden hatten. Viele von ihnen waren Jugendliche, und das Entsetzen stand ihnen ins Gesicht geschrieben, war aber nicht so groß, dass sie nicht dennoch ausgeharrt hätten.

Die Tote war eine Frau von etwa fünfzig Jahren. Sie lag auf dem Rücken mit den Beinen unter dem Blätterdach. Ihre Arme lagen eng am Körper und ihre Handflächen waren sichtbar. Auch die Beine waren kaum geöffnet. Das Gesicht mit den aufgerissenen Augen blickte zu der Ruine. Wie auch bei den anderen Toten war ihre Kehle grässlich verstümmelt, ohne dass auf dem Boden um sie herum entsprechend viel Blut zu finden gewesen wäre.

Nikola schloss ihr die Augen und untersuchte sie nach Wertsachen. Dabei fragte er die Anwesenden, ob jemand die Tote kannte.

Die Antworten kamen reichhaltiger, als er zu träumen gewagt hätte! Sie hieß Sanziana, war eine Dirne, wie er bereits vermutet hatte, und bewohnte ein Zimmer, nur wenige Hundert Schritt entfernt. Selbst, wo sie arbeitete und gewöhnlich zu finden war, erfuhr er.

Danach konnten er und Sayme es kaum erwarten, dass endlich der Heiler käme, um Anweisungen entgegenzunehmen, oder der Abdecker, um die Leiche zu einem Tempel zu bringen. Als beide endlich da waren und die Tote auf den Wagen geladen wurde, machte Nikola eine Entdeckung. Er ging zu der Stelle, wo Sanziana gelegen hatte, und betastete den Boden. Er war trocken, doch drumherum fühlte sich alles feucht an!

»Ich war hier, kurz bevor es gestern zu regnen begann«, stellte er mit Unbehagen fest. »Da muss sie schon dagelegen haben. Wie ich zuvor gesagt habe: Ich hätte nur ein kleines Stück weitergehen müssen!«

»Das bedeutet, dass wir dieses Mal einigermaßen genau eingrenzen können, wann sie gestorben ist«, sagte Sayme nachdenklich.

Eine Schar ungebetener Begleiter folgte ihnen vom Tatort zu Sanzianas Wohnung. Unterwegs wurde Nikola ein schweres Versäumnis bewusst.

»Ich vergaß zu sagen, in welchen Tempel die Leiche gebracht werden soll!«, stieß er verärgert aus.

»So groß wird die Auswahl nicht sein«, meinte Sayme.

»Eben deswegen! Wahrscheinlich bringen sie sie in den Tempel unserer Freundin, derjenigen, die uns nicht ausstehen kann! Mutter Tod so bald wiederzutreffen, hätte ich lieber vermieden!«

»Sie wird sich fügen müssen«, brummte Sayme.

Sanziana hatte in einem dreistöckigen Haus gewohnt, das zimmerweise vermietet wurde, wobei das Erdgeschoss Reisenden vorbehalten war, die nur wenige Tage etwas in der Stadt zu schaffen hatten. Die Nachricht von ihrem Tod war ihnen vorausgeeilt und hatte dazu geführt, dass ein Teil ihrer Habe bereits neue Besitzer gefunden hatte. Sanziana war tot, hatte vielleicht keine Verwandten – welche Verwendung sollte sie für ihre Besitztümer also noch haben? Nikola bereitete diesem Treiben ein vorläufiges Ende, als er die Tür schloss und sich davor aufbaute, während Sayme das Zimmer nach Hinweisen durchsuchte, die bei der Aufklärung von Sanzianas Tod vielleicht helfen konnten.

Das gefiel nicht jedem. Die meisten, die sich im Treppenhaus drängten – Hausbewohner oder Schaulustige vom Fundort der Leiche –, warteten geduldig darauf, dass der Puhler und der Schilves ihnen entweder etwas Neues vom Los der Verstorbenen erzählten oder auch einfach nur wieder das Feld räumten, damit alles so ungestört weitergehen konnte wie zuvor. Doch einer unter ihnen – seiner Schürze nach ein Schuster und der Fahne nach nicht mehr ganz nüchtern – sah das anders.

»Warum ist die Tür zu? Warum sollen wir nicht mitbekommen, was sich dort drinnen abspielt? Gilt es, etwas zu vertuschen? Ist der verdammte Schilves für den Tod der Dirne verantwortlich?«, rief er immer wieder.

Schließlich hatte Nikola genug von seinem Geschrei. »Wenn du nicht bald Ruhe gibst, kann ich dir ganz genau sagen, wer der Verantwortliche sein wird, wenn dein Schädel morgen so dröhnt, als hörtest du alle Glockenspiele von Kalaris auf einmal!« Um seine Worte zu unterstreichen, stampfte er mit dem Schlagstock auf.

Manche lachten, andere entdeckten jedoch plötzlich ihr Mitgefühl für den Schuster. Als Sayme endlich aus dem Zimmer trat und auf Zurufe keine Erklärung geben wollte, schlug die Stimmung ganz um. Am Fuß der Treppe kam es sogar zu einem kleinen Gerangel, das Nikola mit einigen Stockstößen wieder beendete.

»Ihr solltet euch schämen«, rief er aufgebracht, als er und Sayme wieder auf der Straße standen. »Jahrelang habt ihr mit dieser armen Frau gemeinsam unter einem Dach gelebt! Ihr seid ihr täglich begegnet und habt sie unzählige Male gegrüßt! Doch jetzt, da sie tot ist, treibt euch allein die Angst, ihr könntet einen zu kleinen Anteil von ihrer Hinterlassenschaft abbekommen! Ihr fürchtet, wir könnten euch ihre bescheidenen Dirnenhabseligkeiten streitig machen! Uns geht es jedoch darum, den Grund ihres Todes herauszufinden, um denjenigen, der dafür verantwortlich ist, zu jagen, zu stellen und zu richten!«

»Du hast gut reden, Puhler!«, meldete sich der Schuster erneut zu Wort. »Was ist aber mit deinem Kumpel? Sucht der auch den Grund? Seit wann braucht seinesgleichen einen Grund, jemanden hinzurichten? Wir haben es doch alle im Frühjahr erlebt! Seinesgleichen braucht keinen Grund, um zu töten.«

Sein Zwischenruf passte zwar weder zu Nikolas Worten,

noch ergab er viel Sinn, fand aber dennoch bei einigen Leuten Gehör. Bevor Nikola eine Antwort einfiel, vernahm er den kurzen Schnarchlaut, an den er sich als Saymes Art zu lachen gewöhnt hatte.

»Meinst du, ich sollte einen Grund haben?«, fragte er. »Möchtest du mir denn einen Grund liefern? Willst du sterben?«

Drei kurze Fragen, die ihre Wirkung nicht verfehlten. Selbst Nikola überkam ein mulmiges Gefühl. Einen winzigen Augenblick lang hatte er das seltsame Empfinden, außerhalb von sich selbst zu stehen und zu beobachten, wie die Drohung nach und nach in die Köpfe derer einsickerte, die ihnen aus dem Haus gefolgt waren. Zuerst bei den Nächststehenden, dann bei denen dahinter. Wie eine bedrohliche Wolke, die sich stetig ausbreitete.

»Lass uns gehen«, hörte er Sayme vorschlagen.

Nach einigen Schritten sagte Nikola: »Recht einschüchternd.«

»Ich habe mich von deinem Zorn mitreißen lassen«, antwortete sein Begleiter. »Als hättest du die Tote gekannt. Als läge sie dir mehr am Herzen als alle anderen zuvor.«

Das verblüffte Nikola. Er hatte sie nicht gekannt, und wenn sie nicht auf diese besondere Weise gestorben wäre, so hätte er sie gar nicht wahrgenommen. Sie wäre eine von vielen gewesen, die die Straßen von Arades bevölkerten. Gesichtslos, bedeutungslos. Womöglich hätte er sogar in einer ähnlichen Situation ein Scherflein ihrer Habe für sich abgezweigt. Aber stattdessen hatte er sich über die Kleinlichkeit, die falschen Unterstellungen und die Missachtung empört. Schlagartig wurde ihm bewusst, dass er für eine andere Dirne eingetreten war. Sie war auf ähnlich erbärmliche Weise gestorben wie Sanziana, allerdings bereits vor acht Jahren.

»Den habe ich bei ihr gefunden«, sagte Sayme und reichte Nikola einen Löffel. Er war aus Silber, mit einem verzierten Stil. Nikola gab ihn zurück. »Ungewöhnlich. Sicher einiges wert. Wahrscheinlich Diebesgut.«

Ihr nächstes Ziel war Sanzianas *Hühnerleiter,* also das Sträßchen, wo sie und andere Dirnen ihre Dienste feilboten. Da Sayme und Nikola einigen der Frauen bekannt waren, wurden sie entsprechend begrüßt: »Habt ihr wieder eure scheußlichen Gipsmasken mitgebracht? Wenn ihr uns die Kerle vertreibt, müsst ihr heute selbst ran!«

Ihr ausgelassenes Gegacker erklärte, woher der Ort seinen Namen hatte. Alle Fröhlichkeit verflog jedoch, sobald sich Nikola nach Sanziana erkundigte. Von einer solchen Frage war nichts Gutes zu erwarten!

»Jetzt seid ihr beiden auch noch Todesboten?«, warf ihnen eine der Dirnen vor. Sanziana war ihr seit Jahren bekannt.

»Sie arbeitete erst seit Kurzem wieder bei uns. Davor war sie in einer anderen Hühnerleiter. Sie wechselte ständig, war mal hier, mal dort. Eigentlich gehörte sie keiner lange an. In ihrem Alter muss man eben die Kerle nehmen, die gerade keine andere haben will, und wenn das Geschäft schlecht geht, dann bleibt auch mal keiner übrig. So sind die Regeln, ich habe sie nicht gemacht! Wir lassen niemand verhungern und drücken schon mal ein Auge zu, aber alles hat seine Grenzen. Wenn eine wie sie dann aber nicht einsehen will, wo ihr Platz auf der Leiter ist, und glaubt, sie könne sich jemanden schnappen, der ihr gar nicht zusteht, dann gibt das Streit und Ärger! Genau das ist bei ihrer letzten Hühnerleiter geschehen. Solange sich jede mit ihrer Sprosse zufriedengibt, ist eitel Sonnenschein. Anders geht das nicht!«

Nikola und Sayme bedankten sich und zogen mit einem neuen Namen weiter: Luiza – so hieß die Dirne, mit der sich Sanziana in die Haare geraten war.

Luiza war nur wenige Jahre jünger als Sanziana, und nach dem, was Nikola gerade erfahren hatte, wunderte er sich nicht, dass ausgerechnet diese beiden miteinander in Streit geraten waren. Die Nachricht vom Tod ihrer Rivalin berührte Luiza nicht sehr. »Das hat sie nun davon, mir den Kerl auszuspannen!«

»Welcher Kerl?«, fragte Nikola.

Luiza leckte sich die Lippen, war aber nicht bereit, mehr zu sagen. Erst als ihr Sayme auf Nikolas Wink hin ein paar Münzen gab, wurde sie gesprächiger. »Er nennt sich Alexandru, aber ich glaube nicht, dass das sein wirklicher Name ist. Er ist nicht ganz richtig im Kopf.«

Sayme streckte ihr unerwartet den Silberlöffel hin. »Ist der von ihm? Hat er dich auch schon mit Besteck bezahlt?«

Erneut benetzte Luiza die Lippen, war aber nicht bereit, eine Auskunft zu geben. Das war auch nicht nötig, denn zu offensichtlich war, wie ihre Antwort lauten würde.

»Wo finden wir diesen Alexandru?«, fragte Nikola.

Nun zeigte Luiza doch noch Gefühl. »Das weiß ich nicht, aber er hat nichts mit ihrem Tod zu tun! Er ist lieb und harmlos und im Geist ein Junge. Einfach nur ein kleiner Junge!«

Die beiden Wächter im Laint-Tempel erwarteten sie bereits. Etwas Lauerndes ging von ihnen aus. »Wir möchten zu Mutter Tod«, sagte Nikola.

»Nicht nötig«, antwortete der eine Wächter und reichte ihm mit spitzen Fingern Sanzianas Totenmaske. Nikola nahm sie entgegen.

»Warum ist sie denn so klebrig?«, rief er und wischte sich angewidert die Hände an der Hose ab.

»Genau dasselbe fragte sich Mutter Tod, als du die anderen Masken zurückbrachtest«, belehrte ihn die Wache und reichte ihm den Bericht des Heilers. Nikola suchte nach einer angemessenen Antwort, doch Sayme zog ihn fort, bevor er sie gefunden hatte.

Um die Erkenntnisse des Heilers bei Tee und Knabbereien zu besprechen, gingen sie zu einer Taverne in der Nähe des Hafens, da Sayme eine besondere Vorliebe für kleine, marinierte Fische entdeckt hatte. Nikola rollte das Schriftstück auf und verzog sogleich angewidert das Gesicht. »Das ist auch alles klebrig!«

Gedankenlos führte er die Finger zum Mund, um sie abzulecken, doch Sayme ergriff blitzschnell sein Handgelenk. »Du weißt nicht, womit sie es beschmiert hat!«

»Sie wird uns nicht gleich umbringen wollen!«, wandte Nikola ein.

»Es könnte aber etwas anderes Unangenehmes sein, etwas, wovon einem schlecht wird oder das einfach nur widerlich schmeckt.«

Nikola rieb sein Handgelenk, das Sayme etwas arg festgepackt hatte, wischte sich die Finger erneut an der Hose ab und las vor. Zunächst enthielt der Bericht nichts Unerwartetes: Wieder einmal wurde eine zerfetzte Kehle beschrieben und auf einen ungewöhnlich starken Blutverlust und das Fehlen von Abwehrverletzungen hingewiesen. Doch dann wurde ein abgebrochener Zahn erwähnt, der sich in der Wunde befunden hatte!

Nikola seufzte. »Den hat sie uns schon wieder vorenthalten. Sie ist selbst schuld, wenn wir öfter bei ihr sind, als ihr lieb ist.«

Sie gingen zum Tempel zurück.

»Ihr seid hier nicht erwünscht«, erklärten die Tempelwächter. »Vor allem du nicht, Puhler!«

Nikola zeigte beiden den Kringel. »Ich bin nur der Mittelsmann. Wegen meines Begleiters solltet ihr euch viel mehr Sorgen machen als meinetwegen. Er steht sehr gut mit Hulimpe! Der Name dürfte selbst euch ein Begriff sein! Wenn es unbedingt sein muss, werden hier in einer halben Stunde fünfzig Schilves antanzen. Dabei wird es aber nicht bleiben! Ihre Priester werden sich bei euren beschweren, und ratet mal, wessen Arsch dann dran ist: Eurer oder der von Mutter Tod?«

Aus den Augenwinkeln heraus sah Nikola, dass Sayme bei jedem seiner Sätze nickte. Diese stumme Bestätigung entging auch den Wachen nicht. »Mutter Tod ist gar nicht da«, erklärte einer von ihnen.

»Umso besser«, sagte Nikola. »Dann wird sie sich auch nicht belästigt fühlen. Wir sind sowieso nur wegen des Zahns hier.«

»Ich weiß von keinem Zahn, aber vielleicht ihre Gehilfin.«

Die Wache geleitete Sayme und Nikola in den Tempelraum hinab und überließ sie einer recht jungen Frau. Nikola erklärte ihr den Grund ihres Kommens. Sie antwortete »ja«, »ja« und

»ja, ja« und führte sie dann in einen Nebenraum der Tempelhalle, den sie dann selbst augenblicklich wieder verließ.

Auf zwei Bahren lagen unbekleidete Leichen. Die eine war die eines Mannes, die andere die Sanzianas. Zwischen beiden stand ein Tischchen mit mehreren Gefäßen mit Ölen und duftenden Salben, deren Zweck es offenkundig war, die Verbrennung der Leichname zu erleichtern und die dabei auftretenden Gerüche abzumildern. Ein Döschen oder eine Schale, in der ein einzelner Zahn hätte aufbewahrt werden können, war nirgendwo zu entdecken.

»Ich hoffe, dass es dir nicht zu respektlos erschien, als ich vorhin von Hulimpe sprach. So war es nicht gemeint!«, sagte Nikola. »Ich sprach nur aus, was mir gerade in den Sinn kam und mir am geeignetsten erschien, uns den Weg freizumachen.«

»Keine Sorge«, beruhigte ihn Sayme. »Damit beleidigst du niemanden. Der Begriff bedeutet bloß oberster Anführer.«

Nikola nickte beruhigt und warf einen Blick auf Sanziana, deren Wunde sorgfältig gereinigt worden war. Etwas Seltsames fiel ihm auf. Er beugte sich zu der Leiche hinab und betrachtete eine kleine, eigenartige Verfärbung am Rande der Wunde, gleich unterhalb der Kinnlinie. Auf der anderen Seite des Halses war eine ähnliche Verfärbung zu entdecken. Nikola konnte sich gut vorstellen, dass beide zu einem gemeinsamen, größeren Bluterguss gehört hatten, den man jedoch aufgrund des herausgerissenen Fleisches nicht mehr sehen konnte. Er winkte Sayme zu sich und deutete auf die verdächtigen Stellen. »Hast du schon mal einen Erhängten gesehen? Ähneln diese Flecken nicht ein klein wenig ...«

Zu mehr kam er nicht, denn die Tür wurde aufgerissen und Mutter Tod trat ein. »Was geht hier vor?«, rief sie mit bebender Stimme.

Sayme und Nikola schreckten hoch, wobei einer von beiden gegen das Tischchen stieß, sodass Töpfe und Tiegel auf den Boden fielen, zerbrachen und sich eine ölige Lache bildete.

»Wir sind wegen des Zahns hier, den der Heiler in der Wunde

gefunden hat, und den du uns eigentlich gleich hättest aushändigen sollen«, erklärte Sayme ungerührt.

Mutter Tod rief laut einen Namen, ohne den Blick von der Öllache abzuwenden, die sich immer weiter ausbreitete. Einen Augenblick später erschien die junge Frau, die Nikola und Sayme hereingeführt hatte. Sie sah stark verängstigt aus, was in Anbetracht des herrischen Tonfalls, in dem Mutter Tod sie umgehend anblaffte, leicht zu verstehen war. Sie eilte wieder aus dem Raum hinaus und kam etwas später unterdrückt schluchzend mit einem kleinen Tuchsäckchen zurück, das sie Sayme reichte. Als die Besucher gehen wollten, überschlugen sich die Ereignisse!

Nikola glitt auf dem Öl aus. In dem Versuch, den Sturz abzuwenden, griff er nach dem Erstbesten um Halt und riss Mutter Tod mit sich. Als die Priesterin gewahr wurde, auf wem sie plötzlich lag, fing sie sogleich an, laut kreischend auf ihn einzuschlagen. Selbst während sie sich wieder erhob, hörte sie keinen Augenblick lang damit auf, sodass Nikola voll damit ausgelastet war, ihre Hiebe und Tritte abzuwehren. Erst als Sayme ihre Oberarme von hinten packte, gelang es ihm wieder aufzustehen.

»Er bricht mir die Arme!«, jammerte Mutter Tod schmerzerfüllt.

Über kurz oder lang erschienen Tempelwachen, und Sayme entließ Mutter Tod aus seinem Griff. Bei Ankunft ihres ersten Untergebenen hatte sie mit ihrem Geschrei aufgehört. Nun befahl sie in eisigem Ton: »Schafft diese ... Tiere ... aus meinem Tempel!«

Die Tempelwachen geleiteten die unerwünschten Besucher die Treppe hoch und aus dem Gebäude hinaus, waren jedoch sichtlich bemüht, weitere Konflikte auf dem Tempelgrund zu vermeiden.

»Es gibt doch genügend andere Laint-Tempel in der Stadt«, erinnerte sie einer der Wächter zum Abschied. »Ihr müsst doch nicht immer wieder hierherkommen! Geht lieber in irgendeinen, wo man euch noch nicht kennt!«

Erhobenen Hauptes kehrten Sayme und Nikola wieder in die Taverne zurück, aus der sie zuvor gekommen waren. Dort öffnete Sayme das Säckchen, und ein Stück von einem Zahn, etwa so groß wie ein Fingernagel, fiel heraus. Er war dreieckig und leicht seitlich gebogen, vermutlich war es ein Teil der Zahnspitze. Nikola hatte keine Ahnung, von welchem Tier er stammen mochte.

Sayme schaute sich den Zahn von allen Seiten an und betastete Kanten und Spitzen. Er verfiel sogar in seine alte Unart und leckte an ihm! Schließlich ließ er sich vom Wirt ein Messer bringen. Er setze die Klinge mehrmals an dem Zahn an, als suche er eine ganz bestimmte Stelle. Als er sie gefunden hatte, schlug er kräftig auf den Rücken der Messerklinge und spaltete den Zahn. Nun nahm er die beiden Bruchstücke, hielt sie sich dicht vor die Augen und betrachtete sie abwechselnd. Schließlich legte er sie beiseite.

»Kannst du mit diesem Zahn etwas anfangen?«, fragte ihn Nikola.

»Ja«, erwiderte Sayme leise, lies sich mit einer Antwort aber Zeit. »Er stammt von einem Fisch, für den dein Volk wahrscheinlich gar keinen Namen hat. *Pleunar* nennen ihn die Schilves.«

»Und wie kommt er an Land?«

»Überhaupt nicht. Er lebt weit draußen im Meer und ist ein Bewohner der tiefen Strömungen. Nur zur Laichzeit treibt es ihn für einige Tage an die Oberfläche. Meist nachts, denn obwohl er recht wehrhaft ist, hat auch er Feinde, und damit meine ich nicht nur Menschen, die ihn jagen könnten. In diesem Fall haben eure Gelehrten mit ihren abenteuerlichen Lehren über das Meer sogar einmal recht. Der Pleunar ist zwar ein mächtiger Räuber, aber im weiten Meer gibt es noch mächtigere, die sich von ihm nähren.«

»Könnte vielleicht ein Kadaver dieses Fisches an Land gespült worden sein?«

»Nur wenn er einige Tausend Meilen weit im Meer trieb. Worauf willst du hinaus? Tote Fische beißen nicht.«

Nikola zuckte die Achseln. Offenbar wollte ihn Sayme dazu bringen, das Offensichtliche auszusprechen. »Es ist ein Mensch, ganz ohne Frage ein Mensch, der sie alle auf dem Gewissen hat. Kein Tier und auch kein geheimnisvolles Wesen, das weder das eine noch das andere ist. Vielleicht dient sogar das ganze Drumherum, das wir noch nicht verstanden haben, die Verstümmelungen, die Blutlosigkeit und so weiter nur dem einen einzigen Zweck, von der Wahrheit abzulenken!«

Sayme nickte zustimmend. »Doch eines fehlt noch in deiner Schlussfolgerung: Der Mörder ist kein Aradeke.«

Das Grauen

Kapitän Tavi stürmte in das abgedunkelte Zimmer, in dem die Admiralinnen und die beiden *Magascha* bereits auf ihn warteten. Ob die in Grün gewandeten Frauen dieselben waren wie beim letzten Mal, konnte er wegen ihrer Verschleierung nicht erkennen. Geschwind streifte er die Tücher ab, in die das Fernrohr des Fürsten eingewickelt war, und reichte es einer von ihnen.

»Wir haben ungefähr eine Stunde«, sagte er zu Urte und Valiva, kaum fähig, die Augen von der *Magasch* abzuwenden, die das Fernrohr vorsichtig in den mit Wasser gefüllten Trog legte, in dem es in wenigen Augenblicken erneut zum Leben erweckt werden würde.

»Ich habe zwar veranlasst, dass der Fürst aufgehalten wird, sollte er früher in seine Räumlichkeiten zurückkehren wollen, doch damit kann nur wenig Zeit gewonnen werden, ohne dass er Verdacht schöpft.«

»Dann sollten wir keine Zeit vergeuden«, erwiderte Valiva und wedelte mit der Hand in Richtung Tür.

»Ich werde draußen warten«, verkündete Tavi widerwillig. »Bevor ich es vergesse: Dieser Ionach Blaufeder, nach dem ich mich erkundigen sollte … Er war ein Gelehrter und Günstling des vorherigen Fürsten, aber es gibt keinen Hinweis, wofür er bezahlt wurde und ob er überhaupt etwas getan hat.«

»Offenbar eine sehr durchtriebene graue Maus«, antwortete Urte belustigt.

Sobald Kapitän Tavi die Tür hinter sich geschlossen hatte, stimmten die *Magascha* ihren atonalen Gesang an und strichen dabei so lange über das Fernrohr, bis sich die kleinen Flossen entfalteten und es sich zu bewegen anfing. Doch irgendetwas war anders als beim letzten Mal. Selbst Urte erkannte das.

Statt geschwind von einem Ende des Troges zum anderen zu schießen, wand und krümmte sich der Fernrohrfisch. Das Wasser verfärbte sich, und als das Tier doch noch weiterschwamm, war zu erkennen, dass es lange Fäden hinter sich herzog, die aus seinem Leib hingen. Gedärme offenbar!

»Was hat dieser Unmensch dem armen Tier zugefügt?«, rief die *Magasch* fassungslos und versuchte, den Kopf des Fisches zu greifen, was ihr erst beim zweiten Versuch gelang. Auch auf Anweisungen reagierte er widerwillig.

»Lass los!«, befahl sie mehrmals, bis der Fisch die Fernrohrlinse erbrach. Wie deutlich zu sehen war, drang jetzt auch aus seinen Kiemen Blut.

»Er wird sterben«, stellte Valiva fest. »Bringt ihn rasch zum Reden, damit die Mühe nicht vergeudet war.«

Die *Magascha* erfüllten ihren Wunsch mit einem weiteren Befehl, und nach einigen Augenblicken erklang eine Stimme, die der des Fürsten ähnelte. Sie war erfüllt von Qual, brach unvermittelt ab, setzte erneut an, kreischte, schrie und krächzte abwechselnd.

»Der Stern ist also nicht sichtbar. Von hier aus oder gar in ihrer Heimat? Ich vermute, dass er ganz verschwunden ist. Deswegen suchen sie ihn! … Der Gott der Schilves hat sie verlassen. Sie sind Verstoßene! Wie viele von ihnen mögen die ganze Wahrheit kennen? Jeder Einzelne oder nur die Priester und ein paar Kapitäne? Was wird geschehen, wenn alle davon erfahren? Ihre eigenen Leute? Die ganze Welt? …. Andere Völker, die Städte des Bundes, haben Götter, die auf ihrer Seite sind. Die Schilves aber kämpfen allein. Niemand wird mehr glauben, dass sie unbesiegbar seien. Sie sind zum Untergang verdammt. Wer sie vernichtet, erntet Ruhm …«

Die letzten Worte gingen in ein unverständliches Röcheln über. Danach herrschte eine ganze Zeit lang Stille in dem Zimmer.

Urte beendete das Schweigen. »Das ist eine Katastrophe! Es hätte kaum Schlimmeres passieren können!« Sie erhob die Stimme. »Tavi, herein!«

Die Tür ging auf, und Urtes Adjutant eilte herbei. Verwundert blickte er auf den Trog, aus dem die *Magascha* den erschlafften, aufgeschlitzten Leib des Fisches zogen.

»Mit wem bespricht sich der Fürst?«, fragte Urte. »Mit wem teilt er seine Geheimnisse?«

Tavi verbannte Fisch und Trog aus seinen Gedanken. »Nicht mit dem Gesinde, aber sehr wohl mit seinen Frauen. Er glaubt, wir wüssten nichts von seinen Besprechungen mit ihnen. Selbstverständlich redet er auch noch mit dem Alten, der für uns tätig ist. Meines Erachtens geht das gegenseitige Vertrauen der beiden nicht sehr weit. Es scheint ein lange zurückliegendes Zerwürfnis zu geben. Er wird wohl eher ein Dienstbote sein.«

»Wir sollten sein einheimisches Gesinde vollständig durch unsere eigenen Leute ersetzen und die gesamte Familie unter Hausarrest stellen oder – noch besser – auf eines unserer Schiffe bringen«, schlug Valiva vor. »Was mit dem Alten geschieht, müsste man noch sehen. Vielleicht könnte er dazu gebracht werden, eine Beteiligung an einem Mordkomplott gegen die Fürstenfamilie zu gestehen?«

»Das hat er nicht verdient«, widersprach Urte. »Er ist ganz nützlich. Ich möchte ihn sofort sprechen, wenn er den Fürsten das nächste Mal aufsucht.«

Sie blickte zu Valiva und lächelte: »Ist es nicht eine weise Einrichtung, dass wir gemeinsam befehlen, meine Liebe?«

»Wenn du in Ruhe darüber nachdenkst, wirst du gewiss einsehen, dass deine Antwort nicht viel anders ausfallen kann als meine«, gab die blonde Admiralin gelassen zurück.

Die *Magascha* rätselten derweil über den Zustand des toten Tieres. »Was kann den Fürsten dazu getrieben haben, ihm den Bauch aufzuschlitzen? Warum hat er es nicht an anderer Stelle versucht, vielleicht näher an der Linse? Hat er Verdacht geschöpft oder nicht? Aber welchen anderen Grund könnte es geben?«

»Viel wichtiger ist, was wir jetzt tun!«, mischte sich Urte ein. »Könnt ihr dieses ... Ding da ... so herrichten, dass der Fürst nichts bemerkt?«

»Das wird nicht möglich sein«, antwortete eine der beiden *Magascha.* »Der Zaubergesang nützt eigentlich nur aus, dass diese Tiere die Angewohnheit haben, über Wochen zu erstarren. Jetzt, da es tot ist, wird es ebenso zerfallen wie jedes andere Lebewesen. Spätestens in zwei Tagen wird sein Gestank unerträglich sein. Aber das ist auch nicht nötig, da wir vorausschauend für einen solchen Notfall einen Ersatz vorbereitet haben.«

»Einen zweiten Fisch?«

»Nein, eine Attrappe, oder besser gesagt: ein ganz gewöhnliches Fernrohr. Der Fürst würde den Unterschied allerdings erkennen, selbst wenn er bisher noch keinen Verdacht geschöpft hat, da es ohne Zauber nicht so gut ist wie das andere. Daher haben wir die Linse beschädigt. Sie hat einen Sprung. Dafür mag er einen seiner Bediensteten verantwortlich machen oder den Schwachsinnigen. Das wäre noch besser.«

»Der Erbprinz«, tadelte sie Urte.

»Sehr wohl, der Erbprinz. Sollen wir einen neuen Fisch vorbereiten? Der Aufwand ist jedoch beträchtlich.«

»Ich muss erst darüber nachdenken«, erwiderte Urte.

»Sie wird zur selben Ansicht gelangen wie ich«, sagte Valiva kühl.

Das Evinzfest warf seine Schatten voraus. Nur noch kurze Zeit, bis zwei Tage und Nächte lang der Göttin des gekelterten Weines und Schutzherrin des verführerischen Geflüsters und der törichten Versprechungen gehuldigt würde. Ein dritter Tag wäre der völligen Ruhe vorbehalten, und diese würde auch bitter nötig sein.

Im Jahreslauf kam dem Evinzfest eine ähnliche Bedeutung zu wie dem Frühjahrsfest. Ein wichtiger Unterschied war jedoch der, dass in wesentlich kürzerer Zeit in etwa die gleiche Menge an Wein und anderen geistigen Getränken durch die

Kehlen floss. In manchen Kreisen galt es beinahe als unschicklich, ja fast als Ketzerei, nicht schon zur Mittagszeit betrunken zu sein.

Das machte allerdings die Evinztage zu den Tagen im Jahr, an denen in Friedenszeiten mehr Menschen starben als an jedem anderen Tag. Einige starben an unüberlegten Worten, hitzigen Handlungen und nicht zuletzt an einem Messer im Leib, die meisten jedoch daran, dass sie sich schlichtweg zu Tode getrunken hatten.

Auch in der Puhlerei herrschte eine zuversichtliche Stimmung. Dass es gegenwärtig nicht sehr viel zu tun gab, störte nicht einmal Traian. Die Evinztage standen bevor und brächten in ihrem Gefolge wie jedes Jahr genügend Rufmorde, Beleidigungen und Streitigkeiten wegen begründeter oder unbegründeter Eifersucht mit sich.

»Die Sattlerin war gar nicht so harmlos«, erzählte Marilena, die in Traians Auftrag bei der *Gerechtigkeit* gewesen war und von dort den neuesten Klatsch mitgebracht hatte. »Wie sich herausstellte, hatte sie eine Einbindahle dabei. Das ist im Wesentlichen eine Nadel mit Griff, so lang wie mein Unterarm. Warum führt man so etwas mit sich? Der Metzger hatte wohl einfach Glück, dass sie ihn nicht zuerst umbrachte!«

»Sie hätte aber keine Wurst aus ihm gemacht«, warf Serban ein.

»Sattler haben eigene Möglichkeiten, jemanden verschwinden zu lassen«, behauptete Marilena.

»Sättel, Zaumzeug, Taschen, große Taschen, Schuhe, Peitschen«, zählte Flaviu auf.

»Ich glaube kaum, dass sie etwas von dem Handwerk verstanden hat«, sagte Traian, der gerade aus seinem *Allerheiligsten* kam. »Meines Wissens war sie einfach nur die Frau des Sattlers. Nikola, ich habe etwas mit dir zu besprechen.«

Nikola folgte ihm in ein angrenzendes Kämmerchen, wo Traian seine Abrechungen machte und die Verfügungen der *Gerechtigkeit* aufbewahrte. »Schließ die Tür«, befahl der Anführer der Puhler.

»Wie versprochen, ich habe mich wegen der Burschen umgehört, die euch überfallen haben. Jemand, dem beide Arme ausgekugelt wurden, ist sehr auffällig. Ehemalige Gardisten, wie du schon angenommen hattest. Die Kerle sind bekannt dafür, dass sie sich dafür bezahlen lassen, jemanden zu verprügeln. Wenn du willst, höre ich mich weiter um.«

Nikola lehnte das Angebot ab. »Ich glaube nicht, dass das nötig sein wird. So bald wird sich niemand mehr an uns heranwagen. Zudem sind wir nun auf solche Unannehmlichkeiten vorbereitet.«

Traian hatte aber noch mehr auf dem Herzen. »Ich habe gestern Abend, nachdem ihr alle schon lange weg wart, Besuch bekommen. Kein Schilves und auch kein Aradeke, sondern einer von den Steppenleuten. Er nannte sich Queschua Para. Ich habe Zweifel, dass er nur der Gehilfe eines Pelzhändlers ist, und vermute stark, dass er eine Zeit lang im Dienst der Schilves gestanden haben muss. Aber das ist nicht weiter wichtig. Du und dein Kumpan – ihr seid ihm offenbar aufgefallen. Was ist eigentlich mit deinem Schilves-Freund? Kommt er nicht mehr?«

Nikola wusste nicht, was er darauf antworten sollte. Seit ihrer jüngsten Entdeckung vor drei Tagen hatte er nichts mehr von Sayme gehört. Hatte er seinen Oberen zu berichten oder betrieb er eigene Erkundungen unter den Angehörigen seines Volkes? Er wusste es nicht. Das Einzige, was sie vereinbart hatten, war Stillschweigen zu wahren.

»Du weißt, dass ich nicht alles sagen kann«, antwortete Nikola daher. Damit war Traian zufrieden.

»Anscheinend seid ihr diesem Steppenmann zuvor mit den Masken begegnet, und als er euch dann wieder beim Metzger Dorin Brutkleid gesehen hat, muss ihm etwas eingefallen sein. Er behauptet, er habe dir etwas Wichtiges mitzuteilen.«

»Wann kommt er wieder her?«

»Gar nicht. Aber du kannst ihn heute oder morgen jeweils eine Stunde nach Sonnenuntergang bei Dorin Brutkleids Metzgerei treffen.«

»Warum so spät?«, fragte Nikola misstrauisch.

»Wegen der Geister«, erklärte Traian. »Bei den Wilden hat alles mit Geistern zu tun. Gute Geister, böse Geister, und wie sie sich die Waage halten.«

Gegen Mittag betrat Sayme überraschend die Puhlerei, und Nikola erzählte ihm von Traians Besucher. Schnell waren sie sich einig, dass sie vorsichtshalber gemeinsam zu dem Treffen mit Queschua Para gehen wollten. Nur für alle Fälle.

Die Nacht kam, und der Mond sang sein stilles Lied. Die Metzgerei lag im Dunkeln und niemand sah ihr den Gewaltausbruch an, deren Schauplatz sie vor wenigen Tagen geworden war. Die Käfige, in denen quicklebendige Vögel gegackert und geschnattert hatten, waren jedoch allesamt verlassen und leer. Queschua Para wartete bereits und war nicht erfreut, Sayme zu sehen. »Was er hier wollen? So nicht abgemacht. Nur du allein!«

»Wir arbeiten zusammen«, erwiderte Nikola. »Was immer du mir erzählen wirst, wird er ebenfalls erfahren. Da kann er doch gleich dabei sein!«

»So nicht abgemacht!«, wiederholte Queschua Para unter heftigem Kopfschütteln. »Nur du allein.«

»Es ist wohl das Beste, wenn ich euch alleine lasse, aber ich werde in Rufweite bleiben«, sagte Sayme. Nikola und Queschua Para lauschten seinen Schritten, als er sich in Richtung des Apulubrunnens entfernte. Nikola fiel auf, dass er beim Gehen schlurfte. Seine Verwundung machte ihm doch mehr zu schaffen, als er sich eingestehen wollte.

Queschua Para rief etwas, und eine Frau trat aus den Schatten. Sie war vermutlich näher an sechzig Jahren als an fünfzig und in eine abenteuerliche Mischung aus der Tracht der Steppenvölker und der der Schilves gekleidet. So wie diese sprach sie auch. »Du bist der, mit dem ich reden wollte.«

»Ich heiße Nikola«, stellte sich Nikola vor. »Wie kann ich dich nennen?«

Mit eigenartigem Lächeln antwortete die Frau: »Nenne mich die Meerfrau.«

Du hast Glück, dass ich kein abergläubischer Fischer bin, dachte Nikola, und sprach: »Traian sagte mir, einer von euch beiden wollte mir etwas erzählen?«

»Nicht mein Enkel«, erwiderte die Meerfrau, »sondern ich. Wen sucht ihr, du und der Schilves?«

»Du wolltest mir etwas erzählen, nicht ich dir«, erinnerte sie Nikola.

Die Meerfrau sah ihn forschend an und erklärte: »Ich weiß, dass ihr hinter jemandem her seid, der mehrere Menschen getötet hat. Deswegen wart ihr hier, doch was ihr vorgefunden habt, war nicht das, was ihr suchtet. Fehlt euren Toten etwas? Teile des Körpers? Das Blut?«

»Blut«, antwortete Nikola sofort. »Ihr Blut fehlt, und zwar fast alles davon. Auch Teile des Halses, aber vor allem das Blut.«

»Wie ich befürchtet habe«, sagte die Meerfrau. »Ich bin an ihrem Tod schuld.«

Unzufrieden stieß Nikola die Luft aus. Vergeudete Zeit! Er war auf eine Wichtigtuerin hereingefallen!

»Und dein Enkel hat dir wohl dabei geholfen?«, fragte er spöttisch.

»Du missverstehst mich. Ich selbst habe niemanden mit meinen Händen getötet, bin aber vielleicht dennoch verantwortlich. Du wirst bereits erraten haben, wer ich bin. Vor einem Menschenleben fuhren ich und andere meines Volkes mit den Schilves über das Meer. Wir lehrten sie eure Sprache und eure Sitten, soweit wir sie verstanden. Eines Tages erzählte ich einem Mann von den *Alquenkisch*. Der Name bedeutet »Volk der Blutsäufer«. Sie ehren die Tapfersten ihrer besiegten Feinde, indem sie ihr Blut trinken. So wollen sie ihren Mut und ihre Stärke, aber auch ihre Weisheit in sich aufnehmen.«

»Das gesamte Blut?«

»Nein. Sie ritzen die Haut ihrer Feinde an vielen Stellen, und die Krieger lecken das austretende Blut ab. Das sind jeweils nur wenige Tropfen. Daran stirbt niemand. Irgendwann werden sie natürlich getötet, aber ihr Tod ist nicht die Folge dieser Ehrbezeugung.

Diese Geschichte habe ich dem Mann erzählt, von dem ich zu Anfang sprach. Sie nahm ihn gefangen, beherrschte ihn. Immer wieder kam er zu mir und stellte Fragen. Was wäre, wenn jemand mehr Blut zu sich nähme als nur ein paar Tropfen? Wenn er sich an andere hielte, die nicht seine Feinde wären? Wenn er etwas anderes in sich aufnähme als nur ihr Blut? Fleisch ... Er wurde mir immer unheimlicher, und irgendwann hatte ich genug von seinen Fragen. Doch er war nicht leicht abzuwimmeln. Das war eine schwere Zeit für mich.«

Sie strich sich die Haare aus dem Gesicht, und eine hässliche Narbe wurde sichtbar. Bei diesem Anblick stieß Queschua Para sofort wütende Worte aus. Auch wenn Nikola sie nicht verstand, waren sie leicht als Drohungen und Verwünschungen zu erkennen.

»Denk an die Geister«, ermahnte die Meerfrau ihren Enkel. »Vergiss niemals die Geister ... Ich dachte lange, er sei tot, doch dann sah ich ihn vor einigen Wochen hier in der Stadt wieder, und Queschua Para folgte ihm bis zu seinem Zuhause. Von deinen Toten hatte ich noch nichts gehört. Ich war froh, dass er mich vergessen hatte.«

»Wo wohnt er?«, fragte Nikola.

Die Meerfrau sagte es ihm. »Das ist alles, was ich dir mitzuteilen habe. Nun, handle so, wie du es für richtig hältst ... Doch nein, es gibt noch etwas anderes.«

Sie trat dicht an Nikola heran und raunte in sein Ohr. »Hüte dich vor deinem Gefährten! Er ist alt, sehr alt. Revjenesch! Revjenesch!«

Sie trennten sich, und Nikola ging zu Sayme.

»Hat es sich gelohnt?«, fragte der Schilves.

»Und ob! Und ob!«, erwiderte Nikola und berichtete, was die Meerfrau erzählt hatte. »Sie sagte auch etwas über dich. Du seist älter, als man es dir ansähe. Dazu gebrauchte sie ein besonderes Wort: *Revenn* oder so.«

»Revjenesch«, verbesserte ihn Sayme und lachte dabei auf

seine übliche seltsame Weise. »Das bedeutet Rückkehrer, jemand, der dem Grab entstiegen ist, Wiedergänger … Nicht nur die Schilves haben von ihren Dolmetschern gelernt, sondern auch sie von uns. Doch während sie die Schilves viel Nützliches lehrten, haben sie von uns nur dumme Geschichten übernommen. Die Alte wird irgendwann früher einmal jemanden getroffen haben, der mir ähnelte. Vielleicht äußerlich oder nur in seinem Wesen oder seinen Handlungen. Wahrscheinlich bildet sie sich jetzt ein, wir seien ein und derselbe. Sie sind ein sehr abergläubisches Volk.«

Beryks hatte es eilig, das Palastgelände zu verlassen. Er achtete darauf, frühzeitig jedem auszuweichen, der ihn hätte aufhalten können, und legte sich geeignete Grußworte zurecht, mit denen er jedes Gespräch im Keim ersticken konnte. Damit fuhr er ganz gut, bis er am Palasttor auf Kapitän Tavi traf. Mit Urtes rechter Hand hatte er nicht gerechnet.

»Beryks Brutkleid, die Admiralinnen möchten dich sehen«, sagte Tavi. Zwei Krieger in seiner Begleitung sorgten dafür, dass Beryks gar nicht erst auf falsche Gedanken kam.

Warum gerade heute?, dachte Beryks still fluchend. An jedem anderen Tag hätte es ihm nichts ausgemacht, zu den Admiralinnen gebracht zu werden, aber nicht ausgerechnet an diesem, da er etwas mit sich führte, das ihrer Herrschaft gefährlich werden konnte! Die Briefe, die ihm der Fürst anvertraut hatte, brannten wie Feuer auf seiner Brust.

Die Schilves waren solche Narren! Nur weil der Fürst mit einer für sie ungewohnt großen Familie zusammenlebte, hatten sie angenommen, alle, die ihm lieb und teuer waren, in ihrer Gewalt zu haben. Der Gedanke, dass es weitere Kinder von ihm geben könnte, die an anderen Höfen erzogen wurden, war ihnen gar nicht erst gekommen. Tatsächlich gab es drei davon: neunzehn, neunzehn und siebzehn Jahre alt. Also alle drei alt genug, um Abmachungen zu treffen oder an der Spitze eines Heeres in die verlorene Heimat zurückzukehren. Für sie waren die Briefe bestimmt.

Angestrengt überlegte er, wie er die Schriftstücke loswerden konnte, ohne Gefahr zu laufen, dass sie in die Hände des Feindes fielen oder zufällig gefunden wurden. Er ließ seinen Blick über beide Seiten des vor ihnen liegenden Weges gleiten und hielt Ausschau nach einem möglichen Versteck. Zusätzlich dachte er über ablenkende Manöver nach, doch nichts Befriedigendes fiel ihm ein. Für waghalsige Kunststückchen war er ohnehin längst zu alt, gestand er sich ein.

Ruhe bewahren, dachte er. Es war ja gar nicht erwiesen, dass die Schilves überhaupt von den Briefen wussten! Woher auch? Ein Verrat war völlig ausgeschlossen, denn darauf hatte er ein besonderes Augenmerk gehabt. Der Fürst wäre für die vermeidbaren Fehler, die dem Feind und seinen Kreaturen Tür und Tor öffnen konnten, vielleicht anfällig gewesen, aber nicht er, Beryks Brutkleid, denn er hatte einem wahren Fürsten gedient! Einem, der ohne Zögern gehandelt, immer mehrere Möglichkeiten in Betracht gezogen und jederzeit einen Ausweichplan parat gehabt hatte. Einer, der ganz anders gewesen war als sein schwächlicher Nachfolger. Ein Vorbild und Anführer durch und durch!

Im Palast musste Beryks in einem Vorzimmer warten. Tavi ging, um ihn anzukündigen, ließ aber die beiden Wachen zurück. Er blieb nicht lange fort.

»Die Admiralinnen haben jetzt kurz für dich Zeit«, sagte er, gerade so, als habe Beryks aus eigenem Antrieb um eine Audienz gebeten und sei nicht gegen seinen Willen hierherverschleppt worden.

Während der wenigen Schritte, die ihn Tavi zu den Admiralinnen führte, verwandelte sich Beryks in das Geschöpf, für das sie ihn hielten: den unwilligen Verräter, der mit seinem Schicksal haderte, in dessen Innern es brodelte und der völlig ohnmächtig war, etwas an seinem Los zu ändern.

Die Wachen blieben vor der Tür zurück, und Beryks stand wieder einmal denselben Personen gegenüber wie bei seinen letzten »Unterredungen«. Er wusste genau, was er von ihnen zu halten hatte: von Urte, mit ihrer verlogenen Freundlichkeit, von Valiva, diesem eiskalten Biest, und von Tavi, der vermutlich nur gewährleisten sollte, dass sich ein alter Mann nicht an den mächtigsten Frauen der Schilves vergriff!

Doch halt, was tat denn die grün gekleidete Hexe hier? Beryks hatte keine Vorstellung, wie groß die Fähigkeiten der Hexenweiber waren, doch die gewöhnlichen Schilves hatten einen Heidenrespekt vor ihnen. Erwiesenermaßen konnten sie die Ernten auf den Feldern verfaulen lassen, doch waren sie auch in der Lage, Gedanken zu lesen und Mienen zu deuten? Das Beste war wohl, keine komplizierten Wege zu beschreiten, sondern von Anfang an bei der Wahrheit zu bleiben. Allerdings nicht bei der reinen, nicht bei der lauteren, sondern bei der verwirrenden!

»Beryks, unser lieber Freund, es ist immer wieder schön, dich zu sehen«, begann Urte. »Wie geht es dem Fürsten? Worüber sprecht ihr momentan?«

»Der Fürst weiht mich für gewöhnlich nicht in seine Pläne ein«, erwiderte Beryks ausweichend. »Wenn Ihr wissen wollt, wie es ihm geht, so solltet Ihr ihn selbst fragen. Es steht mir nicht an, Vermutungen über die Gefühle meines Herrschers anzustellen oder gar Gerüchte über ihn in die Welt zu setzen.«

»Brav gesprochen«, lobte ihn Valiva. »Doch der Fürst ist nicht unser Spitzel. Sondern du bist das! Welche Aufgaben hat er dir in letzter Zeit zugewiesen?«

Beryks blickte rasch zu der dritten Frau im Zimmer hinüber. Sie stand da, ganz entspannt und mit vor dem Schoß gefalteten Händen. Wenn sie hinter ihrem Schleier Flüche, Verwünschungen oder Beschwörungsformeln murmelte, so war es jedenfalls nicht zu erkennen. Was sollte er der Blonden bloß antworten?

Bilder entfalteten sich in seinen Erinnerungen. Wie wäre er selbst früher mit einem widerspenstigen Gefangenen verfahren? Er hätte ihm aufs Maul geschlagen, ihm die Kleidung heruntergerissen, mit einem Messer in seine Haut geschnitten und die Wunden mit Salz ausgerieben! Das hätte er wiederholt, sooft es eben nötig gewesen wäre. Zum Abschied hätte er ihn dann nochmals verprügelt, einfach so, wegen des Lernerfolges. Zwangsläufig hätte er auf diese Weise gleich zu Anfang die Briefe gefunden.

Beryks war nur zu bewusst, dass er diesen Hündinnen auf seinen Fersen irgendetwas geben musste, damit sie gar nicht erst Witterung aufnahmen. Etwas, dessen Enthüllung niemandem wehtat!

»Der Fürst hatte offenbar einen schlimmen Streit mit einer seiner Frauen.«

»Unwichtig! Was noch?«

»Er hieß mich in letzter Zeit, Eure Schiffe zu beobachten. Die einlaufenden und die auslaufenden, und ihre Namen zu erfragen.«

»Wozu?«

»Er weiht mich nicht in seine Pläne ein. Vielleicht will er wissen, wie viele unterschiedliche Schiffe ihr habt, vielleicht ist ihm auch nur langweilig. Ihr werdet selbst wissen, dass er den halben Tag lang durch seine Fernrohre schaut.«

»Und das kannst du dir alles merken? Wir haben viele Schiffe!«

»Selbstverständlich nicht. Ich führe eine Liste.«

Unaufgefordert zog er eine eng beschriebene Pergamentrolle aus dem Gewand und reichte sie weiter. Urte und Valiva beugten sich über sie. Lächerlich, dachte Beryks. Als könnten sie auch nur eines seiner Worte lesen!

»Das sind wohl die Schiffsnamen in eurer Schrift«, sagte Valiva. »Was haben die Symbole dahinter zu bedeuten?«

Beryks antwortete mit einem überlegenen Lächeln. »Der Fürst möchte ganz genau wissen, wie Eure Schiffe aussehen: Größe, Rumpfform, Takelage und so weiter. Um mir Schreibarbeit zu sparen, habe ich mir Kurzformen ausgedacht, mit deren Hilfe ich seine Fragen beantworten kann. Gleichzeitig bin ich dadurch imstande, auch schnell zu erkennen, welche von gleicher Bauart sind und sich ähneln. Soll ich es Euch erklären?«

»Sehr schlau von dir«, lobte ihn Valiva, »aber es ist nicht

nötig.« Sie rief die Grüngekleidete zu sich und reichte ihr die Liste. Diese konnte sie offenbar lesen. Sie deutete auf die Einträge, sprang mit dem Finger hoch und runter und nannte Namen.

»Du kannst jetzt wieder gehen«, befahl Urte unerwartet.

Beryks deutete auf seine Liste. »Was ist damit? Kann ich sie wiederhaben?«

»Hat der Fürst sie schon gesehen?«

»Selbstverständlich, aber vielleicht fragt er erneut danach. Ich wüsste nicht, wie ich ihren Verbleib erklären sollte, wenn ich sie plötzlich nicht mehr besäße.«

»Ich werde sie dir bringen lassen, sobald wir uns von ihrer Harmlosigkeit überzeugt haben. Wir wollen ja nicht, dass der Fürst auf die Idee kommt, hinter unserem Rücken eine eigene Flotte zu bauen.«

»Und nun?«, fragte Valiva, sobald Beryks nicht mehr anwesend war. »Offenbar hat der Fürst jetzt auch noch herausgefunden, dass unsere Botenschiffe keineswegs über das weite Meer segeln, sondern knapp außer Sichtweite der Küste umgetakelt werden und einige Tage später mit anderem Namen und verändertem Aussehen zurückkehren. Bist du immer noch anderer Ansicht als ich, meine Liebe?«

Das Haus stand nicht ganz am Rande der Weißgarbe, sondern zwei Straßen von dem Viertel entfernt. In seiner nächsten Nachbarschaft befanden sich die Werkstätten eines Wagners, eines Stellmachers, eines Kürschners und eines Schusters. Es war noch früh am Morgen, und der Regen hatte gerade aufgehört zu fallen, doch der Wind, der vom Meer herüberwehte und nach Salz und Tang roch, führte neue Gewitterwolken mit sich.

»Ich habe immer noch nicht verstanden, warum wir so viele Umstände machen«, sagte Nikola.

»Er ist der zweite Mann auf einem wichtigen Schiff«, erklärte Sayme. »Man kann nicht einfach ein Geständnis aus ihm herausprügeln. Wir müssen irgendetwas finden, was ihn belastet.«

»Würde ein Werkzeug mit den Zähnen eines Pleunars ausreichen?«

»Ja, das wäre ein gutes Indiz.«

Nikola nahm den Faden wieder auf. »Man muss sich nicht auf das Verprügeln beschränken, sondern kann die Sache zu zweit angehen. Der eine verhält sich so, wie das eben üblich ist, während der andere so tut, als hätte er Verständnis für die Lage des Verdächtigen und sei vielleicht bereit, sich bestechen zu lassen. Diese Rolle ist sehr beliebt, denn wenn alles hinhaut und nichts dagegenspricht, darf derjenige, der sie übernimmt, den größten Teil dessen behalten, womit er bestochen werden sollte. Der Verdächtige muss dazu allerdings ein gehöriger Trottel sein.«

»Wie zeigt man Verständnis für jemanden, der Menschen umbringt und ausbluten lässt?«

»Man kann nicht alles haben! Ich behauptete nicht, dass es einfach sei.«

»Ich glaube, dass mein Plan dennoch der bessere ist«, sagte Sayme. »Ich habe veranlasst, dass unser möglicher Täter in den Palast bestellt wurde. Dort wird man ihn bis gegen Mittag warten lassen, um ihm dann mitzuteilen, dass alles ein unglückliches Versehen war und jemand anderes hätte kommen sollen. Selbstverständlich unter der Voraussetzung, dass wir bis dahin nichts Belastendes gefunden haben. Doch nun sollten wir uns an die Arbeit machen!«

Sayme und Nikola näherten sich dem Haus des mutmaßlichen Mörders von der Rückseite her. Ähnlich wie das Heim des Geisteraustreibers besaß es einen Garten, der von einer Mauer umgeben war und in den man durch eine breite Brettertür hineingelangte. Im Garten stand ein Karren, und ein Esel zupfte Gras.

»Niemand hat einen Karren erwähnt, aber damit könnten Leichen unauffällig in jeden beliebigen Teil der Stadt gebracht werden. Schauen wir uns das Ganze mal von innen an!«

Sie gingen um das Haus herum bis zur Vordertür, wo Nikola zwei Häkchen zückte, mit denen er im Schloss herumfummelte.

Sayme beobachtete ihn aufmerksam. »Gehört das auch zu den Fertigkeiten eines Puhlers?«

»Tut es nicht«, erwiderte Nikola, in seine Arbeit vertieft. »Wir treten sonst lieber die Tür ein, aber wir wollten ja nicht auffallen. Ich habe mir gestern vom Mann der Cousine meiner Vermieterin erklären lassen, wie man mit solchen Haken umgeht.«

»Interessanter Mann.«

»Nicht sehr«, antwortete Nikola. Die Erinnerung an das angeheiratete und wenig beliebte Familienmitglied der Schneiderin, auch bekannt als Laurentis der Prächtige, weckte zwiespältige Erinnerungen in ihm. Er konnte nur hoffen, dass der *kleine Gefallen*, den er ihm für seine Unterweisung versprochen hatte, nicht zu groß ausfiele!

Das Schloss sprang auf, und Sayme und Nikola traten ein. Eins konnte man über den Hausbewohner sofort sagen, nämlich dass er eine Schwäche für Dufthölzer hatte und sie in verschwenderischen Mengen verbrannte.

»Schau du dich unten um, während ich das obere Stockwerk durchsuche«, sagte Nikola und stieg die Treppe hinauf. Er öffnete die obere Tür und blickte in ein vollkommenes Wirrwarr. Ein Wahnwitziger hatte hier gewütet und die Wände der Kammern, die da gewesen waren, wahllos herausgerissen oder eingeschlagen. Wo sie nicht völlig fehlten, prangten große Löcher in ihnen. Die meisten Türen waren weggeschafft worden oder hingen schief in den Angeln. Der Duft verbrannter Dufthölzer vermischte sich mit etwas widerlich Faulem. Seine Herkunft war alles andere als ein Rätsel!

Nikola entdeckte Haken und Ketten, die von der Decke hingen und unter denen Bottiche mit Bluträndern standen. Er sah Becher und Gläser, aus denen Blut getrunken worden war, versiegelte Krüge, deren Inhalt kein Geheimnis war, Teller und Schalen mit eingetrockneten Resten. Der Anblick einer vollen

Schüssel machte ihn fassungslos. Sie war bis oben gefüllt, doch ihr Inhalt hatte sich längst in einen fauligen Pudding verwandelt.

Dies war der Lebenssaft eines Menschen gewesen! Dank seiner hatte er sich bewegt, gesprochen und gelacht, doch sein Räuber hatte es nicht einmal für nötig befunden, ihn auch zu verwenden. Er hatte ihn wie eine Schale ungekippter Milch oder einen Teller sauer gewordener Suppe behandelt. Etwas Wertloses, das jeden Tag unzählige Male überall in der Stadt weggeschüttet wurde. Doch für seinen ursprünglichen Besitzer war es so viel wert gewesen wie die ganze Welt.

Nikola nahm eine flüchtige Bewegung wahr und verspürte umgehend einen Druck im Nacken und dann einen scharfen Schmerz zwischen Unterlippe und Kinn. Sofort wusste er jenseits allen Zweifels, dass der Schmerz von einer schlecht platzierten Würgeschlinge stammte und er den Kopf genauso halten musste wie bisher, wollte er nicht Gefahr laufen, dass die Schlinge über sein Kinn rollte und sich um den Hals legte. Denn dann wäre er tot.

Er hob die Hände, um nach der dünnen Schnur zu greifen, doch schon zog jemand heftig an ihr und riss ihn rückwärts. Das Gleichgewicht, dachte Nikola, das Gleichgewicht! Er musste es unbedingt halten, denn sobald er es verlöre und stürzte, hätte sein Mörder leichtes Spiel!

Während er brutal rückwärtsgezogen wurde, griff er nach allem, was Halt versprach. Er hörte Gegenstände fallen und zersplittern, bis er endlich etwas zum Festhalten gefunden hatte. Doch der Angreifer riss und zerrte weiter, um ihn zum Loslassen zu zwingen.

Urplötzlich veränderte sich die Lage der Schlinge! Sie rollte aufwärts, über Nikolas Lippen, rutschte ihm in den Mund und schnitt ihm in die Mundwinkel. Nikola empfand einen heftigen Schmerz, der jedoch Überleben bedeutete!

Die Qual, die der Zug an der Schlinge verursachte, wurde schier unerträglich. Nikola stieß sich von der eingeschlagenen Zimmerwand ab, an der er sich festgehalten hatte, und prallte gegen einen Körper. Mit aller Kraft schlug er mit dem Kopf nach dem, der hinter ihm stand. Als sein Schädel gegen den seines Gegners knallte, fühlte es sich an, als müsse ihm der Kopf zerplatzen! Ungeachtet dessen wiederholte er das Ganze immer wieder – zweimal, dreimal, viermal! –, bis der Zug an der Schlinge nachließ. Nun war es ihm plötzlich möglich, sich umzuwenden! Er erblickte einen etwa vierzigjährigen Schilves, vollkommen kahl rasiert und kräftig gebaut, dem das Blut aus der zertrümmerten Nase sprudelte. Schlagartig färbte sich Nikolas ganze Welt purpurrot.

Er schlug, trat, stieß, bohrte, riss, kratzte. Als etwas seine Hand festzuhalten versuchte, biss er zu. Er empfing Schläge, spürte sie aber nicht. Alles an ihm war Waffe und sein einziges Ziel war Zerstörung.

»Lass gut sein, du hast gewonnen«, forderte ihn eine Stimme mehrfach auf und holte ihn damit aus seinem Mordrausch.

»Ist er tot?«, fragte Nikola nach einem Blick auf den übel zugerichteten Gegner.

Als er ein »Nein« vernahm, griff er wortlos nach einer Keramikschale und zerschlug sie. Seine Finger schlossen sich um eine lange, spitze Scherbe.

»Wenn du ihn jetzt tötest, wird er nichts davon mitbekommen«, warnte ihn Sayme. »Er wird einfach nicht wieder aufwachen und nie erfahren, dass er verloren hat. Er wird auch nie verurteilt oder bestraft werden, sondern friedlicher sterben als ein Krieger auf dem Schlachtfeld. Willst du das wirklich?«

Nikola ließ die Scherbe fallen. In dem Augenblick, als sie aus seiner erschlafften Hand glitt, meldete sich sein geschundener Körper. Alle Knöchel waren von den Schlägen aufgeplatzt, und eine Mittelhand war gebrochen. Die Schlinge schien seine Mundwinkel bis zur Wangenmitte aufgerissen zu haben. Doch am schlimmsten fühlte sich sein Kopf an, der es nicht gewohnt war, als Keule missbraucht zu werden.

Während Nikola sich untersuchte, sprach Sayme weiter. Seine Stimme hörte sich an, als würde er sich mit jedem Wort weiter von ihm entfernen.

»Er hätte nicht hier sein dürfen. Entweder erreichte ihn der Befehl nicht, im Palast zu erscheinen, oder er ahnte, dass etwas im Gange war. Ich habe eine Zange gefunden. Ihre Backen sind mit Pleunarzähnen besetzt, und sie wurde zweifellos genau so gebraucht, wie wir dachten. Ich verstehe nur noch nicht, warum. Wollte er damit verschleiern, dass er die Opfer mit der Schlinge bewusstlos würgte, bevor er sie hierherschaffte, oder verlangte sein Wahn, dass er sie mit einem Raubtiergebiss verstümmelte?«

Sayme sprach nun ganz und gar sprunghaft. Im einen Augenblick sagte er: »Ich habe einen Straßenbengel losgeschickt, damit er uns Unterstützung holt«, und schon im nächsten: »Das dauert viel zu lange. Wir müssen dich unbedingt zu einem Heiler bringen.«

Unversehens blickte er Nikola ins Gesicht. Er wirkte weniger besorgt, als vielmehr neugierig.

Einen weiteren Augenblick später regnete es in Strömen, und Nikola lag in eine Decke gehüllt auf einem rumpelnden Karren, der von einem Esel durch enge Gassen gezogen wurde. Wie er auf den Karren gekommen war, wusste er nicht. Doch er war nicht allein. Zu seinen Füßen lag noch jemand unter einer Decke verborgen und wimmerte. Nikola trat ihn! Als der Mitreisende nicht verstummte, trat Nikola ihn erneut. Er wusste zwar nicht warum, aber es schien ihm richtig zu sein.

»Der Geist!«, sagte er.

»Welcher Geist?«, fragte Sayme, der neben dem Wagen herschritt.

»Der Geist eben«, wiederholte Nikola. Das war doch ganz einfach: Wenn er jetzt zu einem Wunderheiler ginge, würde es ihn sein gesamtes Erspartes kosten, also müsste er Goguls spukende Gesellschaft noch sehr, sehr lange ertragen. Verzichtete er jedoch darauf, so bliebe er bis zum Ende seines Lebens entstellt. Keine einfache Wahl!

Dann wich der Regen schlagartig Sonnenschein, und der Eselskarren holperte durch Straßen, die Nikola seit Kindheitstagen vertraut waren. Doch er sah nur Schilves, überall nur

Schilves. Welche Ironie, dachte er, dass der einzige ursprüngliche Bewohner dieser Straßen ein Sippenloser war!

Ihm fiel auf, dass der verhüllte Mitreisende abhandenge-
kommen war.

»Trinken, auch wenn es schmerzt«, forderte ihn aus dem
Nichts eine Stimme mit starkem Akzent auf, und jemand
drückte ihm einen Becher an die Lippen. Im ersten Augenblick
brannte Nikolas Gesicht wie Feuer, dann wurde alles taub.
Eine grün gekleidete Frau setzte sich zu ihm und strich mit
kühlen, vollständig bemalten Fingern über sein Gesicht. Nikola versuchte vergeblich einen Sinn in den Ornamenten und
winzigen Bildchen zu erkennen. Unerwartet hob die Frau zu
singen an. Eine weitere stimmte in den Gesang mit ein. Beide
sangen furchtbar falsch. Eine Zumutung, dachte Nikola erbost.
Was für eine Zumutung! Dann verlor er das Bewusstsein.

Nikola erwachte erholt und ausgeruht. Sein Gefühl sagte ihm,
dass es noch nicht spät am Tag sein konnte, und sein Gehör
verriet ihm, dass er nicht allein in seinem Zimmer war. Die
Schneiderin war da, bestimmt um irgendetwas zu holen, das
sie bei ihm abgestellt hatte. Er wollte mit dem Aufstehen warten, bis sie gegangen war, doch diesen Gefallen tat sie ihm
nicht. Stattdessen trat sie an sein Bett.

»Du bist wach«, stellte sie fest. »Offenbar geht es dir auch
wieder besser!«

Sie senkte die Stimme und sprach zu ihm, als wolle sie ihn
am neuesten Klatsch über die Nachbarn teilhaben lassen. »Die
Fremden haben dich gebracht. Vorgestern schon! Du warst
nicht bei Sinnen, aber sie haben uns genaue Anweisungen gegeben, wie du zu pflegen seist, wann man dir Wasser einflö-
ßen solle oder Tee. Ich habe das an meinen Mann weitergegeben. Er versteht sich auf derlei sehr gut! So gab er dir alle paar
Stunden etwas zu trinken, auch nachts!«

Erwartungsvoll blickte sie ihn an. Zu offensichtlich war,
dass sie die aufopferungsvolle Pflege durch ihren Mann nicht
ohne Hintergedanken erwähnt hatte.

Nikola war gewillt, ihre Neugier zu befriedigen. »Ich und einer der Schilves haben während der letzten Wochen gemeinsam einen ziemlich gefährlichen Halunken gejagt. Gestern, nein, vorgestern gelang es uns endlich, ihn dingfest zu machen. Dabei ging es recht rau zu. Mehr kann ich momentan nicht dazu sagen.«

Seine erlittenen Verletzungen fielen ihm ein. Er untersuchte seine Wangen, zuerst mit der Zunge von innen, dann mit den Fingern von außen, konnte jedoch weder eine Wunde ausmachen noch etwas, das sich nach einem Narbenwulst anfühlte. Auch seine Hände waren vollständig verheilt. Keine aufgerissenen Knöchel und auch keine gebrochenen Knochen! Hatte sich das, woran er sich jetzt wieder zu erinnern glaubte, überhaupt zugetragen?

Nikola schwang sich aus dem Bett und ging zu seiner Kleidung. Sie war zerrissen und blutverschmiert, so wie er sich an sie erinnerte. Also doch!

»Ich weiß nicht, ob sich das wieder auswaschen lässt«, sagte die Schneiderin besorgt. »Ich kann dir jedoch eine Wäscherin nennen, der es vielleicht gelingen mag. Sie ist die Fürstin aller Wäscherinnen, wenn du verstehst, was ich meine. Keine kann ihr das Wasser reichen!«

Nikola wurde plötzlich bewusst, dass er keine Kleidung trug. Wie zum Schutz hielt er seine besudelte Tunika vor sich. Die Schneiderin lachte glockenhell. »Das habe ich alles schon gesehen. Du brauchst dir nicht einzubilden, dass es irgendetwas Besonderes an dir gäbe! Aber ich lasse dich jetzt allein.«

Als Nikola später die Puhlerei betrat, wussten schon alle Bescheid. Onkel Mihan, Marilena und der junge Liviu beglückwünschten ihn, während sich Serban und Flaviu auffällig zurückhielten. »Ein Mörder reicht dir hoffentlich!«, sagte Serban verdrossen.

»Wenn man ihn so sieht, will man gar nicht glauben, dass er so viele arme Menschen umbringen konnte, bevor ihr ihn gefasst habt«, warf Marilena ein.

»Du hast ihn gesehen?«, fragte Nikola überrascht.

»Aber ja doch! Sein Leichnam ist bei der *Gerechtigkeit* ausgestellt.«

»Er ist tot?«

»Die Schilves sind rasch bei der Hand, wenn es gilt, jemanden umzubringen«, sagte Kostel, der gerade aus dem *Allerheiligsten* kam. Vermutlich hatte ihn Traian herbestellt, um mit ihm über die vermehrt anfallende Arbeit nach den Evinztagen zu sprechen. Als er gegangen war, klatschte Traian in die Hände. »Genug geschwatzt! Wir haben heute zwar nicht viel zu tun, aber nicht viel ist nicht dasselbe wie überhaupt nichts!«

Als auch sie die Puhlerei verlassen hatten, spielten Nikola und Onkel Mihan zum Zeitvertreib ein paar Runden *Binoquae*. Nikola war jedoch nicht ganz bei der Sache. Schuld daran waren nicht nur die Schreckensbilder aus dem Haus des Mörders, die immer wieder in seinen Erinnerungen aufblitzten, sondern auch, dass er nicht wusste, wie es weiterginge. Würde er zusammen mit Sayme oder einem anderen Schilves ein neues Verbrechen aufdecken oder war mit diesem einzigen Fall die Zusammenarbeit mit den Schilves beendet?

Auch wenn Serbans und Flavius Unken am Ende fast wahr geworden wäre, würde er den besonderen Kitzel dieser Arbeit vermissen. Möglichweise schaute Sayme wie gewohnt vorbei. Dann könnte er ihn fragen und sich auch gleich dafür bedanken, dass er sich bei den Wunderheilerinnen der Schilves für ihn verwandt hatte.

Als der Nachmittag anbrach und noch immer niemand in der Puhlerei vorbeigekommen war, der etwas von ihm wollte, beschloss Nikola, zur *Gerechtigkeit* zu gehen. Er war ganz überrascht, dort eine lange Schlange vorzufinden, die an der Vorderseite des Gebäudes begann und sich um die Hausecke wand, wo sie am hinteren Drittel der Seitenwand endete. Dort wurden für gewöhnlich die Hingerichteten ausgestellt, wenn es nicht zu viele auf einmal waren. Wahrscheinlich hatten die meisten der Schlangestehenden bis vor wenigen Stunden weder von dem Mörder noch seinen Opfern gehört!

Nikola reihte sich in die Schar der Wartenden ein. Kurz vor

dem Leichnam des Mörders kam er an einer Tafel vorbei, auf der die Opfer aufgelistet waren. Außer den bekannten zählte er noch drei weitere, von denen er zuvor nichts gewusst hatte. Dann stand auch er vor dem Leichnam des Täters.

Marilenas Erstaunen war völlig berechtigt gewesen. Der Tote war ein Mann mittleren Alters, von schmaler Statur mit dünnen Armen und kleinen Händen. Das auffälligste Merkmal in seinem eingefallenen, fleischlosen Gesicht war eine lange, schmale und spitze Nase, die seinem Aussehen etwas Rattiges gab. Volles Haar von verwaschener Farbe bedeckte seinen Kopf. Um seinen Hals hing ein Schild: Der Blutschuster aus Bovit.

»Kommt einfach in unsere Stadt und bringt die Frauen um«, hörte Nikola jemand sagen, der hinter ihm in der Schlange stand.

»Auch zwei Männer mussten dran glauben«, sagte Nikola. »Aber das ist er überhaupt nicht. Das ist nicht der Mörder!«

Im Nu standen zwei Gardisten bei ihm. »Was ist das für ein Geschrei?«, herrschten sie ihn an.

»Das ist nicht der Mörder. Er sieht ihm nicht einmal ähnlich.«

»Und woher willst du das wissen?«

»Weil ich ihn selbst geschnappt und verprügelt habe.«

Die Gardisten blickten einander wissend an. »Das ist doch jedes Jahr dasselbe. *Morgen* beginnen die Evinztage, erst *morgen* wird gesoffen, nicht schon heute! Natürlich hast du ihn verprügelt. Im Traum! In deinem Säufertraum! Nun, verschwinde, Großmaul, wenn du nicht das ganze Evinzfest im Loch verbringen willst!«

Nikola stritt noch eine Zeit lang mit ihnen. Als jedoch zwei weitere Gardisten hinzutraten und einer von ihnen sagte: »Das ist der Puhler, der Schilves-Freund. Ein paar Tage Dunkelheit könnten ihm nicht schaden!«, gab er auf und ging.

Benommen kehrte er zur Puhlerei zurück, wo Onkel Mihan allein die Stellung hielt.

»Bei der Gerechtigkeit ist jemand ausgestellt, der angeblich der Mörder sein soll, aber er ist es nicht!«, platzte Nikola heraus.

»Kann jemandem eine Verwechslung unterlaufen sein?«

»Nein. Sie behaupten sogar, er sei ein Schustergeselle aus Bovit, aber das stimmt überhaupt nicht. Nichts davon ist wahr.«

Onkel Mihan runzelte die Stirn. »Das klingt nach einem Sündenbock. Kann es sein, dass jemand eine schützende Hand über den wahren Täter hält? War er in irgendeiner Weise bedeutend?«

»Woher soll ich das wissen?«, gab Nikola zurück. Doch gleich darauf fiel ihm ein, als was Sayme den Mörder bezeichnet hatte: Der zweite Mann auf einem wichtigen Schiff! So jemand hatte bestimmt mächtige Freunde, die manches Vergehen vertuschen konnten. Freunde, denen aber auch jeder ein Dorn im Auge wäre, der die Wahrheit kannte und sie aussprechen konnte!

Ohne ein weiteres Wort zu verlieren, rannte Nikola aus der Puhlerei hinaus und zum Schilves-Viertel. Da er nicht wusste, wo Sayme wohnte und sich auch nicht erinnern konnte, zu welchem Schiff er gehörte, sprach er wahllos jeden an, dem er begegnete. Vergebens. Niemand kannte einen Sayme, weder den, den er suchte, noch irgendeinen falschen. Auch seine Fragen nach den Wunderheilerinnen, die ihn behandelt hatten, brachten ihn nicht viel weiter.

»Du meinst vermutlich die Grünen Schwestern«, sagte schließlich jemand. »Einer wie du würde jedoch nie zu ihnen vorgelassen werden.«

»Ein Sippenloser?«

»Nein, ein Aradeke.«

Ob zufällig oder weil er von Nikolas Suche erfahren hatte, stand Sayme plötzlich vor ihm.

»Was tust du hier, Nikola?«, fragte er. »Lass uns ein Stück gemeinsam gehen!«

Nikola erzählte ihm von der falschen Leiche und Onkel Mihans Verdacht.

Sayme hörte aufmerksam zu. Er war jedoch weder überrascht noch besorgt. Mit einem Mal verstand Nikola die ungeheuerliche Wahrheit.

»Du wusstest davon!«, sagte er. »Vielleicht bist du sogar an der Vertuschung beteiligt! Hattest du das von Anfang an so geplant oder hat dich erst jetzt jemand gekauft?«

Sayme versuchte gar nicht erst zu leugnen. »Ich habe dich nie im Unklaren über meine Absichten gelassen. Ich sagte dir ganz zu Anfang, dass das Ziel der Schilves sei, Frieden und Ruhe in der Stadt zu wahren und zu verhindern, dass Gerüchte entstünden, die diesem Bestreben abträglich wären. Ein Schilves, der ausschließlich Aradeken auflauert und derart aufsehenerregend umbringt, ist untragbar. So jemanden darf und kann es nicht geben, wenn die Stadt nicht in einem Morast aus Rache und Vergeltung versinken soll. So haben wir beide das, was wir wollten. Es wird keine weiteren Toten mehr geben. Darum ging es dir doch?«

Doch Nikola war alles andere als zufrieden. »Was ist mit dem armen Kerl, dem jetzt die ganze Schuld zugeschoben wird? Hab ihr den eigens für diesen Zweck umgebracht?«

»Wo denkst du hin?«, erwiderte Sayme. »Sobald sich abzeichnete, wer der Täter war, wurde nach einer geeigneten Leiche gesucht, möglichst einem Fremden ohne Anhang.«

»Und wenn er nun Eltern hatte? Geschwister? Kinder? Freunde?«, hielt Nikola dagegen. »Was ist, wenn sie eines Tages erfahren sollten, dass er sich in einer fernen Stadt wegen einer Reihe ungeheuerlicher Verbrechen den Namen Blutschuster eingehandelt hat? Was werden sie denken? Wie werden sie sich fühlen? Kein Mensch lebt für sich allein! Jeder von uns ist auch ein Teil des Lebens von jemand anderem, und sei dieser Teil noch so klein! Aber wer möchte schon, dass ein Teil seiner Erinnerungen von einem blutrünstigen Ungeheuer eingenommen wird? Die Wahrheit muss ans Licht, und wenn ich es zu meiner eigenen Aufgabe machen muss, sie zu verbreiten. Er war dieses Ungeheuer nicht und darf es auch nicht sein!«

»Das solltest du lieber sein lassen«, antwortete Sayme. »Sobald jemand der offiziellen Wahrheit widerspricht und Gehör findet, wird auch er untragbar werden.«

»Willst du mir etwa drohen?«

»Ich betrachte dich als einen Freund, Nikola. Ich würde dir nie drohen. Ich warne dich bloß.«

»Scheißfreundschaft!«, rief Nikola wütend. »Scheiß auf sie! Du kannst mir gestohlen bleiben.«

Auf dem Rückweg aus dem Schilves-Viertel kam Nikola an Ovidius Kneipe vorbei. Da sie ihm so recht war wie jede andere, trat er ein. Der Wirt war überrascht. »Ein seltener Gast!«, sagte er. »Doch falls du wegen unseres Unterrichts kommst ...«

»Gib mir einfach einen Schnaps«, erwiderte Nikola. »Am besten einen ganzen Krug voll.«

Ovidiu musterte ihn neugierig. »Du weißt, was man über den Tag vor dem Evinzfest sagt? Wer zu früh beginnt, der erlebt womöglich das Ende nicht mehr!«

»Wäre mir gar nicht so unrecht«, erwiderte Nikola. »Nun schenk ein!«

Die Evinztage

Nikola war froh, dass die Puhlerei während der Evinztage geschlossen hatte. Er wusste zwar nicht, ob sich Onkel Mihan einen Reim auf seine Worte hatte machen können und ob er sie für sich behalten oder weitererzählt hatte, scheute aber dennoch die Begegnung mit Flaviu und Serban.

»Wir haben es dir ja gesagt! Puhler sind Puhler, und wenn sie bei Sinnen sind, so meiden sie Morde.« – Das wollte er nicht hören.

Er kam sich schon töricht genug vor, weil er sich so leichtgläubig für einen falschen Zweck hatte einspannen und hintergehen lassen.

Am meisten fürchtete er jedoch die Frage nach dem Schicksal des Täters. Nikola erinnerte sich gut an den Augenblick, als dessen Leben in seinen Händen gelegen hatte, so lange bis Sayme ihn überredete, die Scherbe fallen zu lassen. Was er gesagt hatte, hatte vernünftig geklungen. Rückblickend fragte sich Nikola jedoch, ob es Sayme vielleicht nur darum gegangen war, das Leben des Mörders zu retten. Nach allem, was er wusste, konnte sich jener längst auf einem Schiff befinden, das ihn zurück in die Heimat der Schilves brachte. Im schlimmsten Fall war ihm vielleicht nur verboten worden, an Land zu gehen bis Gras über die Sache gewachsen war.

Nikola verließ das Haus am frühen Nachmittag, um sich unter die Feiernden zu mischen, deren Gesänge schon seit Stunden in seinem Zimmer zu hören gewesen waren. Auf der Straße wurde getanzt, gelacht und getrunken und das Gerücht ging um, dass auf dem Platz unterhalb des Palasthügels der

Wein dieses Jahr aus neun künstlichen Brunnen sprudle anstatt aus den üblichen dreien. Da gewesen, um sich von der Richtigkeit zu überzeugen, war jedoch niemand. Eine Weile sah Nikola einem Kreisreigen zu, in dessen Mitte sich wechselnde Tänzer zur allgemeinen Belustigung in sogenannten Bocksprüngen versuchten, und trank dabei einen halben Becher Wein. Als er weiterging, schüttete er den Rest weg, da er nicht in der Stimmung war, der Göttin des gekelterten Rebensaftes zu huldigen.

Unerwartet begegnete er Valerica. Er war überrascht, sie nicht in Gesellschaft eines ganzen Schwarms ihrer Sippenangehören anzutreffen.

»Ich habe die anderen aus den Augen verloren«, erklärte sie. »Aber das ist nicht schlimm, da in meiner Familie das Evinzfest noch nie groß gefeiert wurde.« Mit kokettem Lächeln fügte sie hinzu: »Doch du bist sicher tatendurstig und möchtest nicht allzu lange von mir aufgehalten werden?«

»Ganz im Gegenteil«, widersprach Nikola und scherzte, dass es ihm sogar ganz recht sei, vor übermäßigem Trunk und unnötiger Heiterkeit errettet zu werden. Damit brachte er Valerica zum Lachen, und beide einigten sich darauf, gemeinsam spazieren zu gehen. Ohne sonderliche Absicht führte Nikola seine Begleiterin aus dem festlichen Treiben heraus. In Sichtweite des Meeres erinnerte sie ihn an sein Versprechen: »Du wolltest mich mitnehmen, wenn du wieder einmal mit deinen Kraken schwimmst. Ist heute ein guter Tag dafür?«

Nikola betrachtete sie. Sie war schöner denn je, und ihr Lachen stand ihr gut.

»Aber gerne«, sagte er und ging im Geiste die bevorzugten Aufenthaltsorte seiner vielarmigen Freunde durch. Am aussichtsreichsten erschien ihm die Stelle, wo er ihrem Urahn zum ersten Mal begegnet war. Sie war nicht leicht zu erreichen. Ein schmaler Geröllstreifen zwischen Stadtmauer und Meer war der einzige Zugang. Man musste etwas aufpassen, wohin man trat, doch Nikola half Valerica gern über die schwierigen Stellen hinweg.

»Du musst dich jetzt umdrehen und darfst nicht schauen«, ermahnte sie ihn, bevor sie ihre Kleidung ablegte. Nikola gehorchte. Als er einen leichten Stoß zwischen den Schulterblättern spürte, wandte er sich um. Genau in diesem Augenblick platschte es, Wasser spritzte auf und Valerica winkte ihm aus dem klaren, blauen Nass entgegen.

»Jetzt du!«, rief sie lachend.

Nikola entkleidete sich, ohne Valerica zum Wegschauen zu ermahnen, da er überzeugt war, dass sie sich sowieso nicht daran hielte, und es ihm auch einerlei war, ob sie es tat. Gemeinsam schwammen sie zu einer kleinen Sandbank, die sich erst vor zwei Jahren aus dem Meer erhoben hatte. Das Leben hatte kürzlich Fuß auf ihr gefasst und zeigte sich in Gestalt einiger Dutzend grüner Halme. Auf halbem Weg näherte sich ihnen ein junger Krake. Er schwamm dicht bei Nikola, schoss manchmal mit wehenden Armen an ihm vorbei, kehrte dann zu ihm zurück oder schien auf ihn zu warten. Um es Valerica leichter zu machen, schloss Nikola zu ihr auf. Zunächst hielt der Krake vorsichtig Abstand, dann besiegte ihn die Neugier.

»Er hat mich berührt!«, schrie Valerica plötzlich erschrocken auf und lachte, als sie Nikola lachen sah. »Er hat mich berührt!«, wiederholte sie verwundert.

Für den Kraken war diese kurze Begegnung jedoch Aufregung genug für einen Tag. Er schwamm fort, und keiner seiner Verwandten nahm seinen Platz ein, bis Nikola und Valerica die Sandbank erreicht hatten.

Die Abfolge vom Ufer wiederholte sich.

»Ich zuerst«, sagte Valerica. »Du musst so lange woanders hinsehen, bis ich dir sage, dass du aus dem Wasser kommen kannst.«

Nikola war einverstanden, wunderte sich aber, was sie vorhatte. Als sie ihn rief, saß sie mit angezogenen Beinen im Sand. Sie hatte die Arme um die Knie geschlungen und ihren Haarknoten geöffnet, sodass ihr Haar über die Schultern floss. Nichts trug dazu bei, viel von ihrer Nacktheit zu verbergen.

Sie lächelte. Sie war schön und lächelte einladend. Nikola

hatte sich mehr als einmal vorgestellt, Valerica zu lieben, doch immer sofort daran denken müssen, was alles dagegensprach. Sie war zu jung und außerdem eine behütete Tochter der Sippen, die bei manchen Dingen überhaupt keinen Spaß verstanden und ihr Missfallen mitunter schonungslos ausdrückten. Doch heute war alles anders. Er wusste nun, wie schnell das Leben enden konnte, nur weil jemand an garstige Märchen glaubte. Er hatte gelernt, wie Mörder ungestraft davonkamen, und Menschen behaupteten, immer noch Freunde zu sein, nachdem sie einander gerade eben verraten hatten. In einer solchen Welt war es besser, im Augenblick zu leben, zu nehmen, was sich einem anbot und sich nachher erst Gedanken über die Folgen zu machen – nicht vorher! Außerdem war das Fest der Evinz im Gange, der Schutzherrin des verführerischen Geflüsters und der törichten Versprechungen.

Nikola streckte die Hand nach Valerica aus. Sie zögerte zuerst, sie zu ergreifen, doch da er sie nicht wegnahm und Valerica stattdessen einladend und leidenschaftlich ansah, tat sie es doch. Er zog sie zu sich heran, und sie schmiegte sich an ihn, als er den Arm um sie legte und mit den Fingern unsichtbare Muster auf ihre Haut zeichnete. Dabei flüsterte er ihr all die Torheiten ins Ohr, von denen er wusste, dass sie sie hören wollte. Und auf einmal war nicht mehr klar, wer eigentlich wen verführte. Er sie? Oder sie ihn? Irgendwann im Sinnesrausch dachte Nikola, dass das achtbeinige Pferd eine Reiterin gefunden hatte, und musste lachen.

Nikola war seltsam enttäuscht, als Valerica später neben ihm lag, eine Hand auf seiner Brust und ein Bein über seinen. Zwar hatte zwischen ihnen nicht die stille Verzweiflung geherrscht, die immer gegenwärtig war, wenn er und Andreea miteinander schliefen, aber es war auch nicht das gewesen, was er sich erhofft hatte.

Was hatte er sich denn erhofft? Dass er auf Wolken schwebte? Dass die Sonne nie unterginge? Oder dass er für immer in einem Traum verbliebe, in dem es keine Sippenlosen und Sippenangehörigen gab, keine Lügen, keine Täuschung und keinen Verrat? Das wusste er selbst nicht, nur dass es anders hätte sein sollen. Außergewöhnlicher, irgendwie besonders. Er suchte nach dem, was ihm fehlte und überlegte sogar, ob Valericas Reiz vor allem darin bestanden hatte, dass sie eine verbotene Frucht für ihn gewesen war.

Doch in seinen Gedanken war er schon wieder halb in der wirklichen Welt, in der er großmäulig verkündet hatte, die Wahrheit ans Licht bringen zu wollen. Aber wollte er das wirklich tun? Saymes Warnung vor Konsequenzen war begründet gewesen und eine Begegnung wie kürzlich der nächtliche Überfall konnte leicht herbeigeführt werden. Falls man sich überhaupt so viel Mühe machen wollte. Nein, das sollte er doch lieber sein lassen.

Valerica war mit ihren eigenen Gedanken beschäftigt. Nikola hörte ihr nur mit halbem Ohr zu, als sie irgendetwas über Gedichte sagte und von den Lehren sprach, die sie gezogen hatte.

»Ich möchte während meines Lebens etwas Besonderes tun, etwas Bedeutendes«, erzählte sie. »Ich möchte nicht einfach nur die Ehefrau von jemandem sein und die Mutter seiner Kinder. Verstehe mich nicht falsch, ich wünsche mir beides zu sein, aber ich möchte auch Spuren hinterlassen. Man soll wissen, dass ich gelebt habe. Jeder sollte Spuren hinterlassen! Nicht so welche wie ein Fürst, der Reiche erobert und Städte gründet, und vielleicht beides wieder verliert, wenn ein Mächtigerer über das Meer kommt ... Wie erkläre ich dir das? Ich wünsche mir, dass man später von mir sagt: Was sie getan hat, war gut und wichtig. Es war dringend nötig, dass es getan wurde. Es war die Aufgabe, für die sie bestimmt war, und die niemand sonst auf diese Weise hätte bewältigen können. Ihr Leben war nicht flüchtig. Sie ist nicht einfach verblasst. Sie war von Bedeutung für uns! Verstehst du das? Kennst du dieses Gefühl?Hast du jemals davon geträumt, mehr zu sein?«

Träume, die man in ihrem Alter eben hatte, dachte Nikola und überlegte für einen Augenblick, ob er sie daran erinnern sollte, dass er ein Sippenloser war und nie mehr sein würde als ein Sippenloser, gleichgültig, was er tat. Er war es in diesem Leben, wäre es ebenso im Tod und – nach allem, was er gehört hatte – auch noch danach. Nichts würde sich daran ändern. Das war ein wichtiger Grund, warum sich so viele seines Standes nicht um die Götter scherten. Einem Sippenlosen hatten sie nichts zu bieten. Doch da er Valerica nicht vor den Kopf stoßen wollte, antwortete er stattdessen: »Ich hatte immer gehofft, eines Tages meine eigene Puhlerei zu haben. Aber ich weiß nicht, ob daraus noch irgendwann etwas werden wird.«

Später schwammen sie zum Ufer zurück und verabschiedeten sich voneinander. Valerica wollte nach ihren verlorenen Sippenangehörigen suchen oder nach Hause gehen, falls sie sie nicht fände.

Nikola mischte sich wieder unter die Feiernden. Doch je mehr Gelächter er hörte und je mehr Angetrunkene er sah, desto bewusster wurde ihm, warum er bereits beim ersten Mal von dem Fest geflohen war. Seine Wut über die Vorkommnisse der vergangenen Tage und seine Enttäuschung darüber, nicht das zu fühlen, was er zu fühlen erhofft hatte, wurde schließlich so übermächtig, dass er zum Meer zurückkehrte. Er wollte so lange schwimmen, bis seine Arme erlahmten und die Erschöpfung für finstere Gedanken keinen Raum mehr ließ. Es erschien ihm wie ein bitterer Scherz, dass ihn schon nach kurzer Zeit nicht nur ein Krake begleitete, sondern die stattliche Anzahl von neun Tieren! Er ließ sich von ihnen führen und fand sich alsbald zwischen den mächtigen Rümpfen der Schilves-Schiffe wieder. Nicht zum ersten Mal hatten ihn seine Freunde hierhergeführt, und Nikola hatte längst den Grund dafür erkannt: Die Mannschaften und insbesondere ihre Köche warfen regelmäßig Speiseabfälle über Bord.

Nikola und die Kraken tauchten unter den Rümpfen hindurch. Sie waren mit Muscheln, Schwämmen und Algen bewachsen und manchmal schufen ihre unterschiedlichen Formen und Farben Bilder. An diesem späten Nachmittag entdeckte er ein Bildnis, das ihm bekannt war. Als er es zum ersten

Mal gesehen hatte, hatte es ihn sofort an eine Figur aus Ovidius Theaterstück erinnert, so wie er sie sich in seiner Fantasie immer vorstellte. Ein Widersacher des Helden, von dem Nikola insgeheim überzeugt war, dass sich hinter ihm einer von Ovidius wahren Feinden verbarg. Allerdings war das Schiff, auf dessen Rumpf er dieses »Bild« zum ersten Mal gesehen hatte, vor etwa zehn Tagen ausgelaufen, mit der Heimat der Schilves als Ziel. Wie seltsam! Konnten zwei unterschiedliche Schiffsrümpfe durch schieren Zufall einen zum Verwechseln ähnlichen Bewuchs aufweisen? Er tauchte auf, um seine Neugier zu stillen. Die Größe der beiden Schiffe stimmte zwar überein, doch über Deck häuften sich die Unterschiede. Nikola war dennoch überzeugt, ein und dasselbe Schiff vor sich zu haben. Soweit er es verstand, gab es nichts auf diesem Schiff, das man nicht in längstens zwei Tagen in den jetzigen Zustand hätte überführen können.

Welche Gründe mochten die Schilves haben vorzutäuschen, dass sich eines ihrer Schiffe auf der viele Wochen dauernden Fahrt über das Meer befand, während es in Wirklichkeit schon nach wenigen Tagen Abwesenheit wieder im Hafen von Arades vor Anker lag? Nikola erwog, Sayme zu fragen, doch dann erinnerte er sich an ihre letzte Begegnung und verfluchte ihn stattdessen.

Kurz nachdem Katalin eingeschlafen war, entführte ihn ein Traum viele Jahre in die Vergangenheit zu einem Sommernachmittag im Palastgarten. Er und Luminita saßen unter einem Sonnendach und schauten den Mädchen beim Spielen zu. Die Mädchen – so nannte Luminita Katalins Nebenfrauen. Sie spielten ihr Lieblingsspiel, in dem sie abwechselnd Florins Mütter waren. Der kleine Florin – war das wirklich sein Name? – war ein geduldiges Kind, doch auch bei ihm kam irgendwann der Zeitpunkt, an dem er von diesem Übermaß an Müttern genug hatte und unleidig wurde. Dann begannen auch noch Roxana, Diona, Afinja und eines der anderen Mädchen miteinander zu zanken. Luminita beobachtete das Treiben einige Zeit und griff dann ein, um den Streit zu schlichten. Niemand durfte diese Aufgabe an ihrer Stelle übernehmen, auch Katalin nicht. Denn so sollten seine Nebenfrauen von jung an daran gewöhnt werden, dass sie die Hauptfrau war und immer das letzte, entscheidende Wort hatte.

Mit einem Mal verdunkelte sich die Sonne und Fürst Alexandru stand bei ihnen. Katalin erkannte sofort, dass seinem Vater irgendetwas nicht passte und wunderte sich daher auch nicht, als er ihn missbilligend sagen hörte: »Welche Verschwendung!«

Was, bei allen Göttern, mochte er meinen?, überlegte Katalin. Wer oder was hatte heute sein Missfallen erregt? Das Spiel der Mädchen? Sein Erstgeborener, dessen Name Katalin einfach nicht einfallen wollte?

»Käfer sind in meinem Haus!«, beklagte sich der Fürst. »Sie nagen an den Säulen und an den Grundmauern. Wenn sie niemand vertreibt, werden sie das Haus zum Einsturz bringen!«

Katalin überlief es heiß und kalt. Davon hatte er noch gar nichts bemerkt! Wahrscheinlich war der Sommertag daran schuld, dass ihm das leise Nagen entgangen war. So schön, so warm, so friedlich! Wieder einmal würde er seinem Vater ein Versäumnis eingestehen müssen.

»Gleich morgen werde ich alles Nötige veranlassen!«, sagte er.

»Nicht nötig und überdies auch viel zu spät«, erwiderte Fürst Alexandru. »Die Vögel kümmern sich bereits um sie.«

Katalin war erleichtert. »Dann müssen wir uns keine Sorgen machen?«

»Aber ja doch!«, widersprach der Fürst kalt. »Ist es denn so wenig offensichtlich für dich? Wegen der Vögel!«

Katalin erwachte schwer atmend und unfähig, sich zu rühren. Angestrengt überlegte er, wie er den Fehler wiedergutmachen könnte. Käfer und Vögel – er verstand nicht einmal, worin sein Versäumnis bestand. Wie schön wäre es doch, wenigstens einmal etwas zur Zufriedenheit seines Vaters zu tun!

Von außerhalb des Zimmers waren Rumpeln und leise Stimmen zu hören. Gewiss kam gerade jemand vom Evinzfest zurück! Das war ein Nachteil des Schwiegerhauses. Hier war es lauter als im Palast.

Plötzlich erinnerte sich Katalin, dass sein Vater vor etlichen Jahren gestorben war. Der Gedanke war tröstlich, denn nun war er selbst der Fürst von Arades. Es gab keine Vorwürfe und niemanden, vor dem er sich rechtfertigen musste! Erleichtert schmiegte er sich an Luminita, die heute das Bett mit ihm teilte, legte den Arm um sie und schlief wieder ein. Doch als wäre er dem Traum nie entkommen, stand Katalin sofort wieder seinem Vater gegenüber. Der vormalige Fürst hatte nur zwei Worte für ihn übrig: »Welche Verschwendung!« Dieses Mal bestand kein Zweifel, wen er meinte.

Bei seinem nächsten Erwachen fühlte sich Katalin ganz benommen und ein fortwährendes Knistern und Knacken drang an sein Ohr. Unruhig flackerndes Licht schien unter dem Türspalt herein, dann roch er den Rauch. Feuer, dachte er und versuchte sich zu erheben, doch seine Beine verweigerten den Dienst. Auf allen vieren kroch er keuchend und hustend zur Tür, zog sich an ihrem Griff hoch und versuchte sie zu öffnen. Doch sie gab nicht nach. Etwas blockierte sie! Er dachte an die schlafende Luminita und dass er zu ihr zurückmusste, um sie zu wecken. Doch so schnell, wie die Luft sich verschlechterte, würde er sie vermutlich gar nicht mehr erreichen, bevor er das Bewusstsein verlöre. Also blieb er, wo er war und klopfte mit schwächer werdender Stimme an die Tür: »Macht auf! Macht auf! Macht …«

Die Welt, die wir kannten

Nikola erfuhr von der Tragödie in aller Frühe am nächsten Morgen aus dem Mund seiner Vermieterin. Da sie mit dem Eintritt in sein Zimmer sofort zu reden begonnen hatte, wurde er beim Erwachen von einem Schwall scheinbar aus dem Zusammenhang gerissener Sätze überschüttet, die vor bedrohlich klingenden Wörtern wie *verheerend, Brand, Tod* und *Verderben* nur so strotzten. Erfolgreich kämpfte er gegen den im Halbschlaf geborenen Drang an, aus dem Bett zu springen, sich etwas überzuwerfen und sich mehr oder weniger notdürftig bekleidet auf die Straße zu retten. Stattdessen bemühte er sich um einen ruhigen und gefassten Ton: »Noch einmal von vorn. Worum geht es?«

»Der Fürst ist tot!«, rief die Schneiderin.

»So alt war er doch noch gar nicht«, erwiderte Nikola.

»Heute Nacht ist ein Feuer im Palast ausgebrochen. Er und seine gesamte Familie sind darin umgekommen!«

»Die ganze Familie?«, wiederholte Nikola zweifelnd. »Er hatte doch bestimmt ein Dutzend Frauen und noch viel mehr Kinder. Dann noch die ganzen Diener, Mägde und Wachen! So jemand stirbt doch nicht einfach mit allen Angehörigen! Sicher wurde der eine oder andere gerettet!«

»So heißt es aber!«, beharrte die Schneiderin etwas verunsichert. »Alle seien tot.«

»Du weißt, wie es ist«, versuchte Nikola sie zu beruhigen. »Jemand stößt sich den Fuß, und wenn nur genügend Leute einander davon erzählt haben, hat er plötzlich beide Beine verloren!«

»Wir wollen jetzt los!«, tönte die Stimme des Schneiders aus der Werkstatt.

»Wir gehen zum Palast«, sagte die Schneiderin schnell und hastete aus Nikolas Zimmer.

Er blieb noch einen Augenblick liegen, dann kleidete er sich an und folgte ihnen. Die Angewohnheit, bei bedeutsamen Anlässen zugegen sein zu wollen, hatte er seit seiner Kindheit nicht abgelegt.

Auf dem Platz unterhalb des Palasthügels waren Tausende zusammengeströmt. Trotz dieser großen Menschenansammlung war es überraschend ruhig. Die Wenigen, die sich überhaupt unterhielten, murmelten leise, doch die meisten schwiegen in banger Erwartung. Sie erzählten einander im Wesentlichen das, was Nikola bereits von seiner Wirtin erfahren hatte. Manchmal wiesen ihre Berichte nur kleine Abweichungen auf, bisweilen waren sie mit Mutmaßungen und zweifelhaften Einzelheiten durchsetzt, die daher rührten, dass der Erzählende angeblich jemand kannte, der jemand kannte, der das Unglück aus nächster Nähe mit angesehen hatte. Nikola blickte in ernste Gesichter, besorgte Gesichter, graue Gesichter und in die Gesichter von Menschen, die noch vor wenigen Stunden ausgelassen gefeiert hatten, die trunken und unbeschwert zu Bett gegangen waren und die die schreckliche Nachricht am Morgen grausam nüchtern gemacht hatte.

Kinder drängten sich an ihre Eltern. Sie wussten nicht, was geschehen war, hätten es vielleicht auch nicht in seiner ganzen Tragweite und Folgenschwere verstanden, wenn man es ihnen erklärt hätte, aber sie ahnten, dass etwas Schlimmes geschehen sein musste, denn sie spürten die Angst und Besorgnis der Erwachsenen. Sie sahen sie und rochen sie. Also wimmerten sie und steckten einander mit ihrem abgehackten Schluchzen an. Ihre Eltern trösteten, fuhren ihnen mit den Händen durch die Haare, hoben sie auf die Arme und machten sie wider besseres Wissen glauben, das alles gut sei. Oder versuchten es wenigstens.

Nikola drängte sich vor, da er annahm, weiter vorn – in der

Nähe des Tors der Palastanlage – eher erfahren zu können, was wirklich geschehen war. Er gelangte gerade bis zur Mitte des Platzes, aber dann war Schluss. Zu dicht standen die Menschen beieinander. Sie warteten, dass irgendetwas geschähe. Dass diese Hoffnung nicht unbegründet war, darauf deutete eine Gruppe von Priestern mehrerer Erdgötter hin, die in der Nähe des Tors beisammenstanden, und auch ein Pferdewagen, wie er beim Frühlingsumzug und ähnlichen Gelegenheiten als bewegliche Tribüne benutzt wurde.

Während Nikola wie alle anderen wartete, suchte er mit den Augen nach dem Brandherd. Er war leicht zu finden: ein einzeln stehendes Gebäude mit rußigen Mauern. Durch das Feuer war es zwar stark beschädigt worden, aber nicht bis auf die Grundmauern abgebrannt, wie er den ersten Sätzen seiner Vermieterin entnommen hatte. Doch höchstwahrscheinlich würde es abgerissen werden müssen.

Plötzlich brüllte ganz in der Nähe eine erregte Stimme: »Mörder! Ihr Mörder!«

Wie alle anderen wandte sich Nikola nach dem Rufenden um. Wiewohl niemand um ihn herum gewillt war, sich der Anklage anzuschließen, erschollen nun auch an anderen Stellen in der Menge – beinahe wie abgesprochen – ähnliche Rufe: »Ihr feigen Mörder! Schilves! Mörder! Schilves! Mörder! «

»Halt dein blödes Maul, du Schwachkopf!«, verlangte jemand barsch von dem ersten Rufer. »Wir wollen hier in Ruhe und Frieden die Toten betrauern. Niemand legt Wert auf deinen Unsinn!«

Deutlich leiser und vielleicht im Selbstgespräch brummelte der Unbekannte weiter: »Was glaubst du, was du damit erreichen kannst? Wenn sich dir genügend Holzköpfe anschließen, werden sie ihre Krieger aufmarschieren lassen. Panik wird ausbrechen, und Tausende werden zu fliehen versuchen. Von diesem vollen Platz! Dutzende, Hunderte werden dabei zu Tode getrampelt werden. Das ist alles, was du mit deinem blöden Geschrei erreichen wirst!« Seine Stimme wurde wieder lauter: »Halt endlich dein verdammtes Maul!«

Nikola machte als Urheber dieser Gegenrede einen alten Mann aus, der kein Unbekannter für ihn war. Er erinnerte sich, dass er während des Einmarsches der Schilves einige Worte mit ihm gewechselt hatte. Damals hatte der Alte seinen Namen als Beryks Brutkleid angegeben und damit geprahlt, ein Vertrauter des alten Fürsten gewesen zu sein.

Als Beryks' Ermahnung keine Wirkung zeigte, zwängte er sich zu dem Schreihals durch und legte ihm die Hand auf die Schulter, um seine Aufmerksamkeit zu gewinnen. Doch der andere wischte sie wie ein lästiges Insekt weg und wiederholte lauthals die Anklage. Noch immer ging niemand darauf ein.

Nikola konnte nicht erkennen, ob noch weitere Worte gewechselt wurden, bevor Beryks handgreiflich wurde. Urplötzlich schlug er seinem Widersacher zweimal ins Gesicht. Der Angegriffene taumelte rückwärts und konnte gerade noch von einigen Zuschauern, die in seiner Nähe standen, aufgefangen werden, bevor er niederstürzte. Er blutete sofort so stark, dass Nikola bezweifelte, dass sich der Alte mit der Faust begnügt hatte. Vermutlich waren ein improvisierter Totschläger oder etwas Ähnliches dafür verantwortlich.

Wieder auf den Beinen, wollte sich der Angegriffene sofort auf Beryks stürzen. Die Umstehenden ließen das aber nicht zu. Sie schupsten und stießen ihn, griffen nach ihm und zerrten ihn zur Seite.

Sollte diese Schlägerei am Ende zum Keim jener Tragödie werden, vor der der Alte gewarnt hatte, dachte Nikola besorgt. Wie andere vor ihm, hatte auch er es nun eilig, Abstand zu gewinnen und den Platz zu verlassen.

Er hatte in dem Gedränge noch keine zehn Schritt zurückgelegt, als ein Raunen durch die Menge ging. Am Tor des Palastgartens geschah etwas!

Der Pferdewagen rollte vom Palastgelände und kam knapp außerhalb des Palastgartens wieder zum Stehen. Gleichzeitig ermahnte ein mehrfacher Hörnerstoß die Wartenden zur Ruhe. Auf dem Wagen standen vier Geistliche: jeweils eine Priesterin des Totengottes Laint und der Schicksalsgöttin Nörtia sowie ein Priester des Eidgottes Sanz und der Weingöttin Evinz. Der fünfte war ein Beamter des Hofes, der sich als Erster an die Menge wandte. Er hatte eine tragende Stimme, die gewiss noch im hintersten Winkel zu verstehen war! Darüber hinaus bediente er sich einer erfreulich verständlichen und schnörkellosen Sprache.

»Hört, Aradeken! Fürst Katalin und seine Gemahlin Luminita haben heute Nacht bei einem Brand ihr Leben verloren. Doch sie sind nicht die Einzigen, die Laint zu sich rief! Viele aus seiner Familie folgten ihm. Allerdings ist noch nicht endgültig geklärt, wer starb und wer womöglich doch überlebte. Darum kann ich jetzt nicht mehr dazu sagen. Ohnehin wird es das Vorrecht des neuen Fürsten sein, euch über das Los seiner Verwandten zu unterrichten, so es ihm beliebt. Gegenwärtig wird geprüft, wer den Gesetzen der Erbfolge entsprechend neuer Fürst von Arades werden wird.«

Nach ihm sprach der Evinzpriester. Seine Stimme war ähnlich kräftig und durchdringend wie die seines Vorgängers. Nikola nahm an, dass ein lautes Organ zu den besonderen Anforderungen gehörten, die an die Priester einer Gottheit gestellt wurden, deren Gläubige bisweilen sturzbetrunken waren. Auch er fasste sich kurz und benötigte nicht viel länger als sein Vorredner, um zu erklären, dass das Evinzfest wie geplant weitergehen solle. Dafür gab er eine einfache Begründung: »Auch wenn ein schwerer Schicksalsschlag unser Volk getroffen hat, so gilt doch, dass die Freude der Götter mehr wiegt als das Leid der Sterblichen. Drum feiert getrost weiter, doch vergesst darüber nicht: Euer Fürst ist tot! Euer geliebter Fürst ist tot!«

Nikola wartete nicht mehr ab, was die Priesterinnen Laints und Nörtias zu sagen hätten und kämpfte sich weiter bis zum Rand des Platzes durch. Das Bild einer verschreckten und alles niedertrampelnden Menschenherde war noch nicht aus seinem Kopf gewichen.

Als die Abstände zwischen den Zuschauern größer wurden und er schon fast aus der Menschenmenge heraus war, stand plötzlich Valerica vor ihm. Völlig aufgelöst, warf sie sich an seine Brust.

»Was soll nun aus uns werden?«, klagte sie mit erstickter Stimme. »Erst haben wir unsere Stadt verloren, und jetzt auch noch unseren Fürsten. Wer wird uns künftig führen? Wer wird uns sagen, was wir tun sollen? Nichts ist mehr so, wie es war!«

Nikola strich ihr beruhigend über das Haar. »Es wird einen neuen Fürsten geben, das wurde gerade verkündet. Jetzt geht es nur noch darum herauszufinden, wer den meisten Anspruch auf den Thron hat.«

»Wenn es aber keinen Überlebenden gibt?«, wandte Valerica ein. »Es heißt doch, dass alle – der Fürst, seine Frauen und die Kinder – im Feuer gestorben seien.«

»Das ist eine Übertreibung. Man weiß bis jetzt noch gar nicht genau, wer lebt und wer umgekommen ist.«

»Wie kann das sein?«, fragte Valerica aufgebracht. »Entweder lebt jemand oder er ist tot. Das muss sich doch leicht feststellen lassen!«

In der Tat, wie war das möglich? Diese Frage hatte sich Nikola gar nicht gestellt. Aber er wollte Valerica eine Erklärung geben. »Vielleicht sind nicht alle während des Brandes im Haus gewesen, und einer schwarz verkohlten und zusammengeschnurrten Leiche sieht man ja nicht an …«

Er brach ab, als ihm bewusst wurde, wohin ihn die Erklärung führen würde.

»Notfalls kommt der Fürst eben aus einer der anderen Städte. Die Fürstenhäuser sind schließlich alle miteinander verwandt.«

»Ein fremder Fürst?«, sagte Valerica mit Unbehagen. »Einer, der uns gar nicht kennt?«

Nikola erschien es passend, jetzt eine von Ovidius Weisheiten anzubringen: »Der Sinn fürstlicher Herrschaft ist es gerade, dafür zu sorgen, dass alles so bleibt, wie es ist und sich nie etwas wirklich ändert. Der neue Fürst wird nicht viel anders handeln als der alte.«

Damit konnte er ihr allerdings nicht den ersehnten Trost

spenden. Daher beschränkte er sich darauf, ihr immer wieder sanft murmelnd zu versprechen: »Alles wird gut!«

Inzwischen strich seine Hand nicht nur über ihr Haar, sondern auch über ihre Schultern.

»Valerica, was geht hier vor?«, rief jemand streng.

Vor Schreck sprang Valerica schier aus Nikolas Armen und eilte aufgeregt zu einer Handvoll ihrer Sippenangehörigen.

»Ich hatte euch verloren! Ihr seid plötzlich weg gewesen. Ich war verzweifelt. Das hat nichts zu bedeuten«, erklärte sie.

Ihre Verwandten waren allesamt in den Sippenfarben gekleidet, und Nikola erkannte den Ältesten von ihnen. Er erinnerte sich noch ganz gut daran, wie dieser *Meister Argintu* an jenem blutrünstigen Tag im Frühjahr seinem Gefolge haarklein erklärt hatte, was für Narren die Schilves seien und warum ihre Vernichtung kurz bevorstünde. So konnte man sich täuschen! Zwei andere aus der Schar wollte er mit Sicherheit nicht kennen lernen, da sie ihn wie Bluthunde beäugten, denen man seit Tagen die Nahrung verweigerte. Es war wohl besser zu verschwinden, bevor jemand aus der Seitenkrallensippe zu viel über ihn und Valerica nachdachte und womöglich den gefährlichen Einfall hatte, ihre Tugend beschützen zu müssen!

Als er zu Bett ging, war Nikola nur leicht angetrunken, denn trotz der ausdrücklichen Aufforderung der Evinzpriesterschaft, mit dem Fest fortzufahren, war die Stimmung in der ganzen Stadt gedrückt gewesen. Zwar hatte kaum jemand den Verlust erwähnt, den Arades in der vergangenen Nacht erlitten hatte, oder gar den schlimmen Vorwurf wiederholt, der am Vormittag auf dem Platz vor dem Palast vereinzelt erhoben worden war, nämlich dass die Schilves in den Tod der Fürstenfamilie verwickelt seien. Doch die Unbekümmertheit, die zum Evinzfest gehörte, war von Trübsinn erstickt worden. Wahrscheinlich würden sogar viele den anstehenden Tag der Ruhe und Erholung dieses Jahr ausfallen lassen.

Darüber hatte sich Nikola geärgert. Der Fürst war tot! Ja und? Ovidiu hatte ihm einmal überzeugend dargelegt, dass zu sterben sozusagen zu den Amtspflichten eines Fürsten gehöre, da er durch seinen Tod eine wichtige historische Wegmarke setze. Außerdem würde in wenigen Tagen oder vielleicht Wochen ein neuer Fürst gekrönt werden, und ebenso wie der alte würde er nichts auf die Meinung eines Nikola oder eines anderen armen Schluckers geben! Um Fürst Katalins Familie tat es ihm allerdings leid.

Er dachte an Valerica und ihre tiefe Verzweiflung, als sie gefragt hatte: Wer wird uns führen? Wer wird uns sagen, was wir tun sollen?

Nikola hatte nie jemanden gehabt, der ihn führte, und sich ganz bestimmt nicht nach jemandem gesehnt, der ihm sagte, was er zu tun hatte. Denn von dieser Sorte gab es schon viel zu viele! Bestimmt war Valericas Gefühlssturm ihrer Jugend zuzuschreiben. In ihrer Stimme hatte jedenfalls dieselbe Inbrunst mitgeklungen wie auf der Sandbank, als sie ihm gestanden hatte, dass sie etwas Bedeutendes in ihrem Leben leisten und Spuren hinterlassen wolle. Träume, Lebensträume! Ein wenig wünschte sich Nikola, hin und wieder ähnlich zu empfinden.

In der Stille der Nacht kam es ihm plötzlich so vor, als sei sein Atem lauter als sonst. Er hielt ihn an, hörte ihn aber immer noch! Einige Herzschläge lang lauschte Nikola, dann begann er erneut zu atmen, leise und flach, während er nach dem Schlagstock tastete, der seit dem Überfall nachts in Griffweite neben seinem Bett an der Wand lehnte. Er konnte ihn gerade so mit den Fingerspitzen berühren, aber nicht greifen. Vorsichtig rückte er näher an ihn heran.

Die Atemgeräusche wurden lauter, sodass sein Verdacht, ein Mensch müsse bei ihm im Zimmer sein, hinfällig wurde. Das klang nach etwas Wilderem und Größerem! Einem Saiguar vielleicht oder einem ausgewachsenen Steppenbären!

Immer lauter wurden die fremden Atemzüge. Schon bald hatten sie die Lautstärke eines Herbststurmes erreicht, der durch das verbliebene Gebälk eines abgebrannten Hauses fauchte. Dann erstrahlte plötzlich in milchigem Licht eine Gestalt, und das stürmische Blasen erstarb.

Damit war zwar die Ursache des Furcht einflößenden Auftaktes erklärt, doch das erneute Erscheinen von Goguls Geist war so beunruhigend wie eh und je. Auch dieses Mal beschränkte er sich nicht auf stumme Anwesenheit, sondern sprach.

»Unter Feinden, Furznase! Sei gewarnt vor dem unvermeidbaren Tag! Nimm mein Geschenk an …«

Etwas fiel polternd zu Boden. Goguls Geist verstummte, als könne ihn tatsächlich etwas aus dem Reich der Lebenden ablenken oder beeindrucken!

Doch schon sprach er erneut: »So hätte es nicht kommen sollen!«

Unvermittelt verschwand die Erscheinung. Die darauf folgende Stille in Nikolas Wohnung war so tief, dass sie den vorausgegangenen Lärm mit Leichtigkeit wettmachen konnte.

Nach einiger Zeit erhob sich Nikola und machte Licht. Ein ordentlicher Schluck Schnaps, das war es, war er jetzt brauchte! Sein Fuß stieß gegen einen kleinen, versiegelten Topf. Er hob ihn auf und drehte ihn grübelnd zwischen den Fingern. Ihm fiel ein, dass es der war, den Misangre dagelassen hatte.

Misangre! Die Evinztage! Mit einem Mal hatte Nikola das klamme Gefühl, dass ihm Gogul nach all seinem vorherigen, unheilvoll klingenden Geplapper dieses Mal etwas Sinnvolles hatte sagen wollen, etwas, das er sogar verstanden hätte!

Am nächsten Morgen kreisten in der Puhlerei alle Gespräche um die Tragödie des diesjährigen Evinzfestes. Noch immer war nicht bekannt, wie viele Mitglieder der Fürstenfamilie den Brand überlebt hatten. Marilena wusste zu berichten, dass vor dem Palast bereits wieder einige Dutzend Menschen zusammengekommen waren, und vielleicht würden es noch mehr werden. Kostel stellte Vermutungen über die Beteiligung der Schilves am Tod des Fürsten an, doch solche wilden Gerüchte wollte Traian unter seinem Dach nicht dulden!

Alles in allem war die Stimmung ernster und gedrückter, als Nikola erwartet hatte. Auch Traian, der wieder einmal die

Zeit für eine seiner langatmigen und vermeintlich erbaulichen Ansprachen gekommen sah, konnte daran wenig ändern. Seine Worte wurden ohne Murren ertragen, und niemand war geneigt, eine spöttische Bemerkung fallen zu lassen oder ihm wenigstens den Kringel zu zeigen.

Am Nachmittag, sobald es seine Pflichten erlaubten, suchte Nikola Misangre auf. Zu seiner Überraschung war der Garten hinter dem Haus heute leer. Niemand wartete darauf, von dem Geisteraustreiber empfangen zu werden, um ihn um einen Liebeszauber zu bitten oder ein Pülverchen zum Erhalt der Männlichkeit, oder damit er tatsächlich einen Geist für ihn austreibe. Nikola wartete eine Zeit lang in dem spärlichen Grün für den Fall, dass Misangre womöglich doch gerade mit einem Besucher sprach, dann schritt er zu Tür. Sie öffnete sich, kurz bevor er sie erreichte, und Misangres kindliche Helferin trat ins Freie.

»Misangre empfängt heute niemanden«, sagte sie abweisend.

»Ich habe nur ganz kurz etwas mit ihm zu besprechen«, erklärte Nikola. »Es wird nicht lange dauern.«

Das Mädchen blieb jedoch standhaft. »Du bist ihm nicht willkommen.«

Nikola erwog, sie einfach zur Seite zu schieben, doch dann reichte er ihr lieber ein paar Münzen. Das Mädchen nahm sie, ohne mit der Wimper zu zucken, an. »Er ruht in seinem Gemach im oberen Stockwerk. Aber du wirst ihm nicht willkommen sein.«

Sie führte Nikola durch Misangres *Leilee* mit seiner geheimnisvollen Einrichtung – den Altären, polierten Tierschädeln und Nachbildungen von menschlichen Körperteilen – in den oberen Bereich des Hauses bis zu einer verschlossenen Tür.

»Du bist hier nicht willkommen!«, bemerkte sie ein letztes Mal, bevor sie ihn verließ.

Nikola trat, ohne zu klopfen, ein. Misangre lag in einem viel zu breiten Bett und wurde von einer altjüngferlichen Frau löffelweise mit Suppe gefüttert. Er sah bleich und mitgenommen aus, und durch sein bisher schwarzes Haar zogen sich weiße Strähnen.

»Du bist hier nicht mehr willkommen!«, knurrte er, sobald er den Eintretenden erkannte.

»Vor der Möglichkeit dieser Begrüßung wurde ich bereits gewarnt«, antwortete Nikola beiläufig und sah sich betont ungerührt um. Wie er von Traian gelernt hatte, konnte man mit einem solchem Verhalten auch hartgesottene Burschen aus der Fassung bringen.

Vier bemalte Holztafeln zierten die Wände des Zimmers. Die Darstellung auf dem ersten glich den Bildern, die Nikola im Laint-Tempel gesehen hatte. Also zeigte es offenbar den Totengott umgeben von Verstorbenen.

Die zweite Tafel ähnelte zwar der ersten, allerdings waren wesentlich mehr Menschen abgebildet, unter ihnen viele Bewaffnete und Krieger in Rüstungen. Sie standen dicht an dicht auf einem Weg, der sich wie eine Girlande um einen Berg wand. Nikola vermutete, dass es sich bei der Gottheit um Galunt handelte.

Mit der Gestalt auf dem nächsten Bild wusste er nichts anzufangen, und das vierte war vollständig mit einem Tuch verhangen.

»Ich bin wegen der Geisteraustreibung hier, die ich in Auftrag gegeben hatte«, erklärte Nikola. »Du musst sie verschieben. Sie darf erst verrichtet werden, wenn ich es sage!«

Mit einer derben Bemerkung scheuchte Misangre die Frau mit der Suppenschüssel aus dem Zimmer.

»Du kommst zu spät. Ich habe deinen Wunsch bereits in der Nacht erfüllt. Was glaubst du Trottel, warum ich hier so liege?«

Seine Stimme wurde mit jedem Wort lauter. »Der Umgang mit Geistern ist eine gefährliche Angelegenheit. Du Ochse hättest mir sagen können, dass es eine Bindung zwischen dir und dem Geist gab.«

»Was für eine Bindung?«

»Dass du den Ermordeten kanntest, du Depp!«

»Das habe ich doch!«, verteidigte sich Nikola entrüstet. »Gogul die Qualle!«

»Dass du ihn persönlich kanntest!«

»Das erwähnte ich sehr wohl.«

»Hast du nicht!«

Nikola seufzte. Wahrscheinlich hatte Misangre schlecht geschlafen und musste wieder einmal unbedingt recht haben!

»Also gut, nehmen wir für einen Augenblick an, dass ich unsere Bekanntschaft unerwähnt gelassen hätte. Hätte das denn eine Rolle gespielt?«

»Hätte das denn eine Rolle gespielt?«, äffte ihn der Geisteraustreiber nach. »Selbstverständlich, du Holzschädel, denn dann hätte ich gewusst, dass dieser Geist dir spinnefeind ist und hätte Vorkehrungen getroffen! Nun schau mich an, was er mit mir gemacht hat!«

»Dein Haar! Es ist erbleicht«, sagte Nikola mitfühlend.

»Ach!«, antwortete Misangre ungeduldig. »Ich färbe es schon so lange, dass ich gar nicht mehr weiß, welche Farbe es ursprünglich einmal gehabt hat.«

Er deutete auf seine eingefallenen Wangen. »Schau mich an! Ich werde eine ganze Woche brauchen, um wieder auf die Beine zu kommen. Eigentlich sollte ich dich dafür bezahlen lassen! Warum wolltest du die Austreibung auf einmal verzögern? Ist dir dein Geist plötzlich ans Herz gewachsen?«

»Er hatte eine Nachricht für mich«, erklärte Nikola zögernd. »Er wollte mir etwas schenken, kam aber nicht mehr dazu, mir zu verraten, was es war. Also dachte ich, dass er vielleicht beim nächsten Mal …« Plötzlich begriff er. »Du hast ihn offenbar in genau dem Augenblick ausgetrieben, als er es mir sagen wollte!«

»Ich habe nichts anderes als das getan, was wir ausgemacht hatten«, verteidigte sich Misangre. »Doch sollte es dein Wunsch sein, kann ich ihn auch wieder herbeibeschwören, sodass du erfahren könntest, was er dir sagen wollte. So etwas ist nicht leicht, zumal bei einem sehr feindseligen Geist, aber ich kann es tun! Allerdings … allerdings würde es sehr, sehr kostspielig für dich werden.«

Ein so bösartiges Funkeln lag in seinen Augen, dass Nikola gar nicht erst fragte, *wie* kostspielig!

»Was ist mit der blutigen Hand an meiner Wand? Ist sie auch für immer weg?«, erkundigte er sich stattdessen.

»Das habe ich dir doch bereits erklärt!«, behauptete Misangre.

»Hast du nicht!«, wollte Nikola sogleich antworten, schluckte die Widerrede dann aber hinunter, da er sich nicht schon wieder mit dem Geisteraustreiber streiten wollte, wer was angeblich gesagt hatte oder vielleicht auch nicht.

»Erzähl es mir noch einmal«, verlangte er stattdessen.

»Wie ich dir bereits sagte, gibt es für alles eine Zeitspanne, während der mit erträglichem Aufwand etwas bewirkt werden kann«, holte Misangre aus. »Bei dem ersten Toten ist diese Frist längst überschritten! Allerdings ist der Handabdruck ohnehin nur ein Echo seiner früheren Anwesenheit und wird irgendwann von allein verschwinden.«

»Wie lange wird das also dauern?«

»Neun mal neun Erscheinungen, sagt eine alte Faustregel.« Das bösartige Glimmen kehrte in Misangres Augen zurück. »Wenn du immer gut auf dich aufpasst, kannst du das Verschwinden der Hand also durchaus noch erleben!«

Nikola gab sich unbeeindruckt und ging. Doch während des restlichen Tages bedauerte er noch oft, nicht gefragt zu haben, wie teuer ihn eine Wiederbeschwörung von Goguls Geist käme. Jedes Mal machte er sich dann klar, dass Misangre vermutlich nicht nur ein bisschen mehr als für die teure Austreibung verlangen würde, sondern bestimmt das Doppelte oder gar Dreifache oder noch viel mehr! Dabei wäre nicht einmal gewährleistet, dass sich die Ausgabe lohnte! Schließlich war es nur ein trügerisches Gefühl, das Nikola glauben ließ, Gogul habe ihm etwas Wichtiges mitteilen wollen. Es stimmte ja: Zu Lebzeiten waren sie sich spinnefeind gewesen. Warum sollte sich das geändert haben? Gogul war nicht Camilla. Ihrem Geist hätte Nikola bedingungslos vertrauen können.

In der Nacht hatte Nikola einen Traum. Es war der Albtraum, vor dem er sich am meisten fürchtete.

Wieder stand er vor dem Dachzimmer, in dem Camilla und ihre Schwester wohnten, und starrte auf die schlampig in die Tür eingeritzte Fünf. Er drückte die Klinke, bevor er sich anders besinnen konnte, und sofort legte sich ein eisernes Band um seine Brust. Etwas Schreckliches erwartete ihn! Die Tür schwang auf und entließ einen ekelerregenden Gestank. Dann sah er die riesige, dunkelrote Lache. Sie bedeckte den Boden vollständig, und nun, da die Tür geöffnet war, flossen schmale Bächlein über die Schwelle. Mit der Zeit würden sie die Treppe erreichen, zäh die Stufen hinabtropfen und aus dem Haus rinnen. Immer mehr davon, bis die ganze Welt im Blut ertrank! Im Blut von …

Nikola verbot es sich, darüber nachzudenken, auf wessen Blut er starrte. Das Allerwichtigste war jetzt, den Blick stur gesenkt zu halten und auf keinen Fall hochzuschauen! Dagegen durfte er unter keinen Umständen verstoßen, denn ansonsten sähe er … sähe er …

Doch wenn er nicht hochblickte, bekäme er auch nicht mit, wenn sich jemand von hinten an ihn anschliche, warnte ihn eine leise Stimme. Er würde nicht rechtzeitig handeln können, wenn ihm der unbekannte Schleicher die Schlinge über den Kopf würfe und ihn erwürgte. Er würde sterben. Und zwar würde er mit dem Wissen sterben, dass er sein Ende hätte abwenden können, wenn er nur …

Falls sich jemand anschlich! Falls? Ein kaum wahrnehmbares Schlurfen verriet, dass diese Einschränkung längst überflüssig geworden war.

Doch halt, dachte Nikola. Das gehörte überhaupt nicht in diesen Traum. Das war eine ganz andere Geschichte! Ein heimlicher Schleicher hatte hier nichts verloren!

In diesem einen Moment der Unachtsamkeit sah er auf und erblickte Camilla, festgezurrt an den Dachstreben. Er sah ihr bleiches Gesicht und ihre gläsernen, toten Augen. Ganz plötzlich veränderte es sich zu Andreas Gesicht. Die Schminke um ihre Augen war verschmiert und rußige Bächlein liefen über ihre Wangen. Ihr Mund zitterte. Wie stets schluchzte, schrie und stammelte sie. Doch heute war etwas völlig anders als sonst, denn Nikola verstand zum ersten Mal, was sie sagte!

»So hätte es nicht kommen sollen! So hätte es nicht kommen sollen! So war es nicht geplant!«

Nach Atem ringend, schreckte Nikola aus dem Traum. Er saß aufrecht im Bett und zitterte am ganzen Leibe. Flink griff er nach dem Schlagstock, der daneben an der Wand lehnte. Das schwere, harte Holz schenkte ihm ein Gefühl der Sicherheit. Mit diesem Stock würde er sich nicht fürchten müssen. Sollte sich jemand an ihn anschleichen, könnte er ihm damit die Knochen brechen oder den Schädel einschlagen. Er war kein hilfloses Opfer, das man an Dachsparren fesselte und ausbluten ließ. Er war nicht wehrlos!

»So hätte es nicht kommen sollen!«, murmelte Nikola. »So hätte es nicht kommen sollen!« Wie hatte er nur so vollkommen vergessen können, was Andreea damals gesagt hatte?

Obwohl keine Staatstrauer verordnet worden war, kam das öffentliche Leben in Arades immer mehr zum Erliegen. Die Straßen leerten sich, und augenscheinlich hatten viele Eltern ihren Kindern verboten, ins Freie zu gehen, sodass man jetzt meist nur denen begegnete, die sich ohnehin um sich selbst kümmern mussten. Auch Traian verhielt sich sonderbar. Kaum, dass er mit seinem Trupp die Puhlerei verlassen hatte, kehrte er unverrichteter Dinge wieder um. Die Stimmung in der Stadt gefalle ihm nicht, gab er als Begründung an. Jeder solle nun heimkehren und am besten den ganzen Tag nicht mehr das Haus verlassen. Morgen werde man weitersehen.

Nikola, der nach seinem Traum keinen Schlaf mehr gefunden hatte, ging nicht nach Hause, sondern zu Andreea. Auf sein Klopfen wurde ihm jedoch nicht geöffnet.

»Vor einer Stunde hättest du sie noch angetroffen«, erklärte ihm eine Nachbarin freundlich. »Jetzt sind sie nicht mehr da.«

»Wo sind sie denn?«

»Aufs Land zu Marius' Verwandten!«

»Schon wieder? Mitten in der Woche? Warum das denn?«

Die Nachbarin senkte die Stimme. »Wahrscheinlich ist es ihnen hier zu unsicher.«

»Unsicher?«

»Hast du nicht gehört, dass die Fremden vielleicht einen der Ihren zum neuen Fürsten machen wollen? Wenn sie das wirklich tun, könnte es heiß hergehen in der Stadt.«

Nikola lächelte verblüfft. »Willst du dann dein Nudelholz nehmen und zum Palast eilen?«

Die Nachbarin gackerte. »So weit käme es noch!«

Nikola wurde ernst. »Kanntest du den Fürsten? Hat er sich jemals mit dir unterhalten? Oder befürchtest du, dass ein Schilves-Fürst seltener zum Essen vorbeikäme, um dir den neusten Klatsch zu erzählen?«

»Das gerade nicht, aber er wäre eben ein Fremder.«

»Und wenn der neue Fürst ein Vetter des alten aus Bihorbis wäre? Wäre er dann nicht auch ein Fremder?«

»Das schon«, räumte die Nachbarin ein. »Aber vielleicht denkt nicht jeder so einfach wie du.«

»Wer anders denkt, ist ein Narr«, behauptete Nikola. »Für unsereins ist es völlig einerlei, wer auf dem Palasthügel sitzt, solange er ein wenig Mitgefühl besitzt und nicht zu gierig wird. Einen Aufruhr anzuzetteln, nur weil man meint, dass der Falsche im Palast wohne und zu Unrecht von goldenen Tellern speise und sich in kostbare Gewänder kleide, ist lächerlich.«

Damit konnte er die Nachbarin jedoch nicht überzeugen. Selbstgefällig antwortete sie: »Andreea hat mir erzählt, dass du für die Schilves arbeitest. Da bleibt dir wohl keine andere Wahl, als ihnen nach dem Mund zu reden.«

»Ich bin Puhler«, gab Nikola gereizt zurück. »Ich rede niemandem nach dem Mund, und Leute wie du können manchmal heilfroh sein, dass es uns gibt.«

Er verspürte keine Lust auf einen längeren Wortwechsel und verabschiedete sich, kehrte aber an jedem der nächsten drei

Tage zurück, um zu schauen, ob Andreea schon zurückgekehrt war.

Die angespannte Stimmung in der Stadt dauerte an. Morgen für Morgen versammelten sich unterhalb des Palasthügels einige Hundert Menschen und warteten. Traian schickte zwar niemanden mehr nach Hause, plante aber offensichtlich sehr sorgfältig, welche Anordnungen er vollstreckte und auf welchen Wegen er seine Leute zu ihren Bestimmungsorten führte. Um die Sippenhäuser machte er einen großen Bogen, aber nicht nur um sie.

Nikola stellte sich während dieser Tage immer wieder die Frage nach der Bedeutung von Andreeas Worten und ob sie ihm damals – vor acht Jahren – etwas Wichtiges verschwiegen hatte. Seine Ungeduld wurde gelegentlich so groß, dass er ernsthaft mit dem Gedanken spielte, ihr zu Marius' Verwandten zu folgen. Trotz seiner Erfahrungen mit dem lebenden Gogul zweifelte er keinen Augenblick am Wahrheitsgehalt der Offenbarung, die ihm der Traum geschenkt hatte. Andere Träume mochten Schäume sein, doch dieser war es nicht!

Nach dem letzten vergeblichen Besuch – die Nachbarin beschränkte ihre Auskünfte mittlerweile auf ein verneinendes Kopfschütteln – entschied sich Nikola für einen Ausflug zum Meer. Schwimmen, vielleicht begleitet von seinen Kraken, sollte ihm helfen, zu innerer Ruhe zurückzufinden.

Auch die Schilves verhielten sich anders als sonst!

Aus der Ferne sah Nikola, dass sie die Wachen an Bord ihrer Schiffe verstärkt hatten. War vielleicht doch etwas an dem Gerücht, von dem die Nachbarin erzählt hatte? Planten sie tatsächlich, einen der Ihren zum Herrscher von Arades zu krönen? Und falls das stimmte, war dann auch das andere Gerücht wahr, an das Kostel glaubte und das dasselbe besagte wie die Beschuldigungen, die schon während des Evinzfestes erhoben worden waren, nämlich dass sie die Fürstenfamilie kaltblütig ermordet hatten?

Am Strand ging Nikola zu einem befreundeten Fischer und bat ihn um ein paar Abfälle für die Kraken. Da er an diesem

Morgen so sehr in Gedanken gewesen war, dass er nicht nur alles zu Hause vergessen hatte, was er für seine Arbeit benötigte, sondern auch ohne ein einziges Kupferstück in der Tasche aufgebrochen war, sagte er ihm gleich, dass er ihm nichts dafür geben könne.

Dann müsse er heute eben großzügig sein, antwortete der Fischer schmunzelnd und wickelte ein paar Fischköpfe, Innereien und Eingeweide in ein großes Pflanzenblatt ein. Nikola wechselte noch einige Worte mit ihm, bevor er weiterging.

In der Ferne erspähte er Sayme. Der Schilves marschierte zielstrebig an der Wasserlinie entlang. Er benahm sich nicht so, als ginge er nur zum Vergnügen spazieren, sondern machte den Eindruck, als sei er im Auftrag seiner Vorgesetzten unterwegs. Doch wohin wollte er? In der Richtung, in der er ging, gab es nichts, was für die Schilves von Belang war. Aus schierer Neugier folgte ihm Nikola.

Der Angriff kam gänzlich unerwartet!

Nikola bekam gerade noch mit, wie ihm jemand einen Sack überstülpte und viele Fäuste auf ihn einschlugen, bevor ihn schwärzeste Nacht umfing.

Das unaufhaltsam steigende, aus den Weiten des Meeres zur Küste strömende Wasser bedeckte die Stelzen des Käfigs und nässte Nikolas Beinkleider, als er wieder zu sich kam. Er öffnete die Augen, sah die leeren Käfige um sich herum, in denen sonst zum Tode verurteilte Verbrecher ersäuft wurden, und begriff, bevor er noch ganz bei sich war, dass ihn seine unbekannten Angreifer in einen davon gesperrt hatten. Er zerrte wild an den Fesseln, mit denen seine Arme auf den Rücken gebunden waren, aber sie gaben kein bisschen nach. Die Unbekannten hatten gute Arbeit geleistet. Ohnehin hatte er in dem engen Käfig kaum Platz, sich zu bewegen.

Nikola rief um Hilfe, aber der Strand war verlassener denn je. Keine Menschenseele war zu sehen, nichts, außer einigen weit aufs Land gezogenen Fischerbooten und Netzen, die zwischen Pfählen zum Trocknen hingen.

Während das Wasser mit jeder Welle stieg und Nikola um sein Leben kämpfte, fragte er sich, wer ihn in diese missliche Lage gebracht haben mochte.

Der Überfall auf ihn und Sayme fiel ihm ein. Dem nach wie vor Unbekannten, der die Schlagetots bezahlt hatte, war es damals jedoch nur um Sayme gegangen und nicht um seinen Begleiter. Der war seinen Helfershelfern nur in die Quere gekommen.

Mazon Kropf etwa? Falls sich der ständig einflussreicher werdende Verbrecherfürst für seinen unrühmlichen Fenstersturz hätte rächen wollen, so hätte er sich überraschend viel Zeit genommen, und bestimmt stünde er jetzt feixend da, um seine Rache zu genießen.

Andreeas Nachbarin? Nicht persönlich natürlich, aber es mochte andere geben, die ähnlich dachten wie sie und jeden, der mit den Schilves zu tun hatte, als ihren willfährigen Speichellecker betrachteten, und es nicht bei dümmlichen Anspielungen und tadelnden Blicken beließen. Die vielmehr unter dem Eindruck der neuesten Geschehnisse und Gerüchte ein Recht in die Hand nahmen, das ihnen nicht zustand, und diejenigen bestraften, von denen sie glaubten, sie seien Verräter und hätten sich auf die Seite der Eroberer geschlagen.

Valerica! Zum Schluss kam auch sie Nikola in den Sinn. Dass selbst ernannte Tugendwächter einen Sippenlosen zum Krüppel schlugen, wenn sie ihn für einen unpassenden Umgang für eine der Ihren hielten, war nicht unbekannt. Würden sie aber sogar morden, wenn sie entdeckten, dass eine unerwünschte Beziehung noch viel weiter gegangen war, als sie befürchtet hatten? Allemal hätten sie am wenigsten Grund, zugegen zu sein, wenn ihr Opfer starb. Es musste auf seinen Platz verwiesen werden, anderen zur Abschreckung. Das reichte!

Indessen war das Wasser bis zu Nikolas Brust gestiegen, ohne dass er seiner Befreiung auch nur ein kleines Stück nähergekommen wäre. Immer lauter wurde die Stimme in seinen Gedanken, dass er nicht der Erste sei, der in einem der Käfige saß und sich zu befreien trachtete. Viele vor ihm hatten dieses

Schicksal geteilt! Sie hatten sich abgerackert, um zu entkommen, doch am Ende war jeder Einzelne von ihnen ertrunken!

Nikola entdeckte abgehackte Fischköpfe, Fischlebern, Gedärme und andere Innereien, die um ihn herumschwammen. Die Mitbringsel für seine Kraken! Würden sie sie noch bekommen? Tatsächlich waren sie bereits da! Nicht ein oder zwei, sondern mehr als ein Dutzend schwammen um seinen Käfig herum. Noch nie hatte Nikola so viele seiner kleinen Freunde auf einmal gesehen!

Als wollten sie Abschied nehmen, dachte er. Als seien sie gekommen, um das Ende einer Freundschaft zu erleben, die viele Generationen lang Bestand gehabt hatte!

Welcher Narr er doch war, dachte Nikola bekümmert. Er hatte seinen Kraken, ihren Eltern, Großeltern und Urgroßeltern das belanglose Kunststückchen beigebracht, an Land zu klettern und aus seiner Hand zu fressen. Wie viel Zeit er mit diesem Unsinn vergeudet hatte, anstatt sie die einzige Fertigkeit zu lehren, die ihn jetzt hätte retten können, nämlich einen Strick durchzubeißen. Scharf genug dazu wären ihre Schnäbel gewesen!

Als ihm das Wasser bis zum Hals reichte und jede neue Welle sein Gesicht mit feinen Tropfen besprizte, begriff Nikola, dass ihm nichts anderes mehr übrig blieb, als sich auf seinen Tod einzustellen. Er erinnerte sich, wie er als Kind vor den Käfigen mit den toten Seeleuten gestanden und sich gefragt hatte, ob die Totengöttin der Schilves käme, um die Ihren einzufordern. Wie sich inzwischen herausgestellt hatte, besaßen die Schilves überhaupt keine Totengöttin. Ihre Leute waren damals in der Fremde gestorben, weit entfernt von allen, die sie kannten, und niemand hatte ihre Seelen eingefordert! Später an jenem schlimmen Tag hatte er zwar geglaubt, der Göttin der Fremden zu begegnen. Aber *Mutter* war keine Göttin gewesen, sondern nur eine berechnende Frau, die Mitleid mit einem kleinen Jungen empfunden hatte.

Heute würde er endgültig sterben und ein Leben, an dem nichts bedeutend oder bemerkenswert gewesen war, würde ein Ende finden. Wie es wohl wäre? Für kurze Zeit könnte er das Wasser hindern, in ihn einzudringen, doch dann müsste er sich ergeben.

Nikola bäumte sich gegen das unabwendbare Schicksal auf und rief ein letztes Mal verzweifelt um Hilfe!

Als das Wasser über ihm zusammenschlug, hielt er den Atem an und widmete seine ganze Aufmerksamkeit den Kraken. Zu seinem Erstaunen hatte sich ihre Zahl inzwischen verdoppelt! Unablässig schwammen sie in einem wundersam feierlichen Reigen um seinen Käfig herum.

Doch sosehr sich Nikola auch bemühte, mit ihrer Hilfe den Drang zu atmen zu vergessen, so kläglich scheiterte er. Sein Körper kümmerte sich bald nicht mehr um sein Wollen. Ganz von selbst öffnete sich sein Mund und schnappte nach Luft. Aber stattdessen strömte Wasser in ihn hinein. Als der verräterische Körper den Irrtum bemerkte, versuchte er die eingedrungene Flüssigkeit wieder loszuwerden. Nikola hustete und würgte, aber immer mehr Wasser kam nach. Er wurde schwächer und verlor die Fähigkeit, klar zu denken.

Kurz bevor er starb, begegnetete er Gott. Seine Gegenwart schirmte das Sonnenlicht ab, das durch das Wasser schien. Erstaunlicherweise besaß der Gott mehr Arme als erwartet.

In der Mitte des Zimmers stand auf einem niedrigen Schemel der künftige Herrscher von Arades. Er war halb nackt und trug auf dem Kopf die Federkrone, die im Wesentlichen aus den rot schillernden Schwanzfedern des *Panovogels* auf einem Goldreifen bestand und über einen halben Schritt hoch war.

»Ihr müsst Euch an die Last auf Eurem Haupt gewöhnen, damit Euch die Krone nicht durch eine unvorsichtige Bewegung vom Kopf gleitet«, hatte man dem neuen Fürsten eingeschärft, als sie ihm zum ersten Mal aufgesetzt worden war. Seither getraute er sich kaum noch, den Kopf zu bewegen.

Ein halbes Dutzend Schneider und noch einmal so viele ihrer Gehilfen umschwärmten ihn und nahmen die letzten

Änderungen an den rituellen Gewändern vor, die er tragen würde, wenn er sich heute zum ersten Mal seinem Volk zeigte. Ihre Farben waren Weiß und Gold. Das gefiel dem Fürsten, machte ihm aber gleichzeitig etwas Angst, wegen der Anfälligkeit des hellen Stoffes für Flecken.

Er war nicht der Einzige, der sich wegen der Krone Sorgen machte. Während er reglos wie eine Statue das Rupfen und Zupfen der Schneider ertrug, hörte er eine Frauenstimme fragen: »Kann man sie nicht befestigen, vielleicht mit ein paar Haarnadeln?«

»Dafür ist sie viel zu schwer!«, widersprach der neue Haushofmeister.

»Was ist mit einem Gurt, einem Band unter dem Kinn?«

»Mit Verlaub, Admiralin, das würde man sehen, und eine festgezurrte Krone auf dem Haupt des Fürsten würde nicht sehr vertrauenerweckend wirken.«

Die Frau stieß einen Laut des Unmuts aus. »Dann müssen wir es wohl drauf ankommen lassen. Hat jemals ein Herrscher dieses Ding verloren?«

»Die Krone?«, erwiderte der Haushofmeister verschnupft. »O ja! Vor genau vierhundertundzwei Jahren trug sich so etwas zu. Es galt als schlechtes Omen, und die Regierungszeit – die überaus kurze Regierungszeit – des damaligen Herrschers erfüllte alle Befürchtungen.«

»Wenn Ihr Euch bitte umdrehen könntet?«, bat einer der Schneider den Fürsten. Der tat ihm den Gefallen. Er wandte sich um und konnte nun sehen, dass die Frau, die er sprechen gehört hatte, tatsächlich die mit dem mondsilbernen Haar war, wie er es auch angenommen hatte. Sie wurde von fast ebenso vielen anderen Menschen umschwärmt wie er von den Schneidern.

»Wer erklärt mir jetzt den Ablauf?«, fragte sie die Umstehenden und wechselte in ihre Muttersprache. Auch das gefiel dem Fürsten. Es erheiterte ihn immer, wenn die Fremden in ihrer Sprache redeten und dabei dachten, dass niemand sie verstünde. Er tat es aber und sogar ziemlich gut!

»Traditionell geht der Fürst zu jedem der Tore und zum Hafen«, erklärte einer der Umstehenden der weißblonden Frau.

»Zu Fuß etwa?«, fragte sie.

»Nein, zu Pferd oder mit dem Wagen. Dabei führt er *Schutul* und *Sulitul* mit sich. Vor dem Tor stößt er eines von beiden in den Boden und spricht ...«

»Halt, nicht so schnell! Was führt er mit sich?«

»*Schutul* und *Sulitul*. Das eine ist eine Art Speer, das andere ein Schild, aber ich habe vergessen, welches von beiden was war. Er stößt jedenfalls den Speer in den Boden.«

»Könnten wir dann der Einfachheit halber bei *Speer* bleiben?«, fragte die Weißblonde.

»Wie du wünschst, Admiralin. Er stößt also ... den Speer ... in den Boden und spricht: Hier herrsche ich!«

»Warum?«

»Wie bitte?«

»Warum macht er das? Warum durchbohrt er den Boden?«

»Ich habe keine Ahnung. Er tut es einfach. Das ist Tradition. Gewiss gibt es eine Geschichte dazu, die vermutlich mit den Himmelsrichtungen zu tun hat. Soll ich es für dich herausfinden lassen?«

Verneinend schüttelte die Admiralin den Kopf. »Ich kann mir nicht vorstellen, dass Urte das genehmigt hat. Die Sicherheit des Fürsten steht über allem, und der Gedanke, ihn mehrmals durch diese engen Straßen zu schicken ...«

»Wir haben selbst davon abgeraten. Aber du musst bedenken, dass für die Planung eines solch bedeutenden Ereignisses normalerweise nicht nur zwei Tage zur Verfügung stehen. Wir haben uns stattdessen entschieden, ihn nur bis zum Hafen zu bringen und die Tore auszulassen. Die Prachtstraße ist breit und übersichtlich und kann in kurzer Zeit von unseren Leuten gesichert werden.«

»Und im Hafen soll er dann den Speer in den Boden stechen und seinen Spruch aufsagen?«

»So war es gedacht.«

»Also inmitten jenes Stadtteils, wo unsere Schiffe ankern?

Wo sich überwiegend Schilves aufhalten, dort soll er einen Spieß in den Boden rammen und ausrufen: Hier herrsche ich? Klingt das nur in meinen Ohren wie eine Herausforderung?«

Ihre Frage löste Bestürzung aus. »Das haben wir wohl nicht recht bedacht«, antwortete der Kapitän, der ihr das Vorgehen bisher erklärt hatte.

»Und nun?«, fragte die Admiralin eisig in die Runde. »Sagen wir die Zeremonie ab? Wollen wir stattdessen zuschauen, wie die Unzufriedenheit wächst? So lange, bis Unruhen ausbrechen und wir einen Aufstand blutig niederschlagen müssen?«

»Es gibt noch einen anderen Plan, der jedoch frühzeitig verworfen wurde und daher nicht ganz ausgegoren ist. Bei diesem begibt sich der Fürst nur bis zur Mitte des Palastplatzes. Selbst wenn wir ihn großzügig absperren, können immer noch viele Einwohner ihren Herrscher sehen.«

»Und dort stößt er dann den Speer in den Boden und verkündet: Hier herrsche ich? Hier auf diesem hübschen Platz?«, spottete die Admiralin.

»Diese Variante war, wie schon erwähnt, nicht ausgegoren. Er könnte etwas anderes sagen, das besser passt. Vielleicht: Hier ist die Mitte der Stadt und die Mitte des Landes, über das ich herrsche.«

»Halte mich nicht für kleinlich, Kapitän«, nörgelte die Admiralin. »Die Stadt liegt am Meer, und die Aradeken verabscheuen das Meer. Dadurch liegt Arades offensichtlich am Rand seines Reiches und nicht in der Mitte.«

»Herz!«, rief ein anderer aus ihrem Tross. »Wie wäre es damit: Hier ist das Herz der Stadt, die das Herz meines Landes ist und so weiter und so fort. Der Rest könnte bleiben wie gehabt.«

Von diesem Vorschlag war die Admiralin sichtlich angetan. »Das könnte so gehen. Auf den Speerstoß müsste allerdings verzichtet werden. Stieße der Fürst seinen Speer in das eben entdeckte Herz, käme das einem Mord oder Selbstmord gleich. Am liebsten wäre es mir, wenn wir Speer und Schild ganz wegließen. Vielleicht sagt er einfach: Aradeken, Wohlstand und Frieden euch allen?«

»Das wäre jetzt aber recht weit weg vom üblichen Ritus.«

»Wie du schon sagtest«, gab die Admiralin zurück. »Wir haben nicht viel Zeit. Nehmt euch einen der Hofdichter. Bis zum Mittag soll er ein paar gefällige Worte finden. Spätestens zur dritten Nachmittagsstunde soll die Stadt ihren neuen Fürsten kennenlernen. Nun aber hurtig!«

Gerade als sich das Gefolge der Admiralin zerstreute, kam ein anderer Schilves, den der neue Fürst kannte. Er hieß Tavi, und offenbar teilten er und die Frau ein Geheimnis, da sie ihn sofort beiseiteführte und beide unwillkürlich leiser miteinander sprachen. Was mochte es wohl sein?

»Urte wünschte, dass ich dich unverzüglich in Kenntnis setze, wenn es etwas Neues gibt«, begann Tavi. »Erinnerst du dich, dass wir uns gelegentlich wunderten, wie Florin unbemerkt das Gelände verlassen konnte? Dieses Rätsel ist nun gelöst! Es gibt einen geheimen Zugang zum Palast, und wir nehmen an, dass ihn die Brandstifter benutzten. Sie hatten also entweder einen Führer, der sie hereinschleuste, oder der Weg war ihnen längst bekannt. Womöglich durch jemanden, der unter dem letzten, vielleicht sogar vorletzten Fürsten eine ganz besondere Vertrauensstellung innehatte?

Einmal auf dem Gelände, hatten die Schurken leichtes Spiel, da das Schwiegerhaus seit Wochen nachts nicht mehr gesondert bewacht wurde. Der bisherige Haushofmeister wurde inzwischen ebenfalls gefunden. Jemand hat ihm vor zwei oder drei Tagen das Genick gebrochen. Seine Leiche wurde in den nächsten Tempel gebracht, wo man ihn leider nicht gleich erkannte und daher als unbekannten Toten behandelte. Deshalb haben wir von seinem Ableben erst jetzt erfahren.«

»Könnte er ein Mitwisser gewesen sein, der zu gefährlich wurde?«, fragte die Admiralin.

»Es sieht ganz danach aus. Allerdings gibt es bislang nichts, was diesen Verdacht stützte.«

Die Admiralin blickte zum Fürsten und lächelte ihm aufmunternd zu. »Seine Hoheit wird das gar nicht mögen. Doch bis wir aufgeklärt haben, wer für diesen Schlamassel verantwortlich ist, müssen wir ihn zu seinem eigenen Schutz mehr oder weniger als einen Gefangenen behandeln. Am liebsten würde ich den heutigen Umzug absagen!«

Am frühen Nachmittag bestieg der Fürst seinen vergoldeten Wagen. Er bewegte sich steif und mit kleinen Schritten, was einigen derer, die ihn zum Platz begleiten sollten, ein Grinsen abrang. Er war ihnen nicht gram, sondern zeigte nur auf die Krone und schnitt dazu eine Mitleid heischende Grimasse.

Er hatte mehrere Mitfahrer. Die Hälfte von ihnen waren Schilves.

»Seid Ihr aufgeregt?«, fragte eine von ihnen. Sie war Bootsfrau, und der Fürst konnte sie gut leiden.

»Sehr!«, gestand er.

»Macht Euch keine Sorgen!«, beruhigte sie ihn. »Wir sind alle nur hier, um Euch zu helfen. Ihr müsst uns lediglich ab und zu nachsprechen und ansonsten das tun, was wir Euch heißen. Es wird schon gut gehen! Ihr seid schließlich nicht der erste Fürst, der in sein Amt eingeführt wird.«

Nicht lang danach setzte sich der Zug des Fürsten in Bewegung. An der Spitze schritten die Ausrufer, die unentwegt mahnten: »Macht Platz für den Fürsten der Aradeken!«

Ihnen folgten die Behüter der fürstlichen Insignien. Sie trugen die Zeichen der Macht auf samtenen Kissen oder führten sie wie im Fall der *Unsterblichen Ziege von Olz* – die, wie jeder wusste, alle paar Jahre ausgetauscht wurde – an der Leine.

Gleich vor dem Fürstenwagen schritten die Männer und Frauen mit den Duftkübeln. Sie schwenkten an langen Ketten silberne Kessel, in denen Duftkräuter und aromatische Hölzer verbrannten.

Dann kam der Fürstenwagen. Er wurde beiderseits von einigen handverlesenen Angehörigen der Fürstengarde und deutlich mehr kampferprobten Schilves-Kriegern flankiert.

Den Abschluss bildeten die Würdenträger. Die hohen Beamten von Arades, die Diplomaten und Verwalter, die Präfekten der Garde, die Ältesten der Sippen und die Priester aller Götter.

Zwar war der Platz zur Hälfte abgeriegelt und daher leer, doch stauten sich hinter den Wächtern immer noch Tausende. Als sie ihren neuen Herrscher nach tagelangem Warten endlich sahen, jubelten sie aus vollem Herzen und riefen: »Hoch Florin! Hoch Florin!«

Ihr Anblick schüchterte den Fürsten ein. »So viele Menschen«, flüsterte er.

»Sie sind nur Euretwegen hier«, erinnerte ihn seine Vertraute. »Seht, wie sie jubeln! Vergesst nicht, zu winken und ihnen oft zuzulachen. Das ist ihnen viel wert! Nachher werden Euch etliche der Würdenträger, die Eurem Wagen folgten, Treue geloben. Hört aufmerksam zu und wartet, bis das Gelöbnis zu Ende ist. Ihr antwortet dann jedes Mal ... aber das sage ich Euch, wenn es so weit ist ...«

Sie unterbrach ihre Erklärung und fragte: »Hört Ihr mir noch zu, Fürst Florin?«

Die Frage war berechtigt, denn der Fürst wirkte im Augenblick äußerst abgelenkt. Er reckte den Hals, schaute aufgeregt nach links, nach rechts, nach hinten und wieder nach vorn und rief: »Wo ist Papa? Wo ist Mama? Wo sind Mutti Roxana, Diana, Afinja?«

Andreeas Geheimnis

Überraschend viele Trauergäste kamen zu Nikolas Bestattung. Traian mit Frau und Tochter und der ganzen Puhlerschar: Serban, Flaviu, Marilena, Kostel, Liviu und Onkel Mihan. Ihre Mienen waren versteinert. Die Schneiderin hatte nicht nur Mann, Kinder und Lehrlinge mitgebracht, um ihrem verstorbenen Mieter das letzte Geleit zu geben, sondern es sogar irgendwie geschafft, den Mann ihrer Cousine – Laurentis den Prächtigen – zum Kommen zu bewegen. In dieser Gesellschaft war ihm sichtlich unwohl. Auch Andreea und Marius waren nicht allein erschienen, sondern hatten Marius' zahlreiche Verwandtschaft mitgebracht. Die fast zwanzig Trauernden kannten keinen anderen Trauergast und, wie sich schnell herausstellte, auch Nikola nur vom Hörensagen. Abwechselnd sprachen sie Andreea, die sehr verloren wirkte, Mut zu. In ihrer Nähe standen die beiden Sprachlehrer Xandra und Iovi. Xandras Augen waren rot verweint, was ihren Mann veranlasste, ihr immer wieder nachdenkliche und misstrauische Blicke zuzuwerfen. Selbst Krina, Nikolas ehemalige Wirtin, war anwesend und wehklagte laut. Wer sie besser kannte, konnte bestätigen, dass sie nur noch ein Schatten ihrer selbst war. Auch Ovidiu hatte von dem Todesfall gehört. Er hatte sich herausgeputzt und sah heute überhaupt nicht mehr wie ein Wirt aus, sondern wie ein gefeierter Poet. Für seine Aufmachung erntete er viele bewundernde Blicke. Etwas abseits wartete still und unnahbar Valerica. Um nicht erkannt zu werden, hatte sie sich verschleiert.

All diese Menschen, ob sie Nikola gut gekannt hatten oder

nur flüchtig, hatten sich vor dem Tempel des Gottes Laint versammelt. Die meisten schwiegen ernst, aber manche ließen die Welt lautstark an ihrem Kummer teilhaben.

»Alles ist vorbereitet!«, verkündete ein Tempelwächter und führte die Trauergesellschaft in das Untergeschoss des Tempels. Dort wartete *Mutter Tod*. Nicht irgendeine *Mutter Tod*, sondern genau die, der zu begegnen ein lebender Nikola mit allen Kräften vermieden hätte!

»Folgt mir!«, sagte sie streng und ging voran in das Gewölbe, wo die Toten verbrannt wurden.

Nikolas Leichnam lag auf einem Gestell, das eine starke Ähnlichkeit mit den Pfannen der Schnellbrater hatte. Seine Haut sah wächsern aus und schimmerte im Schein der Flammen rötlich. Eine beträchtliche Wärme ging von der Vorrichtung aus.

»Will noch irgendjemand etwas sagen, bevor wir ihn zu Asche machen?«, fragte Mutter Tod.

»Ich möchte sprechen!«, sagte Ovidiu sogleich und trat vor die Versammelten.

»Wie begeht man den Tod eines geschätzten Freundes, habe ich mich gefragt. Mein erster Gedanke war, eine Ode auf ihn zu dichten, wie sie eines großen Helden würdig gewesen wäre. Seid versichert, sie hätte euch tief berührt, und ob Mann, ob Frau, euch allen wären bittere Zähren über die Wangen gelaufen! Doch ich entschied mich dafür, euch stattdessen in ein Geheimnis einzuweihen! Wer von euch wusste, dass sich unser verblichener Freund hervorragend mit Dreiecken auskannte? Mancher mag jetzt sagen: Was ist das schon? Drei Seiten, drei Winkel, drei Winkelhalbierende – das ist doch nicht die Welt! Doch ich widerspreche: Es ist sogar die ganze Welt, denn wer sich mit Dreiecken auskennt, kann kein schlechter Mensch sein. Selbst Apulu betrachtet ihn mit Wohlgefallen!«

»Ich teile diese hohe Meinung nicht, denn ich habe diesen Saukerl ganz anders erlebt«, widersprach *Mutter Tod*. »Er war ein Schmutzfink, der niemandem Respekt erwies, weder den

Göttern noch ihren Dienern oder Menschenwerk im Allgemeinen. Er besudelte und zerstörte sogleich, was immer man ihm in seine schmierigen Griffel gab. Oft genug tat er es aus schierer Freude am Zerstören. Er war ein durch und durch verkommener Lügner, der vor nichts zurückschreckte, sobald er etwas haben wollte! Ein Nichtsnutz, ein ganz schlimmer Finger!«

Sie wandte sich zu Nikolas Leichnam um. Die Flammen hatten mittlerweile gute Arbeit geleistet, und ein verführerischer Duft ging von dem Toten aus. »Wer will als Erster?«, fragte sie in die Runde.

»Ich nehme ein Stück von der Hüfte!«, meldete sich Laurentis der Prächtige. »Es darf ruhig etwas fetter sein!«

Mutter Tod griff leise summend zu Messer und Gabel und schnitt ein ordentliches Stück Fleisch aus Nikolas Seite heraus.

Nikola schlug die Augen auf und blickte in einen arglos blassblauen Himmel. Die gleichmäßigen Atemzüge des Meeres und die Schreie von Seevögeln hallten in seinen Ohren und vertrieben das wirre Traumgespinst. Niemand hatte vor, ihn zu verspeisen!

Er lag auf dem Rücken im Sand und rätselte, was ihn hierhergebracht hatte und welcher Tag und welche Tageszeit es sein mochte. Ächzend setzte er sich auf. Seine Lunge und Kehle brannten mörderisch, und wie eine große Woge überrollte ihn die Erinnerung an seinen Kampf gegen das Ertrinken und die unabwendbare Niederlage, als er immer mehr Wasser geschluckt hatte und vermutlich irgendwann bewusstlos geworden war.

Warum lebte er noch?

Er blickte sich um. Der Strand war verwaist. Weit und breit war er der einzige Mensch.

Auch die Käfige waren scheinbar spurlos verschwunden, verborgen unter mindestens einem Schritt Wasser.

Warum war er nicht tot?

Hatte er im Angesicht des Verderbens übermenschliche Kräfte entwickelt und sich selbst befreit? Hatte er die Fesseln zerrissen, den Käfig gesprengt und war an Land getaumelt? Schwer zu glauben, aber so ähnlich musste es sich wohl zugetragen haben, denn dass Valericas Verwandte – seine Mörder! – von Reue ergriffen zurückgekehrt sein sollten, war wohl auszuschließen.

Zu Hause begegnete Nikola der Schneiderin. Sie hatte wichtige Neuigkeiten, die sie unbedingt loswerden wollte. Dass ihr Untermieter tropfnass war, fiel ihr gar nicht auf.

»Wir haben unseren neuen Fürsten gesehen, aber ich glaube, er ist nicht ganz richtig im Kopf!«

»Später«, antwortete Nikola und verschwand in seinem Zimmer, wo er sich erschöpft auf einen Stuhl fallen ließ. Eine Zeit lang saß er nur da und beobachtete, wie das Wasser aus seiner Kleidung tropfte und einen kleinen Tümpel unter ihm bildete. Schließlich erhob er sich widerstrebend, wechselte die nasse Kleidung gegen trockene und brühte sich einen Tee aus Kichererbsen auf. Das Getränk beruhigte ihn zwar, ließ ihn aber auch müde werden. Im Halbschlaf wanderten seine Gedanken zu den letzten Augenblicken im Käfig zurück, als sich seine Lungen mit Wasser füllten und er die vermeintliche Gotteserscheinung gehabt hatte. Nikola hätte beschwören können, dass er gespürt hatte, wie sich ihm etwas näherte. Es hatte sich angefühlt wie eine plötzliche, schnelle Strömung oder wie ein ungemein heftiger Windstoß, der ihn an Land von den Beinen gerissen hätte – nur eben unter Wasser. Gleichzeitig war in seinen Ohren ein Geräusch gewesen, wie von einem Messer, das über einen Schleifstein rieb. Während sein Verstand, sein Geist, seine Wahrnehmung immer unzuverlässiger geworden waren und er Schritt für Schritt auf Laints Reich zuging, hatte er einen undeutlichen Umriss wahrgenommen und etwas, das aussah wie Arme, wie viele Arme! Aber es war nur ein Schatten gewesen, so gesichtslos wie Laint!

Doch bestimmt hatten ihm seine verwirrten Sinne nur einen Streich gespielt! Wahrscheinlich war sein brechender Blick auf einen seiner Krakenfreunde gefallen und sein wegdämmernder Verstand hatte nicht mehr begriffen, was er sah.

Doch plötzlich war Nikola hellwach.

Er starrte seine aufgeschürften und von Blutergüssen verfärbten Handgelenke an. Hatte er sich die Verletzungen zugezogen, als er an den Fesseln gezerrt oder als er sie zerrissen hatte? Die Hände waren unverletzt. Nach den Füßen brauchte er gar nicht zu schauen. Der Käfig war zu klein gewesen, als dass er sie bei seiner Befreiung hätte einsetzen können.

Wenn es ihm also gelungen war, seine Fesseln abzustreifen oder zu zerreißen, wenn er im Todeskampf die massiven Gitterstäbe zerbrochen hatte, dann gab es immer noch eine unbeantwortete Frage: Wie hatte er eigentlich das Wasser, von dem er reichlich geschluckt hatte, wieder aus seinen Lungen bekommen? Auch dies ganz ohne fremde Hilfe?

Nikola erhob sich und ging aufgewühlt einige Schritte in seinem Zimmer. Vor der vielfach übertünchten Stelle an der Wand blieb er stehen und murmelte: »So viele ungelöste Rätsel!«

Dann schloss er die Augen und versuchte sich zu erinnern.

Er war also am Strand gewesen. Dort hatte er Sayme bemerkt, der zielstrebig an der Wasserlinie entlanggewandert war. Ihm war er aus Neugier ein Stück gefolgt. Plötzlich der Überfall. Aha! Derjenige, der ihm den Sack übergestreift hatte, hatte eine Tätowierung an der Hand gehabt, ähnlich einer Vogelkralle! Dann die Schläge, die ihm das Bewusstsein geraubt hatten. Im Käfig war er wieder zu sich gekommen ...

Am übernächsten Tag hatte Nikola endlich Glück. Andreea war von ihrem Ausflug zurück und überdies allein zu Hause, was ihm sehr recht war. Er hielt sich nicht mit unnötigen Höflichkeiten auf und fragte nicht einmal, wie es ihr in den letzten Tagen bei der Verwandtschaft ihres Mannes ergangen sei, sondern kam sofort zur Sache: »Wir müssen über Camillas Tod reden.«

»Ich wünschte, wir täten das nicht«, antwortete Andreea nach einem langen Augenblick des Schweigens.

Darauf ging Nikola nicht ein. »Erinnerst du dich noch daran, was du damals sagtest, als wir sie fanden? Du hast gesagt: ›So hätte es nicht kommen sollen! Das war nicht geplant!‹ Was meintest du damit?«

Andreea fiel förmlich in sich zusammen, und Tränen traten ihr in die Augen. »Warum? Warum fragst du das nach all den Jahren? Können wir das nicht endlich auf sich beruhen lassen?«

Nikola fühlte eine plötzliche Wut in sich aufsteigen und schleuderte ihr entgegen: »Weil es mir jetzt erst wieder eingefallen ist!« Er packte sie an den Armen, schüttelte sie und schrie: »Was hast du mir all die Jahre verschwiegen?«

Andreea weinte nur noch heftiger. »Du tust mir weh!«, schluchzte sie.

Nikola ließ sie los. So kam er nicht weiter! Überdies brüllte jetzt auch noch das Kind!

Er ging zum Herd und sah nach, ob noch heißes Wasser da war.

»Ich werde erst gehen, wenn du mir eine Antwort gegeben hast«, erklärte er, während er einen Tee zubereitete.

Andreea besänftigte ihren Nachwuchs und setzte sich dann an den Tisch. Mit brüchiger Stimme sagte sie: »Ich habe Camilla getötet.«

»Das ist Unfug«, widersprach ihr Nikola. »Du könntest keiner Fliege etwas zuleide tun.«

Er ging mit zwei vollen Tassen zu ihr, reichte ihr eine davon und setzte sich ebenfalls an den Tisch.

»Ich mag es nicht selbst getan haben, und dennoch bin ich schuld an ihrem Tod«, beharrte Andreea. »Sie wollte eigentlich gar nicht, aber ich habe sie dazu gedrängt. Ich habe so lange auf sie eingeredet, bis sie nachgab. Das Angebot klang zu verlockend! Sie sollte für den kleinen Dienst so viel Geld bekommen, dass sie viele Monate lang nicht auf die *Hühnerleiter* hätte gehen müssen. Vielleicht hätte sie sogar ganz aufhören und einen kleinen Laden eröffnen können. Oder sie hätte sich einen Mann suchen und eine Familie gründen können. Gogul versprach ihr, dass ihr das alles möglich sei.«

»Gogul?«, fragte Nikola überrascht. »Doch nicht etwa die Qualle?«

»Doch, genau der!«, bestätigte Andreea.

Nikola fluchte. »Dieser verdammte Saukerl! Ich hätte Misangre doch nach seinem Preis fragen sollen! Was hatte sie mit dem Kerl zu schaffen?«

»Sie ist schon als Kind besser mit ihm ausgekommen als du«, antwortete Camilla ernst. »Zu ihr war er immer freundlich, und die beiden haben sich nie gestritten. Er besaß etwas, von dem er glaubte, dass es viel wert sei. Camilla sollte nicht mehr tun, als jemandem eine Nachricht zu überbringen, das war alles. Nur eine kurze Nachricht! Sie sollte sagen: ›Wir haben etwas für dich, und wenn du uns bezahlst, kannst du es haben!‹ Nichts anderes, als was ihr Puhler auch immer macht.«

»Wir erpressen aber niemanden«, sagte Nikola aufs Geratewohl.

»Um Erpressung ging es nicht!«, wehrte Andreea ab. »Gogul hatte etwas gefunden, vielleicht auch gestohlen. Das weiß ich nicht so genau. Falls er es gestohlen hatte, dann aber nicht von demjenigen, dem er es verkaufen wollte. Nicht für jeden sei es von Wert, sagte er einmal, aber für den Richtigen sogar von sehr großem!«

»Wovon reden wir denn?«

Andreea schüttelte verneinend den Kopf. »Ich weiß es nicht. Ich glaube, nicht einmal Camilla wusste, worum es eigentlich ging. Aber sie hat mir auch nicht alles verraten.«

»Wozu brauchte Gogul sie?«

»Wegen der Botschaft, die sie überbringen sollte. Er befürchtete wohl, dass man ihm seinen Besitz abnähme, ohne ihn zu bezahlen, wenn er selbst ginge.«

»Die Befürchtung war offenbar begründet!«, brummte Nikola und überlegte, wann Gogul gestorben war. Er fragte Andreea. Sie sagte es ihm. Nur ein paar Tage nach Camilla!

»Bist du dir ganz sicher?«, hakte er nach.

»Ja«, bestätigte Andreea kaum hörbar. »Ich weiß es deswegen so genau, weil ich lange befürchtet habe, als Nächste an der Reihe zu sein.«

Nikola fluchte und griff ihr unter das Kinn. »Das hättest du mir sagen müssen, Andreea!«

»Wie hätte ich das tun können?«, jammerte sie. »Ich weiß doch, was du für meine Schwester empfunden hast, und ich habe sie getötet!«

»Das hast du nicht! Wenn überhaupt einer schuld ist, dann Gogul!«, erklärte Nikola. »Es war sein Plan, aber auch er hat weder das Messer geführt, mit dem sie umgebracht wurde, noch der Hand befohlen, die es führte. Ich nehme nicht an, dass du weißt, mit wem er und Camilla sich eingelassen hatten?«

»Nein, ganz ehrlich nicht«, beteuerte Andreea.

Nikola hatte sich noch mehr für diesen Tag vorgenommen. Dazu musste er erneut zum Strand. Da ihn jedoch beschäftigte, was er von Andreea erfahren hatte, blieb er stehen, kurz bevor er sein Ziel erreicht hatte und brüllte ins offene Meer hinaus: »Gogul, du verdammte Ratte, glaubst du etwa, irgendetwas gutmachen zu können, indem du mir nach so vielen Jahren häppchenweise die Wahrheit zuwirfst? Sie war vielleicht der einzige Mensch, der dich leiden konnte, aber du hast ihr den Tod gebracht! Das kannst du nicht wiedergutmachen! Du wusstest, dass du mit jemandem zu tun hattest, der gefährlich war, und dachtest, du seist fein raus, wenn du deine Botschaft nicht selbst überbrächtest, sondern jemand anderen an deiner Stelle schicktest. Aber du hast nicht damit gerechnet, dass derjenige, mit dem du ins Geschäft kommen wolltest, Camilla so lange quälen würde, bis er wusste, wo du zu finden warst. So ein verdammt dämlicher Plan! Wer war es? Um wen ging es? Sag es mir sofort!«

Doch weder das Meer noch der Tote antworteten ihm.

Immer noch unzufrieden setzte Nikola seinen Weg fort, bis er zu den Käfigen gelangte. Das Meer hatte sich gegenwärtig so weit zurückgezogen, dass sie gänzlich unbedeckt von Wasser waren. Mit klammem Gefühl ging er durch ihre Reihen und suchte den Käfig, in dem er eingesperrt gewesen war. Es dauerte nicht lange, bis er ihn gefunden hatte, da es derzeit nur einen einzigen gab, der beschädigt war, und dieser eine war es sogar in ganz beträchtlichem Maße! Tatsächlich bestand er nur noch aus den Stelzen, dem Käfigboden und kurzen Stümpfen der Gitterstäbe. Was fehlte, das hatte das Meer mitgenommen und vielleicht meilenweit über das Ufer verteilt. Nikola war enttäuscht, da er gehofft hatte, herausfinden zu können, wie er entkommen war.

»Offensichtlich habe ich ganze Arbeit geleistet, während ich gerade ertrank«, murmelte er.

Zu den vielfältigen Geräuschen der Nacht gesellte sich ein kaum hörbares Scharren, als die Tür des Hauses ganz langsam, Fingerbreit um Fingerbreit, geöffnet wurde. Sobald der Türspalt groß genug war, schlüpfte der Mörder hindurch und schloss die Tür genauso leise und langsam wieder, wie er sie geöffnet hatte, doch dieses Mal von innen.

Er wusste genau, wohin er musste! Seitwärts stieg er die Treppe hinauf, den Rücken gegen die Wand gedrückt und immer darauf bedacht, nur am äußersten Ende der Stufen aufzutreten, damit sie möglichst wenig knarrten. Völlig vermeiden ließ es sich jedoch nicht. Ächzte das Holz trotz aller Vorsicht, so verharrte er geduldig, und zwar mindestens so lange, wie jemand, der das Knarren ebenfalls vernommen hätte, bang lauschend im Bett den Atem angehalten hätte, bis er erleichtert zu der Einsicht gelangt wäre, dass er sich getäuscht haben müsse. Erst danach ging der Eindringling weiter.

Im oberen Flur war es stockdunkel. Der Mörder setzte einen Fuß vor den anderen, die Ferse immer an die Zehenspitzen, während er gleichzeitig die Finger seiner linken Hand über die Flurwand gleiten ließ und die Türöffnungen zählte. Als er die richtige Tür gefunden hatte, öffnete er sie so vorsichtig wie zuvor die Haustür. Ein Schwall warmer Luft, erhitzt von einem Kohlebecken, schlug ihm entgegen! Doch daran war trotz der eigentlich unpassenden Jahreszeit nichts Verdächtiges. Das Opfer war ein alter Mann, und alte Männer hatten es bekanntlich gern warm.

In dem Zimmer empfing ihn eine Welt aus Schatten, die aus Stühlen, Tischen und anderem Inventar düstere Gebirge erschuf. Da ihn nur noch ein kleines Stück von seinem Opfer trennte, ging der Mörder jetzt weniger bedächtig vor. Drei ausladende Schritte brachten ihm zum Bett des nichts ahnenden Schläfers. Ohne einen Anflug von Reue ließ er seine Messerklinge in rascher Folge mehrmals niedersausen, dorthin, wo er Hals und Brust vermutete.

Plötzlich wurde es hell.

In dem Kohlebecken loderte eine Flamme gut einen halben Schritt hoch. Daneben saß in einem Sessel Beryks Brutkleid. In der Hand hielt er etwas, das für das ahnungslose Auge wie die Spielzeugnachbildung einer Armbrust aussah.

»Bevor du etwas Unbedachtes unternimmst, Junge, solltest du mich anhören«, sagte er zu seinem Besucher. »Danach kannst du immer noch versuchen, mich zu ermorden.«

Er hob die Hand mit der kleinen Armbrust. »Beginnen wir hiermit. Du wirst das vielleicht für ein Spielzeug halten, doch sei versichert, dass es eine gefährliche Waffe ist. Sie verschießt kleine Bolzen, die deinen Schädel wie einen reifen Kürbis durchschlagen würden – und selbstverständlich auch jeden anderen Teil deines Körpers. Wir fanden einige Exemplare an Bord des ersten Schiffes der Schilves, und da ich hoch in der Gunst des Fürsten stand – des Fürsten Alexandru selbstverständlich! – bekam ich eines davon. Nach fast dreißig Jahren in meinem Besitz treffe ich ein Ziel mit diesem kleinen Ding im Schlaf! Zwar wurde mehrmals versucht, diese kleinen Mordwerkzeuge nachzubauen, doch herausgekommen sind dabei immer nur Spielzeuge. Was den Unterschied ausmacht, ist eines der Geheimnisse der Schilves. Ich weiß nicht, wie weit man dich ins Vertrauen zieht, Junge, doch du solltest wissen, dass Fürst Katalin mit solchen Waffen seinen halben Kriegsrat zum Gesichtslosen schickte. Eine törichte Tat zwar, zugegeben, aber endlich einmal eine, die eines richtigen Fürsten würdig war!«

Beryks wies mit der Armbrust auf sein Bett und sagte:»Setzen!« Dann fuhr er fort:»Nachdem dies geklärt ist, sollten wir zum Grund deiner Anwesenheit kommen! Der Verdacht, dass etwas nicht ganz so war, wie es den Anschein hatte, kam mir bereits während eures kleinen Schauspiels am zweiten Evinztag. Eine Gruppe von Schreihälsen, sehr gleichmäßig über die Menge verteilt, die wüste Anklagen gegen die Schilves erhob ... Dachtet ihr wirklich, das Volk würde kochend vor Zorn den Palast stürmen? Ich bin mir sicher, dass die Schilves ihre Hexenweiber bereitstehen hatten, damit sie bei Bedarf faustgroße Hagelkörner hätten regnen lassen oder etwas Ähnliches. Aber vielleicht wäre es euch ebenso recht gewesen, wenn die Schilves einen Aufruhr auf herkömmliche Weise niedergeschlagen hätten? Ein Blutbad garantiert langwierigen Unfrieden. Ich nehme nicht an, dass du mich einweihen willst, Junge?«

Sein Besucher schwieg und lächelte undurchsichtig. Der alte Mann betrachtete ihn eine ganze Weile und zuckte dann die Schultern:»Ich habe nichts anderes erwartet. Als Nächstes die Morde. Zuerst erwischte es Katalins Haushofmeister, kurz darauf seinen Leibdiener Rasvan, und so ging es weiter. In wenigen Tagen fünf an der Zahl. Warum? Aus Vergeltung? Vielleicht weil jemand sie verdächtigte, mitschuldig am Tod des Fürsten zu sein? Durchaus eine Möglichkeit! Doch dann kam mir der Gedanke, dass ich vielleicht ebenfalls auf dieser Todesliste stünde, und deine Anwesenheit sagt mir, dass ich damit recht hatte. Das Eigenartige ist allerdings, dass ich gar nicht in der Lage gewesen wäre, einen Brand zu legen oder Brandstifter einzulassen. Schließlich wurde ich selbst nur tagsüber empfangen. Das sollte bekannt sein. Warum hat man dich also geschickt, Junge?

Könnte der Grund vielleicht ein Geheimnis sein, von dem jemand glaubte, der Fürst könne es mir, seinem Leibdiener, dem Haushofmeister oder den anderen armen Seelen anvertraut haben? Eines, von dem derjenige schon lange befürchtet hatte,

Katalin könne es leichtfertig oder zur Unzeit ausplaudern? Vielleicht sogar eines, das der Unbekannte ganz allein für sich hatte behalten wollen und dessentwegen er auch nicht davor zurückgeschreckt war, Fürst Katalin samt seiner Familie zu ermorden? Das würde mir ganz bestimmt einen Platz auf dieser Todesliste sichern!

Ich weiß einigermaßen genau, womit sich unser verstorbener Fürst während der letzten Wochen beschäftigt hat. Lauter Dinge, die ausschließlich mit den Schilves zu tun hatten. Also Geheimnisse, wegen denen er allenfalls von *ihnen* umgebracht worden wäre. Aber das hätten sie nicht getan, da sie ganz andere Möglichkeiten gehabt hätten, den kleinen Katalin zu bändigen. Also geht es vielleicht um etwas, das wesentlich älter ist, womöglich um ein Geheimnis aus der Zeit Fürst Alexandrus? Na, wie bin ich, Junge?«

Sein Besucher zuckte die Schultern. »Wozu erzählst du mir dieses wirre Zeug?«

»Weil du mich zu deinem Anführer bringen sollst. Er und ich, wir haben vielleicht viel mehr gemeinsame Interessen, als ihm bewusst ist. Und so wie er, kenne auch ich viele Geheimnisse.«

Der ungeladene Gast gab ein belustigtes Schnauben von sich. »Warum sollte ich das wohl tun, Alterchen?«

»Weil du ansonsten keinen Wert für mich besitzt und ich dich töten werde«, erklärte ihm Beryks gelassen. »Wir sind uns wohl einig, dass jemand anders kommen wird, um deine Aufgabe zu vollenden, falls man nichts mehr von dir hört. Ich werde deinem Nachfolger dasselbe Angebot machen wie dir. Vielleicht ist er entgegenkommender als du, und falls nicht … Die Waffe der Schilves konnte zwar nicht nachgebaut werden, aber das gilt nicht für die Bolzen, die sie verschießt, und von denen habe ich eine ganze Menge!«

Obwohl Beryks seit Jahren das Leben eines Ruheständlers führte, wusste er die Sprache des Körpers und der Muskeln noch immer zu lesen. Daher kam der Versuch des Mörders, ihn unversehens anzuspringen, nicht überraschend.

Beryks erschoss ihn, ohne zu zögern. Er erhob sich, blickte auf seinen sterbenden Besucher und anschließend zum Fenster. »Der Morgen dämmert bald. Damit ist es ein wenig spät, um dich wegzuschaffen. Ich fürchte, du wirst bis heute Abend mein Gast bleiben müssen.«

Mückentag: nachmittags

Auch der längste Sommer musste einmal zu Ende gehen, und der Herbst war schon einigermaßen weit fortgeschritten, als Nikola den Entschluss fasste, seine Adoptivmutter zu besuchen. Der Gedanke kam ihm beim Würfeln während einer Pechsträhne, und angesichts des bevorstehenden *Heimkehrfestes* war er sogar naheliegend. *Heimkehr* war das zweite bedeutende Fest dieser Jahreszeit, im Gegensatz zum ausgelassenen und sinnenfreudigen *Erntefest* waren die beiden *Heimkehrtage* jedoch dem Gedenken der Toten gewidmet, dem Besuch von Freunden und Verwandten, die man lange nicht gesehen hatte und bei denen vielleicht auch fraglich war, ob es noch viele Gelegenheiten dazu geben würde. Nicht zuletzt dienten sie aber auch dem Beilegen alter und sinnlos gewordener Streitigkeiten.

Nikolas Sommer hatte allerdings schon sehr viel früher geendet, nämlich an dem Tag, als er in dem Käfig saß und zu dem Schluss kam, dass Valericas Sippenverwandte für sein bevorstehendes Ableben verantwortlich sein mussten. Waren die Gefühle, die er für sie entwickelt hatte, tatsächlich wert zu sterben? Die Antwort war einfach: Nein! Er hatte nach den Sternen gegriffen, hatte etwas getan, was er nicht hätte tun sollen, und dafür beinahe mit dem Leben bezahlt. Seither hatte er Valericas Gesellschaft gemieden und war ihr aus dem Weg gegangen.

Sie zu vergessen, war ihm leichtergefallen, als er erwartet hatte. Das beunruhigte ihn, erschreckte ihn sogar. Er sagte sich, dass es daran lag, dass er nun den Weg der Vernunft gewählt hatte, so wie er es von Anfang an hätte tun sollen. Manchmal plagte ihn jedoch die Vorstellung, dass seine Zuneigung zu Valerica vielleicht mehr mit den Gefühlen gemeinsam hatte, die er beim Glücksspiel empfand, als er wahrhaben wollte. Vor allem danach, wenn der letzte Würfel gefallen und der Rausch vorbei war, wenn er wie so oft mit leeren Taschen nach Hause ging und sich ernüchtert fragte, wozu das alles gut gewesen sein sollte.

Beim nächsten Mal, als wieder einmal ein Albtraum Nikola heimsuchte, bot ihm die Erinnerung an Valerica keine Zuflucht mehr. Es war vorbei.

Diese Todeserfahrung war letztlich auch der Antrieb für Nikolas Besuch bei seiner Mutter gewesen.

Er war gleich nach der Arbeit aufgebrochen, da mehr als zwei Stunden Fußweg vor ihm lagen und er Piatra vor Einbruch der Dunkelheit erreichen wollte. Ein Stück außerhalb der Stadt war er bei den alten Katakomben vorbeigekommen, wo die Schilves unter Aufsicht der Priesterschaft ihre geheimnisvollen Grabungen durchgeführt hatten. Mittlerweile hatten sie sie eingestellt, denn offenbar hatten sie nicht gefunden, was sie suchten. Angeblich waren sie nun an einer anderen Stelle der Küste, weiter nördlich, zugange. Das mochte stimmen oder auch nicht.

Während Nikola zügig durch die kupfer- und goldfarbene Herbstlandschaft wanderte, erinnerte er sich, wie oft er als Heranwachsender diesen Weg gegangen war, nämlich immer dann, wenn Mutter ihre halbwüchsige Diebesbande ausgesandt hatte, um in der Stadt Beute zu machen. Für die meisten ihrer Kinder waren solche Diebereien nichts Neues und schon Teil ihres Alltags gewesen, bevor Mutter sie unter ihre Fittiche genommen hatte. Neu war allerdings die Planmäßigkeit und der Umstand, dass Mutter für jedes erdenkliche Diebesgut einen Abnehmer fand. Es war eine Zeit tollkühner Streiche und waghalsiger Abenteuer gewesen, dachte Nikola und wich Schwärmen tanzender Mückenmännchen aus, die sich abmühten, ihre Weibchen zur Paarung zu überreden, nicht ahnend, dass sie sie dadurch in blutrünstige Bestien verwandelten.

Doch je näher Nikola seiner alten Heimat kam, desto gegenwärtiger wurden ihm wieder die Gründe, warum er damals fortgegangen war, und auch die verblassten Erinnerungen an die Nacht, die alles verändert hatte, kehrten wieder.

Mutters damaliger Liebhaber hatte sie nicht zum ersten Mal verprügelt, doch an dem bewussten Tag war er sehr viel weiter gegangen als bisher. Er hatte sie halb tot liegen lassen und sich anschließend benommen, als sei nichts Besonderes geschehen, als habe alles seine Richtigkeit. Ihre Kinder sahen das anders. Sie hatten schon die ganze Zeit über nicht verstanden, warum sich ihre große, starke, von allen glühend verehrte, aber bisweilen auch gefürchtete Mutter etwas gefallen ließ, was sie von keinem ihrer vorherigen Gefährten hingenommen hätte. So waren sie über ihn hergefallen wie ein Rudel ausgehungerter Wölfe.

Nikola hatte sich mit dem Wissen um die entfesselte Grausamkeit, zu der er und die anderen Kinder fähig gewesen waren, nicht abfinden können und Piatra bald darauf verlassen. Er hatte zwar nicht gleich die Seiten gewechselt, um Puhler zu werden, sagte sich aber später, dass er damals zum ersten Mal die Weisheit des Zusammenspiels von Puhlern und der *Gerechtigkeit* erahnt hatte. Dass nicht die Betroffenen entscheiden sollten, wie ein Unrecht zu vergelten sei, und dass sie schon gar nicht diejenigen sein sollten, die die Tat schließlich sühnten!

Obwohl sie für alle Zeit gezeichnet war, hatte Mutter heimlich um ihren toten Liebhaber getrauert, auch wenn sie ihren Kindern keinen Vorwurf gemacht hatte. Einmal hatte sie jedoch etwas zu erklären versucht: »Wahre Liebe ist leidenschaftlich und kein laues Lüftchen! Sie muss stürmisch sein, und wie bei einem richtigen Sturm werden dann auch einmal Blätter abgerissen. Ohne Eifersucht ist sie nichts wert!«

Nikola teilte ihre Ansicht nicht.

Abendnebel stieg auf, als er das Gehöft erreichte, auf dem er einen Teil seiner Jugend verbracht hatte. Es lag am Rande der Fünfhundert-Seelen-Gemeinde und hatte einen offenen Vorhof, auf dem sich fünf von Mutters Kindern aufhielten:

zwei Jungen und zwei Mädchen im Alter von zwölf bis fünfzehn Jahren sowie ein dritter Junge, der schon etwas älter war. Nikola kannte keinen von ihnen, aber das war auch nicht verwunderlich, da Mutters Kinder in einem gewissen Alter ihre eigenen Wege gingen und jüngere ihren Platz einnahmen. Manche schauten gelegentlich wieder vorbei, andere blieben für immer fern.

Als der Ältere Nikola bemerkte, sagte er etwas zu den Jüngeren, was ihre erwartungsvolle Neugier in misstrauische Ablehnung verwandelte. Vermutlich war er ihrem unerwarteten Besucher schon einmal in der Stadt begegnet und wusste daher, womit dieser sein Geld verdiente.

»Ist Aurelia da?«, fragte Nikola freundlich. Als ihm niemand antwortete, wiederholte er die Frage mit gleichem Ergebnis und rief dann so lange mit lauter Stimme Mutters Namen, bis sie selbst aus dem Haus trat. Mit ihren fast sechzig Jahren ähnelte sie äußerlich kaum noch der Frau, die Nikola während seiner ersten Todeserfahrung für eine Göttin gehalten hatte. Inzwischen wog sie mindestens das Doppelte, und die Lederklappe mit dem aufgemalten Auge, die die leere, linke Augenhöhle verbarg, verlieh ihr etwas Verwegenes. Als sie Nikola erkannte, stieß sie einen Schrei aus und rannte so schnell zu ihm, wie es ihr Gewicht zuließ.

»Mein Junge!«, rief sie, umarmte ihn – und urplötzlich verspürte Nikola ein Gefühl größter Zuneigung und Wärme, das er völlig vergessen hatte.

»Mutter!«, antwortete er. »Ich bin wieder bei dir!«

Aurelia hakte sich bei ihm unter und führte ihn ins Haus. Nach etwas gemeinsamen Überlegen einigten sich beide, dass seit seinem letzten Besuch sieben oder acht Jahre vergangen sein mussten. Es gab viel zu erzählen, aber auch viel zu verschweigen. Geht es dir gut? Was hast du erlebt? Das waren die dringlichsten Fragen. Gelegentlich lächelte Mutter still oder machte eine ausweichende Geste, die in etwa bedeuten sollte: Frag jetzt nicht weiter, mein Puhlersohn!

Auch Nikola erzählte nicht alles, sondern beschränkte sich

auf das Heitere, Anrührende und Schöne, das er erlebt hatte. Das Hässliche und Furchtbare des vergangenen Sommers behielt er für sich.

Mit der Zeit fanden sich mehr und mehr von Mutters augenblicklichen Kindern ein. Die meisten waren zwischen zehn und fünfzehn Jahren alt und sehr beeindruckt von ihrem neu entdeckten großen *Bruder.* Aufmerksam lauschten sie Nikolas und Mutters Erinnerungen an alte Zeiten, lachten über ihre Geschichten, in denen weitere unbekannte *Geschwister* vorkamen und spaßige oder törichte Dinge taten, und erfuhren auch, wohin diese einstigen Helden gegangen waren und was aus ihnen geworden war.

Die drei Älteren, alle um die Zwanzig, waren deutlich zurückhaltender als die Jungen, obwohl sie inzwischen gelernt hatten, dass Nikola keine unmittelbare Gefahr darstellte. Einer von ihnen, ein kräftiger Rotschopf namens Zakari, vermochte seine Ablehnung kaum zu verbergen und vermied es, Nikola in die Augen zu sehen.

Er war es auch, der später, als es Zeit für das Abendessen war, die Teller aus einem großen Topf mit Kürbiseintopf füllte. Nikola, von den vielen aufgefrischten Erinnerungen bestens gelaunt, verfolgte erwartungsvoll die schwungvollen Bewegungen der Schöpfkelle in seiner Hand, als er etwas entdeckte, bei dem sich ihm die Nackenhaare sträubten!

Er blickte zu Mutter, die gerührt seine Hand tätschelte, dann zu ihren Kindern, die geschwätzig plapperten, und erhob sich mit einer nichtssagenden Begründung von seinem Platz. Gemächlich schlenderte er den langen Tisch entlang, an dem das Abendessen eingenommen wurde, bis er hinter dem Rothaarigen stand. Überraschend ergriff er seinen Arm und drehte ihn brutal auf den Rücken. Gleichzeitig packte er ihn am Nacken und beugte ihn so schnell und kräftig nach vorne, dass er mit dem Kopf auf den Tisch schlug!

»Wer war es?«, herrschte er ihn an. »Wer hat dich beauftragt, mich umzubringen?«

»Lass mich los!«, zeterte Zakari voller Schmerz und versuchte sich vergeblich zu befreien. Dann brach ein Tumult los! Kinder schrien oder weinten sogar, und Mutter verlangte mit schneidender Stimme eine Erklärung: »Was hat das zu bedeuten?«

Nikola erzählte ihr seine Geschichte. »Vor Kurzem wurde ich überfallen und in einen der Käfige am Strand gesperrt. Ich sollte darin jämmerlich ertrinken, hatte aber Glück und entkam – ich weiß selbst nicht wie! –, doch andernfalls stünde ich jetzt nicht vor dir! Ich konnte zwar keinen von dem Geschmeiß sehen, das mich überfiel, doch derjenige, der mir den Sack überstreifte, hatte haargenau dasselbe Hautbild einer Vogelkralle auf der Hand wie dieser Lump!«

Zakari stritt alles ab. »Ich war es nicht! Er täuscht sich! Ich bin ihm noch nie begegnet!«

Mutter hörte sich beide Seiten geduldig an, dann sagte sie streng: »Lass ihn los, Nikola!«

Sie winkte eines der Mädchen zu sich und befahl: »Iulia, bring mir meine Peitsche. Ihr anderen lasst uns allein!«

Der Rotschopf erbleichte. »Er lügt, Mutter! Außerdem ist er ein Puhler!«

»Das ist er«, bestätigte Mutter. »Aber er ist auch mein Lieblingssohn.«

Das Mädchen Iulia kam zurück und überbrachte die verlangte Peitsche. Sie war schwer, und ihre Riemen waren geeignet, selbst einem Ochsen das Fürchten zu lehren!

»Geh jetzt ebenfalls, Iulia«, sagte Mutter kühl.

Zakari hätte fliehen können, stattdessen warf er sich winselnd vor ihr auf den Boden. »Nicht schlagen, Mutter, vergib mir! Ich werde es nie wieder tun! Sie sagte, es sei ein Streich. Wir sollten ihm nur Angst machen und ihn einsperren. Wenn er sich dann vor Schreck gründlich die Hosen vollgeschissen hätte, wollte sie ihn selbst wieder herauslassen. So hat sie es gesagt! Es sei gar nicht ernst gemeint! Sie wolle ihm nur eine Lehre erteilen.«

»Wer ist *wir*?«, unterbrach Mutter sein Gejammer.

»Freunde von mir«, erwiderte Zakari.

»Du wirst sie künftig meiden, weil sie Idioten sind«, entschied Mutter. »Jemand hieß euch, meinen Nikola in eine lebensgefährliche Lage zu bringen und anschließend zu verschwinden und euch nicht mehr darum zu kümmern, was aus ihm würde. Ist das richtig?«

»So war es! Ganz genau so! Sie wollte ihn selbst freilassen!«

»Du bist ein ausgemachter Trottel, Zakari, und wahrscheinlich wirst du auch immer einer bleiben!«, fuhr ihn Mutter an. »Du gereichst mir zu Schande! Wenn eure Auftraggeberin vorgehabt hätte, meinen Sohn wieder freizulassen, hätte sie euch ganz genaue Anweisungen gegeben, wie lange ihr ihn schwitzen lassen solltet. Sie hätte nicht einfach gesagt: Geht und vergesst ihn!«

»Wer war die Frau?«, fragte Nikola ungeduldig.

»Eine Priesterin! Eine aus dem Totengott-Tempel!«

Nikola traute seinen Ohren nicht und ließ sich die angebliche Priesterin beschreiben. Nicht nur einmal, sondern gleich zweimal. Danach war er kein bisschen schlauer. Mutter Tod? Die Vorsteherin eines ihm bestens bekannten Laint-Tempels hatte den Auftrag erteilt, ihn umzubringen? Warum wollte sie seinen Tod?

Zakari blieb die Peitsche erspart, stattdessen verurteilte ihn Mutter dazu, die Nacht in einem seit Jahren nicht mehr benötigten Schweinekoben zu verbringen. Keine besonders schlimme Strafe zwar, dennoch hörte man ihn die halbe Nacht klagen.

»In was bist du da hineingeraten, Niki?«, fragte Mutter.

»Wenn ich das nur selbst wüsste«, antwortete er und erzählte dann doch noch von dem Hässlichen, das er in diesem Jahr gesehen hatte. Mutter belohnte ihn dafür mit einem unerwarteten Geheimnis.

»Du warst immer mein Liebling, Niki! Als ich dich fand, ging es dir sehr schlecht …«

Er nickte. »Ich erinnere mich! Du hast mir oft genug gesagt, dass du deine gesamte Barschaft einem Wunderheiler gegeben hast!«

Mutter lachte. »Das habe ich doch nur gesagt, wenn du unartig warst! Du bist damals nicht das einzige Kind gewesen, bei dem ungewiss war, ob es den nächsten Tag erleben würde. Auch dem Sohn der Fürstin war etwas Schlimmes zugestoßen. Der Mantel des Schweigens wurde zwar darüber ausgebreitet, aber ich weiß, dass es so war. Damals dachte ich: Die Fürstin und ich haben etwa gemeinsam! Wir haben beide einen kranken Jungen, um den wir uns sorgen und an dessen Bett wir wachen. Im Leid waren wir wie Schwestern! Du wurdest wieder ganz gesund, doch der Sohn der Fürstin soll weniger Glück gehabt haben. Etwas blieb bei ihm zurück. Ich war damals sehr stolz auf dich, wenn ich daran dachte, dass *mein* Junge etwas geschafft hatte, was dem Sohn der Fürstin nicht gelungen war. Du wurdest wieder kerngesund! So hatte es die Schicksalsgöttin Nörtia gefügt! Du warst das wahre Fürstenkind, Niki! Mein Fürstenkind!«

Als Nikola den *Piraten* betrat, traf er Ovidiu ganz allein an.

»Wo sind die beiden Mumien?«, fragte er und deutete auf den leeren Tisch, an dem üblicherweise seine greisen Widersacher saßen und ihn mit feindseligen Blicken bedachten.

»Der eine hat sich erkältet, was bei diesem Sauwetter kein Wunder ist, und der andere kümmert sich um ihn. Aber vielleicht ist es ihm auch ganz allein nur zu langweilig bei mir«, erklärte der Wirt. »Falls du hier bist, damit ich dir etwas beibringe, so kommst du ganz und gar ungelegen. Ich kann jetzt nicht mit dir nach oben gehen und die Schenke sich selbst überlassen.«

»Das ist nicht mein Anliegen«, erklärte Nikola und setzte sich zu ihm an den Tresen. »Ich muss etwas mit jemandem besprechen, und du bist aus naheliegenden Gründen der Einzige in der Stadt, mit dem ich das tun kann.«

Ohne weitere Umschweife erzählte er ihm von dem Überfall und wie er vor vier Tagen in Piatra erfahren hatte, wer dahintersteckte. Seinen ursprünglichen Verdacht, dass der Mordversuch mit Valerica zu tun haben könne, erwähnte er nicht.

»Und jetzt willst du die Priesterin umbringen?«, fragte Ovidiu.

»Behüte!«, rief Nikola erschrocken aus. »Wie kommst du darauf!«

»Offenbar habe ich dich missverstanden, als du meintest, ich sei der Einzige – aus offensichtlichen Gründen! –, mit dem du darüber reden könntest.«

»Weil du schweigen kannst!«, versicherte ihm Nikola. »Allein deswegen.«

»Verstehe! Das ist vernünftig von dir, und ich hätte dir auch vor einem solchen Schritt abgeraten. Ein Mord an einer Priesterin ist keine Kleinigkeit! Du würdest natürlich hingerichtet werden, falls man dich zu fassen bekäme, aber bestimmt auf eine besonders grausame Weise. Abziehen der Haut bei lebendigem Leibe oder Abhacken der Glieder bis zum Tode – etwas in der Art. Doch was schwebt dir wirklich vor?«

»Wenn ich das nur wüsste!«, antwortete Nikola. »Als ich wieder in der Stadt war, war ich drauf und dran, sofort in den Tempel zu gehen und ihr auf den Kopf zuzusagen, dass ich über alles Bescheid wisse. Ich stand sogar schon fast vor seiner Tür! Ich stellte mir vor, dass sie zusammenbräche und alles gestände! Allerdings habe ich so etwas in meiner ganzen Zeit als Puhler nicht erlebt. Wahrscheinlich würde sie leugnen, dabei herablassend grinsen und mich am Ende von den Wächtern hinauswerfen lassen. Womöglich mit einer geflüsterten Drohung: ›Ich bin noch lange nicht mit dir fertig!‹ Aber stattdessen drücke ich mich seit zwei Tagen bei ihrem Tempel herum. Nicht den ganzen Tag, selbstverständlich! Ich will es ihr einfach heimzahlen! Ich möchte ihr einen Schrecken einjagen, von dem sie noch jahrelang Albträume bekommen soll. Notfalls eine Tracht Prügel verabreichen! Doch damit käme sie viel zu billig davon!«

»Eines verstehe ich noch nicht«, sagte Ovidiu. »Warum sollte dich eigentlich die Vorsteherin eines Laint-Tempels umbringen wollen?«

Nikola zuckte die Schultern. »Ich habe keine Ahnung! Ich

hatte ein paarmal mit ihr zu tun. Das war nicht erfreulich, denn sie war nicht gerade hilfsbereit, was daran liegt, dass sie keine Schilves mag. Also musste ich meinen Standpunkt verdeutlichen. Du weißt, wie es ist: Man wirft etwas um, zerschlägt ein paar Dinge – wir Puhler machen das eben so! Aber das ist doch noch lange kein Grund, einem eine Bande Mordbuben auf den Hals zu hetzen!«

»Hm, hm«, brummte Ovidiu und zog dabei ein Gesicht, als sei er nicht ganz einverstanden. »Warum willst du eigentlich nicht den ordentlichen Weg gehen? Du als Puhler wirst doch mit ähnlichen Vorkommnissen schon zu tun gehabt haben?«

»In diesem Fall wäre ich aber kein Puhler mehr, sondern ein Sippenloser, der gegen eine Priesterin klagt. Mein einziger Zeuge ist ein dämlicher Nichtsnutz und Gauner. Falls er überhaupt zu meinen Gunsten etwas bezeugte, würde man ihn bei der *Gerechtigkeit* nicht gerade sanft behandeln, schließlich ist er auch nicht unschuldig! Vermutlich würde man ihn der Garde zur Folter übergeben, damit er seine Helfershelfer preisgäbe. Das wiederum würde jemanden sehr unglücklich machen, an dem mir mehr liegt, als mir noch bis vor Kurzem bewusst war.«

Ovidiu füllte zwei Becher mit Schnaps und stellte einen davon vor Nikola. »Das ist nicht einfach! Was ist mit deinem Kumpan, diesem Schilves? Sie unterliegen nicht dem Sippensystem und solange sie das Sagen haben, können sie machen, was sie wollen! Er könnte doch …«

Nikola leerte den Becher in einem Zug. »Wir stehen momentan nicht so gut miteinander.«

Einer von Ovidius Stammgästen betrat die Schenke.

»Das hast du noch nicht gesehen, Ovidiu!«, rief er auf dem Weg zum Tresen. »Ein Haufen riesige Fische wurden am Strand angespült!«

»Wie riesig?«, fragte Ovidiu.

»Fünfzehn, zwanzig Schritt lang!«

»Du meinst Wale!«

Sein Gast schwieg einen Augenblick verdutzt. »Ich meine Fische! Sie haben Flossen, nicht wahr? Gleich vor dem Südtor! Meine Güte!«

Nikola fand es an der Zeit, sich zu verabschieden, denn da der Neuankömmling Ovidiu rücksichtslos mit seiner Geschichte in Beschlag nahm, war eine Fortsetzung seines Gesprächs mit dem Wirt nicht mehr zu erwarten.

»Am besten lässt du alles auf sich beruhen«, rief ihm Ovidiu noch hinterher.

Aus Neugier ging Nikola zu der Stelle, die Ovidius Gast genannt hatte. Die großen, grauen Riesen waren leicht zu finden. Neun Stück an der Zahl, lagen sie in fast gleichmäßigem Abstand von einigen Schritten nebeneinander im seichten Uferwasser, unfähig, wieder ins offene Meer zurückzukehren. Sie lebten noch. Ein mühsames Schnaufen war zu hören, das bisweilen von einem rumpelnden Laut unterbrochen wurde.

Einige Dutzend Schaulustige standen um sie herum, darunter auch Schilves mit langen Lederschürzen und Werkzeugen, die Sensen ähnelten.

Nikola betrachtete die langen und ziemlich dicken Leiber der gestrandeten Wale. Allein ihre Rückenflossen maßen etwa einen halben Schritt. An manchen Stellen ihrer Köper waren sie fast so dicht mit Seepocken bewachsen wie die Rümpfe von Schiffen. Wie alt musste ein Lebewesen werden, um so auszusehen? Gebannt trat er zu einem der Tiere und berührte es. Sogleich erklangen von überallher Rufe. »Vorsicht, dass er nicht beißt!«

Nikola ließ sich von diesen Warnungen nicht abhalten und ging langsam an dem Wal entlang, bis er in ein großes Auge blickte. Es sah ihn nicht furchtsam an, sondern mit einem Ausdruck, der alt, weise und erhaben wirkte. Welche Geheimnisse hätte ihm der Wal verraten können, dachte er ergriffen. Welches Wissen hätte er ihn lehren können?

Bevor er zum Maul des Tieres kam, ging Nikola lieber auf Abstand, denn plötzlich fiel ihm ein passender Ausspruch von Onkel Mihan ein: Weisheit des Alters hin oder her, auch alte Männer haben gerne etwas Herzhaftes zwischen den Zähnen!

»Neun Wale, die an unsere Küste kamen, um zu sterben!«, sagte jemand. »Das ist ein Zeichen!« Er war weithin zu hören.

»Ja! Das ist tatsächlich ein Zeichen!«, antwortete einer der Schilves laut. »Ein glückliches und gutes Zeichen! Lasst uns beginnen!«

Umgehend kletterten drei Schilves auf einen der Wale. Mit einer Axt durchtrennte einer sein Rückenmark, während die anderen beiden ihre »Sensen« in seinen Leib hieben und ihn der Länge nach aufschlitzten. Eine dicke Fettschicht wurde sichtbar. Weitere Schilves traten mit Hakenstangen hinzu und zogen dem Wal Haut und Schwarte ab. Dann begann das eigentliche Schlachten. Große Stücke von Fleisch wurden an die Umstehenden verteilt, zuerst nur an Schilves, dann auch an Aradeken.

»Nehmt hin!«, riefen die Metzger. »Es ist gutes Fleisch, und mehr als genug ist für uns alle da!«

Ein leichtfertiges Versprechen!

Seit Nikolas Ankunft hatte sich die Anzahl der Schaulustigen verdreifacht, und immer noch kamen weitere aus der Richtung des Südtors. Während die Walmetzger zu Anfang noch die blutigen Fleischklumpen in die Höhe gehalten, sich suchend unter den wenigen, zögernden Zuschauern umgesehen und atemlos, aber gut gelaunt gerufen hatten: »Wer will noch mal? Wer hat noch nicht?«, drängten sich nun Abnehmer für das Fleisch in dicken Trauben um den geschlachteten Wal und riefen ungeduldig: »Hier! Hier! Her damit!«

Die Metzger kamen mit ihrer Arbeit kaum noch hinterher, und gelegentlich wurde sogar um die Beute gestritten.

Die Angst, zu kurz zu kommen, und vielleicht auch der überwältigende Geruch des Blutes, das von den Seiten des Wales herunterlief und die Wellen rötete, erweckte schließlich einen furchtbaren Wahn! Zuerst wenige, dann immer mehr von denen, der bisher vergeblich auf ihren Anteil an der Beute gewartet hatte, fielen über die noch lebenden Wale her! Mit völlig ungeeigneten Werkzeugen säbelten sie große Brocken aus ihren Körpern heraus. Ihre Gier war so groß, dass die erfahrenen Schlachter der Schilves gar keine Gelegenheit erhielten, die Tiere vor ihrer Zerstückelung zu töten!

Nikola, der eigentlich auch ein Stück Walbraten mit nach Hause hatte nehmen wollen, war entsetzt und hatte jetzt nur noch im Sinn, dieser Stätte ungezügelter Grausamkeit zu entkommen! Als er sich abwandte, entdeckte er Sayme, der ein ganzes Stück abseitsstand und das Geschehen verfolgte. Zuerst wollte er ihn gar nicht beachten, doch dann hatte er schlagartig eine Erkenntnis, die seine Meinung änderte.

»Das sind alles Kühe«, sagte Sayme, als sich Nikola ihm näherte. »Mindestes vier Generationen, und die ältesten dürften fast siebzig Jahre alt sein. Eine denkbar unwürdige Art, so zu sterben. Das haben sie nicht verdient. Aber eigentlich war das vorherzusehen.«

Darauf begrüßte er Nikola so freundschaftlich, dass es diesem schwerfiel, kühl und abweisend zu bleiben.

Er trägt nur eine Maske, schließlich hat er mich verraten, dachte Nikola.

»Ich komme, um dich zu warnen!«, sagte er laut und erzählte von dem Mordanschlag der Laint-Priesterin. Dann fuhr er mit dem fort, was ihm soeben bewusst geworden war. »Außerdem bin ich überzeugt, dass sie auch für den nächtlichen Überfall auf uns beide verantwortlich war! Sei also auf der Hut! Man kann gewiss nicht ausschließen, dass sie es ein weiteres Mal versuchen wird. Allerdings möchte ich dich auch um etwas bitten. Dein Volk hat gegenwärtig allen Einfluss der Welt in unserer Stadt. Es wird für dich doch Mittel Wege geben, diese Frau zu verwarnen oder einzuschüchtern, damit sie uns künftig in Ruhe lässt?«

»Ich werde mich darum kümmern«, versprach Sayme. »Es war schön, dich wieder einmal zu sehen, mein Freund!«

Ein paar Tage später kam Sayme in die Puhlerei. Er wartete bereits, als Nikola mit Traian und dem Rest der Puhler am Nachmittag von der Erledigung ihres Tagwerks zurückkehrten, und so erleichtert wie Onkel Mihan über ihre Ankunft wirkte, hatten sich beide offenbar über längere Zeit gegenseitig angeschwiegen.

»Kostel war da, ist aber gleich wieder gegangen«, richtete Onkel Mihan mit einem Seitenblick auf Sayme aus.

»Was wollte er?«, fragte Traian.

»Hat er nicht verraten«, erwiderte Onkel Mihan und begann die Schlagstöcke einzusammeln.

Sayme blickte Nikola an und deutete mit dem Kopf zur Tür. »Auf ein Wort.«

Beide gingen nach draußen und schlenderten ein Stück die Straße hinab. Aus dem Haus der Sprachlehrer waren laute Stimmen zu hören. Xandra und Iovi stritten zwar nicht oft, aber wenn, dann laut und leidenschaftlich. Ein paar Wochen lang hatte Nikola dem Tagtraum nachgehangen, die schöne Xandra würde bei einer dieser Streitigkeiten aufgelöst aus dem Haus rennen und auf der Suche nach Trost in seine Arme flüchten. Ganz gewiss hätte er sie nicht abgewiesen!

»Ich habe mich erkundigt«, begann Sayme die Unterhaltung. »Die Priesterin ist offenbar bis zu den Admiralinnen vorgedrungen, um sich zu beschweren.«

»Unseretwegen?«

Sayme hob die Schultern. »Möglicherweise.«

»Weswegen denn?«

»Keine Ahnung. Wegen irgendeiner Belanglosigkeit, die niemanden interessierte. Allerdings soll es deswegen sogar eine Anweisung von ganz oben an die Flotte gegeben haben. Davon habe ich aber nichts mitbekommen.«

»Und? Kannst du etwas gegen sie unternehmen?«, fragte Nikola erwartungsvoll.

Sayme schüttelte den Kopf. »Gegenwärtig laufen Verhandlungen zwischen unserer Priesterschaft und der des Laint und anderer Erdgötter. Sie sind sehr wichtig und dürfen nicht gestört werden, denn es geht dabei um eine neue Grabungsstelle.«

»Wonach soll denn gegraben werden?«, warf Nikola ein.

»Hinweise darauf, dass Ris vor langer Zeit über dieses Land wandelte«, erklärte Sayme bereitwillig. »Diese Verhandlungen waren eigentlich schon abgeschlossen, aber plötzlich tauchte ein Dokument mit schwammigen Andeutungen auf, demzufolge der letzte Kampf zwischen eurem Gottvogel und seinem Widersacher Sartris an der ausgewählten Stelle stattgefunden habe. Das Ganze ist etwas heikel, weil es unter eurer Priesterschaft noch viele gibt, für die der lehrende Ris und der Götterfeind Sartris ein und derselbe sind. Ich will dich nicht mit Einzelheiten langweilen, da ich weiß, wie wenig dir Götter und alles, was mit ihnen zu tun hat, bedeuten. Wahrscheinlich geht es letztlich nur um die Einräumung von Privilegien, Geld oder etwas in der Art. Jedenfalls darf deswegen kein Schilves auch nur die Stimme gegen eine Priesterin eures Totengottes erheben. Ich kann dir also nur raten, ihr aus dem Weg zu gehen und allgemein auf der Hut zu sein!«

Das war nicht die Antwort, die Nikola erhofft hatte! Doch Sayme war noch nicht fertig.

»Es gibt noch etwas anderes, das ich mit dir besprechen wollte. Ich möchte, dass wir wieder zusammenarbeiten und habe das auch schon mit Traian abgeklärt.«

Nikola hatte plötzlich einen bitteren Geschmack im Mund. »Braucht ihr wieder jemanden, um etwas zu vertuschen?«

Sayme überging die Spitze. »Es gab neue Todesfälle. So wie die, hinter denen wir her waren.«

Nikola gab ein gehässiges Lachen von sich. »Dann ist der Sachverhalt doch einfach: Sucht euch einen armen Schlucker und stellt seine Leiche als die des Schuldigen aus! Vielleicht nehmt ihr dieses mal lieber keinen Schuster, sondern einen Schreiner oder Metzger. Der Kopf-ab-Schreiner aus Timas oder der Mord-Metzger aus Satumer! Das klänge doch gut. Oder noch besser: Geh zu dem Kerl, der tatsächlich für die Morde verantwortlich war, die man dem armseligen Schuster angelastet hat! Was wurde überhaupt aus ihm? Nur zu! Ich behalte es auch für mich!«

Sayme blickte ihn einen Augenblick lang schweigend an. »Er wurde bestraft.«

Damit konnte er Nikola nicht besänftigen. »Wie denn? Hat

er Hausarrest erhalten auf einem eurer Schiffe oder hat man ihn zur Sühne übers Meer nach Hause geschickt?«

»Er wurde auf ein Schiff gebracht und etwa fünfzehn Meilen vor der Küste über Bord geworfen«, antwortete Sayme bedächtig.

Nikola dachte kurz nach. »Fünfzehn Meilen? Ein geübter Schwimmer könnte das Land trotzdem wieder erreicht haben, oder?«

Sayme stimmte zu. »Er wurde jedoch nicht nur einfach so ins Wasser gestoßen, sondern zusätzlich mit einigen Eimern Blut und Schlachtabfällen übergossen. Der Geruch lockt die großen Raubfische an. Der Gott der Schilves ist der *Lehrende Ris*, und die Schilves halten sehr viel von Lehren. Der Mörder sollte lernen, wie sich seine Opfer fühlten. Er sollte der Küste nahe kommen und mit jeder Meile und jedem Schwimmzug sollte seine Hoffnung wachsen, dass er doch noch mit heiler Haut davonkäme – bis ihn schließlich sein Schicksal ereilte und er zerrissen würde. Er sollte lernen zu hoffen, aber auch zu erkennen, dass es nie einen Ausweg für ihn gab. Er sollte sowohl die aus Verzweiflung geborene Hoffnung auskosten als auch den Augenblick der Enttäuschung.«

»Und er könnte nicht doch überlebt haben – mit viel Glück?«

»Zwar nicht anzunehmen, aber völlig ausgeschlossen ist es natürlich auch nicht«, räumte Sayme ein. Ein seltsames Lächeln umspielte seine Lippen. »Wenn Ris sein Leben erhalten wollte, dann hätte ihn gar nichts töten können. Aber das glaubt ihr Aradeken ja auch von euren Göttern. Allerdings hat ihn niemand mehr gesehen, also weist nichts darauf hin, dass er entkommen ist.«

»Das hättest du mir sagen sollen«, warf ihm Nikola vor.

»Ich habe mich um dich gekümmert, als du verwundet warst. Du tatest dasselbe für mich. Du hättest mir vertrauen können«, hielt Sayme dagegen.

»Dem Menschen Sayme konnte ich vertrauen, dem Schilves Sayme nicht«, erwiderte Nikola verärgert.

Eine Zeitlang gingen sie schweigend nebeneinanderher,

dann sagte Sayme: »Es gibt jedoch noch etwas anderes, das gegen ihn als Täter spricht: Apuludora Weißkehle!«

»Die Frau in Weiß? Was ist mit ihr?«

»Im Gegensatz zu unseren anderen Leichen wurde sie nicht irgendwo in einer Gasse gefunden, sondern am Strand angespült. Ihr Leichnam war so blutleer wie alle anderen. Das hatte sie mit ihnen gemein. Allerdings hatte sie keine Wunde am Hals, sondern eine verletzte Ader am Schenkel, der wir jedoch keine besondere Bedeutung beimaßen. Sonst gilt für die neuen Leichen im Wesentlichen dasselbe wie für Apuludora: angespült, keine Verwundung am Hals, dafür eine oder mehrere Verletzungen der Hauptblutgefäße.«

Nikolas Neugier erwachte. »Wie viele?«

»Zwei.«

»Zwei!«, wiederholte er nachdenklich. »Zwei!«

»Zwei, von denen wir wissen. Es können auch mehr sein.«

»Das meine ich nicht«, wehrte Nikola ab. »Apuludora schien mir immer herauszustechen, allein schon, weil ihr Ende nicht so brutal war wie das der anderen. Allerdings konnten wir uns nicht vorstellen, dass es für unsere blutleeren Leichen unterschiedliche Ursachen geben könnte. Offensichtlich irrten wir uns aber, und es hat tatsächlich zwei verschiedene Täter gegeben! Entweder war Apuludoras Mörder eine Zeit lang untätig oder wir haben seine weiteren Opfer nicht gefunden. Vielleicht hat er sie auch nachträglich so hergerichtet, dass sie wie das Werk unseres Mörders erschienen. Habt ihr ihn nach seinen Taten befragt?«

»Das schien nach den Funden in seinem Haus nicht mehr nötig zu sein«, räumte Sayme ein. »Doch ja, so sieht es aus. Deswegen brauche ich deine Hilfe.«

»Bedaure«, entgegnete Nikola kühl. »Wie ich dir bereits erklärt habe: Dem Mann Sayme konnte ich vertrauen, dem *Schilves* Sayme nicht. Auch das war eine Lehre – und keine erfreuliche!«

Sayme war sichtlich überrascht von seiner Absage. »Vielleicht änderst du deine Ansicht noch. Ich hoffe es sehr!«

Als sich Nikola wenige Stunden später nach der Arbeit auf den Nachhauseweg machte, schien sein alter Tagtraum auf etwas holprige Weise wahr werden zu wollen. Denn gerade, als er an dem Laden der Sprachlehrer vorbeikam, trat Xandra aus der Tür und eilte auf ihn zu. So, als habe sie ihn abgepasst!

Sie schluchzte zwar nicht, sah aber hinreichend bekümmert aus. Doch anders als in Nikolas Vorstellung warf sie sich nicht sofort an seine Brust und bat mit schmachtendem Blick, an einen sicheren Ort gebracht zu werden. Auch er selbst passte nicht ganz in den Tagtraum, da er seit seiner Unterredung mit Sayme schlechter Laune war und ganz und gar nicht in der Stimmung für ein Liebesabenteuer.

»Ich möchte dich um einen Gefallen bitten«, sagte Xandra und bat ihn ins Haus.

»Ist Iovi nicht da?«, fragte Nikola sofort.

»Nein«, antwortete sie. »Ich weiß nicht, wo er steckt, wann er zurückkommt und es ist mir auch einerlei!«

Offenbar hatten sich die beiden heftiger gestritten als sonst.

Nikola folgte ihr ins Haus. So weit war er noch nie vorgedrungen! Flaviu würde bestimmt vor Neid erblassen, wenn er ihm davon erzählte. Zu bestaunen gab es in den Räumlichkeiten, in denen die schöne Xandra Tag für Tag verbrachte, jedoch überhaupt nichts. Tatsächlich sah es bei den Sprachlehrern nicht viel anders aus als in Traians *Allerheiligstem*: ein Tisch, mehrere Sitzgelegenheiten, ein Schrank, Ablagen.

»Ich würde dich nicht behelligen, wenn ich mir anders zu helfen wüsste«, sagte Xandra und zerstörte damit die letzte Ähnlichkeit mit Nikolas Tagtraum. »Du weißt doch, dass wir *nach Liste* unterrichten?«

Nikola erinnerte sich undeutlich, dass Iovi zu Anfang einmal etwas zu ihrer Arbeit als Sprachlehrer gesagt hatte.

»Es gibt eine Liste mit Wörtern in unserer Sprache und in der der Schilves?«, rief er sich ins Gedächtnis. »Sie wird im Palast aufbewahrt, nicht wahr?«

»Eigentlich sind es sogar zwei Listen, aber ja, so ist es«, bestätigte Xandra. »Wenn wir nicht wissen, was ein Wort in unserer oder ihrer Sprache bedeutet, so gehen wir zu den Schilves und schauen in der Liste nach. Dadurch lernt bei uns nie jemand etwas Falsches, wie es vielleicht woanders der Fall wäre. Es gibt aber immer wieder einmal Wörter, die nicht in der Liste stehen. Manchmal erfahren wir sofort, was sie in der jeweils anderen Sprache bedeuten, manchmal müssen wir warten, bis sie in die Liste aufgenommen wurden. Das hängt davon ab, wer gerade Dienst hat. Als ich gestern im Palast war, wo die Liste ausliegt, sagte man mir, wir seien wegen Missbrauchs nicht länger zugelassen!«

»Wegen Missbrauchs? Was habt ihr denn verbrochen? Zu oft gefragt? Oder zu viel?«

»Ich weiß es nicht!«, beteuerte Xandra. »Sie sagen einfach nur *Missbrauch*, ohne irgendetwas zu erklären. Ich glaube nicht, dass wir zu oft da waren oder zu viel wissen wollten. Ich habe auch nie gehört, dass es Regeln gibt. Vielleicht ist Iovi Schuld. Er mag die Fremden nicht sonderlich, und manchmal ist er unfreundlich und unbeherrscht.«

»Und was kann ich jetzt tun?«, fragte Nikola.

»Du arbeitest doch ständig mit den Schilves zusammen?«

»Nicht mehr so oft«, murmelte Nikola, was aber ungehört in Xandras Redeschwall unterging.

»Vielleicht könntest du ein Wort für uns einlegen oder herausfinden, was wir verbrochen haben, und wie wir in dem Fall den Fehler wiedergutmachen können. Vielleicht auch, wen wir bestechen müssen? Wir sind doch auf die Liste angewiesen!«

Unversehens drückte sie Nikola ein eng beschriebenes Blatt in die Hand. »Das ist das, was wir zuletzt wissen wollten. Vielleicht könnte dein Bekannter aushelfen? Jeder Begriff, den er übersetzen kann, hilft uns ein wenig weiter.«

Nikola blickte auf das Blatt und sah Wörter, die er zwar zu lesen vermochte, aber nicht immer kannte, etwa weil sie nur bei bestimmten Handwerkern üblich waren. Weiterhin enthielt sie eine Spalte mit unbekannten Zeichen, neben denen jeweils Wörter in der Sprache des Bundes standen, die jedoch völlig sinnloses Gebrabbel zu sein schienen. Xandra erklärte ihm, was er sah.

»In der einen Spalte stehen Wörter, wie sie unsere Kunden glaubten, gehört zu haben. Daneben, wie sie in der Schrift der Schilves geschrieben werden müssten, wenn alles richtig wäre. Es wäre wirklich eine große Hilfe, wenn dein Bekannter schon das eine oder andere Wort übersetzen könnte!«

In diesem Augenblick kam Iovi zurück. »Das ging ja schnell«, sagte er misstrauisch.

»Ich wollte ohnehin gerade gehen«, erklärte Nikola, faltete die Liste zusammen und vergaß sie danach umgehend. Erst am nächsten Abend erinnerte er sich wieder an sie. Er überflog sie und las laut die unbekannten Wörter aus der Schilves-Sprache.

Kostel hatte behauptet, die Sprache der Fremden höre sich wie eine Büffelherde an, die unentschlossen auf der Stelle stampfte. Nikola hatte zwar noch nie eine Herde Büffel gesehen, musste bei der Erinnerung an den Vergleich aber trotzdem grinsen. Schließlich faltete er das Papier sorgfältig zu einem schmalen Streifen und zündete es an. Er war einmal gegen seinen Willen in die Ränkespiele der Schilves verstrickt worden. Das reichte völlig! Auf ein weiteres Mal konnte er gut verzichten.

Wegen der fortgeschrittenen Jahreszeit war das Wasser mittlerweile zu kühl zum Schwimmen, doch Nikola hatte nicht vor, seine achtarmigen Freunde wegen ein paar Spritzern kalter Gischt zu vernachlässigen. Wie oft zuvor begab er sich ein paar Tage später zur Spitze der Mole, wo er sie aus dem Wasser lockte und seine Sorgen vor ihnen ausbreitete, während sie mit ihren messerscharfen Schnäbeln behutsam nach den Leckerbissen griffen, die er ihnen mitgebracht hatte. Manchmal sprach er zu ihnen und manchmal hing er nur still seinen Gedanken nach. Falls die Kraken seine Worte verstanden, so schwiegen sie, und falls sie seine Gedanken zu lesen vermochten, so blieben sie erst recht stumm.

Zwei Namen gingen Nikola derzeit ständig im Kopf herum, und der eine lautete *Mutter Tod*! Entgegen Ovidius und Saymes Rat war er nicht gewillt, die Priesterin einfach so mit ihrem gescheiterten Mordkomplott davonkommen zu lassen. Sein Herz dürstete nach Rache für jeden einzelnen Augenblick der Verzweiflung und Todesangst, den er ihretwegen ausgestanden hatte. Er war schon so weit gewesen, im Verborgenen auf sie zu warten, bis sie abends den Tempel verließ – zweimal sogar! –, um ihr dann heimlich ein paar Schritte auf ihrem Nachhauseweg zu folgen. Allein der Umstand, dass er immer noch nicht wusste, wie er ihr sein Leid und seinen Schmerz heimzahlen sollte, hatte ihn die Verfolgung abbrechen lassen. Das würde jedoch nicht für immer so bleiben, dessen war sich Nikola sehr sicher. Ihm würde schon noch etwas einfallen!

Der andere Name war Gogul die Qualle. Nikola machte es rasend, dass er mit Goguls zweifelhaftem »Geschenk« so wenig anfangen konnte. Es hatte ihn zu Andreea geführt und zu ihrem Geständnis, dass sie mehr über den Tod ihrer Schwester gewusst hatte, als sie immer zugegeben hatte. Camilla hatte sich mit Gogul eingelassen, und der wiederum mit ihrer beider Mörder. Da endete das Ganze aber schon! Etwas Hochgefährliches hatte gehandelt werden sollen! Doch mit wem? Und was war es gewesen? Fragen ohne Antworten!

Die Versuchung war groß, zu Misangre zu gehen und ihn nach den Bedingungen einer Neubeschwörung von Goguls Geist zu fragen. Eine leise Stimme warnte ihn jedoch, dass es ihn wahrscheinlich noch unzufriedener und rastloser machen würde, wenn er noch einmal bestätigt bekäme, dass sein Wunsch zwar erfüllt werden könne, aber der Preis für immer außerhalb seiner Möglichkeiten läge, selbst wenn er noch so sparsam lebte. Oder schlimmer noch, dass es wie im Fall der blutigen Hand eine Zeitspanne gäbe, die viel zu schnell verstrich, als dass er sie nutzen konnte.

Doch selbst wenn diese Hindernisse überwindbar wären, brächte es ihn dann überhaupt einer Aufklärung näher? Würde

Gogul bereitwillig die Schleier lüften oder ihn nur hämisch verlachen? Was hatte er überhaupt mit seiner Offenbarung bezweckt? Bereute er, schuld an Camillas Tod zu sein? Wünschte er, dass die Bluttat, die der Welt herzlich egal gewesen war und die sie längst vergessen hatte, endlich gesühnt werde? Oder wollte er nur seinen alten Feind verhöhnen?

Die große, unbeantwortete Frage lautete jedoch: Verfolgten die Verstorbenen überhaupt eine Absicht, wenn sie sich den Lebenden mitteilten? Vielleicht waren sie wie Bäume, die im Herbst ihre Blätter abwarfen? Sehr wohl konnte man an ihnen ablesen, ob der Baum kerngesund gewesen war oder unter Borkenkäfern und anderen Schädlingen gelitten hatte. Doch der einzige Grund, warum die braunen Blätter schließlich sanft zu Boden schwebten, war der, dass es an der Zeit dafür war. Weder steckte eine Absicht dahinter noch war darin eine Botschaft enthalten!

Erregte Stimmen rissen Nikola aus seinen Gedanken. Sie kamen von oben, von der Krone der Molenmauer, und gehörten den Wachen, die auf ihr Dienst taten. Während der ersten Wochen der Besatzung hatten sie sein Kommen und Gehen aufmerksam verfolgt. Was wollte er? Was tat er? Solche Fragen mochten sie bewegt haben. Dann hatten sie die Kraken entdeckt und sich daran ergötzt, wie er mit ihnen umging. Nach einiger Zeit war ihr Interesse jedoch abgeflaut, und jetzt flammte es immer nur kurz wieder auf, wenn ein neuer Schilves zum Dienst auf der Mole befohlen worden war.

Da sich die Wachen in ihrer eigenen Sprache unterhielten, konnte Nikola nicht verstehen, was sie sagten. Sie deuteten jedoch immer wieder zum Ufer. Als er schließlich erkannte, was ihre Aufmerksamkeit auf sich gezogen hatte, wurde ihm ganz klamm. Das Meer hatte einen Körper angespült!

Genau wie Sayme gesagt hatte, dachte Nikola und sprang auf. Die Kraken hatte er mit einem Mal völlig vergessen. Sein einziger Gedanke war nur noch, möglichst schnell zu dem

Leichnam zu gelangen, bevor jemand wertvolle Hinweise zerstören konnte!

Er hastete an der Molenmauer entlang, stolperte und stürzte wiederholt auf dem unsicheren Pfad, doch das konnte ihn nicht aufhalten. Er richtete sich auf und rannte weiter, denn jeder Augenblick, den er vergeudete, spielte dem Mörder in die Hände!

Trotz aller Anstrengung erreichte Nikola den Leichnam nicht als Erster. Zwei Männer und eine Frau, höchstwahrscheinlich Fischer, waren ihm zuvorgekommen. Sie standen bei dem Körper, dessen unteres Ende von der Brandung rhythmisch überspielt wurde. Es war kein Mensch, sondern ein Tier.

Sein spindelförmiger, brauner Leib musste so schwer wie acht oder neun ausgewachsene Männer sein. Es besaß eine große, querstehende Schwanzflosse und paddelartige Vorderbeine. Der Kopf hatte etwas entfernt Hundeartiges, und die Schnauze war mit einzelnen dicken Borsten besetzt.

»Eine Seekuh«, erklärte der älteste der drei Fischer. »Seit Jahren hat sich keine mehr hierherverirrt! Vermutlich ist sie einem Schiff der Fremden zu uns gefolgt. Pech gehabt, alte Dame! Zu Hause hätte dich der Hai vielleicht nicht erwischt.«

Seine letzte Äußerung bezog sich auf großen Wunden am Leib des Tieres, aus dem ganze Stücke herausgerissen worden waren. Unversehens wandte sich der Mann an Nikola. »Ich hoffe nicht, dass du auf einem Anteil bestehst? Wir drei waren vor dir da.«

»Ihr wollt das Aas noch verwenden?«, fragte Nikola angewidert.

»Warum nicht? Sie ist nicht lange tot, und das Fleisch von Seekühen hat die erstaunliche Eigenschaft, dass es auch nach vier Wochen noch nicht stinkt. Selbst wenn bereits die Maden munter darauf krabbeln, ist es nicht schlecht. Man wäscht sie natürlich ab und isst sie nicht mit! Die Haut liefert festes Leder, das ausgelassene Fett schmeckt wie süßes Mandelöl und ist von betörendem Duft. Und erst das Fleisch! So zart wie das von Zicklein, die in der Milch ihrer Mutter zubereitet wurden. Also, wie sieht's aus?«

»Kein Bedarf und auch kein Anspruch«, erklärte Nikola. Er fühlte sich seltsam zerrissen, denn einerseits war er erleichtert darüber, dass das Geschöpf zu seinen Füßen doch kein Mensch war – wie hatte er es selbst aus der Entfernung dafür halten können? Andererseits war er aus demselben Grund enttäuscht. Dieses zwiespältige Gefühl hatte er bisweilen während seiner Arbeit mit Sayme empfunden, wenn eine Zeit lang keine neue Leiche entdeckt worden war. Zwar war es gut, wenn niemand starb, aber das bedeutete auch, dass sie dem Täter, der unweigerlich erneut zuschlagen würde, so lange nicht näher kamen.

Während sich die Fischer darüber unterhielten, wie ihre Beute am besten zu verwerten sei, dachte Nikola an Apuludora Weißkehle. Ihr Tod war also genauso ungesühnt geblieben wie der von Camilla. Wer oder was sie getötet hatte, bewegte sich noch immer frei in der Stadt und konnte sich ungestört neue Opfer suchen. Ähnlich wäre es auch Leuze, Dorina und dem jungen Remu ergangen, hätte sich niemand für ihren unbedeutenden Tod interessiert. Doch bei ihnen war ein Schlussstrich gezogen worden. Ihr Mörder konnte niemandem mehr ein Leid zufügen!

War es denn wirklich so wichtig, dass er nie öffentlich angeprangert worden war? Dass man verheimlicht hatte, wer er war, ja, seine Taten sogar einem Unschuldigen angelastet wurden? Er hatte bezahlt, reichte das nicht? Die Schilves, die bei seiner Hinrichtung auf dem Schiff zugegen waren, hatten bestimmt erfahren, welches Ungeheuer er war, und diejenigen, die ihn kannten, wohl auch. Für die Aradeken dagegen, wäre er nur irgendein beliebiger Schilves gewesen. Ein mordender Schilves, allerdings! Wahrscheinlich hatte Sayme recht, und es wäre darüber vergessen worden, dass sich seine eigenen Leute bemüht hatten, ihn zur Strecke zu bringen, wodurch Leben bewahrt und Aradeken gerächt worden waren, um deren Tod sich sonst niemand gegrämt hatte.

Sicherlich hatten die Schilves damit vor allem im Sinn gehabt, ungestört ihren eigenen Plänen nachgehen zu können, doch die Art und Weise, wie sie den Mörder bestraft hatten, zeigte doch, dass ihnen die Ermordeten nicht ganz gleichgültig gewesen waren. Sie hatten ihn nicht einfach beseitigt, sondern ihn die Verzweiflung seiner Opfer erfahren lassen.

Während Nikola noch nachdachte, war unbemerkt die Zeit verstrichen. Die Fischer hatten sich unterdessen Hilfe besorgt und ihre Beute auf ein Gefährt geladen. Bevor sie aufbrachen, sprach ihn der alte Fischer an: »Warum bist du noch hier?«

»Weil ich mich nicht entscheiden kann, welchen Weg ich wählen soll«, antwortete Nikola wahrheitsgemäß.

»Allzu lange trödeln solltest du nicht mehr. Ein Sturm zieht auf, und wenn er da ist, willst du nicht länger hier sein!«

Eine neue Jagd

Tatsächlich erwies sich der Sturm als nicht so schlimm, wie ihn der Fischer dargestellt hatte. Er kam inmitten der Nacht, rüttelte Einlass begehrend an Türen und Fenstern, zerrte wütend die losen Schindeln von manchem Dach, begnügte sich dann aber vorwiegend damit, Töpfe, Kübel und andere Gegenstände, die im Freien verblieben waren, umzuwerfen und durch die Straßen zu jagen.

Am nächsten Morgen teilte Nikola Traian mit, dass er entgegen seinem ersten Bekunden doch wieder für die Schilves arbeiten wolle und deshalb abends seinen Schlagstock nicht mehr abliefern könne. Traian war hocherfreut. Seine Geschäfte gingen zwar wieder besser als in den ersten Wochen nach der Ankunft der Schilves, aber längst nicht so gut wie in der Zeit davor. Die zusätzlichen Einnahmen, die ihm der Sinneswandel seines Angestellten bescherte, kamen ihm gerade recht.

Nikola übersah Serbans hochgezogene Augenbraue und achtete auch nicht auf Onkel Mihan, der sich verstohlen die Hände rieb. Stattdessen machte er sich auf die Suche nach Sayme, um ihn wissen zu lassen, dass er seine Meinung geändert habe. Er ging aufs Geratewohl ins Viertel der Schilves, in der Hoffnung, ihn hier mit etwas Herumfragen zu finden, da Sayme nie erwähnt hatte, wo er eigentlich wohnte.

Seitdem Nikola zum letzten Mal in dem einstmals vertrauten Stadtteil gewesen war, hatte sich sein Erscheinungsbild weiter verändert. Inzwischen bevölkerten die Straßen nicht länger nur Krieger und Seeleute in ihrer erdfarbenen Tracht, sondern auch Kinder und ganze Familien. Seinem wachsamen

Blick entging nicht, dass auch Schenken und vereinzelte Läden von ihren früheren Besitzern wieder eröffnet worden waren, sodass er sich fragte, ob er jemals wieder ein Arades ganz ohne Schilves erleben werde? In seinen Augen sah das alles immer weniger nach einem vorübergehenden Aufenthalt aus.

Weil Nikola den Namen von Saymes Schiff kannte, fragte er zunächst jeden, der ihm entgegenkam, in welcher Straße und in welchen Häusern die Besatzung der *Turanasch* untergebracht worden sei. Dafür erntete er viele ratlose Blicke. Die *Turanasch*? Die Antwort kannte anscheinend niemand. Wahrscheinlich war ihre Besatzung an Bord geblieben, wurde gelegentlich vermutet. Denn trotz der Umquartierungen und einiger Neubauten hier und da böte das Viertel längst nicht ausreichend Platz für alle Schilves, zumal die Zeltstadt, in der viele von ihnen während des Sommers und Herbstes gelebt hatten, wegen der kalten Witterung aufgelöst worden sei. Man riet ihm, zum Hafen zu gehen. Wenn er Glück habe, befände sich die *Turanasch* dort, wenn er dagegen Pech habe, ankere sie in einer der Buchten in der Nähe der Stadt.

Aber daran glaubte Nikola nicht. Auch wenn er nicht wusste, wo Sayme wohnte, war er doch überzeugt davon, dass es innerhalb der Mauern von Arades sein musste. Er versuchte, ihn zu beschreiben. Doch wie sollte er jemanden beschreiben, der haargenau so aussah, wie sich ein Aradeke einen typischen Schilves vorstellte, und dessen einzige Abweichung von diesem Bild darin bestand, dass er einige Wörter ungewöhnlich aussprach und röchelte und fauchte, wenn von *Buchen, Bächen* und *Lachen* die Rede war?

Nikola gab sich noch nicht geschlagen. Irgendwo, vermutlich in der *Gerechtigkeit*, gab es jemanden, der Sayme immer dann eine Nachricht geschickt hatte, wenn eine blutleere Leiche aufgefunden worden war. Der Unbekannte würde ihm hoffentlich weiterhelfen können!

So weit musste er jedoch gar nicht gehen, denn kurz darauf lief ihm Sayme über den Weg.

»Du bist nicht leicht zu finden«, begrüßte ihn Nikola. »Ich

habe überall gefragt, wo die Angehörigen deiner Schiffsgemeinschaft untergebracht seien, aber niemand konnte mir die Frage beantworten. Mittlerweile zweifle ich sogar, dass ich mir den Namen deines Schiffes richtig gemerkt habe! Wie hieß es noch gleich?«

»Pranasch«, antwortete Sayme.

Nikola war verwirrt. »Sagtest du nicht einen ganz anderen Namen?«

»Was sagte ich jetzt eben?«

»Pranasch.«

»Nein, das ist Unsinn. Ich habe mich versprochen. Natürlich meinte ich Turanasch! Allerdings ist deine Aussprache sehr schwer zu verstehen!«

Sayme ließ Nikola den Namen des Schiffes dreimal laut wiederholen, dann schüttelte er geschlagen den Kopf. »Zum Glück willst du nicht Sprachlehrer werden! Du sagtest, dass du mich suchtest? Hast du deine Meinung geändert?«

»Ja«, bestätigte Nikola. »Doch eine Frage: Wird am Ende wieder ein Schuster aus Bovit der Schuldige sein?«

»Diese Möglichkeit besteht leider weiterhin. Daran hat sich nichts geändert«, antwortete Sayme zögernd. »Die Admiralinnen wünschen keine unnötigen Spannungen zwischen unserem und eurem Volk. Danach habe ich mich zu richten. Einen Schilves, der ausschließlich Aradeken tötet, darf es nicht geben. Falls es jedoch so kommen sollte wie beim letzten Mal, kann ich dir wenigstens versprechen, dass der Name des vorgeblichen Täters und auch alles andere an ihm frei erfunden sein wird. Es wird nicht noch einmal jemanden in Bovit oder anderswo geben, dessen geliebter Angehöriger und Freund sich in der Ferne in ein blutgieriges Ungeheuer verwandelt hat. Ist das annehmbar für dich?«

Nikola hatte Saymes Erklärung und das, was er darauf antworten sollte, mehrfach im Kopf durchgespielt. Jetzt sagte er nur: »Finden wir also heraus, wer Apuludora Weißkehle wirklich getötet hat!«

Sayme war sichtbar erfreut. »Dann lass mich dich in alles

einweihen, was wir über die neuen Toten wissen. Das kann auf dem Weg zu ihren Verwandten geschehen. Ich möchte sie nämlich aufsuchen, um herauszufinden, was sie uns sagen können.«

»Das hast du noch nicht getan?«

»Nein. Ich hoffte, dass du deine Meinung noch ändern würdest. Nun pass auf! Das erste Opfer war Kaitis Blaufeder, ein junger Mann von neunzehn Jahren. Er wurde südlich der Stadt angeschwemmt, ungefähr an der Stelle, wo die Wale strandeten und wir uns begegnet sind. Er trug gewöhnliche Kleidung und hatte keine weiteren Verletzungen als die, von denen ich dir erzählt habe. In seinem Fall am Arm. Es war ein großes Glück, dass sie jemandem auffielen und mir davon berichtet wurde. Wer weiß, wie viele unentdeckte Opfer es davor schon gab! Die, die nicht angetrieben und gefunden wurden, gar nicht erst mitgerechnet. Die Strömungen an diesem Abschnitt der Küste sind ziemlich launisch.

Anderthalb Wochen später wurde Violeda Krummschnabel an der Mole angespült. Sie war etwas jünger als Kaitis, sechzehn oder siebzehn Jahre alt. Auch sie wies keine anderen Verletzungen auf außer den genannten. Bei ihr allerdings war nicht eine Ader am Arm verletzt, sondern am Schenkel. Ihr Körper war jedoch schon einige Tage im Wasser gewesen, sodass ihre Wunden sehr deutlich zutage traten. Das mussten wir ändern.«

»Was habt ihr mit ihr getan?«, fragte Nikola misstrauisch.

Sayme zuckte die Achseln. »Es gibt Fische, die lebende Beute genauso gerne fressen wie tote, und wegen eurer Furcht vor dem Meer gibt es wohl keinen Aradeken, der den Unterschied zwischen echten Fressspuren und nachgemachten unterscheiden könnte. Das Mädchen hatte jedenfalls keine verräterischen Verletzungen mehr, als ihr Leichnam in den Tempel gebracht wurde.«

»Woran sind die beiden nach Ansicht ihrer Verwandten gestorben?«

»Unfall oder Selbstmord, nehme ich an. Ihnen wurde nur

das Allernötigste gesagt, wo und wann der Leichnam gefunden wurde. Keinerlei Vermutungen unsererseits.«

»Das mag fürs Erste reichen, und es ist auch keine Lüge«, erklärte Nikola. »Gibt es etwas Neues zu den Verletzungen?«

»Kennst du dich mit Aderlass aus?«, gab Sayme anstelle einer Antwort zurück.

»Ein wenig, aber nur vom Hörensagen. Bei bestimmten Leiden öffnen die Heiler eine Ader des Erkrankten und entnehmen ihm eine Tasse Blut oder vielleicht sogar mehr. Dickes Blut soll durch dünnflüssigeres ersetzt werden, altes und nicht mehr sehr brauchbares durch neues, sowie träges durch reges, was offenbar die Sinne und offenbar gut für den Geist ist. Auch bei manchem Fieber wird der Aderlass gemacht, um die Hitze aus dem Körper zu holen.«

Er stutzte. »Ist euch Schilves diese Kur etwa unbekannt?«

»Bis vor ein paar Tagen hatte ich nie davon gehört«, bestätigte Sayme. »Ich bin auch nicht der Einzige, dem es so ging.«

Nikola war überrascht. »Das verblüfft mich! Ihr habt also herausgefunden, dass die Verletzungen von einem Aderlass stammen? Daran ist wenigstens nichts Geheimnisvolles. Also hätte ein Heiler ihren Tod zu verantworten?«

»Sollte das der Fall sein, dann beherrscht er sein Handwerk nicht«, erwiderte Sayme. »Man sagte mir, dass die Schnitte zwar denen entsprächen, die einer eurer Heiler machen würde, aber sie befänden sich an den falschen Adern. Üblicherweise werden sie an den Blutadern angebracht, bei denen die Blutung leicht zu stillen ist. Bei den beiden Leichen jedoch wurden die Schlagadern verwendet, bei denen das nicht der Fall ist und der Körper sehr schnell sehr viel Blut verliert.«

»Ein Heiler, der nicht wusste, was er tat, oder es im Gegenteil sehr genau wusste? Also entweder ein Pfuscher oder ein Mörder?«

Sayme nickte. »Eines von beiden. Und noch etwas Bemerkenswertes: Die Opfer waren bei Bewusstsein, als sie starben. Anscheinend bekamen sie bis zuletzt nicht mit, dass etwas nicht stimmte. Daher haben sie sich auch gar nicht gewehrt.«

»Oder sie wurden mit Drogen gefügig gemacht«, warf Nikola ein.

Sayme dachte über diesen Einwand nach. »Auch das ist möglich. In dem Fall hätte der falsche Heiler ganz bestimmt mit voller Absicht gehandelt. Aber wozu sollte er sich so viel Mühe machen? Warum brachte er sie nicht einfach um wie ... du weißt schon wer.«

Nikola kam kurz der Gedanke, dass das auffällige Weglassen des Namens ihres anderen Mörders Teil seiner Strafe sein könnte. Tod und Vergessen?

»Wir können uns den ganzen Tag lang noch viele Möglichkeiten ausdenken. Lass uns lieber abwarten, was uns die Verwandten sagen!«, schlug er vor.

Violeda Krummschnabel war zwar das zweite Opfer, aber das Haus ihrer Eltern lag näher. Es war eines von der Sorte, die Nikola sonst im Gefolge von Traian betrat, weil Einbrecher Gegenstände von beträchtlichem Wert daraus geraubt hatten.

Eine Frau, die zum Gesinde des Hauses gehörte, ließ sie in einen Vorraum ein, von dem eine breite Treppe nach oben führte und Türen abgingen. Zweifellos sollte er jeden Besucher beeindrucken. Ein großes Wandgemälde diente als Blickfang, und die kostbare Inneneinrichtung mit ihren Teppichen, Stoffen und erlesenen Hölzern rundete das Bild ab.

Nachdem Nikola ihr Anliegen vorgetragen hatte, eilte die Frau davon, um ihre Herrschaften in Kenntnis zu setzen. Während die Besucher warteten, bekam Nikola noch weitere Mitglieder der Dienerschaft zu Gesicht. Anscheinend gehörten sie, ob jung oder alt, alle zu einer Familie. Vermutlich hatten sich Violedas Eltern den Einquartierungen nach der Ankunft der Schilves nicht entziehen können und das Widrige mit dem Nützlichen verbunden, indem sie ihr bisheriges Gesinde entlassen und seine Aufgaben auf die neuen Mitbewohner übertragen hatten. Das war zwar nicht verboten, wurde aber nicht gutgeheißen, und kam, wie Nikola wusste, öfter vor. Sayme betrachtete indessen das Wandbild, das die Familie und die engere Verwandtschaft darstellte, insgesamt etwa fünfzehn Personen, die Hälfte davon Kinder. Er winkte Nikola heran, deutete auf eine Frau und behauptete: »Das ist sie.«

»Die ist doch viel zu alt«, widersprach Nikola. »Das wird die Mutter sein. Die Tochter hingegen …«

In diesem Augenblick kam die Frau, die sie auf dem Gemälde sahen, herein. Sie war nicht sehr groß und reichte Nikola gerade bis zur Brust. Ihre beiden Besucher hatten sich vorab eine Geschichte ausgedacht, um den wahren Grund ihrer Anwesenheit nicht verraten zu müssen. Diese Geschichte tischte Nikola der Frau nun auf. Angeblich hatte Sayme den Leichnam ihrer Tochter geborgen, und angeblich war es bei solch traurigen Anlässen ein heiliger Brauch der Schilves, mehr über die Verstorbene erfahren zu wollen.

Violedas Mutter schluckte die Lüge und führte die Gäste in ein Wohnzimmer, in dem sich bereits ihr Gemahl aufhielt. Neben seiner kleinen Frau wirkte er wie ein urzeitlicher Felsbrocken. Gemeinsam erzählten sie von ihrer Tochter. Bis zum Frühjahr war sie ein ganz normales Mädchen gewesen. Die Ankunft der Schilves, die Eroberung und Besetzung der Stadt, all dies hatte ihr Weltbild nachhaltig erschüttert. Sie hatte gefragt, wie die Götter und insbesondere Karan und Vatres zulassen konnten, dass Tausende junger Männer in wenigen Augenblicken den Tod fanden, und wie die Welt wirklich beschaffen war, wenn solche Geschehnisse, die bislang für sie undenkbar waren, aus heiterem Himmel hereinbrechen und ihre vertraute Welt auf den Kopf stellen konnten. Sie hatte sich gefühlt, als habe sie sich in einem endlosen Wald verirrt oder triebe weit draußen im Meer, wo kein Land mehr zu sehen war.

Im Laufe der Wochen hatte sie sich immer mehr in die Vorstellung verrannt, dass es für sie keine Zukunft mehr gab, weder Frohsinn noch irgendwelche erstrebenswerten Ziele. Aus dem früher meist fröhlichen Mädchen war ein tieftrauriger Mensch geworden.

»Manchmal kam sie mir mit ihren jungen Jahren wie eine

alte Frau vor, die mit dem Lauf der Welt nicht mehr mithalten kann«, beschrieb ihr Vater sie betrübt.

Nikola blickte rasch zu Sayme und fragte sich, was wohl gerade in ihm vorging, denn auch wenn es niemand aussprach, so hing doch der Vorwurf im Raum, dass er und alle Schilves für das traurige Los ihrer Tochter verantwortlich waren. Doch Sayme war nichts anzusehen. Er hörte aufmerksam zu, stellte bisweilen Fragen, schien ansonsten aber völlig unberührt zu sein.

Als die Rede auf die Vorfälle während des Evinzfestes kam, verabschiedete sich die Mutter unter einem offensichtlichen Vorwand. Obwohl nach ihrem Wissen Sayme den Leib ihrer Tochter den Fluten entrissen hatte, fiel es ihr schwer, ihm in die Augen zu schauen. Dem Vater blieb somit nichts anderes übrig, als das Ende von Violedas Lebensgeschichte allein zu erzählen. Stockend berichtete er, wie hart die Nachricht vom Tod der Fürstenfamilie sie getroffen hatte. ›Nichts ist mehr so, wie es einmal war, alles ist weg und niemand ist mehr da, der uns noch behüten und führen könnte.‹ So hatte sie geklagt und war dann tagelang nur noch mit Mühe zu überreden gewesen, ihr Bett zu verlassen.

Nikola fühlte sich bei dieser Beschreibung an Valerica erinnert. Als er sie während des großen Menschenauflaufs vor dem Palast getroffen hatte, hatte sie Ähnliches gesagt. ›Wir haben alles verloren. Was soll nun aus uns werden?‹

Der Vater schwieg einige Zeit, als müsse er sich erst noch für das letzte Kapitel im Leben seiner Tochter rüsten. Ganz unverhofft schien sich plötzlich alles zum Guten zu wandeln, erzählte er. Wie durch ein Wunder hatte Violeda ihre Trauer und Hoffnungslosigkeit überwunden! Zu seiner Freude hatte sie plötzlich wieder gelächelt und die Zukunft nicht mehr ganz so düster gesehen. Ihm war gewesen, als hätten sich nach langen, regnerischen Wochen endlich die Wolken geteilt, sodass die Sonnenstrahlen hindurchscheinen konnten. Dann war sie gestorben.

Als sie wieder auf der Straße standen, atmete Nikola tief durch. »Mir kam es so vor, als wäre die Luft jeden Augenblick stickiger geworden«, sagte er.

Sayme ließ weder durch Worte noch durch Gesten erkennen, wie er den Besuch bei Violedas Eltern empfunden hatte. Stattdessen drängte er weiterzugehen: »Lass uns nun sehen, was es über Kaitis zu erfahren gibt!«

Auch Kaitis' Familie gehörte nicht zu den Ärmsten der Stadt. Ihr Haus war zwar nicht so groß wie das von Violedas Familie, aber immer noch doppelt so groß wie das Traians. Seine Vordertür stand offen und Kinder rannten unablässig hinein oder heraus. Am Eingang stritten sich lautstark zwei Frauen. Immer wieder fiel dabei der Satz: »Ihr seid hier nur Gäste! Verstehst du? Nur Gäste!«

Nun kam auch noch wutschnaubend ein Mann hinzu. Doch statt sich auf die Seite seiner Frau zu schlagen – derjenigen, die die andere ermahnt hatte –, fiel er ihr in den Rücken. »Und wegen dieser Kinkerlitzchen rufst du mich? Wirst du mit diesem Weib und seiner frechen Brut nicht allein fertig?«

Aus unerfindlichen Gründen glaubte das ›Weib‹ einen Verbündeten gefunden zu haben. Das war jedoch ein Irrtum! Nun wurde es noch lauter.

»Sollen wir warten, bis geklärt ist, wer von ihnen überleben wird?«, fragte Nikola.

»Lieber nicht«, antwortete Sayme. »Wer weiß, wie viele streitlustige Angehörige sonst noch kommen werden.«

Durch ihr Hinzutreten beendeten sie die Auseinandersetzung. Die Frauen gingen zurück ins Haus, und nur der Mann blieb übrig. Wie sich herausstellte, war er Kaitis' Vater. Nikola erzählte ihm dieselbe Geschichte wie zuvor schon Violedas Eltern.

»Die Bräuche der Schilves sind mir einerlei«, gab der Mann hitzig zurück. »Solange ich mitzureden habe, kommt keiner von diesem Volk unter mein Dach!«

»Wie ich schon sagte, ist es ein heiliger Brauch bei ihnen«, antwortete Nikola. »Du kannst uns jetzt abweisen, aber ganz bestimmt kehrt er dann wieder zurück, und zwar nicht mit einem Puhler, sondern mit seinen eigenen Leuten. Du weißt nicht, wie sie sind! Sie treten die Türen ein, zerschlagen Geschirr, kratzen Schrammen in die Wände, und wenn du Pech hast, geht auch noch das eine oder andere Möbelstück zu Bruch.«

»So, machen sie das?«, fragte der Mann und sah ihn dabei durchdringend an.

»Ja, so sind sie!«, bestätigte Nikola und hielt mit festem Blick dagegen.

»Also gut«, lenkte der Mann ein. »Es wird ja wohl reichen, wenn ich mit dir allein spreche. Du kannst es dem Schilves dann weitererzählen. Aber er bleibt draußen!«

Kaitis' Familie hatte das Erdgeschoss ihres Hauses einer einquartierten Familie überlassen müssen und sich in die oberen Stockwerke zurückgezogen. Dorthin führte der Vater nun den Besucher. Er erklärte seiner Frau, warum Nikola hier war und wies sie an, seine Fragen zu beantworten. Er selbst hielt sich weitgehend aus dem Gespräch heraus und beschränkte sich überwiegend darauf, ab und zu zur Tür zu gehen und wüste Drohungen ins Erdgeschoss zu brüllen. Wiederholt zeigte sich ein neugieriges Kind, das er mit einer rüden Bemerkung wieder vertrieb. Kaitis war offensichtlich nicht ihr einziger Sprössling.

Tatsächlich hatte die Familie in diesem Jahr nicht nur ein Kind verloren, sondern zwei. Ein älterer Bruder von Kaitis war Mitglied der Fürstengarde gewesen und hatte wie Tausende seiner Kameraden bei der Schlacht vor der Stadt sein Leben verloren. Er war schon immer Kaitis' Lieblingsbruder gewesen. Seitdem er auf eigenen Beinen gehen konnte, war er ihm hinterhergelaufen.

»Wie ein kleines Hündchen«, beschrieb ihn die Mutter.

»Wie ein götterverdammter Hund«, schimpfte der Vater zornig.

Nach dem Tod seines Bruders war Kaitis launisch und streitsüchtig geworden. Er hatte ständig Widerworte gegeben und sich mit jedem angelegt, selbst mit seinen besten Freunden, ja sogar mit den fremden Besatzern. Einmal war er mit einem blauen Auge und auch sonst ganz gut durchgewalkt nach Hause gekommen, wollte aber nicht sagen, wer ihm die Prügel verabreicht hatte. Sein Vater hatte jedoch gleich einen Schuldigen gefunden.

»Dieses Volk war es«, rief er und deutete in die Richtung, wo Sayme zuletzt gestanden hatte. »Einer von diesen räuberischen Halunken ist es gewesen ... der dumme Hund!«

Der Herbst brachte eine fühlbare Besserung in Kaitis' Betragen. Endlich schien er den Schmerz über den verlorenen Bruder verwunden zu haben. Er versöhnte sich mit seinen Freunden und hörte auf, den Schilves Schimpfworte hinterherzurufen. Seinen Frieden mit ihnen hatte er dennoch nicht geschlossen.

»Einmal sagte er, sie würden alle noch für ihre Verbrechen bezahlen«, berichtete die Mutter. »Die Geduld der Erdgötter sei nicht unerschöpflich. So überzeugt war er davon! Die Vorstellung schenkte ihm Trost, dass sein Bruder irgendwann gerächt würde. .... Aber das bleibt bitte unter uns! Das musst du nicht dem andern sagen! Wir wollen keinen Ärger.«

»Und dann bringt sich der dumme Hund plötzlich um!«, schimpfte der Vater, sprang auf und polterte fluchend die Treppe hinab. Als er unten angekommen war, hörte man ihn noch einmal laut brüllen.

Nikola nahm sich etwas Zeit für Beileidsbeteuerungen und belanglose Höflichkeiten und verabschiedete sich dann von der Mutter. Er stieg die Treppe hinab, stolperte beinahe über eines der Kinder aus dem Erdgeschoss, das gerade ins Haus rannte, und ging zu Sayme, der an einer Hauswand lehnte. Auf dem Weg bemerkte er vereinzelte dicke Regentropfen, die auf dem Boden zerplatzten.

»Sei froh, dass du nicht dabei warst«, sagte er zu seinem Begleiter, »aber lass uns schnell einen trockenen Ort aufsuchen, bevor es richtig zu regnen beginnt!«

Sayme schlug eine Taverne im Hafen vor, in der sie schon

öfter zusammen gewesen waren, und die er wegen der marinierten Fischchen, die der Wirt auftischte, sehr schätzte. Jetzt, da der mittägliche Ansturm vorüber war, hielten sich dort für gewöhnlich kaum andere Gäste auf. Sayme bestellte auch sogleich einen Teller seines Leibgerichtes. Nikola hatte nach den Begegnungen mit den Eltern der beiden Toten das Bedürfnis nach einem ordentlichen Becher Schnaps. Er leerte ihn in einem Zug und ließ dann gleich noch einen zweiten kommen. Danach berichtete er, was er von Kaitis' Eltern erfahren hatte. Er war sehr unzufrieden.

»Wir binden uns selbst die Hände«, sagte er. »Bei den anderen Mordopfern wussten wir zwar nicht, wer sie waren, aber wir konnten wenigstens fragen, wen wir wollten und lernten aus den unterschiedlichen Sichtweisen. Diese angeblichen Selbstmorde oder Unfälle lassen das aber gar nicht zu, ohne Verdacht zu erregen. Eigentlich sollten wir als Nächstes die Freunde und Bekannten von Kaitis und Violeda befragen. Beide hatten schwierige Zeiten hinter sich und waren auf dem Weg der Besserung. Vielleicht hat das etwas zu bedeuten, vielleicht auch nicht, denn von Apuludora ist uns Ähnliches nicht bekannt. Aber womöglich ist es auch Apuludora Weißkehles Schicksal, nie ganz dazu zu passen und immer herauszufallen.«

»Du meinst, wie benötigen jemand, bei dem nicht auffällt, wenn er Fragen für uns stellt, aber sonst nichts mit uns zu tun hat?«

»Genauso ist es!«

»Was ist mit Mutter Tod?«

Als Nikola ein überraschtes »Was?« ausstieß, verbesserte sich Sayme sogleich. »Ich meinte doch nicht die Mutter Tod, von der du dich fernhalten sollst! Ich meine die andere, die uns den Hinweis mit den Totenmasken gab.«

»Izabela? Die Freundliche? Die, die jederzeit mit dir ins Bett springen würde?«

Sayme hob ruckartig den Kopf und sah derart verdutzt aus, dass Nikola laut lachen musste. Er bedeutete dem Wirt, noch einen Schnaps zu bringen und sprach weiter: »Eine gute Wahl, niemand wäre besser geeignet! Als Priesterin des Totengottes könnte sie, ganz ohne Verdacht zu erregen, mit jedem Hinterbliebenen sprechen, an dessen Aussage uns gelegen wäre. Vielleicht ließe sie uns sogar heimlich lauschen, während sie sich mit ihnen im Tempel unterhielte. Besser könnten wir es unter diesen Umständen kaum treffen. Natürlich müsste sie bis zu einem gewissen Grad in unsere Pläne eingeweiht werden, doch wenn man ihr die Mitarbeit entsprechend versüßte, würde sie sicher Stillschweigen bewahren. Ich hatte übrigens wirklich den Eindruck, dass sie eine starke Zuneigung für dich empfand. Wenn du sie also lieb bitten würdest ...«

Sayme blickte ihn wortlos und mit unbewegtem Gesicht an. Nikola schlug ihm lachend auf die Schulter. »Manchmal muss man für die gute Sache Opfer bringen, Sayme! Wobei das Opfer in ihrem Fall wahrscheinlich gar nicht so groß wäre. Auf mich machte sie einen unterschwellig feurigen Eindruck, wenn du verstehst, was ich meine.«

Sayme verzog noch immer keine Miene. »Mir kam es eher so vor, als wäre sie über die Bekanntschaft eines jeden Schilves glücklich, der etwas zu sagen hat. Wahrscheinlich sieht sie sich schon reichlich belohnt, wenn sie gelegentlich in den Palast eingeladen und einem unserer Priester vorgestellt wird.«

Nikola stimmte zu. »Man sollte die Eitelkeit seiner Mitmenschen nicht unterschätzen!«

Dann wurde er wieder ernst. »Da ist noch etwas anderes, worüber ich reden wollte. Heute wird nicht das einzige Mal gewesen sein, dass dir offene Ablehnung entgegenschlug. Solange wir den Überlebenden keinen anderen Verantwortlichen für den Tod ihrer Verwandten anbieten können, werden sie sich nur allzu oft die Schilves aussuchen. Das ist nicht förderlich für uns.«

»Auf mich können wir aber keinesfalls verzichten«, erwiderte Sayme gelassen und verspeiste das letzte Fischchen mit einer Andacht, als habe er nie Schmackhafteres kennengelernt. Er wischte sich die Lippen ab und sprach in einem ruhigen und gelassenen Ton weiter, der überhaupt nicht zum Inhalt seiner Worte passen wollte:

»Aradeken vergessen gerne, dass die ersten Schilves in Frieden kamen. Sie waren Erkundungsreisende und Gesandte und gewillt weiterzusegeln, sobald sie Proviant gefasst hätten, als sie erkannten, dass sie nicht erwünscht waren. Doch das passte nicht in die Pläne des Fürsten. Auf dem Weg von der unglücklich verlaufenen Audienz zu ihren Schiffen wurde den Gesandten bewusst, dass man sie nicht unbeschadet ziehen lassen würde. Hätte Kapitän Elimar nicht in kluger Voraussicht zwei Boten losgeschickt, um die Schiffe zu warnen, so hätte damals kein einziger Schilves die Stadt lebend verlassen. Glücklich diejenigen, die entkommen konnten, denn alle, deren die Häscher des Fürsten habhaft werden konnten, wurden ertränkt oder auf andere Weise umgebracht. Für diese üble Tat gab es keinen ehrlichen Grund.

Kaitis' Familie sieht die Schuld am Tod ihres Sohnes – oder vielmehr, beider Söhne! – allein bei den Schilves. Ich sagte dir einmal, Nikola: Das Töten ist zwar vorbei, aber die Narben sind nicht verblasst. Es wird lange dauern, bis es so weit ist, muss aber so sein, damit die Schrecken des Krieges und der Weg dorthin nicht vergessen und die Lehren daraus verstanden werden.«

Nikola erinnerte sich noch lebhaft an Saymes Worte nach einem ihrer Besuche bei *Mutter Tod*. Doch dieses Mal sprach er aus, was er damals gedacht hatte: »Kommt es dir nicht in den Sinn, dass Narben auch eine ständige Erinnerung an eine offene Rechnung sein könnten, die darauf wartet, beglichen zu werden?«

Der Gedanke war Sayme anscheinend tatsächlich noch nie gekommen, und er schien ihm nicht zu gefallen. Leise sagte er: »Das wäre eine große Dummheit, denn es würde eine weitere Lehre nötig machen! Urte ist eine sehr gefährliche Frau, viel gefährlicher als Valiva. Eure Leute glauben, sie sei die umgänglichere der beiden Admiralinnen. Freundlich, geradezu mütterlich. Valiva nennen sie dagegen die Eisprinzessin und halten sie für ein eiskaltes Biest. Aber Valiva spricht nur aus, was Urte im Kopf herumgeht. Noch nicht einmal alles, nur einen Teil! Es wäre ein schrecklicher Fehler!«

Vielleicht war es das Bild eines treuen Hündchens, das Kaitis' Eltern von ihrem Sohn gezeichnet hatten, das Nikola bewog, Andreea aufzusuchen. Seit ihrem Streit hatte er sie nicht mehr gesehen, daher wusste er nicht, wie sie ihn empfangen würde. Er rechnete mit Ablehnung oder unterwürfigem Willkommen, mit Tränen oder unzugänglicher Verstocktheit, nicht aber damit, dass Marius zu Hause sein könnte. Diese Misslichkeit gedachte er umgehend zu beheben.

»Marius, ich habe etwas Persönliches mit Andreea zu besprechen.«

»Du wirst mich doch nicht aus meinem eigenen Haus vertreiben wollen?«, antwortete Marius und breitete die Arme zu einer Geste aus, die das ganze Zimmer umfasste, aus der die Wohnung bestand. »Ich werde nicht zulassen, dass du meine Frau wieder so aufregst, dass sie tagelang weinen muss. Selbstverständlich werde ich hierbleiben und darüber wachen, dass es nicht zu hitzig wird! Außerdem weiß ich sowieso alles.«

Nikola erlebte einen kurzen Augenblick eisiger Beklommenheit, doch ein schneller Blick zu Andreea lehrte ihn, dass ihr Ehemann nicht annähernd so viel wusste, wie er glaubte.

»Keine Sorge, ich bin nicht gekommen, um ihr weitere Vorwürfe zu machen. Ich will sie nur etwas fragen, wovon ich nicht einmal weiß, ob sie mir eine Antwort geben kann. Es geht um die Qualle. Seitdem ich Gogul kannte, befanden sich immer zwei oder drei Schergen in seinem Schlepptau. Sie wechselten zwar im Laufe der Zeit, aber er war nie allein. Seit unseren Jugendjahren hatte ich ihn aber fast gänzlich aus den Augen verloren, daher weiß ich nicht, ob er diese Angewohnheit beibehielt. Kannst du mir dazu etwas sagen?«

»Warum willst du das wissen?«, fragte Andreea.

»Damit ich dich nicht weiter behelligen muss und Marius keinen Grund hat, sich aufzuregen«, spöttelte Nikola.

Andreea dachte einen Augenblick lang nach. »Ich habe ihn damals tatsächlich ab und zu mit zwei anderen Burschen gesehen, aber ich weiß nicht, was aus ihnen wurde. Sie waren in seinem Alter. Der eine hieß Radu und wurde gelegentlich *Kieselkopf* genannt. Der Name des anderen war Gili, nein, Demitri. Er hatte ein faules Augenlid. Ich kann mich nicht mehr erinnern, ob links oder rechts.«

»Es hing etwas herab?«

»Ja. Was willst du von denen?«

»Mit ihnen reden. Vielleicht hat Gogul einen von ihnen ins Vertrauen gezogen, sodass er mir verraten kann, was damals verkauft werden sollte und an wen.«

Den Rest des Tages verbrachte Nikola mit Würfeln. Er redete sich ein, dass Spielen gut gegen die Unrast sei, die er seit dem Vormittag empfand, und der eine oder andere Becher Schnaps, den er dabei trank, schien ihm recht zu geben. Als es an der Zeit für sein nächstes Vorhaben war, verließ er, zwar nicht mehr ganz nüchtern, aber mit vollen Taschen die Kaschemme, in der das Spiel stattgefunden hatte. Heute war ihm das Glück hold gewesen!

In der schnell hereinbrechenden Nacht strebte er dem Laint-Tempel zu. Mutter Tod war eine Frau mit festen Gewohnheiten, und Nikola wusste, wann sie üblicherweise den Tempel verließ und den Heimweg antrat. Dieses Mal würde er ihr ganz bis nach Hause folgen. Heute würde er herausfinden, wo sie wohnte, ob zur Untermiete, wie er selbst, ob in einem eigenen Haus, allein oder mit anderen, womöglich sogar mit ihrer Familie, mit Gatte und Kindern!

Nikola kam keinen Augenblick zu früh. Mutter Tod war bereits auf der Straße. Er gab ihr einen kleinen Vorsprung und eilte ihr dann hinterher. Allzu groß durfte der Abstand nicht werden, tatsächlich nicht viel mehr als zwanzig Schritt, denn es war dunkler als die anderen Male, als er ihr gefolgt war. Kein Mond, kaum Sterne, nur das schwache Licht aus den Fenstern erhellte den Weg. So huschte Nikola von Hauseingang zu Hauseingang und von Schatten zu Schatten. Er bemühte sich, ganz leise zu sein, dennoch blieb Mutter Tod wiederholt stehen und sah sich um. Hatte sie ein Geräusch vernommen oder warnte sie nur die uralte Stimme, die bereits das erste, friedlich grasende Wild vor den scharfen Klauen seines Jägers gewarnt hatte?

Und dann hatte er sie plötzlich verloren! Nikola suchte noch eine Weile nach ihr und gab dann zähneknirschend auf.

Lebte sie wenigstens in der Straße, wo er sie verloren hatte? Wohnte sie in einem der Häuser oder war sie noch ein ganzes Stück weitergegangen? Er wusste es nicht. Eine andere dunkle Nacht würde die Antwort auf diese Fragen liefern müssen!

Um seiner Enttäuschung Herr zu werden, begab er sich in die nächste Kneipe und begrüßte den Wirt mit »Schnaps!« und »Noch mehr Schnaps!« Während er trank, dachte er über Mutter Tod nach. Sie einfach umzubringen, kam nicht infrage, selbst wenn die Strafe dafür nicht Häuten bei lebendigem Leib gewesen wäre. Sie windelweich zu prügeln, erschien ihm auch nicht befriedigend, denn wenn er sich an ihr rächte, wollte er vor Freude jauchzen! Noch schlimmer war es um den Plan bestellt, bei ihr einzubrechen und alles wegzutragen, was sie besaß. Sie war eine Priesterin des Totengottes! Gerade ihr fiele es leichter als allen anderen, die verlorene Habe durch Spenden aus dem Nachlass ihrer bleichen Kunden wieder zu ersetzen! Da wäre es schon besser, ihr Haus anzuzünden, falls sie eines hatte! Doch auch das käme nur in Betracht, wenn sie nicht in dieser Straße wohnte, sondern in einer einzeln stehenden Hütte, fernab aller anderen Häuser. Schließlich wollte er nicht verantwortlich sein, wenn ganz Arades bis auf die Grundmauern niederbrannte!

Als Nikola wieder in die nach Regen riechende Nacht hinaustrat, war er noch immer nicht schlauer. Ein letztes Mal suchte er die Straße auf, wo er Mutter Tod verloren hatte. Der Drang, lauthals etwas Unflätiges zu brüllen, war schier nicht bezähmbar!

Unverhofft erlebte er einen Augenblick der Erleuchtung, wie er nur im Vollrausch möglich ist: Wenn alles Sinn ergibt, wenn alles einleuchtend ist und jedes Hindernis unbedeutend und überwindbar erscheint. Warum war er nicht früher darauf gekommen? Ein famoser Plan! Selbstverständlich müsste er zu seiner Verwirklichung noch einmal zu Misangre gehen, um die Feinheiten mit ihm durchzusprechen!

Blut wird regnen

Am nächsten Morgen fühlte sich Nikola ganz benommen. Die Watte in seinem Kopf verschwand jedoch weitgehend, als er die blutigen Abdrücke an der Wand entdeckte. Nicht nur einen, sondern fünf, und alle sahen mehr oder weniger deutlich nach einer Hand aus!

Der Boden war ebenfalls mit roten Flecken übersät, die zweifellos von seinen Sandalen stammten, und auch unter dem Stuhl, über den er achtlos seine Kleidung geworfen hatte, entdeckte er eine dunkle Lache.

»Was habe ich nur getan?«, flüsterte Nikola entsetzt. Er dachte an den vergangenen Abend, doch seine Erinnerungen endeten damit, dass er in einer dunklen Straße stand, voller Wut auf die verräterische Priesterin. Alles, was danach kam, war weg!

An der Tür zur Werkstatt klopfte es, und bevor Nikola es verhindern konnte, öffnete sie sich und die Schneiderin trat ein.

»Es gibt eine Erklärung«, sagte er rasch.

»Nicht nötig«, antwortete die Schneiderin missbilligend. »Du warst nicht zu überhören, als du mitten in der Nacht nach Hause kamst und herumpoltertest. Am besten nehme ich deine Kleidung gleich mit, bevor du noch mehr Spuren hinterlässt!«

Sie griff nach seiner Tunika und Hose, aus denen es blutrot tropfte.

»Was hast du damit vor?«, fragte Nikola leise.

»Verbrennen! Was denn sonst?«

»Kann man sie nicht einfach auswaschen?«, fragte er mit einem Kloß im Hals.

»Du bist anscheinend noch nicht ganz bei dir. Aber das kommt davon!«, schimpfte die Schneiderin. »Natürlich werde ich sie nicht verbrennen, sondern zusammen mit unseren Sachen zur Wäscherei bringen lassen. Nach der heutigen Nacht werden sie dort viel zu tun haben.«

»Was war denn in der Nacht?«, fragte Nikola verständnislos.

Empört deutete seine Vermieterin auf die Flecken an der Wand und auf dem Boden. »Wundert es dich nicht, dass es hier wie in einer Mörderhöhle aussieht? Wirf dir etwas über und komm mit! Noch ist es nicht ausgestanden! Nein, wir gehen vorne hinaus, da sieht man es besser!«

Nikola tat wie geheißen und folgte der Schneiderin durch die noch schlummernde Werkstatt bis zur offenen Haustür, an der ihr Mann mit den Lehrlingen stand. Als er sich zu ihnen gesellte und nach draußen blickte, stockte ihm der Atem. Es regnete Blut!

Ein blutiger Strom wälzte sich durch die Straße, blutige Sturzbäche schossen von den Dächern und der Wind trieb blutige Schleier vor sich her und ließ sie gegen Hauswände prasseln. Menschen standen in den Türen ihrer Häuser, und wohin Nikola auch blickte, sah er entsetzte Gesichter. Auf der Straße tanzte einer ihrer Nachbarn. In seiner rot verfärbten, vor Feuchtigkeit am Körper klebenden Kleidung sah er aus, als habe er mit der *Blutigen Fee* Bekanntschaft gemacht.

»Das Ende ist da«, brüllte er. »Unser aller Ende ist da!«

»Sei kein Depp, Paol!«, herrschte ihn die Schneiderin an. »Das ist kein Blut!«

Da sie mit Worten nicht zu ihm durchdrang, formte sie mit den Händen eine Schale und hielt sie in den Regen. Vor dem nächsten Schritt – nämlich selbst in den Regen zu treten und das eingefangene Wasser ihrem Nachbarn zu reichen – schreckte sie jedoch zurück. Stattdessen hielt sie ihre Hände Nikola vor die Nase. »Trink!«

Nikola schaute misstrauisch auf das bisschen Flüssigkeit,

das tatsächlich nicht nach Blut aussah, sondern eher nach verdünntem Rotwein, und kostete vorsichtig davon, nachdem ihn seine Vermieterin ein weiteres Mal aufgefordert hatte. Wasser! Es schmeckte einfach nur nach Wasser. Nun fing er selbst Regentropfen ein und kostete von ihnen. Ein neuer Eindruck gesellte sich hinzu. Der Regen war sandig.

»Ich habe diesen roten Regen schon einmal gesehen, nämlich als ich während meiner Ausbildung bei meinen Verwandten in Satumer weilte«, erklärte die Schneiderin. »Du weißt schon, in demselben Jahr, als dein erster Vormieter ... verschied. Er fällt dort alle dreißig oder vierzig Jahre. Die Farbe kommt von dem aufgewirbelten Staub aus einer entfernten Wüste im Süden oder im Westen. Ich weiß es nicht mehr genau, denn es ist lange her. Jedenfalls ist alles nur Staub und Sand, den der Wind mit dem Regen bringt. Kein Blut!«

Erneut wandte sie sich an ihren tanzenden Nachbarn in der Absicht, ihn zu überzeugen: »Es ist alles nur roter Staub, du Hornochse! Kein Blut, nur Wüstenstaub!«

Nikola kehrte in sein Zimmer zurück und setzte sich auf das Bett. Welche Erleichterung! Kein Blut klebte an seinen Händen, also gab es auch keine Tat, von der er einen kurzen Augenblick lang befürchtet hatte, sie in volltrunkenem Zustand begangen zu haben.

Während er die Abdrücke an der Wand betrachtete, fiel ihm wieder ein, wie der Abend wirklich geendet hatte. Nicht in einem Ausbruch zügelloser Gewalt, sondern endlich mit einem wunderbaren Plan, wie er sich an Mutter Tod rächen konnte. Sein Einfall schimmerte zwar nicht mehr ganz so gleißend wie in dem Augenblick, als er ihm gekommen war, erschien ihm aber noch immer vernünftig und umsetzbar. Gogul fiel ihm erst auf dem Weg zur Arbeit ein, nachdem der Himmel seine Schleusen wieder geschlossen hatte. Blutiger Regen hatte der Geist verheißen, aber heute hatte der Regen nur roten Dreck gebracht. Dennoch, ein bemerkenswerter Zufall!

Auch in der Puhlerei drehte sich alles um den Blutregen. Offenbar gab es in der Stadt genügend Menschen, die von dieser Furcht einflößenden Laune der Natur schon einmal gehört hatten. Das führte dazu, dass jeder, der neu hinzukam, sich bemüßigt fühlte, umgehend alle anderen über ihre vermeintlichen Irrtümer aufzuklären. Trotz dieser Erklärungen, die jedes Mal, sobald sich die Tür öffnete, wieder vorgebracht wurden, konnte nicht jeder überzeugt werden.

»Meinetwegen war es nur roter Sand, der den Regen gefärbt hat«, wandte Kostel ein. »Doch dass er je zuvor in Arades aufgetreten wäre, hat noch nie eine Menschenseele gehört. Warum fällt dieser scheinbare Blutregen ausgerechnet in dem Jahr, in dem die Schilves gekommen und nachdem der Fürst und alle bis auf einen aus seiner Familie gestorben sind? Ist das nicht ein auffälliger Zufall?«

Doch Kostel erging es nicht anders als einem Rufer in der Wüste, aus der der rote Staub gekommen war. Niemand hörte auf ihn.

Nikola wandte sich an die Anwesenden: »Ich suche zwei Gauner. Der eine heißt Radu und wird Kieselkopf genannt, der andere heißt Demitri. Er hat ein faules Lid.«

Zu seinem Leidwesen kannte niemand die beiden.

»Wer soll das sein?«, fragte Marilena.

»Sie hingen häufig mit einem Dritten herum: Gogul, genannt die Qualle.«

»Den kenne ich!«, meinte Serban. »Hab ihn aber schon lange nicht mehr gesehen. Ist wohl nicht mehr in der Stadt.«

Nikola brachte ihn auf den neuesten Stand: »Er ist seit einigen Jahren tot.«

»Oh, das erklärt einiges! Was willst du von ihnen?«

»Es ist etwas Persönliches.«

Flaviu stupste Serban in die Seite und wiederholte wichtigtuerisch: »Es ist etwas Persönliches!«

Serban spielte mit. »Ich weiß, etwas Persönliches!«

Beide gackerten, als wären sie erheblich jünger und noch nicht alt genug für den ersten Bartflaum. Nikola zeigte ihnen den *Kringel*. Ihr Getue rief Traian auf den Plan.

»Bei uns ist es nicht üblich, die Arbeit mit persönlichen Angelegenheiten zu verquicken«, brachte er in Erinnerung und forderte Nikola auf, ihm in sein *Allerheiligstes* zu folgen.

»Worum geht es?«, fragte er.

»Ich habe etwas Neues über Camillas Ermordung erfahren.«

Traian schwieg über Gebühr lange. »Du weißt, dass sich ihr Mörder noch immer in der Stadt aufhalten kann?«

»Das ist mir bewusst«, erwiderte Nikola. »Tatsächlich hoffe ich es sogar!«

»Pass gut auf dich auf!«, murmelte Traian besorgt und schickte ihn zu den anderen zurück.

Im Nachbarzimmer empfing ihn Kostel mit den Worten: »Warum fragst du nicht deinen Freund nach den beiden Burschen?«

»Welchen Freund?«

»Laurentis den Prächtigen. Immerhin wohnst du neuerdings bei seiner Cousine. Da wirst du ihm doch öfter begegnen!«

Nikola fragte sich, woher Kostel diese angestaubte Neuigkeit haben mochte. Da er sich ein wenig über ihn ärgerte, wies er ihn zurecht: »Ich wohne dort nicht neuerdings, sondern seit dem Frühjahr. Meine Vermieterin ist auch nicht seine Cousine, sondern die Cousine seiner Frau. Sie kann ihn nicht ausstehen, und Laurentis hat uns nur deswegen zusammengebracht, weil er hoffte, dass wir uns ständig in den Haaren liegen. Das hat aber nicht geklappt. Wir kommen nämlich ganz famos miteinander aus. Neuerdings kümmert sie sich sogar um meine Wäsche!«

Letzteres war zwar eine arge Übertreibung, aber das konnte Kostel nicht wissen. Sein Rat, sich an Laurentis zu wenden, war allerdings gar nicht schlecht gewesen.

»Serban und ich kommen mit, wenn du mit Laurentis sprichst«, verkündete Flaviu.

»Warum?«

»Weil wir ihn schon lange nicht mehr gesehen haben«, behauptete Flaviu grinsend.

Nikola gab sich geschlagen. Vielleicht hatte es auch sein Gutes, wenn er sich nicht allein mit Laurentis traf. Vielleicht käme er dann darum herum, ihm schon wieder einen Gefallen versprechen zu müssen!

Arglos bog Laurentis der Prächtige in das Gässchen ein. Er summte und war offensichtlich gut gelaunt. Zwischen den Fingern der linken Hand ließ er einen kleinen Zweig herumwirbeln, den er irgendwo abgerissen hatte. Als ihm Nikola plötzlich den Weg verstellte, stieß er ein überraschtes »Wa…?« aus. Zu mehr kam er nicht, da urplötzlich Serban aus einem Hauseingang sprang und ihm einen kräftigten Stoß versetzte, der ihn in eine Hofeinfahrt auf der gegenüberliegenden Straßenseite taumeln ließ. Dort fing ihn Flaviu auf – oder besser gesagt: Dort prallte er mit so großer Wucht gegen ihn, dass er ihn von den Beinen riss und beide stürzten. Laurentis schimpfte wie ein Rohrspatz, und auch Flaviu war nicht sonderlich gut auf Serban zu sprechen.

»Sind wir wieder an diesem Punkt angelangt?«, beschwerte sich Laurentis. »Ich bin immer freundlich und hilfsbereit, aber ihr Burschen habt einfach kein Benehmen.«

Zu Nikola sagte er vorwurfsvoll: »Ich dachte, wir seien Freunde?«

»Wir sind aber keine Freunde«, belehrte ihn Nikola. »Du bist jemand, dem wir gelegentlich eine Frage stellen und der sie uns dann beantwortet.«

Laurentis schwieg beleidigt, dann erkundigte er sich in beiläufigem Ton: »Wie geht's der Schneiderei?«

»Hervorragend«, behauptete Nikola. »Neuerdings macht sie sogar meine Wäsche!«

Einen Augenblick lang sah Laurentis recht verblüfft aus. »Läuft etwas zwischen dir und der Cousine meiner Frau?«

»Genug geturtelt«, mischte sich Flaviu ein. »Du sollst uns ein paar Auskünfte geben.«

»Ich weiß von nichts«, behauptete Laurentis. »Niemand erzählt mir etwas Neues, und daran seid ihr selbst schuld. Außerdem war ich letzte Woche sowieso verhindert.«

»Was war denn letzte Woche?«, fragte Flaviu mit falscher Freundlichkeit.

Laurentis blickte ihn eine Weile mit unbewegter Miene an. »Die Frau ist krank. Die Kinder sind auch krank. Und dieser Saukerl von Blaufederschnösel hat meiner Ältesten ihr kleines Herzelein gebrochen. Deswegen musste sich ihr Papa um sie kümmern ... Serban! Du bist doch ein kräftiger Bursche. Wenn du dir auf die Schnelle etwas verdienen willst, so gib Bescheid. Du müsstest nur ein oder zwei Arme brechen!«

»Wir wollen nichts Neues von dir wissen, sondern etwas Altes«, brachte sich Nikola in Erinnerung. »Zwei Kerle: ein Radu, der auch Kieselkopf genannt wird, und ein Demitri mit einem Hängelid. Beide sind mit Gogul der Qualle befreundet gewesen.«

»Das ist aber wirklich lange her!«, rief Laurentis. »Am besten fragst du Vier-Finger-Mazon nach ihnen.«

»Mazon Kropf?«

»Eben den. Der kann euch mehr erzählen, weil sie einige Zeit zu seinen Leuten gehörten. Der Kieselkopf ist allerdings tot. Er ist eines Nachts in ein Messer gerannt. Ist schon einige Jahre her. Mehr weiß ich auch nicht.«

»Mazon Kropf«, wiederholte Nikola. »So, so. Das war alles, was ich von dir wissen wollte. Gute Besserung für deine Frau und die Kinder!«

Er wollte gerade gehen, als ihm noch etwas einfiel. »Wie heißt der Blaufederschnösel?«

»Ivanti.«

»Ivanti? Nicht Kaitis?«

»Nein, einfach Ivanti. Warum?«

»Nur so.«

Laurentis blickte ihn neugierig an und entfernte sich dann eilig.

»Mazon Kropf also«, sagte Serban. »Der ist nicht gut auf dich zu sprechen.«

»Der ist auf viele nicht gut zu sprechen, auch auf uns nicht«, warf Flaviu ein. »Damit hätten wir etwas gemeinsam.«

»Das ist keine leichte Entscheidung«, sagte Nikola. »Darüber muss ich erst einmal nachdenken.«

Nun war es auch für ihn an der Zeit, sich von seinen Begleitern zu verabschieden und seiner Wege zu gehen. Sie führten ihn geradewegs in den Garten hinter Misangres Haus, in dem heute besonders viele Besucher ausharrten, nämlich ein rundes Dutzend, sodass sich Nikola auf eine längere Wartezeit einstellte. Zu seiner Überraschung fiel sie jedoch gar nicht so lange aus, wie er befürchtet hatte, da recht bald ganz außer der Reihe Misangres junge Helferin zu ihm trat und sagte: »Er erwartet dich jetzt!« Nicht »Misangre erwartet dich«, wie bei allen anderen, sondern einfach nur »er«!

Nikola folgte ihr, vorbei an der Schlange derer, die vor ihm gekommen waren und ihn mit missbilligenden Blicken bedachten. »Alte Bekannte!«, erklärte er zu seiner Verteidigung.

Soweit Nikola es auf den ersten Blick beurteilen konnte, hatte sich in Misangres *Leilee* nichts verändert. Die Bildchen an den Wänden, die beiden Altäre, die Vogelkrallen und Nachbildungen von Körperteilen, die an Schnüren und Haken hingen – alles schien beim Alten geblieben. Der Geisteraustreiber begrüßte ihn mit selbstgefälligem Lächeln und sagte mit öliger Stimme: »Wie ich sehe, hast du dich dazu entschieden, dass ich deinen Geist wieder herbeirufen soll!«

»Aber nein!«, erwiderte Nikola. »Ich bin aus einem anderem Grund hier. Wie ich mich erinnere, sucht man dich auch auf, um sich von schlechten Angewohnheiten und Süchten zu befreien?«

»Jetzt soll ich dich von einer Sucht befreien?«, fragte Misangre verwundert und auch ein bisschen enttäuscht. »Worum geht es?«

»Ich grüble zu viel«, erklärte Nikola. »Ob Tag, ob Nacht, ständig muss ich darüber nachdenken, wie ich jemandem etwas heimzahlen könnte.«

»So«, sagte Misangre einigermaßen gelangweilt. »Ich soll dir also dabei helfen, diese düsteren und langfristig selbstzerstörerischen Gedanken loszuwerden?«

»Mitnichten!«, widersprach Nikola. »Du sollst mir helfen, der fraglichen Person zu vergelten, was sie mir angetan hat! Die düsteren Gedanken werden dann schon von allein verschwinden.«

»Oha!«, antwortete Misangre. »Du möchtest, dass ich jemanden verfluche? Was stellst du dir denn vor?«

»Sie soll ständig aus dem Mund stinken, dass es nicht mehr auszuhalten ist! Sie soll schwitzen wie ein Ochse, und ihr Schweiß soll widerlich süßlich riechen, vielleicht auch ein wenig verfault. Alter Fisch würde mir gut passen. Es soll sie immerzu jucken, mitten am Rücken, an einer Stelle, an die sie allein nicht herankommt! Sobald es still ist, soll ihr ein lauter Darmwind entweichen! Hab ich schon erwähnt, dass es sie auch ständig im Hintern jucken soll? Das soll es unbedingt! Und sie soll auch dauernd furzen müssen, sobald sie zu mehr als einem Menschen gesprochen hat. Das muss richtig knattern! Am besten je mehr andere Menschen da sind, desto lauter! Sobald etwas Zerbrechliches herumsteht, soll sie es tollpatschig umwerfen und zerbrechen. Jeder Kater soll den unwiderstehlichen Drang haben, sie zu markieren, und sobald ein Hund mit Flöhen an ihr vorbeigeht …«

Misangre winkte ab. »Ich glaube, ich kenne jetzt die Richtung, die dir vorschwebt, und wie ich sehe, hast du dir das Ganze auch gründlich überlegt. Zunächst wird es das Wichtigste sein, möglichst viel über die fragliche Person in Erfahrung zu bringen. Wie ihr Tagesablauf aussieht und ob es Abweichungen davon gibt. Es kann nicht schaden, ihre Gewohnheiten mindestens eine Woche lang zu beobachten, vielleicht sogar länger. Denn je mehr ich über sie weiß, desto wirksamer und treffender wird der Fluch sein.«

»Du willst alles über sie wissen, mag es noch so unbedeutend sein?«

»Das sagte ich doch gerade«, antwortete Misangre ungehalten. »Fangen wir am besten damit an, um wen es sich überhaupt handelt?«

»Um eine Frau!«

»Das war unschwer herauszuhören. Eine enttäuschte Liebe, vermute ich? Bestimmt hat sie dich sitzen lassen, und du hast überhaupt keine Ahnung, weshalb?«

Nikola schüttelte den Kopf. »Nichts könnte falscher sein! Die blöde Kuh ist eine Priesterin des Laint.«

»Oha!«, sagte Misangre und sah Nikola schweigend an. »Du hast ein bemerkenswertes Geschick, das Wesentliche stets für dich zu behalten. Das ist mir schon früher aufgefallen. Ich beschwöre und vertreibe Geister! Geister sind Tote! Was glaubst du wohl, mit welchem Gott und welchen Priestern ich mich ganz bestimmt nicht anlegen werde? Nun verschwinde! Hinaus aus meinem Haus!«

Nikola ging murrend. Prinzipiell schien offenbar nichts gegen seinen Plan zu sprechen. Noch längst war nicht aller Tage Abend!

Ursprünglich hatte sich Beryks keine Katze zulegen wollen, da er davon überzeugt war, dass alle Katzenhalter mit der Zeit merkwürdig wurden. Das hatte er oft genug beobachtet. Allein der Beharrlichkeit des schwarz-blond gescheckten Katers war es zuzuschreiben, dass er sein Zuhause seit Neuestem mit einem dieser Tiere teilte. In dieser Nacht, die Beryks wie viele andere dösend im Sessel verbrachte, bewies der kleine Mitbewohner seine Nützlichkeit. Ein kurzes, empörtes »Miau!« kündigte den Besucher an.

Beryks war beeindruckt, da er noch vor dem Maunzen des Katers das Scharren der eigens für einen solchen Fall präparierten Tür hätte hören sollen. Doch er hatte keinen Laut vernommen! Sein heutiger Besucher war offenbar geschickter als der letzte. Wie gut er wirklich war, würde sich jedoch erst herausstellen, wenn er das obere Stockwerk erreicht hatte und den Flur entlangschlich, der zu Beryks' Schlafgemach führte. Verhüllt von dem weichen Mantel der Nacht erwarteten ihn dort einige wohlüberlegt in den Weg gestellte Hindernisse. Würde er auch an ihnen geräuschlos vorbeikommen oder über sie stolpern? Bis zu diesem Augenblick der Bewährung würde Beryks noch einiges an Geduld aufbringen müssen, da der Aufstieg über die Treppe – vor allem das ständige Warten, wenn trotz größter Vorsicht wieder einmal eine Stufe geknarrt hatte – langwierig war.

Als der Kater erneut maunzte, zog Beryks scharf die Luft ein. Das dumme Vieh hatte die lästige Angewohnheit, einem ständig um die Beine zu streichen. Mehr als einmal hätte es ihn damit selbst schon fast zu Fall gebracht! Was nun, wenn der Eindringling in der Dunkelheit darüberstolperte, die Treppe hinabstürzte und sich ein Bein bräche? Zweifellos hätte er damit seine Nützlichkeit verloren. Die Arme durfte er sich brechen! Selbst den Schädel durfte er sich bis zu einem gewissen Maß lädieren! Auf eigenen Beinen musste er aber schon noch gehen können, denn ansonsten wäre er wertlos.

Doch das befürchtete Poltern blieb aus, und kein Maunzen war mehr zu hören. Der Mörder kam näher und überwand auf dem Weg zu seinem Opfer ein Hindernis nach dem anderen. Nicht ganz geräuschlos zwar, aber beinahe. Eine ausgezeichnete Leistung – wäre nicht diese kleine Unregelmäßigkeit im fließenden Wechsel aus Stille und leichtem Scharren gewesen. Eine Winzigkeit nur, doch das Leben hatte Beryks gelehrt, auch das scheinbar Unwichtige nicht zu missachten.

In dieser Nacht ließ Beryks nicht zu, dass wieder ein Mörder mit scharfer Klinge sein Bettzeug zerfetzte. Stattdessen verscheuchte er die Dunkelheit aus dem Raum, kaum dass jener ihn betreten hatte, und zeigte dem überraschten Besucher, was er in der Hand hielt.

»Bevor du etwas Unbedachtes unternimmst, Jüngelchen, sollten wir miteinander sprechen«, sagte er zu ihm und erklärte ihm in groben Zügen, welche Bewandtnis es mit der Waffe in seiner Hand hatte. Als er jedoch zu den vermuteten Gründen für den nächtlichen Besuch seines Gastes kommen wollte, unterbrach ihn jener unerwartet mit selbstgefälligem Lächeln.

»Alterchen, es gibt auch etwas, das du nicht weißt. Ich bin nicht allein!«

Ein zweites Gesicht zeigte sich im Türrahmen! Beryks handelte umgehend. Ein Bolzen verlies die Schilves-Waffe und durchschlug die Stirn des zweiten Besuchers. Sie hinterließ nur eine kleine, aber tödliche Wunde. Ein winziges Loch, das nicht dicker als ein Fingerknochen war.

»Jetzt schon! Jetzt schon!«, sagte Beryks zu seinem ersten Besucher und deutete auf eine Sitzgelegenheit. »Jetzt bist du doch allein.«

Kurz vor Morgengrauen verlangte er zum Herrn und Auftraggeber der beiden Mordgesellen gebracht zu werden. Im Flur stieg er über die erste Leiche – die des anderen Mörders –, am Fuß der Treppe über die zweite – die des Katers.

Der frühmorgendliche Spaziergang führte in den Norden der Stadt, in ein Viertel namens *Goldstrand*. Hier wohnten einige der reichsten und angesehensten Einwohner. Beryks war überzeugt, dass sie nun bald angekommen sein müssten. Mehr als einmal hatte er bereits ein Haus in Betracht gezogen, von dem er dachte, dass es als Ziel infrage käme, doch jedes Mal waren sie weitergegangen und hatten es links oder rechts liegen lassen. Beryks wurde langsam ungeduldig, da seinem Führer die Zeit davonlief.

»Sind wir denn bald da oder führst du mich nur in die Irre?«, herrschte er ihn an.

»Da vorn ist es schon«, antwortete Beryks' gescheiterter Mörder. Er war sichtlich erschöpft und musste sich an eine Hauswand lehnen. »Das rosafarbene Gebäude mit den Zypressen und der Mauer drumherum. Von hier aus sieht man nicht, dass eine flache Treppe bis zum Meer führt, wo es eine Anlegestelle gibt. Ich mag das Meer nicht, aber ich lausche gerne seinem Rauschen. Warum erzähle ich dir das? Es geht dich nichts an, törichter, alter Mann … Einen Augenblick noch, einen winzigen Augenblick! Wir können gleich weitergehen. Lass mich nur ein wenig ausruhen. Ich weiß gar nicht, warum ich mich so schwach fühle.«

»Das liegt an dem Gift, das ich dir verabreicht habe«, erklärte ihm Beryks ruhig. »Du wirst den kleinen Kratzer, den ich dir in meiner Ungeduld etwas zu früh zugefügt habe, gar nicht bemerkt haben. Ich würde gern sagen, dass es nichts Persönliches sei und ich nur meine Geheimnisse wahren wollte für den Fall, dass mir dein Herr irgendwann neues Gesindel von deiner Sorte schickt. Doch die Wahrheit ist, dass ich mich an den Kater gewöhnt hatte. Ihr hättet ihn nicht umbringen sollen!«

Bis zum Tor des Anwesens, das ihm der sterbende Mörder gezeigt hatte, ging Beryks allein weiter. Auf seiner Innenseite unterhielten sich zwei Wächter miteinander. Sie waren mit Schwertern und Seemannsdolchen bewaffnet und trugen Harnische aus Leder über ihrer Kleidung, und zwar in den Sippenfarben der Hornkamms. Einen von ihnen machte er auf sich aufmerksam. »Dein Herr erwartet mich! Richte ihm aus, Beryks Brutkleid sei da.«

Der Herr des Hauses empfing Beryks in einem Gemach, dessen prächtige Einrichtung seinen Einfluss und seine Stellung widerspiegelte. Fremdartige Gegenstände aus allen Winkeln der Welt schmückten die Wände. Einige stammten aus den Schätzen aufgebrachter Piratenschiffe. Trotz des noch sehr frühen Morgens schien er schon länger wach zu sein.

»Das ist ein Besuch, mit dem ich nicht gerechnet habe«, sagte er statt einer Begrüßung und bot Beryks einen Sitzplatz an. »Nicht zu dieser frühen Stunde oder zu irgendeiner anderen. Ich beginne zu verstehen, was Fürst Alexandru an dir schätzte.«

»Ich wollte die Dinge zwischen uns vereinfachen«, erklärte Beryks. »Mir ist aufgefallen, dass jemand in jüngster Zeit ein gesteigertes Interesse an mir zeigte, wenngleich ich nicht wusste, wer es war. Dies erfuhr ich erst heute Nacht. Ihr müsst also entschuldigen, dass ich Euch nicht früher beehrt habe.«

»Du kamst allein und aus freien Stücken?«, fragte der Herr des Hauses scheinbar beiläufig.

»Ihr spielt offenbar auf Eure Sendboten an«, antwortete Beryks genauso beiläufig. »Der eine hält sich immer noch bei mir auf. Ich werde mich selbst um seinen weiteren Verbleib kümmern. Der andere lehnt an einer Wand, nicht mehr als hundert Schritt die Straße hinunter. Um Aufsehen zu vermeiden, solltet Ihr bald jemanden schicken, der ihn fortschafft. Er war Euch kein guter Diener! Viel zu schnell bereit, Euch zu verraten.«

Der Herr des Hauses ging zur Tür des Zimmers und erteilte einem seiner Dienstboten geflüsterte Anweisungen, dann kehrte er zurück.

»Du bist entweder ein sehr mutiger Mann, Beryks Brutkleid, oder ein leichtsinniger Narr«, sagte er. »Ich frage mich, was du hier willst?«

»Das hatte ich bereits dem allerersten Boten zu erklären versucht«, antwortete Beryks. »Leider war er nicht gewillt, meine Worte zu überbringen. Ich muss dazu etwas ausholen und beginne am Evinzfest, als sich nach der Nachricht vom Tod der Fürstenfamilie Tausende vor dem Palast zusammenrotteten. Ein schrecklicher Unfall, wie ich zunächst dachte, bis an unterschiedlichen Stellen der Menge, einzelne – immer nur einzelne! – Schreihälse die Schilves des Mordes beschuldigten. Zuerst war ich zornig! Was wollten diese Dummköpfe? Uns mit ihrer Torheit alle umbringen? Doch dann entdeckte ich bei dem, der mir am nächsten stand, weder echten Zorn, noch wirkliche Leidenschaft. Auf mich wirkte er vielmehr, als führe er nur einen Auftrag aus.

Später dachte ich, dass es vielleicht tatsächlich darum gegangen war, einen blutigen Aufruhr zu entfachen und nebenbei frühzeitig mit dem Finger auf einen Schuldigen am Unglück der Fürstenfamilie zu zeigen. Ich mag die Schilves nicht, aber ich bin ihren Admiralinnen begegnet. Sie wissen genau, was Nötigung und Erpressung bedeuten und sind sich nicht zu schade, für ihre Zwecke davon Gebrauch zu machen. Sie hätten gar nicht nötig gehabt, die Fürstenfamilie zu ermorden. Sie hätten stattdessen die ganze Familie oder nur einen Teil auf ihre Schiffe laden können, um sie auf einer unbekannten Insel auszusetzen oder als Geiseln zu ihrem Herrscher Hulimpe zu bringen.

Wenn der Brand also kein Unfall war und auch die Schilves

ihre Finger nicht im Spiel hatten, wer war dann für ihn verantwortlich? Es musste jemanden im Palast geben, der den Brandstiftern half, unentdeckt von den Schilves ihre Aufgabe zu erfüllen.

Dann starben enge Vertraute des Fürsten. Einer nach dem anderen. Waren sie lästige Mitwisser der Bluttat? Ich diente lange einem großen Fürsten. Ich erkenne Loyalität und Treue, wenn ich sie sehe. Keiner der Ermordeten hätte diesen schwachen Fürsten auf solche Weise verraten! Warum starben sie also? Vielleicht weil jemand befürchtete, der Fürst hätte Geheimnisse mit ihnen geteilt, die nach seinem Tod nicht mehr gut bei ihnen aufgehoben waren? Geheimnisse, von denen die Schilves nichts erfahren durften? Doch Fürst Katalins Augenmerk galt in seinen letzten Wochen ausschließlich Geheimnissen, von denen aus der Sicht der Schilves kein Aradeke erfahren durfte. Einzelheiten über ihre Flotte! Ein seltsamer Widerspruch! Vor allem, als dann noch hinzukam, dass jemand – das seid Ihr gewesen – auch zu mir einen Mordgesellen schickte!«

»Was ist der Sinn dieses ausschweifenden und einschläfernden Gefasels?«, unterbrach ihn der Herr des Hauses ungehalten. »Erwartest du, dass ich aufgrund deiner Hirngespinste einen Fürstenmord gestehe?«

»Ich vermute, dass Fürst Katalin auf etwas gestoßen ist, dessen Bedeutung er nicht erkannte. Kein Geheimnis der Schilves, sondern eines der Aradeken. Was ich hier will, fragt Ihr? Meinen Dienst anbieten! Ich bin ein Vertrauter des großen Fürsten Alexandru gewesen und wahre manches Geheimnis, das ich mit keinem anderen Sterblichen teile«, erklärte Beryks selbstbewusst.

Unversehens öffnete sich die Tür, und eine junge Frau sah herein.

»Wirst du mit uns speisen …«, fragte sie. »Oh, du bist nicht allein!«

Ohne nachzudenken, erhob sich Beryks und verbeugte sich tief. Sein Rücken war noch gekrümmt, als ihm aufging, in welche Lage er sich mit dieser Höflichkeitsbezeigung gebracht hatte: Er begrüßte eine Frau, die nach allgemeinem Wissen tot war! Die in dem Feuer hätte verbrannt sein sollen, das die Stadt ihres Herrschers beraubt hatte! Er verneigte sich vor Katalins angeblich verstorbener Nebenfrau Roxana Hornkamm! Sie sah bleich und übernächtigt aus, als hätte sie schon lange nicht mehr gut geschlafen, aber sie war es zweifellos: Roxana Hornkamm.

Blitzschnell fügte sich alles in seinem Kopf zusammen. Sie hatte den Brandstiftern geholfen! Ein Mitglied aus Katalins eigener Familie! Was mochte sie bewogen haben, sich für diese Wahnsinnstat herzugeben? Neid? Enttäuschung? Eifersucht? Geltungsdrang? Am Ende vielleicht etwas gänzlich Unbedeutendes, das nur sie verstand?

Beryks kannte die Abgründe der Menschen.

»Erhebe dich!«, befahl der Herr des Hauses, als sie wieder allein waren. Nach dieser unbeabsichtigten Eröffnung wirkte er ziemlich angespannt. »Sie ist eine treue Tochter ihrer Sippe. Die treueste, die man sich nur wünschen kann. Bereit, sich selbst zu überwinden, falls es von ihr verlangt wird. Wärst du das auch? Ich denke über dein Angebot nach, Beryks Brutkleid. Du bist ein heller Kopf, und vieles mag stimmen, was du dir zurechtgelegt hast. Es wäre tatsächlich kein Schaden gewesen, wenn die Schilves einige Hundert Trauernde abgemetzelt hätten.

Die Stadt hat sich viel zu sehr an die Besatzung durch die Schilves gewöhnt! Ihre Bewohner sind träge geworden. Doch träge Zeiten bringen keine Helden hervor. Der harte Blutregen lässt sie sprießen!

Auch darin hast du recht, dass Katalin auf ein Geheimnis gestoßen ist, von dem die Schilves auf keinen Fall vorzeitig erfahren durften. Vieler Jahre Anstrengungen wären zunichtegemacht worden, vielleicht sogar die einzige Möglichkeit, das Seevolk wieder loszuwerden. Er ahnte zwar, dass er von Spitzeln der Schilves umgeben war, doch er war viel zu leichtsinnig. Er war nicht geeignet, ein so wichtiges Geheimnis zu wahren. Hätte man nicht gehandelt, so hätte Arades seinetwegen eine große Zukunft und seine heilige Bestimmung verloren! Das durfte nicht geschehen. Lass mich nun sehen, ob du tatsächlich so nützlich bist, wie du vorgibst, Beryks Brutkleid! Ist in deiner Gegenwart jemals der Name Ionach Blaufeder gefallen?«

»Ionach Blaufeder«, wiederholte Beryks. »Gebt mir einen Hinweis. Ich habe im Laufe meines Lebens viele Menschen kennengelernt.«

»Er war ein Gelehrter.«

»Ach der! Das ist wirklich lange her«, erwiderte Beryks und überlegte, wie er das Wenige, woran er sich erinnerte, am besten vortragen sollte, denn wenn er seinen Gastgeber nicht davon überzeugen konnte, dass er von Wert für ihn war – nicht von kleinem, sondern von ganz beträchtlichem Wert! –, so würde er sein Haus nicht mehr lebend verlassen. Spätestens seitdem er Roxanas ansichtig geworden war, bestand daran kein Zweifel!

»Ja, ich erinnere mich. Er kam mit großen Versprechungen zu meinem Fürsten und überzeugte ihn davon, dass sie verwirklichbar seien. Der Fürst unterstützte ihn mehrere Jahre lang und bezahlte die Schriften und uralten Gegenstände, die er im ganzen Bund der Neun Städte heimlich zusammenkaufte. Er wies ihm sogar Räumlichkeiten im Palast zu. Ein Labor! Doch dann änderte Fürst Alexandru seine Meinung. Das muss ungefähr zu der Zeit gewesen sein, als die drei Schilves-Schiffe zu uns kamen. Ionach war alles andere als glücklich, das könnt Ihr mir glauben! Damit er nichts Dummes täte und womöglich mit den Ergebnissen seiner bisherigen Forschung zu jemand anderem ginge, befahl mir mein Fürst, ein Auge auf ihn zu haben und zu verhindern, dass er die Stadt klammheimlich verließe. Gleichzeitig sollte ich eine neue Beschäftigung für ihn finden, denn meinem Fürsten lag noch immer an ihm. Dazu kam es allerdings nicht mehr, da der Narr im Vollsuff einen Unfall verursachte, bei dem er das Leben verlor. Aber vielleicht führte er sein Ende auch mutwillig selbst herbei. Wer versteht schon diese Staubfinger? Mein Herr sagte mir damals, dass er seinen Verlust sehr bedaure.«

Den letzten Satz hatte Beryks zwar frei erfunden, aber diese kleine Ausschmückung konnte gewiss nicht schaden.

»Was weißt du über diese Forschungen?«, hakte der Herr des Hauses nach.

Beryks lächelte. »Es gibt zwei Gründe, Euch diese Frage nicht sogleich zu beantworten. Zum einen möchte ich nicht den falschen Eindruck aufkommen lassen, mein Nutzen für Euch – und vor allem mein Nutzen als Lebender – sei mit wenigen Sätzen vollständig ausgeschöpft. Dem ist nicht so! Zum anderen ist mein Fürst Alexandru zwar seit Jahren tot, doch habe ich ihm einst geschworen, über Vieles, das zwischen ihm und mir gesagt wurde, Stillschweigen zu bewahren. Ich muss erst für mich selbst klären, wie weit mein Versprechen noch Gültigkeit hat und was inzwischen gesagt werden darf und was noch immer nicht. Schließlich habe ich vor all diesen Jahren den gesichtslosen Laint als Zeugen angerufen. Das ist zwar nicht ganz so üblich wie ein bei Sanz geleisteter Eid, aber deswegen nicht leichter auflösbar!«

Die Vögel werden fliehen

Letztlich fiel Nikola die Entscheidung nicht schwer, denn wenn er mehr über Camillas Tod erfahren wollte, blieb ihm gar nichts anderes übrig, als Mazon Kropf aufzusuchen. Und dass er die Hintergründe ihrer Ermordung aufdecken wollte – nein, *musste!* –, daran gab es für ihn keinerlei Zweifel. Er war jedoch heilfroh, dass ihm Serban und Flaviu aus freien Stücken angeboten hatten, ihn in den Irrgarten aus verbauten Hinterhöfen zu begleiten, mit seinen Schlammlöchern, die von provisorischen Stegen überspannt waren.

Als Zeichen von Mazons Aufstieg während des vergangenen Jahres, öffnete ihnen diesmal keine verschreckte Halbwüchsige die Tür, sondern einer der beiden Schläger, mit denen er sich seit einigen Monaten zeigte.

»Dick, Doof und Blöd – und ganz allein«, sagte er, als er die drei Puhler sah. »Wo ist euer Onkel? War er sich zu fein, seinen Fuß in unser schönes Viertel zu setzen?«

Nikola überging die Frage nach Traian. »Sag deinem Paps, dass ich etwas mit ihm zu bereden habe. Er muss sich deswegen nicht in die Hosen machen, denn vorerst ist das nur ein freundschaftlicher Besuch. Lediglich ein Austausch über alte Bekannte, wohin sie gegangen sind, wie viele Kinder sie inzwischen haben und so weiter. Das Übliche eben. Vorerst jedenfalls.«

»Vorerst«, bestätigte Serban.

»Werd's ausrichten«, antwortete Mazons Knochenbrecher und schlug die Tür zu. Nach kurzer Zeit war er wieder zurück.

»Doof darf mitkommen. Dick und Blöd bleiben draußen!«
Er zeigte auf Nikola. »Du bist Doof!«

»Geht wohl nicht anders«, raunte Nikola seinen Begleitern zu. Mit etwa Ähnlichem hatte er schon gerechnet. »Holt mich halt rechtzeitig heraus, wenn ich mich nicht von allein wieder sehen lasse.«

»Dick schläft manchmal schlecht«, sagte Flaviu zu dem Türwächter. »Dann schlendert er mit ziemlich übler Laune durch die Nacht.«

»Blöd geht es ebenso«, ergänzte Serban. »Aber wenn wir dann einen Schlauberger wie dich treffen, einen echten Liebling von ... wie heißt sie noch mal?«

»Tegis?«, schlug Flaviu vor.

»Genau, die Göttin der Klugen! Dann haben wir richtig viel Spaß miteinander.«

»Man nennt uns auch die lustigen Zwei!«, ergänzte Flaviu.

Mazons Schläger war von der Drohung nicht beeindruckt, oder tat wenigstens so. Er führte Nikola in das obere Stockwerk und dort in das Zimmer, das dieser bereits kannte. Seitdem er zuletzt hier gewesen war, hatte sich nichts verändert. Kropf, der ihn schon erwartete, war vielleicht etwas fülliger geworden, doch das war alles. Dabei hatte Nikola nicht nur einmal gehört, dass Mazon seine Finger inzwischen in viel mehr zwielichtigen Geschäften hatte als damals. Was tat er nur mit seinen neuen Reichtümern?

Zufällig fiel sein Blick auf den Tisch, auf dem vielleicht noch immer dieselbe Partie *Paturru* auf ihren einzigen Spieler wartete. Ein in ein schmutziges Tuch eingewickeltes Bündel lag neben den bunten Hornplättchen. Es war halb ausgewickelt und enthielt ein etwa unterarmlanges Figürchen aus schwarzem Stein mit Silbereinlagen.

»Ist das die, wegen der wir damals hier waren?«, fragte Nikola überrascht.

»So ein Unsinn! Ich habe das Figürchen erst seit zwei Tagen«, antwortete Mazon. »Ich habe viel dafür bezahlt, aber ein sippenloser und götterloser Geselle wie du, der nur mit viel Glück seinen Vater kennt, versteht natürlich nicht, warum man so etwas besitzen möchte! Es ist ein Abbild von … ach, irgend so einer Gottheit halt. Was willst du?«

»Radu Kieselkopf und ein gewisser Demitri. Sollen beide mal für dich gearbeitet haben?«

»An die erinnere ich mich kaum. Ich habe schon lange nichts mehr mit ihnen zu tun.«

»Ich weiß.«

»Der eine ist auch tot.«

»Weiß ich ebenfalls.«

»Was willst du dann von mir, wenn du schon alles weißt?«

»Ich möchte den treffen, der noch lebt. Hat nichts mit einem eurer krummen Dinger zu tun. Es ist rein persönlich. Er soll mir bloß etwas über einen gemeinsamen Bekannten erzählen.«

Mazon sah Nikola an, schüttelte den Kopf und gab ein belustigtes Glucksen von sich. »Du traust dich was! Wieso sollte ich dir helfen? Wenn ich mich recht erinnere, wart ihr Buhlknaben äußerst ungezogen, als ihr zuletzt bei mir wart – und ein schlechtes Gedächtnis wurde mir noch nie nachgesagt.«

»Ich könnte darauf verzichten, Traian zu erzählen, dass die Statuette jetzt bei dir ist«, schlug Nikola vor. »Relia Seitenkralle möchte sie bestimmt immer noch zurückbekommen.«

Mazon ging zum Tisch, verharrte einen Augenblick nachdenklich und wickelte die Statuette in das Tuch. Als er sich wieder zu Nikola umschaute, glühte ein tückischer Funken in seinen Augen.

»Wie viel ist dir die Auskunft wert? Halt, du brauchst nicht zu antworten! Ich weiß es ja bereits! Setz dich auf den Fenstersims!«

»Und dann?«, fragte Nikola, Böses ahnend.

»Dann werfe ich dich hinaus!«, antwortete Mazon feixend. »Und wenn wir dann alle herzlich über dich gelacht haben, verrate ich dir, wo du ihn findest.«

Nikola blickte zum Fenster und dann zu Mazon. Anscheinend hatte er bei seinem Sturz keinen bleibenden Schaden genommen.

»Entweder, oder«, sagte Mazon gut gelaunt.

Nikola sah keine andere Wahl. Er ging zum Fenster, öffnete es und setzte sich auf den Sims. Mazon ließ sich Zeit, so viel Zeit, dass in Nikola bereits die Hoffnung keimte, ungeschoren davonzukommen. Doch dann wurde er ohne Vorwarnung aus dem Fenster hinausgestoßen. Mit einem Aufschrei fiel er in dasselbe Dornengestrüpp, das auch Mazons Sturz abgefangen hatte. Damals hatte es jedoch noch Blätter gehabt und sehr viel mehr grüne Zweige.

»Nun sag schon!«, rief er unter Schmerzen zu Mazon hinauf.

Der blickte grinsend zu ihm herab. »Wegen dem Kieselkopf fragst du am besten im *Schiefen Aurel* nach. Dort kann man dir sagen, wo du ihn findest.«

»Das ist der falsche! Das ist doch der Tote«, rief Nikola aufgebracht. »Ich suche den anderen. Demitri mit dem Hängelid!«

»Da muss ich dich wohl falsch verstanden haben! Wo du Demitri findest, kann ich dir nicht sagen«, erwiderte Mazon scheinheilig. Sein Kopf verschwand aus dem Fenster, aber Nikola hörte ihn noch ausdauernd lachen.

Das lange Vorspiel und Nikolas abschließender Sturz hatten Neugierige angelockt. Einige gehörten zu Mazons Bande, andere sahen in ihm den rechtmäßigen Herrn ihres Viertels. Sie geizten nicht mit Spott und Häme und zerstreuten sich erst, als Serban und Flaviu kamen. Nur eine alte Frau blieb etwas länger. Mit gesenkter Stimme sagte sie zu Nikola: »Geh mir hinterher. Ich kann dir sagen, wo du Demitri findest, aber Mazon braucht das nicht zu wissen.«

Nikola gab Serban und Flaviu ein Zeichen, dass sie ihm einen Vorsprung lassen sollten, und tat dann wie geheißen. Die Frau erwartete ihn außer Sichtweite von Mazons Haus.

»Das gibt's nicht umsonst«, sagte sie und streckte ihm die Hand entgegen.

Nikola zögerte, da er sie nicht einschätzen konnte und daher nicht wusste, worauf er sich einließe. Sie lachte verhalten: »Keine Sorge, Bübchen, ich werde schon nicht weglaufen, jedenfalls nicht sofort.«

Nikola gab ihr ein paar Münzen, und sie begann zu reden: »Dein Demitri ist ein braver Junge geworden und nennt sich jetzt Sorin, die Götter mögen wissen, warum! Er hat vor einigen Jahren in eine Töpferei eingeheiratet. Die Werkstatt befand sich in Hafennähe, also dort, wo sich die Fremden breitgemacht haben. Als dann im Frühjahr das große Räumen stattfand, ist die ganze Familie weggezogen nach außerhalb. Ich weiß nicht, wohin, aber das spielt auch keine Rolle, da er und seine Frau ihre Ware immer auf dem *Alten-Südtor-Markt* verkaufen. Ganz große Krüge und auch Weidenkörbe! Das wird dir auffallen, und du wirst nicht lange suchen müssen. Er ist nicht jedes Mal dabei, aber häufig. So, jetzt hast du gute Ware für gutes Geld bekommen!«

Sie blickte ihn durchdringend an, lachte dann herzhaft und ging.

Nikola glaubte zwar nicht, dass er sich etwas gebrochen hatte, fühlte sich wegen des Fenstersturzes aber so wund und zerschlagen, dass er ungewöhnlich früh zu Bett ging. Nachdem er mehr als eine Stunde vergeblich auf das Kommen des Schlafes gewartet und sich unter Schmerzen hin und hergewälzt hatte, kleidete er sich an und ging in die Nacht hinaus. Er schlenderte durch die Straßen, und sehr schnell waren seine Gedanken bei Demitri, der jetzt Sorin hieß. Das Geheimnis, wegen dem Camilla und Gogul gestorben waren, würde vielleicht bald gelüftet werden! Aber was käme danach, wenn er wüsste, wer für ihre Ermordung verantwortlich gewesen war? Camillas Tod lag acht Jahre zurück, und der Einzige, der ihren Mörder möglicherweise beschuldigen konnte, war einer von Mazons Halunken. Mit einem solchen Burschen war nicht viel Staat zu machen, zumal wenn es das Unglück wollte und der Mörder ein Sippenangehöriger war. Wie sollte er Camilla dann jemals zu Gerechtigkeit verhelfen? Wer würde sich überhaupt noch um eine Klage kümmern?

Plötzlich fiel ihm auf, dass ihn seine ziellosen Schritte zu der Straße geführt hatten, in der er kürzlich *Mutter Tods* Spur verloren hatte. Die Priesterin wohnte gar nicht so weit entfernt von ihm, tatsächlich sogar in seiner weiteren Nachbarschaft! Als er ihr vom Tempel aus gefolgt war, hatte er das gar nicht bemerkt, und später war er zu betrunken gewesen, um sich an seinen Heimweg zu erinnern!

Nikola ging die Straße entlang, schaute in die Fenster und versuchte einen Blick auf die Hausbewohner zu erhaschen, als er von einem anderen nächtlichen Wanderer beinahe umgerannt wurde. Der Mann fluchte und Nikola zeigte ihm den Kringel. Er blickte ihm hinterher und sah, wie der Mann vor einer Tür stehen blieb und klopfte. Eine Frau öffnete. Nikola drückte sich sofort in den dunkelsten Schatten. War das etwa Mutter Tod?

Die Frau wechselte ein paar Worte mit dem Mann, dann schloss sie die Tür, um kurz darauf wieder zurückzukommen und das Haus zu verlassen. Sie hatte nun einen warmen Umhang übergeworfen und trug eine Tasche. Sie folgte dem Mann, der nicht ganz so eilig wie zuvor den Weg zurückging, auf dem er gekommen war. Nikola presste sich ganz dicht gegen die Wand des Hauses, vor dem er stand. Als der Mann und die Frau fast in Griffweite an ihm vorbeigingen, wurden seine letzten Zweifel beseitigt. Die Frau war tatsächlich Mutter Tod!

Nikola hatte seinen Plan, sie mit einem Zauberfluch belegen zu lassen, nicht aufgegeben. Misangre hatte ihn zwar seines Hauses verwiesen, aber er war felsenfest davon überzeugt, dass er jemand anderes finden würde, der die ihm zugedachte Aufgabe übernähme. Bis es so weit wäre, würde er den Rat befolgen, den ihm der Geisteraustreiber gegeben hatte, nämlich möglichst viel über Mutter Tods Alltag zu erfahren. Daher ging er den beiden hinterher.

Die Priesterin und ihr Begleiter waren wesentlich länger unterwegs, als Nikola erwartet hatte. An jedem anderen Tag hätte ihn das wenig gestört, aber nicht an diesem, an dem er erst wenige Stunden zuvor aus einem Fenster gestoßen worden war. Das Gehen wurde für ihn zusehends beschwerlicher, sodass er immer öfter daran dachte, die Verfolgung zu beenden.

Er hatte sich inzwischen zurechtgelegt, dass Mutter Tod wahrscheinlich zu jemandem gebracht wurde, der gerade gestorben war oder die Nacht nicht überleben würde. Misangre hatte ihm gesagt, dass es wichtig sei, den üblichen Tagesablauf der zu Verwünschenden zu kennen und möglichst auch Abweichungen davon. Reichte es dann nicht zu wissen, dass Mutter Tod gelegentlich außerhalb ihrer Zeit im Tempel Pflichten zu erfüllen hatte? Allenfalls wäre noch von Interesse, wie oft so etwas vorkam. Zu wem sie gerufen wurde, war hingegen nebensächlich, denn ein zweites Mal würde sie ganz gewiss nicht demselben Sterbenden beistehen müssen!

Als Nikola sich gerade endgültig dazu durchgerungen hatte, Mutter Tod nicht weiterzuverfolgen, blieben sie und ihr Führer überraschend vor einem Haus stehen. Es stand etwas versetzt von der Straße und war von einer Mauer umgeben. Beide wurden bereits erwartet, denn schon nach wenigen Sätzen, die Mutter Tods Führer mit einer unsichtbaren dritten Person gewechselt hatte, öffnete sich ein Tor und ließ sie ein. Nikola blieb so lange im Schatten stehen, bis es sich wieder geschlossen hatte. Da er nicht genau wusste, wo er war, und sich auch nicht sicher war, dass er das Haus falls nötig wiederfände, ritzte er mit einem Steinchen ein kleines Dreieck in die Mauer, und um Zufälle auszuschließen, fügte er noch eine Höhenlinie hinzu. Anschließend ging er auf genau demselben Weg, den er gekommen war, wieder zurück. Ein neues Ziel, das ihm mit jedem Schritt, den er ihm näher kam, verlockender erschien, beherrschte sein Denken, nämlich die Kneipe in der Nähe von Mutter Tods Haus. Dort war es warm und trocken!

Der Wirt erinnerte sich gut an Nikola und machte lachend eine launige Bemerkung, mit der sein Gast jedoch nichts anzufangen wusste. Daraufhin lachte er noch lauter.

Nikola trank an diesem Abend mäßig und nur so viel, bis er die nötige Bettschwere hatte. Auf dem Heimweg summte er eine Melodie, die er von Laurentis dem Prächtigen während ihrer letzten Begegnung gehört hatte und die ihn seither als Ohrwurm verfolgte. Plötzlich stand er Mutter Tod gegenüber!

»Verfolgst du mich? Spionierst du mir hinterher?«, keifte sie.

»Ich weiß, was Ihr getan habt!«, entfuhr es Nikola unbedacht.

»Ich weiß, dass Ihr versucht habt, mich umzubringen.«

»Nur zu! Finde jemanden, der dir diese dreiste Lüge abnimmt!«, zischte Mutter Tod. Ihre Stimme wurde laut und grell. »Was willst du überhaupt? Du lebst doch noch! Andere sind tot, aber du lebst. Nun geh mir aus dem Weg!«

Rüde drängte sie sich an ihm vorbei. Verstört blickte ihr Nikola hinterher. Mutter Tod hatte verschwollene Augen gehabt. Mutter Tod hatte geweint. Geweint!

Die Befragung der Eltern von Kaitis und Violeda hatte Nikola die traurige Seite seiner Tätigkeit in Erinnerung gebracht. Doch das Gefühl, erneut auf der Jagd zu sein und der Spur eines Mörders zu folgen, stellte sich erst ein, als Sayme am übernächsten Nachmittag in eine Partie *Binoquae* platzte, die Nikola und Onkel Mihan gerade spielten. Es war ein zwiespältiges Gefühl, da Saymes Erscheinen unweigerlich mit dem Fund eines Mordopfers einherging. Nikola legte die metallene Brustplatte an, setzte die Lederhaube auf, griff nach seinem Schlagstock und folgte Sayme.

Der Schilves war nicht sehr redselig und wirkte beinahe so verschlossen wie einst der Bootsmann Heliasch. »Komm einfach mit«, war das Einzige, was ihm Nikola entlocken konnte.

Er passte sich an. Als Sayme ihn im Gegenzug fragte, warum er heute hinke, antwortete Nikola nur: »Habe mir den Fuß vertreten.«

Saymes mangelnde Bereitschaft, sich auf ein angeregtes Gespräch einzulassen, hatte noch weiterreichende Folgen, denn als sie am Laden der Sprachlehrer vorbeigingen und Xandra vor die Tür trat, fiel es Nikola schwer, glaubhaft vorzutäuschen, dass er derart in die Unterhaltung vertieft sei, dass er weder ihre Handzeichen, noch ihre fragenden Blicke mitbekam. Xandra hatte ihn schon mehrmals auf ihre lästige Liste angesprochen. Dass sie längst zu Asche geworden war, ahnte sie nicht. Es widerstrebte Nikola zwar immer noch, sich in einen Streitfall mit den Schilves einzumischen, der ihn nichts anging, aber auf die Dauer bliebe ihm wohl doch nichts anderes übrig, als sich mit dieser leidigen Angelegenheit auseinanderzusetzen. An die meisten Begriffe erinnerte er sich glücklicherweise noch.

Nikola wunderte sich, dass sie heute mitten hinein in das Herzstück des Gebietes gingen, das die Schilves für sich beanspruchten, nämlich den Hafen. Ein Ruderboot brachte sie zu einem der Schiffe. Dort wurden sie bereits von einem der Schiffsoffiziere erwartet. Er sagte etwas in der Sprache der Schilves, auf das Sayme antwortete: »Er heißt Nikola und gehört zu mir. Falls nötig, werde ich auch für ihn bürgen.«

Abermals verfielen sie in die Sprache der Schilves. Fragen und Antworten wechselten sich ab, wie es schien. Ganz am Schluss hatte Nikola den Eindruck, dass das Gespräch wieder mit ihm zu tun hatte. Es endete damit, dass der andere lachte und Sayme antwortete: »Das auch!«

»Wir müssen unter Deck«, sagte er und ging dem anderen Schilves hinterher.

»Was wollte er?«, flüsterte Nikola.

»Seemannsgeschwätz. Du bist der erste Aradeke auf ihrem Schiff, und er weiß nicht, wie er damit umgehen soll.«

Die Leiche war in einer Kammer aufgebahrt worden, in der Taue und allerlei Gegenstände aufbewahrt wurden, deren Zweck Nikola fremd war. Der Offizier ließ sie mit der Toten allein.

Sie war eine hellhaarige Frau von etwa zwanzig Jahren, nicht hübsch, nicht hässlich, dafür aber sehr bleich. Ihr in Rot und Braun gehaltenes Gewand deutete auf eine Angehörige der Rotschwanzsippe hin. Es war an zwei Stellen zerrissen, wo auch oberflächliche Verwundungen zu erkennen waren. Die einzigen, die Nikola auf den ersten Blick entdeckte. Die Totenstarre hatte bereits eingesetzt, war aber noch nicht vollständig.

»Die Verletzungen stammen von den Bootshaken, als sie an Bord gezogen wurde«, erklärte Sayme. »Da war sie aber längst tot.«

Mit etwas Anstrengung drehte er einen ihrer Arme so, dass Nikola die Innenseite de Hände und die Fingerkuppen sehen konnte. Sie waren stark verschrumpelt.

»Der Steuermann – das ist der, mit dem ich gesprochen habe – war schlau genug, von einem der Schwesterschiffe einen Heiler zu holen. Er vermutet, dass sie gestern am Vormittag, vielleicht sogar schon in der Nacht ins Wasser geworfen wurde, ziemlich bald, nachdem sie gestorben war.«

Er deutete auf das Gesicht und schwenkte den Arm über den Körper der Frau. »Das Fehlen von Leichenflecken machte ihn stutzig.«

»Wo wurde sie gefunden?«, fragte Nikola mit ungutem Gefühl.

»Zwischen den Schiffen. Sie trieb am frühen Morgen mit dem Gesicht nach unten zwischen unseren Schiffen.«

»Dann starb sie womöglich auf einem davon?«

Sayme wehrte ab. »Die Strömung wird sie in den Hafen getrieben haben. Aber das sollte wohl besser geheim bleiben. Der Verdacht, dass sie auf einem der Schiffe getötet wurde, ist für euch Landmenschen offenbar sehr naheliegend.«

»Ist es denn völlig ausgeschlossen?«

»Allerdings«, antwortete Sayme nachdrücklich. »Hättest du jemals einige Zeit auf einem unserer Schiffe verbracht, so wüsstest du, dass es schwerfällt, selbst Kleinigkeiten geheim zu halten.«

»Es sei denn, alle auf dem Schiff stecken unter einer Decke!«

»Wohl wahr«, stimmte Sayme zu. »Aber ein ganzes Schiff voller Mörder? Du musst nicht so schlecht von den Schilves denken, trotz allem, was zwischen unseren Völkern geschehen ist. Die Strömung brachte sie hierher. Nichts anderes. Lass uns sehen, ob auch sie die Male trägt.«

Sie entkleideten die Tote und entdeckten sofort die Verletzungen an einer ihrer Schlagadern. Schnitte wie bei einem Aderlass, nur an der falschen Stelle.

»Und nun?«, fragte Nikola, während sie die Tote wieder anzogen.

»Ich habe den Steuermann gebeten, mit ihr hinauszufahren und sie an einer Stelle über Bord zu werfen, wo sie die Strömung erfassen und wieder an Land bringen kann. Aber hoffentlich nicht wieder in den Hafen! Sobald die Leiche entdeckt wird, gehen wir zum Fundort und tun so, als hätten wir sie noch nie gesehen. Sie wird dann zu Izabela gebracht. Sie war übrigens leicht davon zu überzeugen, uns zu helfen. Der Gedanke, dass wir heimlich lauschen, gefiel ihr allerdings gar nicht. Wir werden also zuerst mit den nächsten Verwandten selbst sprechen und ihr anschließend erklären, wen sie für uns befragen soll und was wir wissen wollen. Etwas anderes bleibt uns wohl nicht übrig. Unsere Vorgehensweise hätte mir besser gefallen.«

Dasselbe Ruderboot, das sie abgeholt hatte, brachte sie auch wieder an Land.

»Du und *Izabela*«, sagte Nikola grinsend. »Du bist also ganz allein zu *Izabela* gegangen und hast mit ihr gesprochen. Und?«

»Ja«, antwortete Sayme verständnislos. »Das hatten wir doch ausgemacht.«

»*Izabela*«, sagte Nikola so anzüglich, dass auch Sayme etwas auffiel.

»Ist etwas mit dem Namen?«

»Zuletzt war *Iza-be-la* noch *die andere Mutter Tod*, oder *Mutter Izabela* oder *die Priesterin*. Ihr scheint euch nähergekommen zu sein! Hab ich es dir nicht gesagt? Sie hat eine Schwäche für dich!«

Sayme schüttelte entrüstet den Kopf, blieb aber eine Antwort schuldig.

Ein lauter werdendes Surren drang an Nikolas Ohr. Er blickte zum Wasser, wo er eine silbrig schimmernde Wolke entdeckte, die über den Wellen schwebte und mit der Geschwindigkeit eines galoppierenden Pferdes näher kam! Bevor er sich von dem Anblick losreißen konnte, hatten sie das Ufer erreicht und unzählige silberne Körper prasselten auf das Land. Manche schlugen gleich hinter der Wasserlinie auf, andere erst nach vierzig, sechzig Schritt oder mehr. Nikola erfuhr recht schnell, dass es schmerzhaft war, von ihnen getroffen zu werden! Schutz suchend flüchtete er hinter einen abgestellten Wagen, der Güter in den Hafen gebracht hatte und darauf wartete, neu beladen zu werden. Dort harrte er aus und lauschte dem vielfältigen Platschen und Klatschen. Das verstörende Geschehen dauerte ungefähr so lang wie ein kurzer, heftiger Sommerregen.

Als wieder Stille herrschte, wagte sich Nikola hinter dem Wagen hervor. Überall lagen Fische. Sie bedeckten das Ufer, schichteten sich an Hauswänden und anderen Hindernissen auf. Er entdeckte sie in jeder Straße und Gasse, die vom Hafen abging. Tausende, Zehntausende zappelnde Fische! Sie sahen aus wie Heringe mit Flügeln, dort wo ihre Brustflossen hätten sein sollen.

Nun zeigte sich auch Sayme wieder, der ebenfalls Deckung vor dem Schwarm gesucht hatte.

»Ich wusste gar nicht, dass es in euren Gewässern Fliegende Fische gibt. Noch dazu in dieser stattlichen Zahl!«

Das galt auch für Nikola. Noch nie hatte er von solchen Tieren überhaupt gehört. Still beobachtete er, wie sich immer mehr Menschen am Ufer einfanden. Einige sahen sich kopfschüttelnd um, andere sammelten die Fische als willkommene Mahlzeit auf oder warfen sie ins Wasser zurück.

Nikola bemerkte, dass ihn Sayme anstupste. Anscheinend hatte er ihn auch schon mehrmals angesprochen.

»Ist dir nicht wohl? Du bist so bleich!«, hörte er ihn jetzt sagen.

»Blut wird regnen und die Vögel werden dem Meer entfliehen«, antwortete Nikola.

Nikola und Sayme hatten sich für den nächsten Abend in derselben Schenke verabredet wie damals, als sie auf dem Heimweg überfallen worden waren. Das Essen war dort gut und preiswert, andere Gäste gab es zu dieser Tageszeit kaum – und dass ihnen Mutter Tod erneut ein paar Schläger auf den Hals hetzen würde, war recht unwahrscheinlich.

Sayme berichtete noch einmal von seiner Unterredung mit der Priesterin Izabela. Er erwähnte, dass er gelegentlich an der Wahrheit etwas gedreht hatte, um die Priesterin nicht in Gewissensnöte zu bringen. So hatte er sie in dem Glauben gelassen, das Verheimlichen der wahren Todesursachen diene allein dazu, dem Mörder nicht zu verraten, dass man ihm auf der Spur war. Damit solle verhindert werden, dass er vorsichtiger wurde oder lauernd abwartete, bis Gras über seine Verbrechen gewachsen wäre, um dann tollwütiger als zuvor erneut zuzuschlagen.

Dieses Mal verzichtete Nikola auf anzügliche Anspielungen. Danach wandten sie sich dem letzten Opfer zu. Die Leiche der unbekannten Rotschwanzfrau war wie geplant ins Meer geworfen worden, hatte das Ufer augenscheinlich aber noch nicht wieder erreicht.

»Alle vier Opfer sind etwa im selben Alter«, sagte Nikola. »Aber mir ist noch etwas an ihnen aufgefallen: Weißkehle, Blaufeder, Krummschnabel, Rotschwanz – fast möchte man meinen, dass sich unser zwielichtiger Heiler eine Sippe nach der anderen vornimmt.«

»Es gibt doch nur neun Sippen«, wandte Sayme ein. »Unzählige Rotschwanz, Krummschnabel oder Blaufeder wohnen in der Stadt. Ich weiß gar nicht, wie ihr sie alle auseinanderhaltet. Bei so häufigen Namen ist es leicht, von jeder Sippe einen Angehörigen zu finden. Mich würde nicht einmal das Gegenteil wundern, also wenn alle Opfer aus derselben Sippe stammten.«

Dagegen konnte Nikola wenig einwenden. Doch plötzlich kam ihm ein Gedanke, der ihm nicht behagte, ja sogar unheimlich war.

»Apuludora, Kaitis, Violeda und jetzt auch noch diese unbekannte Rotschwanz – sie hatten keinerlei Verletzungen außer den Schnitten. Sie haben sich nicht einmal gewehrt, als sie merken mussten, dass sie schwächer und schwächer wurden. Was wäre, wenn sie gar nicht von unserem geheimnisvollen Heiler hintergangen wurden, sondern genau wussten, worauf sie sich einließen? Wenn sie sich freiwillig ihrem Schicksal hingegeben hätten?«

»Also Selbstmord?«

Nikola zuckte die Schultern. »Von zweien wissen wir immerhin, dass sie kurz zuvor einen Stimmungswandel gehabt hatten. Etwas Neues schien in ihr Leben getreten zu sein, etwas, das sie mit Zuversicht erwarteten. Man denkt dabei natürlich an etwas Erfreuliches. Könnte das ein Irrtum sein? Können sich junge, gesunde Menschen auf ihren Tod freuen? Können sie für ihr Ende leben?«

»Zwei von dreien«, wandte Sayme ein. »Nur zwei von den dreien. Lass uns abwarten, was wir über das letzte Opfer in Erfahrung bringen können. Vielleicht steht es danach zwei zu zwei oder drei zu eins. Ich nehme an, dass die Leiche im Laufe des morgigen Tages gefunden werden wird … Ich möchte dich etwas anderes fragen. Was bedeutet: Blut wird regnen und die Vögel werden dem Meer entfliehen? Ich ahne zwar, dass du auf den roten Schmutzregen und die Fliegenden Fische angespielt hast, aber es erschien mir gestern so, als hättest du etwas Ähnliches erwartet?«

Nikola zierte sich nicht lange und erzählte von Goguls Geist, aber nur soweit es nicht Camilla betraf.

»Ich weiß nicht, was ich mit der Prophezeiung anfangen soll: *Blut wird regnen! Die Vögel werden dem Meer entfliehen, und alte Götter sterben am Strand. Jeden einzelnen der zehn Schritte wird er bis zum bitteren Ende gehen.* Soll ich zu den Priestern gehen und ihnen davon erzählen? Aber welchen? Es gibt so viele. Ich kann sie nicht auseinanderhalten, und obendrein würden sie schnell merken, wie wenig sie und die Erdgötter mir bedeuten. Vermutlich würden sie mir ohnehin nicht glauben. Selbst wenn, wer geht denn diese zehn Schritte? Wer soll das sein? Was bedeutet, dass die Götter am Strand sterben? Ist die Weissagung eine Aufforderung, um zu verhindern, dass die Götter am Strand sterben, damit Wer-auch-immer keine zehn Schritte geht? Oder ist es nur eine Vorhersage, die so oder so eintreffen wird, wie etwa: *Wenn das Gras ist saftig grün, werden auch bald*

Blumen blüh'n? Bis gestern noch hielt ich alles für dummes Geschwätz. Gogul konnte mich zu Lebzeiten nicht ausstehen. Es würde zu ihm passen, dass er mich an der Nase herumführt. Andererseits habe ich Grund zu der Annahme, dass es nicht so ist, denn gestern kamen tatsächlich Vögel aus dem Meer geflogen. Jedenfalls sah es zuerst so aus.«

»Auch die Schilves kennen Prophezeiungen«, sagte Sayme. »Der Blutregen war kein Blut, sondern Schmutz, und die Vögel, die aus dem Meer kamen, waren in Wirklichkeit Fische. Wer weiß, was dann erst die angeblichen Götter am Strand sein könnten?«

Er verstummte, und ein seltsamer Ausdruck erschien auf seinem Gesicht. »Könnte deine sogenannte Prophezeiung vielleicht schon eingetroffen sein?«

»Wie das?«

»Wenn mit Göttern gar keine Götter gemeint wären, so wie bei dem Blut und den Fischen … Denk an die gestrandeten Wale. Beieindruckende Wesen! Man kann sich leicht vorstellen, dass schlichte Gemüter …«

Nikola schnaubte unzufrieden und konnte sich gerade noch beherrschen, Sayme nicht den Kringel zu zeigen. »Haben die Schilves jemals Walfische als Götter verehrt?«

»Nicht, dass ich wüsste«, gab Sayme zurück. »Aber vielleicht ein Volk …«

Nikola schnitt ihm das Wort ab. »Die Aradeken auch nicht! Das würde ja sonst bedeuten, dass alles Kopfzerbrechen sinnlos wäre. Alles wäre bereits unwiderruflich geschehen! Was sollte das wohl für eine nutzlose Weissagung sein? Zudem müsste dann inzwischen auch jemand herumwandern, der das nicht tun sollte. Ich sehe aber niemanden! Die Reihenfolge stimmt ebenfalls nicht. Blut, Fische, Götter heißt es, und nicht: Götter, Blut, Fische.«

»Ganz sicher?«, fragte Sayme heimtückisch. »Weißt du genau, dass Aradeken niemals Wale als Götter verehrt haben?«

»Woher soll ich das wissen?«, antwortete Nikola.

Um wieder von der Prophezeiung und dem Gerede über Götter wegzukommen – beides war ihm im Grunde peinlich –, erzählte er von Xandras und Iovis Sorgen. Sayme hörte aufmerksam zu und sagte: »Wie bei den Aradeken gibt es auch bei den Schilves Dinge, über die man nicht spricht, oder Wörter, die man nicht in den Mund nimmt.«

»Was sollten das für welche sein?«, fragte Nikola arglos.

»Deine Flüche und Schimpfwörter«, antwortete Sayme sofort. »Andere Begriffe sind so vieldeutig, dass sie verwirren und zu falschen Eindrücken führen könnten. Es gibt Wörter, die dasselbe ausdrücken und besser geeignet sind. Oder sie haben vielleicht Wurzeln und Anklänge, die Anlass zu unsinnigen Schlüssen geben könnten, wenn man die Sprache nur schlecht beherrscht. Sie könnten sogar Sachverhalte beschreiben, die bei euch oder den Schilves als Frevel gelten. Wörter, die womöglich das Zusammenleben zwischen unseren Völkern erschweren.«

»Es gibt also verbotene Wörter«, schloss Nikola. »Wörter, deren Bedeutung Aradeken nicht erfahren sollen?«

»Das ist etwas hart ausgedrückt. Unnötige. Fehlerhafte. Schmutzige. Beleidigende.«

»Xandra und Iovi wurden wegen solcher angeblich *unnötigen* Wörter verbannt und bestraft«, bemerkte Nikola ein. »Man hat ihnen Missbrauch vorgeworfen.«

»Ich kenne die Gründe nicht«, sagte Sayme. »Ich weiß auch nicht, was in den Köpfen der maßgeblichen Leute vorgeht. Ihr Urteil mag vorschnell und zu hart gewesen sein. Erinnere dich an Bootsmann Heliasch. Wir sind nicht alle gleich.«

Nikola verstand seine letzten Worte als Einladung, alle Begriffe von Xandras Liste zu nennen, an die er sich erinnerte. Soweit er wusste, hatten sie mit Handwerk und Handel zu tun. Sayme hörte stirnrunzelnd zu, nicht allzu begierig, aber auch nicht widerwillig. Manche Wörter übersetzte er, bei anderen behauptete er, dass sie Fachbegriffe aus einem Handwerk seien, mit denen er weder in der Sprache der Schilves, noch der des Bundes etwas anzufangen wisse. Einige verstand er wegen Nikolas Aussprache nicht, und zwei beachtete er nicht. Von diesen beiden hörte sich eines so ähnlich an wie *Hulimpe.* Schließlich sagte er: »Wie ich es mir dachte und dir erklärt habe.«

Das war alles.

Urplötzlich wurde es sehr laut, und ein Schwung fröhlicher Menschen füllte die Schenke. Ihren Gesprächen war schnell zu entnehmen, dass sie von einer Feier zu Ehren der Fruchtbarkeitsgöttin Marinz kamen, bei der die jungen Mädchen nach ihrer ersten Blutung als erwachsene Frauen in die Sippe aufgenommen wurden. Sie hatten entschieden, dem Abend in der Schenke zu einem würdigen Abschluss zu verhelfen. Ihr Gelächter, ihre lauten Reden und ihr wiederkehrender, fröhlicher Singsang machten es schwer, weiterhin über seltsame Prophezeiungen, tote Menschen oder die Sorgen unbedeutender Sprachlehrer zu reden. Zudem hingen sie dem schönen Brauch an, dass niemand in Anwesenheit von Feiernden eine trockene Kehle haben solle. Das schloss Nikola und selbst Sayme mit ein. Wahrscheinlich nicht, weil ihnen die Schilves besonders lieb gewesen wären, sondern eher, weil sie das als Gebot der Höflichkeit betrachteten.

Nikola hatte Sayme nie etwas anderes trinken sehen als Tee oder Wasser, nun lernte er, dass der Schilves durchaus Bier und Schnaps zu schätzen wusste und beidem gerne zusprach. Das bedeutete jedoch nicht, dass er ein sehr standhafter Trinker gewesen wäre. Im Gegenteil! Die Auswirkungen waren schnell bemerkbar. Seine Gedanken verloren an Geradlinigkeit und seine Sprache büßte an Schärfe ein.

Die Unterhaltung über Xandras Liste beschäftigte Nikola, zumal sich eines der Wörter, die Sayme ohne Erklärung übersprungen hatte, ähnlich anhörte wie ein anderes, das er ihm bereits erklärt hatte. Das ergab keinen Sinn.

»Hulimpe bedeutet doch Herrscher, sagtest du einmal«, begann er.

»Hulimpe ist der oberste Herrscher«, bestätigte Sayme.

»Ist also der Name des Herrschers aller Schilves Hulimpe, so wie ein Schneider mit Namen Schneider oder ein Wirt mit dem Vornamen Wirt?«

Sayme lachte so laut, dass einige der Feiernden zu ihnen herüberblickten, da sich die Folge von Schnarchlauten, die er von sich gab, recht befremdlich anhörte, wenn man es nicht gewohnt war. Die Beispiele gefielen ihm offenbar.

»Hulimpe heißt der oberste Herrscher«, wiederholte er gut gelaunt.

»Das habe ich schon verstanden«, antwortete Nikola. »Aber das ist doch auch sein Name? So wie Fürst Florin oder vor ihm Fürst Katalin. Allerdings heißen unsere Fürsten nicht Fürst Fürst, so wie der eure.«

Sayme blickte übertrieben vorsichtig über die Schulter, feixte dabei aber immer noch. »Urte und Valiva sind Hulimpe.«

Das wurde allmählich etwas anstrengend! »Ich weiß, sie sind die obersten Herrscher bei uns, aber wie heißt der oberste Herrscher im Land der Schilves über dem Meer? Der Fürst von allen sozusagen?«

»Es gibt keinen Fürsten jenseits des Meeres.«

»Keinen?« Das erstaunte Nikola. »Wer herrscht dann in eurem Heimatland?«

»Es gibt kein Heimatland.«

»Und der Rest eures Volkes, wo ist der?«

»Es gibt keinen Rest mehr.«

»Keinen? Aber was ist aus allen anderen geworden?«

»Tot. So tot wie ihr Land.«

Nikola erwartete ein schalkhaftes Glimmen in Saymes Augen zu sehen, fand aber nichts. Er schien auch viel zu betrunken, um sich komplizierte Scherze auszudenken.

Einer der Feiernden, der unbedingt einen Trinkspruch loswerden wollte, bemühte sich rechtschaffen, den Gesang der anderen Mitglieder seiner Gruppe zu übertönen. Als es ihm endlich gelungen war, wurden seine Worte laut bejohlt und beklatscht. Sogleich erhob sich ein zweiter Gast zu einer kurzen Ansprache, die Nikola nur als dumpfes Rauschen wahrnahm.

Er erinnerte sich, wie er sich vor Wochen gewundert hatte, dass zwei scheinbar unterschiedliche Schiffe unter Wasser den gleichen Bewuchs haben konnten. Das ergab plötzlich Sinn.

»Tot?«, fragte er noch einmal.

»Allesamt tot«, lallte Sayme.

Die Wirtin kam mit einem Krug, um ihre Becher aufzufüllen, doch Nikola lehnte ab. Er selbst war zwar unerfreulich nüchtern, dasselbe ließ sich jedoch nicht über Sayme sagen, der kurz davorstand, am Tisch einzuschlafen. Allein würde er es heute nie und nimmer nach Hause schaffen!

Nikola bedankte sich bei der freigiebigen Festgesellschaft und verließ unter aufmunternden Rufen mit Sayme die Schenke. Zum Glück konnte der Schilves noch allein gehen, aber er brauchte jemanden, der ihm die Richtung wies, damit er nicht willkürlich in die erstbeste Straße einbog und womöglich vor dem nächsten Hindernis stehen blieb.

Nikola hatte viel Stoff zum Nachdenken. Sein Gespür hatte ihn nicht getäuscht. Die Botenschiffe der Schilves sollten also nur den Eindruck erwecken, dass es weit entfernt ein Reich gab, das ihnen gehörte und bei Bedarf eine weitere Flotte entsenden konnte. Aber das stimmte nicht. Ihr ganzes Volk befand sich in Arades, und wenn es hart auf hart käme, gab es keinen Ort, von dem sie Einsatz oder Unterstützung erwarten konnten. Sie waren ganz allein auf sich gestellt. Daraus ergab sich die Frage, ob sie jemals weitersegeln würden? Doch wohin sollten sie sich schon wenden? Sie hatten keine Heimat mehr, daher konnte ihnen jeder Ort für einen dauerhaften Aufenthalt willkommen sein, solange er ihnen ausreichende Sicherheit bot.

Ein Bild drängte sich in Nikolas Gedanken. Die Erinnerung an den Tag, als die erdfarbene Kolonne der Fremden unter dem Geläut silberner Glöckchen vom Hafen zum Palast marschiert war. Was hatte Beryks, dieser alte Mann, noch über sie gesagt? Wie Käfer, wie eine Schar gefräßiger Käfer! Daran erinnerten sie ihn angeblich. Hatte er damit vielleicht gar nicht so unrecht gehabt?

Sosehr die Trunkenheit Sayme die Zunge gelockert hatte, so wenig hatte er ausgeplaudert, wann die Schilves ihre Heimat verloren hatten. Wie lange dauerte ihre Reise schon? Waren es Jahre? Jahrzehnte? Oder noch viel, viel länger? Suchten sie womöglich gar kein neues Zuhause, sondern fielen über fremde Städte her, plünderten sie aus, bis nichts mehr zu holen war, und zogen dann weiter? Sah so ihre Art zu leben aus?

Warum hatten sie ihre ursprüngliche Heimat verloren? Wer hatte sie daraus vertrieben? Ein Volk, so tot wie sein Land, hatte Sayme gesagt. Nikola benötigte nicht viel Einfallsreichtum, um sich darauf einen Reim zu machen! Viele Male war er in seinen Träumen im Inneren der grünbraunen Wolke gewesen und hatte Mensch und Tier verenden sehen. Nach dem, was Marius über seine Erlebnisse erzählt hatte, ließ sie sogar Pflanzen verdorren.

Unversehens verspürte Nikola einen so festen Griff um seinen Nacken, als sei er in einen Schraubstock eingespannt worden! Ein kaum noch betrunken wirkender Sayme zischte unfreundlich: »Tu das nie wieder!«

Nikola versuchte sich aus dem schmerzhaften Griff zu winden, scheiterte aber.

»Das tut weh!«, sagte er erbost. »Zwinge mich nicht, mit dem Stock nach dir zu schlagen!«

»Ich lehre dich etwas«, erwiderte Sayme. »Ich lehre dich zu überleben, du Narr! Verbotene Wörter heißen nicht grundlos verboten. Sie heißen so, weil niemand nach ihrer ganzen Bedeutung suchen und sie kennen darf! Tut er es dennoch, so besiegelt er damit sein Schicksal. Sollte irgendjemand ein Sterbenswörtchen von dem erfahren, was du mir entlockt hast, dann ist das dein Tod.«

»Ich werde dich schon nicht verraten«, erwiderte Nikola gereizt. »Jetzt lass mich endlich los!«

Sayme dachte nicht daran. »Ich rede nicht über mich. Ich werde bestimmt überleben. Ich rede von dir, Nikola! Du würdest einfach verschwinden. Man würde sich nicht einmal die

Mühe machen, eine Begründung für deine Abwesenheit zu erfinden. Du wärst einfach weg, vergessen, tot.«

Saymes Griff lockerte sich.

»Wir haben uns gegenseitig gerettet, und ich bin dein Freund, Nikola«, sprach er weiter. »Dein Wohl ist mir wichtig. Doch solltest du den Narren spielen, könnte weder ich noch irgendjemand anderes dich beschützen. Du wirst vergessen, was ich dir erzählt habe, und du wirst mich nie darauf ansprechen.«

Er nahm die Hand weg, und Nikola rieb sich den Nacken. »So etwas kann man auch anders sagen«, beschwerte er sich und ließ Sayme stehen.

Goguls Geschäfte

Die Leiche wurde am nächsten Tag gefunden, gleich außerhalb des Stadtgebiets, ein Stück vom Südtor entfernt. Es war ein nebliger Wintertag, und der weißliche Dunst verhüllte alles, was weiter als zehn Schritt entfernt war. Bei der Kluft, die sich am Vorabend zwischen Nikola und Sayme aufgetan hatte, gelang ihm das nicht. Beide gingen schweigend nebeneinanderher. Erst als sie das Südtor durchschritten hatten, sagte Sayme: »Du solltest mit Izabela über deine Prophezeiung sprechen. Sie kennt dich.« Das klang wie ein Friedensangebot.

Wie es der Zufall wollte, gehörten die beiden Männer, die den Leichnam entdeckt hatten, zu dem Trio, mit dem sich Nikola bei der toten Seekuh unterhalten hatte. Da er aber damals weder Brustplatte noch Lederhaube getragen hatte, erkannten sie ihn nicht. Nikola und Sayme warteten, bis sie sich mit den üblichen Aufträgen und einem kleinen Entgelt entfernt hatten und sahen sich dann die Leiche an.

Sie war die falsche, ja noch nicht einmal eine Frau! Nur die Blässe, die selbst für einen Toten unnatürlich schien, deutete darauf hin, dass der alte Mann in ihre Zuständigkeit fiel. Nikola wischte ihm die nassen Haare aus dem Gesicht und rief überrascht: »Beryks Brutkleid!«

»Du kanntest ihn?«, fragte Sayme.

Nikola schüttelte den Kopf. »Nur flüchtig. Ich habe mich einmal mit ihm unterhalten. Dabei nannte er mir seinen Namen. Später lief er mir gelegentlich über den Weg. Damit dürfte die Annahme widerlegt sein, dass alle Opfer im gleichen Alter seien.«

»Schauen wir erst, ob auch seine Adern geöffnet wurden.«

Mehr als eine schnelle und oberflächliche Untersuchung der Gliedmaßen des Toten war ihnen gegenwärtig nicht möglich, da jeden Augenblick jemand vorbeikommen konnte. Sie teilten sich die Arbeit. Sayme übernahm Beryks' Beine, soweit sie die kurzen, aradekischen Hosen unbedeckt ließen, also vom Knie abwärts, Nikola widmete sich den Armen. Er wurde zuerst fündig. »Seine Finger sind ausgerenkt, und zwar alle zehn. Kleiner Finger, Ringfinger und Mittelfinger der linken Hand scheinen mehrfach gebrochen. Ich möchte sogar sagen, sie seien zerschmettert worden. Mein Gefühl sagt mir, dass ihm diese Verletzungen nicht erst beigebracht wurden, als sich die Leiche schon im Wasser befand. Unser Heiler kann uns hoffentlich mehr verraten, aber ich bin mir fast sicher, dass er gefoltert wurde. Von einem freiwilligen Ausscheiden aus dem Leben kann dann wohl keine Rede mehr sein.«

»Ferse, dieselben Schnitte«, gab Sayme bekannt. »Der Mörder liebt offenbar die Abwechslung.«

»Dieselben wie bei der Rotschwanzfrau?«, vergewisserte sich Nikola.

»Ja«, bestätigte Sayme. »Wie bei ihr, Kaitis und Violeda. Bei Apuludora können wir es ja nur annehmen.«

»Was macht ihn so anders?«, fragte Nikola. »Er ist viel älter als alle anderen, und er ist der Einzige, dessen Leiche Spuren von Gewalt aufweist.«

»Worüber habt ihr euch damals unterhalten?«, fragte Sayme.

Über gefräßige Käfer, dachte Nikola, behielt es aber für sich. Stattdessen sagte er: »Nichts Besonderes. Ich hielt ihn für einen Aufschneider, da er behauptete, den alten Fürsten gekannt zu haben. Nicht den letzten, sondern den davor. Er wollte sogar ein Vertrauter Fürst Alexandrus gewesen sein!«

»Da er mutmaßlich vom selben Mörder getötet wurde wie die anderen vier, sollten wir seiner Behauptung besser nachgehen«, schlug Sayme vor. »Vielleicht trifft sie ja zu. Am besten teilen wir uns auf. Du bringst in Erfahrung, wo er wohnte und ob er noch lebende Verwandte hat, während ich mich in den

Palast begebe und herauszufinden versuche, ob sein Name auf den alten Soldlisten auftaucht. Das wird sicher einige Zeit dauern.«

Nachdem der Abdecker und der Heiler gekommen waren und ihre Anweisungen erhalten hatten, trennten sie sich. Nikola hatte jedoch etwas anderes vor, als sich um Beryks zu kümmern. Heute war Markttag im alten Südtorviertel, und wenn er Glück hatte, würde er bei einem der Stände Demitri finden, der sich jetzt Sorin nannte.

Das Zentrum des Marktes war ein Platz an der Stelle, wo einmal das südliche Stadttor von Arades gestanden hatte, bevor die Stadtmauern abgerissen worden waren, um das Stadtgebiet wieder einmal zu erweitern. Das daran anschließende neuere Südtorviertel war zwar längst auch ein altes, hatte aber seiner Vorgängerin den einmal vergebenen Namen nicht mehr streitig machen können und daher die eingebürgerte, aber irreführende Bezeichnung *Außenwall* behalten müssen. Vom zentralen Platz aus wucherte der Markt sternförmig in die von ihm abführenden Straßen. Er war vor allem für den Handel mit Lebendvieh und nicht essbaren Waren wie Töpfen, Krügen, Fässern, Eisen-, Stoff- oder Lederwaren bekannt.

Nikola ließ den Platz, auf dem es gackerte, schnatterte, meckerte, mähte, muhte, wieherte und schnaubte, links liegen und folgte den Straßen, einer nach der anderen. Als er einen Stand mit bis zu hüfthohen, irdenen Gefäßen entdeckte, wusste er, dass er am Ziel war. Vorsichtig ging er zwischen den teils naturfarbenen, teils bunt verzierten Töpfen, Krügen und Schüsseln hindurch, bis er vor einem hageren Mann mit hängendem Augenlid stand. Bevor ihn Nikola auch nur ansprach, sah er schon aus, als würde er am liebsten davonrennen.

»Sorin, auch als Demitri bekannt?«, fragte Nikola.

»Ich habe mich von meinem alten Leben abgewandt«, antwortete der Angesprochene leise und gehetzt. Dabei erinnerte er an ein Tier, das in die Falle gegangen war. »Ich folge jetzt dem Weg der Götter! Ich gehe dreimal wöchentlich in den Tempel! Ich spende, bete und bitte sie um Verzeihung für mein altes, bitterböses Ich. Ich bin nicht mehr diese Ausgeburt des Bösen, die ich einmal war!«

»Ich bin nicht deinetwegen hier«, beruhigte ihn Nikola. »Ich brauche nur eine Auskunft über einen ehemaligen Bekannten von uns beiden.«

»Die will ich dir gern geben«, flüsterte Demitri bereitwillig. »Aber nicht hier! Meine Frau und ihre Familie wissen nichts von meinem früheren Leben.« Seine Stimme wurde lauter. »An der Ecke ist ein Teehaus. Auf ein Tässchen hätte ich wohl Zeit.«

Nikola beschloss mitzuspielen. Demitri, in seiner jetzigen Verfassung, hatte sein Mitgefühl geweckt, denn offensichtlich büßte er wirklich schwer für seine Missetaten. Wahrscheinlich war er als *Ausgeburt des Bösen* glücklicher gewesen.

»Ich habe dir einiges zu erzählen, Sorin«, sagte er laut. »Stell dir vor, die Götter haben mir und meiner lieben Krina im Frühjahr ein weiteres Kind geschenkt. Es heißt Serban.«

Freundschaftlich legte er die Hand auf Demitris Rücken und schob ihn in die Richtung des Teehauses.

In dem Ausschank, der einfach nur ein Zimmer im Erdgeschoss eines Hauses war, sagte Nikola: »Gogul die Qualle, was fällt dir zu ihm ein?«

»Was soll mit ihm sein?«, fragte Demitri ausweichend und machte schon wieder einen gehetzten Eindruck. »Gogul stammt aus einem früheren Leben. Den Mann, der ihn kannte, gibt es nicht mehr.«

»Lass mich alles ein wenig beschleunigen«, sagte Nikola. »Du und ein Bursche mit dem Spitznamen Kieselkopf, ihr wart sozusagen die beiden linken Hände des Halunken Gogul. Gogul hatte einen dicken Fisch an Land gezogen. Der war zu groß für ihn, deswegen musste er dran glauben. Nach seinem Tod habt ihr euch einem anderen Halunken angeschlossen, nämlich Vier-Finger-Mazon. Dein Kumpan hat irgendwann das Zeitliche gesegnet, und jetzt willst du mir weismachen, du seist ein anderer Mensch geworden und würdest dreimal in der Woche auf den Knien rutschen. Richtig?«

»Aber es ist wahr!«, beharrte Demitri. »Nachdem sie Radu erwischt hatten, wusste ich, dass es nicht mehr so weitergehen konnte und ich mein Leben von Grund auf ändern musste. Ich gab mir einen neuen Namen, folgte dem Weg der Götter und traf meine gute Frau!«

»Wer sind *sie*? Wer sind die, die den Kieselkopf erwischt haben?«

»Na dieselben, die auch Gogul umbrachten.«

»Sicher?«

»Wer sollte es sonst gewesen sein? Radu wollte mir nicht glauben, dass wir die Nächsten seien. Er behauptete, dass es ausreiche, wenn wir die Köpfe einzögen und uns nicht weiter um Goguls Angelegenheiten kümmerten. Ich hatte recht! Nachts auf dem Heimweg den Schädel mit einer Axt spalten, wer macht denn so etwas?«

Es war an der Zeit, zum Wesentlichen zu kommen!

»Wer sind *die*? Wer ist Schuld an Goguls Tod? Mit wem hatte er zuletzt zu tun?«

Nikola hielt den Atem an und wartete gespannt. Demitri beugte den Kopf zu ihm und flüsterte: »Ein Großkopf namens Aurel Hornkamm.«

»Wer ist das?«, entgegnete Nikola ebenso leise.

»Das weiß ich nicht!«, beteuerte Demitri. »Ich wollte es nicht wissen, als Gogul noch lebte, und danach schon gar nicht mehr.«

»Weißt du denn auch, worum es bei der Angelegenheit mit dem Großkopf ging?«

»Um ein Büchlein. Gogul hat es uns gezeigt. Es sah ganz unscheinbar aus. Er hatte es gefunden oder gestohlen und sagte, dass es viel wert sei, wollte sich aber nicht näher dazu äußern.«

»Du weißt also nicht, was drinstand?«

»Nein, aber ich weiß, wer es geschrieben hat. Ein Kerl namens Ionach sowieso. Er gehörte einer der Farbsippen an: Blaufeder, Rotschwanz oder Weißkehle. Welcher genau, weiß ich nicht mehr.«

Demitri wurde unruhig. »Du wirst mich doch nicht verraten? Kann ich jetzt gehen? Ich will nicht, dass man mich zu lange vermisst und Fragen stellt.«

»Mach dir keine Sorgen! Ich bin es gewohnt, Geheimnisse zu wahren, und deines ist eines der kleinsten … Sorin«, erwiderte Nikola und bedeutete ihm, dass er gehen könne.

»Fiel jemals der Name Camilla?«, fragte er zum Abschluss noch.

Demitri dachte einen Augenblick nach und schüttelte den Kopf. »Nein.«

Die Sippenhäuser waren bei den Puhlern nicht für ihre Hilfsbereitschaft bekannt. Sie stellten Horte des Althergebrachten dar, in denen man der Ansicht anhing, dass es das Beste sei, alles unter sich zu regeln, und dass die Angelegenheiten der Sippe und ihrer Mitglieder keinen Außenstehenden etwas angingen. Dass viele Puhler Sippenlose waren, machte die Zusammenarbeit nicht gerade leichter. Nikola wusste sich jedoch zu helfen. Nachdem er sich von Demitri getrennt hatte, ging er schnurstracks zur Gerechtigkeit.

Er hatte schon lange nichts mehr in dem Gebäude zu erledigen gehabt, da Traian meist Marilena oder neuerdings auch Kostel schickte, um Dokumente und Verfügungen abzuholen. Daher kam es ihm befremdlich vor, als er außer den Amtsleuten, Schreibern und fürstlichen Gardisten in ihren blinkenden Rüstungen auch Schilves antraf. Manche trugen ebenfalls Rüstungen und Schwerter, andere nur ihre übliche erdfarbene Kleidung mit den farbenfreudigen Tuniken. Ihre Anwesenheit war ihm zwar bewusst gewesen, schließlich musste sich auch Saymes Gewährsmann irgendwo in der Gerechtigkeit aufhalten, aber sie mit eigenen Augen zu sehen, war dennoch sehr ungewohnt.

Nikola wusste genau, zu wem er zu gehen hatte.

»Traian schickt mich, um Dokumente und Sonstiges für ihn abzuholen«, sagte er zu dem zuständigen Schriftgesellen und trommelte beiläufig mit den Fingerspitzen auf seine Brustplatte. »Irgendetwas für uns da?«

»Wo ist Marilena?«, fragte sein Gegenüber.

»Fußkrank«, behauptete Nikola. »Wir hätten sonst nur noch den alten Kostel gehabt. Wäre er dir lieber gewesen?«

»Nein, der ist immer so miesepetrig«, antwortete der Schriftgeselle.

Nikola zog mit den Fingern die Mundwinkel nach unten. Sein Gegenüber lachte und reichte ihm drei Schriftrollen mit dem auffälligen Siegel. Das war genau das, was Nikola erhofft hatte!

Das Sippenhaus der Brutkleids gehörte zu den auffälligsten Gebäuden in Arades. Seine dreißig Schritt lange Fassade schimmerte in zahllosen Farben. Nikola hatte sich einmal erklären lassen, dass die bunten Muster stilisierte Federn darstellten. Er sah jedoch nur Blätter, Fischschuppen und zahllose Augen.

Nikola trat ein. Er hielt die Schriftrollen so, dass die fürstlichen Siegel deutlich zu sehen waren, und sprach: »Ich erhielt den Auftrag herauszufinden, wo einer eurer Sippenangehörigen wohnt. Er hört auf den Namen Beryks. Das muss noch heute geschehen!« Zur Unterstreichung seiner Worte deutete er auf die Siegel. »Man ist sehr ungeduldig.«

Die List ersparte ihm Fragen, warum er diese Auskunft brauchte. Dennoch dauerte es bis zum Abend, bis ein Beryks Brutkleid im passenden Alter gefunden worden war. Nikola bedankte sich und ging. Danach war es zu spät, um noch zu Beryks' Wohnung zu gehen oder sich bei seinen Nachbarn umzuhören. Auch einer Fortsetzung von Mutter Tods Überwachung konnte er nichts abgewinnen. Sie würde ihm aber gewiss nicht davonlaufen!

Am nächsten Morgen ging Nikola gleich als Erstes zu Beryks' Wohnstätte, einem schmucken, kleinen Haus in ruhiger Nachbarschaft. Da es ihm für einen einzigen Bewohner zu groß erschien, klopfte er an der Tür, aber niemand öffnete. Also machte er sich bei den Nachbarn nach Beryks kundig. Wollte jemand den Grund seiner Fragen wissen, so antwortete er: »Ich tue nur, was man mir aufträgt. Was ich erfahre, das gebe ich weiter, und anschließend vergesse ich alles. Das halte ich immer so, ansonsten würde mir der Kopf platzen. Das Einzige, was ich niemals vergesse, ist, wenn mir einer krumm kommt!«

Nach Auskunft seiner Nachbarn war Beryks vor ein paar Jahren in die Straße gezogen. Wie er einmal erwähnt hatte, erhielt er eine Rente aus der fürstlichen Kasse. Irgendwie hatte er es hinbekommen, sich trotz ausreichend vorhandenem Platz in seinem Haus einer Einquartierung zu entziehen. Dies wurde seinen Verbindungen zum Fürstenpalast zugeschrieben. Er war immer sehr früh auf den Beinen und galt als Mann, der sich Respekt zu verschaffen wusste. Gelegentlich war er einem Plausch nicht abgeneigt, doch meistens waren das sehr einseitige Gespräche, bei denen er zwar zuhörte, aber selber nichts Neues zum Klatsch beitrug. Wortkarg und verschlossen nannten ihn einige. Manchmal begann er wild über hochgestellte Würdenträger zu fabulieren, die er angeblich gekannt haben wollte. Es war ratsam, ihm nicht zu zeigen, dass man ihm nicht glaubte. Er schien keinerlei Verwandte zu haben, bekam nie Besuch, und kein einziger seiner Nachbarn war jemals in Beryks' vier Wände eingeladen worden.

So stellte sich Nikola nach und nach ein Bild des Ermordeten zusammen: das eines alten Mannes, der ganz allein gelebt hatte. Vielleicht hatte er manchmal gelacht oder geweint, vielleicht hatte er sich gefreut oder getrauert, in Erinnerungen geschwelgt oder für die Jahre, die ihm noch blieben, kleine Pläne geschmiedet. Doch das war belanglos, denn es gab niemanden, der Zeugnis davon hätte ablegen können. Keine Verwandten, keine Freunde oder Bekannten. Die Welt hatte Beryks bereits zu Lebzeiten vergessen! Vielleicht war es sogar das Gefühl der eigenen Bedeutungslosigkeit gewesen, das ihn mit seinem Mörder zusammengebracht hatte?

Vier Schilves-Krieger zogen Nikolas Aufmerksamkeit auf sich. Zielstrebig marschierten sie durch die Straße und blieben vor Beryks' Haus stehen. Nikola war überrascht, Sayme unter ihnen zu entdecken. Er ging zu ihm und begrüßte ihn: »Den Gang zum Sippenhaus der Brutkleids hätte ich mir wohl ersparen können. Wie hast du so schnell herausgefunden, wo er wohnte? Ich habe dazu den ganzen gestrigen Nachmittag benötigt.«

Einer von Saymes Begleitern stieß Nikola an und forderte ihn auf:»Du gehst weiter! Erledige dein Tagwerk!«

Sayme sagte etwas in der Schilves-Sprache. Sogleich entspann sich ein Wortwechsel zwischen ihm und seinen Begleitern. Nikola hörte mehrmals seinen Namen, verstand aber erst wieder etwas, als Sayme in der Sprache des Bundes zu den anderen Schilves sagte:»Er weiß sogar einiges, das ihr nicht wissen dürft! Nun lasst uns nicht so lange herumtrödeln, bis sich die ganze Nachbarschaft hier versammelt hat!«

Mit der Faust schlug er gegen Beryks' Tür.»Aufmachen!« Als auch dieses Mal niemand antwortete, brachen seine Begleiter die Tür auf.

Das Erste, was sie sahen, war eine tote Katze am Fuß der Treppe, die zum oberen Stockwerk führte. Sie war erstochen worden. Sofort zückten Saymes Begleiter ihre Schwerter und steckten damit auch Nikola an, der seinen Schlagstock fester umgriff. Sayme war der Einzige, der sich in keiner Gefahr wähnte. Zwei seiner Krieger machten sich unverzüglich daran, in jedes Zimmer im Erdgeschoss zu schauen, während der dritte mit wachsam vorgestrecktem Schwert die Treppe hinaufstieg.

»Du hast mir immer noch nicht beantwortet, wie ihr so bald hierherfinden konntet?«, fragte Nikola.

»Später!«, vertröstete ihn Sayme.

Ein Ruf aus dem oberen Stockwerk veranlasste ihn und Nikola, die Treppe hinaufzueilen. Der dritte Schilves-Krieger hatte auf dem Boden des Flurs, der zu Beryks' Schlafzimmer führte, einen großen Fleck getrockneten Blutes entdeckt.

»Ob er hier getötet wurde?«, fragte Nikola.

»Zu wenig Blut«, antwortete Sayme.

Die Krieger gingen nun dazu über, die Habe des Verstorbenen auseinanderzunehmen. Sie durchwühlten Truhen, rissen Schubladen aus den Schränken und rückten Möbel von den

Wänden. Sayme und Nikola sahen ihnen so lange zu, bis allzu deutlich wurde, dass ihre Gegenwart nicht länger erwünscht war.

»Lass uns rasch gehen, bevor ...«, drängte Sayme und ging zur Haustür.

»Bevor was?«, fragte Nikola.

»Bevor sie auf den Gedanken kommen, seine Leiche oder den Bericht des Heilers zu beschlagnahmen«, presste Sayme zwischen den Zähnen hervor.

»Was bedeutet das alles?«, fragte Nikola, nachdem sie das Haus verlassen hatten und zügigen Schrittes zu Izabelas Laint-Tempel eilten. »Und verrate mir endlich, woher du wusstest, wo er wohnte?«

»Er war einer unserer Spitzel«, erklärte Sayme. »Kaum hatte ich seinen Namen erwähnt, war ich von neugierigen Fragern umstellt, die wissen wollten, was mich das anginge.«

»Wen hat er denn bespitzelt?«

»Den Fürsten.«

»Den Fürsten?« Nikola war fassungslos. »Ihr habt den Fürsten von Arades bespitzelt?«

»Sei nicht einfältig«, antwortete Sayme. »Vermutlich hatte er auch unter uns seine Zuträger. Ein Fürst verliert seine Macht, aber deswegen wird er nicht ungefährlich. Es ist gut, frühzeitig zu wissen, was er plant, bevor eine Situation geschaffen wird, die Tausende das Leben kostet. In eurem Handwerk arbeitet ihr doch sicher auch mit Spitzeln?«

»Wir kennen Leute, die uns gelegentlich etwas erzählen und denen wir im Gegenzug einen Gefallen erweisen.«

»Das ist dasselbe«, antwortete Sayme. »Jeder hat Spitzel. Ich will nicht wissen, wie viele von euren Sippen bezahlt werden, solange der neue Fürst noch unvermählt ist.«

»Aber der alte Fürst, also Fürst Katalin, ist doch schon seit Monaten tot«, sagte Nikola, um das Gespräch wieder auf Beryks zu bringen.

»Ja«, bestätigte Sayme. »Allerdings starben oder verschwanden innerhalb der ersten drei Wochen nach dem Brand eine ganze Anzahl von Personen, die regelmäßig mit ihm oder seiner Familie verkehrt hatten.«

»Warum?«

Sayme zuckte die Schultern. »Das weiß ich nicht. Man wollte mir auch nichts dazu sagen. Beryks erscheint manchem als ein weiterer Todesfall unter denen, die mit dem Fürsten zu tun hatten. Er fällt also nicht nur in unsere alleinige Zuständigkeit. Allemal ist es besser, wenn wir mit ihm fertig sind, bevor sich jemand bei uns einzumischen versucht.«

Mutter Izabela war merklich enttäuscht, als sie erfuhr, dass ihre besondere Mitwirkung in Beryks' Fall noch nicht benötigt wurde, da es keine Verwandten und Bekannten gab, die sie mit klug gestellten Fragen ausforschen konnte. Offensichtlich hatte sie dieser ungewohnten Aufgabe bereits entgegengefiebert.

»Ich habe mir schon einiges einfallen lassen«, verriet sie. »Aber das ist ja nicht verloren.«

Der Bericht des Heilers bestätigte, was Sayme und Nikola bereits am Strand herausgefunden hatten. Beryks war gefoltert worden, und zwar ziemlich ausgiebig. Er hatte Verbrennungen am ganzen Körper, noch mehr gebrochene Knochen und außerdem Verletzungen, die ihm durch Zangen, Scheren und Klingen beigebracht worden waren. Die Kleidung hatte die Wunden gnädig verborgen. Sein Leidensweg musste vor vier bis sieben Tagen geendet haben. Auf einen engeren Zeitrahmen wollte sich der Heiler nicht festlegen, da das völlige Ausbluten des Körpers und das kalte Meerwasser die Bestimmung des Todeszeitpunktes erschwerten.

»Apuludora Weißkehle ist nun nicht länger diejenige, die am schlechtesten zu allen anderen passt«, stellte Nikola fest.

Die Mittagsstunde war bereits vorüber, als Nikola die Puhlerei betrat. Onkel Mihan war hocherfreut, ihn zu sehen. Nikola überreichte ihm die drei Schriftrollen mit der Erklärung: »Ich kam zufällig bei der *Gerechtigkeit* vorbei und dachte, ich schaue mal nach, ob etwas da ist.« Onkel Mihan nahm sie entgegen, ohne Fragen zu stellen und brachte sie in Traians *Allerheiligstes*.

Als er zurückkam, ließ er ein paar Würfel auf einen der Tische rollen und sagte:»Wir haben einen ganzen Vormittag aufzuholen, Söhnchen.«

Viel Gelegenheit dazu erhielt er nicht, da Traian und die anderen Puhler recht früh zurückkamen. Liviu hatte eine Verfärbung am Jochbein und Flaviu eine aufgeschlagene Lippe. Offensichtlich war ihr Ausflug nicht so friedlich verlaufen wie sonst.

Bevor allgemeines Gerede über den gewalttätigen Vorfall und wer was hätte besser machen können einsetzte, fragte Nikola in den Raum hinein:»Kennt jemand einen Aurel Hornkamm? Flaviu? Oder Serban, vielleicht?«

Da Kostel einen Augenblick lang so aussah, als wolle er etwas sagen, nannte Nikola auch seinen Namen, doch wie die beiden anderen zuckte er nur ahnungslos mit den Schultern.

»Mir fällt ein Aurel Hornkamm ein, aber er gehört sicher nicht zu unseren Kunden«, sagte Traian.»Was willst du von ihm?«

»Der Name fiel kürzlich, und ich dachte, vielleicht kennt ihn jemand«, antwortete Nikola ausweichend.

»Der Aurel Hornkamm, den ich meine, befehligte die fürstliche Flotte«, führte Traian aus.»Damals, bevor die Schilves kamen und uns zeigten, was eine richtige Flotte ist. Heutzutage hat er selbstverständlich nichts mehr zu melden, falls er überhaupt noch am Leben ist. Er müsste schon recht alt sein. Bestimmt nicht dein Mann.«

»Man könnte ihn also mit Fug und Recht einen Großkopf nennen?«, fragte Nikola.

»Wenn man so will«, antwortete Traian.»Ja, sicher. Er war einmal ein mächtiger Mann und angesehen in seiner Sippe. Vor vielen Jahren hatte ich mit ihm zu tun, aber ich weiß nicht mehr, in welcher Angelegenheit. Ich glaube, ich hatte das Geschäft noch nicht lange übernommen. Kostel, bist du damals nicht schon bei mir gewesen?«

»Aurel Hornkamm ist ein aradekischer Held«, antwortete Kostel vorwurfsvoll.»Mit den Schiffen, die für dich keine Flotte darstellen, hat er die Piraten von Tagoranta und Crafis im ersten und zweiten Piratenkrieg besiegt!«

»Kein Grund, sich aufzuregen! Ich wollte niemandem zu nahetreten«, sagte Traian kopfschüttelnd. »Jetzt weißt du Bescheid, Nikola.«

»Kannst du mir auch sagen, wo dieser alte Held wohnt?«, fragte Nikola.

»Woher soll ich das wissen?«, antwortete Kostel.

»Noch eine Frage!«, sagte Nikola. »Ionach Rotschwanz, Ionach Weißkehle, Ionach Blaufeder – kann jemand mit einem dieser Namen etwas anfangen?«

»Diese Namen fielen wohl auch kürzlich?«, spottete Flaviu, ohne aufzublicken, da er wieder einmal damit beschäftigt war, seinen Namen in einen Tisch zu ritzen.

»Es ist ein und derselbe, aber ich weiß nicht, wie er richtig heißt«, gab Nikola zurück. »Und ja, der Name ist kürzlich gefallen.«

»Vielleicht während eines Gesprächs mit deinem Schilves-Freund?«, schlug Marilena vor. »Wer soll das sein?«

»Weiß ich nicht genau. Ein Dichter, Gelehrter, Schatzsucher. Vermutlich lebt er gar nicht mehr.«

Dieses Mal erhielt er keine Antwort. Von einem Ionach hatte offenbar noch niemand gehört.

»Genug für heute!«, rief Traian und gab damit das Zeichen, sich aufzulösen.

»Alles gut bei dir?«, fragte er Nikola. »Was hat es mit Aurel Hornkamm auf sich? Wie gesagt, der den ich meine, ist ziemlich alt.«

»Ein anderes Mal«, vertröstete ihn Nikola. »Nicht jetzt.«

»Tut mir leid, dass ich gleich aufgebraust bin«, entschuldigte sich Kostel, der noch zurückgeblieben war. »Manchmal bin ich empfindlich, wenn ich den Eindruck habe, die Schilves würden neuerdings als das Maß aller Dinge angesehen werden. Sie haben heimtückisch eine Schlacht gewonnen, die sie auf ehrliche Weise verloren hätten. Sie werden bestimmt nicht für immer hierbleiben!«

Als Nikola ins Freie trat, sah er Xandra vor ihrem Haus stehen und erwartungsvoll zu ihm herüberschauen.

Irgendwann musste er diese lästige Aufgabe zu einem Ende bringen, dachte Nikola und ging zu ihr, um ihr zu sagen, was die Begriffe aus ihrer Liste bedeuteten, die Sayme als unbedenklich eingeschätzt hatte. Während er mit ihr sprach, wurde ihm plötzlich bewusst, dass er einen Groll gegen sie hegte.

Sein Gefühl hatte ihn gewarnt, dass er sich aus ihren Angelegenheiten heraushalten sollte. Diese Warnung hatte er wegen ihrer ständigen Nachfragen jedoch missachtet, und als Folge davon kannte er nun ein Geheimnis, mit dem er ein blutiges Gemetzel auslösen oder seinen eigenen, schnellen Tod herbeiführen konnte, falls er es je unbedacht ausplauderte!

Xandra war nicht zufrieden mit dem, was er ihr berichtete. »Was ist mit den Begriffen aus unserer Sprache, die du in die Schilvessprache übersetzen lassen solltest?«, fragte sie.

Da Nikola sich sowieso aus der Angelegenheit zurückziehen wollte, machte er reinen Tisch. »Das ist leider alles, was ich für dich erreichen konnte. Mein Schilves war nicht sehr hilfsbereit. Am besten suchst du dir jemanden mit besseren Beziehungen, als ich sie habe.«

Xandra gab sich zwar freundlich, doch Nikola verstand, dass er mit wenigen Worten erreicht hatte, dass er ganz bestimmt nie bei ihr zum Zug käme. Falls diese Aussicht überhaupt jemals bestanden hatte!

Von Angesicht zu Angesicht

Es war ein besonders widerlicher Wintertag. Eine dichte Wolkendecke verhüllte den Himmel und sorgte dafür, dass der Tag über ein gleichmäßiges Zwielicht, das Morgen und Abend miteinander verschmelzen ließ, nicht hinauskam. Das Einzige, das den dahinschleichenden Stunden ein wenig Struktur verlieh, war der ständige Wechsel zwischen einem Regen, dessen Tropfen wegen des gleichmäßigen Seewindes beinahe waagrecht fielen, und einer kurzen, trockenen Zeit, die man auch *Zwischenregen* hätte nennen können.

Nikola hatte sich seinen Umhang über den Kopf gezogen und schimpfte: »Ich mag den Winter nicht!«

Sayme, der auf einen Regenschutz verzichtet hatte, spottete: »Euren Winter nennt man anderswo einen wüsten Tag im Frühherbst!«

»Dann bin ich heilfroh, dass ich nicht anderswo bin«, brummte Nikola.

Er und Sayme hatten zwar gehofft, Mutter Izabela bald wiederzutreffen, aber nicht damit gerechnet, bereits einen Tag nach ihrer letzten Begegnung die Nachricht zu erhalten: Eine Frauenleiche, die euch interessieren dürfte, wurde zu früher Stunde in meinen Tempel gebracht!

»So werden wir endlich erfahren, wer unsere Unbekannte aus der Rotschwanzsippe ist und ob auch bei ihr eine merkliche Veränderung der Stimmung während ihrer letzten Wochen beobachtet worden war«, sagte Nikola. Er war etwas verärgert. Nicht nur wegen des Wetters, sondern auch weil Izabela im Gegensatz zu ihm offenbar ganz genau wusste, wie

Sayme zu erreichen war. Sie musste keine Mutmaßungen anstellen!

»Gibt es etwas Neues über Beryks Brutkleid?«, fragte er.

»Nein, nichts«, erwiderte Sayme. »Hast du inzwischen mit der Priesterin über deine Prophezeiung gesprochen?«

Nikola verneinte.

»Das solltest du unbedingt tun«, riet ihm sein Begleiter.

»Bei Gelegenheit«, brummte Nikola. Goguls Weissagung gehörte gegenwärtig nicht zu den Dingen, denen er viel Gewicht beimaß. Weitaus mehr beschäftigte ihn, was er am Vortag gelernt hatte. Nämlich dass sich hinter dem Namen Aurel Hornkamm womöglich ein Mann verbarg, der aufgrund seiner Stellung unantastbar für ihn war. Was nutzte es, das Unrecht zu kennen und auch den Täter, wenn man doch nichts tun konnte?

Während einer jener kurzen Unterbrechungen, als gerade kein Tropfen vom Himmel fiel, der Regen aber auch nicht weiterzog, sondern nur tief durchatmete, um alsbald mit frischer Kraft fortzufahren, kamen Nikola und Sayme bei Izabelas Tempel an. Eine Tempelhilfe, die ihrer Jugend nach zu schließen noch kein einziges Gelübde abgelegt hatte, geleitete sie sofort in den unteren Tempelbereich. In der halbdunklen Halle saß Mutter Izabela ganz allein mit gefalteten Händen auf einer Bank. Sie betete, sinnierte oder hatte sich vielleicht auch nur einem kurzen Schlummer hingegeben.

»Die Heilerin ist noch da«, begrüßte sie ihre Gäste. »So kann sie euch selbst erzählen, was sie herausgefunden hat.«

Izabela ging in einen Nebenraum voran, in dem die Leichen bis zu ihrer Verbrennung aufgebahrt wurden. Er unterschied sich nicht sonderlich von dem Raum in Mutter Tods Tempel, der denselben Zweck erfüllte. An der einzigen Bahre, die derzeit belegt war, stand die Heilerin und packte ihre Sachen zusammen. Sie war eine große, knochige Frau mit einem Hang zu exakten Bewegungen.

Izabela stellte Nikola und Sayme vor und forderte die Heilerin auf zu berichten, was sie herausgefunden hatte. Nikola trat an die Bahre. Die Frau, die darauf lag, war mehr als doppelt so alt wie die Tote, die er auf dem Schiff gesehen hatte! Sollte der Mörder sein Vorgehen etwa geändert haben?

Er wandte sich zu Sayme um und schüttelte den Kopf. Im selben Augenblick fiel ihm ein, dass es nach Izabelas Wissen nur eine einzige Leiche gab, nämlich die auf der Bahre, und er sich deswegen nicht so verhalten durfte, als hätte er erwartet, eine andere vorzufinden!

»Ist etwas?«, fragte die Priesterin auch schon.

»Nein«, erwiderte Sayme rasch. »Die Heilerin soll weitersprechen.«

Die Heilerin, die tatsächlich noch kein einziges Wort von sich gegeben hatte, begann ihren Bericht. »Sie wurde heute Morgen am Strand entdeckt, und der Finder veranlasste sofort, dass sie in den Tempel gebracht wurde. Das war äußerst fürsorglich von ihm. Gestorben ist sie bereits am gestrigen Abend. Ich möchte mir liebend gern vorstellen, dass sie den Sonnenuntergang betrachtete, nachdem sie sich die Pulsadern geöffnet hatte und während das Blut aus ihr herausfloss. So hat sie wenigstens noch etwas Schönes in diesem Leben, das ihr offenbar nichts mehr bedeutete, gesehen. Aber es wäre besser gewesen, wenn sie bis heute Morgen gewartet hätte, denn dann würde sie noch leben. Niemand stirbt gern im strömenden Regen.«

»Sie hat sich selbst umgebracht?«, fragte Nikola überrascht.

»Seht her«, sagte die Heilerin und drehte die Arme der Toten so, dass er die Handgelenke sehen konnte. »Hier hat sie angefangen. Da ist sie noch unsicher gewesen und benötigte mehrere Schnitte, bis sie ihr Vorhaben verwirklicht hatte. Am anderen Arm hatte sie schon Erfahrung. Das Ergebnis ist ein entschlossener, tiefer Schnitt.«

»Sind das ihre einzigen Verletzungen?«, fragte Sayme.

»Ich habe keine weiteren entdeckt.«

»Sieh lieber noch einmal nach.«

Die Heilerin murmelte etwas Unverständliches, schlug das Laken von der Leiche und deutete auf den Körper. »Ich sehe nichts. Siehst du etwas?«

»Es ist vielleicht nicht offensichtlich«, sagte Nikola. »Niemand wirft dir vor, nachlässig gewesen zu sein, aber vielleicht hast du etwas übersehen, das nicht leicht zu entdecken ist.«

»Was suche ich denn?«, fragte die Heilerin unwillig.

»Kleine Verletzungen, die man leicht übersieht«, antworteten Nikola ausweichend.

Die Heilerin untersuchte die Tote ein weiteres Mal, was jedoch keine neuen Erkenntnisse brachte. Nikola war noch immer nicht zufrieden. »Könnten ihr die Schnitte an den Handgelenken auch von einer fremden Person beigebracht worden sein?«

Nun hatte die Heilerin entschieden genug. »Sie tat es selbst. Sie hasste ihr Leben so sehr, dass sie es freiwillig beendete. Du musst nicht glauben, dass sie die Erste und Einzige sei, an deren Bahre ich im vergangenen Jahr stand. Diese ... neue Zeit ... hat so manchen entwurzelt und ihn den Weg verlieren lassen. Schlimmer noch, sie raubte ihnen den Glauben, dass es überhaupt einen Weg für sie gäbe! Viele, die zuvor ein Auskommen hatten, wurden zu Bettlern. Es ist, als wäre eine Krankheit über uns gekommen. Ich sage es nochmals: Sie starb, weil sie es so wollte.«

Damit ergriff sie ihr Bündel und rauschte davon.

Izabela entschuldigte sich. »Es tut mir leid, dass ich euch unnötigerweise kommen ließ. Ich habe nur eine Verstorbene ohne Blut gesehen und gedacht, ich könnte euch weiterhelfen.«

Sayme machte eine lässige Handbewegung. »Halb so schlimm, tatsächlich war der Spaziergang im Regen erbaulich und erfrischend!«

Anschließend erklärte er ihr, welche Bewandtnis es mit den vermeintlichen Aderlassverletzungen hatte, mit denen Nikola die Heilerin verärgert hatte. Etwas, das er zuvor offenbar ausgelassen hatte.

Nikola war nicht entgangen, dass Izabela heute ernster und einsilbiger war als sonst. Er hatte es zunächst der jüngsten Toten in ihrem Tempel zugeschrieben, doch als ihre Augen scheinbar ohne Grund feucht wurden, fragte er: »Bedrückt Euch etwas?«

»Ich muss euch ein weiteres Mal um Verzeihung bitten«, antwortete sie. »Ich erfuhr vor wenigen Stunden vom Tod einer meiner Schwestern im Amt, und diese tote Frau erinnert mich ständig an sie, da sie auf ähnliche Weise gestorben ist.«

»Sie schnitt sich ebenfalls die Pulsadern auf?«, fragte Nikola.

»Nein, sie hat sich erhängt«, antwortete Izabela. »Es liegt schon einige Tage zurück, doch ich hörte erst heute davon.«

Sie deutete auf die Leiche. »Sich selbst zu töten mag bei einer armen Seele wie dieser noch verzeihbar sein. Auf jeden Fall kann eine solche Tat durch Gebete und Opfer der Hinterbliebenen gesühnt werden. Für eine Priesterin des Laint gilt das aber nicht. Er allein entscheidet, wann wir zu ihm gehen! Alles andere ist Anmaßung. Es ist der schlimmste Frevel, den eine Priesterin begehen kann! Man wird ihre Asche nicht mit Erde vermischen, sondern dem Wind und dem Vergessen übergeben. Das macht mich sehr traurig.«

»Dann wollen wir Euch nicht länger behelligen«, sagte Nikola und forderte Sayme mit einer Geste zum Gehen auf.

»Ihr kanntet sie sogar, aber ich glaube, dass ihr nicht sehr gut mit ihr ausgekommen seid«, fügte Izabela hinzu.

Nikola, der schon die Hand an der Klinke der Tür zur Gebetshalle hatte, erstarrte. Eine Tempelvorsteherin des Laint, die er kannte und die nun verstorben war? Im Chor mit Sayme rief er aus: »Mutter Tod ist tot?«

Izabela war verwirrt. »Wir werden alle *Mutter Tod* genannt. So werden Tempelvorsteherinnen angesprochen.«

»Das ist uns wohlbekannt«, erklärte Sayme. »Wir nennen sie so, weil wir vor dir mit ihr zu tun hatten und diese Anrede besonders gut zu ihr zu passen schien.«

Sonderlich klarer machte er die Angelegenheit damit zwar kaum, doch alles Weitere bekam Nikola nicht mehr mit. Wie ein Schlafwandler stolperte er aus dem Tempel. Er war so enttäuscht! Wie viele Stunden hatte er sich den Kopf zerbrochen, wie er sich an Mutter Tod rächen konnte, und als er endlich eine zündende Idee gehabt hatte, wie er ihr den Mordanschlag, die Todesangst und letztlich auch das Verblassen der Gefühle, die er für Valerica empfunden hatte, heimzahlen konnte, da hatte sie sich einfach selbst umgebracht! Er hatte sich in leuchtenden Farben ausgemalt, wie jeder Tag neue Mühsalen für dieses bösartige, grau gekleidete Weib bereithielte und sich ihr Leben immer mehr zu einer Hölle auf Erden verwandelte! Doch nun hatte sie ihn um seine verdiente Rache betrogen und war einfach weggelaufen!

Auch Sayme trat aus dem Tempel.

»Noch vor ein paar Tagen bin ich ihr begegnet«, beschwerte sich Nikola. »Hätte ich doch gewusst, dass es meine einzige und letzte Gelegenheit sein würde ...«

»War nicht abgemacht, dass du dich von ihr fernhältst?«, erinnerte ihn Sayme.

»Zufall, das war reiner Zufall«, behauptete Nikola mürrisch.

Nikola hatte nicht erwartet, lange im Sippenhaus der Hornkamms bleiben zu müssen, was sich auch bewahrheitete, dennoch wuchs seine Aufregung stetig bis zu dem Augenblick, als er endlich die ersehnte Auskunft erhielt: »Goldstrand, Aurel Hornkamm wohnt in Goldstrand.«

Er ließ sich genau erklären, welche Straßen er nehmen musste, um das Haus zu finden, und bedankte sich.

»Was willst du von ihm?«, wurde er noch gefragt.

»Das ist vertraulich«, antwortete er und klopfte dabei mit der flachen Hand auf seine Brustplatte, als wolle er andeuten, dass die Antwort mit seiner Tätigkeit als Puhler zu tun habe.

Wieder im Freien, atmete er tief durch und machte sich auf den Weg. Ungeachtet des wieder einsetzenden Regens brachte er nicht die Geduld auf, noch länger mit dem fälligen Besuch zu warten.

Goldstrand lag im Norden der Stadt und unmittelbar an der Küste. Gewöhnliche Häuser, wie man sie auch in anderen Vierteln von Arades hätte finden können, mischten sich mit prächtigen Villen. Sie standen oft in großzügigen Gartenanlagen und schützen sich mit Mauern oder dichten Hecken vor fremden Blicken. Es war keine Gegend, in die Nikola für gewöhnlich seine Schritte lenkte, noch nicht einmal von Berufs wegen. Die Reichen schützten sich mit Wachen vor Eindringlingen, und wenn ihnen doch einmal etwas gestohlen wurde, so machten sie ihre Knechte, Diener und Mägde dafür verantwortlich und zogen sie zur Rechenschaft. Für Puhler war hier äußerst selten etwas zu verdienen.

Auch Aurel Hornkamms Grundstück war von einer hohen Mauer umgeben. Nikola betrachtete es eine Zeit lang aus der Ferne. Er sah die oberen Stockwerke eines rosenfarbenen Gebäudes und die Wipfel von Zypressen über die Mauern ragen. Er war unschlüssig, was er tun sollte.

Als eine Dienstmagd mit eiligen Schritten auf das Tor zuhielt, schloss er sich ihr an. Ein Wächter ließ sie ein, verstellte Nikola aber den Weg. »Was willst du, Puhler?«

Für jemanden, der nur ein Stadthaus bewachen sollte, war der Mann mit Schwert und Spieß auffallend gut bewaffnet, sodass sich die Frage aufdrängte, ob Aurel Hornkamm wirklich glaubte, so viel Schutz zu benötigen oder ob er nur alle Welt daran erinnern wollte, dass er noch vor Jahresfrist die Seestreitmacht von Arades befohlen hatte?

»Ich habe eine Angelegenheit mit deinem Herrn, dem ehrenwerten Aurel Hornkamm, zu besprechen. Sie ist vertraulicher Natur. Nun zaudere nicht, hier draußen ist es arg nass!«

Der Wächter ließ ihn ein. »Geh ins Haus und erkläre, warum du hier bist. Dort kann man dir sagen, ob der Herr gewillt ist, dich zu empfangen.«

Vom Eingang des Hauses gingen links und rechts Wege ab, die um das Gebäude herumführten und sich vermutlich dahinter vereinigten. Nikola folgte einem von ihnen und gelangte zu einer flachen Treppe, die augenscheinlich bis zum Meer führte. Wahrscheinlich endete sie bei Flut im Wasser und bei Ebbe am Strand. Er entdeckte zwei weitere Gebäude: eines aus Stein und in derselben Farbe wie das Haupthaus, das andere aus Holz. Es konnte nicht älter sein als ein paar Monate.

Ein weiteres Bauwerk, wie er es noch nie zuvor erblickt hatte, überraschte ihn. Es sah aus wie ein halber Trichter aus Stein, der in den Boden eingelassen war und dessen Wand aus Stufen bestanden. Nikola wusste dennoch sofort, was es war, denn Ovidiu hatte ihm davon erzählt: Ein kleines Freilichttheater.

»Hast du dich verlaufen, Puhler? Der Hauseingang ist hier vorn«, rief jemand.

Die Wache, die ihn angesprochen hatte, war nicht dieselbe wie die, die ihn eingelassen hatte, aber genauso gut bewaffnet.

Nikola spielte den Zerknirschten. »Ich vergaß mich, denn ich komme nicht sehr oft in ein so schönes Anwesen. Allein die Zypressen und die Haselnusssträucher!«

»Das sind Maulbeeren«, verbesserte ihn der Wächter und führte ihn ins Haus.

In der Eingangshalle nahm eine Dienstmagd Nikola den nassen Umhang ab.

»Du tropfst hier alles voll!«, tadelte sie ihn.

Ähnlich wie in Violedas Elternhaus gab es auch hier für Besucher ein Wandbild zu bestaunen. Es war größer und zeigte nicht Aurels Familie, sondern zahlreiche Galeeren, die in Linie in den Hafen von Arades einliefen. Nikola betrachtete es und fragte sich, was in jemandem vorgehen mochte, der Tag für Tag daran erinnert wurde, dass sich diese prächtige Flotte, die er einst befehligte, dem gefährlichsten Feind der Stadt beinahe kampflos ergeben hatte?

»Der Herr erwartet dich jetzt«, richtete die Dienstmagd aus und führte Nikola in ein Gemach, in dem jeder einzelne Gegenstand daran erinnerte, dass der Herr des Hauses viele Jahre lang über die umliegende See geherrscht hatte.

Aurel Hornkamm saß in einem Sessel und dachte nicht daran, seinem Besucher einen Platz anzubieten. Nach Nikolas Wissen musste er über siebzig Jahre alt sein, doch die letzten fünfzehn Jahre sah man ihm nicht an. Er hatte einen schmalen Kopf mit hoher Stirn und kurz geschorenen grauen Haaren.

Zwei tiefe Falten hatten sich in seine Wangen gegraben. Aus blassgrauen Augen sah er seinen Besucher erwartungsvoll an.

Nikola konnte den Blick nicht von ihm abwenden. Aurel Hornkamm war eine beeindruckende Erscheinung und außerdem der Mann, der für Camillas Tod verantwortlich war. Er hatte ihre Mörder losgeschickt! Hatten sie eigenmächtig gehandelt oder hatte er ihnen haarklein befohlen, sie an die Dachsparren zu binden, aufzuschlitzen und ausbluten zu lassen? Hatte er das? Allein für diese Grausamkeit hatte er den Tod mehrfach verdient!

»Hast du irgendein Anliegen, Bursche, oder willst du mich den ganzen Tag lang anstarren?«, fragte Hornkamm mit voller, tiefer Stimme.

»Ich bin hier, um dich – verzeiht – um Euch zu warnen.«

»Seit wann seid ihr Puhler als Warner unterwegs? Dafür gibt es doch kein Geld?«, fiel ihm Hornkamm ins Wort.

»Es geht um einen Halunken namens ... Laurentis Rotschwanz«, log Nikola und trat einen Schritt näher. »Unser Kunde möchte sich schon seit einer ganzen Weile mit ihm unterhalten, doch der feige Hund war lange Zeit untergetaucht. Dieser Tage erfuhr ich, dass er wieder hier sei und habe mir geschworen, ihm ein für alle Mal das Handwerk zu legen. Könnt Ihr mir dazu etwas sagen?« Er trat noch einen Schritt näher. »Vielleicht hat er bei Euch vorgesprochen? Er behauptet, aus Satumer zu stammen und kann vortreffliche Empfehlungen vorlegen. Sie sind jedoch gefälscht, denn er ist ein verdammter Lügner!«

»Nein, so jemand war nicht hier«, antwortete Hornkamm knapp.

Nikola stellte sich vor, wie er Camilla jetzt – in einem kurzen Augenblick – zu Gerechtigkeit verhelfen könnte, wenn er einen Dolch oder eine andere schnell tötende Waffe dabeihätte. Der Lebensfaden dieses alten Mannes wäre blitzschnell durchgeschnitten! Mit etwas Glück könnte er danach unversehrt wieder aus dem Haus gelangen. Allerdings müsste er dann Arades für immer verlassen und fortan wie Ovidiu leben!

Aber Ovidiu war einigermaßen wohlhabend gewesen, als er hatte fliehen müssen. Wohlhabend genug jedenfalls, um die Schenke kaufen zu können. Zudem war er ein Mann mit vielen Talenten. Auf ihn selbst dagegen traf das nicht zu. Er konnte zwar lesen und hatte viel Unnützes über Dreiecke gelernt, aber würde ihm das weiterhelfen? Wäre er bereit, das alles in Kauf zu nehmen, um ein Verbrechen an einer längst toten Freundin zu vergelten? Aurel Hornkamm hatte heute großes Glück!

»Du scheinst mit deinen Gedanken woanders zu sein«, brachte sich Hornkamm in Erinnerung. »Also nochmals, was mache ich, falls er bei mir vorsprechen sollte?«

»Ihr stellt ihn auf keinen Fall ein!«

»Auch nicht zum Schein? Ich könnte doch so tun, als sei ich auf ihn hereingefallen und dich dann benachrichtigen.«

»So viel Mühe ist nicht nötig«, wehrte Nikola ab. »Womöglich komme ich selbst noch einmal vorbei.«

»Das bereitet mir keinerlei Mühe«, widersprach Hornkamm. »Ich werde jemanden aus meinem Gesinde schicken. Ein kleiner Spaziergang tut ihnen gut. Für welche Puhlerei arbeitest du nochmals?«

Die Frage klang in Nikolas Ohren zu beiläufig.

»Meister Argintu«, behauptete er. »Das ist mein Dienstherr! Unsere Puhlerei befindet sich in der *Unteren Alexandruna*. Bestimmt habt Ihr schon einmal von uns gehört?«

»In der Tat nicht«, antwortete Aurel Hornkamm. »War das alles?«

»Ja, das war alles. Vorerst jedenfalls«, erwiderte Nikola und ließ sich hinausgeleiten.

Er war froh, als er wieder auf der Straße stand. Hatte der alte Mann etwas gemerkt? Er war sich fast sicher. Seine letzte Frage hatte verdächtig danach geklungen, als sei er misstrauisch geworden!

Ein kleines, gleichschenkliges Dreieck, das jemand in die Mauer des Anwesens geritzt hatte, sprang Nikola ins Auge. Um sich zu vergewissern, dass er es sich nicht einbildete, zog er die Linien mit den Fingern nach. Er ging ein paar Schritte vom Haus weg, blickte nach links und rechts, dahin, woher er gekommen, und dorthin, wohin er nie gegangen war. Tagsüber im Regen sah die Gegend ganz anders aus als nachts. Doch die unscheinbare Markierung verriet, dass Mutter Tod vor ein paar Nächten zu genau diesem Haus geführt worden war. Damals, als er ihr folgte. Vielleicht hatte Aurel Hornkamm heute doch kein so großes Glück!

Mutter Izabela war erstaunt, als Nikola wenige Stunden, nachdem er und Sayme sie verlassen hatten, erneut zu ihr kam.

»Hast du etwas vergessen?«, fragte sie ihn.

»Ich habe eine Frage an Euch«, sagte er leise. »Sie ist jedoch nur für Euer Ohr bestimmt.«

Izabela machte eine einladende Geste und führte ihn in ein Nebenzimmer der Gebetshalle, das offensichtlich für vertrauliche Gespräche gedacht war. Dicke Vorhänge, die von der Decke bis zum Boden reichten und auch die Tür verhüllten, gewährleisteten, dass kein heimlicher Lauscher etwas von dem Gesprochenen mitbekäme. Um sicherzustellen, dass sich niemand hinter ihnen verbarg, schritt Nikola an den Wänden entlang und stieß dabei immer wieder mit der Spitze seines Schlagstockes in die Vorhänge. Als er schließlich zufrieden war, wandte er sich zu der mittlerweile sehr verwundert aussehenden Priesterin um und sprach: »Wann erhängte sich Mutter Tod? Ihr wisst schon, wen ich meine ... die andere Priesterin.«

»Vor fünf Tagen«, antwortete Izabela. »Sie war vormittags noch im Tempel. Angeblich benahm sie sich da schon seltsam, als gäbe es etwas, das sie belastete. Kurz vor Mittag erklärte sie dann, dass sie sich nicht wohlfühle und nach Hause gehen wolle. Das war ungewöhnlich für sie, doch da sie kein Mensch war, der sich anderen leicht offenbarte, fragte niemand, was ihr fehle. Sie ging also nach Hause, wo sie sich am Abend das Leben nahm. Am nächsten Vormittag wurde sie zu einer Bestattung erwartet. Als sie nicht erschien, ging jemand zu ihr. So wurde ihr Leichnam entdeckt. Warum fragst du? Und warum diese Geheimniskrämerei?«

»Ich begegnete ihr zufällig am Abend vorher. Sie war sehr aufgewühlt und schien sogar geweint zu haben.«

»Das ist wohl nicht so überraschend in Anbetracht ihrer späteren Tat«, wandte Izabela ein.

»O doch!«, widersprach Nikola. »So war sie erst, als sie wieder heimkehrte. Als sie das Haus verließ – ein Bote war nämlich vorbeigekommen, um sie abzuholen –, war mir noch nichts Ungewöhnliches an ihr aufgefallen.«

»Sagtest du nicht, du seist ihr zufällig begegnet?«, fragte Izabela befremdet. »Jetzt klingt das eher so, als hättest du sie längere Zeit beobachtet.«

»So muss das wohl klingen«, gab Nikola zu. Er dachte einen Augenblick nach und beschloss dann, die Karten auf den Tisch zu legen. »Ich habe sie tatsächlich beobachtet, und dafür gibt es auch einen guten Grund. Wie viel wisst Ihr über das Zerwürfnis zwischen ihr und Sayme und mir?«

»Nur dass es wohl gelegentlich Reibereien gab«, antwortete Izabela.

»Darüber ging es weit hinaus«, erklärte Nikola. »Sie begegnete uns vom ersten Augenblick an feindselig, wohl aus dem Grund, dass Sayme ein Schilves ist und ich mit ihm zusammenarbeitete. Ihre Abneigung steigerte sich von Mal zu Mal, wodurch es immer schwieriger wurde, mit ihr auszukommen. Sie legte uns Steine in den Weg! Eines Abends schickte sie uns ein paar Schläger auf den Hals, die uns eine Abreibung verpassen sollten. Wir konnten sie zwar abwehren, aber das ging nicht ohne Blutvergießen!«

»Das kann nicht wahr sein!«, stieß Izabela entgeistert aus. »Bist du dir wirklich sicher, dass niemand anderes diese … Schläger … auf euch gehetzt hat?«

»Wir dachten zuerst auch nicht an sie«, räumte Nikola ein. »Wir konnten ja nicht ahnen, was sich in ihrem Kopf zusammenbraute. Aber dann wurde ich später noch einmal allein überfallen. Ein paar Burschen schlugen mich bewusstlos, und

als ich wieder aufwachte, saß ich in einem der Hinrichtungs-
käfige am Meer, während die Flut hereinkam, und wartete darauf zu ertrinken.«

Izabela sah jetzt so entsetzt aus, dass Nikola beschloss, die
Wahrheit etwas abzumildern.

»Ich kam noch rechtzeitig frei, und später habe ich aus einem
der Übeltäter herausgequetscht, auf wessen Befehl sie handelten. Danach war mir dann auch klar, wem wir den ersten Überfall zu verdanken hatten. Die ausgestandene Todesangst wollte
ich Mutter Tod jedoch heimzahlen. Deswegen stand ich vor
ihrem Haus.«

»Um was zu tun?«, fragte Izabela atemlos.

»Das wusste ich selbst nicht. Sie erschrecken? Sie bloßstel-
len? Ich hatte gehofft, etwas zu entdecken, das mir nützen
könnte. Jetzt wisst Ihr alles! Doch zurück zu jenem Abend! Ich
glaube, dass etwas Wichtiges geschehen sein muss, nachdem
sie abgeholt worden war. Danach sah sie äußerst mitgenommen aus. So hatte ich sie nie erlebt! Am nächsten Tag brachte
sie sich angeblich um. Das kann doch kein Zufall sein! Irgendetwas ist faul! Lässt sich herausfinden, aus welchem Grund
sie in dieser Nacht gerufen wurde?«

»Komm mit«, antwortete Izabela und führte ihn ins Erdgeschoss zu einem der wenigen Räume des Tempels, der durch
Tageslicht erhellt wurde. Er roch nach Papier und Staub. Izabela deutete auf die mit Schriftrollen und Papierstapeln gefüllten Regale und erklärte: »Hier bewahren wir unsere Schriftstücke auf. Nicht alle! Es gibt unten noch ein Archiv.«

Sie trat an ein Stehpult, auf dem ein Wälzer beachtlichen
Ausmaßes lag. Er war so groß, dass sie ihren gesamten Oberkörper dahinter hätte verbergen können, und zugeklappt
musste er eine Dicke von fast einer Handlänge haben.

»Das ist das Tempelbuch. Jede unserer Tätigkeiten wird
hierin mit einem Eintrag vermerkt. Jeder Laint-Tempel in der
Stadt hält es so. Unser aktuelles Buch reicht fast fünfzig Jahre
zurück.«

Sie blätterte darin und las einzelne Einträge vor, die von

Bestattungen, Segnungen und Gesprächen mit Angehörigen handelten. Bemerkungen, die nicht viel preisgaben.

»Warum *angeblich*?«, fragte sie dann unvermittelt, ohne von dem Buch aufzuschauen. »Du sagtest vorhin, meine Schwester im Amte habe sich *angeblich* selbst getötet.«

»Versteht mich nicht falsch«, antwortete Nikola. »Doch wenn mir jemand erzählte, Ihr hättet etwas Aufwühlendes erlebt und Euch als Folge davon erhängt, so kämen mir keine Zweifel, dass Ihr es tatsächlich selbst tatet, denn Ihr seid ein empfindsamer und mitfühlender Mensch. Eure Schwester dagegen war anders. Gleich zweimal stiftete sie Gesindel dazu an, einem von uns aufzulauern, und sie zeigte keinerlei Reue, als ich es ihr unter die Nase rieb. Noch am Vorabend ihres Todes sagte sie zu mir: Du lebst doch noch, also stell dich nicht so an! So jemand legt nicht selbst Hand an sich! Auf gewisse Weise müsste Euch diese Vorstellung doch sogar angenehmer sein? Bestimmt ist es keine Sünde, von jemand anderem getötet zu werden.«

Izabela riss sich von dem Buch los und sah ihn an. »Du hast also sogar mit ihr gesprochen? Du bist ein Meister der Auslassungen, Nikola! Wenn ich verhindern kann, dass eine Schwester im Amt dem Vergessen überlassen wird, so soll mir nichts zu schwer sein! Ich werde alles für sie tun! Doch warum setzt du dich für sie ein? Sie war deine Feindin! Was kümmert sie dich?«

»Gerechtigkeit«, antwortete Nikola. »Gerechtigkeit! Ein so schweres Unrecht muss gesühnt werden.«

»Gerechtigkeit«, wiederholte Izabela. »Laint beendet jeden Streit! Ich verbeuge mich vor dir, Nikola. Du bist ein edler Mensch!«

Nicht ganz so edel, wie du glaubst, dachte Nikola. Die tote Priesterin war ihm gleichgültig, denn er suchte nur für einen einzigen Menschen Gerechtigkeit. Doch wie er sie einer seit acht Jahren toten Dirne verschaffen sollte, ohne selbst zum Mörder zu werden, war ihm schleierhaft. Wenn es ihm jedoch gelänge, Aurel Hornkamm den Mord an einer Priesterin anzuhängen, so sähe die Sache schon ganz anders aus. Auch ein mächtiger Sippenführer und angeblicher Held käme nicht ungeschoren mit einem solchen Verbrechen davon! Die Priester sämtlicher Erdgötter würden seine Bestrafung fordern. Und wenn es so weit war, würde er, Nikola, zu Andreea und Marius gehen und außerdem zu jedem, der Camilla gekannt hatte. Selbst Demitri, der jetzt Sorin hieß, würde er nicht vergessen. Er würde ihnen allen sagen: Dieser Mann wird zwar wegen eines anderen Verbrechens gehenkt, doch wisst: Heute ist unser Tag des Gerichts! Heute wird er für Camilla und meinetwegen auch für Gogul bestraft werden! Heute waltet die wahre Gerechtigkeit!

»Dann lass uns jetzt gleich zum Tempel meiner Schwester gehen und nachschauen, ob uns das Tempelbuch etwas verrät!«, sagte Izabela.

»Wir?«, erwiderte Nikola. »Ich bin dort nicht wohlgelitten!«

»Laint beendet jeden Streit«, sagte die Priesterin abermals. »Es ist nicht üblich, dass sich die Vorsteherin eines Tempels unaufgefordert in die Belange eines anderen Tempels einmischt. Darunter fällt auch der Blick in das Tempelbuch. Das ist keine kleine Sache, da es nach Anmaßung aussieht. Ich werde es dennoch tun, und du sollst mir Beistand leisten, denn ich bin solche aufregenden Dinge nicht gewöhnt. Außerdem hoffe ich, dass deine Anwesenheit von mir ablenken wird. Lass uns schnell aufbrechen, bevor mich Zweifel überkommen!«

»Was soll ich dabei machen?«, fragte Nikola.

»Alles, was ich dir sagen werde! Vielleicht kannst du auch so tun, als wärst du nicht gern dabei.«

»Das sollte mir wirklich nicht schwerfallen«, bestätigte er.

Wie erwartet empfing man ihn im anderen Tempel nicht gerade mit offenen Armen. Die Tempelwachen ließen ihn zwar als Begleiter Izabelas eintreten, verkniffen sich aber nicht, unfreundlich zu fragen: »Was will der hier?«

»Er wird meine Schwester im Amte um Vergebung bitten für den Verdruss, den er ihr zu Lebzeiten bereitete und Fürbitte für sie leisten«, antwortete Izabela. »Daran hat sie bestimmt mehr als genug Bedarf!«

»Mutter Tod ist nicht mehr hier«, erklärte einer der Wächter.

»Sie wurde bereits abgeholt?«, fragte Izabela überrascht. Damit hatte sie wohl nicht gerechnet. Nikola sah ihr an, wie sie im Geiste nach einer Lösung suchte.

»Das entbindet dich nicht von deinem Versprechen«, sagte sie streng zu ihm. »Dann werden wir eben gemeinsam in der Tempelhalle für sie beten, in der sie so viele Stunden verbracht hat. Warte hier einen Augenblick und verzichte darauf, während meiner Abwesenheit Streit mit diesen ehrbaren Wächtern anzufangen!«

Izabela blieb länger fort, als Nikola erwartet hatte. Als sie zurückkam, stand er kurz davor, ihre eigentlich nicht ernst gemeinte Ermahnung zu missachten und die grinsenden und tuschelnden Wächter mit einigen wohlüberlegten Beleidigungen zu bedenken.

»Du hast dich hoffentlich gut benommen?«, fragte sie ihn. »Komm mit!«

Nikola folgte ihr in die Gebetshalle. Auf der Treppe begegneten ihnen zwei untergeordnete Priesterinnen des Tempels. Sie grüßten knapp und hatten es recht eilig, an ihnen vorbeizukommen.

»Der ganze Tempel leidet und schämt sich für ihren Frevel«, erklärte ihm Izabela mit gesenkter Stimme.

In der Halle forderte sie ihn auf, ihr nachzusprechen, und begann dann laut zu beten. Gelegentlich unterbrach sie ihre Fürbitte, um ihm leise flüsternd zu berichten, was sie in Erfahrung gebracht hatte.

»Im Buch des Tempels gibt es überhaupt keinen Eintrag für diesen Abend. Es gibt allerdings noch ein zweites Buch, nämlich das *Buch der Besinnung*. Jede Vorsteherin eines Tempels besitzt ein solches. Wir schreiben darin unsere geheimsten Gedanken und Erkenntnisse auf. Dieses Buch darf erst nach dem Tod seiner Besitzerin geöffnet werden.«

»Mutter Tod ist tot«, warf Nikola ein.

»Ich weiß. Ich habe auch schon nach ihrem Buch gesucht, es aber nicht gefunden.«

»Das bedeutet?«, fragte Nikola.

»Es bedeutet, dass es entweder mit dem Leichnam meiner Schwester mitgenommen wurde oder dass es sich nicht im Tempel befindet. Ich nehme meines oft mit nach Hause, um fern von aller Geschäftigkeit meines Amtes meine Gedanken zu ordnen und in Ruhe den Tag abzuschließen.«

»Dann sollten wir in ihrer Wohnung suchen.«

»Aber wer würde uns einlassen? Ihre Vermieter zu fragen, würde noch mehr nach Eigenmächtigkeit aussehen!«

Nikola wartete mit seiner Antwort, bis sie die nächsten Strophen ihres Gebets gesprochen hatte.

»Wenn man täglich mit Gaunern zu tun hat, lernt man so einiges. Auch wie man Türen öffnet.«

»Du willst bei ihr einbrechen?«, entfuhr es Izabela ungewollt etwas zu laut.

»Still!«, ermahnte sie Nikola. »Natürlich nicht! Von einem Einbruch spräche man, wenn wir etwas stehlen wollten. Doch das haben wir nicht vor, wir wollen uns ja nur umsehen. Zudem handeln wir nicht zu ihrem Schaden, sondern vielmehr zu ihrem Nutzen. Von Einbrechen kann also überhaupt keine Rede sein!«

»Du übst einen schlechten Einfluss auf mich aus«, flüsterte Izabela.

Da Izabela im Gegensatz zu Nikola nicht wusste, wo Mutter Tod gewohnt hatte, holte er sie zu Hause ab. Die Priesterin hatte viel Mühe darauf verwandt, nicht als Priesterin erkannt zu werden und sich entsprechend gekleidet. Das war ihr gut gelungen, denn nun sah sie aus wie jemand, der überall außerhalb der *Weißgarbe* oder des Viertels von Mazon Kropfs Schlupfwinkel sofort Misstrauen erwecken würde. Zum Glück war es dunkel, und ein eiskalter Regen sorgte für leere Straßen.

In den meisten Häusern in Mutter Tods Straße brannte noch Licht. Das galt auch für das obere Stockwerk des schmalen

Häuschens, in dem sie gewohnt hatte. Das untere hingegen war dunkel. Izabela hatte eine kleine Laterne dabei. Mit ihr leuchtete sie, während sich Nikola anschickte, mit zwei Häkchen die Haustür zu öffnen.

»Es ist nicht kompliziert, aber etwas fummelig, den Riegel zu bewegen«, flüsterte er, als die Tür auch schon nachgab. »Gut gemacht!«, lobte er sich und trat ein.

Im Erdgeschoss ging eine einzelne Tür vom Treppenhaus ab. Wie erhofft besaß sie kein eigenes Schloss. Nikola öffnete sie und stand in Mutter Tods Wohnung. Während er für Licht sorgte, drängte sich Izabela an ihm vorbei und eilte zu einer Tür, die in einen weiteren Raum führte.

»Du wartest hier!«, sagte sie. »Wir wollen im Leben meiner verstorbenen Schwester nicht mehr herumschnüffeln, als unbedingt notwendig ist.«

»Sie ist tot«, erinnerte Nikola sie. »Was sollte sie daran noch stören?«

»Ich weiß, aber ich will es so.«

»Lasst wenigstens die Tür offen«, sagte Nikola, den plötzlich Erinnerungen an seinen letzten Einbruch zusammen mit Sayme und den unerwarteten, mörderischen Angriff in einer vermeintlich leeren Wohnung überkamen.

Er blickte sich um. Das Zimmer diente als Küche und Wohnraum. Es gab eine Kochstelle, Wasserkrüge und Regale mit Bechern, Schalen und Töpfen. Gleich neben der Tür hingen an der Wand Mutter Tods Umhänge. Darunter standen säuberlich nebeneinander ausgerichtet mehrere Paar Sandalen. Schlagartig wurde Nikola bewusst, wie ordentlich hier alles war. Was man parallel nebeneinanderstellen konnte, war auch so gestellt, und was man von groß nach klein ordnen konnte, war genau so angeordnet. Die einzigen Störenfriede in dieser wohlgeplanten, kleinen Welt waren eine Auflaufschale und ein benutzter Teller. Nikola stocherte in der noch fast vollen Schüssel herum und kostete dann: *Süß-scharfer Drei-Schichten-Auflauf!*

Er nahm einen frischen Teller, füllte ihn mit Auflauf und begann nachdenklich zu essen.

So also hatte Mutter Tod ihren letzten Tag verbracht: Sie hatte stundenlang gekocht, und zwar ausreichend für mehrere Tage, dann ein Tellerchen von dem Auflauf gegessen und sich anschließend aufgehängt. Äußerst glaubwürdig!

Er gab seine Beobachtung an Izabela weiter. Abwesend antwortete sie von nebenan: »Das erscheint dir seltsam? Ich suche oft Zuflucht in körperlicher Tätigkeit, wenn mich etwas beschäftigt und ich meine Gedanken ordnen möchte. Vielleicht ging es ihr ebenso. Was machst du in einem solchen Fall?«

»Ich gehe schwimmen ... mit Freunden«, antwortete er mit vollem Mund.

»Ich habe es!«, rief die Priesterin einen Augenblick später.

Nikola stellte den Teller ab und eilte zu ihr ins Nachbarzimmer. »Leise!«, mahnte er. »Wir wollen unsere Anwesenheit nicht verraten.«

Dumpfes Poltern von Schritten aus dem oberen Stockwerk unterstrich seine Warnung. Izabela hielt den Atem an und blickte gespannt zur Decke.

Mutter Tods zweites Zimmer war zugleich ihr Schlafgemach. Der Einrichtung nach zu schließen hatte sie hier auch gelesen und Schreibarbeiten verrichtet oder Zwiesprache mit ihrem Gott gehalten. Letzteres verriet eine kleine Gebetsecke mit Kerzen und einem Stoffbild, auf dem der Totengott dargestellt war. Auch in diesem Zimmer hatte alles seinen wohlüberlegten Platz, sah man von einem Tischchen und zwei Stühlen ab, die beiseitegeräumt worden waren, um Platz zu schaffen. Nikola warf einen Blick zur Decke darüber. Vermutlich hatte Mutter Tod genau hier an einem der Deckenbalken gehangen. Allerdings musste der Strick bemerkenswert kurz gewesen sein.

»Ich habe ihren letzten Eintrag«, flüsterte Izabela. »Er ist allerdings äußerst knapp gehalten und für dich vielleicht nicht verständlich.«

Sie las aus dem dünnen Buch vor: »Zu später Stunde wurde die Dienerin des Laint gerufen. Man sagte ihr, es sei ein Notfall und gelte, einen Eid zu lösen. Wie sich aber herausstellte, sollte die Auflösung unter den unheiligsten Umständen geschehen. Sie weigerte sich und drohte mit dem ewigen Gedächtnis ihres Herrn, bevor sie ging. Diese Dreistigkeit, dieser Hochmut, diese verderbte Dreistigkeit!«

Izabela klappte das Buch zu. »Ich weiß nicht, ob dir bewusst ist, dass Eide nicht nur bei Sanz geleistet werden können, sondern auch bei den anderen Erdgöttern, also auch bei Laint? Es kommt vor, dass jemand ein Versprechen, auf das er den Eid leistete, nicht einhalten kann, etwa aus gesundheitlichen Gründen. Er kann sich natürlich nicht selbst einseitig von seinem Versprechen gegenüber dem Gott entbinden, also bittet er eine Priesterin, den Eid aufzulösen. Sie wird den Sachverhalt genau prüfen und gegebenenfalls die Bitte erfüllen. So weit, so gut. Beachte nun, dass meine Schwester im Amte schrieb: unter unheiligen Umständen. Das kann nur bedeuten, dass derjenige, der den Eid leistete, gar nicht wollte, dass er gelöst werden sollte. Das wäre schlimm! Tatsächlich schrieb sie sogar *unheiligste* Umstände! Das klingt, als hätte man versucht, jemanden mit Gewalt zum Eidbruch zu zwingen! Allerdings kann es auch bedeuten, dass sie sehr erregt war. Der Eintrag zeigt jedenfalls, dass sie am Tag vor ihrem Ableben verärgert gewesen sein muss und nicht niedergeschlagen. Es ist nicht so viel, wie ich mir gewünscht hätte, aber ich werde alles versuchen, die maßgeblichen Kreise zu überzeugen, dass sie sich vielleicht doch nicht selbst getötet hat. Das wird nicht leicht werden. Man könnte anführen, dass diese verweigerte Eidauflösung gar nichts mit dem Selbstmord zu tun hatte und erst danach etwas geschah, das sie dazu trieb. Du weißt wohl nicht zufällig, ob sie auf direktem Weg wieder nach Hause ging oder noch einen Zwischenaufenthalt einlegte?«

Missmutig schüttelte Nikola den Kopf. »Woher sollte ich das wissen? Denkt auf jeden Fall daran zu erwähnen, dass sie vor ihrem Tod noch stundenlang aufwendig gekocht hat! Das ist doch sehr merkwürdig.«

»Das werde ich tun«, beruhigte ihn Izabela. »Aber ich sagte dir bereits, dass das nicht besonders aussagekräftig ist.«

»Und Ihr müsst genau nachprüfen, wie sie starb«, sprach Nikola hastig weiter. »Beim Erhängen gibt es zwei Möglichkeiten. Entweder man fällt ausreichend tief und bricht sich das Genick, oder man wird langsam zu Tode gewürgt. Das Zimmer ist nicht sehr hoch. Ich habe mich umgesehen!« Er deutete zur Decke. »Wenn sie hier hing, so kann sie sich nicht aus eigenem Vermögen das Genick gebrochen haben! Jemand müsste nachgeholfen haben.«

Izabela legte beschwichtigend die Hand auf seinen Arm. »Wir sind die Priesterschaft eines Totengottes, Nikola. Wir haben unsere eigenen Möglichkeiten!«

Still und leise schlichen beide aus dem Haus. Auf der Straße hielt Izabela plötzlich inne. »Du wolltest immer nur wissen, warum sie gerufen wurde. Du hast nie danach gefragt, bei wem sie war.«

»Das habe ich wohl versäumt. Sie selbst erwähnt es ja nicht.«

»Vielleicht hast du es versäumt«, räumte Izabela ein. »Aber ich glaube viel eher, dass du es genau weißt. Bei wem war sie?«

Nikola zögerte. »Versprecht mir, klug mit diesem Wissen umzugehen und meinen Namen nicht leichtfertig zu erwähnen, solange nicht erwiesen ist, dass die Priesterin nicht von eigener Hand starb. Sie war im Hause von Aurel Hornkamm.«

Izabela stieß einen überraschten Pfiff aus. »Ein mächtiger Mann und zudem ein verdienter Held. Da ist in der Tat Behutsamkeit geboten. Aber es passt zu einer Formulierung, die ich bisher nicht einzuschätzen wusste. Dreistigkeit und *Hochmut*! Das hätte sie nicht über jeden geschrieben.«

Jemand war hier

Milchweißer Nebel lag über der Stadt, als Nikola am nächsten Morgen zur Puhlerei aufbrach. Auf der Straße wurde er von Paol aus dem Nachbarhaus angesprochen: »Jemand hat gestern nach dir gefragt. Später Nachmittag, noch nicht Abend, aber bald danach wurde es dunkel.«

»Wer war das?«, gab Nikola zurück.

»Ein kräftiger Bursche. Dreißig oder vierzig Jahre alt. Ich bin nicht sehr gut im Schätzen. Vielleicht war er auch noch etwas älter. Wettergegerbtes Gesicht. Dachte mir, er könnte vielleicht ein Seemann sein. Er hatte jedenfalls einen scheißblöden Gang.«

»Hat er seinen Namen genannt oder gesagt, was er wollte?«

»Weder noch. Fragte nur, ob du hier wohnst.«

Nikola zuckte die Schultern und murmelte: »Wenn es etwas Wichtiges war, wird er sich bestimmt noch mal melden.«

Dennoch ging er im Geiste seinen Bekanntenkreis durch auf der Suche nach jemandem, auf den Paols Beschreibung passte, aber niemand fiel ihm ein. Daher ließ er die Angelegenheit vorerst auf sich beruhen und wandte sich den Dingen zu, die der Tag bringen mochte.

Hoffentlich hatte endlich jemand den Leichnam der unbekannten Frau gefunden!

Darauf zu warten, dass der zwielichtige Heiler erneut jemanden umbrachte, war auf die Dauer nur wenig belastender. Tatsächlich gab es Ähnlichkeiten. Solange der Leichnam nicht gefunden wurde, galt die Frau zwar als vermisst, blieb für ihre Angehörigen aber weiterhin am Leben. Wirklich starb sie erst, wenn sie am Strand entdeckt wurde und die Wellen ihren toten Körper umspülten.

Seine Gedanken wanderten zu Izabela. Ganz offensichtlich nahm sie ihn nicht ernst genug! Einen Drei-Schichten-Auflauf bereitete man nicht zu, um sich abzulenken. Man musste die Zutaten erst besorgen: Huhn, Krebse, Kichererbsen, eingelegte Beeren, Glückskastanien und, und, und. Niemand hatte das alles ständig zu Hause! Und wie sie seine Erklärungen über das Erhängen abgetan hatte! Zwar hatte sie gewiss mehr Tote gesehen als er, aber konnte sie auch bei der Zahl an Mordopfern mithalten?

Ein wenig erschreckte es Nikola, wie gut er sich mittlerweile mit Verbrechen auskannte, bei denen er sich noch vor Jahresfrist mit Händen und Füßen dagegen gewehrt hätte, sich mit ihnen zu beschäftigen.

Während er darüber nachdachte und die Toten vor seinem inneren Auge vorbeizogen, fügten sich plötzlich bruchstückhafte Gedanken zusammen. Paol hatte vermutet, dass der unbekannte Besucher ein Seemann sein könne. Die meisten Männer, die Aurel Hornkamms Anwesen bewachten, waren vermutlich ehemalige Seeleute oder Seekrieger, denn schließlich war er lange genug ihr Befehlshaber gewesen. Einer von ihnen musste ihn von Hornkamms Anwesen bis nach Hause verfolgt haben!

Ohne lange nachzudenken, rannte Nikola zurück nach Hause. Mit dem Ausruf »Hat gestern jemand nach mir gefragt?«, platzte er in die Schneiderwerkstatt hinein. Erstaunte Gesichter blickten ihn an. »Nein.«

Er verlor kein weiteres Wort und eilte in sein Zimmer, wo er Kleidungsstücke und andere Dinge zusammenraffte, die er während der nächsten Zeit vielleicht benötigte. So leicht würde er es Hornkamm nicht machen! Ihn würde man nicht erhängt oder aufgeschlitzt in seiner Wohnung vorfinden!

Während er noch packte, kam die Schneiderin herein.

»Ziehst du aus?«, fragte sie.

»Nein, ich muss nur für einige Zeit weg. Falls aber jemand

nach mir fragen sollte, kannst du ruhig behaupten, dass ich nicht mehr hier wohne.«

»Du wirst doch nicht in schmutzige Geschäfte verstrickt sein wie der Mann meiner Cousine, dieser Tagedieb Laurentis?«, fragte sie misstrauisch.

»Im Gegenteil, ganz im Gegenteil«, versicherte ihr Nikola. »Du musst mir einfach vertrauen. Aber es ist besser, wenn du nicht zu viel weißt.«

Er schulterte sein Bündel. »Wirf meine Sachen nicht weg. Ich komme ganz bestimmt wieder!«

Zum zweiten Mal begab sich Nikola in die mit weißer Watte gefüllten Straßen. Obwohl er ständig bohrende Blicke in seinem Rücken zu spüren glaubte, widerstand er der Versuchung, alle paar Schritte stehen zu bleiben und sich umzusehen. Hornkamms Schergen hatten herausgefunden, wo er wohnte! Gewiss wussten sie dann auch längst, wo er wirklich arbeitete, und vielleicht hatte sogar erst sein Verweis auf die erfundene Puhlerei eines Meister Argintu Aurels Verdacht erweckt. Niemand schlich ihm hinterher! Sie wussten ja bereits alles über ihn!

Doch das Gefühl hielt trotz aller vernünftigen Überlegungen an und verschwand erst, als Nikola die Puhlerei betrat. Dort wurde sein umfangreiches Bündel sogleich zum Gegenstand allerlei Mutmaßungen.

»Da musste aber jemand ganz schnell ausziehen«, sagte Marilena.

»Er musste ausziehen, weil er wahrscheinlich die Hose nicht anbehalten konnte und der Schneider ihn mit seiner Frau ertappt hat«, behauptete Flaviu feixend.

»Wieder einmal alles verspielt, sodass nicht mehr genügend für die Miete übrig blieb?«, mutmaßte Traian missbilligend.

Nikola schwieg geduldig, während weitere Vermutungen über seinen vermeintlichen Hinauswurf angestellt wurden. Doch irgendwann platzte ihm der Kragen. »Ihr habt allesamt keine Ahnung und müsst sowieso nicht alles wissen!«

Dieser unerwartete Ausbruch beendete das Rätselraten,

stieß aber auf wenig Verständnis, und mehrere Finger formten unverhohlen *Kringel*. Traian drängte nun zum Aufbruch, sodass Onkel Mihan und Nikola wieder einmal allein zurückblieben. Der alte Mann brachte alsbald Spielsteine für ihren üblichen Zeitvertreib. Doch Nikola war heute nicht bei der Sache, und seine Gedanken begannen immer wieder zu wandern.

Er hatte die Wohnung aufgegeben, die Aurel Hornkamm kannte, doch wo sollte er stattdessen künftig die Nacht verbringen? Welcher Ort wäre sicher für ihn, aber auch für denjenigen, der ihm Zuflucht böte?

Nachdem Nikola zwei Spiele nacheinander verloren hatte, packte er sein Bündel. »Ich habe etwas zu erledigen. Falls Sayme kommt, bevor ich zurück bin, soll er warten.«

Er trat aus dem Haus und schlenderte ohne Eile die Straße hinab. Er grüßte Xandra, die mit lauwarmer Freundlichkeit antwortete. Doch sobald der weiße Dunst die Puhlerei verschluckt hatte, änderte Nikola sein Verhalten. Er ging nun Umwege, kletterte über Mauern und beschritt die verborgenen Straßen, an die er sich aus seiner Kindheit erinnerte. Immer wieder blieb er stehen, wartete und überzeugte sich davon, dass ihm niemand folgte. Nach sehr viel längerer Zeit, als er sonst benötigt hätte, stand er vor dem *Piraten*, Ovidius Kneipe.

Wie nicht anders zu erwarten, saßen Ovidius Dauergäste an ihrem bevorzugten Tisch und bedachten den Eindringling aus dem kalten Nebel mit unverblümtem Tadel.

»Was bringt dich denn her, so früh am Tag?«, fragte der Wirt und betrachtete neugierig das Bündel seines Besuchers.

»Nebenan!«, antwortete Nikola und deutete auf die Tür, die zur Küche und zu Ovidius Vorratslager führte und ebenfalls zur Treppe nach oben. Ovidiu ging voraus.

»Was gibt es?«, fragte er, als er die Tür hinter ihnen geschlossen hatte.

»Ich suche für einige Zeit einen Platz, wo ich übernachten kann«, erklärte Nikola.

Ovidiu zog die Brauen hoch. »Hast du die Priesterin jetzt doch erschlagen, entgegen meinem Rat?«

»Ach nein!«, antwortete Nikola. »Sie starb ganz ohne mein Zutun. Tatsächlich suche ich sogar nach ihrem ... Doch das tut nichts zur Sache. Ich habe in einem Hornissennest herumgestochert und die bösen Viecher viel schlimmer aufgestört, als ich mir vorgestellt hatte. Nun schwirren sie wild umher.«

Ovidiu unterbrach ihn. »Ich bin zwar ein Poet und darum Sprachbilder gewohnt, aber vielleicht bin ich auch schon zu lange Wirt. Wovon redest du?«

»Ich bin hinter einem ausgemachten Schurken her, einem sehr einflussreichen dazu. Er hat Kenntnis davon erhalten und in Erfahrung gebracht, wo ich wohne. Einer seiner Handlanger hat sich nach mir umgehört. Vielleicht will er mich nur einschüchtern, aber nach allem, was ich über ihn weiß, schien es mir ratsam zu sein, mein Zuhause vorerst aufzugeben. Mehr musst du nicht wissen.«

»Mehr will ich auch nicht wissen«, erwiderte Ovidiu. »Vier oder fünf Tage kannst du bleiben, danach musst du dir unbedingt etwas Neues suchen. Es ist besser so. Glaube mir, Nikola, ich spreche aus leidvoller Erfahrung. Es ist gefährlich, zu lange am selben Ort zu bleiben. Man fühlt sich sicher. Die Wachsamkeit lässt nach. Man begeht Fehler ... du kannst unter der Treppe schlafen. Ich will zusehen, dass ich dir dein Lager einigermaßen gemütlich herrichten kann. Da niemand mitbekommen soll, dass du bei mir übernachtest, müssen wir ein paar Regeln vereinbaren: Du wirst morgens zeitig das Haus verlassen, mindestens zwei Stunden bevor ich die Taverne öffne, aber das bist du wohl gewohnt. Außerdem wirst du erst allerfrühestens eine Stunde nach Sonnenuntergang wieder zurückkommen, weil ansonsten deine beiden Freunde, die alten Kerle, noch da sind. Sie haben es auf dich abgesehen, wie du weißt, und niemand kann vorhersagen, was sie sich in ihren greisen Altmännerschädeln zusammenreimen, wenn sie dich ein und aus gehen sehen. Vor allem weißt du nicht, was sie

herumerzählen. Die beiden sind schlimmer als die sprichwört-
lichen Waschweiber!«

Nikola war einverstanden. »Ich lasse mein Bündel gleich
hier.«

»Auf keinen Fall!«, widersprach Ovidiu. »Die beiden haben
dich damit kommen gesehen, also musst du auch wieder damit gehen. Wer weiß, was sie sonst daraus machen. Ich will
nicht in Verdacht geraten, dein Hehler zu sein!«

Auf ähnlich verschlungenen Wegen wie zuvor kehrte Nikola
wieder zur Puhlerei zurück. Sayme hatte sich inzwischen eingefunden, und Onkel Mihan versuchte, ihm *Paturru* nahezu-
bringen, doch ohne großen Erfolg. Auch ihm fiel Nikolas Bündel auf, doch er sagte nichts dazu, sondern gebot ihm nur
mitzukommen.

»Wurde sie endlich gefunden?«, fragte Nikola.

Sayme verneinte. »Wir werden selbst nach ihr suchen und
das Ufer so lange abgehen, bis wir sie wiederhaben, selbst
wenn es uns mehrere Tage kosten sollte, denn ansonsten können wir niemanden nach ihr und ihrer Geschichte befragen.
Sie ist zwar längst tot, doch noch liegt es in unserer Macht zu
entscheiden, ob sie nur deswegen starb, weil es ihr Mörder so
wollte, oder ob sie ihr Leben hingab, damit wir ihn zur Strecke
bringen und für ihren Tod und den aller anderen Opfer zur
Rechenschaft ziehen können! Es ist eine Frage des Respekts!«

Am Meeresufer war der Nebel zwar dünner, aber immer
noch vorhanden. Nikola ging im Abstand von ein paar Schritten neben Sayme her.

»Du bist nicht bei dir«, sagte Sayme plötzlich.

»Das scheint nur so«, verteidigte sich Nikola, der tatsächlich
unachtsam geworden war. »Ich musste meine Wohnung für
einige Tage räumen, und da gibt es viel zu überdenken. Jemand
macht mir Ärger.«

»Kann ich dir helfen?«, fragte Sayme. »Ich habe viele Talente.«

»Nein«, antwortete Nikola.

Es war schon erheblich länger als die vereinbarte Zeit dunkel, als Nikola die Tür von Ovidius Kneipe aufstieß. Nachdem er sich vergewissert hatte, dass er keinen der wenigen verbliebenen Gäste kannte, setzte er sich an einen Tisch und wartete. Irgendwann trat Ovidiu zu ihm und hieß ihn, ihm zu folgen. Er führte ihn in den Nebenraum, deutete auf die Treppe und sagte:»Das ist nicht viel, aber besser als nichts.«

Wie versprochen hatte er unter der Treppe ein Nachtlager hergerichtet und sogar ein paar zusätzliche Decken danebengelegt. Das war viel mehr, als Nikola erwartet hatte! Er hatte die Nacht schon wesentlich schlechter verbracht.

»Ich bin rechtschaffen müde«, sagte er und legte sich schlafen. Nach einer Stunde war er wieder wach und lauschte den Geräuschen der Nacht: dem Wind, dem Regen und dem Ächzen des alten Gemäuers. Ein leises Nagen war zu hören und das Trippeln winziger Füße. Wahrscheinlich hatte Ovidiu Mäuse.

Nikola dämmerte erneut weg, doch nur, um sich eine weitere Stunde später abermals schlaflos auf seinem Lager zu wälzen. Noch immer regnete es.

Bei seinem nächsten Erwachen bemerkte Nikola, dass die hintere Tür der Kneipe offen stand. Der Wind wehte herein und trieb feine Regentropfen vor sich her. Ich muss die Tür schließen, dachte Nikola, doch seine Glieder fühlten sich bleischwer an.

Urplötzlich huschten mehrere Gestalten durch die Tür. Ihre Köpfe waren unter Kapuzen verborgen. In Windeseile zerrten sie Nikola unter der Treppe hervor, rissen ihn auf die Beine und schleppten ihn in die Küche. Dort hatte jemand über einen Deckenbalken ein Seil mit einer Schlinge geworfen. Blitzschnell wurde sie Nikola über den Hals gestreift und zugezogen. Ein Ruck an dem Seil zwang ihn dazu, sich auf die Zehenspitzen zu stellen. Einer der Eindringlinge baute sich vor ihm auf. Er zog die Kapuze vom Kopf, sodass ein schmales Gesicht mit hoher Stirn und kurz geschorenen Haaren sichtbar wurde. Aurel Hornkamm war persönlich gekommen, um an seiner Ermordung teilzuhaben!

Mit tiefer Stimme drohte er: »Ich werde dich zerquetschen wie eine Laus!«

Nikola gab sich trotz der Schlinge um seinen Hals unbeeindruckt. »Ich will nicht klugscheißen, aber Zerquetschen geht anders!«

Dann wachte er auf.

Die Treppe knarrte, und mit dumpfen Schritten kam Ovidiu vom oberen Stockwerk herab. Er hatte kein Licht dabei und ging sehr steif, den Blick geradeaus gerichtet und nicht gesenkt, wie man es von jemandem erwartet hätte, der sich im Dunkeln von Stufe zu Stufe tastete. In der Hand hielt er einen Gegenstand, den Nikola nicht genau erkennen konnte. Eine Keule vielleicht? Oder ein Hammer?

Ovidiu ging in die Küche. Kein Geräusch war von dort zu hören. Vielleicht stand er einfach nur da und starrte die Wand an?

Nikola hatte von Schlafwandlern gehört, aber noch nie einen gesehen. Er wusste, dass es etwas gab, das man keinesfalls tun durfte, entweder sie zu wecken oder sie gewähren zu lassen. Eines von beiden war brandgefährlich!

Nach einer schier endlos langen Zeit kehrte Ovidiu aus der Küche zurück. Er hatte tatsächlich einen Hammer in der Hand! Plötzlich blieb er stehen und sprach: »Habe ich dich aufgeweckt? Ich hatte noch etwas Hunger!«

Dann stieg er wieder die Treppe hinauf.

Nikola lauschte angespannt, bis sich die Tür oben schloss. Er betrachtete den Wirt zwar längst als eine Art Freund, hatte aber nicht vergessen, dass Ovidiu aus seiner Heimat hatte fliehen müssen, weil er jemanden mit etwas Ähnlichem wie einem Hammer erschlagen hatte.

Dieses Mal dauerte es recht lange, bis er wieder einschlief.

Nikola fühlte sich völlig zerschlagen, als er und Sayme am nächsten Morgen die Suche nach dem vermissten Leichnam fortsetzten. Der kühle Seewind machte ihn zwar kurzfristig wach, weckte danach aber das Bedürfnis, sich an einen warmen Ort zurückzuziehen, am besten mit einer großen Tasse Tee und etwas Rosinenbrot. Sayme war nicht sehr redselig. Das war Nikola gerade recht.

Sie begannen mit der Suche einige Meilen südlich der Stadt und gingen dann am Ufer entlang nordwärts. Sayme hatte zwar sehr genaue Vorstellungen, wo die Leiche angetrieben sein konnte und wo nicht, scheute aber dennoch Abkürzungen, da er nicht das kleinste Stück Küste auslassen wollte. Offenbar war es ihm auf die Dauer dann doch zu still.

»Hast du mit Izabela gesprochen?«, erkundigte er sich.

»Weswegen?«

»Wegen deiner Weissagung.«

»Nein.«

»Hast du es noch vor?«

»Weiß ich nicht.«

Sayme lachte. »Du bist ein verschrobener Kerl, Nikola. Zahlreiche eurer Legenden handeln davon, dass jemand eine Prophezeiung erhält und daraufhin alles Denkbare in Bewegung setzt. Du hingegen ...«

»Dann hätte Gogul wohl besser jemandem erscheinen sollen, der über diese Legenden Bescheid weiß«, knurrte Nikola. »Ich kenne keine einzige davon! Obendrein bin ich mir nicht einmal sicher, ob er überhaupt wollte, dass ich irgendetwas mache. Schließlich sagte er ausdrücklich, alles sei zu spät.«

»Sagte er das wirklich so?«

»So ähnlich.«

»Du könntest dennoch mit Izabela sprechen. Wirst du es tun?«

Nikola atmete tief durch. »Meinetwegen. Falls sich die Gelegenheit dazu ergeben sollte.«

Wie jedes Mal, wenn Nikola neuerdings an die Priesterin dachte, überkam ihn eine große Unruhe, beinahe Panik. Dann hatte er das Bedürfnis, sofort zu ihr zu eilen und ihr noch einmal genauestens einzuschärfen, was sie ihren Oberen sagen sollte, da er befürchtete, dass sie wichtige Beobachtungen leichtfertig als nebensächlich abtäte und es ihr dadurch misslänge, Mutter Tods Selbstmord als das darzustellen, was er wirklich war. Die verstorbene Priesterin war ihm zwar reichlich gleichgültig, aber ihre Ermordung erschien ihm als der einzige Ansatzpunkt, dass Aurel Hornkamm jemals für Camillas Tod zur Rechenschaft gezogen wurde. Die einzige Möglichkeit! Izabela durfte das nicht durch Ungeschick vermasseln!

»Was ist mit denen?«, fragte Sayme plötzlich und meinte damit ein paar Jugendliche, die am Wasser standen und aufgeregt auf die Wellen zeigten.

Nikola verengte die Augen zu Schlitzen. »Ich glaube, da schwimmt etwas im Wasser!«

Sie beschleunigten ihre Schritte. Als sie nahe genug herangekommen waren, um zu erkennen, dass dieses *Etwas* ein menschlicher Körper war, rannten sie los.

Jede Welle brachte den Leichnam näher an das Ufer heran. Als er es fast erreicht hatte, geduldeten sich Nikola und Sayme nicht länger, sondern stapften ins knietiefe Wasser und zogen den Körper an Land. Aber auch diese Leiche war nicht die, die sie suchten! Vielmehr handelte es sich um einen jungen Mann von etwa zwanzig Jahren, der in Rot und Blau gewandet war – die Farben der Kropfsippe. Er wirkte jedoch auffällig bleich.

Unaufgefordert gab Sayme einem der Jugendlichen ein paar Münzen, verbunden mit den üblichen Aufträgen. Der Bursche rannte erfreut davon. Zurück blieben seine Gefährten, zwei Mädchen und ein weiterer Junge.

»Was ist mit euch? Warum seid ihr noch hier?«, fragte Sayme und erntete dafür ratlose Blicke. Erneut zückte er seine Börse und verteilte Münzen.

»Wofür?«, fragte eines der Mädchen erstaunt.

»Hinterhereilen!«, antwortete Sayme. »Lauft ihm einfach hinterher!«

Sobald sie außer Sichtweite waren, begannen er und Nikola mit der Untersuchung der Leiche. Auch sie wies die bekannten Verletzungen auf.

»Wie viele sollen es denn noch werden, bis wir unsere Rotschwanzfrau endlich finden?«, rief Nikola enttäuscht.

Sayme streifte seinen Umhang von den Schultern und entkleidete sich.

»Was hast du vor?«, fragte Nikola.

»Eine solche Gelegenheit wird sich uns vielleicht nie wieder bieten«, antwortete Sayme. »Der Leichnam wurde frisch angetrieben! Ich will herausfinden, wo er ins Wasser geworfen wurde.«

Nikola verstand immer weniger. »Indem du selbst ins Wasser gehst?«

»Gewiss«, antwortete Sayme, als sei sein Vorhaben vollkommen alltäglich. »Der Unterschied zwischen Wasser und Land ist nicht so groß, wie du glaubst. Auch im Meer gibt es Pfade. Sie sind flüchtiger als ihre Gegenstücke an Land, aber man kann auf ihnen ebenso gut Spuren lesen. Jedoch ist rasches Handeln angesagt.«

»Soll das ein Scherz sein?«, fragte Nikola.

»Keineswegs!« Sayme hatte sich nun ganz ausgezogen und suchte einen Platz, wo er seine Kleidung verwahren konnte. »Es wird einige Zeit dauern, bis ich zurück bin. Du brauchst nicht auf mich zu warten. Am besten bringst du die Leiche in den Tempel, sobald der Wagen da ist. Ich komme dann nach.«

Fassungslos sah Nikola mit an, wie sein Gefährte ohne das geringste Zaudern zielstrebig ins Meer hinausschritt. Als der Schilves schon bis zur Hüfte von den grauen Wogen umgeben war, rief er ihm hinterher: »Es ist Winter!«

Sayme lachte. »Woanders nannten wir das einen milden Herbst!«

Er tauchte unter. Nikola sah noch einmal kurz seinen Kopf, dann war er endgültig verschwunden.

Ein älterer Mann, der sie unbemerkt beobachtet hatte, sprach ihn an. »Was tut er?«

»Baden«, antwortete Nikola.

»Ist er verrückt?«

»Er ist ein Schilves. Und ja, ich glaube, er ist übergeschnappt!«

Sayme war noch immer nicht zurückgekehrt, als der Abdecker mit seinem Wagen eintraf. Er und sein Gehilfe luden

den Leichnam auf, und wie verabredet begleitete Nikola sie zu Izabelas Tempel. Er sah dem Treffen mit der Priesterin mit gemischten Gefühlen entgegen. Vermutlich würde er sich nicht beherrschen können, sie zu fragen, wie weit Mutter Tods Ehrenrettung vorangeschritten war, und vermutlich würde sie ihm entgegnen, dass es für eine Antwort noch viel zu früh sei.

Im Tempel erklärte Nikola der Tempelhilfe, dass er zu Izabela wolle. Sie forderte ihn auf, ihr zu folgen und führte ihn in das Schreibzimmer. Dort wartete jedoch niemand.

»Du bist ein Puhler, und ich weiß, dass du schon mehrmals mit dem Schilves hier warst«, sagte die Tempelhilfe. »Ich weiß auch, dass Mutter Tod große Stücke auf euch hält. Aber du kannst sie nicht sprechen. Sie wurde heute Morgen niedergestochen!«

»Sie war auf dem Weg zum Tempel. Hier ganz in der Nähe wurde sie überfallen. Wer kann sagen, ob ihr der Angreifer auflauerte oder ob sie nur zur falschen Zeit die Straße entlangging? Ob er sie berauben wollte oder ob er ein Wahnsinniger und Feind der Erdgötter war? Er stach jedenfalls mehrmals auf sie ein und ließ sie vermeintlich tot liegen. Doch sie hatte Glück, dass die Heilerin bald danach vorbeikam. Sie hatte im Tempel zu tun und sah Mutter Tod in ihrem Blut liegen. Sie hat sie sogleich versorgt, doch viel später hätte sie nicht kommen dürfen. Den Göttern sei Preis!«

»Sie lebt also noch!«, rief Nikola erleichtert aus. »Wo ist sie jetzt?«

»Zu Hause«, erklärte die Tempelhilfe. »Sie braucht vor allem viel Ruhe.«

»Wer ist bei ihr?«

»Die Heilerin wollte heute Abend und morgen früh nochmals nach ihr sehen und die Verbände wechseln. Außerdem will eine Nachbarin ab und zu nach ihr schauen.«

»Sie ist also allein?« Nikola war bestürzt. »Er wird wiederkommen! Sobald der Mörder erfährt, dass sie noch am Leben ist, wird er es ganz bestimmt ein zweites Mal versuchen.«

Die Tempelhilfe wurde ganz bleich. »Aber, warum denn?«

»Sie hat ihn gesehen und kann ihn anklagen«, gab Nikola zurück. Das war die einfachste Erklärung, die ihm auf die Schnelle einfiel, und sie war gut genug für jeden, der die wahren Gründe des Anschlags nicht kannte.

»Ich werde zu ihr gehen und auf sie aufpassen«, sagte er. »Aber du musst inzwischen etwas für mich erledigen: Schicke jemanden in meine Puhlerei und lass ausrichten, dass ich jeden brauchen kann, der gerade verfügbar ist. Auch der Schilves wird bald hier sein. Er soll ebenfalls zu Izabela kommen!«

Nikola stürmte aus dem Tempel und eilte zu dem schmalen Häuschen, in dem die Priesterin wohnte. Zu seinem Schrecken war die Tür nicht einmal verriegelt. Jeder konnte ein und aus gehen, wie es ihm beliebte! Er sah nach Izabela. Sie lag in ihrem Bett, war ganz bleich, atmete aber gleichmäßig.

Nikola verrückte ein paar Möbel, um sicherzustellen, dass niemand unbemerkt durch die Fenster einsteigen konnte. Danach setzte er sich in die Küche. Ähnlich wie bei der anderen Mutter Tod war sie der erste Raum, in den man gelangte, wenn man die Wohnung betrat. Er machte sich schwere Vorwürfe, dass er nur an seine eigene Sicherheit gedacht hatte. Hornkamm hatte doch bewiesen, dass ihm das Leben einer Priesterin nichts bedeutete!

Sayme kam als Erster. Er war ernsthaft besorgt um Izabela und wollte sich noch vor allen anderen über ihren Zustand vergewissern. Als er sie gesehen hatte, wandte er sich an Nikola. »Du weißt mehr, als du bisher verraten hast. Ich habe wohl bemerkt, dass du seit unserer letzten Unterredung mit Izabela ungewöhnlich angespannt bist.«

Nikola versuchte gar nicht erst, seine Vermutung zu entkräften, sondern erzählte von ihrer gemeinsamen Bemühung, Mutter Tod vom Frevel gegen ihren Gott reinzuwaschen. Das führte zu Camilla, zu Gogul und Demitri mit dem faulen Lid, dessen jetzigen Namen er jedoch nicht nannte. Der Verdacht, den jener hinsichtlich des Ablebens seines Kumpans Kieselkopf geäußert hatte, schien ihm inzwischen durchaus begründet zu sein.

»Ionach Blaufeder, den Namen habe ich schon einmal gehört«, sagte Sayme zu Nikolas Überraschung. »Kapitän Tavi machte sich vor einigen Monaten seinetwegen kundig. Ich kenne den Grund nicht, doch da er die rechte Hand der Admiralin Urte ist, lässt sich leicht erraten, auf wessen Befehl er handelte. Er war ein Gelehrter, der über Jahre Geld vom Fürsten bekam und sogar eigene Räumlichkeiten im Palast bewohnte. Tavi konnte jedoch nicht herausfinden, welche Art von Forschung der damalige Fürst von Arades förderte. War Ionach Blaufeder ein Scharlatan, der den Fürsten über lange Zeit mit falschen Versprechungen bei Laune zu halten wusste, oder gab es einen geheimnisvollen Grund, aus dem alles, was Auskunft über seine Tätigkeit hätte geben können, aus den Schriften getilgt wurde? In Anbetracht des geschäftlichen Einfallsreichtums vieler deiner Landsleute beschloss man, der ersten Vermutung zu glauben. Doch nun erfahre ich von dir, dass es Aufzeichnungen über diese Forschungen gab, die so bedeutend waren, dass ihretwegen gemordet wurde? Ich erfahre außerdem, dass du Mutter Tod, von der du dich fernhalten solltest, hinterherspioniert hast und dadurch einem Mann in die Quere kamst, von dem du glaubst, dass er vor Jahren deine Freundin und ihre Bekannten ermorden ließ? Du weißt natürlich, dass das alles nur Vermutungen von dir sind und nichts erwiesen ist? Dennoch hättest du mir davon erzählen sollen, obwohl es ganz ohne Belang für die Schilves ist. Ich bin dir ein besserer Freund, als du ahnst, Nikola, und ich habe zahlreiche Talente.«

Es klopfte an der Tür. Nikola öffnete und ließ Marilena und Onkel Mihan herein. Er war froh über ihre Ankunft, aber auch ein klein wenig enttäuscht, dass nur die beiden seinem Ruf gefolgt waren.

»Wer ist jetzt noch in der Puhlerei?«, fragte er.

»Der Junge«, antwortete Onkel Mihan. Nikola entging nicht, dass er das kleine Beil dabeihatte, das er ihm einmal gezeigt hatte. Wahrscheinlich war der Dorn jetzt bis zum Rand mit der angeblichen *Kräutermischung* gefüllt. Nikola führte die beiden zu Izabela, erklärte ihnen aber nur das Nötigste.

»Ich stehe sozusagen in ihrer Schuld, da wir gelegentlich mit ihr zu tun hatten. Sie wurde heute Morgen überfallen, und ich befürchte, dass der Täter einen zweiten Versuch wagen könnte.«

Lärm aus der Küche verriet die Ankunft einer weiteren Person. Wie sich herausstellte, war es Serban. Nikola gab ihm dieselbe Erklärung wie Onkel Mihan und Marilena.

»Wohin ist der Schilves?«, fragte Marilena. Sayme war nicht mehr da.

»Er ging, nachdem er mich eingelassen hatte«, erklärte Serban gereizt. »Wahrscheinlich, weil ihm bewusst wurde, dass diese Angelegenheit ihn und seine Leute überhaupt nichts angeht. Ein kluger Mann, das muss ich feststellen!«

Nun platzte es aus ihm heraus: »Weißt du noch, was wir sind, Nikola? Wir sind Puhler! Wir waren uns immer einig, dass Mord und Totschlag nicht zu unserem Geschäft gehören. Nun schau uns vier an: Wir sitzen in der Küche einer Priesterin, die irgendein Verrückter abgestochen hat, und warten darauf, dass er es vielleicht noch einmal versucht! Flaviu und ich haben dich von Anfang an gewarnt, die Finger von solchen Dingen zu lassen. Wir haben dir sogar angeboten, dem Schilves freundschaftlich die Knochen zu brechen. Aber du wolltest nicht hören! Schlimmer noch! Deine Zusammenarbeit mit ihm war vorüber, und du warst längst vom Haken, aber dann musstest du dich unbedingt erneut mit ihm einlassen!«

»Sayme hat nichts mit dieser Angelegenheit zu tun«, widersprach Nikola. »Ich habe die Bekanntschaft der Priesterin zwar während unserer Tätigkeit gemacht, sie dann aber in einer persönlichen Angelegenheit nach ihrer Meinung gefragt. Nichts weiter. Doch inzwischen befürchte ich, dass sie meinetwegen überfallen wurde.«

Nach Serbans Donnerwetter und Nikolas Gegenrede herrschte längere Zeit angespannte Stille. Plötzlich fragte Onkel Mihan: »Hat es etwas mit Camilla zu tun?«

»Hat Traian geplappert?«, fragte Nikola missmutig.

Onkel Mihan leugnete es nicht. »Er ist nicht dumm und kann zwei und zwei zusammenzählen.«

Nikola sah die beiden anderen an. Serban wusste zwar von Camilla, doch seiner Miene nach zu schließen hatte ihm Traian nicht erzählt, dass es etwas Neues über ihren Tod zu sagen gab. Er wirkte verhalten neugierig. Marilena konnte nichts wissen. Sie hatte damals noch nicht zu Traians Truppe gehört. Doch ausgerechnet sie erinnerte sich nun: »Ein Name fiel … Das sagtest du kürzlich! Ein Name fiel … Nein es waren sogar zwei! Der eine lautete Ionach … Jonel … Blaufeder? Brutkleid?«

»Halte dich da heraus!«, herrschte Nikola sie an. »Vergiss, dass du den Namen jemals gehört hast. Es sei denn, du willst ähnlich enden wie die Priesterin!«

Ein ungestümes Klopfen gegen die Tür unterbrach ihn.

»Vielleicht ist es dafür schon zu spät«, murmelte Onkel Mihan und griff nach seinem Beil. Auch die anderen umfassten ihre Schlagstöcke fester.

Saymes Stimme erklang. »Ich bin es!«

Er war nicht allein gekommen. Die Straße wimmelte vor erdfarben gekleideten Männern und Frauen mit Schwertern und Spießen. Fast ein Dutzend von ihnen hatten ihn begleitet.

»Wir werden die Priesterin mitnehmen«, eröffnete er Nikola. Sofort regte sich Widerstand!

»Das darfst du nicht zulassen«, sagte Serban sofort zu Nikola. »Sie ist eine Priesterin! Man kann sie nicht einfach gegen ihren Willen wegbringen. Noch dazu zu denen.«

»Momentan hat sie gar keinen eigenen Willen«, gab Nikola zurück. Aber auch ihm war nicht ganz wohl bei der Sache.

»Reicht es nicht, wenn ein paar von euch zu ihrem Schutz bleiben?«

Sayme verneinte. »Damit würden wir uns leichtfertig selbst gefährden. Falls du recht hast, wird es einen weiteren Anschlag geben, und auf einen Schilves, der im Wege steht, wird niemand Rücksicht nehmen. Wenn aber nicht bekannt ist, wo sie zu finden ist, wird es gar nicht erst so weit kommen. Das ist eine ganz einfache Rechnung.«

Das überzeugte Nikola. »Sie haben auch gute Heiler!«, sagte er zu den anderen, um sie umzustimmen.

Serban sah zwar nach wie vor ablehnend aus, behielt seine Einwände aber für sich.

Anders Izabelas Nachbarin! Aufgescheucht durch die Unruhe auf der Straße, hatte sie nach der Priesterin schauen wollen. Doch was sie vorfand, war eine Horde gefährlich wirkender Fremder, die drauf und dran waren, sie wegzuschaffen! Eine sicherlich ruchlose Tat, für die es in ihren Augen keinerlei Rechtfertigung geben konnte. Sie schrie Zeter und Mordio und rannte Hilfe suchend auf die Straße. Für kurze Zeit erschien es Nikola, als würde sich ein Verhängnis zusammenbrauen in Form eines Handgemenges zwischen Izabelas neuen Beschützern und ihren vermeintlichen Rettern! Zu seiner Erleichterung wirkte der Anblick der gut bewaffneten Schilves-Krieger jedoch abschreckend auf jeden, der vielleicht erwogen hätte, sich einzumischen.

Der Überfall auf Izabela hatte Nikola nachdrücklich vor Augen geführt, wie wichtig es für ihn war, nicht in seiner Wachsamkeit nachzulassen und sich genauestens an die von Ovidiu vorgegebenen Regeln zu halten. Da es noch viel zu früh war, um zu dessen Schenke zurückzukehren, schlenderte er ziellos durch die Stadt. Wie er bald merkte, war das nicht die beste Entscheidung, sich die verbleibende Zeit zu vertreiben, da er überall Feinde zu sehen glaubte und sich immer wieder dieselben bangen Fragen stellte:

Huschte jemand von der Straße, weil er ein Verfolger war, der nicht enttarnt werden wollte, oder hatte er es nur eilig? Wandte er blitzschnell das Gesicht ab, weil er nicht erkannt werden wollte, oder hatte ihn nur etwas ganz Alltägliches abgelenkt?

Obendrein fiel Nikola auf, dass er gar nicht so ziellos dahinschlenderte, wie er sich das einbildete, sondern in Wahrheit in großen Kreisen Ovidius Kneipe umrundete. Leichter konnte er es den Schergen Aurel Hornkamms kaum machen! Unerwartet stieß er auf Kostel.

»Lange gearbeitet, heute!«, sagte der alte Puhler und deutete auf Nikolas Brustpanzer. »Wohnst du hier?«

Nikola verneinte. »Wie du doch weißt, wohne ich bei der Cousine der Frau von Laurentis dem Prächtigen.«

Kostel lachte. »Das ist richtig. Damit habe ich dich vor Kurzem erst aufgezogen! Aber eigentlich weiß ich doch überhaupt nicht, wo sie wohnt! Bist du nicht sowieso dieser Tage umgezogen?«

Darauf gab ihm Nikola keine Antwort. Kostel sprach weiter: »Hör zu, ich war an dem Tag etwas barsch. Lass mich dich zur Versöhnung zu einem guten Becher einladen. Mir ist sowieso gerade nach einem kräftigen Schluck!«

Der Vorschlag klang verlockend, und zudem pflegte Nikola ohnehin nur selten Einladungen auszuschlagen. Er folgte Kostel in die nächste Kneipe. Sie war nicht sehr groß, etwas düster, aber gemütlich. Kostel bestellte zwei Becher Schnaps. Als der Wirt sie brachte, sagte er: »Du sollst heute beträchtliche Aufregung verursacht haben. Der Junge und Marilena erzählten so etwas. Warst du es, der die Priesterin nach dem Überfall gefunden hat?«

Nikola nahm einen Schluck. »Nein. Ich kam erst später zufällig in ihren Tempel, wo man mir dann davon erzählte. Vorsichtshalber wollte ich nach ihr schauen.«

»Schlimme Sache, schlimme Zeiten«, antwortete Kostel ernst. »Wieso dachtest du eigentlich, dass sie weiterhin gefährdet sein könnte?«

Nikola zuckte die Schultern. »Sie ist eine Priesterin. Welchen Grund kann jemand haben, eine Priesterin umzubringen?«

»Bei dem Verfall der guten Sitten in letzter Zeit wundert mich gar nichts mehr«, wandte Kostel ein. »Aber diese Tat könnte auch durch eine Vielzahl anderer Gründe ausgelöst worden sein. Sie ist zwar eine Priesterin, aber sobald sie ihren Tempel verlassen hat, ist sie auch nur ein Mensch wie wir anderen. Damit will ich sagen, dass sie vielleicht Nachbarn hat, mit denen sie im Streit liegt, oder einen eifersüchtigen Liebhaber …«

»Umso mehr ein Grund, auf sie aufzupassen!«, stellte Nikola fest. »Tatsächlich hätte ein Täter aus ihrem vertrauten Umkreis weitaus mehr Veranlassung, sein Vorhaben zu Ende zu bringen als irgendein hergelaufener Strolch. Sie würde ihn erkennen, wenn sie überlebt.«

Kostel ließ zwei weitere Becher kommen. »Hast du dich bei den Nachbarn wegen irgendwelcher Streitigkeiten umgehört?«

»Dazu war keine Zeit.«

»Stattdessen hast du die Schilves kommen lassen? Hattest du einen Grund, sie von allen Aradeken abzuschirmen?«

»Ich habe sie nicht kommen lassen. Sayme hat nach eigenem Gutdünken gehandelt. Er kennt sie ja auch und hielt es für sicherer, wenn sie nicht in ihrem Haus bliebe. Nach reiflicher Überlegung habe ich ihm zugestimmt. Die Schilves haben ebenfalls Heiler.«

Der Wirt brachte den Schnaps. Kostel hob seinen Becher und sagte: »Auf uns!«

Beide tranken. Dann fuhr er fort: »Hast du dir wenigstens erklären lassen, ob die Fremden die Priesterin in das Viertel geschafft haben, das sie besetzt halten, oder auf eines ihrer zahlreichen Schiffe, deren Namen sich kein Mensch merken kann?«

Seine fortgesetzte Fragerei wurde Nikola allmählich lästig. Urplötzlich erinnerte er sich an etwas, das Traian einmal erwähnt hatte. Er lehnte sich zurück und sah Kostel scharf an.

»Hat *er* dich geschickt, um mich auszuhorchen?«

»Wer *er*?«

»Aurel Hornkamm. Mir fiel soeben ein, dass du doch während der Piratenkriege unter ihm gedient hast?«

»Das haben Tausende andere auch«, verteidigte sich Kostel. »Du glaubst doch nicht, dass er jedem von uns die Hand geschüttelt hätte?«

»Weswegen hast du dann kürzlich verschwiegen, dass du ihn kennst?«, beharrte Nikola.

»Ich habe gar nichts verschwiegen. Ich habe ihn immer nur von Weitem gesehen. Sollte ich so tun, als sei er mein bester Freund gewesen? Solche Übertreibungen liegen mir nicht. Was soll das überhaupt? Was hat das noch mit der Priesterin zu tun?«

»Du musst mich nicht für blöd halten«, zischte Nikola. »Bildest du dir etwa ein, ich durchschaute nicht, dass du herausfinden sollst, wo sich Izabela jetzt aufhält? Und da wir gerade dabei sind: Wie lange bespitzelst du mich schon?«

»Ich habe dich eingeladen, weil ich dachte, etwas unfreundlich gewesen zu sein«, antwortete Kostel erbost. »Ich werde mir deinen Unsinn nicht länger anhören. Du bist ja völlig übergeschnappt!«

Er warf ein paar Münzen auf den Tisch, sprang auf und rannte zur Tür hinaus. Nikola folgte ihm einen Augenblick später. Vor der Kneipe blickte er sich um, doch Kostel war nirgendwo mehr zu sehen! Er ging ein paar Schritte weiter, als ihn unversehens ein heftiger Schlag in den Nacken traf und zu Boden warf.

»Was bildest du dir ein?«, erklang Kostels Stimme. »Glaubst du, du könntest mir dumm kommen, Bürschchen?«

Nikola stöhnte. »Mein Arm, ich habe mir beim Sturz den Arm gebrochen!«

Ohne auf sein Gewimmer einzugehen, kam Kostel näher und holte aus, um ihn zu treten. Entgegen seinem eigenen Gejammer packte Nikola den Fuß des anderen mit beiden Händen, drehte ihn und brachte Kostel zu Fall. Dann stürzte er sich auf ihn. Doch sein Gegner ließ sich kein zweites Mal übertölpeln und wich Nikolas Schlag aus! Beide Männer rangen miteinander und wälzten sich auf der Straße.

Ein plötzlicher Hagelschauer beendete ihren Streit. Abermillionen winziger und nicht ganz so winziger Eiskörner – manche fast so groß wie Walnüsse! – regneten auf die Stadt nieder und stachen schmerzhaft in die ungeschützte Haut der beiden Kämpfer. Nikola und Kostel ließen schleunigst voneinander ab und flüchteten unter die Dächer.

Als das Unwetter vorbei war, wartete Nikola in seinem Unterschlupf noch geraume Zeit, dass Kostel sich wieder zeigte. Doch anscheinend hatte er in der Zwischenzeit das Weite gesucht. Wachsam ging Nikola zu der Stelle, wo er seinen Schlagstock hatte fallen lassen, und hob ihn auf. Dabei entdeckte er in dem Fingerbreit tiefen Brei aus Eis, der die Straße bedeckte, einen zerbrochenen Krug und ein Messer. Mit dem Krug hatte ihn Kostel wahrscheinlich niedergeschlagen. Doch was war mit dem Messer? Hatte Kostel es unbemerkt verloren oder hatte er vorgehabt, es zu benutzen?

Für den weiteren Heimweg nahm sich Nikola sehr viel Zeit. Daher erreichte er Ovidius Kneipe erst, als der letzte Gast bereits gegangen war.

»Na, wen hast du heute Abend umgebracht?«, begrüßte ihn der Wirt.

Nikola verstand ihn erst, als er die roten Flecken auf seiner Kleidung entdeckte. Woher stammten sie, fragte er sich. Ihm war nicht bewusst, dass er Kostel bei dem kurzen Gerangel so stark verletzt haben sollte!

»Nun schau nicht so belämmert drein«, sagte der Wirt lachend. »Offensichtlich bist du in den Eisregen geraten. An den Flecken ist schon wieder der verdammte rote Staub aus der Wüste schuld.«

»Zum zweiten Mal?«, sagte Nikola überrascht.

Ovidiu zapfte zwei Krüge Bier und reichte einen davon Nikola. Der war inzwischen sehr nachdenklich geworden.

»Kennst du dich mit Prophezeiungen aus?«, fragte er.

»Ob ich mich mit Prophezeiungen auskenne?«, wiederholte Ovidiu die Frage. »Ich bin Dichter und Poet! In vielen Legenden und Sagen spielen Weissagungen eine große Rolle. Doch ich muss dich enttäuschen: Wirklich Sinn ergeben sie nur bei uns Reimschmieden und Beherrschern der Feder, in unseren Oden, Balladen und Theaterstücken. Da weiß jeder sofort, dass sie etwas zu bedeuten haben und oftmals auch gleich, für wen! Im wirklichen Leben dagegen erweisen sie sich vorwiegend als Feld für nachträgliche Schlaumeierei … Das Flammenzeichen an der Wand? Ja, das kam uns damals seltsam vor, und jetzt, da alles längst vorbei ist, wissen wir auch, was es zu bedeuten hatte! ... So ist das, Nikola, und nicht anders. Das ist dasselbe wie mit den Propheten: Wenn man ihnen glauben sollte, so glaubt man ihnen nicht. Und wenn man ihnen ganz bestimmt nicht glauben sollte, so glaubt man ihnen umso mehr!«

»Ich wollte auf etwas anderes hinaus«, sagte Nikola. »Hast du jemals gehört, dass jemand eine Weissagung mit allerlei seltsamen Vorzeichen erhalten hat, sich aber nicht darum kümmerte, und dass daraufhin das Schicksal oder die Götter oder wer immer dafür verantwortlich war, ihm dieselben Vorzeichen noch einmal unter die Nase rieben, damit er es vielleicht beim zweiten Mal verstünde?«

Ovidiu betrachtete ihn prüfend. »Weissagungen sind eine ernste Angelegenheit, Nikola. Darüber macht man keine albernen Späße! Doch da fällt mir gerade eine passende Geschichte ein ...«

Kapitän Tavi betrat das Kriegszimmer der Fürsten von Arades, wo die Admiralinnen Urte und Valiva und die Kapitäne und Kapitäninnen der *Dirasch, Paradra, Vallisch, Nikumen* und *Schkura* um einen großen Tisch mit Landkarten standen. Auch eine der *Magascha-Ältesten* war zugegen, hielt sich aber abseits. Tavi fragte sich, ob sie den Redebeiträgen genauso aufmerksam folgte wie die versammelten Kapitäne oder sich heimlich langweilte. Der grüne Schleier, der ihr Gesicht verhüllte, ließ keinerlei Schlüsse zu.

Während Tavi auf eine Unterbrechung der Besprechung wartete, betrachtete er die Wandkarte am gegenüberliegenden Ende des Zimmers, zu deren beiden Seiten sich die aradekischen Kriegszwillinge stolz und kampfbereit erhoben. Die goldenen Einlegearbeiten und die Edelsteine, aus denen das Bildnis bestand, glänzten und glühten im Licht großer Kerzen und erweckten den Anschein, als werde hier noch immer der Segen von Karan und Vatres erfleht.

Bis vor ein paar Monaten wäre es völlig undenkbar gewesen, in diesem Herzstück aradekischer Wehrhaftigkeit eine Besprechung der Kapitäne abzuhalten. Doch Fürst Florin hatte seinen Gästen die Erlaubnis zur Nutzung erteilt, so wie er eben fast allem zustimmte, wenn man im richtigen Tonfall mit ihm sprach.

»Macht ohne mich weiter!«, sagte Urte und trat zu Tavi. »Was gibt es?«

»Eine Schar Erdpriester möchte vorgelassen werden. Laint, Sanz und noch ein paar, von denen ich zuvor nie gehört habe. Feronia? Marinz? Die sagen mir nichts …. Insgesamt sind es so etwa dreißig bis vierzig. Sie sind ziemlich erregt.«

»Was wollen sie?«, fragte Urte verwundert. »Was kann so wichtig sein, dass sie hier am Abend erscheinen müssen und nicht bis morgen früh warten können?«

»Sie behaupten, wir hätten eine ihrer Priesterinnen entführt. Offenbar ist eine Schar unserer Krieger in ihr Haus eingedrungen und hat sie mitgenommen.«

»Hat das irgendjemand befohlen?«

»Ich weiß von nichts, aber die Priester sind des festen Glaubens, der Befehl müsse von dir gekommen sein – oder von dir, Admiralin!«

Damit meinte er Valiva, die hinzugetreten war. Entgegen Urtes Wunsch hatte sie die Unterredung doch unterbrochen.

Die Kapitäne von *Dirasch, Vallisch und Nikumen* standen leise redend als Grüppchen beieinander, und die Kapitänin der Schkura plauderte mit der *Magascha*. Soweit Tavi wusste, war sie eine ihrer Tanten. Der Kapitän der *Paradra* dagegen verzehrte während der ihm hochwillkommenen Unterbrechung eine kleine Mahlzeit. Er hatte immer etwas Essbares dabei. Gerüchteweise sollte er seinerzeit ein halbes Dutzend belegter Brote verzehrt haben, während er die kurze Schlacht gegen die aradekischen Gardisten geleitet und sie vernichtet hatte. Tavi hätte zu gern gewusst, ob etwas Wahres an der Geschichte war.

»Ich habe nichts befohlen«, sagte Valiva. »Haben die Priester einen Namen genannt? Wissen sie, wer den Trupp befehligte?«

»Ein gewisser Sayme vom Schiff *Turanasch*«, antwortete Tavi.

»Der Name ruft eine undeutliche Erinnerung in mir wach«, sagte Valiva.

Tavi half ihr weiter: »Vor ein paar Monaten beschwerte sich seinetwegen eine Priesterin wegen irgendeiner Nichtigkeit, die wir damals nicht weiterverfolgten.«

Urte schüttelte entrüstet den Kopf. »Führt der Kerl eine Fehde gegen die aradekische Priesterschaft? Das muss sofort aufhören!«

»Tatsächlich ist er damit beauftragt, Unruheherde in der Bevölkerung zu beseitigen. Ich weiß, dass das jetzt gerade seltsam klingen muss, aber urteile nicht voreilig, Admiralin! Er brachte zusammen mit einem Einheimischen den Kannibalen zur Strecke.«

»Ach, der war das!«, sagte Valiva. »Vergangene Verdienste helfen ihm jetzt aber nicht weiter. Er soll sofort die Leiche der Priesterin zurückgeben!«

»Sie ist noch gar nicht tot!«, antwortete Tavi rasch und blickte zu Urte. »Offenbar ist sie entweder schwer krank oder verwundet.«

»So?«, sagte Urte. »Da steckt vielleicht mehr dahinter! Könnte sie eine Zeugin bei einem dieser … Unruheherde … sein? Tot oder lebendig, er muss sie jedenfalls zurückgeben. Wenn sich unsere Heiler um sie kümmern, kann sie nicht so schwer zu finden sein. Und falls er das nächste Mal jemanden entführen will, soll er sich eben schlauer anstellen.«

»Sayme … Sayme … das ist kein so verbreiteter Name«, sprach sie weiter und wechselte fließend von Verärgerung zu beiläufigem Geplauder. Die Kapitäne verstanden es als Einladung und traten hinzu. »Ich kannte einmal einen Sayme. Er war recht eigenwillig, hatte manche seltsame Angewohnheit und hielt es nie sonderlich genau mit den Vorschriften. Einmal hat er mich jedoch sehr beeindruckt. Das war gleich nach *Utratt*. Die Stimmung war sehr gereizt in der Flotte. Unsere Mannschaft hatte sich in einer Taverne niedergelassen, für die sich auch die Mannschaft eines anderen Schiffes entschieden hatte. Ich erinnere mich nicht mehr an den Namen, aber wir konnten uns auf Anhieb nicht ausstehen. Ihr wisst alle, wie es ist, wenn man solche ... Schwelbrände ... nicht rechtzeitig löscht. Zuerst sind es nur Worte, dann fliegen Fäuste und am Ende werden Klingen gezückt. Dieser Sayme war jedenfalls auch zugegen. Er saß zusammen mit einem Freund oder einer Freundin – so genau weiß ich es nicht mehr – an einem der hinteren Tische. Ich kannte sie oder ihn nicht. Wahrscheinlich hatten sie zuerst vorgehabt, so lange abzuwarten, bis alles vorbei wäre, dann allerdings wurde es ihnen zu brenzlig und sie wollten lieber gehen. Doch so einfach war das nicht mehr. Das schönste Handgemenge war im Gange, und jemand verstellte ihnen den Weg. Nun kommt etwas, das ich als wahre Haltung und wirkliche Ausstrahlung bezeichnen möchte! Die beiden blieben seelenruhig stehen, und dieser Sayme sagte zu denen, die ihm und seiner Begleitung den Weg verbauten: Wollt ihr sterben? Ein einfacher Satz, nur drei Worte, die ich nicht ansatzweise so wiedergeben kann wie er: Wollt ihr sterben?

Ich habe mich später oft gefragt, wie er das gemacht hat. War es der Tonfall, die Mimik, die Körperhaltung? Von ihm und der Begleitung ging mit einem Mal etwas Bedrohliches und Einschüchterndes aus, wie ich es nie wieder bei einem Menschen erlebt habe. Es war wie eine dunkle Wolke, die nach und nach jeden Winkel der Taverne ausfüllte! Eine umfassende Warnung! Ich glaube, dass auf einmal jeder dasselbe Bild vor Augen hatte, nämlich dass es Tote geben würde, viele Tote, falls wir den Streit unserer Mannschaften nicht sofort beilegten. Damit endet die Märchenstunde!«

»Was wurde aus diesem Sayme?«, fragte Valiva.

»Er war an Bord der *Pranasch*, als Kapitän Imanz diese schöne Stadt besuchte.«

Sie wandte sich an Tavi. »Wir verfahren am besten wie folgt: Lass die verschwundene Priesterin suchen. Wie gesagt, kann sie in ihrem Zustand nicht so schwer zu finden sein. Unsere Besucher sollen solange warten, meinetwegen bis morgen früh. Sorge für Speis, Trank und Unterhaltung, damit sie beschäftigt sind. Ist gegenwärtig noch ein anderer Kapitän im Schloss?«

»Ich meine, Kapitän Ozolin gesehen zu haben.«

Urte lächelte. »Der alte Schwerenöter! Der kam sowieso zu glimpflich davon. Schnapp ihn dir und mach ihn in Hör- und Sichtweite unserer Besucher lautstark zur Schnecke. Sie sollen den Eindruck bekommen, dass wir ihre Sorgen außerordentlich ernst nehmen! Doch achte darauf, was du zu ihm sagst. Viele von ihnen verstehen unsere Sprache mittlerweile sehr gut. Sobald die Priesterin gefunden wurde, übergibst du sie ihnen. Außerdem möchte ich sehr bald den Kapitän der *Turanasch* hier haben. Er soll die Mitglieder seiner Besatzung an ihre Grenzen erinnern!«

Der Schlüssel zu allem

Onkel Mihan öffnete wie jeden Morgen die Tür der Puhlerei und war überrascht, dass Nikola bereits auf der Straße wartete. »Schon wieder so früh?«, begrüßte er ihn kopfschüttelnd. »Noch nicht einmal Traian hat sich die Treppe heruntergewagt. Was machst du erst, wenn du in meinem Alter bist? Gar nicht mehr schlafen?«

Nikola trat ein und setzte sich an einen der Tische. Ihm war nicht nach Reden zumute, da er immerzu daran denken musste, was ihm Ovidiu vor dem Schlafengehen erzählt hatte: Die vielen Beispiele von Prophezeiungen aus alten Sagen, die falsch verstanden oder missachtet worden waren, und dazu das Unheil, das daraus folgte und mit etwas Nachdenken und Beharrlichkeit hätte abgewendet werden können.

Vor allem aber beschäftigte ihn der Zusammenstoß des vergangenen Abends. Jedes Mal, wenn die Tür geöffnet wurde, spannte sich Nikola an in der Erwartung, dass Kostel hereinkäme. Er wusste nicht, was dann geschähe. Würden sie übereinander herfallen? Würden sie sich gegenseitig stumm und feindselig belauern? Oder würde sich herausstellen, dass er Kostel irrtümlich beschuldigt hatte?

Doch Kostel kam nicht. Stattdessen betrat Sayme ungewöhnlich früh die Puhlerei. Er war so wortkarg wie Bootsmann Heliasch in seinen allerbesten Tagen. Ein kurzes Schnarchen und eine knappe, nichtssagende Geste waren alles, was er von sich gab. Nikola verstand ihn dennoch. Er legte den Brustpanzer an, setzte die Lederkappe auf, nahm den Schlagstock und folgte ihm.

»Es hatte ein Nachspiel, dass wir Izabela mitgenommen haben«, eröffnete ihm Sayme. »Eine stattliche Abordnung eurer Priesterschaft forderte im Palast ihre Freilassung. Die Admiralinnen bestellten daraufhin den Kapitän der Turanasch zu sich. Ich weiß nicht, was er sich anhören musste, vermeide es aber seitdem, ihm unter die Augen zu treten. Ich bin sozusagen auf der Flucht.«

»Was wurde aus Izabela?«, fragte Nikola angespannt.

»Sie musste übergeben werden, aber ich denke, dass wir uns derzeit keine Sorgen um ihr Wohlbefinden machen müssen. Die Priester werden gut auf sie achtgeben, damit niemand zu ihr vordringt und sie womöglich abermals entführt, auch wenn sie dabei eher Schilves als Aradeken als Übeltäter im Sinn haben dürften. Letztlich ist Izabela damit genauso sicher, als stünde sie weiterhin unter unserer Obhut.«

Nikola war zwar nicht ganz so zuversichtlich, wusste aber nicht, wie er an der gegenwärtigen Lage etwas hätte ändern können.

»Wohin gehen wir überhaupt?«, erkundigte er sich ein wenig später.

»Du hast mich gar nicht gefragt, was bei meiner gestrigen Erkundung herauskam.«

Das hatte er tatsächlich nicht, fiel Nikola ein. Tatsächlich hatte er wegen der sich überstürzenden Ereignisse gar nicht mehr daran gedacht.

»Ich nehme an, dass es keine Ergebnisse brachte?«, antwortete er.

»Im Gegenteil«, widersprach Sayme. »Ich weiß, wo das jüngste Opfer ins Wasser geworfen wurde, aber natürlich nicht, von wem.«

Nikola blieb wie angewurzelt stehen. »Wo?«

Sayme zuckte die Schultern. »Ich habe die Stelle nur vom Meer aus gesehen. Wir sind aber auf dem Weg dorthin.«

Wie schon in den Tagen zuvor war Sayme nicht gewillt, Abkürzungen zu gehen, sondern folgte dem Uferverlauf. Offenbar hoffte er noch immer, den angetriebenen Leichnam der vermissten Rotschwanzfrau zu finden. Nikola hatte diese Hoffnung inzwischen aufgegeben. Seines Erachtens musste die Tote ins Meer hinausgetrieben oder von einem seiner Bewohner aufgefressen worden sein.

Somit gingen sie ein weiteres Mal am Strand entlang in Richtung Norden. Bei einer Bootsanlegestelle blieb Sayme endlich stehen. »Bis hierhin bin ich gekommen.«

Er deutete auf ein Boot, das auf den Strand gezogen und an dem Steg vertäut worden war, da bei Flut der ganze Strandbereich unter Wasser stünde. »Mit diesem Boot wurde die Leiche ins Meer hinausgebracht und ins Wasser geworfen. Bevor du fragst: Daran besteht kein Zweifel.«

Nikola brannte jedoch eine gänzlich andere Frage auf den Lippen, als er die Anlegestelle erblickte. Der Bootssteg führte zu einem Tor in einer Mauer, die ein großes Grundstück umgab. Rosenfarbene Gebäude und Zypressen waren jenseits der Mauer zu erkennen.

»Ist das ein Scherz?«

»Was sollte daran witzig sein?«, gab Sayme verständnislos zurück.

»Das ist das Anwesen von Aurel Hornkamm!«

»Bist du sicher?«, fragte Sayme erstaunt.

»Todsicher«, entgegnete Nikola.

Sie gingen rasch weiter, um nicht die Aufmerksamkeit eines Bewohners oder Bediensteten von Aurel Hornkamms Anwesen auf sich zu ziehen. Erst als sie weit genug entfernt waren, um sich vor zufälligen Beobachtern sicher zu fühlen, hielten sie inne.

»Zwar hätte jeder Beliebige das Boot benutzt haben können, doch nach dem, was du sagst, wäre das ein erstaunlicher Zufall«, erklärte Sayme nachdenklich. »Anscheinend haben wir damit unseren Täter, den Verantwortlichen für die blutleeren Toten! Er ist kein falscher Heiler, und aus offensichtlichen Gründen konnte er sich auch nicht als einer ausgeben. Wie hat er also erreicht, dass sich keines seiner Opfer wehrte, mit Ausnahme des alten Beryks Brutkleid, der sogar gefoltert wurde?«

Nikola zuckte die Schultern. »Das bleibt ein Rätsel. Vielleicht wäre Beryks nie als Opfer ausgewählt worden, wenn er Hornkamm nicht auf die Schliche gekommen wäre? So wie Mutter Tod. Möglicherweise haben beide etwas entdeckt, das mit den Morden zu tun hatte, und Aurel Hornkamm beschloss daher, sie beseitigen zu lassen? Den einen so, die andere, als habe sie sich selbst getötet.«

»Als sich dann Izabela für Mutter Tods angeblichen Selbstmord interessierte, hat man auch sie töten wollen. Du solltest sehr vorsichtig sein, wenn du nicht der Nächste sein willst!«

»Ich habe bereits Vorkehrungen getroffen«, erwiderte Nikola. »Doch wie hängt das alles mit den Morden an Camilla, Gogul und Kieselkopf zusammen?«

»Womöglich gar nicht. Ihr Tod liegt inzwischen Jahre zurück! Vielleicht zeigt sich uns darin nur, wie rücksichtslos Hornkamm schon immer vorzugehen pflegte. Allerdings gibt es noch dieses geheimnisvolle Buch des Ionach Blaufeder, das ihm deine Freunde verkaufen wollten. Doch acht Jahre, ohne dass etwas geschah? Ich glaube nicht, dass da ein Zusammenhang besteht.«

»Wir sollten uns bei ihm umsehen«, schlug Nikola vor.

»Das ist richtig«, stimmte Sayme zu. »Wir sollten an der Spitze einer Schar von Kriegern stehen, wenn wir an seine Tür klopfen und dann alles auf den Kopf stellen … Ich wünschte, das ginge so einfach! Schon zu anderen Zeiten wäre es heikel gewesen, gegen einen angesehenen Bewohner eurer Stadt vorzugehen. Wie du weißt wünschen die Admiralinnen keine Unruhe unter der Bevölkerung. Doch nach dem Wirbel, den es gestern wegen Izabela gegeben hat, wird man mir ein solches Vorgehen nicht gestatten. Was ist mit deinen Puhlern?«

»Ich weiß nicht, wem ich noch trauen kann und bezweifle auch, dass sich einer von ihnen darauf einließe«, antwortete Nikola düster. »Schon der Schutz Izabelas ging ihnen zu weit. Aber wir könnten uns wenigstens von außen einen Überblick verschaffen.«

»Ja«, antwortete Sayme zögernd und dann noch einmal entschlossener: »Ja!«

Sie gingen zu der Anlegestelle zurück. Das Gittertor, durch das man in den Garten gelangte, war nicht ganz mannshoch und bestand aus Messing. Bäume und Sträucher behinderten den freien Blick auf das Anwesen, sodass nur ein Teil des Nebengebäudes und das Haupthaus zu erkennen waren. In seinem obersten Stockwerk besaß es eine Galerie mit Balustrade, was für die Bauweise in Arades ziemlich unüblich war. Tatsächlich erinnerte sich Nikola nur an ein einziges Gebäude mit dieser Besonderheit, und das stand auf dem Palasthügel. Das Holzhaus und das Freilichttheater hingegen blieben dem Beobachter verborgen.

Sayme blickte eine Zeit lang schweigend durch das Tor. »Falls wir hier einsteigen wollten, ich meine, falls wir tatsächlich einen so törichten Plan fassen sollten, dann böten uns die Büsche einen guten Schutz. Laufen nachts Hunde frei herum?«

»Ich habe zwar keine gehört, als ich Mutter Tod folgte, aber das hat nichts zu sagen«, antwortete Nikola. »Sie könnten eingesperrt gewesen sein. Aber ich dachte, du magst Hunde?«

»Nur wenn sie schwimmen«, erwiderte Sayme. »Dann sehen sie sehr drollig aus. Ihre strampelnden Beinchen! Was ist mit Wachen?«

»Ich habe nur zwei gesehen, aber das waren bestimmt nicht alle. Sagen wir: tagsüber sechs und nachts vier – zwei vorne am Eingang und zwei, die auf dem Gelände Streife gehen. Also zehn insgesamt?«

»Zwölf, mindestens«, widersprach Sayme. »Aber wie du richtig sagtest, dürften die meisten schlafen, wenn wir erst sehr spät eindringen. Allzu spät sollte es wegen der Flut aber auch nicht sein. Wahrscheinlich müssten wir sowieso das Boot stehlen, um wieder wegzukommen. Welches Gebäude würden wir uns denn ansehen wollen, gesetzt den Fall?«

»Zum Glück nicht das Haupthaus. Wer weiß, wie viele Diener, Knechte und Mägde dort untergebracht sind? Es gibt ein

Holzhaus, das erst im vergangenen Jahr errichtet wurde und dessen Zweck sich mir nicht erschlossen hat.«

»Da kommt jemand!«, unterbrach ihn Sayme.

Nikola zog sofort den Kopf zurück. Als sein Begleiter verharrte, raunte er: »Geh weg!«

»Sie können mich nicht sehen«, beruhigte ihn der Schilves. »Ein Krieger und eine Frau. Er führt sie zu diesem Nebengebäude. Gelb und blau, welche Sippe ist das?«

»Seitenkralle«, antwortete Nikola. »Sie könnte das nächste Opfer sein!«

»Möglich. Allerdings könnte sie auch mit Hornkamm unter einer Decke stecken. Wir wissen es einfach nicht.«

Das klang zunächst einleuchtend, doch plötzlich hatte Nikola einen Geistesblitz, der ihn vom Gegenteil überzeugte.

»Doch, sie ist das nächste Opfer! Jetzt verstehe ich die Prophezeiung!«, sagte er mit Inbrunst.

»Hattest du doch noch mit Izabela gesprochen?«, fragte Sayme verwundert.

»Nein, aber mit jemandem, der sich ebenso gut auskennt. Pass auf, das sagt die Weissagung: Er wird jeden einzelnen der zehn Schritte bis zum bitteren Ende gehen. Was ist mit den zehn Schritten gemeint?«

Nikola zählte an den Fingern ab. »Camilla, Gogul, Apuludora Weißkehle, Kaitis Blaufeder, Violeda Krummschnabel, die unbekannte Rotschwanz, Beryks Brutkleid, Mutter Tod, der Kropfjüngling von gestern – das macht neun. Nur noch eine fehlt bis zehn!«

»Du hast Radu Kieselkopf vergessen«, wandte Sayme ein.

»Absichtlich«, sagte Nikola. »Demitri hegte zwar den Verdacht, dass sein ehemaliger Kumpan auf Aurels Befehl hin ermordet wurde, aber dafür gibt es keinen Beleg. Er war ein Gauner, da gehört das sozusagen zum Geschäft. Alle anderen Toten können wir mit Hornkamm in Verbindung bringen. Es sind neun, und wenn wir einen weiteren Mord nicht verhindern können, wird etwas sehr Schlimmes geschehen. Davor hatte mich Gogul warnen wollen.«

»Aber sagte er in seiner Prophezeiung nicht, es sei ohnehin alles zu spät?«

Nikola nickte. »Aber das habe ich missverstanden. Aus seiner Sicht mag es zwar stimmen, doch wie ich von Misangre gelernt habe, ist bei den Geistern alles verkehrt herum. Das Äußere ist innen und das Oberste zuunterst, meinte er einmal. Wenn Gogul also gesagt hat, es sei zu spät, dann nur, weil er das Ende sah, das einträte, falls wir nicht handelten. Wir wissen nicht, wie lange das zehnte Opfer noch zu leben hat. Die Frau kann jederzeit getötet werden! Wir können es nicht wagen, bis heute Nacht zu warten. Wir müssen sie jetzt sofort retten. Wir haben gar keine andere Wahl.«

Sayme war nicht so leicht zu überzeugen. »Das kommt mir überhastet und willkürlich zusammengereimt vor.«

»Anfänglich erscheint das bei vielen Prophezeiungen so«, versicherte ihm Nikola. »Wir haben keine Wahl. Notfalls gehe ich eben allein.«

Seine Entschlossenheit gab den Ausschlag.

»Das wird nicht nötig sein«, sagte Sayme, sah dabei aber aus, als hätte er eine ganze Bitterfrucht gegessen. »Ich werde dich begleiten.«

Nikola zückte sein Werkzeug und machte sich am Tor zu schaffen.

»Führst du diese Häkchen eigentlich immer mit dir?«, fragte Sayme.

»Erst neuerdings«, sagte Nikola leise. Erst seitdem er für Izabela Mutter Tods Tür geöffnet und sie dadurch ins Verderben gestürzt hatte.

Sowie das Tor offen war, schlüpften Nikola und Sayme hindurch. Sie mieden die sacht ansteigende Treppe aus Steinplatten und huschten von Baum zu Busch und von Busch zu Baum. Doch davon gab es viel weniger, als es von außen den Anschein gehabt hatte und sie sich gewünscht hätten. So blieb ihnen nichts anderes übrig, als über viel zu weite offene Strecken zu eilen, dann wieder stehen zu bleiben, mit angespannten Sinnen zu warten und schließlich weiterzuhasten.

Die fehlenden Gebäude rückten nun in ihr Blickfeld. Der Holzbau sah noch immer so nichtssagend und abweisend aus wie vor Tagen. Das kleine Theater hatte sich allerdings verändert. In dem Halbrund waren mehrere Fackelhalter und ein langer Tisch aufgestellt worden. Auf ihm war etwas aufgehäuft und ein kecker Wind verriet auch, um was es sich handelte: Federn oder Blütenblätter. Er wirbelte einige davon auf und entführte sie zum Meer.

Dieser Anblick bestärkte Nikola in seiner Entscheidung: Irgendetwas stand kurz bevor!

Er und Sayme hatten das Nebengebäude, zu dem die Frau geleitet worden war, fast erreicht, als ihnen einer von Hornkamms Wächtern in den Weg trat und rief: »Jetzt reicht es! Bleibt stehen! Das untere Tor ist nicht so ungesichert, wie ihr angenommen habt. Beim nächsten Mal solltet ihr lieber woanders einsteigen. Doch was sage ich? Es wird kein nächstes Mal geben!«

Er lächelte geringschätzig und schnippte mit den Fingern, worauf sich weitere Wächter zeigten. Sie waren mit Kurzschwertern, Seemannsdolchen und Spießen bewaffnet – vermutlich ehemalige Seekrieger. In den Händen hielten zwei von ihnen kleine Armbrüste, die wie Spielzeuge aussahen.

»Wenn ihr nun die Waffen fallen ließet?«, forderte der erste Wächter die Eindringlinge auf. Offenbar hatte er das Sagen.

Sayme leistete umgehend Folge. »Ergib dich«, riet er Nikola.

Nikola zögerte. »Aber wozu denn? Sie werden uns doch sowieso töten.«

»Ja, später, aber wenigstens nicht sofort. Ebbe und Flut, mein Freund, Flut und Ebbe, zwischen beidem liegt oft viel tiefes Wasser.«

Nikola warf den Schlagstock weg, bedauerte seinen Entschluss jedoch gleich wieder, als ihnen die Hände grob auf den Rücken gebunden wurden. Eine der Wachen wurde zum Haupthaus geschickt und kehrte erst nach einer Weile wieder zurück.

»Er will sie sehen!«, sagte sie.

Der Anführer deutete wortlos auf drei seiner Leute, die die Gefangenen in ihre Mitte nahmen und zum Haus führten.

Aurel Hornkamm empfing seine ungebetenen Gäste auf der Galerie im zweiten Stock seines Hauses. Sein Gewand – im Blau und Braun der Hornkamms – war frisch gestärkt, und das Leder und Metall der Paraderüstung, die er angelegt hatte, glänzten. Er war mit Schwert und Dolch bewaffnet. Beide steckten in Scheiden, die mit Edelsteinen geschmückt waren. Wäre er zum Fürsten geladen worden, um eine Auszeichnung anzunehmen, so wäre er wahrscheinlich nicht herausgeputzter gewesen.

Er lächelte. »Sieh da, der Puhler! Ist dein Begleiter der Betrüger, vor dem du mich gewarnt hattest, oder ist am Ende der Puhler selbst der Betrüger? Aus Satumer sollte der Halunke stammen, nicht wahr? Dein Begleiter kommt offensichtlich nicht aus dieser leichtsinnigen Stadt, sondern von sehr viel weiter her. Daher muss also der Puhler der Schlingel sein, der Lügner, der Verräter an seinem eigenen Volk!«

»Zwei von euch bleiben, der Dritte kann gehen«, sagte er zu den drei Wachen, bevor er sich wieder an die Gefangenen wandte.

»Ihr kommt ein wenig ungelegen, denn gleich wird hier etwas Großes und Bedeutsames stattfinden, auf das ich lange zugearbeitet habe. Daher kann ich euch nicht die Aufmerksamkeit schenken, die ihr zweifellos verdient hättet. Doch wenn ich es mir recht überlege, ist eure Anwesenheit gar nicht einmal so unvorteilhaft. Dadurch erfährt wenigstens einer aus diesem widerwärtigen Volk, das unsere Stadt schon zu lange durch seine Anwesenheit beschmutzt, wer und was sie vernichtet hat.«

»Was immer Ihr vorhaben mögt«, antwortete Sayme. »Lasst diesen Plan fallen! Ich beschwöre Euch! Ihr denkt, Ihr kennt die Schilves und wisst, wozu sie fähig sind? Ich sage Euch aber: Ihr kennt sie nicht!«

Hornkamm machte eine unwirsche Handbewegung. »Drohungen, leere Drohungen! Damit konntet ihr Fürst Katalin einschüchtern! Doch wenn ihr wirklich so mächtig wärt, wie ihr ihn glauben ließt, und ganze Städte vernichten könntet, so hättet ihr ihn nicht verleiten müssen, die Garde vor die Stadt zu schicken. Ihr hättet Stärke gezeigt und aus eigenen Stücken angegriffen! Solche Drohungen sind an mich verschwendet. Um die Wahrheit zu sagen, gibt es nur eines, wovor sich ein Mann meines Alters noch fürchtet, nämlich allein zu sterben.«

»Wir wollten Euch eine Lehre erteilen, aber offenbar ist sie auf unfruchtbaren Boden gefallen«, erwiderte Sayme. »Erinnere ich mich falsch, oder sind Eure Schiffe nicht angesichts unserer Flotte geflohen? Ich meine, vorwiegend ihr Heck gesehen zu haben. Wisst Ihr, wie Euch unsere Matrosen seither nennen?« Er sagte erst ein paar unverständliche Silben und übersetzte sie dann. »Das bedeutet: Herr der Fischerkähne.«

Aurel Hornkamms Gesichtszüge entgleisten, und Hochmut und Selbstgefälligkeit verschwanden aus seiner Miene. Sein Gesichtsausdruck gefiel Nikola zwar, doch er fragte sich auch, ob Sayme wusste, was er tat. Gegenwärtig sah es nicht nach Ebbe, Flut und tiefem Wasser aus, sondern eher nach einem äußerst seichten Gewässer, in dem ein gereizter Hai namens Aurel Hornkamm seine Kreise zog und schon im nächsten Augenblick zubeißen konnte!

Der einstige Befehlshaber der aradekischen Flotte erlangte seine Fassung jedoch schnell zurück.

»Ich weiß, was du vorhast«, behauptete er. »Du hoffst auf einen raschen Tod. Er wird dir aber nicht gewährt! Nun will *ich* dir eine Lehre erteilen!«

Er wandte sich an Nikola. »Was weißt du über Kakalith, Bursche?«

»Den Vogel?«

»Den Gottvogel, du Tölpel!«

Nikola schüttelte den Kopf. Als er sich damals, Traians wegen, von Ovidiu über Kakalith unterrichten ließ, hatte er gedacht, er würde einem Schilves von ihm erzählen müssen. Stattdessen würde er nun sein letztes Stündchen damit verbringen, die Legende einem Aradeken vorzutragen! Es gab wohl doch einen Gott mit krausem Humor!

»Kakalith kämpfte gegen Sartris und gewann«, antwortete er kurz und knapp.

»Das auch. Doch was weißt du noch?«

»Er erschuf die Menschen im Auftrag der Erdgötter. Dazu grub er neun Löcher in den Boden und ließ in jedes einen Tropfen seines Blutes fallen, und zwar aus dem Stumpf seines zehnten Zehs, den er beim Kampf gegen Sartris verloren hatte. Nein, das ist nicht ganz richtig. Er nahm nur einen einzigen Tropfen und teilte ihn in neun Teile. So war das. Er ließ sie in Erdmulden fallen, wie jemand, der Samen sät. Daraus entsprossen dann Menschen.«

»Im Wesentlichen ist das richtig«, bestätigte Hornkamm. »Vor etwa vierzig Jahren hatte ein gelehrter Mann namens Ionach Blaufeder einen ungemein schlauen Einfall ... Der Name scheint euch geläufig zu sein, wie ich sehe ... Dieser Gelehrte dachte nämlich: Da uns Kakalith aus seinem Blut erschuf, ist das Göttliche in uns und in unserem Blut. Blut ist der Schlüssel! Was wird also geschehen, wenn man Kakaliths Weg Schritt für Schritt zurückgeht? Wenn man das Blut von Angehörigen aller neun Sippen nimmt und in einem einzelnen lebendigen Körper wiedervereint? Wird sich dann Kakalith manifestieren?

Ionach Blaufeder gewann die Unterstützung des damaligen Fürsten Alexandru, indem er ihm versprach, ihm den mächtigsten Krieger zu beschaffen, den die Welt je gesehen hat, und ihn dadurch zum ruhmreichsten Fürsten aller Zeiten zu machen. Noch in tausend Jahren würde man Fürst Alexandrus Namen in Ehrfurcht aussprechen! Damit war der Gelehrte für einige Jahre versorgt, doch dann befahl ihm der Fürst, unverzüglich alle Forschungen einzustellen und die Aufzeichnungen zu vernichten. Warum er diese Anweisung erteilte? Niemand weiß es!

Da Ionach Blaufeders Studien geheim gewesen waren und er bald danach das Zeitliche segnete, geriet der Gelehrte in Vergessenheit. Eine Zeit lang kursierte noch das wenig beachtete und irreführende Gerücht, er habe herauszufinden versucht, wie man Dreck in Gold verwandeln könne. Allerdings bleibt immer jemand übrig, der ein bisschen mehr weiß.

Die Frucht von Ionach Blaufeders Forschung schien für alle Zeit verloren zu sein. Das galt bis vor ein paar Jahren, als mir das Schicksal seine geheimen Aufzeichnungen in die Hände spielte.«

»Ihr habt die Besitzer ermorden lassen, vermutlich aus Geiz. Mit Schicksal hatte das wenig zu tun!«, unterbrach ihn Nikola wütend.

Aurel Hornkamm bedachte ihn mit einem so duldsamen Blick, als sei er geistig etwas schwerfällig. »Ein hehres Ziel verlangt gelegentlich Opfer, sodass der bislang glänzende Schild der Ehre durch ein paar Spritzer besudelt werden muss ... Solltest du mich nochmals unterbrechen, lasse ich dir die Zunge herausschneiden! ... Ionach Blaufeder hatte kurz vor einem Durchbruch gestanden. Das erforderliche Blut zu besorgen ist einfach, doch wie soll man es mischen? Schließlich kann man das fremde Blut nicht einfach in die Adern geben, da die Folgen schwer und unvorhersehbar sind. Ionach Blaufeder hatte jedoch die Lösung gefunden, wie die verschiedenen Sorten Blut im Körper zu mischen seien. Er gelangte zu der Einsicht, dass man den ganzen Körper des Empfängers vorbereiten müsse. Bursche, die Tinktur namens *Blutige Fee* ist dir doch sicher bekannt? Erkläre unserem Gast aus der Fremde, was es damit auf sich hat.«

»Es ist ein Gift, das sämtliche Gefäße des Opfers durchlässig macht, selbst die Haut. Alles Blut läuft den Vergifteten aus dem Körper«, antwortetet Nikola. »Schon für seinen Besitz hättet Ihr den Tod verdient.«

Hornkamm deutete mahnend auf seine Zunge und fuhr fort: »Eine grandios einfache Idee: Man verabreicht den Auserwählten das Gift, und sowie es seine Wirkung zeigt, gibt man ihnen das Blut zu trinken, auf dass es sich in ihnen mit ihrem eigenen vermische.«

»Sie werden daran sterben«, warf Sayme ein.

»Gewiss«, bestätigte Hornkamm. »Es sei denn, das Göttliche manifestiert sich! Es gab jedoch etwas, das Ionach Blaufeder nicht bewusst war und sich erst vor Kurzem offenbarte …«

Mit einem Blick in den Garten rief er aus: »Ah, jetzt beginnt es!«

Seinen Wächtern befahl er: »Sie sollen zuschauen, wie in dieser Stunde das Ende der Schilves besiegelt wird!«

Im Freilichttheater brannten inzwischen Fackeln, und auf dem Tisch waren Becher und Gefäße gestellt worden. Angeführt von einem mittelgroßen Mann mit Kupfermaske – einem Priester? einem Zauberer? –, näherte sich aus der Richtung des Nebengebäudes eine Schar junger Männer und Frauen. Sie waren in makelloses Weiß gekleidet, und Hornkamm bezeichnete sie als *die Erwählten*. Links und rechts von ihnen schritten feierlich Wächter mit Speeren. Wie ihr Herr waren auch sie festlich herausgeputzt. Im Theater verteilten sich die *Erwählten* um den Tisch herum, während der Maskierte einen Platz genau in der Mitte einnahm. Mit dem Gesicht zum Meer breitete er die Arme aus und verfiel in einen hellen Singsang.

»Sie sind allesamt Freiwillige und gewillt, ihr Leben einem höheren Ziel zu weihen«, erklärte Hornkamm.

Nikola fühlte sich innerlich taub bei dem Gedanken an die ungeheure Niederlage, die er und Sayme nun einstecken mussten. Die jungen Narren, die sich noch immer auserwählt glaubten, würden erst das Gift trinken und anschließend das Blut. Zweifellos stammte es von den angeschwemmten Toten, denen man zu Lebzeiten ebenfalls eingeredet hatte, auserwählt zu sein. Sayme und er hatten aufklären wollen, wer Schuld an ihrem Tod trug. Das war ihnen auch gelungen! Sie hatten den Täter gefunden, aber nun wurden sie zu Zeugen seiner nächsten Morde. Sie hatten nichts verhindern können, trotz ihrer Mühen, überhaupt nichts. Alles war sinnlos gewesen!

Nikola blickte zu Sayme hinüber. Seine Augen waren beinahe ganz geschlossen, wodurch er noch verschlafener aussah als sonst. Wer ihn nicht kannte, hätte schwören können, dass er jeden Augenblick einnicken werde. Doch seine Miene wirkte nicht mild und entspannt, sondern wie versteinert. Nichts regte sich in seinem Gesicht. Er schien nicht einmal mehr zu atmen! Jeder hatte seine eigene Art und Weise, sich gegen den bevorstehenden Schrecken zu wappnen.

Eine der Frauen zog Nikolas Aufmerksamkeit auf sich. Sie kehrte ihm den Rücken zu, sodass er nicht allzu viel von ihr sah. Die sorgfältig gekämmten, haselnussbraunen Haare, die zu einem Knoten gebunden waren, und die breiten Strähnen, die sich leicht gebogen von ihren Schläfen bis zum Kinn schwangen, erinnerten ihn an jemanden. Als sie den Kopf leicht wandte, sodass er mehr von ihr sah, gefror ihm das Blut in den Adern. Valerica!

Er brüllte: »Valerica! Lauf weg! Lauf so schnell du kannst! Rette dich!«

Ein Wächter legte ihm von hinten den Arm um den Hals und drückte, bis nur noch ein Krächzen aus Nikolas Mund kam.

»Es ist ihre große Stunde!«, herrschte ihn Hornkamm erbost an. »Du wirst sie ihr nicht verderben! Vielleicht ist sie Kakaliths Gefäß!«

Valerica wandte sich um. Sie lächelte glücklich und hob den Becher, den man ihr gerade gereicht hatte, zum Gruß. Doch wem galt er, fragte sich Nikola. Ihm? Hornkamm? Hatte sie ihn überhaupt erkannt?

Mit Wucht trat er auf den Fußspann des Wächters, der ihm die Luft abdrückte, und ihn jetzt mit einem Schmerzensschrei losließ. Nikola wandte sich zum Eingang der Galerie. In seinen Gedanken gab es nur ein Ziel: Hinunter in den Garten zu eilen und Valerica davon abzuhalten, das Gift zu trinken!

Er kam zwei Schritte weit, dann streckte ihn der Schlag eines Speerschaftes nieder. Unfähig, mit den gebundenen Händen einen Sturz abzuwenden, knallte er mit dem Kopf gegen die Balustrade der Galerie und sackte benommen zu Boden. Zwischen den Säulen, die das Geländer hielten, blickte er in den Garten und sah, wie auch die anderen Erwählten ihre Becher zum Gruße hoben.

»Es ist ihr freier Entschluss«, sagte Hornkamm. »Ihr Leben erhält heute einen Sinn! Wer kann das sonst von sich behaupten?«

Während er sprach, hörte Nikola im Geist noch eine zweite Stimme. Sie sagte: »Ich möchte während meines Lebens etwas Bedeutendes tun. Ich möchte Spuren hinterlassen. Man soll wissen, dass ich gelebt habe! Von mir soll einmal gesagt werden: Was sie getan hat, war wichtig. Es war die Aufgabe, für die sie bestimmt war. Ihr Leben war nicht flüchtig. Sie ist nicht einfach verblasst!«

Vergeblich versuchte Nikola, wieder auf die Beine zu kommen. Er dachte an den Nachmittag, als er mit Valerica geschlafen und sie diese Worte gesagt hatte. Er hätte glücklich sein sollen, doch stattdessen war er enttäuscht gewesen, und jetzt erinnerte er sich nicht einmal mehr an den Grund dafür. Damals hatte er einen kostbaren und unwiederbringlichen Augenblick vergeudet!

»Fliehe!«, krächzte er, während er an der Balustrade kauerte und mit dröhnendem Kopf hinab in den Garten blickte, in dem ihr Leben schon bald enden würde, und zwar ganz ohne eine Spur zu hinterlassen!

Aus den Augenwinkeln nahm er plötzlich eine schnelle Bewegung wahr. Irgendwie hatte Sayme es geschafft, sich seiner Fesseln zu entledigen! Doch statt zu fliehen, hielt er auf Aurel Hornkamm zu!

»Du musst sie retten!«, flehte Nikola. Sayme warf ihm einen unentschlossenen Blick zu.

Ein winziger Augenblick der Unachtsamkeit, und gleichzeitig ein schrecklicher Fehler! Einer der beiden Wächter erkannte die Gelegenheit und ergriff sie. Er stieß seinen Spieß in Saymes Rücken, und zwar mit einer solchen Wut, dass die Spitze vorne wieder herausdrang: auf der linken Seite der Brust, genau in Herzhöhe. Sayme brach lautlos zusammen. Der Wächter setzte den Fuß auf seinen Rücken und zog den Spieß aus seinem Leib.

»Ist er tot?«, fragte Aurel Hornkamm. Obwohl die Antwort

offensichtlich war, beugte sich der Wächter zu Sayme hinab und legte die Hand an seinen Hals.

»Mausetot!«

Aurel Hornkamm war sehr unzufrieden mit dieser Entwicklung.

»So hatte ich mir das nicht gedacht. Der Schilves hätte mit ansehen sollen, wie ich sein Volk vernichte. Nun ist er als Erster gestorben. Und für dich, als sein Hündchen, habe ich ohne ihn auch keine Verwendung mehr!«

Missmutig befahl er seinen Wachen: »Schafft die Leiche weg.«

Seine beiden Krieger ergriffen Saymes Beine und schleiften ihn zum Zugang der Galerie. Hornkamm trat an die Brüstung. Mit beiden Händen stützte er sich auf den Handlauf und starrte grimmig in den Garten. Inzwischen schienen alle *Erwählten* von der *Blutigen Fee* getrunken zu haben. Nikola hielt den Blick fest auf Valerica gerichtet. Er saugte ihren Anblick auf, nicht wissend, wie lange er ihn ertragen konnte. Noch waren weder an ihr oder einem der anderen die typischen Anzeichen einer Vergiftung zu erkennen.

»Die *Blutige Fee* wirkt nicht sofort«, erklärte Hornkamm. »Es gibt nur drei Wochen im Jahr, in denen das Ritual überhaupt durchgeführt werden kann. Heute ist erst der vierte Tag. Sollte etwas schiefgehen, können wir es also wiederholen. Aber alles wird ausgezeichnet enden. Ich habe ein sehr gutes Gefühl.«

»Ich werde dich töten«, versprach ihm Nikola.

»Ja, ja, ja«, antwortete Hornkamm gelangweilt. »Dutzende von Piraten haben mir dasselbe angedroht. Und, was ist aus ihnen geworden? Ich ließ ihnen die Köpfe abschlagen und ihre Körper auf Stangen spießen. Die Köpfe habe ich dann mit nach Arades genommen. Ich bewahrte sie in Kisten auf, die erst im Beisein Fürst Alexandrus wieder geöffnet wurden. Er nannte mich einen Barbaren!« Hornkamm lachte. »Im ersten Augenblick wusste ich nicht, ob er es ernst meinte.«

Eine der beiden Wachen kehrte zurück.

»So schnell?«, fragte Hornkamm überrascht.

»Kodrin ging nicht fort, wie Ihr befahlt, sondern wartete vor der Tür«, antwortete der Wächter. Damit meinte er den dritten Bewaffneten, den Hornkamm weggeschickt hatte. »Er traut keinem Schilves über den Weg und wollte zur Stelle sein, falls die Gefangenen etwas Dummes versuchen. Dachte wohl, wir würden ohne ihn nicht mit ihnen fertigwerden! Er hilft jetzt Valadim dabei, die Leiche fortzuschaffen, bevor ihr Blut den Boden noch mehr besudelt. Was ist mit dem Puhler?«

»Stelle ihn auf die Beine«, antwortete Hornkamm. »Vielleicht haben wir noch eine Verwendung für ihn.«

Eine Hand ergriff Nikola am Kragen, zog ihn hoch und lehnte ihn gegen die Brüstung. Hornkamm nahm sein Selbstgespräch wieder auf. »Ich wollte dem Schilves doch noch erzählen, welchem Irrtum Ionach Blaufeder aufgesessen war. Nun weilt er leider nicht mehr unter uns. Kurz und gut: Der Gelehrte ließ sich von der Legende blenden! Allerdings ist er nicht der Einzige, das muss man ihm zugutehalten!

Neun Tropfen verteilte Kakalith in der Erde. Neun Tropfen, also für jede der neun Sippen einen. Warum? Damals gab es die Sippen noch gar nicht! Neun Zehen des Gottvogels waren intakt, der zehnte verwundet. Warum sollte er ihn missachten? Auch ein Einarmiger vergisst seinen verlorenen Arm nicht. Man muss die Legende zu deuten wissen! Die Wahrheit ist, dass es einmal eine zehnte Sippe gegeben haben muss. Für eine Untat, die lange vergessen ist, beraubte man sie ihres Namens und ihrer Rechte. Ihr Sippenlosen müsstet deswegen eigentlich Ausgestoßene heißen, denn um euch geht es dabei. Die anderen Sippen entschieden jedoch, dass es das Beste sei, in Vergessenheit geraten zu lassen, dass eure Vorfahren – und damit auch ihr – jemals als Gleichgestellte zu ihnen gehörtet. Vielleicht folgten sie damit aber auch nur der Vorgabe aus Kakaliths Legende: Einstmals hatte der Gottvogel zehn Zehen besessen. Einen davon verlor er im Kampf gegen den Götterfeind, und es gibt keinerlei Hinweis darauf, was aus ihm wurde! Vielleicht hat er versagt, als Kakalith ihn benötigte?

Aber warum soll dieses Wissen so bedeutsam sein? Für die

Manifestation Kakaliths ist es entscheidend, dass alle Blutstropfen in einem lebenden Gefäß vereint werden. Nicht nur neun Sorten, sondern zehn, also auch das von euch, den sogenannten Sippenlosen. Ionach Blaufeder erkannte das allerdings noch nicht, und auch wir mussten erst aus Irrtümern lernen.«

»Ich zähle nur neun Erwählte«, antwortete Nikola.

»Ich hoffe natürlich, dass sich Kakalith im Körper eines Würdigen manifestiert«, antwortete Hornkamm schmunzelnd. »Doch falls der Gottvogel anderes plant, kannst du uns noch von Nutzen sein! Du warst während der Anrufungen zugegen. Das Einzige, was dich noch von den Erwählten im Garten unterscheidet, ist, dass du nicht von der *Blutigen Fee* gekostet hast.«

Er lachte herzlich. »Das war ein Scherz. Alles ist gut vorbereitet. Deine Mithilfe wird nicht erforderlich sein.«

Im Freilichttheater wurde nun die Wirkung der *Blutigen Fee* sichtbar. Bei den ersten *Erwählten* zeigten sich bereits rote Flecken auf den weißen Gewändern. Es erschreckte sie jedoch nicht, keinen von ihnen! Sie lachten, freuten sich und zeigten einander die Anzeichen ihres herannahenden Todes oder warteten ungeduldig darauf, dass auch sie Blut zu schwitzen begännen. Ob Männer, ob Frauen, alle benahmen sich wie junge Mädchen, die zum ersten Mal geblutet hatten und auf ihrer Marinzfeier der Freude am Frausein und dem Stolz über die Fruchtbarkeit Ausdruck gaben.

Nun nahte die Zeit für den nächsten Schritt des Rituals: die Aufnahme des fremden Blutes, des Samens, von dem man ihnen eingeredet hatte, dass ein Gott daraus geboren würde. Becher kreisten. Die *Erwählten* setzten sie an ihre Lippen, verzogen wegen des Geschmacks die Gesichter, wedelten beim Trinken ungeduldig mit den Händen und atmeten erleichtert auf oder kicherten albern, wenn sie den Becher weiterreichten und den nächsten in Empfang nahmen.

Die Auswirkung der Vergiftung zeigte sich nun immer deutlicher. Blutige Tränen liefen den Erwählten aus den Augen, und ihre einstmals weißen Gewänder verfärbten sich mehr und mehr. Einige Erwählte legten die Arme fröstelnd um ihren Oberkörper, andere kratzten sich am ganzen Leib wie besessen, sodass die Haut wund wurde, oder sie rangen nach Luft. Einer stürzte und blieb reglos liegen. Ein weiterer wand sich in Krämpfen. Ein paar wollten das Halbrund des Theaters verlassen. Vermutlich beabsichtigten sie gar nicht zu fliehen, sondern wussten nur nicht mehr, was sie taten. Aurel Hornkamms *Ehrenwachen* kamen jetzt zum Zug. Mit den Stangen ihrer Speere prügelten sie die scheinbar *Erwählten* rücksichtslos zurück! Einzig den Maskierten ließen sie vorbei.

Nikola wandte den Blick nicht von dem Geschehen ab. Einmal hatte er Valerica mit ihren irregeleiteten Träumen und Wünschen alleingelassen, ein zweites Mal würde er das nicht tun!

So war er ganz überrascht, als er ein dumpfes Klatschen hörte und sah, wie der verbliebene Wächter mit einem Spieß im Leib zu Boden ging.

Sayme war zurückgekehrt! Er stand am Eingang der Galerie, von wo aus er den Spieß geworfen hatte. Nun kam er auf Aurel Hornkamm zu! Trotz des großen Blutflecks auf seinem farbenfrohen Hemd, der eigentlich anderes hätte erwarten lassen, strauchelte und taumelte er nicht, sondern bewegte sich mit festem und entschlossenem Schritt.

»Dich zu sehen, hatte ich nicht mehr erwartet«, sagte Aurel Hornkamm erstaunt. »Ich wähnte dich längst tot. Offenbar hat ein Gott seine Hand über dich gehalten. Du hättest diese unverdiente Gnade nutzen und fliehen sollen.«

»Ich bin hier, um dich von deiner Angst zu befreien«, fauchte Sayme.

»Welche Angst? Ich fürchte niemanden!«

»Ich will dir die Angst nehmen, allein sterben zu müssen. Ich werde bei dir sein.«

Hornkamm schnaubte geringschätzig. »Du bist nicht einmal bewaffnet!«

Nikola sah eine Gelegenheit, sich einzumischen. Er stieß

sich von der Balustrade ab und warf sich gegen Hornkamm, in der Absicht, ihn zu Fall zu bringen. Doch unerwartet schnell wich der alte Mann aus, sodass sich Nikola allein am Boden wiederfand. Hornkamm richtete die Spitze seines Schwertes auf ihn und ließ sie bedächtig und suchend über seinen Körper gleiten.

»Schon als junger Mann galt ich als einer der besten Schwertkämpfer des Fürstentums«, prahlte er. »Obwohl ich es seit langer Zeit nicht mehr nötig habe, selbst zu kämpfen, habe ich meine Übungen nie vernachlässigt. Bilde dir nicht ein, es könnte mich beunruhigen, dich wieder auf den Beinen zu sehen, Schilves! Mich kümmert das überhaupt nicht! Ich weiß nämlich, dass man euch Schilves töten kann, so wie alle anderen Menschen auch. Ich weiß es sogar aus erster Hand!«

Die Schwertspitze verharrte über Nikolas Kehle, als hätte sich Hornkamm entschieden, wo er seine Klinge versenken sollte. Nikola starrte auf den langen, spitzen Stahl und hielt den Atem an. Sayme brachte sich in Erinnerung. Er war jetzt nicht mehr weit weg.

»Was habt Ihr gelernt, Aurel Hornkamm?«, zischte er.

»Was sollte ich gelernt haben?«

Sayme erklärte es ihm: »Es ist die Sitte der Schilves, Lehren zu erteilen. Ich erspare Euch das, denn Ihr seid niemand, der Lehren annimmt. Ich erspare Euch ebenfalls die Namen der Toten, die uns Schritt für Schritt zu Euch geführt haben. Einen werde ich aber nennen, nämlich den einer jungen Frau namens Camilla. Ihr hättet gutgetan, ihr kein Haar zu krümmen, denn stellvertretend für alle anderen werde ich Euch in ihrem Namen richten!«

»Wer soll das gewesen sein?«, fragte Hornkamm verblüfft.

Nikola, der einerseits überrascht war, Camillas Namen zu hören, andererseits eine unbändige Wut in sich spürte, stieß aus: »Sie hat dir Ionach Blaufeders Buch zum Verkauf angeboten!«

»Ich kann mich doch nicht an jeden Namen oder jedes Gesicht erinnern«, antwortete Hornkamm empört. »Offenbar war sie niemand, weniger als ein Stäubchen im Wind!«

Er stieg über Nikola hinweg und ging auf Sayme zu. »Aber du, Schilves, besitzt immer noch keine Waffe!«

»Noch nicht«, antwortete Sayme.

Aurel Hornkamm spielte mit seinem waffenlosen Gegner. Er hieb oder stach zwar nach ihm, doch anfänglich waren es nur Scheinangriffe, mit denen er ihn zu demütigen trachtete. Offenbar hatte ihn sein Gerede über das Erteilen von Lehren verärgert. Dieser billigen Rache wurde er jedoch bald überdrüssig. Ihm war anzumerken, dass er den ungleichen Kampf nun möglichst schnell beenden wollte.

Er führte einen Hieb gegen den Kopf seines Gegners! Doch noch im selben Augenblick schloss Sayme irrwitzig schnell zu ihm auf und lag ihm beinahe in den Armen, als Aurels Schwertspitze die Stelle erreichte, wo noch eben sein Kopf gewesen war! Mit der Linken umklammerte Sayme Hornkamms Schwerthand und mit der rechten Hand hatte er ihn an der Kehle gepackt!

Doch so leicht war der alte Krieger nicht zu übertölpeln!

»Der Dolch!«, schrie Nikola. »Er zückt einen Dolch!«

Blitzschnell fasste Sayme mit der Rechten nach Hornkamms Dolchhand und hielt sie umklammert, während er ihm mit der linken Hand die Kehle zudrückte.

Aber das Schwert? Was war mit dem Schwert, dachte Nikola erschrocken.

Erleichtert atmete er auf, als er sah, dass Saymes linke Hand noch immer Aurels Schwerthand fest umklammerte! Somit hielt er also das Schwert mit links, die Kehle mit rechts und den Dolch … ebenfalls mit der rechten Hand?

Nikola blinzelte. Den Dolch mit der rechten Hand, die Kehle mit der linken und das Schwert also … ebenfalls mit der linken?

Er versuchte es erneut: Schwert links, Dolch rechts, Kehle links!

Nikola traute seinen Augen nicht mehr. Der Sturz musste schlimmere Folgen gehabt haben, als ihm bewusst gewesen war! Ein weiteres Mal versuchte er Ordnung in die Dinge zu bringen. Mit zusammengekniffenen Augen verfolgte er das Ringen der beiden Männer und murmelte dabei: »Dolch rechts, Schwert links, Kehle ebenfalls rechts.«

Zufällig erhaschte er einen Blick auf Aurel Hornkamms Gesicht. Es war dunkelrot vor Anstrengung, und die sorgfältig gestutzten grauen Haare standen wirr vom Kopf ab. Seine blassgrauen Augen waren weit aufgerissen. Maßloses Entsetzen war in ihnen zu lesen!

In diesem Augenblick akzeptierte Nikola, dass alles genauso war, wie es ihm seine Augen zeigten. Sayme hatte seine beiden Hände tatsächlich gleichzeitig an drei unterschiedlichen Stellen von Aurel Hornkamms Körper, und zwar an beiden Handgelenken und an seiner Kehle!

Die beiden Streiter rangen noch kurze Zeit miteinander, dann war der Kampf schlagartig vorbei, ohne dass das Schwert oder der Dolch den Besitzer gewechselt hätten. Sie entglitten fast gleichzeitig Hornkamms Griff und fielen scheppernd zu Boden. Einen Herzschlag lang hing er erschlafft und ohne eine Hand am Hals in den Händen seines Gegners, dann ließ Sayme ihn fallen. Er bückte sich, ergriff den Dolch und kam zu Nikola, der unwillkürlich vor ihm zurückzuckte.

»Halt still, ich will deine Fesseln durchschneiden!«, sagte Sayme.

Nikola hatte eine Fülle dringlicher Fragen: »Was bist du? Ein Zauberer? Wie viele Arme hast du? Warum lebst du noch? Ich hab doch gesehen, wie der Spieß dein Herz durchbohrte!«

Erst auf die letzte Frage gab ihm Sayme eine Antwort: »Unser Herz ist nicht da, wo du vermutest.«

»Ihr Schilves habt das Herz an einer anderen Stelle?«

»Ich bin kein Schilves, Nikola«, sagte Sayme leise.

»Was bist du dann?«, fragte Nikola, als seine durchschnittenen Fesseln abfielen.

Er erhob sich, ging zu Aurel Hornkamm, um sich zu vergewissern, dass er auch wirklich tot war. Er befühlte seinen Hals und erlebte eine weitere Überraschung. Sayme hatte ihn gar nicht erwürgt, sondern ihm das Genick gebrochen!

Wachsam ging Nikola zur Balustrade und spähte vorsichtig in den Garten. Fast alle *Erwählten* lagen kreuz und quer in ihren nunmehr blutroten Gewändern reglos übereinander. Nur zwei krochen noch auf allen vieren durch das Theater. Nikola konnte nicht erkennen, ob eine von ihnen Valerica war. So blutbeschmiert waren sie! Einen winzigen Augenblick lang vermeinte er, das entfernte Schnauben sterbender Pferde zu hören. Aber es war nur Einbildung.

Die Wächter hatten sich ein ganzes Stück von dem Theater zurückgezogen. Es war nicht schwer zu erraten, dass sie sich davor fürchteten, ebenfalls Opfer der *Blutigen Fee* zu werden, wenn sie zu lange in der Nähe der Sterbenden und Toten blieben.

Nikola ging zu Hornkamms totem Körper zurück und trat ihn mehrmals kräftig in die Seite. »Verdammter Saukerl!«

Erwartungsvoll blickte er Sayme an. »Was bist du dann?«

Sayme schürzte die Lippen. »Ich muss dich warnen, denn es ist zwar einfach zu erklären, aber nicht so einfach zu verstehen, Nikola. Vor etlichen Jahren ankerten die Schilves mit einigen ihrer Schiffe bei der Insel, vor der wir leben. Sie weckten unsere Neugier, denn jemandem wie ihnen waren wir noch nie begegnet! Daher begleiteten wir sie. Einige von uns jedenfalls.«

»Die Insel, *vor* der ihr lebt?«, fragte Nikola, der vermutete, dass sein Gegenüber sich versprochen habe.

Sayme belehrte ihn jedoch eines Besseren. »Im Wasser, Nikola. Wir leben in den Gewässern um die Insel herum.«

Nikola verschränkte die Arme. Das wurde immer abenteuerlicher! Er war sich nicht ganz sicher, ob Sayme ihn vielleicht nur auf den Arm an.

»Im Wasser, aha! ... Du behauptest also, so etwas wie ein Wassermann zu sein?«

Sayme gab einen belustigten Schnarchlaut von sich. »Nein,

ganz und gar nicht, aber wenn dir die Vorstellung gefällt, so bleibe dabei.«

Nikola beäugte ihn misstrauisch. Noch immer hoffte er auf ein befreiendes Gelächter.

Er fragte weiter: »Was meinten die Schilves denn dazu, als ihr sie begleiten wolltet? Sie werden doch nicht sofort damit einverstanden gewesen sein, als ihr an Bord ihrer Schiffe kamt?«

»Sie wissen nicht, dass es uns gibt«, antwortete Sayme ernst. »Wir können uns anpassen. Wir können uns sogar sehr gut anpassen, wenn du verstehst, was ich meine. Nicht im Verhalten, das ist tatsächlich alles andere als leicht, denn wir sind uns nicht besonders ähnlich, aber im Aussehen.«

Nikola musterte ihn eine Weile ungläubig und rief sich dabei Saymes Kampf mit Hornkamm in Erinnerung. Tarnung, eine perfekte Tarnung!

»Wie siehst du wirklich aus?«

»Ich bin noch immer dein verlässlicher Freund, Nikola«, sagte Sayme eindringlich. »Beantworte dir selbst die Frage: Werde ich es auch dann noch sein, wenn du mich nicht mehr erkennst?«

Der verschwommene Schatten einer Erinnerung streifte Nikola und brachte die Augenblicke zurück, als er in dem Käfig am Strand eingesperrt gewesen war und ertrank. Das Wasser war höher gestiegen und in seine schmerzenden Lungen eingedrungen, doch im allerletzten Augenblick, bevor er das Bewusstsein verlor, hatte er etwas gesehen: Etwas Großes mit viel zu vielen Armen. Mit mehr als drei Armen!

Entschlossen verdrängte er diese Bilder. Nicht zu viele Enthüllungen auf einmal! Alles in erträglichen Maßen!

»Eine letzte Frage muss ich dir noch stellen«, sagte er. »Du beobachtest die Schilves nicht nur, wie du sagtest, sondern hilfst ihnen auch. Warum tust du das? Aus Dankbarkeit?«

Nikola stockte. Das Atmen fiel ihm plötzlich sehr schwer. Rotbraune Flecken tanzten vor seinen Augen, und in seinen Ohren rauschte das Blut. Auch im Mund hatte er den salzigen

Geschmack von Blut! Er blickte zu Sayme, der ebenfalls nach Luft rang und unter denselben Beschwerden litt!

Aurel Hornkamm, dachte Nikola. Irgendwie hatte es dieser elende Lump hinbekommen, auch sie beide zu vergiften!

Nikola wankte zu der Leiche und trat sie abermals.

Doch genauso plötzlich, wie die Beschwerden gekommen waren, verschwanden sie auch wieder. Es war totenstill geworden, und eine merkwürdige Spannung lag in der Luft. Nikola spürte, wie sich alle Härchen auf seinem Körper aufrichteten!

Das Gezwitscher Tausender Vögel erklang und vereinte sich zu einem Gesang voller Leben und Kraft!

»Im Garten!«, sagte Sayme und stolperte zur Balustrade.

Im Theater, zwischen den Toten und Sterbenden, erblickte Nikola ein beeindruckendes Geschöpf! Es war dreimal so groß wie ein Menschen und auch von vage menschlicher Gestalt. Sein Körper aber war mit bunten, metallisch schillernden Federn bedeckt – überwiegend blauen, roten und weißen. Die Beine endeten in Krallen. Auf den Schultern ruhte ein Vogelkopf mit Knochenkamm und einem Krummschnabel aus schwarz glänzendem Erz.

Auch der Garten hatte sich verändert. Alle Farben waren strahlender, und die Blätter, die den Wechsel der Jahreszeiten überstanden hatten, umgab ein leuchtender, goldener Rand. Nikola meinte sogar, erste Blüten an den Maulbeersträuchern zu erkennen!

Das Zwitschern der zahllosen Vögel verstummte, als das Wesen den Schnabel zu einem Schrei öffnete. Nikola konnte ihn nicht mit den Ohren hören, wohl aber mit jeder Faser seines Körpers fühlen. Er verstand sogar, was der Schrei bedeutete: »Ich bin hier!«

Mit schnellen, ruckartigen Kopfbewegungen sah sich das Wesen um, als suche es etwas oder vielleicht auch jemanden. Hornkamms Wächter zogen aus seinem Verhalten ihre eigenen Schlüsse, indem sie den Mann mit der Bronzemaske kurzerhand mit den Spitzen ihrer Speere zu dem Vogelwesen trieben. Er breitete die Arme aus und rief etwas, halb singend, halb sprechend. Das Wesen bedachte ihn mit einem langen Blick aus funkelnden Augen und stapfte dann einfach über ihn hinweg. Für Nikola sah es so aus, als trampele es ihn in Grund und Boden, doch der Maskierte stand, als das Wesen längst weitergegangen war, noch immer mit ausgebreiteten Armen da. Allerdings kam jetzt kein Singsang mehr aus seiner Kehle, sondern eine Folge kurzer, spitzer Schreie, die erst in dem Augenblick endete, als er leblos zusammenbrach. Zu dieser Zeit hatte das Vogelgeschöpf, das zweifellos Kakalith war, Hornkamms Anwesen bereits verlassen und schritt zielstrebig ins Herz der Stadt. Wo der Gottvogel gesehen wurde, flüchteten die Menschen kreischend.

Sayme war verzweifelt. »Es ist ihm gelungen! Ich hatte es für angeberisches und dummes Geschwätz gehalten, aber es ist ihm doch gelungen, den Kakalith zu beschwören! Dieses Geschöpf wird sie abschlachten. Es wird alle Schilves töten. Sie rechnen nicht mit ihm. Sie wissen nicht einmal, womit sie es zu tun haben! Ich muss sie warnen, damit sie sich auf die Schiffe retten. Aber wie?«

»Schau, deine Leute haben ihn bereits entdeckt«, tröstete ihn Nikola und verstummte erstaunt.

»Ich sehe es auch. Ich sehe die *Magasch* kommen!«, flüsterte Sayme.

Zum zweiten Mal an diesem Tag widerfuhr Nikola etwas, das eigentlich unmöglich war. Er sah alles, was auch Kakalith sah! Allerdings nicht so, als blickte er durch seine Augen, sondern als begleite er ihn, als ginge er abwechselnd und nach Belieben vor ihm, neben ihm und hinter ihm!

Knüpfte der Gottvogel ein Band zu jedem, der ihn gesehen hatte, zu Sayme, zu Hornkamms verbliebenen Wachen, den bisher verborgenen Bewohnern des Hauses, die sich nun schüchtern und furchtsam ins Freie wagten, und vielleicht zu jedem anderen, der ihn sehen sollte oder in der Stadt weilte? Oder war es eine zwingende Folge göttlicher Anwesenheit, dass die Pforten der Wahrnehmung weit aufgestoßen und aus ihren Angeln gerissen wurden?

Nikola dachte an Andreea und war sofort verwirrt, denn er sah sie gleich mehrfach, in geisterhaften Bildern, die sich überlagerten und ineinanderflossen: als kleines Mädchen an Camillas Hand, als seine Geliebte im Liebeskampf, und schließlich, wie sie in ihrer Wohnung stand, dem Kind die Brust gab, während sie sich mit Marius unterhielt. Keiner der drei bemerkte ihn.

Nikola ließ seinen Geist weiterwandern. Er sah Traian, zuerst Jahre jünger, dann so, wie er ihn zuletzt gesehen hatte, und wie er mit Frau und Tochter zu Mittag speiste, Serban am Tag ihrer ersten Begegnung, und vielleicht gerade jetzt, wie er sich krachend auf sein Bett warf. Xandra und Iovi, die miteinander turtelten, Flaviu, der sein Schnitzmesser enttäuscht wegschleuderte, und Izabela, die von einer jüngeren Glaubensschwester Suppe eingeflößt bekam.

Unabsichtlich kam ihm auch Kostel in den Sinn. Nikola erblickte einen Körper, der schlammbeschmutzt in einer Gasse lag. Lebte er oder war er tot? War er betrunken oder versteckte er sich vor dem Unbegreiflichen, das von der Stadt Besitz ergriffen hatte? Trug sich das Geschehen jetzt im Augenblick zu oder war es längst Vergangenheit? Nikola kümmerte es nicht.

Er blickte zu Sayme und entdeckte Schuld in seinem Gesicht.

Die Magasch, mehr als zwanzig grün verschleierte Frauen, hatten sich dem Gottvogel entgegengestellt und stimmten den scheußlichsten Gesang an, den Nikola je gehört hatte. Er war eine Pein für die Ohren und schier unerträglich, denn nichts passte zueinander.

Aber er zeigte Wirkung!

Um Kakalith herum schossen plötzlich steinerne Fontänen aus dem Boden! Kleine Kiesel, aber auch stattliche Steinbrocken. Sie umgaben ihn wie Käfigstangen. Allerdings beschränkte sich der Zauber nicht nur auf Kakaliths nähere Umgebung! Nikola sah ebensolche Steinfontänen hundert oder zweihundert Schritt entfernt aus den Straßen brechen und sogar aus Häusern heraus! Sie platzten wie reife Springkrautfrüchte und überschütteten ihre Nachbarn mit Dachschindeln, Steinen und Balken, bevor sie in sich zusammenbrachen. Er erblickte Menschen, die von dem wütenden Geprassel hochgeschleudert und gesteinigt und noch in der Luft erschlagen wurden.

Selbst die Schilves-Hexen waren vor ihrem eigenen Zauber nicht sicher! Auch mitten unter ihnen schossen Steine zum Himmel! Ganz offensichtlich hatten sie damit nicht gerechnet! Ungeachtet des Blutzolls, den auch sie zu entrichten hatten, flohen sie jedoch nicht, sondern hielten stand und gaben ihren atonalen Gesang nicht auf. Erst als der Gottvogel unbeschadet durch sein vermeintliches Gefängnis aus fliegenden und berstenden Steinen schritt und weiterzog, verstummten sie. Mittlerweile hatten viele von ihnen ihren allerletzten Ton von sich gegeben.

Kakalith schritt zum Westtor. Eine große Schar Schilves-Krieger, die bereit waren, sich ihm todesmutig entgegenzuwerfen, machte rasch den Weg für ihn frei, als sie durchschauten, wohin er wollte. Unbehindert verließ der Gottvogel die Stadt durch das längst verwaiste Tor. Etwa drei Meilen außerhalb blieb er stehen und stieß erneut einen stummen Schrei aus. Jeder Mensch in Arades verstand ihn! Jedes Tier innerhalb und außerhalb der Mauern und selbst jede Pflanze. Daran bestand überhaupt kein Zweifel!

»Ich bin hier!«

Etwas Düsteres formte sich und stieg wie Nebel aus dem Boden. Nikola flüsterte ein einziges Wort, Sayme flüsterte dasselbe, jeder in ganz Arades flüsterte es. Selbst die Säuglinge, die Schlafenden und die Stummen formten die Lippen zu diesem Wort: *Sartris!*

Die beiden Gottwesen standen sich im Abstand von wenigen Hundert Schritt gegenüber, aber sonst geschah vorerst nichts. Beide verharrten in vollständiger Reglosigkeit.

Mit einem Teil seiner selbst dachte Nikola, dass Aurel Hornkamm letztendlich doch gescheitert war. Er hatte einen schrecklichen Krieger erschaffen wollen, um die Schilves und jeden

Feind der Stadt zu vernichten, womöglich auch um die Hoheit im Bund der Neun Städte zu erlangen oder gar die Herrschaft über die Reiche des Südens. Doch der Gottvogel scherte sich nicht um die Wünsche dieses kleinen, machtgierigen Menschen, der ihn herbeigerufen hatte, sondern verfolgte seinen eigenen, uralten Auftrag: den Göttertod Sartris zu stellen, ihn zu besiegen und an das Ende der Welt zu verbannen! So, wie er es vor undenklicher Zeit schon einmal getan hatte!

Eine umfassende Antriebslosigkeit lähmte die Stadt. Wie an den heißesten Sommertagen war jeder zufrieden, wenn er möglichst kein Glied zu rühren brauchte. Menschen blieben stehen und dachten nicht daran weiterzugehen. Andere setzten sich erschöpft oder schleppten sich mühsam nach Hause. Aus einem Tag, der begonnen hatte wie alle anderen, war einer geworden, an dem keine Vögel sangen, keine Hunde bellten oder Blätter rauschten. Selbst die Zeit hatte ihren Schwung verloren! Träge kroch sie dahin, und jeder Augenblick schien erst langwierig mit dem nächsten darüber streiten zu müssen, wer von beiden den Vortritt haben solle.

Irgendwann saßen Nikola und Sayme bei der Bootsanlegestelle. Sie endete jetzt nicht mehr am Strand, denn es herrschte Flut, sodass sie von Wasser umspült war. Auch das Boot, das man dort festgebunden hatte, wurde nun von Wellen getragen. Nikola wusste nicht, wie oder wann sie hierhergelangt waren. Es kümmerte ihn auch nicht, denn seit Stunden fühlte er sich wie unter der Wirkung von berauschenden Grünen Zipera-Pilzen.

»Ich hatte noch eine Frage«, erinnerte er sich. »Ist es Dankbarkeit, die dich veranlasst, die Schilves nicht nur zu beobachten, sondern ihnen auch tatkräftig zu helfen?«

Sayme schüttelte den Kopf. »Wie ich dir gesagt habe, erregten sie unsere Neugier. Sie waren so völlig anders als wir und alles, was wir kannten. Wir wollten unbedingt wissen, wie sie dachten und handelten. Ich sagte dir ja bereits, dass wir uns nahezu perfekt anpassen können. Wir haben gewisse Dinge ausprobiert, dabei aber unterschätzt, mit welcher Leidenschaft sich eure Art gegenseitig umbringt. Sie erhoben sich gegeneinander.«

»Ein Bürgerkrieg brach aus?«, warf Nikola ein.

»Ja, aber mit mehr als nur zwei Seiten, und wir wussten nicht, wie wir beenden sollten, was wir angerichtet hatten. Erinnere dich, was sich vor eurer Stadt zutrug. Ähnliches fand viele Male statt.«

»Und wie endete dieser Krieg? Als alle zu schwach waren, um ihn fortzuführen?«

Sayme verneinte erneut. »Nein, wahrscheinlich wäre er nie zu Ende gegangen, solange noch einer von ihnen lebte. Es gibt einen Stern, Nikola. Die Schilves betrachten ihn als Teil ihres Gottes: das Auge des Ris! Oder es *gab* ihn vielmehr, denn eines Tages verschwand er. Wo er geleuchtet hatte, war der Himmel nun dunkel und leer. Die Schilves glauben, dass Ris sein Auge von ihnen abwandte, wegen des Grauens, das sie angerichtet hatten. Dass er nichts mehr mit ihnen zu tun haben wollte! Dass er sie verstieß, weil er sich ihretwegen schämte und deswegen ein einsames Volk zurückließ. Nicht alle natürlich, sondern nur die Maßgeblichen, denn eine solch bittere Erkenntnis erträgt nicht jeder. Den weniger Gefestigten erzählte man daher Märchen. Das Verschwinden von Ris' Auge beendete ihren Krieg. Seither sind die Schilves auf der Suche nach ihrem Gott, um seine Vergebung zu erbitten, damit er zu ihnen zurückkehre. Sie folgen alten Legenden, nach denen er einstmals in einem fremden Land gewandelt haben soll, und hoffen, ihn dort zu finden. Ich und andere meines Volkes begleiten sie, um sie zu schützen, denn alles was ihnen widerfuhr, ist unsere Schuld.«

»Hat dein Volk auch einen Namen?«, fragte Nikola erschüttert.

»Keinen, den du aussprechen könntest«, antwortete Sayme.

Es war noch immer Nachmittag, als der Kampf der beiden Götter begann. Sie fochten und rangen nicht miteinander und sprangen sich auch nicht gegenseitig an. Ein einziges kurzes Wort eröffnete den Kampf und beendete ihn noch im selben

Augenblick. Es hallte wider in Mensch, Tier und Pflanze und selbst in der Erde und dem Gestein!

»Jetzt!«

Als es verklungen war, zerfiel der Gottvogel zu Staub. Kakalith, der Streiter der Erdgötter, war seinem Todfeind Sartris ein zweites Mal entgegengetreten, diesmal aber unterlegen!

Nikola war fassungslos. »Er hat verloren! Heute hat Kakalith verloren!«

Auch wenn er sich nie um die Erdgötter geschert hatte und sich nur sehr oberflächlich mit ihnen auskannte, so begriff er doch, dass etwas Ungeheuerliches geschehen war und die Welt sich auf eine unvorhersehbare Weise ändern würde. Alle Farben, die noch vor Kurzem so kräftig gestrahlt hatten, begannen bereits zu verblassen.

»Du irrst!«, sagte Sayme überrascht. »Er hat bereits beim letzten Mal verloren. Er hat noch nie gewonnen! Eure Priester erzählen Lügen.«

Nikola wusste in seinem Innersten sofort, dass er recht hatte. »Aber warum erzählen sie das Gegenteil von dem, was wirklich geschah?«

Mit derselben Gewissheit wie einen Augenblick zuvor gab er sich selbst die Antwort: »Sie wissen es gar nicht besser! Sartris lässt sie die Unwahrheit glauben! Aber warum? Warum?«

Sayme lachte. »Aller Streit zwischen Aradeken und Schilves begann damit, dass der Herrscher der Aradeken die Gesandtschaft der Schilves beschuldigte, Sartris zu dienen, der Gottheit, die er selbst und sein Volk unwissentlich verehrten. Welche Ironie!«

»Ich habe schon lange vermutet, dass irgendein Gott einen überaus sonderbaren Humor haben müsse«, antwortete Nikola.

Am Scheideweg

Eine Seltsamkeit weckte das Interesse des Gottes und bewog ihn nachzudenken. Nicht sehr lange, vielleicht vergleichbar mit einem Menschen, der eine Gurke in Scheiben schneidet und feststellt, dass ihm eine Scheibe dicker geriet als die vorherigen ...

Nikola wiederholte seine Frage. »Warum ließ Sartris alle die Unwahrheit glauben? Zweifellos setzte er die Lüge über sich und Kakalith selbst in die Welt!«

Sayme zuckte die Schultern. »Ich lernte von euren Priestern, dass die Erdgötter eines Tages entdeckten, dass einer von ihnen sie alle töten konnte. Deswegen erschufen sie heimlich den Gottvogel, um ihn zu bekämpfen. Wie überrascht muss Sartris gewesen sein, als er ebenfalls eines Tages entdeckte, dass sich die anderen Erdgötter heimlich gegen ihn verschworen hatten? Er begann den Streit zwar nicht, aber er gewann ihn! Vielleicht hat er die anderen anschließend getötet oder verbannt? Wir werden es nie erfahren! Allemal war er plötzlich allein mit einem Erbe, das er nie angestrebt hatte: den Tieren, den Menschen, den Pflanzen, kurz gesagt: mit allem Leben. Vielleicht dachte er, dass es das Beste sei, wenn alles so weiterliefe wie bisher, wenn niemand merkte, dass sich irgendetwas verändert hatte? Aber wer weiß schon, wie Götter denken?«

Nikola nickte beifällig. »Das Wissen um die Weissagung half uns überhaupt nicht. Welcher war der zehnte Schritt? Eines von Aurel Hornkamms Opfern oder gar das ganze Ritual? Eigentlich reichte es, die Kette bis zum Beginn des Rituals an einer einzigen Stelle zu brechen. Es ist genauso, wie Ovidiu mir gesagt hat! Die meisten Prophezeiungen bedeuten eigentlich nur: Handle rechtzeitig, wie auch immer! Doch was wird nun geschehen, da alles aufgedeckt ist?«

Sayme dachte einen Augenblick lang nach. »Wer sagt uns, dass alles, was wir heute erlebt haben, nicht schon viele Male zuvor stattgefunden hat und Sartris jedes Mal dafür sorgte, dass sich niemand erinnern konnte? Vielleicht werden wir schon morgen alles wieder vergessen haben! Vielleicht werden wir noch einige Zeit nach dem Mörder Apuludoras, Violedas und der anderen suchen, dann aber aufgeben, weil es keine weiteren Leichen mehr geben wird? Vielleicht wird sogar niemand mehr wissen, wer Aurel Hornkamm oder Ionach Blaufeder waren.«

»Es wird dunkel«, sagte Nikola.

»Es ist viel zu früh«, antwortete Sayme.

»Ich sehe Sterne!«

»Es ist viel zu früh.«

»Es ist Nacht.«

»Es ist viel zu früh.«

Der Mensch und das seltsame Geschöpf neben ihm weckten das Interesse des Gottes und bewogen ihn nachzudenken. Nicht sehr lange, vielleicht vergleichbar mit einem Menschen, der eine Stange Lauch in Scheiben schneidet und dem auffällt, dass ihm eine Scheibe dicker geriet als die vorherigen ...

»Was wird nun geschehen?«, fragte Nikola. »Vielleicht hat sich das alles schon einmal ereignet und der heutige Tag war nur einer von vielen ähnlichen. Womöglich werden wir morgen alles vergessen haben. Glaubt dein Volk an Götter?«

»Früher hatten wir Götter«, antwortete Sayme.

»Was wurde aus ihnen?«

»Wir fanden heraus, wie schmackhaft sie waren.«

Obwohl sich Nikola fast nie um Götter geschert hatte, erschrak er. »Ihr habt eure Götter aufgefressen?«

»Nur die, die zu unserer Insel kamen. Später lernten wir,

dass die Meere voll von ihnen sind. Niemand kann sie alle verspeisen! Außerdem waren sie gar keine Götter.«

Er stand auf und entkleidete sich.

»Was hast du vor?«, fragte Nikola.

»Vielleicht gibt es eine Möglichkeit, dem Vergessen zu entkommen. Vielleicht kann man dem großen Betrüger ein Schnippchen schlagen! Sie werden Erdgötter genannt, Nikola. Kein einziger von ihnen ist für das Meer zuständig! Vielleicht endet ihre Macht, wo das Land endet. Einen Versuch ist es alle Mal wert. Falls du meine Ansicht teilst, so eile zu unseren Schiffen. Die Turanasch liegt im Hafen vor Anker. Sie wird dich aufnehmen.«

»Und du?«, fragte Nikola unschlüssig.

Sayme sprang ins Wasser. »Ich werde schon da sein und dich empfangen. Ich bin im Wasser viel schneller als an Land!«

»Es ist Winter!«, erinnerte ihn Nikola.

»Woanders nennt man das Frühling«, erwiderte Sayme lachend. »Zögere nicht, Nikola, lauf! Lauf! Ich weiß nicht, wie viel Zeit uns noch bleibt, aber du hast doch nichts zu verlieren.«

Sobald Sayme weit genug vom Ufer entfernt war, nahm er seine natürliche Form an. Sein Anblick weckte die Neugier einiger kleiner Meeresbewohner, die ihm flüchtig ähnelten, aber noch nicht mal annähernd so wie ein Äffchen einem Menschen. Mit den ruckartigen Bewegungen ihrer Art schwammen sie um ihn herum, zogen dabei ihre langen, beweglichen Arme hinter sich her und beobachteten ihn mit schläfrigen Blicken aus ihren halb geöffneten Höckeraugen. Obwohl Sayme bewusst war, dass sie nur Tiere waren und ihn nicht verstanden, sprach er zu ihnen. Er tat es nicht mit Worten, sondern mit Farbmustern, die über seine Haut wanderten.

Er sagte zu ihnen: »Ich bin nicht euer Gott! Ich bin nicht euer Gott!«

Neben dem Menschen bemerkte der Gott ein Geschöpf, wie es ihm noch nie zuvor begegnet war. Das bewog ihn nachzudenken. Nicht sehr lange, vielleicht vergleichbar mit einem Menschen, der eine Zwiebel in Scheiben schneidet und dem auffällt, dass ihm eine Scheibe dicker geriet als die vorherigen ...

In diesem winzigen Augenblick betrachtete er das Für und Wider, prüfte und wog ab. Etwas Neues wagen oder beim Altbewährten bleiben?

Als die gerade abgeschnittene Zwiebelscheibe umkippte, traf er eine Entscheidung!

Glossar

Personen

Der Hof von Arades

Afinja – Nebenfrau von Fürst Katalin
Alexandru – Fürst von Arades zur Zeit des ersten Kontakts
    mit den Schilves
Alexandru – auch Florin genannt, Sohn von Katalin und
    Luminita
Atanansi – Nebenfrau von Fürst Katalin
Aurel Hornkamm – Befehlshaber der aradekischen Flotte
Beryks Brutkleid – ein Leibdiener Fürst Alexandrus und
    vieles mehr
Diona – Nebenfrau von Fürst Katalin
Ihrun – Nebenfrau von Fürst Katalin
Ionach Blaufeder – Gelehrter am Hofe Fürst Alexandrus
Jonel – ein Leibdiener Fürst Alexandrus
Junica – Nebenfrau von Fürst Katalin
Katalin – Fürst von Arades, Sohn von Fürst Alexandru
Kiodaru Hornkamm – Präfekt der aradekischen Streitmacht
Kondruta – Nebenfrau von Fürst Katalin
Luminita – Hauptfrau von Fürst Katalin
Nedeela – Nebenfrau von Fürst Katalin
Petrika Weißkehle – Erster Heermeister der aradekischen
    Streitmacht
Quitta – Nebenfrau von Fürst Katalin

Rassuan Sporn – Präfekt der aradekischen Streitmacht
Rasvan Katalins – Leibdiener Fürst Katalins
Roxana – Nebenfrau von Fürst Katalin

Das mehr oder weniger gemeine Volk von Arades

Andreea – jüngere Schwester von Camilla
Argintu Seitenkralle – auch »Meister Argintu«, Verwandter
    von Valerica
Apuludora Weißkehle – auch »die weiße Frau« oder »die Tote
    am Strand«
Aurelia – Nikolas Adoptivmutter
Camilla – Jugendfreundin von Nikola
Demitri – auch Sorin genannt, rechte Hand von Gogul der
    Qualle
Dorin Brutkleid – Metzger
Flaviu – Puhler
Gogul die Qualle – mehr oder weniger undurchsichtiger
    Jugendfeind von Nikola
Iovi – Sprachlehrer
Izabela – Priesterin des Laint
Kaitis Blaufeder – bleich und tot
Kostel – Puhler
Krina – ehemalige Vermieterin Nikolas
Laurentis der Prächtige – kleiner Ganove, verheiratet mit
    der Cousine der Schneiderin
Liviu – Puhler, Traians Lehrling
Marilena – Puhlerin
Marius – Andreeas Mann
Mazon Kropf – auch als Vier-Finger-Mazon bekannt, nicht
    so kleiner Ganove
Misangre – Geisteraustreiber
Mutter Tod – Priesterin des Laint
Nikola – Puhler
Onkel Mihan – Zeugwart von Traians Puhlerei

Ovidiu – Wirt und Dichter
Paol – wohnt im Nachbarhaus der Schneiderin
Radu Kieselkopf – eine weitere rechte Hand von Gogul der
  Qualle
Relia Seitenkralle – Kundin Traians
Sanziana – Bordsteinschwalbe
Schneiderin, die – Nikolas Vermieterin
Serban – Puhler
Traian – Hauptmann der Puhler
Valerica Seitenkralle – reizende Zufallsbekanntschaft von
  Nikola
Violeda Krummschnabel – bleich und tot
Xandra – Sprachlehrerin
Zakari – einer von Aurelias »Söhnen«

Die Schilves

Dovidasch – Kapitän der Schkidra, Gesandter der Schilves
Elimar – Kapitän der Niksch, Gesandter der Schilves
Heliasch – Bootsmann
Hulimpe – König der Schilves
Imanz – Kapitän der Pranasch, Gesandter der Schilves
Ozolin – Kapitän, Vetter von Heliasch
Sayme 1 – Besatzungsmitglied der Pranasch
Sayme 2 – Besatzungsmitglied der Turanasch
Tavi – Kapitän der Urudra, Adjutant von Urte
Urte – auch genannt »die Mütterliche«, Admiralin der
  Schilves
Valiva – auch genannt »die Eisprinzessin«, Admiralin der
  Schilves

Weitere

Queschua Para – Enkel der Meerfrau

Die neun Sippen und ihre Farben

Blaufeder – grau/blau
Brutkleid – grau/violett
Hornkamm – braun/blau
Kropf – rot/blau
Krummschnabel – schwarz/grau
Rotschwanz – rot/braun
Seitenkralle – gelb/blau
Sporn – schwarz/braun
Weißkehle – grau/weiß

Die neun Städte des Bundes

Arades, Bihorbis, Bovit, Glut, Jufitea, Kalaris, Satumer, Timas,
    Valkaes

Die Götter der Aradeken (Auszug)

Apulu – Schutzgott der Neun Künste
Evinz – Göttin des gekelterten Weines und Schutzherrin
    der törichten Versprechungen
Feronia – Göttin der Jagd
Fuflunz – Gott der Reben
Galunt – Bringer des vielfachen Todes, Totengott, zuständig
    für Schlachten etc.
Herkle – Gott der Heilkunst
Horta – Göttin der Äcker und Feldfrüchte
Kakalith – der Gottvogel, Streiter der Erdgötter
Karan – Zwilling von Vatres, Kriegsgott
Kulsanz – Göttin der Morgenröte und des Neubeginns
Laint – der Gesichtslose, Gott des gewöhnlichen Todes
Nethanz – Gott des Regens und der Flüsse
Nörtia – Schicksalsgöttin

Sanz – Gott der Eide, Wahrer der Verträge und Versprechen
Sartris – der Götterfresser, Totengott der Götter
Sethlanz – Schutzgott der Handwerker
Talna – Göttin der Familie, der Geburt und der Abstammung
Tegis – Gott der Weisheit und Gelehrsamkeit
Tiver – Göttin des Schlafs, der Träume und Weissagungen
Vatres – Zwilling von Karen, Kriegsgott
Veiwe – Göttin der finsteren Rachschwüre
Velkanz – Gott der Herden und der Viehzucht
Vetis – Zerstörer der Arten, Totengott ganzer Spezies

Danksagung

An dieser Stelle möchte ich mich bei Jörg Middendorf für Einblicke in die Tatortsicherung früher und heute bedanken, insbesondere für Hinweise, was man tun oder tunlichst lassen sollte.

Schon bei der Konzeption des Romans, aber auch später bei seiner Ausarbeitung, tauchten mitunter Fragen auf wie: Was geschieht eigentlich genau, wenn man seine Mitmenschen dieser oder jener boshaften und gewalttätigen Handlung aussetzt? Aus naheliegenden Gründen erschien es dem Autor angebracht, sachkundigen und erfahrenen Rat einzuholen ... Das klingt vielleicht doch etwas missverständlich ... Für die Beantwortung allerlei medizinischer Fragen, für Anregungen, Hinweise und Verweise bedanke ich mich bei meinem Ärztinnenteam Gun-Britt Tödter-Decoene, Dr. Kathrin Lieb und Dr. Eva-Maria Willner.

Ganz besonders und gesondert möchte ich mich noch einmal bei Evi Willner für Zuspruch, Ermutigung und stete Diskussionsbereitschaft bedanken – und ja, die gelegentlichen Drohungen, sie von ihrer hart erarbeiteten Position als Muse zurückzustufen auf die der Leserin Nr. 4732, waren vielleicht nicht ganz so nett.